Éric Marchal

Éric Marchal est né en 1963 et vit à Vittel. Son premier roman, *Influenza* (*Les Ombres du ciel*, 2009 ; *Les Lumières de Géhenne*, 2010), paru en deux tomes aux éditions Anne Carrière, a reçu le prix Carrefour Savoirs 2009. Il est également l'auteur du livre *Le Soleil sous la soie* (Anne Carrière, 2011).

LE SOLEIL
SOUS LA SOIE

DU MÊME AUTEUR
CHEZ POCKET

INFLUENZA

ÉRIC MARCHAL

LE SOLEIL
SOUS LA SOIE

ÉDITIONS ANNE CARRIÈRE

Pocket, une marque d'Univers Poche,
est un éditeur qui s'engage pour la préservation
de son environnement et qui utilise du papier fabriqué
à partir de bois provenant de forêts gérées
de manière responsable.

© S. N. Éditions Anne Carrière, Paris, 2011
ISBN : 978-2-266-23087-2

À E. & R.,
à H. & B.

Avertissement

Certains des personnages de ce roman sont imaginaires, d'autres sont bien réels, sous leur propre nom ou, parfois, sous un nom inventé, en fonction de la liberté prise dans l'adaptation de leur vie.

L'intrigue, quant à elle, est fictive, mais utilise de nombreux éléments de l'histoire de France et du duché de Lorraine, allant des faits les plus connus à ceux restés obscurs ou tombés dans l'oubli.

Chapitre I

Duché de Lorraine, janvier 1694

1

La masure lui tenait chaud comme un manteau en drap d'Espagne. Il l'avait avisée, à la sortie du bois de Nomeny, alors que le ciel crayeux avait crevé sur lui une armée de flocons neigeux, puis il avait tiré jusqu'à l'épuisement sur les rênes de sa mule qui refusait d'y entrer, et s'était écroulé, avec sa bête, devant l'âtre rempli d'une couverture de cendres froides. À son réveil, il avait constaté avec soulagement la présence d'un fagot de bois sec, qu'il s'était empressé de faire crépiter. Il serait temps, le lendemain, d'aller chercher quelques branches mortes afin de rendre le tas tel qu'il l'avait trouvé. L'habitation, tout en torchis, était inoccupée. Peut-être une famille qui avait fui au passage des troupes françaises. Ou de la disette, qui rôdait.

La Lorraine n'avait pas fière allure en cette fin de siècle, martyrisée par trente ans de guerre et d'occupation française, avec un clan ducal exilé en Autriche, en campagne ouverte contre Louis XIV. Abandonnés à leur sort, les habitants payaient un lourd tribut au conflit, par l'enrôlement des leurs dans la milice et les impôts levés dans tous les bailliages pour l'entretien des troupes.

Nicolas frotta ses mains avant de les présenter aux flammes généreuses. Il craignait plus que tout les engelures et les crevasses qui, en cette période, n'épargnaient pas les doigts, même s'il voyageait toujours les mains emmitouflées dans des manchons de laine. Elles étaient ses plus précieux outils. Plus encore que ses lancettes et ses ferrements.

La mule s'était elle aussi rapprochée de la source de chaleur et lui présentait ses flancs. Il avait déchargé ses affaires, qui tenaient dans deux sacs de toile et une mallette, et les avait installées dans l'angle opposé à la cheminée, à côté de la porte sous laquelle le vent se faufilait en hurlant à chaque rafale. Son dernier patient, un fermier du village de Soigne, lui avait laissé assez de vivres pour subsister trois ou quatre jours. Il l'avait débarrassé d'une grosseur à la base du cou en employant un emplâtre, que le médecin Pierre Alliot avait appliqué avec succès sur le fils du duc de Lorraine. Ce détail avait rassuré l'homme autant que la perspective d'éviter une cautérisation douloureuse.

Nicolas ouvrit sa valise et sortit le traité de Govert Bidloo. L'ouvrage était en latin, ce qui lui en interdisait la lecture, mais les planches d'anatomie qui l'illustraient le fascinaient. Elles avaient été créées par le peintre Gérard de Lairesse. Chaque dessin, au crayon, apportait un réalisme stupéfiant aux réalisations du chirurgien hollandais. Il avait acquis le livre à la foire de Metz, l'été précédent, et depuis il ne s'était pas

12

passé un soir, pas une journée, sans qu'il en feuillette un passage ou contemple un dessin pour y inscrire chaque détail dans sa mémoire.

L'unique fenêtre de la masure était couverte d'une buée sur laquelle perlaient des gouttes d'eau. Nicolas comprit seulement à cet instant qu'elle n'était pas close par des planches de bois, ce qui l'intrigua. L'endroit, bien que saturé d'humidité, ne sentait pas le moisi habituel des pièces qui lui étaient proposées comme hébergement. La mule s'était approchée de la vitre et léchait la condensation de grands coups de langue, que l'air exhalé de ses naseaux recouvrait aussitôt. Lorsqu'elle cessa pour reprendre sa place près du feu, Nicolas vit distinctement une ombre glisser au-dehors. Quelqu'un l'observait. Il ouvrit la porte sans brusquerie et aperçut un enfant en guenilles qui détalait sur le sentier. Ses pieds étaient nus. Lorsque Nicolas lui enjoignit de s'arrêter, le gamin redoubla d'effort. Arrivé à la lisière de la forêt, il se retourna, hors d'haleine.

— Reviens, petit, n'aie pas peur !

Le garçon se laissa avaler par la noirceur du sous-bois. Un hurlement retentit dans la profondeur de la masse verte, auquel d'autres répondirent. Un cri animal qu'il connaissait bien. Des loups. Il y en avait de nombreuses meutes, que l'hiver et la rage avaient rendues agressives. Ils rôdaient jusque dans les villages. Nicolas hésita à partir à la recherche de l'enfant, mais fit demi-tour, persuadé qu'il ne risquait rien, sans doute déjà près de ses parents, qui avaient établi leur foyer dans la forêt, comme des centaines d'autres. Les Français avaient baptisé *schenapans* tous ceux qui avaient refusé l'incorporation dans les troupes

13

du roi et les harcelaient sur les routes lorraines. Les schenapans étaient la mouche du coche. Il prit la plus grosse boule de pain qu'il possédait, l'enveloppa d'un linge propre et la fourra dans une niche située sur un des murs extérieurs, à une hauteur suffisante pour être hors de portée des animaux affamés. La récolte avait fourni cette année un blé abondant et de qualité, et les réserves étaient plus copieuses qu'à l'accoutumée, ce dont Nicolas pouvait profiter grâce à la générosité de ses patients. Les chirurgiens-barbiers et opérateurs ambulants étaient les seuls soignants à arpenter les hameaux et villages, délaissés des médecins et apothicaires, qui préféraient œuvrer dans les plus gros bourgs.

Il se sentit las, après une journée de marche sous le vent et le froid, ferma le livre et le reposa avec soin dans la mallette, puis s'allongea sur une couverture à même le sol. Dehors, les flocons étouffaient silencieusement tous les bruits de la nuit. Il n'aimait pas le sommeil, il n'aimait pas l'idée de s'abandonner sans défense à un état dans lequel il ne maîtrisait rien, pas même ses pensées. Ses rêves étaient toujours peuplés de cauchemars. Il lutta contre l'épuisement qui cherchait à l'envahir, avant de céder et de se laisser engloutir dans le noir.

Le premier cauchemar le recracha dans la réalité trois heures plus tard. Ne parvenant pas à chasser les images qui le hantaient, il enfila son manteau, s'enroula dans la couverture et sortit. Le ciel était dégagé et les étoiles brillaient d'un éclat à l'albédo optimum. La morsure du froid étant supportable, il resta un long moment à contempler le spectacle de la nuit, qui l'apaisait et le remplissait d'un peu de certitude face au questionnement perpétuel de son esprit. Au moment de rentrer, il tendit la main pour atteindre la niche : le pain avait disparu.

2

La lanière de cuir fouetta l'air au-dessus de la tête des chevaux. Le cocher était bougon. Une des bêtes avait contracté durant la nuit une inflammation au tendon du genou antérieur droit. Il lui avait été impossible de la remplacer, et la jument ralentissait fort l'allure de l'attelage. Partis de Metz le matin même, ils avaient parcouru les vingt-huit kilomètres qui les séparaient de Pont-à-Mousson en quatre heures. Ils y avaient fait une halte, à l'auberge du *Point du jour*. L'homme avait constaté avec inquiétude que l'état de sa percheronne avait empiré, malgré le cataplasme qu'il lui avait appliqué la veille. Il n'avait osé s'en ouvrir à son maître, le comte Charles de Montigny, qui l'avait sermonné pour le retard pris à la mi-parcours. Il n'aurait certainement pas droit à la récompense habituelle de deux francs qui lui était versée après chaque voyage. Le comte pouvait se montrer aussi prompt au châtiment qu'à la générosité. Et, ce jour, il n'était pas question de rebrousser chemin, ni même d'arriver en retard à destination : Charles de Montigny accompagnait sa nièce chez le marquis de Cornelli en vue de leur prochain mariage. Un banquet en compagnie des principaux notables de Nancy avait été organisé par le futur marié. Ils se devaient d'y être avant la tombée de la nuit. Le cocher, quant à lui, voulait impérativement toucher sa prime, qu'il avait anticipée pour l'acquisition d'un tissu en soie d'Italie, chez le drapier de la Grande-Rue, et dont sa femme serait folle. Il avait tant à se faire pardonner depuis sa dernière incartade où, rentré ivre chez lui, il l'avait frappée à coups de bâton sur la tête et les reins, manquant de lui briser les os, provoquant chez elle la perte d'une dent – sa dernière incisive – et des douleurs récurrentes qui la laissaient dans l'incapacité de s'occuper de son foyer. L'épouse l'avait menacé d'une plainte au tribunal et, s'il revenait sans l'étoffe, il en serait quitte pour finir devant le juge et faire amende honorable.

Il but d'un trait son pichet de vin et se leva, bien décidé à rattraper son retard. Les bêtes s'étaient reposées et avaient eu de l'herbe fraîche. Tout n'était pas perdu.

— Quel air vous faites, ma nièce ! On a l'impression que je vous mène au supplice et non à un promis ! déclara le comte en repositionnant sa perruque qu'un soubresaut du carrosse avait fait s'avancer sur son front. Vous allez épouser une des plus belles situations de la place, un Cornelli, lié par alliance aux Visconti du Milanais. Allons, souriez !

Rosa de Montigny s'exécuta tout en tournant la tête vers le paysage afin d'éviter le regard de son tuteur. Elle avait les traits fins et angéliques et la peau d'une finesse extrême, propre aux femmes de sa famille.

— C'est un vieil homme de quarante-cinq ans ! dit-elle d'une voix sans conviction à force d'avoir usé de l'argument.

— Vous vous en accommoderez fort bien, vous verrez. Maintenant que Nancy est aux mains des Français, il nous faut faire convenance de cette nouvelle donne. Je ne crois pas que le duc retrouve un jour son autorité sur ses sujets. Je me dois d'assurer votre avenir. Je l'ai promis à votre mère sur son lit de mort.

Le carrosse tapa une souche de ses roues gauches, faisant craquer les soupentes de cuir.

— Si ce cocher ne nous tue pas tous ! ajouta-t-il en repositionnant sa perruque pour la seconde fois.

Il devina la pensée de sa nièce qui perlait de son regard.

— Ne pas nous y rendre ne serait que partie remise. Dans quelque temps, vous me remercierez d'avoir fait votre bonheur.

— J'ai froid, dit Rosa en plaquant contre elle la fourrure qui recouvrait sa banquette.

Charles lui tendit la sienne, qu'elle posa sur ses jambes.

— Je vous suis reconnaissante de vous occuper de moi comme vous le faites depuis toutes ces années, mon oncle, mais le bonheur est une matière si personnelle, comme la lingerie, qu'elle ne peut être l'affaire que de celle qui la porte.

— Toujours vos insolents persiflages. Mon enfant, il va falloir les éviter dorénavant. Parler de liberté et d'indépendance n'est pas l'affaire d'une femme, sauf à considérer ces aventurières à la vertu douteuse.

— En connaissez-vous, mon oncle ?

— Grand Dieu, non ! Je ne fréquente pas ce genre de monde.

— Alors, de quoi les jugez-vous coupables ?

— Vous le savez aussi bien que moi.

Elle n'eut pas envie de répondre. Pour Charles de Montigny, une femme n'était honorable que par l'argent que pouvait lui procurer un héritage ou un mariage avantageux. Toutes celles qui se passaient de ces deux conditions avaient en elles les ferments d'une vie de débauche. Elle savait qu'aucun argument ne pourrait jamais le faire changer d'avis et ne s'engageait plus depuis longtemps dans ce chemin avec lui. Le carrosse ralentit et se déporta sur la gauche afin de dépasser un homme qui tirait une mule chargée.

— Espérez plutôt un veuvage rapide, ajouta-t-il après un long silence.

— Il paraît que le marquis de Cornelli est en pleine forme physique.

— Tout à l'heure, c'était un vieillard, répondit-il avec malice.

— Il est de vingt-six ans mon aîné, mais tous ses ancêtres sont morts à plus de quatre-vingts ans. Je me suis renseignée, répondit-elle avec un sérieux qui surprit son oncle.

— Nous sommes en guerre, avec un peu de chance, il partira bientôt et sentira le vent du boulet, enchaîna-t-il sur le même ton. Il fut, il y a dix ans, un aide de camp de Charles V.

— Pourquoi voulez-vous qu'un jeune marié ait envie de fuir sa femme pour les champs de bataille ? Suis-je si repoussante ?

— Vous savez bien que non. Mais vous savez être irrésistible dans vos arguments. À vous de le convaincre d'y retourner !

— Seriez-vous si retors, mon oncle ?

— Je bâtis votre avenir. Vous n'êtes qu'une rêveuse qui a abusé de lectures licencieuses comme celles de ce Bayle. Encore un protestant !

Elle se tut. L'ouverture d'esprit de son oncle se limitait à certains sujets, et celui-là n'en faisait pas partie. La feutrine rouge de l'habitacle capitonné était usée et, par endroits, tellement râpée qu'elle laissait entrevoir le bois de l'ossature. Le véhicule, acheté d'occasion à la famille du prévôt Lançon à la mort de celui-ci, était à l'image des finances de Charles de Montigny : à bout de souffle.

Dehors, le fouet du cocher claquait sans interruption tel un orage au-dessus de leurs têtes. Les deux percherons blancs prirent un galop léger.

3

Nicolas avait quitté la masure en laissant un pain et de la viande séchée, et repris sa route. Il s'était arrêté à Nomeny, où il avait croisé une compagnie d'infanterie des troupes françaises. Une cinquantaine d'hommes, qui avaient investi toutes les maisons du bourg deux jours auparavant, sous le regard désespéré des habitants, obligés de leur donner, en plus du gîte et du couvert, une contribution de cinq livres quotidiennes. Les excès des soldats en campagne étaient connus de tout le duché et chacun redoutait leur présence, surtout dans les villages. Le gradé était un capitaine dont l'autorité auprès de ses hommes ne semblait pas manifeste. Nicolas évita leur contact et rejoignit la route de Nancy en direction d'Ajoncourt. Le chemin de terre était large et permettait croisements ou dépassements. Il avait surtout l'avantage d'éviter les sentiers forestiers que le gel rendait glissants et les vagabonds hasardeux.

Il buta sur un objet qui le fit trébucher. Une longue courroie de cuir usée. L'image du carrosse le dépassant lui revint en mémoire. Il scruta les environs et le vit,

19

cinq cents mètres plus loin. Sa soupente s'était rompue. Le véhicule avait versé dans un champ. La portière droite était ouverte et pointait, verticale, comme un étendard rigide, sur lequel gisait une forme sombre. Nicolas grimpa sur sa mule qui ne se fit pas prier pour prendre le trot.

Au moment où il arrivait à hauteur du carrosse, Charles de Montigny surgit de l'arrière, sa perruque dans une main, une montre de gousset dans l'autre. Un filet de sang barrait son crâne chauve.

— Tout va bien, monsieur, tout va bien. Vous pouvez nous aider ? Tout va bien, mais nous sommes en retard !

Sa voix était saccadée, son débit rapide et ses phrases marquaient une certaine confusion mentale. Encore sous l'effet du choc de l'accident, il errait autour du véhicule d'un pas mécanique.

— Y a-t-il d'autres personnes ? demanda Nicolas en comprenant avec soulagement que ce qu'il avait pris pour un corps inanimé n'était en fait qu'une fourrure d'ours accrochée à la vitre.

— Ici, venez, s'il vous plaît, appela une voix féminine.

Il prit sa mallette et contourna le carrosse. Rosa de Montigny était agenouillée près du cocher qui gémissait, allongé dans l'herbe. Le comte les rejoignit.

— Elle n'a rien, vous dis-je. Aidez-nous à remettre notre attelage en place, vous voulez bien ?

Nicolas ne répondit pas et s'approcha du blessé.

— Lui, vous n'y touchez pas ! cria Charles de Montigny. C'est à cause de ce misérable que nous en sommes là. Je le chasse, il ne travaillera jamais plus à mon service. Venez, nous allons remettre mon carrosse sur ses roues ! ajouta-t-il en prenant place près du véhicule.

Nicolas défit les bandes qui enserraient ses mains.

— Où avez-vous mal ? demanda-t-il à l'homme qui tenta de se relever sans succès.

— Mon épaule… c'est mon épaule, répondit-il avec un rictus de douleur qui agaça le comte.

— Allons, debout, Claude ! Vous voyez bien le tort que vous nous causez !

— J'en suis désolé, monsieur le comte…

— Cet homme est blessé, monsieur, intervint Nicolas. Son état requiert des soins d'urgence. Quant à votre engin, il n'ira nulle part : il a deux roues cassées.

— Ah non ! Ce n'est pas possible ! Nous avons rendez-vous, un rendez-vous important, un rendez-vous essentiel, pour tout dire !

Devant l'indifférence de sa nièce et de l'inconnu, il frappa du pied un des rayons de la roue et le brisa. Il resta un instant hébété devant le résultat de son acte puis s'éloigna, boitant et vouant aux gémonies les héritiers du sieur Lançon qui lui avaient vendu un véhicule vermoulu.

Nicolas enleva sa veste au domestique et déchira sa chemise. Une bosse était apparue au-dessus de l'omoplate droite alors qu'un vide avait creusé l'épaule.

— C'est une luxation, conclut-il.

— Une quoi ? bredouilla l'intéressé qui se sentait défaillir.

— Votre articulation s'est déboîtée. C'est douloureux, mais je vais tout remettre en place.

— Vous êtes quoi ? Un rebouteux ?

Il ouvrit sa trousse et en sortit des linges, de la charpie, et un flacon à la forte odeur de pin.

— Je m'appelle Nicolas Déruet. Je suis chirurgien ambulant.

Claude retrouva soudainement ses esprits :

— Mais cela va me coûter combien ?

— Pas question que je paie ! cria le comte, qui s'était assis dans l'herbe à une dizaine de mètres et les observait tout en gardant un air détaché.

— Je ne vous demanderai rien, répondit Nicolas.

— Je vous dédommagerai sur ma cassette, intervint Rosa en posant un regard appuyé sur son oncle. Puis-je vous aider ? ajouta-t-elle d'une voix douce et posée.

— Racontez-moi comment cela est arrivé.

— Il y a eu un grand craquement dans le carrosse, nous avons tangué, de gauche, de droite, pendant un temps qui m'a paru si long…

— J'ai senti que la soupente venait de lâcher et j'ai tenté d'arrêter les deux chevaux, compléta le cocher. Mais notre attelage a fini par verser sur la gauche. Heureusement qu'à ce moment-là nous allions à faible allure.

— Je crois que Claude nous a sauvé la vie, déclara Rosa à l'intention de son oncle qui leur tourna le dos.

— Les chevaux étaient encore attachés, reprit Claude, et l'un des deux était blessé. J'ai eu peur qu'ils n'entraînent le carrosse en paniquant. Monsieur le comte et sa nièce étaient toujours à l'intérieur. J'ai détaché le premier. C'est le second, au moment de le libérer, il m'a botté des pattes arrière. Un peu plus et il m'arrachait la tête.

Nicolas défit sa botte droite et cala son pied sous l'aisselle du cocher tout en tendant son bras perpendiculairement à son corps. L'homme grimaça. Il était contracté.

— Restez allongé sur le dos, tournez la tête vers madame et regardez-la droit dans les yeux. D'accord ?

— Non, pas d'accord, intervint Charles de Montigny en s'approchant. Mais qu'est-ce que cela veut dire ? Ce laquais ne posera pas les yeux sur ma nièce ! ajouta-t-il avec emphase.

— Claude, regardez-moi, dit Rosa, indifférente aux rodomontades de son tuteur.

— Non, Claude, c'est moi que vous regardez, d'accord ? ordonna Charles en se plaçant près de sa nièce. Dans mes yeux ! Allez !

— Mais je fais quoi, moi ? répondit le blessé, dont les yeux affolés alternaient de l'un à l'autre.

Nicolas en profita pour exercer une traction douce et progressive sur le membre, tension qu'il cessa à l'audition d'un petit craquement sec.

— Vous pouvez vous relever, maintenant. C'est fini.

— Fini ? dit l'homme en se massant l'épaule. Déjà ? Mais oui, je n'ai plus mal !

Il se mit sur ses jambes, d'abord avec appréhension, puis prit de l'assurance.

— C'est incroyable ! Je n'ai rien senti ! C'est un miracle !

— Allons, ne blasphémez pas, Claude ! s'emporta le comte. Ce n'est que de la pratique manuelle, pas l'œuvre de Dieu ! Allez plutôt chercher nos bêtes et trouvez le moyen de nous sortir de ce mauvais pas. Allez !

L'homme détala vers le champ voisin où les deux percherons avaient repéré de l'herbe au milieu d'une terre aride. Nicolas imbiba la charpie avec le liquide du flacon odorant.

— À vous, maintenant, proposa-t-il au comte qui l'interrogeait du regard.

Celui-ci recula :

— Mais je vais bien !

— Vous avez plusieurs plaies au visage. Je vais y poser un emplâtre.

— C'est plutôt de ma perruque qu'il faudrait s'occuper, rétorqua-t-il en désignant le postiche déchiré.

— Ce n'est pas dans mes compétences, monsieur, répondit Nicolas en lui montrant le pansement humide.

L'homme lui présenta son front.

— Pourtant, je croyais que les chirurgiens étaient aussi perruquiers et barbiers, me trompé-je ? demanda le comte, faussement ingénu.

— Ce n'est pas mon cas. J'opère de la taille, des fistules, je recouds, je cautérise, je panse. Mais je ne touche pas aux phanères. Je soigne le corps, monsieur, pas l'esthétisme des peaux.

— C'est un beau et noble métier, intervint Rosa.

— Vous voulez sans doute parler de la médecine, ma chère nièce, mais monsieur n'en est que le valet. Fort habile au demeurant, mais ce n'est pas un art que de jouer du rasoir et de la lancette. Toutefois, je vous suis très reconnaissant de votre intervention. Nous vous ferons parvenir vos émoluments une fois rentrés à Metz.

Nicolas lui fourra la charpie dans la main.

— Ne vous inquiétez pas pour mes honoraires, mais plutôt pour la cicatrisation de votre plaie. Portez ce linge plusieurs fois dessus jusqu'à ce qu'il soit sec. Et demandez à votre apothicaire de vous fournir un mélange de térébenthine, d'huile de rosat et de jaune d'œuf. Vous l'appliquerez jusqu'à cicatrisation complète.

Le comte regarda avec dégoût le pansement gras à l'odeur caractéristique.

— Je verrai cela avec mon médecin personnel, répondit-il. Pour l'instant, nous avons plus urgent à résoudre.

— À votre aise. Peut-être préférez-vous que l'infection empoisonne vos humeurs, ajouta Nicolas. Alors, même le grand Alliot ne pourra rien y faire.

Le comte haussa les épaules et rejoignit son cocher qui vérifiait l'état des jambes des percherons. Rosa s'approcha de Nicolas et chuchota :

— Vous m'avez l'air d'être une personne de confiance. Voulez-vous m'aider, monsieur ?

— Vous aider ? Si c'est de mon domaine, oui, madame.

— Je vais vous parler d'un domaine qui concerne tout le monde, sauf peut-être mon oncle. Celui du bonheur et de l'épanouissement.

La jeune femme lui relata le but de leur voyage et son opposition à ce projet.

— J'ai espoir que cet accident nous empêche de rencontrer le marquis de Cornelli et qu'il se trouve plus tard dans d'autres dispositions.

— Pourquoi faites-vous tout cela ? En aimez-vous un autre ?

La question parut la surprendre :

— Non, mais je me veux un esprit libre et indépendant ! Et si mariage il y a, ce sera le choix de mon cœur, pas celui de mon tuteur !

La réponse fit sourire Nicolas.

— Votre cœur est noble et généreux, mais je crains que la vie ne l'asservisse rapidement.

Elle le dévisagea exagérément.

— Êtes-vous si vieux que vous connaissiez la vie si bien que cela ?

— Chaque jour m'enrichit d'expériences qui me chuchotent que je mourrai sans prétendre la connaître, comtesse.

— Je ne suis pas comtesse, pour le malheur de mon oncle. Et suis-je votre expérience du jour ? demanda-t-elle d'une voix où pointait l'agacement.

Elle frissonna. Il prit la fourrure et l'en enveloppa.

— Je dois vous paraître aussi exotique que vous me semblez éloignée des contingences. Un conseil : restez-y. Quand on pose les pieds sur le sol, c'est rarement sur de la soie. Sauf votre respect.

Elle se retourna pour vérifier que son oncle n'en avait pas fini avec le cocher et entraîna Nicolas vers sa mule.

— Alors, emmenez-moi !

— Je vous demande pardon ?

— Emmenez-moi avec vous. Je veux vivre libre.

— Mais qui vous dit que je représente la liberté ? Et en connaissez-vous le prix ?

— À moi de le fixer ! Alors, vous m'aiderez ?

— À vous préserver d'une union non consentie, oui. À vous enlever à votre vie, non. Et vous m'en remercierez !

La voix du comte se fit entendre :

— Rosa, nous partons !

Les yeux de Rosa implorèrent Nicolas.

Les deux hommes revinrent avec les chevaux de trait. Les bêtes étaient nerveuses. L'une d'elles boitait.

— Elles sont encore sous le choc, commenta Montigny pour expliquer leur état, mais elles peuvent avancer.

Il voulut flatter l'encolure de la plus proche. La bête recula, les naseaux retroussés.

— Il y a autre chose, intervint Nicolas.

— Comment cela, autre chose ? Seriez-vous spécialiste en bêtes aussi ? questionna sèchement Montigny.

Nicolas scruta les environs et tendit le bras :

— Là-bas, fit-il en désignant un endroit à la lisière de la forêt.

— Qu'y a-t-il ? Je ne vois rien !

— Qu'est-ce que c'est ? interrogea Rosa qui avait aperçu un point sombre immobile.

— Un loup.

— Un loup ? Y a-t-il un danger ? s'inquiéta Charles de Montigny.

— Pas tant qu'il est seul et à cette distance, répondit Nicolas en chargeant sa mallette sur sa mule. Que comptez-vous faire ?

— Nous avancerons au pas jusqu'à Amance où nous trouverons un attelage frais. Nous pourrons ainsi rejoindre Nancy...

— Et pour les loups, que comptez-vous faire ? insista Nicolas.

— Vous venez de me dire qu'il n'y a pas de danger...

— Pas ici, en tout cas. Mais la route d'Amance s'enfonce dans la forêt, mentit-il.

Le point sombre disparut derrière les arbres.

— Ma foi, oui, cette fois, je l'ai vu, affirma le comte, que sa myopie empêchait de distinguer le moindre détail à plus de dix mètres.

— Il est parti chercher la meute.

La phrase de Nicolas fit l'effet d'un couperet.

— Voilà qui est fâcheux, conclut Charles de Montigny. Fort fâcheux.

Il s'approcha de lui.

— Mais vous qui connaissez bien ces lieux, monsieur Déruet, peut-être pourriez-vous nous accompagner ? Je saurai me montrer généreux.

La phrase fit sourciller Nicolas.

— Je sais, les apparences sont contre moi, continua le comte. Mais ce jour est maudit. Guidez-nous hors de ce cauchemar. Aidez-nous, monsieur Déruet.

— Est-ce une manie familiale d'implorer l'aide du premier venu ? dit Nicolas en évitant le regard courroucé de Rosa. La seule issue possible est de rebrousser chemin jusqu'à Nomeny, nous n'en sommes pas loin. Il y a bien une compagnie de Français, mais elle sera moins dangereuse qu'une meute de loups, n'est-ce pas ?

Le comte acquiesça. Il avait fini par se persuader que leur accident était un cas de force majeure qui ne pourrait nuire à leur relation avec le marquis. Peut-être même celui-ci déléguerait-il un carrosse pour aller les chercher après leur terrible épreuve. L'émotion provoquée ne pourrait que leur être bénéfique, d'autant que Charles de Montigny avait l'intention de relater avec beaucoup d'imagination leur encerclement par des canidés enragés.

Rosa choisit de prendre place sur la mule pendant que son oncle eut toutes les peines du monde à investir la croupe du percheron valide. L'improbable équipage s'élança sous la direction de Nicolas. Depuis son départ de la masure, il se savait suivi par l'enfant de la forêt, dont il avait fait passer la frêle silhouette pour celle d'un loup.

À leur grand soulagement, les soldats français avaient levé le camp et, à leur arrivée, le bourg avait retrouvé sa quiétude habituelle. Nomeny était un chef-lieu de bailliage dont la guerre avait réduit la population comme une peau de chagrin, de sept cents à cent foyers. Les rues étaient larges, et les maisons récentes présentaient des murs en pierre de taille, dont certains avaient été bâtis avec les ruines du château local, rasé par ordre de Louis XIV.

L'équipage s'arrêta à la maison de Pierre de Morteuil, un lointain descendant de Nicolas de Lorraine, comte de Vaudémont et marquis de Nomeny, dont cette illustre parenté suffisait aux yeux de Charles à en faire un homme de bien. Il accepta de les accueillir pour la nuit avec d'autant plus de facilité qu'il avait été l'obligé de Montigny quelques années auparavant dans une affaire d'impayés. Les adieux avec Nicolas se résumèrent à un dernier regard de Rosa en sa direction.

Il choisit de se rendre chez Jean Lecouteux, curé de la paroisse, qu'il avait soigné l'année précédente et dont il avait apprécié la compagnie et le savoir. Il se méfiait généralement des dévots et des soldats de Dieu, qui composaient le gros de l'escarcelle des hommes d'Église, mais il avait trouvé à Nomeny un prêtre ouvert à l'humanité et aux idées nouvelles. Ils passèrent la soirée à débattre de la situation du duché jusqu'à ce que le prêtre décroche un bâillement rédhibitoire et se retire pour prier.

Les pas du père Lecouteux résonnèrent dans le couloir de la cure. La porte d'entrée claqua. Deux chiens aboyèrent à son passage. Puis le silence recouvrit la nuit. Nicolas attendit un long moment, allongé sur sa paillasse, que le sommeil l'emporte. Mais il lui fit faux bond. Il se leva à tâtons, prit son briquet à chandelle et alluma une bougie. Il ouvrit sa mallette et choisit le livre de Harvey, *Des mouvements du cœur chez l'homme et les animaux*, dont il imagina le combat qu'il avait dû mener, plus de soixante ans auparavant, face à l'incrédulité et à l'opposition des médecins, afin d'imposer ses idées révolutionnaires sur la circulation du sang. Nicolas fit saillir une veine en comprimant son bras et observa le léger mouvement de celle-ci au rythme de ses battements cardiaques. Il lut un long moment, jusqu'au dernier feu de la bougie, puis resta dans la pénombre sans parvenir à dormir. Tant de questions restaient sans réponse. Les chiens aboyèrent de nouveau. Il sentit l'endormissement poindre et décida de s'y laisser entraîner. La porte s'ouvrit au moment où il fermait les yeux. Le père Lecouteux se pencha vers lui :

— Nicolas, j'ai besoin de votre aide. C'est la fille Bruyer.

La famille Bruyer habitait une ferme proche de l'église, où elle élevait quelques vaches et des poules pour le compte d'un propriétaire du bailliage de Nomeny. De leurs cinq enfants, ils n'avaient qu'une seule fille, ce que la mère attribuait à la mauvaise disposition du père pour la ferveur religieuse. La jeune femme, enceinte, avait perdu les eaux le matin même. Le travail durait depuis plus de vingt heures.

— La matrone est avec elle ? demanda Nicolas, qui n'obtint pas de réponse.

Un carrosse aux luxueuses boiseries dorées était stationné devant l'entrée de la ferme. Le cocher et un laquais attendaient à proximité, assis devant un brasero, à se réchauffer, en silence.

— Je vous expliquerai, dit Lecouteux devant le regard interrogatif de Nicolas. Il n'y a pas de matrone, la sage-femme vient de Nancy. Elle m'a envoyé vous chercher quand je lui ai appris votre présence ici. Elle connaît votre réputation.

À l'intérieur, dans la cuisine, le père et les quatre fils étaient assis devant la cheminée. Les regards étaient fermés et tristes, les mines harassées. L'homme se leva pour saluer Nicolas.

— C'est moi qui vous ai envoyé quérir, monsieur.

— Que s'est-il passé ? interrogea Nicolas en posant son sac.

— Il se présente par le siège, répondit une voix dans son dos.

La sage-femme, elle aussi, avait l'air épuisée. Elle portait un linge sur la tête qui recouvrait ses cheveux et encadrait son visage à la manière d'une nonne. Sa chemise blanche était maculée de taches et d'auréoles, ses mains longues et fines et ses ongles courts. Elle n'avait rien de commun avec les accoucheuses qu'il avait rencontrées jusqu'alors.

— Il ne se retournera plus, ajouta-t-elle. J'ai tout essayé. La mère est très affaiblie.

— Puis-je la voir ?

La femme chercha du regard l'approbation du père.

— Ma fille, elle ne veut pas en entendre parler, elle ne veut pas qu'un homme la voie en délivrance. Elle n'a même pas voulu accoucher à la chaleur du feu. Seulement dans un lit, comme à la Cour. C'est de travailler pour monsieur le marquis qui lui a donné ces idées. Mais vous, ça n'est pas pareil, vous n'êtes pas un homme, vous êtes un chirurgien. Même la sage-femme a demandé votre présence. Alors, je suis d'accord. Vous allez la sauver, n'est-ce pas ?

La chambre était borgne. Deux rangées de bougies avaient été disposées de chaque côté du lit. La jeune femme, calée sur un monticule d'oreillers, semblait dormir. Sa mère, qui se tenait à ses côtés, lui chuchota quelques mots à l'arrivée de Nicolas. La parturiente gémit, incapable de prononcer des paroles compréhensibles. Il s'assit et, en silence, posa sa main sur le ventre de sa patiente. Les contractions n'avaient pas cessé. La sage-femme introduisit ses doigts dans le périnée et constata que le siège l'avait distendu. Elle proposa une dernière tentative.

— Avant de vous laisser la place, ajouta-t-elle.

Nicolas savait ce que sa phrase sous-entendait : une césarienne et la mort de la mère. Mais il en était arrivé au même diagnostic.

Elle enfonça son bras au maximum dans l'orifice interne.

— Je sens des doigts, les mains et les pieds !

Elle tenta de repousser les mains et d'empoigner les pieds, pendant que Nicolas appuyait sur l'abdomen afin de faciliter l'expulsion. La jeune femme hurla. Sa mère la supplia de contracter son ventre de toutes les forces qui lui restaient, ce qu'elle fit. La sage-femme ne réussit qu'à reculer les fesses, sans parvenir à déplier les jambes du fœtus. À bout de forces, la fille Bruyer défaillit.

— Non ! cria la sage-femme, ne nous abandonne pas maintenant. Pas maintenant !

Dans un dernier effort, elle réussit à attraper un des deux pieds et à le tirer à l'extérieur, puis le second.

— Je les ai, je les ai ! annonça-t-elle.

Sans se consulter, ils échangèrent leur place. Il allait falloir beaucoup de force physique afin de délivrer le nouveau-né. Tous prodiguèrent des encouragements à la jeune femme, qui, épuisée, n'arrivait plus à ouvrir les yeux.

Nicolas parvint à faire sortir les jambes, puis le bassin. La matrone les enveloppa rapidement dans un linge sec et chaud et vérifia que les deux bras du fœtus étaient collés le long de son corps avant de laisser le chirurgien continuer la traction. Il prit le maximum de précautions afin d'obtenir la meilleure prise possible, serrant dans ses mains les hanches et les avant-bras du bébé, puis tira progressivement, de plus en plus fort. Il vit apparaître le bas du thorax et continua sa manœuvre. Mais le corps resta coincé à ce stade. Nicolas augmenta sa traction, sans résultat. D'un bref regard, ils échangèrent à nouveau leur place, lui appuyant sur le ventre et elle tentant de dégager l'enfant, sans qu'il avance d'un pouce.

— La tête ? demanda Nicolas en se rapprochant de la mère.

— Elle est en rétention dans le pelvis. Elle ne peut plus s'infléchir, on ne pourra jamais la sortir ainsi.

Il examina la jeune femme et ne trouva pas son

pouls. Ses téguments étaient d'une pâleur extrême et tous ses muscles flasques. La vie la quittait.

— L'enfant est très faible, dit la sage-femme devinant l'hésitation de Nicolas.

Devançant sa décision, elle fit sortir la vieille mère qui s'était mise à prier, un chapelet à la main, agenouillée contre le lit. Nicolas prépara ses instruments pour la césarienne. À l'aide d'un scalpel, il fit une longue incision longitudinale au milieu de l'abdomen, puis souleva le péritoine en s'aidant de ses doigts et le coupa à l'aide de ciseaux. La jeune femme ouvrit la bouche, comme pour y puiser une dernière bouffée d'air, et se figea. Nicolas repéra la matrice, à découvert des intestins, et la fendit avec précaution pour ne pas blesser le fœtus. Il sortit l'enfant du ventre et le tint à bout de bras, pendant que la sage-femme coupait le cordon, qui s'était enroulé autour de son cou. Le nouveau-né avait la peau cyanosée et ne respirait pas. Elle avisa un verre d'alcool que la famille avait préparé à sa demande, en mit une gorgée dans sa bouche et la souffla sur le visage de l'enfant. Le nouveau-né se débattit puis hurla à pleins poumons. Elle le prit contre elle, le rassura et examina son corps. Il n'avait aucune difformité ni anomalie, à l'exception d'une tache sombre sur la peau, à la base du cou, de la taille d'un gros écu. Elle le lava, le frotta avec du sel et un peu de miel puis l'emmaillota dans des linges qu'elle avait fait tenir au chaud.

Nicolas s'assura que la mère n'était plus en vie et recousit la peau de son ventre avant de la recouvrir d'un drap. Il s'essuya les mains et le visage dans un linge propre et prit le bébé pendant que la sage-femme se nettoyait à son tour. Pour la première fois depuis son arrivée, il la regarda droit dans les yeux. Ils étaient d'un vert intense et pur, d'une couleur qu'il n'avait jamais observée chez aucune autre personne, proche de la pierre de jade qu'il possédait dans sa mallette.

— Qu'y a-t-il ? demanda-t-elle en déposant le linge. Vous avez l'air frappé de stupeur. Est-ce votre première césarienne ?

Les yeux de cette femme lui semblaient soudain familiers. Il eut la sensation curieuse d'avoir déjà vécu ce moment avec elle. Comme une impression de redite. Conscient de sa fatigue physique et nerveuse, il se ressaisit.

— Je ne connais même pas votre nom.

Elle enleva le fichu qui cachait ses cheveux et lui sourit.

— Je m'appelle Marianne. Marianne Pajot.

Elle prit l'enfant dans ses bras.

— Venez, une autre épreuve nous attend.

La famille Bruyer s'était réunie dans la prière autour du père Lecouteux. Lorsqu'ils virent Marianne et Nicolas, ils se levèrent en silence et comprirent. Tous se précipitèrent dans la chambre où reposait la jeune femme.

— Laissons-les communier unis dans leur peine, dit le prêtre en prenant le nouveau-né dans ses bras. Je vais le baptiser avant que Dieu ne le rappelle à lui.

— Il est de robuste constitution, affirma Marianne, il lui faut pour l'instant trouver un sein de nourrice. Il peut s'en sortir.

— Où est le père de cet enfant ? s'enquit Nicolas. Je ne l'ai pas vu. Est-il mort ?

Marianne s'assit sur une chaise et se massa le visage. Elle était exténuée.

— Cette pauvre Mathilde Bruyer a subi les assauts répétés de son employeur, un noble du duché, répondit le prêtre. Après l'avoir rendue grosse, il l'a renvoyée dans ses foyers, accompagnée d'une petite rente.

— J'ai été mandatée par lui pour l'accouchement, ajouta-t-elle. Il tenait à ce que son enfant, même bâtard, puisse avoir toutes les chances de naître.

— Mais qui est-il ?

Le nouveau-né hurla. Un cri animal, félin, aigu.

— Il lui faut s'alimenter au plus vite. Qui dans le bourg a accouché récemment ? questionna Marianne.

— Il y a deux mères qui pourraient faire l'affaire, proposa le curé, l'une d'elles a perdu hier son nourrisson qui s'est étouffé dans le lit et le lait lui vient encore. Je vais aller les quérir.

De la chambre parvenait la litanie des prières entrecoupées de pleurs étouffés. Nicolas déposa une bûche dans l'âtre et activa les braises. Les flammes firent craquer le bois sec. L'enfant ne devait pas prendre froid.

Il questionna Marianne, dont la dextérité l'avait impressionné pour son jeune âge. Elle avait suivi les enseignements de la fille de Louise Bourgeois, l'accoucheuse des reines, à Paris, et avait exercé à l'Hôpital-Dieu avant de retourner en Lorraine en 1692. Elle cessa rapidement de parler d'elle sans se montrer curieuse de lui. Les échecs dans son métier étaient nombreux, mais elle ne s'y habituait pas et cherchait mentalement ce qu'elle aurait dû faire pour sauver la mère autant que son enfant. Il comprit qu'elle n'avait pas encore totalement émergé dans la réalité et respecta sa demande implicite. Il ne se lassait pas de la regarder, ce dont elle se rendit compte mais n'en prit pas ombrage.

— On peut le voir ?

La famille Bruyer était entrée dans la cuisine sans qu'ils les entendent. Le père tendit les bras afin de découvrir son petit-fils. Il sourit pour la première fois de la soirée et caressa la joue du nouveau-né qui, trop faible pour crier après s'être délesté de toute son énergie, eut seulement un réflexe de succion.

— Il a faim, remarqua-t-il en le passant à sa femme.

Celle-ci démaillota le linge, laissant paraître le cou et les épaules. À la vue de la tache de vin, elle eut un regard effrayé vers Nicolas.

— Ce n'est rien, expliqua-t-il en s'approchant d'eux, votre enfant n'est pas malade, il est dans sa nature d'avoir sa peau ainsi colorée, mais cela ne s'étendra pas et peut-être même se retirera par le temps.

— Mais c'est la marque du diable ! s'écria le père en se reculant, horrifié.

— J'ai vu de nombreux enfants en porter, croyez-moi, même dans des familles de souche royale. Certains se la transmettent à chaque génération. Il n'y a rien de diabolique en cela.

— C'est le diable ! Il a puni ma fille d'avoir forniqué avec le marquis !

Son épouse, qui avait remis le linge sur le cou de l'enfant, semblait paniquée. Marianne lui prit le bébé des mains et le porta contre son épaule afin de leur montrer que personne ne craignait un sort quelconque. Rien n'y fit : ils voyaient en cet angiome un signe du destin et décidèrent que le nouveau-né ne pouvait rester en leur demeure.

— Il nous apportera le malheur, cria le père. Il a déjà tué ma fille !

Lorsque le prêtre revint avec la nourrice, les Bruyer firent un tel battage que la pauvre femme refusa de s'approcher du petit et qu'elle sortit sans demander son reste. Le père Lecouteux tenta de les raisonner, mais même l'homme d'Église ne put les convaincre qu'il n'y avait en cette marque aucune origine démoniaque. Les procès en sorcellerie, qui avaient fait rage en Lorraine au début du siècle, sous la férule du procureur général Nicolas Rémy, et qui avaient envoyé au bûcher plus de neuf cents malheureux, avaient laissé des traces dans l'inconscient collectif, et, bien que personne ne fût plus ni inculpé ni exécuté pour ce chef d'accusation depuis plus de quarante ans, certains étaient encore persuadés que le diable pouvait prendre forme humaine sous chaque toit. La famille Bruyer fit bloc autour du père qui menaça de le déposer en forêt si la sage-femme ne repartait pas avec l'enfant.

— Je connais un endroit qui l'accueillera à Nancy, intervint le prêtre.

— Et qui le nourrira ? s'enquit Nicolas.

— Je trouverai une nourrice, dès demain, répondit Marianne. Nous partirons au lever du jour. Pour cette nuit, il se contentera d'un peu d'eau.

Le père Lecouteux proposa à la sage-femme le gîte pour les quelques heures qui les séparaient encore de l'aube. Il décida pour sa part de rester avec la famille en deuil.

Les deux cochers étaient toujours dehors, auprès du brasero qui n'avait pas faibli d'intensité. Marianne leur relata la soirée. Le décès de la jeune mère sembla les affecter. Ils la connaissaient bien pour être au service du même homme. Ils regardèrent avec compassion le bambin emmailloté.

— Quel est son nom ? demanda l'un d'eux.

— Le curé l'a baptisé sous celui de Simon.

— Simon ? C'est beau, cela aurait plu à sa mère.

Marianne et Nicolas regagnèrent la cure et déposèrent l'enfant dans le grand lit du prêtre. Aucun des deux n'avait envie de dormir. Nicolas alluma des bougies et descendit sa mallette d'où il sortit plusieurs livres.

— Mes plus précieux trésors, déclara-t-il en les lui présentant comme des amis.

Elle choisit les œuvres de La Framboisière, un épais traité regroupant de l'anatomie, de la médecine et des remèdes, dont l'ensemble était rédigé en français. Ils parcoururent les planches dessinées en les commentant de leurs propres expériences. Leur échange passionné leur permit d'évacuer les images de la soirée et dura un long moment, jusqu'à ce que l'enfant manque de s'étouffer par les glaires qui s'étaient accumulées dans son arrière-gorge. Marianne y mit bon ordre en le penchant en avant et les évacuant par de petits coups portés dans le dos. Nicolas l'observa, fasciné. Le garçon se calma très rapidement avant de fermer les yeux.

Ils le regardèrent dormir paisiblement.

— Vous croyez qu'il va vivre ? demanda Nicolas sans quitter le nouveau-né des yeux.

— Je n'en sais rien. Qu'il soit en vie en ce moment relève déjà du miracle.

Il la dévisagea en se remémorant la dextérité dont elle avait fait montre.

— C'est vous son miracle. Vous êtes...

— Une matrone, rien de plus, répondit-elle avec lassitude. Savez-vous combien d'enfants je perds en couches ou meurent peu après ? Un sur quatre, parfois plus. Il n'y a rien de miraculeux à cela ! Non, je ne suis qu'une assistante, Dieu fait le reste.

— Alors Dieu guide votre main, conclut-il.

— Sachons apprécier ce qu'il donne et ne pas trop souffrir de ce qu'il reprend, dit-elle mystérieusement. Me feriez-vous la faveur de m'accompagner jusqu'à Nancy demain ? C'est bien votre destination ?

— Je vous aiderai à apporter cet orphelin aux religieuses. Quoique son père ne soit pas mort. Cet homme, ne faudrait-il pas l'avertir de cette nouvelle situation ?

— Si je suis ici, malheureusement, c'est bien parce qu'il ne veut pas savoir ce qu'il en adviendra.

— Ne peut-il pas assumer sa descendance, même illégitime ? A-t-il si peu de considération des autres et de lui-même ? Qui est-ce ?

Elle eut une moue qu'il ne sut interpréter.

— C'est le marquis de Cornelli.

5

Les fers des chevaux résonnèrent sur les pavés au passage de la porte de la Craffe. Le nouveau-né, endormi durant tout le trajet, se réveilla en sursaut et pleura à perdre son souffle jusqu'à l'arrivée au couvent du Refuge. Ses cris redoublèrent quand la sœur qui les accueillit le prit sans ménagement dans ses bras. Il avait faim, froid, et percevait une franche hostilité de la part de ce nouvel environnement. La supérieure, mère Janson, mise au courant des circonstances de la naissance, démaillota l'enfant et l'observa comme elle l'eût fait d'une marchandise sur un étal de la place Saint-Epvre. Elle gratta la peau au niveau de la tache sans manifester la moindre émotion. Nicolas lui expliqua que le lipome avait toutes les chances de se résorber durant son enfance, s'il arrivait à survivre et franchir ce cap. La religieuse, tout en gardant une expression impassible, répondit que l'éventualité était si peu probable qu'elle acceptait de garder l'orphelin, bien que les seules pensionnaires fussent féminines, par charité chrétienne, et surtout par reconnaissance envers le père Lecouteux. Marianne la remercia chaleureusement et lui promit l'arrivée d'une nourrice avant la mi-journée.

L'immense porte de bois claqua en se refermant derrière eux. Nicolas regarda la façade de la bâtisse et eut l'impression qu'après l'avoir sauvé, ils venaient de condamner le petit Simon.

— Quel genre de pensionnaires ces femmes recueillent-elles ? demanda-t-il à Marianne alors qu'elle remontait dans le carrosse.

Elle indiqua au cocher l'adresse de destination avant de lui répondre.

— Des genres si différents qu'il n'y a que dans cet endroit qu'elles peuvent se côtoyer. Vous y trouvez des vertueuses jeunes filles de bonne famille frappées par la foi, des pénitentes qui font une repentance sincère et même des pécheresses. Mais ne vous inquiétez pas pour votre protégé, celles-ci se trouvent dans un quartier à part. J'ai l'impression que vous regrettez déjà notre geste, est-ce que je me trompe ?

— Vous aurez à peine tourné dans la rue voisine que je vais me précipiter pour le tirer des griffes de ces moniales, plaisanta-t-il.

Il détacha sa mule, à l'arrière du véhicule.

— Il n'empêche que je viendrai régulièrement prendre des nouvelles de lui, dit-il en élevant la voix afin qu'elle l'entende.

La rue se réveillait dans les cliquetis des outils, les hennissements des chevaux et les rires des artisans qui se préparaient à leur journée de labeur.

— Je ne voudrais pas qu'il soit soigné par les potions d'un charlatan, les recettes d'un colporteur ou par les sœurs elles-mêmes, après tout le mal qu'on s'est donné tous les deux, continua-t-il en criant. Autant le laisser dans la forêt en compagnie des loups !

La mère Janson, qui sortait au même moment du couvent par une porte de service, le foudroya du regard avant de traverser. La longue coiffe noire qui lui enserrait la tête se balançait au même rythme que le chapelet qui pendait à sa ceinture. Elle s'engouffra rue de la Salpêtrière. Marianne, qui avait vu la scène, ne put réprimer un rire bref et mélodieux.

— Il va falloir vous montrer plus diplomate si vous voulez que le couvent vous ouvre ses portes, monsieur le barbier, s'amusa-t-elle. Et je crains que votre métier ne vous éloigne de votre orphelin la plupart du temps.

Nicolas passa la tête par la portière du carrosse.

— Je vais m'établir quelque temps à Nancy, je connais des confrères qui voudront bien m'accueillir.

— Il est fort louable de prendre son rôle de père au sérieux !

— Je ne suis pas son père, ni son tuteur, juste son accoucheur. Et qui vous dit que le petit Simon est la cause de ma sédentarisation ?

— En fait, c'est une décision mûrement réfléchie, n'est-ce pas ?

Le museau de la mule impatiente apparut par la portière opposée. Nicolas la repoussa doucement d'un mouvement de main.

— En quelque sorte. Un mûrissement rapide.

— Et à quoi est-il dû ?

— À notre rencontre, répondit-il sérieux.

Les traits de la sage-femme se figèrent d'étonnement une fraction de seconde avant de retrouver leur physionomie.

— Ne vous méprenez pas, enchaîna-t-il sans lui laisser le temps de répondre. Je suis intéressé par votre science de l'accouchement. J'aimerais que vous m'en enseigniez les techniques. J'y suis parfois confronté dans mes déplacements, vous comprenez ?

Elle regarda les mains de Nicolas, emballées dans des linges qui formaient comme de fines mitaines, puis son visage souriant. Sa peau était mate comme celle des travailleurs des champs, mais les traits de sa bouche et de son nez étaient étonnamment fins, et ses cheveux, mi-longs, ondulaient dans un grand désordre capillaire. Il se dégageait de son physique un charme discret et de son attitude une assurance naturelle.

— Je comprends, dit-elle d'un ton qu'elle voulut détaché, mais je ne suis pas la personne qu'il vous faut. Je ne suis qu'une praticienne, pas une enseignante. Je dois y aller maintenant, il me faut quérir une nourrice.

— Faisons un marché, proposa-t-il. Je vous livrerai mes secrets et vous me donnerez les vôtres.

— Je ne détiens aucun secret, juste des techniques que vous trouverez dans vos propres livres. Monsieur Déruet, j'ai apprécié votre travail de cette nuit et…

— … vous ne pouvez plus vous passer de moi ?

— Et je compte sur votre discrétion pour ne pas ébruiter cette affaire, compléta-t-elle.

La cloche de l'église voisine sonna neuf coups étouffés. Elle eut un regard suppliant.

— Faites-moi juste une promesse, insista-t-il.

— C'est oui.

— Comment, oui ? Vous ne connaissez pas ma demande !

— Je vous ai dit que je n'avais aucun secret à vous livrer, pas que je ne voulais pas vous revoir.

6

Toutes les échoppes avaient ouvert leurs volets dans la rue Saint-Jacques qui se réveillait en s'étirant tel un chat. L'enseigne, constituée d'un bassin jaune, se balançait au-dessus du comptoir de la boutique, au gré d'un vent poussif et irrégulier. François Delvaux était un des plus anciens maîtres chirurgiens installés dans la place. Et l'un des plus craints pour son caractère autoritaire et procédurier. Nicolas était entré alors qu'il lui tournait le dos, agenouillé devant son patient, qu'il avait assis sur un tabouret et dont il avait entaillé la peau au niveau du pied, juste au-dessous de l'articulation de la cheville. L'homme, un bourgeois spécialisé dans le commerce du bois, s'était accidentellement planté une écharde sous la peau plusieurs semaines auparavant et avait laissé le corps étranger

44

s'enkyster sans s'en inquiéter, jusqu'à ce que la douleur apparaisse.

Coiffé d'un bonnet blanc dont il ne se séparait jamais, le chirurgien maugréa en maintenant le membre que l'homme avait tendance à reculer dès qu'il approchait son scalpel.

— Arrêtez de bouger ! Sinon, je vais encore rater mon incision ! lui intima-t-il sèchement.

— Mais vous me faites mal ! se défendit l'autre, en se tenant la tête à deux mains pour accentuer son propos.

— Mal ? Je ne vous ai pas encore touché ! exagéra le praticien. Je vais faire une ouverture grande comme un ongle, cela est moins douloureux qu'une saignée, allons !

L'homme grogna. François Delvaux prit sa réaction pour une réprobation. Ce qui l'excéda subitement. La machine colérique était lancée.

— Premièrement, monsieur le marchand, vous n'aviez qu'à faire plus attention à vous au lieu de vous embrocher le pied à la manière d'un marmot étourdi. Deuxièmement, je serais bien curieux de savoir de quel genre de bois il s'agissait : du hêtre de boulanger, comme celui que vous m'aviez promis pour ma boutique, ou du bois blanc, comme celui que vous m'avez livré cette semaine, et qui fume et craque à profusion ?

L'homme retira promptement son pied, sur lequel il craignait que le chirurgien n'exerce des mesures de rétorsion, et chercha du regard sa chaussure, qu'il ne trouva pas.

— Je ne sais pas de quoi vous parlez, maître

Delvaux, sans doute une erreur de mon commis, dit-il d'une voix chevrotante d'émotion.

— Une erreur de votre commis ? Quatre cordes de charme et de blanc entourées d'une corde de hêtre à l'allure honnête ? Vous osez appeler cela une « erreur » ? Je dirais plutôt une escroquerie manifeste !

Le chirurgien s'était levé, le bourgeois en fit autant et recula instinctivement.

— Je vous faisais l'honneur de vouloir sauver votre misérable vie de contrebandier, malgré l'embarras dans lequel vous me laissez, et vous n'avez d'autre réaction que de mettre en doute la qualité de mes soins ! cria-t-il de façon à être entendu du voisinage.

— Mais non, il y a juste que j'ai mal !

— C'est votre bois pourri qui vous fait mal, pas ma lancette ! Car il est, pour sûr, pourri et Dieu, dans sa grande miséricorde, va vous octroyer une punition par là où vous avez péché !

— Mais je ne vous permets pas…, tenta l'homme en se rebiffant.

— Votre chausse est sous le meuble, derrière vous, et la porte juste en face, monsieur. Je vous laisse aller trouver un de mes confrères qui aura la charité de vous extraire le corps du délit, si tant est qu'il en existe encore un dans cette ville que vous n'ayez pas essayé d'abuser ! conclut Delvaux, accompagnant sa tirade d'un geste théâtral.

Il se retourna vers la sortie et se trouva face à Nicolas.

— Par tous les saints du paradis ! rugit-il.

Le bourgeois en profita pour filer sans demander son reste, sa chaussure à la main.

— Par tous les saints du paradis ! répéta-t-il, comme

pour se convaincre de la réalité de ce que ses yeux lui rapportaient. Nicolas, dans mes bras !

L'effusion fut ponctuée d'échanges de rires entre les deux hommes. Delvaux y mit fin brutalement :

— Cela fait combien de temps ?

— Trois ans, maître, et rien n'a changé ici.

— Ne m'appelle plus jamais maître ou je te botte le cul. Tu as ta maîtrise toi aussi, je te rappelle.

Il entraîna Nicolas vers la table où il poussa tous les outils qui y traînaient d'un revers de manche.

— Tu trouves que rien n'a changé ? demanda-t-il, intrigué. J'ai pourtant fait des travaux au niveau de la devanture et j'ai commandé ce gros bahut à Sourdis le menuisier. Six mois qu'il m'a fallu attendre. Tu n'as pas vu ?

— Je parlais de toi et de l'ambiance générale, répliqua Nicolas, un large sourire aux lèvres. Pour le reste, je reconnais que l'environnement s'est un peu embourgeoisé.

Le chirurgien soupira avant d'éclater de rire.

— Pas assez au goût de la patronne, mais trop au mien.

— Comment va-t-elle ?

— Elle va, elle va. Tu sais, elle n'a jamais retrouvé la joie depuis la mort du fils. Elle est partie au lavoir, comme tous les jours. J'espère que tu pourras rester jusqu'au repas, elle sera si heureuse de te voir.

— À vrai dire, j'espérais rester un peu plus longtemps.

— À la bonne heure ! Tu pourras dormir au grenier, ton lit y est toujours. Tu repars où, demain ?

Nicolas inspira longuement l'air de la pièce qui

sentait les essences aromatiques mélangées à la poussière ambiante.

— Avec ta permission, si tu l'acceptes, je reviens travailler pour toi.

— Pour moi ? Mais Nicolas, tu n'es plus mon apprenti, tu n'es même pas mon égal, tu m'es bien supérieur ! Et ce n'est pas de la modestie, tu sais que je ne suis pas cousin avec elle !

Il se leva et sortit du bahut une bouteille de vin et deux verres.

— Que se passe-t-il ? Tu as fait des misères ? Tu es recherché par la soldatesque ?

— Non, il y a juste que je voudrais me poser quelque temps à Nancy.

— Alors, tu es revenu pour t'installer ? demanda-t-il en s'asseyant et en disposant les verres devant eux. Je peux t'aider à ouvrir boutique. C'est moi le roi du han[1] cette année !

— Prends-moi comme assistant. Il me semble que tu n'as personne.

— Pour sûr, tu as raison. Le dernier s'est sauvé il y a un mois, répondit-il en se massant le menton.

Maître Delvaux avait le front plissé des quinquagénaires, prolongé par un nez tordu et cassé, et un menton légèrement prognathe qui lui donnait l'air de faire une moue permanente. Ses mains étaient calleuses, en raison du travail qu'il effectuait sur ses vignes et qui l'éreintait bien plus que ses patients. Sa petite taille et sa corpulence moyenne contrastaient avec la puissance de sa voix dont il n'hésitait pas à

---

1. Le roi est le président d'une corporation d'artisans (nommée han), élu par ses pairs tous les ans.

user dès lors qu'il était en colère, à la manière d'un animal voulant se faire plus gros pour impressionner ses ennemis. Ceux-ci l'avaient d'ailleurs surnommé « le Hérisson blanc », en raison de son caractère et de la couleur de son bonnet, devenu son vêtement fétiche depuis qu'il l'avait gardé sur sa tête pendant sa première opération, afin de maintenir ses longs cheveux. Vingt-cinq ans après, le poil s'était fait plus rare, mais le couvre-chef était toujours le même.

Il versa le vin dans les verres et tendit le sien à Nicolas.

— Alors, tu veux vraiment revenir ? Soit, je t'engage ! Je ne vais quand même pas rater une affaire pareille !

Ils trinquèrent et partagèrent quelques souvenirs de l'apprentissage de Nicolas chez le Hérisson blanc jusqu'au retour de la patronne, qui pleura en le voyant avant qu'il ne tombe dans ses bras. Elle sentait toujours la même odeur de savon et de lait que dix ans auparavant, lorsqu'il s'était trouvé propulsé dans leur famille. Sa peau n'avait pas pris de rides, mais son regard avait perdu son intensité et ses iris fauves leur feu. C'est elle qui l'avait dépucelé, à l'âge de quinze ans, sur la paillasse du grenier, sans que maître François en sache jamais rien. Après son entrée dans le monde des hommes, elle avait ensuite fait office de mère et de tutrice. C'est elle qui lui avait appris à lire, l'année suivante, dans les rares traités de médecine ou d'anatomie écrits en français qui composaient le cœur de la bibliothèque du maître. François avait détecté, dès ce moment, des aptitudes hors norme chez lui. Nicolas était capable de reproduire sans entraînement n'importe quelle technique chirurgicale, juste après l'avoir lue une seule fois. Ses gestes étaient les plus sûrs et les plus précis de tous les praticiens de la place, et surtout les plus rapides, ce qui était essentiel à la réussite des opérations, alors que les patients étaient éveillés et contractés par la douleur. Le Hérisson blanc l'avait volontairement refréné, avait doublé sa charge de travail, l'avait traité plus durement que tous ses autres apprentis, s'était montré plus injuste, et avait réussi à canaliser le caractère et le don du jeune homme. À la fin de sa période d'apprentissage, alors qu'il avait de l'or dans les mains, il était parti avec sa mule jouer les opérateurs ambulants dans les hameaux les plus reculés des campagnes les moins sûres.

François Delvaux avait fermé sa boutique sans attendre la tombée de la nuit, au grand dam d'un patient, arrivé peu après, qui avait tambouriné sur le volet et s'était vu refouler sans ménagement par le patron. Le malheureux, dont l'abcès anal l'empêchait de s'asseoir depuis plusieurs jours, avait attendu la dernière extrémité avant de se présenter au chirurgien. Le Hérisson blanc, penché à la fenêtre du premier étage, lui avait alors demandé de baisser son pantalon et de lui présenter son fondement, ce que l'homme avait fait, après s'être assuré que plus personne ne vaquait dans la rue. Bien que ne pouvant rien voir de l'état de la tumeur du candide, il avait sifflé bruyamment en signe d'étonnement et, gardant tout son sérieux, lui avait indiqué l'adresse d'un chirurgien de ses amis, en lui précisant qu'il lui faudrait s'arrêter à chaque coin de rue et y compter jusqu'à cent afin d'éviter l'éclatement de son abcès. L'homme l'avait remercié et était reparti en suivant scrupuleusement les consignes du maître.

François avait ri un long moment de sa plaisanterie et avait expliqué à Nicolas que son patient lui devait des honoraires depuis l'année précédente, ce que le tribunal du bailliage, engorgé, n'avait encore pu régler. « J'applique ma propre sentence », avait-il conclu, peu enclin à attendre la condamnation officielle. Ils avaient mangé tous les trois de bonne humeur, et le maître avait proposé à son ancien apprenti une sortie nocturne.

L'humidité avait envahi la cité ducale, laissant çà et là des ombres de brume en suspension qui naviguaient en l'air comme des bateaux fantômes. Ils longèrent le ruisseau Saint-Thiébaut, dont ils entendaient le clapotis sans pouvoir le distinguer, et le franchirent au niveau de la rue du Pont-Moujat sur un majestueux ouvrage de pierre. Ils pénétrèrent dans l'hôtellerie des *Trois Maures*, le seul établissement respectable du quartier, selon François, pour lui avoir toujours payé ses honoraires au comptant. L'endroit était composé de plusieurs tables aux conversations animées. Leurs voisins étaient des soldats français que l'alcool avait rendus braillards et exubérants. Les hommes se plaignaient de la faiblesse de leur solde et du peu de considération que leur accordait la population locale. Ils finirent par sortir après que la tension fut montée avec les autres tablées.

— Bon débarras, commenta le maître chirurgien. Ils n'ont toujours pas compris qu'ici on ne pactise pas avec une armée d'occupation. Ils nous saignent avec leurs taxes, dîme, gabelle et ustensile : on les loge, on les nourrit et en plus, on les paie pour leur saleté de guerre. Même les bourgeois sont aux abois.

— Comment fais-tu pour t'en sortir avec ta famille ?

— On ne s'en sort pas, le duché est un bateau qui est en train de couler, Nicolas. C'est tout.

Il vida son verre d'un trait comme pour valider son propos, resta un instant silencieux, puis redressa son bonnet sur sa tête et éclaira son visage d'un large sourire.

— Mais tu es revenu, comme quoi tout n'est pas perdu !

— Je suis seulement de passage.

— Je connais, cela fait trente ans que je suis de passage, petit. D'ailleurs, il va falloir que j'arrête de t'appeler « petit », tu me dépasses de plus de dix pouces ! Mais, tu sais, pour Jeanne et moi, tu as toujours été notre protégé.

— Je ne l'oublie pas, François. Je ne vous ai jamais oubliés. Je vous ai emmenés avec moi sur les routes du duché.

Une bûche crépita dans le grand âtre ouvert, projetant une gerbe d'étincelles sur la table la plus proche. L'aubergiste éteignit les braisons en les étouffant dans un linge humide.

— Encore du bois de contrefaçon, dit François à l'adresse de l'homme, on doit avoir le même fournisseur, que Dieu lui pourrisse le pied ! conclut-il.

Sa déclaration laissa l'assemblée interrogative sur la localisation de la colère divine.

Nicolas se détendit. Les retrouvailles avec son mentor avaient ravivé le souvenir de ses années d'apprentissage et de compagnonnage, et le vin avait achevé d'abattre ses défenses naturelles vis-à-vis de tout sentimentalisme. La solitude que lui imposaient son travail itinérant et la rudesse du métier avait tanné le cuir de ses émotions, le transformant en une carapace étanche. Jamais il ne s'était épanché à la confidence sur la rudesse de la vie d'un chirurgien ambulant. Il se laissa aller à écouter son ancien maître et à rire de ses rodomontades et de ses outrances verbales et gestuelles. Il retrouvait le plaisir de l'insouciance.

— On rentre ? proposa François après avoir raconté à l'assistance comment il avait fait baisser son pantalon en pleine rue à son dernier patient. Demain sera ta première journée, et l'aube se lève toujours trop tôt.

— Je suis impatient de commencer.

— Tu ne sais pas ce qui t'attend ! répondit le Hérisson blanc en reniflant bruyamment. Que des cas tordus, tu vas adorer. D'ailleurs, on n'a pas discuté de tes honoraires…

— Je demande juste le gîte, le couvert et de quoi remplacer mes guenilles.

— Je trouve ton absence d'exigences presque blessante pour moi, dit François avant de cracher sur le sol en terre. Tu garderas les paiements de ceux que tu auras soignés. Mais je te préviens, il te faudra batailler ferme pour les obtenir !

— Je ne peux pas accepter, répondit Nicolas en laçant ses linges sur ses mains. La boutique est à toi.

— N'y vois aucune bonté spéciale, cela me laissera plus de temps pour mes occupations personnelles. Mes vignes et ma *Nina*.

Lorsqu'ils sortirent, le brouillard avait recouvert toute la ville en une masse homogène. Ils s'accoudèrent sur le pont et regardèrent le ruisseau qui formait une béance entre les masses sombres des maisons.

— Tu as toujours le béguin pour cette barque ? demanda Nicolas.

— Mais la *Nina* n'est pas une barque ! C'est le but

de ma vie ! Mon chef-d'œuvre, bien plus que n'importe quel autre travail.

Depuis vingt ans, le Hérisson blanc, grand terrien devant l'Éternel, issu de générations de vignerons et de fermiers enracinées dans le duché, s'était mis en tête de construire son bateau après s'être lié d'amitié avec un géographe de passage qui lui avait vanté les beautés du monde et vendu celles d'une carte représentant les voies navigables de la France et des pays limitrophes. Elle avait été une révélation pour le chirurgien.

— La *Nina*, c'est l'appel de l'aventure, dit-il à Nicolas en posant sa main sur son épaule. Regarde, ajouta-t-il en montrant du doigt l'ombre du ruisseau, imagines-tu que ce filet d'eau se jette dans la Meurthe, qui s'unit à la Moselle avant de s'offrir au Rhin ? Et ce fleuve majestueux, sais-tu où il pose ses pieds ? Dans la mer du Nord !

Il fouilla dans sa poche, en sortit une demi-coque de noix vide et la lui présenta.

— Si je la jette du haut de ce pont, dans quelques jours, elle aura rejoint les océans du monde… Te rends-tu compte ?

L'argument, qui avait été utilisé par le commerçant pour lui vendre la carte, était devenu chez lui une obsession : l'aventure, celle dont il rêvait depuis toujours, commençait sous ses pieds. Il n'avait eu de cesse, depuis, de s'atteler à la construction d'un navire avec lequel il pourrait aller à la rencontre des immensités marines et de leurs légendes. Mais la réalité de ses finances l'avait cloué au sol plus sûrement qu'une tempête. Parquée dans le port du Crosne, à quelques kilomètres de la ville, l'embarcation de cinq mètres de long ressemblait à la coquille qu'il tenait à la main.

Le mât, qui avait été taillé dans un bois tendre trois ans auparavant, n'attendait plus qu'à être posé et la voilure commandée, mais les deux étaient toujours en attente, faute de solvabilité de la part du maître chirurgien. François, qui était devenu la mascotte des marins du Crosne, restait le seul à croire que la *Nina* prendrait un jour la mer.

Il lança la coquille qui, bringuebalée par le courant, tournoya sur elle-même, se retourna et finit coincée dans un entrelacs de branchages, de lanières de cuir et de linges en décomposition provenant des activités des artisans voisins. François lança un regard de désolation vers Nicolas et haussa les épaules. La démonstration avait tourné court.

Ils sentirent une présence derrière eux.

— Vous voulez passer, messieurs ?

Ils se retournèrent sur trois soldats français qui, côte à côte, occupaient toute la largeur de l'ouvrage.

— Vous voulez passer ? répéta le seul gradé, un caporal de la compagnie des grenadiers du roi.

— Bien observé, rétorqua François, c'est effectivement notre intention.

Il reconnut certains des hommes qui s'étaient avinés à l'hôtellerie des *Trois Maures*.

— Alors, ce sera deux francs pour le franchissement. Vous êtes deux, un franc par personne.

— Observateur et fin mathématicien, constata François. Voilà de la soldatesque de qualité !

— Suffit de votre ironie, le passant. Ou vous payez, ou vous restez ici la nuit.

— Payer, payer, toujours payer… Bientôt, l'occupant nous fera payer l'air que nous respirons, s'emporta François en s'adressant à Nicolas. Je me demande ce qu'en penserait le lieutenant général du bailliage s'il savait que ses hommes rançonnent les honnêtes citoyens de cette ville.

— Il en serait fort marri, répondit Nicolas en ignorant les trois soldats.

— Crois-tu ? Je lui poserai la question, il vient me voir demain pour l'extraction d'une dent.

— Deux francs, allez ! fit l'homme en tendant sa main.

— Tu sens cette odeur, Nicolas ? dit François en reniflant bruyamment.

— Oui, répondit-il en reniflant à son tour, on dirait…

— L'odeur de la peur ! Et ça vient de là, ajouta-t-il en se plaçant devant l'homme.

Il huma sa vareuse.

— C'est bien ça, mon odorat ne me trompe jamais ! Un soldat qui a peur…

— C'est ennuyeux, continua Nicolas.

— Fort ennuyeux, insista François. La peur mène au pourrissement des organes.

— Tu as raison, j'ai déjà vu le cas, renchérit Nicolas en dévisageant l'homme alors que ses deux comparses faisaient un pas en arrière. Le patient avait l'air bien…

— *Avait* l'air…

— Et, un jour, en venant me voir pour des démangeaisons, il s'est écroulé devant moi. D'un coup. Mort. Il avait été rongé de l'intérieur, ses organes s'étaient affaissés comme s'ils étaient en sable.

— Le pourrissement !

— Et cette odeur…

— La même qu'aujourd'hui, non ?

— Suffit ! hurla l'homme, suffit ! Je n'aime pas ces diableries, dégagez, dégagez !

Les militaires s'écartèrent pour les laisser passer.

— Vous devriez consulter, conseilla François une fois à sa hauteur.

Le soldat eut un regard dans lequel la crainte le disputait à la frustration.

Ils marchèrent quelques mètres, heureux d'avoir retrouvé leur complicité. Au moment où le Hérisson blanc ouvrit la bouche pour parler, il se figea en une grimace d'incompréhension et s'écroula à genoux, en se tenant l'échine. L'homme les avait suivis et l'avait poignardé dans le dos.

Chapitre II

7

La blessure était superficielle. Le coup avait ripé et l'arme s'était plantée dans la graisse qui garnissait son flanc gauche. Aidé d'un voisin, Nicolas l'avait transporté, conscient, jusqu'à la maison et s'était assuré de recoudre la plaie avant de l'oindre d'un onguent à base de fiente de vache mélangée à de la graisse de porc, dans des proportions indiquées par François qui, malgré la douleur naissante, avait tenu à superviser les soins. Jeanne l'avait veillé toute la nuit. Au matin, une ridule était apparue sur son front, qui ne l'avait plus jamais quitté.

L'état de François, bien que très rassurant, lui interdisait de pratiquer son métier. Pis encore, il le cloua au lit près d'une semaine, ce qu'il n'avait jamais expérimenté et le rendit d'humeur bougonne. Nicolas s'occupa de tous les patients du chirurgien, qui considérait sa présence comme un cadeau de Dieu.

Des trois, Jeanne fut celle que l'accident toucha le plus. Elle en perdit le sommeil et s'abîma tous les jours encore plus à la tâche.

La cheminée de l'arrière-boutique exhalait une chaleur de Géhenne que le patient avait du mal à supporter. Il suait de tous les pores de son corps nu, allongé dans un grand baquet en bois. Son visage poupin en était devenu rougeaud, un filet de salive avait séché à la commissure de ses lèvres violacées, ses jambes lui faisaient mal et sa respiration était superficielle. Le médecin lui avait diagnostiqué une syphilis qu'il s'était empressé de cacher à son entourage. La grosse vérole lui faisait peur et le rendait honteux. Lorsque la plaie, apparue au niveau de son sexe, avait guéri, il s'était cru tiré d'affaire. Mais l'éruption généralisée, qui s'était déclarée deux semaines plus tard, l'avait obligé à se rendre chez François Delvaux pour y séjourner jusqu'à disparition des lésions cutanées. Notaire de son état, il avait invoqué auprès de sa femme un voyage d'importance à Paris, ce qui lui offrait trois semaines de répit.

L'homme souffla. L'air chaud lui donnait la sensation d'étouffer. Nicolas entra, un seau à la main et une paire de gants dans l'autre.

— Pouvez-vous faire cesser cette torture ? l'invectiva le patient sur un ton qui ne souffrait pas de contradiction. Je vais me pâmer !

— Il vous faut transpirer avant la friction, répondit Nicolas sans obtempérer. Sinon, vous garderez le poison de la vérole en vous. Et, dans ce cas, vous pourrez parler de torture.

L'homme, visiblement impressionné, se cala dans la bassine dans l'attente du traitement. Il jeta un regard vers le contenu du seau avant de fermer les yeux. Nicolas enfila les gants en cuir souple et plongea la main dans le mélange de saindoux et de sels de mercure qu'il venait de préparer. Il en frotta le patient au niveau de toutes ses articulations, lentement et méthodiquement. Une fois l'opération terminée, il lui tendit une chemise dont l'homme se recouvrit en râlant.

— Fort bien, dit François qui assistait à la scène sans qu'ils l'aient entendu entrer. Restez près du feu et suez, suez jusqu'à faire sortir le mal de tous vos pores ! Votre guérison est à ce prix.

— Donnez-moi à boire, maître Delvaux, la bouche me cuit depuis ce matin, répondit l'homme en tirant sa langue.

L'intérieur de ses joues et ses gencives étaient enflammés. Nicolas s'essuya les mains et lui apporta de l'eau fraîche du puits. Il n'aimait pas utiliser les frictions mercurielles pour tenter de guérir la grosse vérole, remède qu'il trouvait parfois pire que le mal, mais il ne connaissait pas d'autre traitement. L'homme allait baver comme une bête enragée, puis l'éruption disparaîtrait et son état s'améliorerait. Il se croirait guéri et donnerait les trente francs d'honoraires à François, trop heureux de s'en tirer à si bon compte alors que la syphilis était si souvent synonyme de mal incurable. Mais Nicolas savait d'expérience qu'elle revenait toujours rechercher ses victimes, parfois des années plus tard. Les sels de mercure n'y pouvaient rien.

Il laissa François échanger avec son patient quelques mots sur les récoltes à venir et monta au grenier chercher de nouveaux linges. Jeanne s'y trouvait, à étendre des tissus propres pour les sécher. Il plia ceux qu'elle avait lavés la veille et tria les plus abîmés pour en faire de la charpie. Jeanne lui sourit avec retenue, sans doute en souvenir du jeune homme qui jouait à cache-cache avec elle entre les rangées de linges blancs. Le grenier n'avait pas résonné de leurs rires depuis plus d'un lustre. Elle l'aida à finir son travail avant de remplir un seau de linges tachés de graisse.

— Je t'accompagne au lavoir, proposa Nicolas. J'ai besoin de sortir.

Ils longèrent l'esplanade plantée de tilleuls qui délimitait la frontière entre la ville-neuve et les quartiers anciens, et traversèrent le bastion des Michottes. Jeanne, qui était restée silencieuse tout le trajet, l'arrêta :

— Tu crois qu'il va guérir, mon François ?

— Mais il est déjà guéri. Ne t'inquiète pas. Il piaffe d'impatience, c'est plutôt bon signe, non ?

— Oui, oui…

Nicolas posa au sol le baquet qui commençait à lui tétaniser les muscles. Le linge lavé était gonflé d'eau.

— Que se passe-t-il, Jeanne ? Que veux-tu me dire ?

— J'ai eu si peur qu'il meure, l'autre jour, quand vous êtes revenus. Depuis, j'y pense, tout le temps. C'est comme…

— Une obsession ?

Elle resta silencieuse.

— C'est tout à fait normal, Jeanne, crois-moi, et cela se dissipera petit à petit. Comme les brumes sur le canal. Tout finit toujours par rentrer dans l'ordre avec le temps.

— Tu crois que Dieu a voulu nous punir ?

— Je crois surtout que c'est un soldat ivre qui a voulu se venger.

— Mais que lui a-t-on fait ?

— Rien, François était juste sur son passage et le bougre voulait de l'argent.

— Non, à Dieu, que lui a-t-on fait ?

— Viens, Jeanne, on a encore du chemin.

Au moment de reprendre le fardeau de linge, son attention fut attirée par le véhicule qui se trouvait dans la cour de l'hôtel particulier situé en face d'eux. Le bois des roues était neuf et contrastait avec l'aspect vétuste de l'habitacle.

— Que regardes-tu ? demanda-t-elle en observant la cour déserte.

— Je connais ce carrosse... À qui appartient cet hôtel, Jeanne ?

— Nous sommes rue Naxon. C'est celui du marquis de Cornelli.

L'image de la jeune femme prête à le suivre pour éviter un mariage avantageux le fit sourire. Il relata l'anecdote à Jeanne.

— Si elle t'avait vu oindre le tabellion[1], c'est toi qu'elle aurait fui ! Pour sûr, qu'elle a déjà oublié ses envies d'aventure.

— Tu as raison, dit-il en jetant un dernier regard à la bâtisse où il vit une ombre déambuler à travers les fenêtres du premier étage.

La silhouette s'arrêta pour les observer. L'allure était masculine, aux épaules larges et droites, mais ils ne pouvaient distinguer le visage dans la pénombre.

— Des deux côtés de cette vitre, lequel est le plus enviable ? interrogea Nicolas. Le sien ou le nôtre ?

— Le sien, pour sûr, répondit Jeanne en l'entraînant plus loin dans la rue.

_____
1. Notaire.

Se sentir observée l'avait mise mal à l'aise.

— Quelle drôle de question tu m'as posée là, continua-t-elle. Qui refuserait d'en être ?

Le lavoir débordait d'une intense activité et ils durent attendre qu'une place se libère avant d'y accéder. Jeanne s'agenouilla sur le bord incliné et jeta son linge dans l'eau claire. La buée s'exhalait de la bouche des lavandières au rythme de leur respiration comme autant de nuages s'élevant vers le toit du bassin. Au bout de quelques minutes d'activité, les mains de Jeanne furent rougies des morsures du froid. Le bruit des battoirs essorant les vêtements hachait les conversations de leur rythme régulier. Nicolas pliait le linge et le posait dans le baquet au fur et à mesure de l'avancement du lavage. Ils étaient les seuls à être restés silencieux et concentrés sur leur travail.

— Connais-tu Marianne Pajot ? demanda-t-il soudain.

Elle en profita pour se redresser et reposer son dos perclus de contractures.

— C'est une sage-femme de Nancy, ajouta-t-il comme si elle manquait d'indices.

— Je sais, je la connais. Je fus de celles qui l'ont élue.

— Je l'ai vue à l'œuvre. Elle a une sacrée expérience.

Jeanne se remit à l'ouvrage.

— C'est la meilleure accoucheuse du duché, confirma-t-elle. Elle a sauvé des cas désespérés. Et pourtant, elle n'a jamais été grosse.

— Jamais ? Mais je croyais que, pour être élue matrone, il fallait…

— Avoir accouché ? Jusqu'à elle, c'était le cas. Mais, dans la paroisse, tout le monde était d'accord pour qu'elle soit notre sage-femme. Même les deux chirurgiens lui ont donné son certificat d'aptitude sans discuter.

— Sais-tu où je pourrais la trouver ?

Le sourire de Jeanne plissa ses joues de larges rides.

— Allons bon, aurais-tu engrossé une bougresse que tu aurais besoin de ses services ? Promets-moi juste de revenir assez tôt pour m'aider à porter le bac de linge propre !

8

Marianne logeait à la Charité de Saint-Epvre, située dans la maison du bourgeois Pierre Diart, rue du Point-du-Jour. La jeune congrégation avait été créée quatre ans auparavant pour venir en aide aux pauvres de la paroisse, et elle avait été choisie par les dames patronnesses afin de s'occuper des femmes enceintes célibataires et du « fruit de leur débauche ». La plupart tentaient d'avorter ou abandonnaient leur enfant à la naissance, sur le parvis d'une église pour les plus chanceux, dans la rue, un fossé ou la forêt pour les autres. Les enfants nés sans père, qui avaient passé ces deux écueils, n'avaient plus qu'à espérer ne pas être emportés par les maladies infantiles ou la malnutrition. Moins d'un sur deux parvenait à l'adolescence sans encombre. L'Église et les bonnes consciences chrétiennes avaient ainsi créé différentes Charités afin de canaliser le désespoir des mères à la grossesse non désirée et d'éviter que leurs nouveau-nés ne puissent mourir avant d'avoir été baptisés.

La rue du Point-du-Jour comprenait des maisons de belle facture ainsi qu'un hôtel particulier à l'imposant escalier extérieur en pierre. La remarque de Jeanne lui revint en mémoire : « Qui refuserait d'être du côté intérieur de ces maisons ? » Il avait failli lui répondre : « Moi… », mais elle n'aurait pas pu comprendre ses motivations profondes. Il avait préféré se taire.

Marianne ne parut pas surprise de la visite de Nicolas, du moins ne la manifesta-t-elle pas. Elle s'apprêtait à sortir pour se rendre au couvent du Refuge prendre des nouvelles du petit Simon, dont l'appétit vorace était déjà venu à bout des capacités mammaires de sa première nourrice. Sa constitution exceptionnelle lui avait permis de survivre au traumatisme de sa naissance miraculeuse dont le récit avait fait le tour de l'institution. Nicolas lui proposa de l'accompagner, ce qu'elle accepta sans retenue ni enthousiasme excessifs. Le soleil froid d'une journée d'hiver avait pris possession du ciel et éclaboussait de reflets moirés sa jupe en drap bordeaux garancé. Il détailla son corset noir lacé dans le dos, les manches rapiécées de sa chemise en toile de chanvre et son chaperon sombre doublé de satin, qui semblaient la caresser à chaque pas. Il trouvait à Marianne une grâce hors du commun et un charme qu'il ne voulait pas s'expliquer de peur de le voir se rompre. Il n'avait pensé qu'à elle depuis son arrivée à Nancy, tout en essayant de refréner ses sentiments et son attraction grandissants envers une femme dont la beauté se doublait des qualités d'une praticienne exceptionnelle.

Simon était le seul enfant du couvent. Les pensionnaires s'étaient prises d'affection pour lui et le couvraient de toutes leurs attentions. Il s'en trouvait toujours une pour se proposer de le prendre dans ses bras dès qu'il venait à pleurer, si bien que le nouveau-né était plus choyé que s'il avait vécu dans son foyer parental. Seule la mère Janson tempérait les excès des jeunes femmes qui projetaient sur l'enfant leur envie de maternité. Lorsqu'elle les reçut, la supérieure avait toujours la même expression impassible de froideur que lors de leur première rencontre. Son visage diaphane formait un carré clair au centre de sa coiffe sombre, et ses mains faisaient virevolter ses larges manches tout en restant invisibles. Ils ne purent voir l'enfant mais furent amenés au chevet d'une future parturiente de seize ans qui souffrait de syncopes dont la fréquence altérait son état physique et sa grossesse. Marianne promit à la directrice de s'occuper d'elle jusqu'à la délivrance. La sœur les remercia et se retira dans sa cellule pour prier.

— À quoi songez-vous ? demanda-t-elle alors qu'ils sortaient du couvent.

Ils s'arrêtèrent sous le porche de l'entrée principale.

— Je pense que votre jeune patiente souffre du mal d'épilepsie, mais vous le savez déjà, répondit-il en observant sa réaction.

Elle fit une moue d'approbation.

— Que pouvons-nous faire ?

— Nous ? Mais je ne suis ni médecin, ni apothicaire ! s'exclama-t-il en faisant un pas vers la rue.

66

Marianne ne bougea pas. La réponse ne lui suffisait pas.

— C'est bien pour cela que je vous pose la question ! Il ne faut surtout pas la saigner ou la purger dans son état. Quoi faire ? Que disent vos livres ?

— Qu'il y a des dizaines de remèdes contre les convulsions provoquées par les humeurs crasses du cerveau comme celle-ci. Mais aucun ne fera l'affaire.

Un carrosse passa à grand bruit dans la rue étroite, obligeant Nicolas à revenir sous le porche.

— Pourquoi ne pas essayer ? demanda-t-elle quand le calme fut revenu.

— Si vous y tenez... Je connais un médecin qui fait manger ses propres cheveux à celui qui a une crise, un autre propose d'éternuer en utilisant de la poudre d'aristoloche – j'ai vu un homme en mourir. Un charlatan, qui avait une belle renommée dans le nord du duché, faisait pendre au cou des épileptiques du gui de chêne, ou leur faisait boire de la poudre de crâne humain mélangée avec de la racine de pivoine, dans du vin d'Espagne. En vain. Voulez-vous d'autres recettes ?

— Vous êtes un défaitiste, maître Déruet, je vous croyais plus pugnace, tenta-t-elle pour le piquer au vif. Si elle continue à s'épuiser ainsi, elle risque de mourir en couches.

— Je vous ai dit qu'aucun remède connu ne pourra l'en protéger, pas qu'il n'y avait rien à faire.

— Alors, que proposez-vous ? demanda-t-elle en croisant les bras en signe d'impatience.

— Que vous acceptiez ma demande de nous nourrir mutuellement de nos expériences, répondit-il en resserrant le linge qui lui servait de gant sur sa main droite. Je vous aide pour votre patiente, vous me laissez assister à son accouchement.

— Si vous réussissez à la débarrasser de son épilepsie, je suis même prête à vous ouvrir mes carnets de notes et mes livres.

— Et votre cœur ?

Nicolas avait parlé sans réfléchir, dans un élan émotionnel qu'il regretta aussitôt. Au loin un homme hélait les passants avec conviction et constance. Sa voix de rocaille, qui leur parvenait par intermittence, promettait aux badauds de vivre un moment exceptionnel.

— Je suis désolé de mon impertinence, se reprit-il. Pardonnez-moi et oubliez ce que je viens de dire, Marianne. Je suis navré.

— Pourquoi ? Le cœur ne fait-il pas partie de l'anatomie ?

Il n'osait plus la regarder et triturait nerveusement ses gants. Elle rit devant sa mine assombrie.

— Commençons par l'épilepsie et nous étudierons plus tard le siège des transports amoureux, vous voulez bien ?

— Vous me sortez élégamment de ma bourde. Je vous en remercie.

Il arrangea ses cheveux d'un coup de main et sourit.

— Permettez-moi au moins de vous raccompagner chez vous.

— Marchons un peu, dit-elle alors qu'elle relevait sa jupe pour passer au-dessus d'une grande flaque boueuse, découvrant un bracelet en or au niveau de sa cheville droite. Je suis curieuse de savoir ce que ce bonimenteur nous propose.

Ils rejoignirent l'attroupement autour de l'aboyeur qui siégeait dans la rue de Grève. Celui-ci était monté sur une estrade en bois accolée à un chariot drapé d'une tenture noire. Il haranguait la foule sans relâche avec un succès certain qu'attestait l'accroissement constant du public autour de son chapiteau improvisé. L'homme montra du doigt la roulotte :

— Il est venu tout droit du pays de Lituanie, là où il vivait à l'état sauvage, et fut capturé il y a trente ans. Il a pour marraine la reine de Pologne et l'ambassadeur de France pour parrain, rien de moins. De passage à Nancy pour Versailles où il doit être présenté au roi, venez voir et admirer un unique exemplaire d'homme sauvage, mesdames et messieurs, je dis bien un homme qui, comme une bête, a vécu son enfance dans la forêt.

La foule murmura entre étonnement et incrédulité.

— Malgré tous les efforts de nos savants, il ne peut ni parler, ni porter d'habits, ni mettre de souliers. Il est resté à l'état d'animal et sa férocité est sans égale. Venez, entrez et, pour seulement trois gros[1], admirez cette créature de Dieu que toute l'Europe s'arrache !

— Qui nous dit que ce ne sont pas là que tromperie et billevesées ? lança un homme râblé, aux joues de hamster et aux lèvres épaisses.

Il chercha du regard l'approbation des autres.

— Et si c'était un comédien complice ? ajouta son voisin, dont la parenté physique ne faisait aucun doute sur leur appartenance à la même fratrie.

Plusieurs autres hochèrent la tête en signe d'approbation. Le bonimenteur, sentant que la confiance de l'assemblée lui échappait, haussa le ton, faisant cesser le brouhaha naissant.

— J'ai ici un document officiel, reprit-il en montrant

1. Monnaie lorraine.

au public un papier qu'il tenait entre ses mains, les bras tendus en leur direction, un document officiel qui prouve de façon définitive l'origine et l'histoire unique de Joseph Urfin, nom donné au baptisé par la reine de Pologne elle-même !

Les cous avaient beau se tendre et les yeux tenter de lire, personne ne réussit à en déchiffrer le texte. Au même moment, un grognement parvint de la charrette, suivi d'un hurlement rauque qui fit trembler l'habitacle sur ses essieux et arracha un cri à la foule.

L'homme profita de l'incident pour reprendre la main sur son auditoire.

— Vous ne courez aucun risque, sa cage a servi au transport d'un gorille géant. Elle est indestructible. Allons, mesdames et messieurs, venez contempler ce phénomène de la nature, moment unique dans votre vie, car demain nous serons à nouveau sur les routes. Pour trois gros, vous pourrez approcher Joseph Urfin, le seul, l'unique homme sauvage !

— Qu'il aille à Versailles remplacer Louis ! cria un homme. On n'y verra pas la différence !

L'assistance rit bruyamment. D'autres quolibets au sujet du roi de France fusèrent. Les quatre soldats présents, qui surveillaient nonchalamment l'attroupement, s'approchèrent. L'un d'eux monta sur l'estrade et observa l'assistance, poings sur les hanches. Les trois autres s'étaient répartis dans la foule qui comprenait une cinquantaine de personnes.

— Venez, allons-nous-en, dit Nicolas en prenant Marianne par le bras. Cela va mal tourner.

— Personne ne bouge ! cria le gradé qui avait vu la scène. Qui tentera de s'échapper sera considéré comme suspect ! Que celui qui a osé porter atteinte à la dignité de notre roi se dénonce !

Les soldats tentèrent de dégainer leurs épées mais furent rapidement bousculés et mis à terre par plusieurs hommes, tandis que l'assistance se délitait rapidement dans les rues voisines.

— À moi la garde ! hurla l'officier, avant de se retrouver projeté au sol par les deux frères aux joues de hamster qui s'essuyèrent les pieds sur sa tunique avant de disparaître en direction des fortifications.

Nicolas avait pris Marianne par la main et l'avait entraînée dans la plus petite rue adjacente qui longeait l'église Saint-Nicolas. Ils entendirent le bruit des pas de la compagnie qui était en train d'investir la rue de Grève. Elle demanda une pause afin de retrouver son souffle.

— Pourquoi nous enfuir ainsi ? Nous n'avons rien…, commença-t-elle avant d'être à nouveau tirée par la main.

Nicolas avait aperçu le reflet de casques s'approchant du parvis de l'église. L'endroit était un cul-de-sac qui donnait sur des vignes et des jardins ouverts. La ville-neuve avait à peine plus de cent ans d'âge, et de nombreuses parcelles n'avaient toujours pas encore été construites, malgré l'engagement de leurs propriétaires envers le duc Charles. Ils traversèrent sans encombre les lopins et circulèrent le long de plusieurs ruelles transversales avant de déboucher sur une grande place lumineuse où régnaient une intense activité et une odeur de charogne.

— Où est-on ? demanda Nicolas, qui ne connaissait pas tous les quartiers de Nancy.

— Place du marché, répondit-elle en le forçant à lui lâcher la main.

Elle rajusta ses vêtements défaits, sa chemise en toile et son chaperon, avant de continuer :

— Qu'avez-vous fait là ? En nous enfuyant, nous nous sommes rendus coupables, vous rendez-vous compte des conséquences si nous avions été pris ?

— J'imagine surtout celles qui seraient advenues si nous étions restés. Marianne, pourquoi, à votre avis, tout le monde a agi comme nous ? Vous savez ce que les Français vont faire ?

— Mais vous ne m'avez pas laissé le choix ! Je déteste que l'on prenne des décisions à ma place, ne vous avisez jamais plus de recommencer ! déclarat-elle avec fermeté tout en évitant d'élever la voix.

— Ils vont prendre le premier venu, l'accuser d'avoir insulté leur roi et lui faire avouer un complot ourdi par l'étranger.

— Les voilà ! s'écria-t-elle alors que plusieurs hommes et deux cavaliers pénétraient sur la place et se répartissaient à ses quatre coins. Cette fois, pas question de courir ! Vous m'entendez ? On va faire à ma manière.

Les soldats avaient investi le lieu et bloqué les sorties possibles. Les marchands et artisans continuaient de travailler dans une indifférence de façade. Les étals étaient garnis de viande de bœuf et de mouton, provenant de la tuerie[1] toute proche, ainsi que de farines, blé et épeautre, issus des moulins de Boudonville et Saint-Thiébaut. Marianne entra dans la boutique du seul boulanger de la place, sans se soucier de Nico-

1. Ancien nom des abattoirs.

las qui s'empressa de la suivre. Elle acheta un pain, qu'elle paya deux gros, et discuta avec la patronne des soucis de santé de cette dernière. La tension du dehors était perceptible dans les cliquetis des armes que les soldats avaient sorties de leurs fourreaux, les crissements des pas sur les pavés, la nervosité des bêtes, chevaux et chiens errants. Nicolas se mit à la hauteur de Marianne, qui observait l'articulation rouge et gonflée du poignet de la vendeuse.

— Je ne voudrais pas vous froisser, mais je préférais ma manière à la vôtre, déclara-t-il en se tournant vers la porte d'entrée.

— Ne soyez pas angoissé. Que pensez-vous de sa blessure ? s'enquit-elle en lui présentant la main de la boulangère.

Il ne daigna pas la regarder et resta dans sa position de guet.

— Je pense que le gradé de l'estrade nous reconnaîtrait sans coup férir, s'il entrait à l'instant.

— Mon amie va nous soustraire à leur chasse, mais avant votre avis m'importe.

Elle l'invita à nouveau à examiner le bras de la femme. Nicolas y jeta un regard furtif puis fixa Marianne dans les yeux.

— Il n'y a rien de malin. Les os ne sont pas brisés, seules les humeurs se sont répandues sous la peau, les chairs sont molles mais souples et le traumatisme est superficiel. Le mal ne va pas se répandre. Une chute, n'est-ce pas ? ajouta-t-il à l'adresse de la boulangère qui lui confirma d'un signe de tête.

Plusieurs cris leur parvinrent du dehors. Des ordres aboyés, des jurons, des protestations. Il prit Marianne par le bras :

— On y va maintenant ?

Elle lui fit signe de passer derrière le comptoir. Ils suivirent la patronne dans l'arrière-boutique, traversèrent la cour, puis un jardin dont le fond jouxtait la rue Saint-Jean, d'où ils pourraient regagner la vieille ville. La femme leur ouvrit une petite porte encastrée dans le muret.

— Faites un baume avec des fleurs de millepertuis, lui conseilla-t-il, vous en trouverez chez Malthus l'apothicaire. Vous l'appliquerez sur un bandage que vous garderez jusqu'à retrouver la forme de votre articulation. Ne vous inquiétez pas. Merci de votre aide.

Marianne la remercia à son tour. Ils gagnèrent, silencieux, la rue du Point-du-Jour, jusqu'à la Charité où elle logeait. Nicolas triturait nerveusement les linges salis et usés qui couvraient ses mains.

— Pour commencer, je vais vous indiquer l'adresse d'un excellent gantier, proposa-t-elle. Ces guenilles vous font ressembler à un mendiant.

— Vous avez raison. C'est devenu une telle habitude d'utiliser des...

Il réalisa au même moment qu'il avait promis à Jeanne de revenir au lavoir pour porter le baquet de linge propre. Elle devait l'attendre depuis deux heures au moins. Il se frappa le front.

— Je dois m'en aller, s'écria-t-il. Je vous expliquerai... Quand puis-je vous revoir ?

— Vous avez su me trouver aujourd'hui, répondit-elle, surprise par son changement de comportement. Vous reconnaîtrez facilement le chemin.

— N'oubliez pas notre marché..., dit-il tout en reculant.

Il courut sitôt l'angle de la rue franchi.

François finit de se bander le ventre tout en pestant contre Nicolas. Jeanne le regardait, atterrée. Elle se sentait tellement responsable. Au lavoir, elle avait rapidement fini de rincer le reste du linge, l'avait plié et entassé dans la bassine de bois, puis avait conversé avec sa voisine, la femme d'un des tanneurs de la ville. L'endroit s'était vidé petit à petit et, ne voyant pas Nicolas revenir, elle avait demandé à la dernière lavandière présente de prévenir son époux. Le Hérisson blanc était arrivé une demi-heure plus tard et avait plaisanté sur son incapacité de porter seule le baquet de linge. Il devait peser près de trente kilos et Jeanne, après deux tentatives qui l'avaient épuisée au bout de quelques mètres, avait compris que la seule solution était de faire venir son mari. Il avait tenu à le porter seul, à bout de bras, mais avait été obligé de s'arrêter plusieurs fois pour reprendre son souffle et des forces, sous le regard moqueur de sa femme. À leur arrivée à la boutique, sa chemise s'était couverte de sueur et une tache sombre était apparue sur le côté gauche : la cicatrice s'était rouverte sous l'effort et saignait abondamment. Une heure plus tard, l'hémorragie était stoppée et la plaie recouverte d'un enduit de sa composition.

— Je suis navrée, dit-elle après avoir ramassé les tissus imbibés de sang.

— Mais de quoi ? Tu as fait le bon choix. Tu ne pouvais pas laisser le linge seul ni le porter jusqu'à la boutique, répondit-il en passant une chemise au-dessus du bandage. Heureusement que Charles m'a aidé pour la fin du trajet.

Il mit son bonnet et descendit rejoindre son ami Charles Jaquet qui l'attendait dans la boutique. Il le rassura quant à son état et lui proposa un verre de vin afin de le remercier de son aide. Charles le but, s'essuya les lèvres sur sa manche et lui raconta l'incident de l'homme sauvage, dont il avait été témoin. N'ayant pu trouver le responsable du crime de lèse-majesté, les soldats français étaient revenus place de Grève et avaient arrêté Hugues Comans, le bonimenteur, qu'ils avaient trouvé prostré, assis sur son estrade. Il avait opposé peu de résistance, persuadé que son document avait valeur de sauf-conduit et qu'il serait vite lavé de tout soupçon de complot antiroyaliste.

— Mais ils l'ont enfermé à la tour de la Craffe, précisa Charles. Ce n'est pas sûr qu'il en sorte de sitôt.

— Et l'homme sauvage ? Il est avec lui ? demanda François en servant une nouvelle rasade de vin.

— Penses-tu ! Il est toujours dans sa carriole. Tout le monde en a peur.

— Tu veux dire que personne n'a osé entrer ?

— Personne. Même sans payer, je n'en connais aucun qui aurait envie de s'en approcher.

Il but son verre d'un trait.

— C'est peut-être une bête du diable, remarqua-t-il en fixant le chapelet posé sur la commode. Il hurle comme un animal féroce.

— Pardi, c'est qu'il doit avoir faim et froid ! répliqua François en se massant le bandage. Si son maître reste encore une journée emprisonné, il va finir par crever !

— Qui va crever ? demanda une voix dans leur dos.

— Nicolas ! cria François en tapant du poing sur la table sans se retourner.

Nicolas se présenta devant lui.

— Je suis désolé, François, je n'ai aucune excuse. Aucune. J'ai oublié…

Le Hérisson blanc se leva avec difficulté.

— Ton étourderie va me valoir quelques jours de repos supplémentaires, lui dit-il après lui avoir expliqué la situation.

— Je suis désolé, répéta-t-il.

— Tu as un don unique pour la chirurgie, tu as un geste et un diagnostic infaillibles, mais tu es incapable de retenir un rendez-vous. Pas foutu de tenir une boutique. Combien de fois te l'ai-je dit ?

— Des centaines, François, des centaines. Et je suis parti sur les routes.

Le Hérisson soupira.

— N'en parlons plus. Je suis content que tu sois rentré à la maison, petit. Les Français sont nerveux.

— Dis-moi, qui va crever ?

L'image de la charrette aux tentures noires de Joseph Urfin lui revenait sans cesse à l'esprit. Le silence de la nuit se déchirait par moments sous la complainte de l'homme sauvage, qu'une grande partie des huit mille habitants de la ville pouvait entendre. Il avait longuement étudié ses livres, avait écrit sur un papier de vélin les dernières observations relatives à ses patients de la semaine, puis, ne trouvant pas le sommeil, s'était décidé à sortir. Jeanne l'avait entendu descendre l'escalier, fouiller à la cuisine puis sortir. Elle non plus ne dormait pas, et à son inquiétude pour son mari se mêlait celle, filiale, pour Nicolas. Elle attendrait son retour.

L'estrade et la carriole transformée en cage de cirque n'avaient pas été déplacées. Seul un soldat était présent, qui luttait contre le froid et le sommeil à côté d'un brasero en voie d'extinction. L'homme sauvage poussa un hurlement rauque et peu puissant, signe de son épuisement. La lune était en partie mangée et le brouillard tenace avait absorbé les miettes de lumière qu'elle reflétait. Nicolas attendit que le garde s'assoupisse, passa derrière son dos, se faufila dans l'espace entre le véhicule et le mur jusqu'à la porte arrière puis entra. L'atmosphère était remplie d'une violente odeur d'excréments. Ses yeux s'habituèrent rapidement au noir. L'endroit avait été aménagé de façon que la cage occupe les deux tiers de la surface, le reste ayant été dévolu au passage des spectateurs. Nicolas posa sur le sol la bouteille en grès remplie d'eau et le pain qu'il avait emportés avec lui, et s'approcha des barreaux. Il distingua la forme immobile du corps de Joseph Urfin, allongé sur un lit de paille. Sa tête était tournée vers lui. Ses yeux clignèrent. Il ne dormait pas et l'observait. Nicolas eut un léger mouvement de recul. L'homme s'assit lentement et s'adossa contre la paroi de bois. Contrairement à ce qu'il avait imaginé, sa peau n'était pas recouverte de poils drus et noirs. Joseph était glabre et avait des cheveux d'un blond vénitien, ainsi que des traits fins et réguliers. Il était grand et peu musclé. Il n'avait rien d'une bête sauvage, mis à part la nudité. Nicolas ne ressentit aucune hostilité. Juste de la curiosité mêlée de peur. Il prit le pain et lui tendit. Joseph s'approcha des barreaux. Toujours assis, il attendait. Nicolas comprit qu'il devait gagner sa confiance et mâcha une des extrémités du pain avant de la lui proposer à nouveau. L'homme, d'un geste doux, s'en empara et retourna au fond de sa cage pour le manger. Le même manège se répéta pour la bouteille d'eau. Pendant qu'il se sustentait, Nicolas put remarquer des cicatrices de coups sur son dos ainsi que plusieurs fractures mal consolidées au niveau des côtes et des bras.

— Est-ce que vous me comprenez ? demanda-t-il doucement en articulant exagérément.

Joseph lui sourit.

— Demain. Je reviendrai demain.

Nouveau sourire de l'homme sauvage.

Nicolas sortit et se glissa sans bruit dans le manteau de la nuit.

10

Il ne s'était pas rendormi et avait ouvert la boutique plus tôt que d'habitude. Son premier patient avait été François lui-même, dont il avait changé le bandage et recouvert la plaie d'un mélange dont il avait refusé de lui révéler la composition. Le Hérisson en conçut une vexation qu'il garda toute la journée, malgré les explications de Nicolas quant au serment qu'il avait passé envers celui qui lui en avait révélé le secret. Après s'être occupé de la vérole du notaire, de plus en plus rétif au traitement, de la jambe d'un homme qu'un carrosse trop rapide avait broyée, d'une plaie causée par une arme à feu au niveau de la poitrine qu'un soldat français s'était faite lui-même, il s'était rendu au domicile du bourgeois Richard Audoux, dont le médecin avait proposé la trépanation en raison de migraines récidivantes. Nicolas, qui ne l'avait pratiquée que deux fois, avait cette opération en horreur. Le taux de mortalité était effrayant et, pour les survivants, les séquelles étaient souvent graves et irréversibles. Il préférait de loin les traitements des apothicaires, à base de mélange de plantes et ingrédients divers, qui, pour certaines douleurs, permettaient d'obtenir l'amélioration ou la guérison à moindre risque. Le malade semblait être un homme de raison et se disait prêt à tout pour éviter la trépanation. Nicolas lui proposa de passer le lendemain à la boutique afin de lui remettre un baume et une tisane qu'il aurait confectionnés. Il savait que, ce faisant, il venait d'enfreindre les règles en vigueur dans sa corporation de ne pas remettre en cause le diagnostic des médecins et de ne pas délivrer de potions médicinales. Mais il était persuadé d'avoir fait le meilleur choix pour son patient. Richard Audoux, trop heureux d'avoir échappé à une ouverture de sa boîte crânienne, tint à lui payer sa visite sans attendre une amélioration de son état. En sortant, Nicolas fit tinter les pièces dans sa main avant de les ranger dans la poche de son manteau. Il avait décidé de restituer tous ses honoraires à François afin qu'il puisse avancer dans la construction de la *Nina*. De toute façon, il n'aurait su que faire de cet argent et ne ressentait pas le besoin d'en posséder outre mesure. Le gîte et le couvert, ainsi que la possibilité de s'acheter livres et vêtements, suffisaient à ses besoins. Le temps s'était radouci et l'air ne piquait plus le visage comme les jours précédents. Il vit un oiseau s'échapper en piaillant d'un nid collé au revers d'un toit. Il estima sa journée de labeur bouclée et prit la direction de la rue du Point-du-Jour.

Marianne était absente et la servante ne lui fournit aucune indication sur l'heure de son retour. Nicolas se rendit chez le libraire Pujol, qui possédait le plus beau fonds de livres de médecine et de chirurgie de tout le duché. Au fil des années, l'homme était devenu son ami et lui permettait, à chacun de ses passages à Nancy, de consulter les ouvrages comme il l'eût fait dans une bibliothèque. Lorsqu'il le vit entrer dans sa boutique, Pujol traversa tout le magasin pour lui offrir une accolade chaleureuse.

— Nicolas, j'avais appris par Delvaux ton retour et je me languissais de ta visite ! Comment te portes-tu, mon ami ? J'ai là un livre qui va te plaire, ajouta-t-il sans lui laisser le temps de répondre.

Lorsqu'il lui mit dans les mains *L'Anatomie française*, de Théophile Gelée, une réédition enrichie d'un traité de Guillaume Sauvageon sur les valvules cardiaques, Nicolas sut qu'il ne pourrait pas repartir sans l'avoir acquis. La *Nina* allait devoir attendre un peu.

Il fit ensuite une halte chez Malthus, l'apothicaire de la rue des Dominicains, afin de s'approvisionner en plantes, huiles aromatiques et sels de divers minéraux. La boutique avait belle allure, avec une façade tout en boiseries travaillées et un intérieur qui sentait la térébenthine et le menthol, composé d'étagères occupées par des centaines de bocaux et de flasques renfermant tous les secrets du chimiste apothicaire. Le guichet, large et accueillant, était tenu par la patronne. Elle se chargeait aussi du colportage des nouvelles, principalement celles concernant les commérages sur les notables de la ville, dont elle s'était fait une spécialité. Elle ne put s'empêcher de remarquer la présence de sels de mercure dans la liste que Nicolas lui avait donnée et fit une moue.

— Dites-moi, monsieur Déruet, n'auriez-vous pas quelques malades de la grosse vérole dans votre boutique en ce moment ? Je me demandais si notre notaire, parti précipitamment pour Paris, n'aurait pas fait une halte chez maître Delvaux ?

Il ne répondit pas et se contenta de lui faire ajouter de la poudre de corne de cerf à sa liste, ce qu'elle ne sut interpréter et qui la rendit perplexe quant aux conclusions à en tirer.

— N'embête pas mon ami Nicolas avec tes ragots, dit Gabriel Malthus en sortant de l'arrière-boutique.

Elle haussa les épaules, lui donna la liste et reprit sa lecture de *La Gazette de Hollande*. Les deux hommes se retirèrent dans la cuisine.

— J'ai parfois l'impression qu'elle n'a appris à lire que pour dévorer ces revues de cour ! déclara-t-il en posant la liste sur la table sans l'avoir regardée. Cela mis à part, c'est une épouse parfaite. On a tous nos petites manies, non ?

Celle de l'apothicaire était liée à la recherche d'un élixir de longue vie. Gabriel tentait depuis des années de mettre au point la formule qui lui permettrait de ralentir le vieillissement du corps, à commencer par le sien. Mais le sort ne lui avait pas été favorable et l'avait doté d'une constitution fragile. Âgé de quarante-six ans, il en paraissait dix de plus. Le dos voûté, la tête enfoncée dans les épaules, sa peau avait les rides des travailleurs des champs et se trouvait criblée de taches noires de plus en plus nombreuses.

Sa barbe grise épaisse et hirsute, qu'il refusait de tailler, couplée à des cheveux clairsemés, longs et négligés, achevait de lui donner l'image d'un vieillard à la santé précaire.

— Je suis tout proche d'y arriver, conclut-il comme s'il essayait de se convaincre lui-même. Tu me diras ce que tu en penses, demanda-t-il à Nicolas en lui servant la dernière évolution de sa formule, un mélange de plus de vingt plantes et extraits d'organes animaux, dont il cachait, par précaution, chaque nouvelle recette dans un endroit différent de sa boutique.

Il but sa dose et fit claquer sa langue comme si l'effet revigorant était immédiat. Nicolas avala le sien. L'ensemble avait macéré dans un alcool fort, principale cause de la sensation d'euphorie.

— Alors, comment vont les affaires chez les barbiers ? demanda Gabriel, qui connaissait la détestation de Nicolas pour la partie capillaire de son métier.

— Elles vont. Et celles des limonadiers des postérieurs ? répondit-il en référence à la pratique des lavements qui constituait le gros des affaires de certains apothicaires.

— Elles courent !

L'échange était devenu rituel à chacune de leurs retrouvailles.

— Nicolas, je suis content que tu sois rentré, continua Gabriel en se servant une nouvelle rasade de son élixir. J'ai, parmi mes relations, une personne de qualité qui souffre d'un problème de calcul à la vessie. Rien n'y a fait jusqu'à présent, même mes remèdes. Ses médecins lui ont proposé l'opération, mais il a toujours refusé toutes les offres, même celle de Charles-François Félix.

— Le premier chirurgien du roi de France ?

— Lui-même. Il était d'accord pour venir l'opérer en Lorraine.

— Qui est cet homme si digne d'intérêt ?

— Je ne peux te révéler son nom. Mais il connaît ta réputation. Plusieurs de ses proches, dont moi, ont réussi à le convaincre de se laisser opérer par toi.

— Moi ?

— Tu es le meilleur.

— Félix est bien meilleur que moi !

— Tu es le plus précis et le plus rapide. Personne ne réduit la pierre comme toi. Sois-en assuré.

La patronne entra, faisant cesser la conversation sur-le-champ. Sans se presser, elle prit un mortier et un pilon dans le vaisselier, puis chercha un linge propre. Les deux hommes restèrent à la regarder, muets.

— Vous avez des airs de comploteurs, dit-elle en sortant, sans attendre leur réponse.

— Parole d'experte ! lui cria Gabriel avant de fermer la porte pour plus de sûreté.

— Pourquoi cet homme cache-t-il son identité ? demanda Nicolas.

— Parce qu'il ne peut pas officiellement se faire opérer par un ambulant de campagne, quelles que soient ses qualités, après avoir décliné l'offre des plus grands chirurgiens. Tu comprendras que, dans ces conditions, tout doit rester secret.

— Ce patient, si illustre qu'il soit, me semble bien compliqué. Dis-lui que je suis flatté de la confiance et de l'estime en lesquelles il me tient, mais que d'autres seront tout aussi aptes que moi à le guérir.

— Il ne le fera qu'avec toi ! s'écria Gabriel d'un ton agacé. Et, en cas de succès, tu seras récompensé de cinq mille livres en argent. Je sais que l'argument ne vaut pas pour toi, mais il m'a demandé de te le préciser.

— Qu'il fasse la fortune de Félix, cela me va très bien ! répondit Nicolas en se dirigeant vers la porte.

Malthus s'interposa, l'empêchant de sortir.

— Nicolas, je me suis engagé en ton nom ! Tu ne peux pas me laisser dans l'embarras.

Le regard de Nicolas prit la couleur d'un ciel d'orage.

— Mais de quel droit…

— Tu ne peux pas soigner que les pauvres, songe aussi aux souffrances des puissants, dit Gabriel dans une tentative si inattendue qu'elle en parut cocasse et dissipa la tension naissante.

— Je vais y réfléchir, juste y réfléchir. À quand remonte sa dernière crise ?

— Deux semaines.

— Attendons la suivante. Ton ami est-il vraiment si puissant ?

— En veux-tu une preuve ? Parle, demande, tu verras !

— Désolé, je ne veux pas être l'obligé de cet homme. De qui que ce soit.

— Tu as tort, Nicolas. L'indépendance n'existe pas, ta posture est intenable ! Nous avons tous besoin des autres. Quand tu auras mon âge, tu comprendras.

Sa femme toqua à la porte.

— Les comploteurs, j'ai besoin de votre aide ! Le flacon d'eau de Nicotiane est hors de portée pour moi. Trop haut.

— Tu utilises du Nicotiane ? interrogea Gabriel. Pourquoi ?

— Chacun ses secrets, mon ami.

De l'autre côté de la porte, la patronne s'impatientait. Nicolas reboucha la bouteille d'élixir et la mit dans la poche de son manteau.

— Je la garde pour un de mes patients. Il en a plus besoin que nous deux réunis.

11

À sa seconde tentative à la Charité de Saint-Epvre, il eut la surprise d'être accueilli par Marianne elle-même. Elle se montra heureuse de le revoir, comme si le temps qui s'était écoulé depuis la veille avait été une longue attente de plusieurs mois. Elle le conduisit à son appartement, qui se composait d'une chambre et d'une cuisine, et se situait au premier étage de la maison du bourgeois Pierre Diart. La surface importante des pièces surprit Nicolas, ainsi que la richesse de leurs décorations.

— Mais rien de ceci ne m'appartient, précisa-t-elle devant son regard impressionné. Je ne suis que la matrone des lieux.

Il se posta devant un immense miroir sur pied et se détailla sans complaisance.

— C'est vrai que j'ai l'air d'un mendiant, proclama-t-il en mimant l'aumône.

Elle rit et se posta derrière lui. Leurs vêtements se frôlaient. Il sentait son souffle doux dans sa nuque. Ils se regardaient, silencieux, par le truchement de leurs reflets dans la glace. Il recula imperceptiblement pour venir se coller contre le corps de Marianne. Elle l'enlaça à la taille et posa sa tête contre son épaule.

Ils se sourirent. Il se retourna lentement, l'enlaça à son tour et déposa un baiser sur ses lèvres. Puis il enfouit sa tête dans ses cheveux et blottit son corps contre le sien. Elle en fit de même. Ils sentaient leurs cœurs s'emballer et leurs respirations s'accélérer au même rythme. Il passa sa main sous la chemise de Marianne et caressa son ventre à travers le corset, puis remonta doucement vers sa poitrine.

— Non, lui souffla-t-elle à l'oreille. Nicolas, non…

Il relâcha doucement son étreinte.

— Je sais que votre élan est sincère, que vous n'êtes pas de ces séducteurs qui disparaissent sitôt leur méfait commis. Mais nous ne sommes ni mari ni femme. Je ne veux pas me comporter comme une fille sans vertu, je ne veux pas que vous me preniez pour telle.

Il lui enserra les deux mains et les embrassa.

— Je suis désolé de mon empressement, Marianne. Je suis le seul coupable. Mais ce que je ressens pour vous est si fort !

— Moi aussi je suis troublée, sachez-le.

— Alors, vous me pardonnez ?

Elle lui caressa les cheveux.

— De quoi pourrais-je vous en vouloir ? Vous venez de m'offrir une bien douce émotion. Croyez qu'il m'en coûte de tenir ce discours, que mon désir est pareil au vôtre, mais il va nous falloir apprendre la patience.

Nicolas acquiesça en prenant un air désolé.

— Mais que cela ne vous empêche pas de me prendre dans vos bras ! ajouta-t-elle en l'entraînant devant la cheminée au feu ensommeillé. Vous allez me lire ce livre que vous avez acheté chez Pujol, vous voulez bien ?

Elle déposa une bûche dans l'âtre, s'assit à même le sol et l'invita à la rejoindre. Nicolas sortit le précieux ouvrage de sa besace et se lova contre elle. Ils restèrent un long moment sans rien dire, les yeux fermés.

— Parlez-moi, Nicolas, que je m'emplisse de votre voix, murmura-t-elle en posant sa tête sur son ventre.

Il lui raconta sa visite nocturne dans la carriole de l'homme sauvage et son intention d'y retourner le soir même. Il avait prévu de lui faire boire l'élixir de Malthus afin qu'il reprenne des forces.

— Emmenez-moi avec vous, dit-elle en accentuant sa demande d'un regard implorant.

Nicolas accepta sans rechigner. La situation ne lui paraissait pas périlleuse. Puis il feuilleta *L'Anatomie française* en s'arrêtant à chaque demande de Marianne, lisant les descriptions, y ajoutant ses commentaires, suscitant les siens.

À la nuit tombée, la lumière dispensée par le feu se révéla insuffisante. Elle se leva pour disposer plusieurs bougies autour d'eux et les alluma. Aucun des deux ne se lassait de regarder le visage de l'autre sur lequel dansaient les ombres et les lumières des flammes qui dévoraient les mèches. Lorsque le carillon de l'église Saint-Epvre sonna huit coups secs, Marianne fut la plus prompte à se lever. Elle prit le pain qu'elle destinait aux repas du lendemain.

— Allons faire la connaissance de monsieur Urfin, déclara-t-elle avant de souffler sur les bougies.

L'odeur de cire chaude envahit la pièce.

12

Ils perçurent la complainte de l'homme sauvage avant même de rejoindre la rue de Grève. Lorsqu'ils arrivèrent en vue de la charrette aux tentures noires, l'environnement n'était plus le même.

— Quelle guigne ! lâcha-t-il en observant les quatre gardes présents.

— Que fait-on ?

Deux soldats se réchauffaient au brasero pendant que les deux autres battaient la semelle près de la porte de la carriole.

— Impossible de rentrer sans se faire repérer.

— Ils lui ont peut-être donné à manger.

Le cri de douleur du prisonnier lui fournit la réponse.

— Tant pis, donnez-moi le pain, dit-il en tendant la main, j'y vais.

— Mais vous voulez faire comment ?

— Leur parler. Qu'ils me laissent entrer.

— Par charité chrétienne ? demanda-t-elle, dubitative.

— Disons que j'ai de quoi négocier, répondit-il en sortant de sa poche cinq francs qui lui restaient de sa journée.

Marianne s'était postée à l'angle de la ruelle qui longeait l'église Saint-Nicolas d'où elle pouvait l'observer pendant qu'il tentait de convaincre les soldats français. S'il venait à être arrêté, elle avait pour consigne d'alerter François Delvaux de leur déconvenue. L'entrevue fut de courte durée. Elle le vit payer les hommes, puis leur donner le pain et la bouteille contenant l'élixir. Ils avaient refusé de le laisser entrer. Les plaintes de Joseph avaient cessé. Lorsque Nicolas s'éloigna, elles reprirent de plus belle. Il rejoignit Marianne dans l'ombre en lui expliquant qu'il n'avait pu obtenir mieux qu'une promesse d'apporter au prisonnier la nourriture contre rémunération. Les quatre hommes étaient à présent en grande conversation. L'un d'eux prit les aliments et se dirigea vers la carriole. Il fut rattrapé par les deux autres, qui l'empêchèrent d'entrer. Une dispute s'ensuivit. L'homme capitula.

Nicolas et Marianne virent les vainqueurs se partager le pain et boire le remède comme une vulgaire piquette. L'un d'eux lança la bouteille contre la roulotte. Elle explosa dans un bruit de verre brisé.

— C'est fini. Je suis désolée, dit Marianne pour le consoler.

— Pas tout à fait. Je sais ce qu'il me reste à faire.

— Quoi ?

— Demander un service à un ami de Malthus. Nous verrons s'il est aussi puissant qu'il le dit.

CHAPITRE III

Nancy, février-avril 1694

13

Le lendemain, le bonimenteur Hugues Comans était libéré et quittait la ville avec son précieux chargement ainsi que des vivres pour le voyage jusqu'à Versailles, accompagné par deux cavaliers du quatrième régiment de dragons. Ordre leur avait été donné de s'assurer que l'homme livrerait Joseph Urfin au roi sans en faire commerce dans toutes les villes et villages du trajet. Ils durent attendre un long moment l'ouverture de la porte Notre-Dame, dont le concierge n'arrivait pas à faire fonctionner le mécanisme grippé par le froid. Puis l'attelage se fondit rapidement dans le paysage.

Nicolas fit savoir à Malthus qu'il se tenait à la disposition de son ami pour l'opérer. Les jours passèrent sans nouvelles du mystérieux patient qu'il finit par oublier. Mars ouvrit une brèche dans la froideur de l'hiver. Les vendeurs itinérants s'y engouffrèrent en s'appropriant les places et les halles publiques : traiteurs, cabaretiers, volaillers, rôtisseurs, poissonniers et pâtissiers, toutes sortes de marchands forains, qui proposèrent des marchandises de qualité médiocre que les taxes rendaient inabordables à la plupart des habitants. La douceur disparut aussi vite qu'elle s'était installée, et le mois d'avril débuta dans le gel alors que les étals se trouvaient désertés.

Chaque soir, dès que le jour fuyait, Nicolas fermait le lourd volet servant de comptoir, fourrait plusieurs bougies dans sa poche et traversait la ville figée pour rejoindre Marianne. Ils passaient une partie de la nuit, lovés l'un contre l'autre, à échanger et se découvrir, chuchotant le plus souvent, comme des adolescents comploteurs, afin de ne pas attirer l'attention des propriétaires de la maison de la Charité. La présence d'un homme dans son appartement aurait valu à Marianne une éviction de la congrégation et de sa fonction de matrone. Invariablement, il rentrait rue Saint-Jacques, exténué, croquer un peu de sommeil avant le lever à potron-minet. Il ouvrait la boutique chaque matin vers six heures, s'occupait des patients qui se présentaient, puis des malades à demeure, cantonnés dans l'arrière-boutique, avant de sortir chez ceux dont l'état ou la fortune imposait ce déplacement. Parfois, lorsque la situation le lui permettait, il accompagnait Marianne dans ses visites aux malades et aux femmes enceintes du quartier. Plus rarement, ils se retrouvaient seuls pour des promenades sur les chemins des bastions est de la ville, qui leur offraient suffisamment d'intimité pour se soustraire aux yeux des autres. Mais le froid les y délogeait plus sûrement que toutes les patrouilles des Français. Pour la première fois de sa vie, il ne ressentait plus l'étouffement qui l'avait conduit à fuir la ville et ses contraintes. Rien ne lui pesait dans les rigueurs du rythme imposé par son travail, ce dont il fut le premier surpris. Il se rendait compte que la liberté pouvait fleurir dans n'importe quel endroit sur terre. Il se sentait libre, et cela aussi il le devait à Marianne.

La porte de service, son lieu habituel d'entrée, était fermée. Marianne l'attendait sous un porche voisin.

— Je n'ai pas eu la possibilité de vous prévenir, je suis désolée, expliqua-t-elle en l'entraînant dans la rue. Il y a une réception ce soir. Impossible d'entrer sans se faire repérer.

Un carrosse s'immobilisa devant la maison de Pierre Diart. Un couple en descendit et suivit un valet en livrée, un énorme chandelier à la main, qui les introduisit dans la maisonnée bourdonnant du bruit des convives.

— Que j'aimerais avoir un endroit qui m'appartienne, qui ne soit qu'à moi, avoua-t-elle, songeuse. Où personne ne pourrait nous déloger.

— En attendant, je vous propose de nous réchauffer dans ma chambre au-dessus de la boutique.

— Mais que dira votre patron ?

— François ? Il sera ravi de rencontrer la personne qui a réussi à m'enraciner ici ! La patronne aussi. Et il a des merveilles de livres dans sa bibliothèque.

— Alors je ne peux que m'incliner !

— Ils sont charmants et vous plairont beaucoup, vous verrez.

Ils n'eurent pas à faire les présentations. François et Jeanne dormaient si profondément à leur arrivée qu'ils montèrent dans la chambre de Nicolas, dont la moitié était occupée par des linges qui peinaient à sécher et saturaient l'atmosphère d'humidité. Leurs ronflements traversaient le mur séparant les deux chambres et nappaient l'espace d'une marée sonore.

— Cela n'a rien à voir avec votre logement, s'excusa-t-il.

— Qu'importe, nous sommes ensemble. C'est l'essentiel.

— J'aimerais vous offrir ce qu'il y a de plus beau dans tout le duché. Vous le méritez tant.

Elle lui sourit et lui caressa la joue. Ils descendirent dans l'arrière-boutique, qui n'était occupée par aucun patient, et ravivèrent le feu. Ils restèrent un long moment à regarder le bois incandescent sur la dépouille duquel dansaient les flammes.

— Marions-nous, proposa-t-il soudain. Nous nous aimons, n'est-ce pas ? Pourquoi attendre ?

— Oui, nous nous aimons, répondit-elle en le serrant plus fort. Je vous aime, Nicolas Déruet.

Ce mot, prononcé pour la première fois par Marianne, le remplit d'une sensation nouvelle et étrange, qu'aucun euphorisant n'aurait pu approcher. Il se sentait enfant, il se sentait oiseau, il se sentait invulnérable, ces mots étaient sa carapace, sa nourriture, son refuge.

— Mais parce que nous nous aimons, nous devons prendre le temps de consolider notre union, poursuivit-elle. Le mariage nous engage jusqu'à la mort.

— J'en ai conscience, mais je vous parle de naissance et vous me répondez mort. La mort est obscène pour ceux qui s'aiment.

— Nicolas, nous nous connaissons à peine.

— Nous avons passé tant de temps ensemble ces derniers mois !

— Et j'espère en passer bien plus encore, répondit-elle pour le rassurer. Sachez que vous me manquez éperdument dès que vous quittez la rue du Point-du-Jour.

— Pourquoi attendre ? Demain est si loin, au-delà est une éternité.

— Dans l'éternité, ce sont toujours les premiers jours les plus longs… Nicolas, il n'y a dans mon attitude ni rebuffade ni piège. Je ne suis engagée avec personne d'autre, je choisis seulement de…

Elle fut interrompue par le bruit du claquoir sur la porte d'entrée, suivi de coups portés directement sur le bois par un poing vigoureux. De nouveau, le claquoir résonna d'une frappe nerveuse.

— Je vais ouvrir, dit-il en desserrant à regret son étreinte. Sinon, François va jeter de l'huile bouillante sur l'intrus ! Il n'a jamais eu le réveil facile.

Lorsqu'il vit la figure inquiète de Malthus, Nicolas comprit le but de sa visite. L'apothicaire l'informa que son ami devait être opéré du calcul sans attendre : le caillou qui obstruait la vessie projetait des douleurs insupportables et les rares urines qui s'écoulaient s'étaient teintées de sang.

Il sortit François de ses rêves au moment où celui-ci prenait la mer avec la *Nina*, ce qui lui valut le jet de ses chausses et une collection de jurons imagés avant d'obtenir son accord pour l'assister dans l'opération. Les présentations avec Marianne furent succinctes, le Hérisson blanc ne comprenant pas pourquoi la matrone de Saint-Epvre s'était retrouvée dans le local réservé aux pensionnaires, en pleine nuit et sans nouveau-né dans les environs. Il aurait le temps de l'interroger à son retour. Elle les attendrait en compagnie de Jeanne.

Une fois dans le carrosse, Malthus tira les rideaux pour occulter la vue de l'extérieur.

— Je suppose qu'il est inutile de vous demander où nous allons, constata Nicolas en portant ses mains sous sa veste afin qu'elles ne se refroidissent pas.

— Nous vous ramènerons à votre boutique dès l'opération terminée.

— Que le cocher ne quitte pas son siège, dit François. Les chevaux n'auront pas repris leur souffle que votre malade sera guéri et que j'aurai retrouvé la barre de mon vaisseau.

Nicolas fit manœuvrer ses articulations tout en les maintenant au chaud. Il avait choisi la technique qu'il utiliserait et révisa mentalement les gestes à effectuer. Il se sentait prêt.

14

Au bout de dix minutes de trajet, l'attelage s'arrêta dans la cour d'un hôtel particulier. Ils ne reconnurent pas l'endroit, la noirceur de la nuit et l'absence totale de lumière dans le lieu les empêchaient d'identifier la façade. Ils suivirent Malthus et entrèrent par une porte latérale, traversèrent plusieurs pièces en enfilade et débouchèrent sur une seconde cour, plus petite. Une forte odeur de crottin leur confirma la proximité des écuries. L'apothicaire les conduisit directement dans la seule pièce éclairée qui occupait tout l'espace de fond : la sellerie. À l'intérieur, un homme en tenue militaire française donnait des ordres à des valets qui s'agitaient en tous sens. Des dizaines de bougeoirs et candélabres avaient été disposés autour d'une table recouverte d'un drap.

— Ah, vous voilà enfin ! Dépêchez-vous, il souffre mille morts ! avertit le militaire en montrant un fauteuil qui leur tournait le dos.

Ils n'avaient pas remarqué la forme humaine recroquevillée qui occupait le siège, emmaillotée dans un long peignoir de soie aux couleurs vives. Nicolas déposa son sac et s'accroupit devant lui.

L'homme portait un loup qui cachait la moitié supérieure de son visage. Il souleva la tête avec peine et considéra le chirurgien.

— J'ai mal... Je n'en peux plus... Je suis prêt à tout pour faire cesser ces souffrances, murmura-t-il, le souffle coupé.

— Nous allons vous soigner, répondit Nicolas, mais nous avons besoin de votre entière coopération. Vous devrez faire tout ce que je vous demanderai, et tout se passera bien.

Il posa sa main sur celle de l'homme, qui grimaça. Son corps tout entier était contracté sous l'effet de la douleur.

— J'ai peur..., ajouta l'inconnu.

Tous connaissaient les risques de l'opération de la taille, la plus pratiquée et la plus meurtrière. Un patient sur deux en décédait.

— J'ai besoin de trois personnes comme aide ! lança François au militaire, qui désigna les assistants parmi les serviteurs présents.

Le Hérisson blanc fit poser une chaise renversée sur la table, qui servirait de dossier, rapprocha une

97

seconde table, plus petite, qu'il drapa d'un linge blanc et sur laquelle il déposa la douzaine d'instruments qui allaient servir pour l'opération. Puis il rejoignit Nicolas et son malade qui conversaient à voix basse.

— Nous sommes prêts, annonça-t-il en lui donnant un flacon en verre brun.

Nicolas proposa à son patient la dose de laudanum mais l'homme refusa de la boire.

— Je n'ai aucune confiance en la chimie ! J'ai apporté mon propre traitement, si vous n'y voyez pas d'inconvénient.

Il désigna la flasque d'armagnac posée à ses pieds. Nicolas acquiesça. Le militaire s'empressa de lui servir un verre, qu'il but d'une traite, puis un second. L'alcool permettrait à l'homme d'être moins sensible à la douleur et plus relâché au moment de l'incision.

Il se leva avec difficulté. Nicolas l'aida à ôter sa veste d'intérieur, ses chaussures et son haut-de-chausses. L'homme défit seul le collant qu'il portait en dessous, s'arrêtant souvent sous les coups de boutoir de la douleur qui le figeait. Deux valets le hissèrent sur la table où il s'allongea en gémissant. Il demanda une nouvelle ration d'alcool fort et en but deux verres. François lui fit replier ses jambes et les attacha contre ses bras à l'aide de doubles liens de soie. Des gouttes de sueur perlaient sur son front et sur la lisière de son loup. Il n'était plus habillé que d'une chemise de toile, que Nicolas avait relevée jusqu'à son nombril. Le malade était corpulent et ses plis graisseux interdisaient d'emblée certaines variantes de l'opération. Il le fit avancer jusqu'à ce que ses fesses dépassent du bord inférieur de la table.

Le chirurgien décida de pratiquer une taille latérale

du périnée et constata avec soulagement que François avait sélectionné et préparé les instruments en vue de ce type d'intervention. L'accord tacite de son ancien maître le conforta, ainsi que le regard qu'il lui lança.

Des trois aides, l'un tenait la tête du malade et les deux autres avaient la charge d'immobiliser les jambes et les bras. Nicolas chercha Gabriel Malthus du regard. Il avait disparu de la pièce, sur les murs de laquelle pendaient des rênes et des licols, ainsi que quelques trophées de chasse. L'endroit était saturé de poussière et de poils équins qui voletaient à chaque déplacement.

Au signal de Nicolas, François prit le sexe de l'homme dans sa main et le tendit verticalement.

— Tiens, il neige, dit-il d'un ton détaché en regardant en direction de la fenêtre.

Nicolas introduisit un cathéter de métal, courbe et cannelé, dans l'urètre du malade. L'opération avait débuté. Quand l'homme se contracta, la sonde avait déjà pénétré dans la vessie et buté contre le col. La douleur était forte mais supportable.

Sans qu'ils aient à se parler, François tendit à Nicolas un bistouri qu'il prit de la main droite tout en repérant de sa main gauche la trace du cathéter sous la peau. En suivant la cannelure, il fit une ouverture latérale entre le scrotum et l'anus, suffisamment profonde pour inciser la prostate et le col de la vessie.

Le malade hurla et tenta de se dégager. Les aides avaient accentué leur pression sur les membres afin de le maintenir immobile, mais il réussit à faire une ruade du bassin. François poussa un juron et s'excusa. Nicolas, qui avait anticipé la réaction, avait retiré le scalpel afin d'éviter de trancher malencontreusement le péritoine ou une artère locale. Il annonça calmement :

— Onze lignes.

La taille de l'incision donnait à François une indication sur la nature des outils à utiliser pour retirer le caillou. Maître Delvaux prit une tenette à mors larges, grande pince terminée par des cuillères renfermant de minuscules dents. Nicolas introduisit son doigt dans la plaie, jusqu'à la vessie, afin de localiser la pierre. Le patient hurla à nouveau, un cri plus rauque, plus animal, plus étouffé aussi. Lorsqu'il la sentit, le contact l'étonna par son toucher. Au lieu d'être dur, il avait affaire à un calcul plutôt mou à la pression. Il ne pouvait pas le voir et se refusait à agrandir davantage l'ouverture. À l'aide de la tenette, il tenta de sortir la concrétion qui obturait la vessie, mais elle glissa plusieurs fois de suite entre les cuillères de la pince.

François l'interrogea du regard. Le calme et la concentration dont Nicolas faisait toujours montre lors d'une opération l'impressionnaient et celle-ci, qui se compliquait, ne faisait pas exception. Il n'insista pas avec la tenette et lui demanda deux écarteurs, qu'il posa sur les bords de l'incision. L'homme gémissait et se contractait à chaque inspiration.

— Monsieur, tenez bon, dit Nicolas, ne vous laissez pas emporter dans l'évanouissement, c'est presque fini. Je vais sortir la pierre.

Ses téguments étaient pâles et ses lèvres pincées. Nicolas craignait que, sous l'effet de la douleur, son patient ne fasse une syncope qui lui serait fatale.

Il prit un second bistouri à deux tranchants, disposé dans une gaine, et l'introduisit jusqu'au calcul. Celui-ci était enchâssé dans le col de la vessie, retenu par des végétations. Il s'aida du doigt pour guider l'instrument, enleva la gaine et tailla la muqueuse au niveau de l'adhérence. L'homme se souleva alors, mû par une force inattendue, rompit plusieurs de ses liens et assena un coup de pied à Nicolas qui, surpris, ne put l'esquiver et tomba lourdement sur le sol. Le malade cria sans reprendre son souffle, un hurlement effrayant, rendu fou par la violence de la douleur que ses mouvements désordonnés amplifiaient encore. François se jeta sur lui pour immobiliser ses membres pendant que les autres les liaient à nouveau. L'homme tenta de mordre les mains qui lui tenaient les épaules. Nicolas le bâillonna sans ménagement. Le temps était compté. Moins de deux minutes après l'incident, il reprenait la résection des chairs qui renfermaient le calcul vésical. Le scalpel, tenu d'une main ferme et précise, détacha sans l'arracher la pierre enkystée, qu'il sortit ensuite à l'aide de la tenette. Nicolas s'assura qu'aucun autre caillou n'était présent dans la vessie et enleva les écarteurs. Il disposa un linge roulé en forme de mèche dans la plaie afin qu'il draine l'urine qui s'évacuerait par cette voie naturelle tant que la cicatrisation ne serait pas effective. Il défit les liens sans que le patient esquisse le moindre geste. L'homme, qui avait cessé de gémir, était dans un état de semi-conscience et obéissait mécaniquement aux ordres donnés par le chirurgien. Son loup s'était déplacé vers le front et ils purent voir une partie de son visage, qui ne leur était pas connu. Le militaire s'en aperçut et repositionna son masque. François lui fit plier les genoux, qu'il maintint serrés grâce à une bande, et plaça deux lourds traversins en dessous afin de les caler. Nicolas entoura la plaie de charpie, appliqua des compresses et couvrit le tout d'un bandage.

— Vous pouvez le reconduire dans son lit, dit-il au soldat qui n'attendait plus que son aval.

Les deux chirurgiens se retrouvèrent seuls. François chercha son bonnet, qu'il avait perdu durant l'échauffourée, et qui avait roulé sous le fauteuil. Il essuya les outils avant de les déposer délicatement dans un sac. Nicolas avait ôté les adhérences de chair autour du calcul et observait le caillou. Celui-ci avait la taille d'un œuf de caille. Il était lisse, ce qui le rassura. La présence de facettes à sa surface aurait pu faire supposer l'existence d'autres calculs dans la cavité. Il l'avait sondée du doigt et n'y avait rien trouvé.

François avisa la flasque d'armagnac au sol et la ramassa.

— À la tienne, mon ami, dit-il en la levant avant de boire bruyamment.

Il la proposa à Nicolas qui but la gorgée restante.

— Quand même, fit remarquer le Hérisson blanc, on a eu chaud ! Il aurait pu se tuer en s'empalant sur le scalpel, l'animal !

Nicolas regarda les têtes de cerfs empaillées qui semblaient sortir du mur.

— Où crois-tu que nous sommes ? À ton avis, qui est-il ?

— Je dirais qu'on est quelque part dans une dépendance du palais ducal. Quant à savoir qui il est, nous n'avons qu'à visiter, ils nous ont laissés seuls, constata-t-il en se retournant.

Il se retrouva face à Gabriel Malthus qu'ils n'avaient pas entendu entrer.

— Messieurs, bravo, lança l'apothicaire. Je reviens de la chambre de notre ami qui a l'air en relative bonne forme au vu de ce qu'il vient de subir. Félicitations. Nous voilà tous rassurés.

— Je voudrais rentrer, déclara Nicolas.

Lorsqu'ils sortirent, la neige couvrait d'un fin tapis la cour de l'hôtel. Quelques gouttes de sang l'avaient salie d'une ligne pointillée qui se perdait dans le noir.

Le trajet de retour se fit dans le silence. François sortit le premier, tambourina à la porte et attendit que Jeanne vienne ouvrir.

— Il doit rester à la diète stricte. Il me faudra changer le drain après-demain, précisa Nicolas, resté dans le carrosse avec Malthus.

— Je viendrai te chercher à la tombée du jour. Quant à tes honoraires...

— Tu verseras la totalité de la somme à maître Delvaux, dit-il avant de descendre le marchepied.

— Tout sera fait selon ta demande, quand la guérison sera acquise. Tu as vraiment la main de Dieu qui te guide, Nicolas.

15

Deux jours plus tard, l'apothicaire avait conduit le chirurgien selon le même protocole de discrétion et l'avait accompagné jusqu'à la chambre du malade. Celui-ci avait retrouvé une certaine prestance ainsi qu'un ton de voix hautain et distant, mais avait gardé son loup. Il avait peu dormi de la nuit en raison de douleurs abdominales qui s'étaient déclenchées la veille et ne le quittaient plus. Lorsqu'il défit les bandages, Nicolas put constater que la peau autour de la plaie et sur le bas du péritoine avait pris une couleur violacée.

Un hématome s'était formé suite à une petite hémorragie interne. Le drain de linge avait évacué une partie du sang, mais la majorité s'était écoulée à l'intérieur et avait coagulé.

— C'est la raison de vos douleurs, conclut-il. La zone est restreinte, je ponctionnerai le caillot quand votre plaie sera cicatrisée, ajouta-t-il, rassurant.

Le militaire qui les avait accompagnés lors de l'opération fit irruption dans la pièce, essoufflé.

— Messire, Jean-Baptiste Courlot est là, qui vient vous voir. Je n'ai pas pu l'éconduire. Il vous sait souffrant.

— Mais qui l'a donc prévenu ? grogna le malade en tentant de s'asseoir.

Il regretta aussitôt sa tentative.

— C'est mon médecin personnel, expliqua-t-il à Nicolas en grimaçant autant de regret que de douleur.

Il enleva son masque devenu inutile. L'homme avait le visage marqué par la fatigue et un regard dur. Une ancienne cicatrice sur la tempe accentuait la rudesse de ses traits.

Le docteur Courlot fit une entrée théâtrale.

— Dès que j'ai su…, commença-t-il avant de faire une révérence. Dès que j'ai appris…, continua-t-il trois pas plus loin, après une nouvelle révérence. Je suis venu ! Messire, mais quelle folie vous a pris de vouloir vous faire opérer par un barbier ambulant ?

Il parlait tout en agitant les bras qui, pris dans les larges manches de son manteau surmonté d'une fourrure d'hermine, avaient l'air de se débattre afin de s'en libérer.

— Permettez que je vous examine, proposa-t-il en retirant son encombrant vêtement qu'il jeta dans les bras du militaire. Pouvez-vous… ? demanda-t-il au malade en lui montrant son sexe.

L'homme soupira et le souleva afin de découvrir la plaie. Le médecin se pencha en tenant les bords de sa perruque, outrageusement poudrée de farine d'amidon, dont les pans frisés lui retombaient devant le visage.

— Mon Dieu, mon Dieu, quel horrible résultat… Que vous avez dû souffrir ! s'écria-t-il en découvrant la présence de Nicolas près de lui.

L'idée que l'homme en habits rapiécés, portant des linges à la place de gants, puisse être l'auteur de l'opération le traversa avant de s'évanouir rapidement. Il se releva et agita son index à la manière d'un maître rabrouant son élève.

— Je vous avais recommandé d'avoir recours aux services du sieur Félix ! Plutôt utiliser les potions de Malthus que de voir un travail comme celui-là !

— L'opération s'est bien déroulée, intervint Nicolas. Le caillou était enkysté dans la vessie et fut retiré en entier. Cet hématome est consécutif à l'arrachement des muqueuses. Il est bénin et superficiel. Monsieur mon patient se porte bien.

Courlot eut un moment de surprise.

— Alors, c'est vous le… ? questionna-t-il d'un air dégoûté.

— Le chirurgien que l'on a mandé pour cette opération. Nicolas Déruet.

— C'est donc vous ?… Monsieur, je n'ai pas l'honneur de vous connaître et vous demanderai de bien vouloir nous laisser, répondit-il en lui tournant le dos.

— Je me dois de veiller à la bonne cicatrisation de l'incision et au suivi de cette opération que j'ai pratiquée, répliqua Nicolas en s'adressant au malade. La chirurgie n'est pas affaire de médecin.

Le docteur Courlot se retourna vivement.

— Mais que savez-vous de la médecine, monsieur, qu'en savez-vous ? L'avez-vous étudiée ? Non, j'ose l'espérer. Savez-vous même lire et écrire ? J'en doute. Voilà ce qui arrive quand l'on donne trop d'importance à des valets. Ils se prennent pour d'autres.

— Alors, que comptez-vous faire pour améliorer l'état de notre malade ? questionna Nicolas.

— Il vous faut une saignée, messire, sans attendre, dit-il sans un regard pour le chirurgien. Vos humeurs se sont répandues dans votre corps, apportant avec elles toxines et poisons. Il faut vous en débarrasser. Seule la saignée…

— Vous affaiblira et chassera les forces vitales dont vous avez besoin pour votre convalescence, l'interrompit Nicolas.

Jean-Baptiste Courlot resta un moment sans voix. Non seulement le chirurgien lui avait coupé la parole, mais il s'était permis de critiquer son traitement. Son regard outré chercha de l'aide dans l'assistance. Mais tous le fuirent.

— Vous mettez en doute… vous mettez en doute…, répéta-t-il, choqué.

— Messieurs, s'il vous plaît, déclara le patient dans un effort pour ne pas crier. Il vous faut raison garder. Votre unique but à tous les deux est ma guérison, et votre querelle m'affaiblit et me nuit.

Le médecin lui fit une révérence.

— Vous avez raison, j'en suis navré. Je me suis laissé emporter par la passion, pour vous défendre, messire, des charlatans de tout poil qui, pour des sommes insensées, seraient capables de tenter n'importe quoi.

Nicolas comprit la raison profonde de sa colère : l'argent promis pour la guérison échappait au médecin. Sauf s'il tentait de s'attribuer tout ou partie de celle-ci. Le malade réussit à s'asseoir sur son lit.

— Monsieur Déruet, revenez comme prévu dans trois jours pour soigner cette plaie. Dans l'intervalle, monsieur Courlot prendra soin de moi. L'action de chacun de vous est complémentaire de l'autre. Je ne me passerai d'aucune chance pour guérir. Je dois maintenant me reposer.

Une fois sortis de la chambre, Courlot s'approcha de Nicolas.

— Messire de Rouault a eu besoin de vos mains pour le résultat que l'on peut constater. Il n'aura pas besoin de votre tête pour le sauver. La mienne lui conviendra bien mieux. Je vous empêcherai de nous nuire et de nuire à notre art.

Il s'empressa de passer devant lui et l'ignora de tout son mépris. Plus que la menace du médecin, Nicolas avait été frappé par le nom prononcé : le chevalier de Rouault était le gouverneur de la Lorraine, nommé par le roi Louis XIV. L'homme le plus puissant du duché.

16

— Les nouvelles ne sont pas bonnes, dit Malthus à Nicolas, qui venait de lui ouvrir. Pas bonnes du tout.

François, qui l'avait entendu, sortit de l'arrière-boutique, les mains recouvertes d'un emplâtre verdâtre.

— Allez aux *Trois Maures*, j'en finis avec mon

patient et je vous rejoins, dit-il en s'essuyant les avant-bras sur sa chemise.

Jean-Baptiste Courlot, arrivé à Nancy avec les dernières troupes françaises, s'était fait nommer, sans aucune légitimité, représentant du premier médecin du roi et avait tenté de prendre la main sur la corporation ducale décimée par la guerre et l'occupation. Mais les autres médecins, bien que peu nombreux et peu soudés, avaient fait front et l'avaient obligé à modérer ses ambitions. Il veillait sur le gouverneur, son plus illustre malade, avec la hargne d'un chien de chasse, contrôlant tout ce qui touchait à sa santé sans aucun partage.

Dès le lendemain de son incartade avec Nicolas, il s'était installé chez le chevalier de Rouault et l'avait convaincu, devant la douleur récurrente au niveau de son hématome, de faire pratiquer un lavement et une saignée par un chirurgien de son choix.

— C'est Basile Loisy qui s'en est occupé, je le sais par son apprenti, précisa François qui venait de les rejoindre. Deux saignées d'une livre chacune.

Nicolas eut un mouvement de sourcils mais resta silencieux. En ce début d'après-midi, l'hôtellerie était déserte et l'aubergiste, après leur avoir servi à boire, avait disparu.

— Il y a autre chose, les amis, ajouta l'apothicaire, de bien plus ennuyeux. L'homme raconte partout que l'opération, faite par un opérateur ambulant, a failli coûter la vie à son patient. Il en a convaincu Rouault et veut te faire un procès, Nicolas. Courlot a rencontré le juge du bailliage pour porter plainte.

— Mais il lui a sauvé la vie, je peux en témoigner ! fulmina François. Sans lui, la pierre aurait fini par obstruer tout le conduit. Personne n'aurait pu le faire mieux que Nicolas. Personne n'aurait pu le faire à part lui.

— Je le sais, je le sais bien. Mais il faudrait peut-être se faire oublier quelque temps, histoire de calmer les esprits.

— Jamais ! cria François en frappant du poing sur la table. Il peut le faire, son procès, il y avait des témoins, à commencer par moi !

La réaction de son ami toucha Nicolas, mais son inquiétude était ailleurs. Le lavement avait vraisemblablement ravivé les douleurs au niveau de la plaie et du périnée, et les deux saignées avaient achevé de l'épuiser. Il était inquiet pour son malade et devait absolument le voir. Il questionna Malthus sur le militaire présent lors de l'opération.

— Chaudrac est son aide de camp. Très dévoué, très ambitieux. Il ne fera jamais rien qui puisse contrarier ses intérêts, même s'il s'agit de sauver son maître. Il n'ira jamais à l'encontre de la médecine.

— Alors, il me faut trouver un moyen pour entrer dans le palais. Je dois voir mon patient.

— Notre patient ! corrigea François. Malthus, toi qui es intime avec lui, tu dois pouvoir nous amener à son chevet.

L'apothicaire enfouit sa main dans sa barbe et se frotta le menton.

— J'aimerais vous aider davantage, mais vous me prêtez des liens que je n'ai pas, répondit-il, mal à l'aise. Je ne suis pas un habitué du palais, voyez-vous.

— Juste un entremetteur du gouverneur ? Que vas-tu nous faire croire là ! rugit le Hérisson blanc. Ta femme se vante partout de franchir la porterie chaque semaine !

— Justement, vous la connaissez… Non, vraiment, le mieux est de se faire discret et d'attendre que la guérison apaise les querelles.

Il regarda Nicolas droit dans les yeux.

— Nous nous connaissons depuis longtemps et je ne pense pas avoir démérité en tant qu'ami. Je t'en conjure, laisse Courlot dire qu'il est celui qui a soigné notre gouverneur. Laisse-le parader. Tu n'es pas homme à chercher les honneurs, ta gloire est de savoir que tu as sauvé un patient de plus. Et Dieu…

— Reconnaîtra les siens ! coupa François, plein de hargne.

Gabriel Malthus sentit que chaque parole supplémentaire l'isolerait encore plus. Son crédit était épuisé. Il prit congé sans mot dire.

— Quel couard, quel homme de théâtre ! pesta le chirurgien en se grattant le front sous son bonnet blanc. Ne t'inquiète pas, je ne te laisserai pas tomber.

— Il me faut trouver un moyen de pénétrer dans le palais ducal.

— Tu l'as déjà fait une fois, il y a dix ans, t'en souviens-tu ?

— J'ai surtout le souvenir de la façon dont mon aventure s'est terminée !

17

Le bastion des Dames entourait l'extrémité est du palais, constituée d'un immense jardin surélevé. La fortification avait une forme de triangle dont chaque angle comportait un kiosque, relié aux autres par une haie de tilleuls. François avait prévenu : le fossé qui l'entourait avait été asséché à la fin de l'automne et la remise en eau n'était prévue que pour le printemps. Le pont mobile qui reliait le kiosque principal du bastion aux champs environnants était baissé pour permettre aux jardiniers de retour de Fontainebleau de transporter les plantations d'espèces rares destinées aux massifs de l'espace vert. Ils effectuaient d'incessants allers-retours sous l'œil distrait des deux hallebardiers présents. Les kiosques latéraux surplombaient un mur qui, à leur niveau, n'avait pas plus de trois mètres de hauteur et possédait de nombreuses prises dues aux pierres non taillées qui le constituaient. Nicolas se positionna sur le chemin en dessous de celui le plus au nord et n'attendit pas longtemps que les gardes se désintéressent de leur rôle de guetteur : leur attention fut rapidement captivée par une des femmes qui déchargeaient des plants de buis et dont la poitrine sortait de son corset chaque fois qu'elle se penchait pour porter une charge. Ils la regardèrent goulûment tout en ponctuant leur observation de réflexions de leur cru.

Nicolas se plaqua contre le mur et attrapa deux pierres proéminentes de l'enceinte dont il se servit pour se tracter à la force de ses bras. Ses pieds, prenant appui sur les saillies des roches, le propulsèrent à chaque poussée quelques centimètres plus haut. Il fut rapidement à portée de main du sommet, mais dut faire une pause afin de reprendre son souffle. L'effort, si court fût-il, était d'une grande intensité, et ses muscles commençaient à manquer d'oxygène. Au prix d'une dernière traction, il put se glisser dans le kiosque dans lequel il s'allongea, hors d'haleine. Personne à l'entrée ne l'avait remarqué. Il sentit pourtant une présence au léger froissement d'un vêtement dans son dos.

— Comment va mon chirurgien préféré ? dit la voix.

Il se retourna et aperçut une robe de taffetas de couleur anis sous laquelle dépassait de la dentelle blanche et fine. En levant la tête, il reconnut son interlocutrice dont le visage était pourtant noyé, à contre-jour, sous un large chapeau.

— Rosa de Montigny !

— Vous êtes encore venu pour me sauver ? demanda-t-elle en enlevant son couvre-chef.

Il prit le temps de se relever et de s'épousseter avant de répondre :

— De l'exercice, je fais de l'exercice. Mes hommages, Rosa.

Il lui fit un baisemain peu protocolaire et regarda les environs qu'il avait mémorisés grâce à un tableau de Jacques Callot que François lui avait montré dans un des livres de sa bibliothèque.

— Vous vous exercez à entrer par un lieu bien peu conventionnel, fit-elle remarquer.

Il délaissa son observation pour la regarder.

— Comment vont vos affaires, Rosa ? interrogea-t-il avant de chercher à nouveau des yeux le chemin à prendre.

— Vous voulez parler de mon mariage ? Il est en bonne voie.

— Fort bien. Vous voilà devenue raisonnable.

— Et vous, monsieur Déruet ? demanda-t-elle en se déplaçant devant lui chaque fois qu'il scrutait les lieux du regard. Quel malade vous amène ici de façon aussi intrigante ?

Il faillit lui avouer le but de sa présence et solliciter son aide, mais il se ravisa. Pourtant, elle lui aurait été d'un grand secours, tant il avait du mal à faire le lien entre le plan qu'il avait lu et la réalité des lieux. Le jardin suspendu était d'une grande surface, composé de dix carrés de verdure et délimité par une rampe ornée de statues représentant des personnages de la mythologie.

— Je viens rencontrer quelqu'un qui a besoin de mes conseils, dit-il, évasif.

— Un malade que vous ne sauriez nommer ?

— La discrétion fait partie de mon métier, chère Rosa.

— En tout cas, vous avez magnifiquement rétabli notre cocher l'autre fois. Mon oncle vous louange partout, d'autant plus que cela ne lui a rien coûté.

— Et comment va monsieur votre oncle ?

— Encore aux basques de mon futur mari.

— Le marquis de Cornelli ?

— Lui-même. Toujours aussi tenace d'épouser ma jeunesse.

L'image de Mathilde Bruyer, morte en couches, abandonnée par le marquis, lui revint.

— Puis-je vous accompagner ? demanda-t-elle en lui proposant son bras. Vers où allez-vous ?

Il distinguait le second parc, plus petit, orné en son centre d'un bassin qui attendait le printemps afin de cracher son jet de pluie vers le ciel. Plus au loin, plusieurs rangées de bâtiments. Il savait que les appartements du gouverneur étaient situés près d'une tour terminée par un clocher. Il en compta trois.

— Par ici, lui indiqua-t-il en montrant du doigt

la plus proche, un bâtiment carré à la toiture ronde. Cette tour.

— En êtes-vous sûr ? Les Douze Loges ?

Rosa avait à la commissure des lèvres un sourire moqueur.

— Oui, répondit-il en prenant une démarche assurée, je connais bien les lieux. C'est cela, les Douze Loges.

— Alors, parlez plutôt de lieux d'aisances. Car c'est aux latrines que vous m'emmenez !

Ils s'arrêtèrent à quelques mètres de la tour qui n'avait pas fière allure. Des valets entraient et sortaient, des seaux à la main.

— Que dois-je en penser, monsieur Déruet ? Quel genre de conseils prodiguez-vous donc ?

— D'accord, Rosa, je ferais un piètre bonimenteur. Je vous dois une explication.

Il la mit au courant de la situation.

— La bâtisse que vous cherchez s'appelle la tour de l'Horloge, dit-elle après l'avoir écouté. Mais c'est à l'opposé qu'il faut regarder. Le gouverneur loge dans la chambre dorée. Je sais où elle se trouve.

— Vous voulez bien m'aider ?

— J'ai une dette à honorer !

Elle huma l'air.

— Et vous respirez toujours le même parfum d'aventure !

Grâce à Rosa, Nicolas put trouver la chambre de son malade et y entrer sans être inquiété par les gardes. Par son entremise, le chevalier de Rouault accepta la présence du chirurgien. Il put examiner son incision dont la cicatrisation se faisait plus lentement qu'il ne l'avait prévu et dont l'hématome perdurait sans s'être étendu. Il put aussi constater les dégâts des saignées et lavements administrés depuis deux jours. Il réussit à le convaincre d'arrêter ce traitement proposé par son médecin et de le laisser revenir la semaine suivante afin d'éliminer tout le sang coagulé qui le faisait souffrir. Ils convinrent de garder secret leur entretien afin de ne pas avoir à combattre la hargne du médecin. Rouault lui assura que Courlot ne déposerait aucune plainte au tribunal du bailliage.

Lorsqu'il sortit, Nicolas retrouva Rosa qui l'attendait au bout de la galerie couverte. Il avait accepté qu'elle lui fasse visiter les lieux, *afin que vous ne vous y perdiez plus jamais*, avait-elle précisé en riant. Ils grimpèrent dans le Rond, un gigantesque escalier en colimaçon, à la pente si douce que les ducs de Lorraine avaient pris l'habitude d'y pénétrer à cheval. D'en haut, ils purent admirer l'ensemble de la propriété. Rosa l'emmena dans toutes les parties du palais, même les plus reculées. Elle était intarissable sur son histoire et sur sa construction.

— Maintenant, je vais vous montrer quelque chose que vous n'oublierez jamais, ajouta-t-elle en prenant la direction de la tour de l'Horloge.

À l'intérieur du bâtiment de quatre étages se trouvait un escalier, comparable à celui du Rond, aux proportions démesurées, sur le parcours duquel étaient disposés des bancs. Ils s'arrêtèrent au premier étage et pénétrèrent dans une immense pièce. Nicolas fut frappé de voir à quel point l'endroit, riche de décorations dignes de Versailles, semblait à l'abandon. De nombreuses toiles et peintures, ainsi que des ramures de cervidés garnissaient les murs. Du mobilier avait été ajouté comme on eût traité un débarras.

— La galerie des Cerfs, dit-elle sans émotion particulière et gardant la même allure en direction de la porte opposée, distante d'une cinquantaine de mètres.

Il réalisa qu'ils étaient seuls, alors que l'ensemble du palais grouillait d'activité.

— Que s'est-il passé ici ?

La voix de Nicolas résonna dans l'espace sonore. Rosa s'arrêta.

— Que s'est-il passé ? répéta-t-il doucement.

— Vous êtes dans la salle où se tenaient les assemblées des états généraux de Lorraine. Le duc s'est enfui il y a soixante ans, les Français sont présents, ce lieu a subi le même sort que le duché : abandonné.

— C'est incroyable... vous avez raison, c'est un endroit que je n'oublierai jamais, dit-il, impressionné par le caractère figé du lieu.

— Peu importe, ce n'est pas la poussière du duché que je voulais vous montrer. Suivez-moi.

Ils quittèrent la galerie des Cerfs pour une salle plus petite, qui servait de garde-meuble. Quelques tables de très belle facture, aux moulures dorées à l'or fin ou au marbre incrusté d'agates, étaient entassées comme dans une banale arrière-boutique. Plusieurs tapisseries, représentant un illustre personnage que Nicolas identifia comme Charles le Téméraire, pendaient au mur.

Rosa avisa un objet, posé sur une commode, recouvert d'un drap noir, qui ressemblait à une cage à oiseaux.

Elle invita Nicolas à enlever le tissu de feutrine. Il s'exécuta et ne put s'empêcher de pousser un cri.

— Mais qu'est-ce que c'est que ça ?

Il tenait dans ses mains une figure humaine en bois, dont tous les muscles et tendons étaient visibles et mobiles. Un mannequin articulé unique en son genre.

— Personne ne sait d'où il vient, ni qui l'a fait, dit-elle en devançant sa question. Il semble qu'il ait été là depuis la construction du palais.

Aucun nom ni aucune date n'étaient gravés sur le bois. La précision des détails anatomiques le fascina. Il resta un long moment à mobiliser le mannequin, à regarder le jeu des muscles et des os, à étudier les interactions entre tous les éléments des articulations. Il revint enfin dans la réalité et posa sur Rosa un regard rempli de reconnaissance.

— Bien qu'il soit abandonné ici, il n'est malheureusement pas à vendre, dit-elle à regret.

— Si jamais, un jour…

— Je vous préviendrai, bien sûr.

Ils sortirent par la cour d'honneur et regagnèrent les jardins.

— Comment se fait-il que vous ayez toute cette connaissance du lieu ? demanda Nicolas alors qu'ils abordaient la rampe entre les deux parcs. Ne me répondez pas si vous trouvez ma question indiscrète.

— Mon père, que je n'ai jamais connu, était un descendant de Jacques Bellange, celui qui fut le peintre de la galerie des Cerfs. Je vis dans le souvenir de mes ancêtres depuis ma naissance, grâce à monsieur mon oncle. Ou à cause de lui. Peut-être est-ce chez moi une des causes de mon envie de liberté ? Qu'en pensez-vous, vous qui êtes un modèle d'indépendance ?

— Je n'ai pas d'explication, ni pour vous, ni pour moi, répondit-il. Mais, moi aussi, je vais vous montrer quelque chose dont vous n'avez même pas idée de l'existence ici.

Intriguée, elle le suivit jusqu'au bâtiment qui clôturait le jardin au sud.

— Vous connaissez cet endroit ? Vous connaissez l'Orangerie ? l'interrogea-t-elle, surprise.

— J'y suis entré il y a dix ans. Et j'y ai laissé quelque chose.

18

L'automne 1684 jetait ses derniers feux sur la ville alors que les nuits se drapaient déjà du souffle froid de l'hiver. À quinze ans, le jeune apprenti Nicolas Déruet travaillait chez maître Delvaux depuis six mois et avait déjà impressionné son patron par son assurance et sa prise de risque. Il était secrètement amoureux de Jeanne qui, un soir de juillet, dans le grenier qui lui servait de chambre, lui avait fait découvrir l'intimité de l'amour physique. Depuis ce moment, il n'avait eu de cesse de lui montrer son attachement par mille attentions et détails auxquels la patronne répondait par des sourires, mais qui ne faisait pas de lui un amant attitré. Son dépucelage devait rester entre eux un moment unique et sans lendemain. Mais l'adolescent qu'il était avait des rêves plein les yeux et l'énergie de reculer l'impossible.

À l'approche de l'anniversaire de Jeanne, il crut trouver le moyen de faire basculer définitivement son cœur du côté du sien. Ayant entendu parler de l'Orangerie du palais ducal, il décida de s'y introduire pour cueillir plusieurs agrumes et les apporter à

Jeanne afin qu'elle goûte à cette sensation inconnue. Il pénétra dans les lieux en franchissant l'enceinte au niveau du kiosque du bastion des Dames et atteignit sans encombre les ombres fantomatiques des grandes serres de l'Orangerie. Les plantes, qui passaient l'été dans le jardin, avaient été rentrées depuis plusieurs semaines. Il constata avec soulagement que les fruits n'avaient pas encore été cueillis pour le plus grand plaisir des ducs. Les branches ployaient sous le poids des oranges, de petite taille et d'une couleur qui ne laissait aucun doute sur leur mûrissement. Il en prit trois, sur la centaine qui se présentaient à lui, et les fourra dans la petite besace qu'il avait en bandoulière. Puis il avisa le plus grand des orangers, dont le tronc avait la largeur de deux mains réunies, et sortit son scalpel le plus affûté. Il gratta légèrement l'écorce de façon à obtenir une petite surface plane et grava un message à la pointe de son bistouri. L'ayant écrit, il souffla dessus et, satisfait, se dirigea vers la sortie de la serre, prenant au passage une autre orange qu'il destinait à lui-même. Lui aussi avait envie de connaître le goût de ces fruits du soleil.

Il vit une ombre se profiler sur sa gauche et fut projeté à terre sans avoir pu esquisser le moindre geste. Son visage mangea la poussière, puis on le releva tout en maintenant ses bras pliés dans le dos. Ses agresseurs étaient deux, il sentait leur souffle dans sa nuque. Devant lui, à la lueur d'une torche portée par un militaire français, se tenait un gentilhomme, bras croisés, le regard sûr. Il prit le fruit qui avait roulé jusqu'à ses pieds.

— Alors, ainsi on vient voler les oranges du duc ? dit-il en lui montrant le corps du délit.

— Le duc est en exil, répondit Nicolas sans se laisser impressionner.

Ses poignets lui faisaient mal. Il tenta de se débattre. La prise se resserra. Il abandonna.

— Mais il règne toujours sur son palais et j'en suis le garant. Qui vole cette orange vole le duc. Quel est votre nom, vilain maraud ?

L'homme, pourtant jeune, parlait avec autorité. Devant l'absence de réponse, il continua.

— Les tribunaux du bailliage sont tellement encombrés par tous les délits des gens de votre espèce que je propose de les suppléer ce soir.

Les autres approuvèrent. Il prit la torche des mains du militaire et l'approcha de Nicolas afin de mieux voir son visage.

— De la graine de voleur... Nous allons traiter le mal par le mal.

Nicolas se pencha brusquement en arrière, manquant de faire perdre l'équilibre à ses deux gardes puis, jouant de leur surprise, délivra ses bras de leur étreinte. Il se retourna et les poussa dans les orangers en pots. Au même moment, l'homme lui assena un coup de bâton dans le bas du dos qui le fit tomber à genoux. La douleur lui coupa le souffle. Les autres en profitèrent pour le ceinturer. Le meneur prit la torche et s'adressa au soldat :

— Allez chercher un billot et une hache ! Nous allons lui couper autant de doigts qu'il aura pris de fruits. Allez ! cria-t-il devant l'hésitation du militaire.

Nicolas sentit à ces mots une rage incontrôlée monter en lui. Ses doigts étaient son outil de travail, son bien le plus précieux. Le seul. Il hurla.

— Quelle cruauté ! s'écria Rosa à l'évocation de la scène. Tout ce que je déteste dans la nature humaine.

— Le voilà, c'est mon arbre ! s'exclama Nicolas alors qu'il parcourait les allées.

Elle le rejoignit au fond de la serre où, un peu à l'écart des autres, un vénérable oranger, au tronc large et courbe, semblait veiller sur la forêt d'agrumes. Il retrouva l'inscription et posa la main dessus comme s'il caressait les mots et ses souvenirs. Elle s'approcha et lut : *Omnia vincit amor.*

— Vous avez appris le latin ?

— C'est la seule phrase que je connaisse dans cette langue. *L'amour triomphe de tout.*

— *L'amour triomphe de tout...* Voilà une citation que j'aimerais inscrire comme devise. Mais mon chemin ne m'y mène pas, ajouta-t-elle, amère. Et vous, le pensez-vous encore, Nicolas ?

Un bruit sec au-dessus d'eux attira leur attention. Deux oiseaux, debout sur le toit de la serre, se chapardaient un ver, échangeant des coups de patte et de bec, piaillant, donnant des ailes, jusqu'à ce que l'animal rompe en son milieu et que chacun reparte avec son butin.

La diversion permit à Nicolas de ne pas répondre. Rosa prit sa main et l'inspecta.

— Il ne vous manque aucun doigt. Que s'est-il passé ensuite ?

Le militaire français avait préféré réveiller un gradé plutôt que d'obéir à un civil, si proche fût-il du gouverneur. Lorsqu'ils entrèrent dans l'Orangerie, deux des hommes gisaient à terre, le souffle coupé. Le troisième se tenait la main gauche, poing fermé. L'homme qui avait voulu couper les doigts de Nicolas avait reçu un coup de scalpel. Quelques gouttes de sang s'échappaient d'une plaie au niveau de sa paume et, happées par la gravité, s'écoulaient vers le sol. Après s'être assuré que personne ne nécessitait de soins, le gradé avait fait fouiller les jardins et les bâtiments du palais. En vain. Nicolas était rentré à la boutique depuis un long moment, le cœur et la gorge en feu de sa course éperdue et le dos brisé des coups reçus. Il s'était soigné seul, sans rien dire à François, et avait attendu le lendemain que le patron soit descendu dans la boutique pour offrir les trois oranges à Jeanne. Elle avait souri, lui avait caressé la joue et lui avait fait promettre de ne plus jamais prendre le moindre risque pour elle. Ils avaient partagé le premier fruit et la même grimace devant son goût acide et sucré. Plus tard, dans la journée, Jeanne lui avait expliqué avec douceur qu'elle avait été fière d'être la première femme à lui avoir donné du plaisir, mais qu'elle n'était pas et ne serait jamais son avenir. Il l'avait compris et s'était assommé de travail, jusqu'au matin où elle n'avait plus été sa première pensée après le réveil.

La silhouette du comte de Montigny passa devant les baies vitrées de la serre.

— Votre oncle vous cherche, dit-il en retirant sa main de celle de Rosa. J'espère que, cette fois-ci, vous ne me demanderez pas de partir avec moi !

— Je vais tenter l'aventure du mariage, à défaut de parcourir le monde. Ce n'est que partie remise.

— Prenez soin de vous, jeune Rosa. Celui dans lequel vous évoluez n'a le toucher de la soie qu'en surface.

Elle s'éloigna puis revint sur ses pas.

— Cet homme qui a voulu vous mutiler, avez-vous su qui il était ?

— Oui. L'histoire fit très rapidement le tour de la ville. Les Français cherchèrent sans grande conviction le voleur de l'Orangerie qui avait mis à terre un proche du gouverneur. Il fut un moment la risée des habitants qui oublièrent bien vite cette histoire. Je sais qu'il envoya des enquêteurs dans la ville, sans résultat.

— Qui est-ce ? répéta Rosa, prise d'une soudaine intuition.

La gêne de Nicolas marqua son visage.

— Rosa, je préférerais…

— Qui ?

— C'est le marquis de Cornelli. Votre futur époux.

20

Les jours qui suivirent furent empreints d'une certaine légèreté. Nicolas avait relaté à François son entrevue avec le gouverneur, ce qui l'avait rasséréné. Seul Malthus continuait à les éviter et se montrait étrangement absent à chaque visite dans sa boutique. Nicolas avait aussi raconté à Jeanne son passage dans l'Orangerie. Elle avait fini par lui avouer qu'elle n'avait pas pu manger les deux autres agrumes, trop amers à son goût, mais qu'elle les avait conservés longtemps, le plus longtemps possible, jusqu'à ce que le Hérisson blanc se fâche de son entêtement à ne pas jeter une nourriture complètement recouverte de moisissure et s'en débarrasse sans le lui dire. Mais la meilleure nouvelle avait été enfantée d'une mauvaise. Les passages répétés de Nicolas chez Marianne semblant causer à son propriétaire des désagréments d'ordre moral, elle avait accepté de venir habiter chez Jeanne et François. C'est ce dernier qui l'avait proposé, avant même que Nicolas n'en fasse la demande, lui précisant qu'ils pourraient utiliser une couche commune. Malgré un lit en paille dans une chambre humide et froide, mal éclairée, envahie du linge de la boutique, Marianne ne s'était jamais sentie aussi heureuse. Elle ne regrettait pas son luxueux appartement de la maison du Refuge. Ils se nourrissaient l'un de l'autre.

« Ces deux-là sont vraiment faits pour s'entendre », répétait sans cesse François, ce qui lui valait l'approbation de sa femme, parfois même un baiser qui disait : « nous aussi ».

Une semaine s'était écoulée depuis son passage au palais ducal. Nicolas se leva plus tôt qu'à l'accoutumée afin de préparer les instruments qu'il allait prendre pour la résection de l'hématome du gouverneur. Il ouvrit le volet de la boutique en évitant de faire du bruit. Marianne dormait encore, après avoir passé une partie de la nuit à lui raconter sa vie à Paris, lorsqu'elle étudiait à l'Hôpital-Dieu. Il s'était endormi au son de sa voix et avait rêvé d'une séance d'accouchement au cours de laquelle elle avait extrait des oranges au lieu d'un fœtus avec lesquelles il avait ensuite jonglé devant un parterre de têtes couronnées qui les avaient applaudis comme à une représentation théâtrale. L'image l'avait poursuivi longtemps après son réveil.

Un carrosse vint le chercher, qui n'était pas celui du gouverneur. Toutes les têtes des commerçants étaient tournées vers le véhicule inconnu stationné devant l'échoppe du barbier-chirurgien. Le chevalier de Rouault continuait à vouloir ménager son médecin personnel. Nicolas espérait être rentré avant midi afin de soulager François d'une partie des patients de la journée. Le cocher claqua son fouet, et l'attelage disparut dans un brouillard dense et pénétrant.

À midi, François déjeuna avec Jeanne et Marianne tout en plaisantant sur l'impossible ponctualité de Nicolas.

— A-t-il toujours été ainsi ? demanda Marianne en leur proposant une fourchette.

François refusa l'ustensile alors que Jeanne se délecta de son utilisation.

— Nicolas est incapable de se donner des barrières dans le temps, dit-il en plongeant sa main dans son assiette de potée. Il ira toujours jusqu'au bout d'une tâche sans se soucier de ce qui l'attend après. Comme aujourd'hui. Il ne supporte pas de se retrouver enfermé dans un système, quel qu'il soit. Je suis même surpris qu'il reste aussi longtemps à Nancy. Du moins, je l'étais avant de vous rencontrer, Marianne.

Elle rougit légèrement. Jeanne surprit sa gêne et aborda un autre sujet.

— Vous avez fréquenté du monde quand vous étiez à Paris ? Des gentilshommes, de la noblesse ?

— Fréquenter n'est pas le mot que j'emploierais, mais de par mon métier, il m'est arrivé de me trouver dans l'intimité de la chambre de personnes des plus haut placées.

— Ce doit être fascinant, s'exclama Jeanne qui ne lâchait plus sa fourchette.

— Je dirais plutôt étonnant, pour moi qui suis de condition modeste.

François approuva d'un grognement. Il rompit des tranches de pain et les leur proposa.

— Le plus galonné que j'aie opéré était un général de passage à Nancy, dit-il en mâchonnant. Jamais pu aller plus haut.

Il cessa soudainement sa mastication et prit un air fâché. Les deux femmes le regardèrent, inquiètes. Le Hérisson blanc plongea sa main dans sa bouche d'où il tira une molaire jaunâtre et rabougrie.

— Quelle guigne ! s'écria-t-il en la regardant. Avec du pain !

Il cracha sur le sol un mélange de salive et de sang et se lava la bouche avec du vin. Jeanne se signa. François le vit et grogna à nouveau.

— Fi de tes superstitions ! Si un malheur devait arriver chaque fois qu'une dent se déchausse dans une bouche, le duché serait déjà enseveli sous des tonnes de cendres !

Ils finirent le repas dans le silence. François compta avec sa langue le nombre de dents qu'il lui restait et fit grise mine. Bientôt, il serait obligé de se contenter de soupe et de vin ou de réduire ses aliments à l'état de bouillie.

— Je vais monter à l'étage, Nicolas a noté des recettes pour fortifier les dents, dit-il alors qu'elles débarrassaient la table.

Il trouva le cahier dans la mallette contenant ses

livres et traités, et choisit une formule qui avait été dictée à Nicolas par l'abbé Chomel, de la sauge bouillie dans du vin, avec laquelle il lui faudrait se rincer la bouche tous les matins. L'idée lui plaisait plus que la décoction de racines de tithymale, qui avait les faveurs de l'abbé. Il pourrait utiliser le vin de sa treille et avaler le liquide après rinçage, ce qui lui donnerait aussi des forces pour attaquer ses journées. Il descendit l'escalier en sifflotant, ragaillardi par cette idée.

Charles Jaquet était dans la cuisine avec Jeanne et Marianne. Les deux femmes semblaient abattues.

— Charles, je ne t'ai pas entendu arriver. Mais que se passe-t-il ? demanda-t-il en voyant les larmes couler sur le visage de la sage-femme.

— Le gouverneur est mort ce matin, dit son ami sans oser le regarder en face. Nicolas est accusé par son médecin d'en être à l'origine. Il a été emmené à la prison de la porte de la Craffe.

CHAPITRE IV

Nancy, avril 1694

21

Nicolas banda soigneusement ses mains engourdies et fit mouvoir ses articulations afin de les réchauffer. La porte de la Craffe était située au nord de la ville et se composait d'un bâtiment central et de deux tours rondes qui abritaient la prison. Sa geôle correspondait à une cage de trois mètres sur deux avec pour seul confort la présence de paille sur le sol. L'humidité était partout et imprégnait ses vêtements. L'odeur de moisi aussi. Ses yeux s'étaient habitués à la pénombre ambiante, la seule source de lumière était un rai provenant de la meurtrière latérale de la tour qui lui donnait une estimation du temps passé. Trois jours s'étaient écoulés depuis son arrestation au palais ducal, qu'il devait au médecin du gouverneur. Dès le décès de ce dernier officialisé, Jean-Baptiste Courlot avait déposé plainte devant un juge, au motif d'un complot visant le représentant de la France, et Nicolas s'était jeté sans le savoir dans la gueule du loup. François et Marianne étaient venus le voir l'après-midi même. Depuis, plus rien. Aucune nouvelle du dehors ou du dedans. Le gardien, Mathieu, était un brave type qu'il connaissait vaguement pour l'avoir soigné alors qu'il était apprenti et qui l'avait reconnu. Il venait deux fois par jour lui apporter un pain et de l'eau, parfois du chou cuit, et lui dire en s'excusant qu'il n'avait aucune nouvelle concernant son sort.

La lumière du jour venait de décliner définitivement vers sa quatrième nuit d'incarcération quand Mathieu fit son entrée, un panier à la main. Le soldat français qui l'accompagnait habituellement n'était pas là. Il ouvrit la cellule et lui tendit la corbeille :

— De la part de vos amis au-dehors. Ils ne vous oublient pas.

Il referma prestement la porte. La clé claqua dans la serrure. Il fit tinter des pièces qui se trouvaient dans sa poche.

— Votre matrone a donné plus qu'il ne faut pour vous. Alors, je lui ai permis de déposer ces quelques affaires.

Le prix à payer par les familles pour l'incarcération d'un proche était fixé à deux francs la journée. Il permettait surtout d'éviter de croupir dans une oubliette sans espace, ni lumière, ni possibilité de s'allonger. La tour possédait deux de ces « trous de la mort » dont on ressortait rarement vivant.

Nicolas trouva dans le panier une couverture et du linge de rechange, ainsi que deux gros pains et une bouteille d'un élixir confectionné par François, ce qui le fit sourire. Marianne lui avait écrit une longue lettre.

Il découvrit son écriture ample et généreuse pour la première fois.

Le geôlier, qui était resté près de la cage, attendit qu'il eût fini de lire et l'apostropha :

— Alors, quelles nouvelles ?

— Bonnes, répondit-il en glissant la missive dans sa manche de chemise. Les accusations sont infondées et le juge va rétablir la vérité.

La réalité était plus nuancée. Marianne lui relatait l'âpre bataille qui s'était engagée entre François, représentant du han des chirurgiens, et la corporation des médecins, emmenée par un Courlot qui voulait faire de Nicolas un exemple d'une trop grande liberté des droits donnée aux valets de la médecine. Les médecins locaux n'avaient aucune sympathie pour celui qui s'était désigné comme leur représentant, mais en avaient suffisamment peur pour ne pas s'opposer à lui, en particulier dans une affaire qui risquait de se révéler sensible au regard de la notoriété du défunt. Les procès faits aux chirurgiens étaient monnaie courante, émanant en général des familles qui réclamaient des réparations à la suite d'opérations aux résultats catastrophiques, mais aucun praticien n'avait jamais été incarcéré avant un éventuel jugement. Le procureur avait été sensible aux accusations de complot antifrançais proférées par Courlot. François avait demandé à ce que les résultats de l'autopsie pratiquée soient rendus publics, afin de démontrer qu'il n'y avait eu aucune faute dans l'acte chirurgical, mais la décision appartenait au juge qui ne l'avait toujours pas prise. *Qu'il se dépêche*, songea Nicolas, *je ne vais pas supporter cette situation longtemps.*

Un cri déchirant parvint d'une des oubliettes.

— Ah, c'est le huguenot qui a faim ! s'exclama Mathieu d'un ton badin en jetant un regard en direction de la grille de métal qui recouvrait le trou.

Il s'en approcha et répondit à la plainte.

— Faudra attendre demain, mon gars ! Le boulanger est fermé !

Il rit de sa plaisanterie et reprit la torche qu'il avait posée sur son socle mural en entrant.

— Attendez ! cria Nicolas. Tenez !

Il lui tendit un de ses pains entre les barreaux.

— Donnez-le-lui !

Le gardien s'approcha, hésitant.

— Vous savez qui il est ? Vous savez ce qu'il a fait ? dit-il à Nicolas en approchant la flamme de son visage.

La lumière, à laquelle il n'était plus habitué, le fit vaciller.

— Non, et je m'en moque, répondit-il en clignant des yeux. Cet homme a faim. Donnez-lui mon pain.

Mathieu hésita un instant puis prit la miche. Il le regarda d'un air d'incompréhension, s'approcha de l'oubliette, grogna, se retourna vers Nicolas, haussa les épaules et se dirigea vers la sortie avec le pain.

— Qu'est-ce que vous faites ? hurla le chirurgien.

L'homme ne se retourna pas et montra l'aliment au bout de son bras tendu.

— Moi aussi, j'ai faim. C'est la famine pour tout le monde !

La lourde porte se ferma. Les verrous claquèrent.

— Quel rufian ! rugit Nicolas avant de se laisser tomber sur la paille humide.

Les plaintes du malheureux avaient repris. Nicolas laissa la colère l'envahir pour mieux l'évacuer puis, une fois rasséréné, tenta de trouver une solution. Il prit le pain qui lui restait et s'approcha des barreaux.

— Monsieur, vous m'entendez ?

Les gémissements cessèrent.

— Est-ce que vous m'entendez ?

Un murmure tint lieu de réponse positive.

— Voilà ce que je vais faire, dit Nicolas en essayant de ne pas élever la voix tout en articulant le plus distinctement possible. Je vais couper mon pain en petits morceaux et je vais vous les envoyer.

Il évalua la distance entre la fosse et sa cellule à environ trois mètres. Il rompit la miche en portions qu'il pouvait tenir dans sa paume, sortit le bras entre deux barreaux et visa en direction du trou qu'il arrivait à distinguer dans la pénombre comme un ovale de plus grande noirceur. Le premier morceau fut envoyé, bras tendu, avec une force insuffisante et atterrit sur le sol à quelques centimètres de sa cible. Le second rebondit sur un des barreaux de la grille horizontale. Nicolas choisit de changer de technique et donna au projectile une trajectoire plus courbe en le lançant vers le haut, afin qu'il retombe presque verticalement au niveau du trou. L'idée se révéla judicieuse, puisque le pain, après avoir touché la grille, disparut dans la fosse de l'oubliette.

Il entendit un souffle de voix :

— Merci…

Il continua jusqu'à épuisement complet de son stock de boulettes, avec une réussite presque totale. L'homme put ainsi manger les deux tiers de l'aliment.

— Merci, dit-il à nouveau.

Puis, après un court silence :

— Je m'appelle Anselme Gangloff. Merci de votre humanité, monsieur.

Sa voix était faible et son souffle court.

— Pourquoi êtes-vous, ici, monsieur Gangloff ?

— Je suis d'une religion que la vôtre qualifie d'hérétique, répondit-il en entrecoupant ses phrases de silences. Je pratiquais mon culte avec ma famille et d'autres membres sans que cela provoque aucune gêne. Ce sont les religieux de l'abbaye de Beauchamp qui nous ont fait venir d'Allemagne pour s'occuper de leurs troupeaux. Et maintenant, on nous demande de partir. À cause de notre confession. Ou de nous convertir. J'ai envoyé ma famille se réfugier en terre sûre. Et j'ai décidé de rester pour faire valoir la justesse de mes droits. On m'a emprisonné une première fois. J'ai refusé de m'acquitter des frais de nourriture et de garde. Voilà pourquoi je suis ici depuis quinze jours. J'ai demandé l'intervention du roi de Prusse. J'attends tous les jours une heureuse nouvelle.

— Je suis navré de ce qui vous arrive, monsieur Gangloff. Je vous aiderai de mon mieux.

— Vous avez déjà fait beaucoup. Vous m'avez montré qu'il existait des raisons d'espérer.

22

Une semaine venait de s'écouler dans l'inertie de l'attente permanente. Marianne lui manquait. Ses livres lui manquaient. La liberté, dont il avait fait le seul but de sa vie, lui manquait. Il étouffait. Les seuls moments de répit étaient les conversations chuchotées avec Anselme, mais l'homme s'affaiblissait rapidement et celles-ci étaient de courte durée. Marianne avait pu lui transmettre un second panier de nourriture dont il avait partagé les aliments solides avec son compagnon d'infortune. Mathieu, le geôlier, n'était pas dupe des miettes qui jonchaient le sol près de l'oubliette, mais fermait les yeux sur leur destination.

Le soleil venait de pénétrer jusque sur le mur de son cachot et éclairait d'un petit rectangle de lumière les multiples inscriptions gravées par les prisonniers successifs. Des cris de douleur, des aveux d'innocence, les derniers mots avant une exécution : *Que Dieu me pardonne, Plutôt la mort que l'estrapade*[1], *Inquisito !* La plupart des textes se limitaient à un nom et une date : *Lasnière 1582, Catherine Bonhomme 1616, Claude Henri 1645...* La lumière du jour déclina peu à peu, rendant à la pénombre les derniers mots de centaines de destins brisés. *Je ne suis pas un sorcier. Victime d'un complot. Abraham Racinot, dit André des Bordes, 28 janvier 1625.* Nicolas lut le message et s'assit sur la paille fraîche. Elle avait été changée pour la première fois le matin même, ce qui lui avait remonté le moral, puis l'avait inquiété sur la durée de son séjour. Mais, comme à chaque fois, Mathieu n'avait pas répondu à ses questions et s'était contenté de sourire. Nicolas avait fini par croire que la chute pour laquelle il l'avait soigné huit ans auparavant avait laissé des séquelles définitives. En fin d'après-midi, son gardien revint, accompagné d'un inconnu tout de noir vêtu, qui se présenta comme le greffier du procu-

1. Torture consistant à tirer le corps à l'aide d'une poulie et d'une corde.

reur du roi. L'autopsie avait révélé que le gouverneur souffrait de multiples calculs enkystés au niveau des reins, dont l'un avait fini par obturer l'urètre en amont de la vessie. L'opération de Nicolas n'avait fait que retarder une échéance fatale.

— La cause du décès est probablement naturelle, conclut l'homme.

Accélérée par les saignées inconsidérées de son médecin, pensa Nicolas, soulagé par le résultat de l'enquête.

— Quand pourrai-je sortir d'ici ? demanda-t-il.

Le greffier lui décocha un regard froid avant de dérouler une feuille qu'il tenait en main. Mathieu approcha sa torche pour lui faciliter la lecture.

— De nouveaux éléments ont été portés à notre connaissance lors de notre enquête. Il apparaît qu'une somme de cinq mille francs, qui était destinée à la rétribution de l'acte chirurgical en cas de succès, a disparu de la cassette personnelle de feu monsieur le gouverneur. Cette somme est aujourd'hui introuvable. Il a aussi été établi que le sieur Déruet a tenu, il y a deux mois, des propos antifrançais accompagnés de menaces envers des soldats de notre troupe, et cela sur le pont Moujat en présence de témoins. En conséquence de quoi, nous, Étienne d'Hablainville, représentant du procureur de Sa Majesté notre bon roi Louis le Quatorzième, demandons le maintien en détention du sieur Nicolas Déruet, jusqu'au procès que nous intentons au nom de la France et de la veuve de la victime. Les frais de garde sont portés à cinq francs par jour.

Nicolas se précipita contre les barreaux, ce qui fit reculer les deux hommes.

— Mais je n'ai rien fait, je suis innocent ! hurla-t-il.

La lecture des graffitis sur le mur lui revint en mémoire. Tous avaient dû crier comme lui à l'énoncé des actes d'accusation. Mais tous avaient fini brisés par une justice univoque.

— Innocent, clama-t-il alors que les deux hommes sortaient sans un mot ni un regard.

Il s'écroula, la tête entre les mains.

— Innocent…, murmura-t-il, sidéré.

L'enfermement était sa peur la plus profonde. Il avait fui Nancy pour la campagne après sa maîtrise, alors qu'une brillante carrière s'offrait à lui, pour rester en marge d'une société qu'il recevait comme une aliénation. Il avait fui la réalité pour ses livres et sa pratique chirurgicale à laquelle il avait tout donné. Il ne supporterait pas encore bien longtemps la prison. Plutôt en finir.

La voix d'Anselme Gangloff le tira de ses pensées les plus noires.

— Je suis désolé, Nicolas. J'aimerais pouvoir vous aider. Je prierai Dieu pour vous.

— Je crois que je n'ai pas à me plaindre face à votre situation.

Nicolas se releva, s'approcha des barreaux et les serra comme pour en tester la solidité.

— Mais je crois que j'aurais bien besoin de l'aide de votre Dieu, conclut-il.

— « Votre Dieu » ? N'êtes-vous pas catholique ?

— Je le suis par le saint sacrement du baptême. Mais, pardonnez ce blasphème, plus j'étudie le corps de l'homme et moins j'y trouve l'œuvre de Dieu. Je suis devenu athée, Anselme, mais il n'y a bien que dans cet endroit que je peux l'avouer !

— Votre affaire va s'arranger. Vous êtes quelqu'un de bien et je ne me trompe jamais !

— Tout a un début, Anselme. Et tout a une fin.

Il s'allongea et fixa un long moment la petite forme sombre qui faisait des allers-retours entre sa cellule et le mur d'enceinte. Le rat avait repéré quelques miettes de pain et en faisait son repas. Enhardi, il s'approcha du prisonnier, tourna autour de sa jambe et s'enfouit dans la paille à côté de sa chausse. Nicolas ne bougea pas. Les derniers événements l'avaient sonné. Contre toute attente, le sommeil le gagna rapidement et le priva de rêves.

23

Une lumière inhabituelle le réveilla. Une lumière intense comme un soleil froid. Quelqu'un chuchota son nom. Il ouvrit les yeux brusquement et se leva. Quatre hommes munis de torches se tenaient debout devant son cachot. L'un d'entre eux introduisit la clé dans la serrure. Nicolas recula jusqu'au mur. L'homme leva la tête et lui sourit.

— François ! murmura-t-il en apercevant son ami.

— Je suis venu te chercher, petit, dit-il après avoir ouvert la grille.

Ils tombèrent dans les bras l'un de l'autre. Maître Delvaux sentit que Nicolas était profondément affaibli, plus encore qu'il ne l'avait craint. Ses membres tremblaient légèrement et avaient du mal à soutenir son corps.

— François, je ne comprends rien à ce qui se passe. Je n'ai pas touché cet argent dont on...

— Chut… Épargne tes forces, je sais que tu n'y es pour rien. Mets ces habits !

Un des hommes lui tendit un haut-de-chausses, une chemise et des sous-vêtements propres, ainsi qu'une veste de belle facture. François lui résuma la situation pendant qu'il se changeait.

— Au début de ton emprisonnement, nous avons espéré que tout rentrerait très vite dans l'ordre. J'avais assisté à l'opération et il était pour moi évident que l'autopsie t'innocenterait. Mais quand ce fielleux pervers de Courlot a mis en avant la disparition de la somme destinée à tes honoraires, j'ai compris qu'on ne pourrait pas s'en sortir avec l'aide du juge. La situation est devenue pourrie, Nicolas. Ils ont enquêté et trouvé des détails qu'ils vont monter en preuve sur tes sentiments antifrançais. On ne peut plus laisser faire. Avec mes amis, on a décidé d'agir. Marianne nous a grandement aidés. On vient te sortir de cette prison.

Nicolas arrêta de s'habiller.

— Marianne… où est-elle ? Comment va-t-elle ?

— Je t'expliquerai en chemin. Nous devons sortir.

— Le gardien ? demanda-t-il en boutonnant sa veste. Les soldats ?

— Les soldats ont été appelés en renfort pour des échauffourées imaginaires dans la ville-neuve. Quant à Mathieu, il est assommé et ligoté comme un fagot. Il ne pourra pas nous nuire. Ne t'inquiète pas pour lui, il ne risque rien de la part des Français. Viens, dépêchons-nous.

À peine sorti de sa geôle, il s'arrêta.

— Je ne pars pas seul, annonça Nicolas en s'approchant de l'oubliette. On emmène Anselme.

— Anselme ?

— Mon ami d'infortune. Je ne peux pas le laisser.

L'homme avait tout entendu.

— Je reste là, Nicolas. Je ne veux pas être un fuyard.

Nicolas prit une des torches et s'approcha de la fosse. Il le vit pour la première fois. Anselme s'était mis debout. Son visage était mangé par une barbe abondante, son corps était décharné mais ses yeux portés par une détermination intacte.

— Je quitterai ce trou libre, quand le roi aura reconnu la justesse de mes droits, déclara-t-il d'une voix dont la sérénité les impressionna tous.

Les deux hommes se regardèrent un court instant en silence. Anselme lui fit un signe de la main puis disparut dans le noir.

Un carrosse les attendait juste devant la porte de la Craffe. François arrêta Nicolas avant qu'il ne sorte du bâtiment pendant que les trois autres vérifiaient que la rue était sûre.

— Nicolas, il faut que je te parle de la contre-partie… Tu te doutes bien que cette opération n'a pu être rendue possible que grâce à des complicités.

— Je me demandais quand tu m'en rendrais compte. De quoi leur suis-je redevable ? dit Nicolas, qui était prêt à fuir n'importe où pour échapper à la prison. Contrairement aux apparences, je ne suis même pas riche de cinq mille francs. Je n'ai que mes mains en guise de remerciement, ajouta-t-il en lui montrant ses paumes bandées.

— C'est justement ce qui t'a été demandé. Ceux qui ont rendu possible ton évasion sont des partisans de la famille des Habsbourg.

— Notre duc exilé ? Et qu'attendent-ils de moi ? Que je m'occupe de ses saignées ?

— Le duc est actuellement en campagne contre les Ottomans avec les armées du Grand Électeur de Saxe. Ils manquent cruellement de chirurgiens.

— François, tu veux dire que tu m'as fait engager dans l'armée allemande ? Tu n'as pas fait ça ?

— Non, pas exactement. Le duc est à la tête de l'armée lorraine. Tu seras leur second chirurgien.

— Moi, dans l'armée ? répéta-t-il comme pour lui-même. Autant remonter tout de suite au cachot !

— Nicolas, tu ne seras pas sur le front, tu restes dans ton domaine et tu te fais oublier quelques mois. C'était la seule solution négociable avec eux.

Il sentit que l'odeur de moisi s'était diluée sur le seuil de la porte. La fraîcheur du dehors avait le goût de la liberté.

— Et si la guerre dure trente ans ?

— Elle sera finie bientôt, crois-moi.

— Et Marianne ?

— Elle pense à toi et elle t'aime. C'est grâce à elle que tu as pu sortir ce matin, ajouta François. Le prix sera lourd à payer pour elle aussi. J'ai pu constater à quel point tu lui manquais. Maintenant, il faut y aller.

Il le prit par le bras. Nicolas n'avança pas.

— Je veux la voir. J'accepte, mais je veux la voir avant de partir.

— Malheureusement, ce ne sera pas possible. Elle a été appelée au chevet du petit Simon. Il ne lui reste plus qu'un souffle de vie.

24

Nicolas avait fait plier François, qui s'était rapidement rendu compte que son ami était capable de leur fausser compagnie pour retrouver Marianne et le nourrisson. Il préférait encore l'accompagner dans sa demande inconsidérée plutôt que de voir la situation lui échapper totalement. Le carrosse avait roulé d'un trot paresseux pour ne pas attirer l'attention. Ils ne croisèrent aucun soldat sur le chemin du couvent du Refuge, qu'ils atteignirent en moins d'un quart d'heure. François descendit le premier. La rue Saint-Nicolas était déserte à cette heure matinale. Il lui donna les instructions à suivre pour sortir de la ville, enfonça son bonnet sur son front et grogna.

— Je ne suis pas doué pour les effusions et tu le sais…

Nicolas sortit à son tour et lui porta une accolade. L'émotion l'empêchait de parler.

— Alors, je te dis à très bientôt et ne t'avise pas d'y laisser ta peau ! Un conseil : pour les blessures par flèche, suis toujours les recommandations d'Ambroise Paré. J'en ai trop vu y passer ! L'homme avec qui tu as rendez-vous à l'Ancien Courrier a, avec lui, un sac qui contient tes affaires. Je sais que tu ne pourrais pas t'en passer.

— Merci, murmura simplement Nicolas.

— Il te reste peu de temps, ne l'oublie pas. Dans une heure, ils auront fermé toutes les portes de la ville. Va !

Marianne avait posé le petit Simon sur ses genoux et lui massait doucement le ventre. Lorsqu'elle vit Nicolas, son regard se chargea d'inquiétude.

— Non !

Il posa un doigt sur ses lèvres et lui sourit. L'enfant grogna mais ne se réveilla pas. Nicolas s'assit à côté d'elle et la prit dans ses bras.

— Sauve-toi, je t'en prie, sanglota-t-elle.

— Je ne pouvais pas partir sans te voir. Comment va-t-il ?

Elle s'essuya la joue sur son épaule.

— Je ne sais pas. Il a pleuré et s'est endormi d'épuisement. Je pense que le lait de la nourrice était en train de l'empoisonner. La pauvre fille n'arrive plus à se nourrir correctement. C'est la famine et je ne sais pas si je vais en trouver une autre.

— Tu le sauveras une nouvelle fois.

Elle ne répondit pas et se laissa envahir par la chaleur du corps de son amoureux. Elle aurait voulu le prendre dans ses bras et se blottir contre lui à n'en plus respirer, mais le nourrisson l'en empêchait.

La mère Janson entra et envoya un regard dur en direction de Nicolas.

— Les Français patrouillent dans le quartier, dit-elle en prenant l'enfant. Vous allez sortir par les jardins qui vous mèneront rue Saint-Dizier.

— J'y vais seul, affirma Nicolas. Marianne peut rester dans votre couvent. C'est moi qu'ils cherchent !

— Je connais mieux Nancy que toi, je te guiderai jusqu'à ton contact, répliqua Marianne. Et tu n'as pas le choix !

Simon se réveilla en geignant.

Marianne marchait plusieurs mètres devant lui. Nicolas avait réussi à négocier avec elle cette précaution. Elle ne devait pas être vue en sa compagnie. Ils croisèrent une patrouille ; les hommes se retournèrent sur elle et ignorèrent Nicolas, ce qui le rassura quelque peu sur leur degré d'information. L'évasion n'était peut-être pas encore connue de tous. Sa joie fut de courte durée. Alors qu'ils remontaient la rue Saint-François, ils aperçurent un attroupement cinquante mètres en amont : les Français filtraient l'entrée de la place Saint-Jean en compagnie d'un civil qui semblait agité. Nicolas reconnut trop tard son geôlier. Mathieu pointa un doigt dans sa direction. Marianne réagit immédiatement et se retourna.

— Suis-moi !

Elle obliqua à droite et fut rejointe par Nicolas qui lui prit la main et accéléra l'allure.

— Décidément, c'est une manie chez toi de me faire courir… Prends à droite après l'église !

Ils débouchèrent sur une aire de grande taille.

— La place du marché ?

Elle acquiesça tout en essayant de retrouver son souffle. Il en profita pour jeter un regard circulaire : pas un soldat n'était visible. Seuls étaient présents les commerçants qui tentaient de se réchauffer près de leurs étals, ainsi que de rares clients. La marchandise était encore plus rare que d'habitude. La farine était rationnée et la viande hors de prix. Ils traversèrent l'agora dans sa diagonale. Le cliquetis des armes leur parvint.

— Ils arrivent, dit-elle avec calme.

— On va se cacher dans ce bâtiment, proposa

Nicolas en lui montrant une façade qu'il avait repérée lors de leur dernier passage.

Elle fit une grimace.

— Tu connais cet endroit ? demanda-t-il tandis qu'ils approchaient de l'entrée et qu'elle ralentissait son allure.

— Oui. Ce n'est pas une bonne idée.

— Je n'en ai pas d'autre. Si l'on fait demi-tour, le gardien va me reconnaître.

Elle s'arrêta au niveau de la large porte de bois ouverte sur l'extérieur. Une intense agitation régnait dans la bâtisse dont ils percevaient les bruits et les mouvements. Une odeur âcre et métallique envahit leurs narines.

— C'est une très mauvaise idée, répéta-t-elle alors qu'ils entraient dans la gueule béante.

25

Le veau beugla juste avant que l'homme ne lui lie la gueule avec une corde. L'animal était allongé sur le sol, les pattes attachées, et avait cessé de se débattre. L'homme se releva, s'essuya les mains sur sa chemise tachée, plaisanta avec son collègue qui se tenait assis près du dos de la bête et prit une masse. Il la leva une première fois, fit un moulinet afin de prendre de la vitesse et assena un coup puissant sur le crâne de l'animal, qui se fendit dans un bruit de craquement. Le veau fut pris de convulsions. Le second boucher, à l'affût, lui trancha la gorge d'un geste précis et puissant. La bête émit un son aigu, puis des gémissements plaintifs alors que les deux hommes, insensibles à son agonie, commençaient à la dépecer dans une mare de sang et d'urine mêlés.

Au moment où Nicolas et Marianne entrèrent dans la pièce, un nuage de fumée s'élevait de la carcasse en même temps qu'une insupportable odeur de viscères envahissait leurs narines. Les écorcheurs se retournèrent vers les deux intrus. Marianne boucha son nez. Elle n'osait plus avancer. L'un des deux hommes se releva et se gratta le front avec le dos de la main, laissant une large traînée brune. Tous restaient silencieux. La rivière de sang recouvrait leurs chaussures et mouillait leurs pieds.

Dehors, un militaire cria des ordres. La place allait être encerclée. Nicolas prit Marianne dans ses bras et la porta pour enjamber la bête. Elle s'agrippa à son cou et enfouit sa tête contre sa poitrine. Au moment où ils allaient sortir, un des hommes leur lança :

— Par là !

Sur leur droite se trouvait une ouverture étroite et sombre. Alors qu'ils hésitaient, l'homme ajouta :

— C'est la réserve. Ils n'y vont jamais, même pour contrôler l'hygiène.

Marianne, qui avait enfoui le bas de son visage dans son chemisier, fit non de la tête.

— Nous n'avons pas le choix, dit doucement Nicolas en la serrant plus fort.

Elle ferma les yeux.

Lorsque Nicolas se baissa afin d'entrer dans le réduit, Marianne sentit l'odeur insupportable de la viande en décomposition et celle, plus âcre, de la chair encore chaude. Lorsqu'il s'assit tout au fond de la pièce borgne et froide, elle refusa d'ouvrir les yeux.

Marianne posa sa tête contre la poitrine de Nicolas et se concentra sur les battements de son cœur.

Avant de se caler contre le mur du fond, il avait été obligé de circuler entre les bêtes ouvertes et dépecées, pendues à des crocs depuis le plafond. Il y en avait une douzaine dans un réduit de quelques mètres carrés.

Le pas des soldats n'avait pas tardé à se faire entendre. Ils avaient investi le bâtiment sous les protestations des bouchers et des écorcheurs qui abattaient et dépeçaient les bêtes dans la pièce centrale. Une vache avait faussé compagnie à son bourreau et s'était échappée sur la place, détruisant plusieurs étals sur son passage avant d'être abattue par un grenadier du régiment de Turenne. Quelques soldats étaient montés au premier étage de la tuerie où les femmes étaient occupées à gratter les restes des viandes récupérées dans les maisons bourgeoises. Après une fouille grossière, furieux de ne pas avoir trouvé le fugitif, ils avaient confisqué les ersatz de nourriture pour leur propre consommation. Les regrattières, dont les revenus provenaient exclusivement de la revente de ces morceaux à la population, avaient protesté, ce qui avait eu pour effet d'attiser la colère des militaires qui avaient brisé les fenêtres et jeté leurs outils dans le ruisseau Saint-Thiébaut. Moins de trente minutes après leur arrivée, l'armée s'était retirée de la place comme un ressac après une énorme vague.

Marianne n'avait toujours pas ouvert les yeux. Le bruit au-dehors avait cessé. Nicolas lui caressa les cheveux, puis la joue et l'embrassa. Il n'avait cessé de la regarder dans la pénombre où les cadavres pendus des bêtes oscillaient comme des fantômes nonchalants. Il avait dévoré du regard ce visage au grain si fin, aux traits qu'il trouvait incomparables de beauté, il l'avait gravé dans son esprit afin qu'il lui rende chaque jour un miroir fidèle de la femme qu'il aimait. Le temps allait être long, infiniment long, loin d'elle.

— Promets-moi de m'attendre, lui chuchota-t-il à l'oreille.

— Promets-moi de revenir, répondit-elle d'une voix mal assurée.

Elle frissonnait de froid et de dégoût. L'odeur de la mort était partout sur eux. Il défit sa veste et l'en enveloppa.

Il sentit une ombre nouvelle parmi les carcasses et leva les yeux. Le jeune boucher qui les avait aidés était là. Il pouvait fuir.

Il passa la porte Saint-Jean, accompagné de son guide, sans se retourner. Les fers des chevaux résonnèrent sur les poutres du pont qui enjambait les eaux grises et basses du ruisseau. Plusieurs pêcheurs en guenilles, aux allures spectrales, tentaient d'arracher à la rivière les rares poissons. Les troupeaux avaient déserté les prairies à l'herbe rase. La ville fortifiée se dilua lentement derrière eux et disparut dans la brume.

CHAPITRE V

Royaume de Hongrie, mai 1694

26

La pluie avait succédé à la brume et le vent à la pluie. Les jours avaient succédé aux jours, les bouleaux et les mélèzes aux chênes et aux sapins, le feldspath au calcaire, mais le ciel restait désespérément gris. Nicolas et son guide avaient traversé l'Allemagne, l'Autriche et la Hongrie dans le silence. Plusieurs fois, il avait songé à s'enfuir, à retourner dans le duché, se cacher dans la campagne, mais il avait donné sa parole à François. Et son compagnon de voyage était aussi sans doute chargé de le surveiller afin d'éviter qu'il ne lui fausse compagnie. L'homme portait la barbe, avait un visage taciturne et ne le regardait jamais en face. Il était habillé en civil, de vêtements usés, mais possédait une bourse remplie de pièces dont il se servait pour le gîte et la nourriture, en silence. Toujours en silence. Ils avaient traversé l'Europe sans un bruit. Et, un jour, à l'odeur de la terre humide s'était mêlée une autre odeur qu'il n'oublierait jamais. Ils venaient d'arriver dans la région de Buda[1] après vingt-cinq jours de voyage et avaient cheminé sur un sentier glaiseux au faîte d'un plateau où les jambes de leurs chevaux s'enfonçaient jusqu'au boulet à chaque pas. Une longue ligne sombre serpentait dans la vallée, la coupant en deux en son milieu. Lorsqu'ils plongèrent vers elle, il comprit que ce qu'il avait pris pour une rivière était une colonne de soldats, hommes à pied, cavaliers et chariots, qui s'étendait sur plusieurs kilomètres. L'odeur s'était intensifiée, portée par le vent.

— La poudre, dit seulement son guide devant son regard interrogateur.

L'odeur de la guerre.

Ils s'étaient présentés au commandant, le comte de Rabutin, un Français passé au service du Saint Empire germanique après avoir été capitaine dans un des régiments lorrains. L'arrivée de Nicolas sembla le mettre un court instant d'humeur joyeuse avant que son aide de camp ne vienne lui annoncer une nouvelle qui lui fit retrouver son masque de sévérité. La troupe bivouaqua pour la nuit à Tordinci, un village proche de Vukovar. Nicolas, dont le guide s'était évaporé sans même le saluer, rejoignit seul la grange qui avait été improvisée en hôpital de campagne à l'extrémité est du hameau. La remise n'avait plus de porte et se trouvait soumise à un vent frais et capricieux. Une dizaine de blessés étaient allongés sur des brancards ou à même un sol à la paille clairsemée. Le chirurgien présent se retourna à l'arrivée de Nicolas, lui envoya un regard distrait

1. Le Budapest actuel.

et finit de se laver les mains dans une bassine en cuivre à l'eau brunâtre. Il s'essuya dans sa chemise, alluma sa pipe à l'aide d'un briquet à mèche et se planta devant lui, tout en tirant des bouffées dont les volutes furent rapidement diluées par le courant d'air qui traversait le bâtiment.

— Alors, c'est toi, tout seul, les renforts médicaux dont le duc avait absolument besoin ? interrogea-t-il avec une moue de scepticisme.

— On m'a proposé une invitation que je ne pouvais refuser, répondit Nicolas.

— Je sais. Je sais qui tu es et pourquoi tu te trouves ici. Bienvenue dans ce cirque ! Je m'appelle Germain Ribes de Jouan, indiqua-t-il en lui tendant une main aux doigts petits et calleux. Chirurgien principal des régiments lorrains du duc. Et pour tout dire, le seul ! Enfin, jusqu'à aujourd'hui. Le ciel m'envoie un assistant dont on me dit qu'il a des doigts en or. J'espère que tu sais recoudre, ajouta-t-il en s'apercevant que Nicolas regardait ses segments inhabituels chez un chirurgien.

— Je crois en maîtriser les principes.

— Tant mieux, parce qu'ici on ne connaît que deux instruments : l'aiguille et la scie. Tu peux jeter tous les autres ! ajouta-t-il en l'invitant à s'asseoir à même le sol contre deux tonneaux qui servaient de dossier.

Un chien, niché contre la seule botte de paille de la remise, se leva et vint se poster entre les deux hommes.

— Ah, voilà notre second assistant, dit-il en flattant le dos de la bête qui lui léchait le visage à grands coups de langue. Tatar, je te présente notre nouveau raccommodeur. Nicolas, Tatar !

L'animal, un erdelyi kopo de Transylvanie, à la robe

noire, bâilla et sollicita une caresse que Nicolas lui prodigua. Le poil était doux et vigoureux.

— Tatar semble bien nourri, fit-il remarquer.

— J'y veille en personne ! Même ration que les soldats, dit le chirurgien tout en tapant sa pipe contre la semelle de sa botte. Hé, Grangier, on a soif !

L'homme, qui entrait les bras chargés de bouteilles, leur donna un litre de vin et s'assit à côté d'eux.

— Grangier sera ton brancardier, précisa Germain en faisant claquer le bouchon.

— Enchanté, lança le caporal en levant sa bouteille en guise de salut.

— Ici, à l'hôpital, nous avons notre propre discipline, expliqua Germain. Foin des grades et des révérences ! Quand il s'agit d'opérer sous la mitraille, il n'y a que l'efficacité qui compte. Nous sommes une équipe, Tatar compris, ajouta-t-il en servant du vin dans la gamelle de son chien.

L'animal vint laper avec gourmandise.

— Mais, dès que nous sommes à l'extérieur, nous redevenons de la soldatesque, conclut-il.

— De la chair à canon, surenchérit Grangier.

— Notre « hôpital » a l'air calme, remarqua Nicolas en détaillant les quelques malades présents.

— Juste des plaies et des contusions, des chutes et des diarrhées, rien que le classique d'une armée en transit, expliqua le chirurgien.

— Attendez le prochain contact…, prédit le caporal en ouvrant sa seconde bouteille.

— Nous ne saurons plus où donner de la tête, finit Ribes de Jouan en caressant le ventre de Tatar allongé sur le dos. Notre auberge a si bonne réputation, plaisanta-t-il.

— Mais qui combattons-nous ? Qui est cet ennemi ? demanda Nicolas, ignorant tout de la situation.

— Qui ? Les janissaires, les spahis, les silihdars, les gedüklis, les mouteferrikas, les tschaouschs, les Tatars…

Le chien s'était levé, oreilles dressées, aux aguets.

— Non, pas toi, désolé mon vieux ! s'écria Germain. Le Grand Vizir, le Khan de Crimée, le Beglerbeg de Roumilie…

Ribes de Jouan tira une longue bouffée de sa pipe qu'il posait sur le tonneau à chaque lampée de vin.

— … bref, tout l'Empire ottoman qui vient frapper à notre porte. Mais notre hospitalité a des limites.

Grangier se leva et urina dans l'angle de la remise.

— Il n'y a que les Français qui ne veulent pas nous rejoindre, dit-il en tournant la tête pour regarder Nicolas. Ils ont trop d'arrière-pensées. Nous, on suit le duc de Lorraine depuis la victoire de Vienne.

— Plus de dix ans ! maugréa Ribes de Jouan. Tu y crois, toi, Grangier, plus de dix ans qu'on est là !

Le caporal haussa les épaules d'impuissance et les quitta pour aller chercher les repas à la cantine volante.

Nicolas laissa ses pensées s'envoler vers Marianne. Sa seule motivation était de retourner le plus rapidement possible auprès d'elle.

Ribes de Jouan sembla le deviner. Il enchaîna :

— Les femmes sont de belle constitution ici, et tout acquises à notre cause. Et le statut d'officier nous donne quelque prestige. Surtout, profite de leurs faveurs. Ne t'attends pas à être rentré dans ton foyer dès la fin de l'année, ce serait pure chimère. Les Turcs sont sur ce sol depuis plus de cent ans et n'ont pas l'intention de déguerpir pour Constantinople. Mais tu ne bois pas ?

Nicolas regarda la bouteille aux trois quarts pleine qu'il tenait. Il réalisait seulement ce à quoi il s'était engagé en échange de sa liberté. Il venait de la perdre en croyant l'avoir gagnée. Il devrait occuper son esprit en permanence afin de ne jamais laisser le doute s'installer.

— Non, répondit-il. Je n'en veux plus. Avec votre permission, puis-je inspecter nos blessés et leur prodiguer les soins adéquats ?

Le chirurgien se pencha vers lui, prit le litre de vin et lui chuchota à l'oreille :

— Fais, fais. Je vais te superviser depuis ici.

Il se cala contre le tonneau, gratta la tête de Tatar et fit signe de commencer. Nicolas ouvrit sa mallette, ôta ses bandages et débuta les consultations. Ribes de Jouan avait dit vrai : tous les blessés souffraient de petits traumatismes liés à la marche forcée qu'ils effectuaient depuis trois semaines. La troupe, qui devait se rendre à Peterwardein[1], avait été obligée de détourner sa route plusieurs fois en fonction des déplacements de l'ennemi.

Le caporal Grangier revint avec quatre gamelles et un gros pain rond, s'assit à côté de Germain, lui donna sa ration et ouvrit la deuxième boîte, qu'il déposa aux pieds du chien. Il enfouit une cuillère en bois dans la sienne d'où il sortit une bouillie brunâtre qu'il renifla.

— Encore leur chou infâme, râla-t-il d'un air écœuré avant d'enfourner une énorme bouchée.

La ration fut avalée en quatre lampées. Grangier s'essuya la bouche sur le revers de sa manche. Tous

1. Petrovaradin, près de Novi Sad, dans l'actuelle Serbie.

les deux regardaient Nicolas s'activer au chevet des blessés.

— Alors, comment se débrouille le nouveau ? demanda le caporal en prenant la dernière gamelle.

Ribes de Jouan la lui retira avant qu'il ait eu le temps d'y mettre son couvert.

— Pas touche à sa nourriture !

— Eh, juste une cuillerée, il n'en verra rien ! C'est que j'ai des besoins importants, moi, répondit Grangier en tapant sur son abdomen volumineux.

— Tu n'as qu'à te dépenser plus sur le champ de bataille. D'ailleurs, tu vas bientôt être servi.

Il posa l'écuelle entre lui et Tatar. Le regard de l'animal fit plusieurs allers-retours de la nourriture à son maître, avant d'abandonner sa demande implicite.

— Ce chien a plus d'éducation que toi ! fit remarquer Germain. Pour répondre à ta question, ce jeune Déruet a une réputation flatteuse qui me semble méritée. Mais, ici, le meilleur chirurgien n'est pas forcément le plus brillant technicien. Il s'agit d'être le plus rapide à opérer dans l'urgence. Sans trembler ni paniquer. On verra vite de quelle catégorie il fait partie. Un de nos éclaireurs m'a dit qu'il avait vu plusieurs milliers de Turcs à moins de dix kilomètres d'ici.

— Cela fait deux semaines qu'ils sont là et que tout le monde s'évite.

— Je sais, cousin. Je sais. Notre commandant sait ce qu'il fait. C'est bien le seul Français en qui j'aurais confiance en ce moment.

27

La troupe leva le camp le lendemain dès l'aube. Les soldats blessés avaient eu droit à un chariot ou un cheval pour les plus valides. Les deux chirurgiens étaient montés dans l'ambulance volante, nom donné à la carriole légère qui sillonnait le champ de bataille et permettait d'accéder rapidement aux blessés les plus graves.

La compagnie de Ribes de Jouan se révéla agréable pour Nicolas. L'homme adorait parler de lui-même, mais était aussi curieux de tout et d'un naturel joyeux. Il avait eu la lourde tâche de composer un service de santé pour les régiments lorrains et avait réussi, avec un effectif réduit, à organiser un hôpital de campagne d'une redoutable efficacité. Il disposait de cinq infirmiers, dont deux avaient la charge de repérer leur lieu de bivouac dans les villes et villages où la troupe faisait halte. Un véritable hôpital dans le meilleur des cas, plus souvent un couvent ou un hospice, voire des granges ou des bâtiments désaffectés dans les plus petits hameaux. En cas d'arrêt dans une forêt ou en pleine campagne, ils dépliaient l'immense tente spécialement confectionnée pour leur unité, qui pouvait contenir jusqu'à cinquante patients. Les trois autres infirmiers, ainsi qu'un chirurgien de seconde classe, arpentaient les lieux de combat pour soigner les urgences et évacuer les blessés vers l'hôpital où Ribes de Jouan officiait avec deux assistants. Ils avaient fait preuve d'une telle efficience que plusieurs régiments autrichiens ou allemands avaient copié leur organisation. Nicolas allait pouvoir pallier l'absence du second chirurgien qu'une blessure au bras avait éloigné du théâtre des opérations.

— Un boulet qui a fini sa course sur un fantassin qu'il était en train d'évacuer, précisa Germain, alors qu'ils arrivaient à leur bivouac du soir. Il a ricoché sur sa main. Elle a fini collée contre son avant-bras. Paume vers le ciel, conclut-il dans un grand éclat de rire.

L'homme riait de tout avec la même bonhomie, comme si la guerre avait gommé en lui la hiérarchie des gravités. À peine arrivé dans le corps de ferme qui allait leur servir d'infirmerie, il brisa toutes les vitres du bâtiment à coups de bâton.

— Trop de chaleur endort les corps et les esprits, expliqua-t-il à Nicolas. Et les pièces closes sont pleines de miasmes qui ne s'évacuent pas. Ainsi, personne ne pourra les fermer dès que j'aurai le dos tourné. Et quoi de mieux pour apprécier une vue sur le Danube ?

Ils avaient longé le fleuve une partie de la journée, jouant à cache-cache avec lui, et se trouvaient à présent à moins de cinquante mètres de ses berges.

Grangier et les autres infirmiers les rejoignirent avec les blessés – il n'y avait pas eu à en déplorer de supplémentaires, malgré plusieurs chariots de vivres qui avaient versé dans un fossé caché par de hautes herbes. Tous s'allongèrent sur une couche de paille fraîche qu'ils apprécièrent comme un luxe. D'après les dernières rumeurs, ils n'étaient plus qu'à une journée de marche de la citadelle de Peterwardein où ils feraient une halte de longue durée. Le moral des hommes était d'autant plus au beau fixe que le filet jeté dans le fleuve par Grangier avait permis de ramener quelques sandres pour le dîner.

— Cela nous change du cheval dans le bouillon, fit remarquer Ribes de Jouan en léchant le squelette de son poisson avant de le jeter derrière lui. Mais ce n'est qu'un avant-goût : messieurs, demain, nous dormirons dans un lit !

Tous les hommes présents poussèrent des hourras et se congratulèrent. Il déboucha une bouteille de vin.

— Pour l'occasion, je préconise dans la liste des soins un peu d'alcool. Et pas en application locale ! Faites passer, dit-il en tendant la bouteille à son voisin après en avoir bu avidement plusieurs gorgées. Mais où est Nicolas ? demanda-t-il en s'apercevant de son absence.

— Dehors, répondit Grangier. Parti nettoyer ses linges et faire de la charpie.

— Et Tatar ? Je ne le vois pas.

— Avec lui.

— Me voilà déjà abandonné par mon plus fidèle assistant, conclut le chirurgien. Ramenez le breuvage que je noie mon désespoir !

Les voix et les éclats de rire parvenaient à Nicolas depuis la grange ouverte aux vents. Il s'était volontairement écarté du groupe afin de lire le traité d'anatomie de Bidloo à la lumière du jour déclinant. Le soleil s'était retiré à l'ombre de la colline située derrière leur bâtisse et éclairait d'un faisceau rasant le plateau dont le paysage de chaumes se découpait avec une netteté renforcée. Malgré la distance, il distingua deux hommes, debout près de leurs montures. La forme de leurs chapeaux, triangulaire et large, ainsi que leurs longues capelines, qui leur donnaient l'air d'étranges volatiles, laissant présager de leur appartenance à la coalition. Ils semblaient regarder dans sa direction. Un éclair lumineux lui indiqua que le plus petit des deux tenait en main une longue-vue. Nicolas continua à lire et finit par les oublier. Il se concentra sur la vingt et unième planche qui montrait les différentes parties du cœur ainsi que les artères et veines attenantes. Depuis qu'il avait eu connaissance des travaux de Harvey sur la circulation sanguine, il tentait de relier ses propres observations à cette théorie révolutionnaire, et les résultats lui ouvraient des perspectives étonnantes.

Marianne lui manquait. Il avait quitté le duché un mois auparavant et il ne se passait pas un jour sans qu'il ait l'envie irrépressible de voler un cheval pour partir la retrouver. Finalement, il avait décidé que sa guerre ne durerait pas plus de quelques mois pendant lesquels il serait ses yeux et ses oreilles et qu'à Noël il serait rentré près d'elle. Lorsqu'il leva à nouveau son regard vers la colline, les deux ombres avaient disparu.

28

Nicolas fut réveillé en sursaut par le grognement étouffé de Tatar. Il s'était endormi d'épuisement dans l'herbe, le livre entre les mains. Le chien grogna de nouveau, en réponse à un appel de Ribes de Jouan. Ils le cherchaient. En se levant, il se rendit compte que ses vêtements étaient humides de rosée mais, fort heureusement, son ouvrage n'en avait pas souffert. Il frissonna et réintégra la grange où régnait une fébrilité anormale. Plusieurs tables recouvertes de toiles de lin avaient été installées en son centre et les malades valides, qui s'étaient regroupés au fond de la remise, préparaient des bandages en déchirant des linges propres. Germain l'interpella, le sourire aux lèvres :

— Nicolas, où étais-tu ? Les Turcs ont franchi le Danube cette nuit sur un pont de leur construction et ont attaqué l'avant-garde de notre colonne à deux kilomètres d'ici. Prépare-toi à recevoir les premiers blessés.

Sa décontraction contrastait avec la tension ambiante. L'action semblait le rendre euphorique. Grangier siffla le chien, qui sortit, collé à ses bottes.

— Quel est le rôle de Tatar ? demanda Nicolas en alignant ses instruments sous le regard moqueur de Ribes de Jouan.

— Tu comprendras quand tu auras le plaisir de te rendre sur le champ de bataille. Ne t'encombre pas de tout cet attirail, tu n'auras jamais la possibilité de t'en servir, ajouta-t-il en prenant une curette entre le pouce et l'index et en l'agitant devant ses yeux.

— Aiguille et scie, n'est-ce pas ? répondit Nicolas en continuant de préparer son matériel.

— Après tout, si tu as du temps à perdre…, dit-il en la reposant à côté des autres instruments. Moi, je vais boire une chopine avant d'avoir les mains trop occupées.

Nicolas fit plusieurs tas de charpie qu'il enduisit de différentes essences liquides contenues dans des flacons de verre. Un des brancardiers présents vint l'observer et le questionna sur ses mixtures après avoir tenté de renifler un des linges imbibés dont les vapeurs le firent tousser.

— J'utilise un mélange d'acide sulfurique, de quinquina et de camphre pour débrider les plaies, expliqua

Nicolas. Et un autre, que j'emploie comme pansement, qui ne contient que du camphre dilué dans du vin. Mais ne le dites pas au commandant Ribes, j'ai pris sur sa réserve d'alcool !

L'homme, un dénommé Philippe, qui, avant de s'engager dans le bataillon lorrain, avait été graveur dans une imprimerie à Toul, se proposa de l'aider pour la confection de ses remèdes.

L'odeur de soufre de la poudre leur parvint du dehors, portée par le vent d'ouest, ainsi que des bribes de musique militaire, que Germain Ribes fredonna jusqu'à l'arrivée des premiers blessés. Ceux-ci furent débarqués des chariots servant d'ambulances par les brancardiers qui repartirent aussitôt sur le théâtre des combats.

Le plus grand nombre provenait des premières lignes du régiment d'infanterie allemand Sahn-Salm qui avaient été fauchées par la mitraille ennemie, balles et boulets de canon. Après un tri sommaire, les deux chirurgiens décidèrent de l'amputation de la moitié des blessés. Le seul infirmier de l'équipe médicale qui parlait et comprenait l'allemand fut réquisitionné afin d'annoncer aux soldats le caractère de gravité de leurs blessures et de les préparer à l'opération. Aux hurlements de douleur succédaient des cris de refus face au diagnostic et, après un temps plus ou moins long, l'acceptation et des mots de désespoir.

Nicolas n'avait jamais vu de telles lésions : les membres n'étaient pas sectionnés, mais la plupart du temps écrasés, les os déplacés et émiettés, les articulations déchirées. Il comprit rapidement ce que Ribes de Jouan avait voulu lui dire : la chirurgie classique ne s'appliquait plus sur les champs de bataille où les traumatismes étaient spécifiques. Il allait devoir apprendre.

— Les armes à feu ont tout changé, lui expliqua Germain en se penchant vers un tas d'instruments posés en vrac sur un linge à même le sol.

Son visage et sa chemise blanche étaient maculés de sang coagulé. Il hésita entre deux scies et choisit celle aux dents les plus fines.

— Dans une blessure à l'arme blanche, la peau, les muscles et les tissus sont perforés proprement. Quant aux nerfs et aux vaisseaux, ils peuvent même être épargnés, expliqua-t-il à Nicolas, qui opérait sur la table à côté de la sienne. Au final, si le patient ne perd pas tout son sang, il a de fortes chances de s'en sortir sans qu'on ait touché à son intégrité physique.

Germain s'approcha d'un malade dont le bras ne tenait plus à l'épaule que par ses attaches ligamentaires. L'homme gémissait et tremblait de tout son corps.

— Philippe, hurla-t-il pour couvrir le nuage de cris et de plaintes qui nimbait la pièce, apporte du laudanum et de l'eau-de-vie ! Je dois l'amputer tout de suite !

Deux soldats se placèrent au niveau des jambes du blessé et un troisième derrière sa tête, prêts à immobiliser le malheureux. Germain soupira et continua sa démonstration à l'adresse de Nicolas :

— Les balles et les boulets, eux, massacrent l'anatomie d'un corps, comme tu peux le voir. Impossible à réparer. Trop de miettes. D'où l'ablation. Les guerres modernes ne respectent plus les combattants.

L'infirmier avait réussi à faire boire quelques gouttes

de laudanum au blessé avant qu'il n'en avale de travers et tousse à en perdre sa respiration.

— Tant pis pour l'eau-de-vie, dit le chirurgien en tendant la main. On a assez attendu, il faut y aller maintenant.

Philippe lui donna la bouteille d'alcool dont il but une gorgée avant de la lui rendre. Germain trancha les muscles au niveau de l'épaule tout en bougonnant :

— Regardez-moi ça ! La tête de l'humérus est pulvérisée et le plexus brachial complètement déchiré !

L'homme, qui avait crié sous l'effet du scalpel, s'était évanoui. Germain scia l'os et ne put éviter de sectionner une artère dont le sang éclaboussa les aides présents. Il la ligatura rapidement et appliqua un tampon de charpie sur le moignon, qu'il banda avec difficulté. Puis il se rapprocha de Nicolas pour observer son travail. Le blessé avait reçu un boulet au visage qui lui avait enlevé l'œil et la pommette droits, ainsi qu'une partie de l'oreille.

— Un chanceux, ce garçon, commenta Germain. Il embrasse un boulet, n'a aucune lésion vitale et dispose du chirurgien le plus doué de toute notre armée pour le recoudre !

Nicolas ne répondit pas à la repartie, qu'il n'entendit même pas. Il avait pratiqué sur le malheureux un grand nombre de sutures au niveau de la face et avait extrait tous les éclats d'os dans la zone de l'impact. Après cicatrisation, les parties molles de la bouche retrouveraient leur fonctionnalité, seul l'œil était définitivement perdu.

— Trop long, messire Déruet, expliqua-t-il en faisant mine de tenir une montre de gousset dans sa main. J'entends le grondement des canons qui vont nous ramener une clientèle nombreuse. Nous ne sommes pas des dentellières !

Sa voix enjouée virevoltait au-dessus des cris de détresse des soldats. Nicolas cousit la paupière afin de préserver ce qui restait de l'orbite oculaire. À ses côtés, Germain continuait de déverser un flot incessant de paroles. Lorsque le chirurgien se tut, Nicolas comprit qu'une deuxième vague de blessés venait d'arriver. Des Lorrains du régiment Sainte-Croix. Ribes de Jouan était déjà en train de faire le tri des urgences. Nicolas se releva : il était exténué et son dos lui faisait mal.

29

La première pause, après cinq heures de fureur, s'installa à la mi-journée. Les cuisiniers avaient abattu un bœuf et firent cuire sa viande pour les malades et le personnel de l'hôpital de campagne. Chacun eut aussi une double ration de vin. Germain faisait montre d'une énergie inépuisable, aidé par son niveau d'adrénaline et l'alcool qu'il ingérait entre chaque patient. Nicolas sortit de la grange dans laquelle les Lorrains formaient maintenant la majorité des blessés. *Les gémissements et les cris sont notre seule langue commune*, pensa-t-il tandis qu'il contournait la bâtisse pour rejoindre la berge du Danube. Il étira les muscles de son dos avant de s'asseoir. Plus loin, Grangier et deux des infirmiers de l'ambulance avaient enlevé leurs chemises et se lavaient le visage et le torse dont la peau avait poissé sous le sang projeté. L'odeur du tabac de la pipe de Ribes de Jouan parvint à ses narines juste avant que le chirurgien ne l'apostrophe.

— Quel bel endroit, n'est-ce pas ? jugea-t-il en se laissant tomber à ses côtés. Tout le charme de la Hongrie sauvage et la magie de ce fleuve. Savez-vous ce que signifie le mot Danube ? C'est le nom du dieu romain des fleuves : Danubius… La légende raconte qu'il existe quelque part dans ce cours d'eau une femme-poisson qui attire les hommes par sa grande beauté.

Il fouilla dans l'herbe à la recherche d'un caillou qu'il fit ricocher dans l'eau.

— Les légendes sont faites pour être inventées, n'est-ce pas ? Il n'empêche que chaque fois que je m'approche, je ne peux m'empêcher d'y penser, je ne peux empêcher l'espoir fou d'une apparition. En tout cas, si un jour il me venait à l'idée d'écrire mes mémoires, je ne relaterais que les voyages et les rencontres dans les régions que la guerre m'a donné l'occasion de visiter, tout le reste est si assommant. Et j'en inventerais la moitié !

Nicolas détailla son physique pendant qu'il parlait. Il semblait avoir une quarantaine d'années et possédait un visage carré à la mâchoire puissante, des cheveux châtains dont la longueur se cachait dans des boucles frisées, d'épais sourcils, ainsi que de longues et épaisses pattes de poils qui couvraient ses joues, des mandibules au menton. *Massif*, songea-t-il.

Germain tira une bouffée sur sa pipe de bruyère et émit un borborygme de satisfaction.

— Ah… avec un peu de chance, on va bientôt lever le camp. La marche est une activité bénéfique pour tous nos blessés. Quand le corps n'a d'autre choix que d'avancer, l'esprit est obligé de suivre et n'a plus de temps pour les lamentations. Et j'ai remarqué que l'activité physique aidait à la suppuration des plaies. De toute façon, il n'y a pas assez de places assises pour tout le monde ! conclut-il, satisfait de sa démonstration.

Plus loin, les trois sous-officiers étaient entrés dans l'eau, pourtant fraîche, et jouaient à s'asperger bruyamment. Germain fixa Nicolas de son regard anthracite.

— Tout de même, assassiner le gouverneur de Nancy, il fallait le faire !

— Je ne suis pas un assassin, je suis un chirurgien !

Ribes de Jouan regarda en direction de la grange.

— Oui… bon… la différence est parfois ténue, tu ne trouves pas ?

Les deux hommes rirent de concert. Les événements de Nancy, que Nicolas avait refoulés au fond de lui, revinrent à la surface de sa mémoire.

— Je suis un chirurgien, répéta-t-il.

— Je sais. Le meilleur en temps de paix et bientôt mon égal sur les champs de bataille. Je t'ai observé, tu apprends très vite, Nicolas.

Tatar sortit en courant des hautes herbes délimitant la berge et nagea en aboyant jusqu'aux soldats qui se baignaient.

— Il veut jouer lui aussi, commenta Germain avant de siffler puissamment.

Il lui fit signe de le rejoindre.

— Je vais avoir besoin de lui, ajouta-t-il, je ne veux pas qu'il risque une fluxion.

L'animal s'ébroua joyeusement devant eux avant de s'asseoir entre les deux hommes.

— Que fait-il sur un champ de bataille ? demanda Nicolas en constatant des cicatrices sur les flancs de Tatar.

— Il repère les blessés que nous aurions oubliés,

ceux qui n'ont plus assez de force pour appeler à l'aide mais qui peuvent tout de même être soignés. Nous ne sommes pas assez nombreux pour quadriller le terrain de façon systématique. Et, quand le jour décline, nous sommes obligés de laisser le champ libre aux charognards.

Nicolas sentit un froid glacé l'envahir. Germain caressa l'arrière du crâne de l'animal.

— Et notre petit brancardier a un flair infaillible pour repérer les vivants dans un charnier à ciel ouvert. Hein, Tatar ?

La bête les regarda l'un après l'autre puis entreprit de se lécher la patte.

— Il a une autre spécificité : retrouver et rapporter les membres arrachés, dit Germain en observant l'effet produit sur son interlocuteur.

— Rapporter les membres ? Mais pour quelle raison… ? Personne ne sait recoudre un bras ou une jambe ! s'écria Nicolas en regardant l'animal et en l'imaginant en train de déposer un bras aux pieds du chef chirurgien comme un vulgaire bâton. Cela n'a pas de sens !

— Si, mon ami ! répondit-il, ravi de son effet. Une raison toute sentimentale !

Il agita les doigts de sa main droite et lui montra ses phalanges.

— Les bagues ! Tu ne peux pas imaginer à quel point les soldats tiennent à leurs bagues ! Perdre une main, passe encore, mais les bagues avec, alors là, non ! Un type à qui l'on doit faire un moignon au-dessus de son bras ou de son avant-bras sera bien plus docile s'il sait qu'on a retrouvé son bijou. Et Tatar est là pour le lui rapporter.

La bête s'était levée et fixait un point au loin. Les deux hommes se retournèrent vers la butte qui surplombait les rives du fleuve, là où Nicolas avait aperçu la veille les ombres des deux chevaliers. Elles y étaient à nouveau, accompagnées de plusieurs autres formes identiques, toutes alignées sur la crête de la colline, figées telles des statues offertes à un dieu païen. Ils virent à nouveau le clignotement de la longue-vue sous le soleil.

— Qui sont-ils ? L'état-major ?

— Nicolas, je te présente notre duc Léopold Ier, fils de feu Charles V, et sa garde rapprochée, le comte de Carlingford en tête, déclara Germain en se levant et en portant sa main en visière.

— Lequel est-ce ? Je ne vois que des silhouettes !

Une clameur retentit soudain depuis le fleuve : les trois soldats sortirent précipitamment de l'eau dont le courant charriait des cadavres.

— La partie reprend, dit Germain, flegmatique.

30

Les ambulances, deux gros chariots conduits par des chevaux de trait, déversèrent une première vague de soldats touchés par une attaque surprise des Ottomans sur l'aile droite de la coalition. Les brancardiers, parmi lesquels Nicolas reconnut Philippe le Toulois, entourèrent Germain Ribes de Jouan pour l'informer de la situation. L'un d'eux, nerveux et visiblement traumatisé par ce qu'il avait vu, parlait fort, de façon à être entendu de tous.

— Mais ils sont là, tout proches, mon commandant !

Ils ont enfoncé nos lignes avec leur cavalerie en les prenant à revers. Ils étaient comme une gigantesque vague qui nous a submergés. C'est un vrai carnage !

— Calme-toi, Alban, répondit Germain. Tiens, bois, dit-il en lui tendant une bouteille de vin.

Il le prit par le bras pour l'emmener à l'écart et tenter de le raisonner. Mais l'alcool ne fit qu'accentuer l'état de choc de l'homme, qui refusa de le suivre et se retourna vers l'assemblée des blessés :

— Il faut partir ! Partir tout de suite ! Ils vont arriver !

Certains, parmi les plus valides, s'étaient levés, hésitants, puis s'étaient rapprochés des témoins de l'attaque. Alban continua :

— Mais sentez, écoutez !

Une odeur de fumée leur parvenait du dehors, ainsi que des bruits de canonnade. Le front semblait très proche.

— Ils vont nous achever ! cria un soldat au visage tuméfié.

Germain prit la parole alors que plusieurs blessés se dirigeaient vers l'extérieur de la bâtisse.

— Personne ne sort ! hurla-t-il à leur intention.

L'autorité de son ton figea les candidats à la fuite.

— Vous êtes tous sous ma responsabilité et je vous interdis de réduire à néant nos efforts pour vous garder en vie ! ajouta-t-il en se dirigeant vers la porte.

Il prit au passage un mousquet posé contre le mur et le pointa vers l'assistance.

— Non seulement je ne soignerai aucun fuyard, mais je lui porterai moi-même l'estocade fatale !

— Quelle est la situation ? demanda Nicolas à Grangier, qui venait de le rejoindre, Tatar sur les talons.

— Quand nous sommes partis, le général de Rabutin avait déclenché une contre-offensive. Il sait où nous sommes et ne nous laissera jamais à la merci des Turcs. Il se dit que notre duc Léopold a demandé à laisser le régiment de Mercy tout près de notre position.

Une dizaine de blessés s'étaient groupés à la hauteur de Ribes de Jouan.

— Vous savez ce qu'ils vont faire s'ils trouvent notre refuge ? enchérit l'un d'eux, un homme à l'uniforme de fantassin blanc et bleu du régiment de Lorraine-Vaudémont, qui portait un bandage à la tête. Nous allons être exterminés à l'arme blanche ! Les janissaires ne font pas de quartier !

Nicolas se porta aux côtés de Germain.

— Nous sommes plus en sécurité ici, affirma-t-il au groupe. Bien plus que dehors.

Une trentaine de soldats étaient restés allongés sur leurs lits de fortune. Certains suivaient les débats les yeux remplis de crainte, les autres, dans un état de conscience altérée, continuaient de gémir ou de crier leur douleur, indifférents à la situation extérieure.

— Soignez-moi, je vous en prie, je souffre ! hurla un homme d'une voix sifflante.

Sa cage thoracique formait un renfoncement au niveau de sa poitrine droite. L'air y rentrait et en sortait directement à chaque respiration dans un bruit de soufflet crevé.

— Vous allez m'aider, dit Nicolas au meneur qu'il avait soigné le matin même de plusieurs coups de sabre sur le front et le haut du crâne. Chacun son tour, non ? Nous avons besoin de tout le monde pour secourir vos camarades. Et notre duc nous protège.

L'homme sembla hésiter puis acquiesça du menton.

Le dernier argument avait emporté sa décision. Ribes leva son fusil.

— À la bonne heure. On rouvre l'hôpital !

Il lança son arme à Grangier, qui la saisit d'une main et lança en retour une bouteille au chirurgien. Il en but trois gorgées et claironna :

— Chacun à son poste ! Il nous faut dix hommes valides pour transporter ceux qui n'ont plus cette chance. Plus deux autres pour aller remplir les seaux de cette eau miraculeuse qui coule dans les veines du Danube ! Allez, on a assez perdu de temps !

Tous s'activèrent avec une ardeur non feinte. Germain et Nicolas opérèrent côte à côte, échangeant des conseils, croisant leurs opinions, confortant leurs choix, dans un ballet si bien réglé que les infirmiers furent vite persuadés que ces deux-là se connaissaient depuis longtemps.

— Mon cher assistant, quel diagnostic pour cette blessure de mitraille au genou ?

Nicolas acheva un bandage du bras au soldat à qui il venait d'éviter l'amputation et se pencha sur le patient de Germain, un sous-officier de la cavalerie allemande, dont une balle avait éclaté le fémur gauche au niveau de son articulation supérieure. Philippe le brancardier avait découpé sa cuissarde sur toute sa longueur afin de dégager le membre. Bien que criblée d'éclats d'os émietté, l'artère semblait intacte, alors que le bas de la jambe ne tenait plus que par les chairs et les tendons. L'homme se trouvait dans un état second, principalement en raison de l'absorption d'une flasque entière d'eau-de-vie, et ne manifestait pas de souffrance visible. Il avait refusé d'enlever le haut chapeau de fourrure caractéristique de son régiment de hussard, ce qui avait fait grogner Germain. Son uniforme bleu aux multiples boutons dorés était resté intact et semblait prêt à la parade.

— Je sectionnerai au niveau de la tête de l'os, répondit Nicolas après examen, et je ligaturerai la fémorale. Mais avant tout, il faut enlever le biscayen[1] qui s'est enclavé dans l'épaisseur du condyle, là, ajouta-t-il en désignant un gros point noir qui contrastait avec la blancheur de l'os. Le risque principal est l'éclatement de l'artère, vu son piteux état.

— Donc, en conclusion ?

— Il va vous falloir du temps et de la chance !

— Tu as raison. Et je n'ai ni l'un ni l'autre dans ma besace aujourd'hui, remarqua-t-il en se massant le menton.

Ribes de Jouan avait perdu huit patients au cours des amputations de l'après-midi, ce qui avait gâté sa bonne humeur.

— Tu vas l'opérer toi-même, ordonna-t-il en s'écartant de la table. Avec ta dextérité, il sera peut-être encore vivant ce soir. Vas-y ! ajouta-t-il devant l'hésitation de Nicolas.

— Il y a un problème, les interrompit Philippe en pointant du doigt le couvre-chef du soldat.

Du sang épais s'écoulait le long de la fourrure, au niveau de la tempe droite, à partir d'une petite cavité qu'aucun d'entre eux n'avait remarquée à l'examen.

— La messe est dite, marmonna Germain. Il a reçu une balle dans le crâne. Isolez-le et couvrez-le afin que ses derniers instants soient décents. On passe au suivant !

1. Projectile de grosse taille provenant d'un fusil du même nom.

171

— Attendez, s'écria Nicolas en prenant un scalpel.

Il sectionna la lanière de son chapeau et le fit glisser afin de découvrir la tête du blessé. Il se pencha sur lui pour observer le point d'impact.

— Regardez l'ouverture : elle est ovale. La balle a dû ricocher sur sa jambe puis est entrée verticalement dans son crâne. Il respire et son cœur bat. Si elle avait traversé le cerveau de part en part, on aurait retrouvé un trou de l'autre côté. Or, il n'en est rien, ajouta-t-il en examinant le côté gauche de la tête. Et si elle était restée dedans, les dégâts auraient été immenses et il serait déjà mort.

Ribes de Jouan regarda ses aides qui semblaient aussi perplexes qu'il l'était lui-même.

— Brillante démonstration, mon jeune ami… Bon, on peut l'enlever ? Pour vérifier votre hypothèse, on attendra qu'il ait trépassé, si vous n'y voyez pas d'inconvénient.

Nicolas plongea ses deux mains dans les cheveux du hussard. Germain haussa les épaules.

— Pour le lavage, on fera appel au perruquier ! Je ne crois pas que ce soit…

— Regardez, l'interrompit-il, là, sur le sommet du crâne !

Tous se penchèrent sur la zone que Nicolas avait découverte. Un petit orifice était visible, à demi bouché par du sang coagulé.

— La balle est ressortie par là ! Elle n'a peut-être pas endommagé le cerveau de façon irrémédiable. Il faut le soigner !

— Tu oublies la jambe, ou ce qu'il en reste, sans compter ce que l'on n'a pas encore découvert. Ce soldat est plein de vices cachés !

— Je fais mon affaire de son fémur si vous vous occupez de soigner sa blessure au crâne.

— Nicolas…, commença-t-il avant de s'interrompre.

Il n'avait pas remarqué le jeune âge du combattant. *Seize ou dix-sept ans tout au plus*, songea le chirurgien. Il se tourna vers son infirmier.

— Grangier, combien reste-t-il de blessés à opérer ?

— Trois, tous de chez nous, répondit l'infirmier en insistant sur les derniers mots.

Ribes de Jouan lui envoya un regard noir.

— Les Lorrains sont robustes, fais-les patienter. On se lance ! Nicolas, tu as dix minutes pour faire un miracle.

Germain sortit d'une caisse une couronne de trépan, un rasoir et une sonde de gomme. Il se pencha sur le jeune soldat, se gratta le poitrail et récita mentalement la première prière qui lui passait à l'esprit afin de se concentrer. Il remarqua que l'entêtante odeur de fumée avait disparu, ainsi que le bruit de fond des canonnades, et se prit à être déçu d'une telle accalmie. Rien ne l'aidait mieux à opérer que l'imminence du danger. Après avoir rasé la partie du crâne où se situaient les deux orifices, il les nettoya à l'aide de sa sonde. Les plaies semblaient propres et plus aucun épanchement n'était visible. Mais il craignait qu'une grande quantité de sang ne se soit coagulé à l'intérieur durant les deux heures qui les séparaient de la blessure. Avant qu'il n'ait eu le temps de se retourner, Nicolas répondit à son hésitation :

— Moi aussi, je passerais le trépan pour faire exsuder tout ce qui doit être évacué maintenant.

Germain sourit, satisfait d'avoir été conforté dans son choix. Une fois les os ressoudés, il leur serait impossible d'évacuer l'hématome dont ils soupçonnaient tous les deux l'existence.

— Et sa jambe ? demanda-t-il en appliquant le trépan à côté de l'orifice de la balle et en le serrant afin d'exercer une pression sur le crâne. Où en es-tu ? Tu veux un peu d'aide ?

— Merci, c'est inutile. J'ai fini.

Germain ne put s'empêcher de se retourner : Nicolas se lavait les mains dans un des seaux remplis d'eau.

— J'ai ligaturé l'artère, enlevé le biscayen et amputé comme j'ai pu, commenta Nicolas.

— Dieu du ciel ! s'exclama Germain en découvrant le résultat.

Non seulement son assistant avait réussi à conserver intacte l'articulation, mais il avait épargné un moignon de jambe sur plus de dix centimètres, qu'il avait emballé dans un linge imbibé d'un cicatrisant de sa composition.

— Mais comment as-tu pu… ?

— J'ai eu de la chance. Il est aussi robuste qu'un Lorrain. Un coup de main ?

Cinq minutes plus tard, Ribes de Jouan avait appliqué du miel de rosat sur les orifices d'entrée et de sortie de la balle et laissait à Grangier le soin d'emballer la tête du blessé dans un linge propre. Il avait l'impression d'avoir fait le maximum de ce que la chirurgie pouvait donner à un malade. Au moment où le jeune cuirassier allemand sortait de son coma éthylique en gémissant, deux éclaireurs du régiment d'infanterie de Bassompierre apportaient des nouvelles rassurantes. Les troupes du Khan de Crimée, après avoir effectué une percée qui les avait amenées à moins de cinq cents mètres de leur masure, avaient été repoussées de l'autre côté du fleuve par une charge des cavaliers de la coalition. Une heure après que les canons se furent tus, les Ottomans avaient pris le chemin de la retraite, salués par les cris de joie des combattants. Les blessés et les soignants se congratulèrent, et Germain put allumer une pipe dont il tira des bouffées avec délectation, malgré la piètre qualité de son tabac. Les soldats qui avaient tenté de fuir vinrent lui demander pardon et la grâce de ne pas relater l'incident à leurs supérieurs.

— Quelle drôle de demande, dit-il à Nicolas alors qu'il s'était assis et caressait le poil de Tatar allongé à ses côtés. Cela ne me serait jamais venu à l'idée ! Quoi de plus naturel que l'instinct de survie ? Mais, dans ce cas, ils se trompaient. Le danger pour eux aurait été de sortir.

— Et vous auriez tiré ?

Un énorme sourire envahit sa face :

— Eh, je suis chirurgien, pas assassin !

31

La troupe leva le camp le lendemain matin, ne laissant à tous qu'une courte nuit de répit. Au milieu de la longue file mouvante, la colonne des ambulances, formée par une dizaine de chariots, transportait les blessés les plus gravement atteints. Les autres, plus valides, suivaient à pied ou à cheval. Une pluie froide et pénétrante de printemps les accompagna avec constance tout au long du chemin avant de s'effacer à l'approche de Peterwardein. Nicolas avait pris place à côté de Germain dans l'ambulance volante, qu'il conduisait avec dextérité sur la route rendue boueuse, où les gros chariots avaient peine à avancer sans s'embourber. Le chirurgien en chef des armées lorraines avait fait remplir l'arrière de la carriole de vivres et de bouteilles de vin et avait remonté la colonne tout au long du parcours afin de distribuer la nourriture aux malades qu'ils rencontraient. Nicolas put observer à quel point sa popularité était grande, autant en raison des litres d'alcool dispensés que pour la qualité des soins qu'il prodiguait.

Germain avait une soif que rien ne semblait pouvoir étancher, et il fit honneur à une partie de son stock. Le débit de ses paroles s'accentua au fil de la journée, alors que la concision et la clarté de son raisonnement se tassaient sous le poids des bouteilles vidées. Après avoir failli renverser l'ambulance dans un fossé dont il n'avait pas bien évalué la distance, il arrêta son engin en travers du chemin, soulagea sa vessie contre une des roues, remonta avec difficulté sur le siège et laissa les rênes à Nicolas avant de s'allonger et de s'endormir aussitôt. Il fut réveillé une heure plus tard par un coup de langue de Tatar, qui était monté à la faveur d'un arrêt du convoi. Il s'étira, alluma une pipe et grogna contre l'attente occasionnée. Il désigna les mains bandées de Nicolas comme s'il les découvrait pour la première fois.

— Pourquoi les gardes-tu toujours ainsi ? Tu les protèges du froid ou d'un voleur qui voudrait s'en emparer ? plaisanta-t-il en montrant les siennes, aux segments épais, aux articulations bosselées et à la peau recouverte d'une toison de poils sur le dos.

— Je ne sais pas, répondit Nicolas en resserrant les linges. Peut-être est-ce par habitude aussi.

— Tu mens très mal, il y a une autre raison, dit Germain, sûr de lui. Et je trouverai.

Nicolas regarda le paysage sans répondre. La plaine, semée de buttes verdoyantes, lui rappelait les reliefs de sa Lorraine.

— Je trouve toujours ! continua Ribes de Jouan. On se traîne, passe-moi les rênes.

Il sortit de la file et fit prendre le trot à leur monture. Au bout d'une heure, le chemin s'élargit aux abords d'un méandre du cours d'eau. Ils purent distinguer au loin des constructions humaines.

— Nous y sommes, dit-il simplement.

La forteresse, nichée au sommet d'une petite colline sur les berges du Danube, semblait planer trente mètres au-dessus de la brume qui s'élevait du fleuve, dans un tableau irréel et inquiétant.

— L'odeur des Turcs flotte encore sur la ville, raconta Germain en guise d'explication. Nous ne la leur avons reprise qu'il y a sept ans, ajouta-t-il en faisant claquer sa langue pour motiver leur cheval qui montrait des signes de fatigue.

Ils entrèrent dans la citadelle par la porte sud, dont tous les bastions étaient occupés par des soldats en armes et des guetteurs prêts à signaler le moindre mouvement suspect dans la plaine environnante. Le volume intérieur semblait étonnamment spacieux comparé à la vision que la ville donnait depuis l'extérieur. Les rues centrales, larges et pavées, permettaient aux chariots de se croiser, et les bâtiments offraient d'imposantes surfaces de murs neufs ou restaurés. Il restait peu de traces de cent cinquante ans de domination ottomane.

L'ambulance volante se dirigea vers le monastère de Belakut, bâti cinq siècles auparavant par des moines cisterciens français, où les émissaires de Ribes de Jouan avaient choisi d'établir leur hôpital de campagne. Des lits avaient été dressés dans la grande chapelle de l'abbaye, dont certains étaient déjà occupés par les premiers arrivants.

— Au moins, vous ne serez pas tenté de briser les fenêtres, fit remarquer Nicolas en détaillant les vitraux multicolores, hors de portée, qui ornaient la partie supérieure des murs.

— Voilà enfin un endroit où l'on respire, acquiesça Germain. Grangier ! hurla-t-il en apercevant son assistant.

L'acoustique le surprit par la puissance de l'écho. Toutes les personnes présentes se retournèrent vers les nouveaux venus.

— Grangier, répéta-t-il sans hausser le ton.

L'infirmier traversa l'autel pour les rejoindre.

— Trouve une cinquantaine de couvertures, il n'y en a pas assez ici, lui ordonna-t-il. Les nuits vont être froides. Que nous as-tu déniché comme dortoir ?

— Au choix : un hôtel réquisitionné pour les officiers…

Germain fit une grimace en guise d'avis.

— … avec de vrais lits, un vrai cuisinier et l'élite de notre armée comme environnement, continua l'infirmier.

Germain doubla sa grimace d'un air de dégoût.

— Tu n'as rien d'autre que de la soie à me proposer ? Une bonne vieille toile de jute ?

— Avec Philippe, on a aménagé la sacristie en y

178

mettant des paillasses. Il reste de la place pour nos deux chirurgiens, éventuellement…

— Bougre de nigaud qui me fait languir ! Bien sûr qu'on va y loger ! Et s'il n'y a pas assez de place, je vous punirai en vous envoyant croupir avec la fine fleur des officiers.

— On a aussi reconstitué le stock de vin. Pour faire macérer les plantes, bien sûr, ironisa Grangier.

— Je savais bien qu'on trouverait le paradis à se rapprocher d'une église ! tonna Germain.

Plusieurs des blessés se plaignirent de douleurs.

— Je m'en occupe, dit Nicolas.

Il dispensa les soins d'usage et s'attarda auprès du jeune Allemand à qui ils avaient sauvé la vie. Il lui fit un nouveau pansement à la tête, dont les plaies étaient saines, ainsi qu'au niveau du moignon de sa jambe gauche. Le soldat était éveillé et le regardait faire, silencieux. Nicolas prit une lancette afin de pratiquer une saignée. Il détestait cette thérapie, qu'il jugeait plus néfaste qu'utile dans la plupart des cas. Mais le blessé avait eu le membre en partie écrasé et il craignait que des substances toxiques n'aient pu s'introduire dans son sang. Il se ravisa. L'homme lui murmura un mot qu'il ne connaissait pas mais dont il comprit le sens.

— Je reviendrai demain, répondit-il doucement tout en articulant exagérément.

Le hussard acquiesça.

En quittant la chapelle, il croisa dans le cloître un groupe de quatre moines, vêtus d'une robe blanche, la tête entièrement recouverte d'une capuche noire. Aucun des visages n'était visible. Leurs pieds, nus dans des sandales usées, dépassaient à chaque pas silencieux, avant de disparaître, happés par la marée de tissu qui les recouvrait. Nicolas les suivit des yeux jusqu'à ce qu'ils entrent dans une salle à la large porte, dans laquelle il aurait juré avoir aperçu une famille.

L'air extérieur, battu par le vent et saturé d'humidité, promenait les odeurs des troupeaux sur la forteresse. Il faisait nuit et une pluie fine comme de la dentelle balayait Peterwardein. Il emprunta les plus larges rues et se heurta rapidement aux limites de la forteresse, hérissées de bastions qui formaient les branches d'une gigantesque étoile. Nicolas longea une partie des remparts sur lesquels gardes et canons se succédaient au rythme d'un tous les dix mètres. Jamais il n'avait vu une défense aussi colossale. Les habits civils, qu'il avait conservés depuis son arrivée au camp et que Germain portait aussi, lui valurent rapidement la défiance des soldats en poste, qui l'interrogeaient sur sa présence tantôt en allemand, tantôt en polonais ou en hongrois, ce à quoi il répondait par des mimes peu convaincants. L'armée du Saint Empire germanique était une Babel.

Il abandonna les fortifications et regagna rapidement l'intérieur de la cité. La citadelle englobait, outre sa partie supérieure qui dominait le fleuve depuis une falaise à la verticalité impressionnante, un ensemble de quartiers à peine plus hauts que le Danube, pour la plupart composés de champs ou de parcs. Il avisa un groupe de maisons situé à l'extrémité nord de la ville, dont les rues et ruelles contrastaient avec le reste de la cité par leur étroitesse et par l'absence apparente d'hommes de la troupe impériale. Nicolas avait la sensation d'être suivi depuis sa sortie de l'abbaye et s'était retourné plusieurs fois sans voir personne.

Intuitivement, il ne ressentait pas de danger imminent. Les braseros situés aux intersections des rues procuraient une lumière suffisante pour ne pas buter sur les pavés inégaux. À l'intérieur des maisons, quelques étincelles fugaces témoignaient de la présence d'âtres réconfortants. Il se perdit après avoir coupé par une ruelle sombre et demanda son chemin à un homme qui fumait une pipe, adossé contre un mur. Le quidam, à la peau mate, aux cheveux noirs longs et ondulés, était coiffé d'un chapeau d'astrakan, aux bords relevés, sur lequel trônait une plume d'oiseau large et courte. Il portait une ample veste en peau de bête retournée dont le bas traînait sur le sol. Il sembla comprendre la requête de Nicolas en l'entendant prononcer le nom du monastère et lui signifia de le suivre, ce qu'il fit avec peine. L'homme avait une démarche de félin et une allure vive, si bien que Nicolas crut l'avoir perdu de vue à plusieurs reprises. Mais le Hongrois l'attendait à chaque croisement, un sourire narquois aux lèvres. Incapable de reconnaître l'environnement de l'aller, Nicolas questionna plusieurs fois son guide :

— Belakut ? Belakut ?

L'homme à la pipe répondit d'un invariable geste affirmatif. Il fallait aller de l'avant. Doté d'un solide sens de l'orientation, Nicolas était persuadé que l'individu l'emmenait dans la bonne direction, bien qu'il n'eût plus vu un seul uniforme depuis sa plongée dans la ville basse. Mais l'attitude de son guide et le chemin emprunté l'incitaient à la prudence. Nicolas avait, en revanche, aperçu son suiveur à l'ombre élancée qui ondulait le long des maisons. Soudain, à la sortie d'une rue escarpée, il la vit : l'abbaye se tenait devant eux, imposante, semblant dominer les foyers environnants de sa force apaisante. Le *betyar*[1] se retourna et s'adressa à lui en hongrois :

— Tu as de la chance, étranger, d'être protégé, sinon je t'aurais dépouillé comme un renard !

Nicolas lui tendit la main en guise de remerciement, sans comprendre ce à quoi il avait échappé. L'autre la serra tout en jetant un regard vers la ruelle : dans la noirceur, il distingua les contours d'un vêtement ample et un reflet de métal terne à l'emplacement du visage.

32

Le lendemain, l'hôpital de fortune accueillit dix nouveaux blessés. Un groupe de soldats, qui travaillaient à la construction d'un pont sur le Danube, en face de la citadelle, avait été victime de la chute de deux piliers de bois de plusieurs mètres de hauteur. Quelques fractures et une commotion pour les plus atteints, que Germain avait qualifiées de blessures « civiles », dont il avait laissé les soins à Nicolas. Dans l'après-midi, ils avaient eu la visite de l'équipe médicale du régiment allemand auquel appartenait le jeune cuirassier. La nouvelle de sa survie miraculeuse avait fait le tour de tous les baraquements et la popularité de l'équipe de Germain avait encore grandi. La rumeur leur prêtait le pouvoir de guérir n'importe quelle blessure et d'éviter à coup sûr les amputations, si bien que certains soldats avaient demandé à être affectés dans un des régiments lorrains, pourtant fortement exposés aux combats. Le colonel von Humboldt, un des chirurgiens personnels

1. Brigand vagabond des steppes de Hongrie.

de l'Électeur de Saxe, était, lui aussi, passé contempler le travail de ses confrères et les avait invités à sa table pour le soir même. Nicolas avait décliné la proposition en prétextant les soins à donner.

— J'irai, cela fait partie du jeu, lui dit Germain comme s'il s'excusait. J'en profiterai pour demander plus de matériel et une carriole supplémentaire. Et il paraît qu'il a des alcools de grande qualité !

Nicolas mit à profit sa soirée pour écrire à Marianne. Sa première lettre depuis son départ précipité de Nancy. *Depuis ma fuite*, songea-t-il en espérant que les Français n'avaient pas exercé de mesures de rétorsion sur ses proches. Il lui relata son voyage et sa première campagne, décrivit l'ambiance et le manque qu'il avait d'elle. Germain lui avait expliqué que des navettes régulières avaient été instaurées avec le duché, pour établir un lien entre les soldats et leurs familles. La plupart ne savaient ni lire ni écrire, et l'aumônier de leur armée, aidé de quelques officiers gentilshommes, se chargeait de rédiger des messages, souvent une simple liste de noms associée à leur état de santé, qui étaient distribués dans les bourgs et villages deux ou trois fois par an, par des volontaires dont certains choisissaient de rester au pays. Ce lien avait rassuré Nicolas, et il avait décidé de se discipliner à lui écrire chaque semaine, même si ses lettres ne devaient partir que plusieurs mois après.

Une fois l'encre séchée, il roula les papiers, les déposa dans son plus grand sac, celui contenant tous ses livres, et décida de sortir. Tatar, allongé contre le poêle en fonte de leur chambrée, s'assit dans une position de sphinx et lui jeta un regard où la fatigue le disputait à son envie de l'accompagner, avant de s'affaler à nouveau sur le sol.

La nuit avait établi ses quartiers et l'église ne résonnait plus que de quelques gémissements plaintifs. Le cloître formait un rectangle qui s'ouvrait par des ogives aux arabesques travaillées sur un jardin impeccablement entretenu. Le bâtiment le plus vaste était situé à l'opposé de la chapelle, du côté de la rue principale. Il était constitué du réfectoire au rez-de-chaussée ainsi que des cellules des moines à l'étage. Une vingtaine de religieux y habitaient en permanence, mais il n'avait fait que les croiser furtivement. Les hommes de Dieu semblaient fuir sa présence. Il parcourut l'aile gauche qui reliait la chapelle à la cantine et dont les pièces l'étonnèrent par la richesse de leurs ornements. Il emprunta un escalier étroit qui menait à une cave dont l'accès était clos par une porte en bois massif protégée d'une grille.

Il fit demi-tour et retourna dans le cloître toujours désert. Une des cloches sonna dix coups, seul signe d'une activité humaine dans l'abbaye. Nicolas se souvint de l'endroit où il avait aperçu une famille de civils et s'y rendit. La porte était, elle aussi, fermée à clé. Il était temps de regagner sa paillasse. Lorsqu'il fit demi-tour, il vit un enfant d'une dizaine d'années qui l'observait, tapi dans l'ombre de la fontaine du cloître. Il l'appela alors que celui-ci s'enfuyait en courant vers la salle capitulaire toute proche. Nicolas pressa le pas et y entra. Il n'eut pas le temps de l'y chercher et se retrouva plaqué à terre par un adulte, dont il sentit le souffle sur sa nuque. L'homme prononça des paroles dans une langue qui lui était inconnue. Nicolas réussit à défaire son bras gauche de l'emprise de son agresseur et lui assena un premier coup de coude au visage qui le laissa indifférent, puis un second qui le rendit enragé. L'homme agrippa la tête de Nicolas par les cheveux et la frappa contre le sol en marbre. Alors que, étourdi, il s'attendait à une nouvelle charge, l'autre lâcha son emprise. La voix de Germain lui parvint, assourdie par des bourdonnements.

— *Abbahagy !* Tu le lâches ! cria-t-il à plusieurs reprises.

Nicolas put se retourner et vit le chirurgien tenir en joue l'inconnu avec un pistolet. Il avait pointé le mousquet sur la poitrine de l'homme. Celui-ci portait un masque de fer qui recouvrait tout son visage.

33

Le prêtre alluma avec soin les douze bougies du chandelier qu'il tenait en main.

— Je vous présente toutes mes excuses, assura-t-il d'une voix monocorde.

Le père Étienne était le supérieur du couvent. Alerté par les cris du chirurgien, il s'était rendu dans la salle capitulaire et avait calmé les esprits.

— Si je n'étais pas rentré si tôt de mon dîner mondain, s'énerva Germain, à l'heure actuelle mon assistant n'aurait plus de tête et moi je n'aurais plus d'assistant. J'accepte vos excuses, mais vous nous devez surtout des explications, à Nicolas et à moi.

L'homme au masque de fer était assis dans un coin et balançait sa tête d'avant en arrière tout en grognant. Le père Étienne le regarda puis avisa Nicolas.

— Comment vous sentez-vous ? demanda-t-il en approchant la source de lumière de son visage.

— Comme quelqu'un qui aurait embrassé le sol avec trop de passion, répondit-il en massant son front douloureux. Mais je suis intact. Pour moi, l'incident est clos.

— Je suis désolé, répéta-t-il. Nous… possédons plusieurs familles de robs tsiganes au monastère.

— Des robs ? interrogea Germain, incrédule.

— Que voulez-vous dire par « posséder » ? intervint Nicolas.

— Il veut dire qu'il les a achetés, répondit Germain. Les robs sont des esclaves.

— Esclaves ?

— Pas exactement, rectifia le père Étienne, mal à l'aise. C'est une servitude de type féodal. Un rob peut racheter sa liberté. Il est libre d'aller et venir.

— Contre paiement, rectifia Germain. Ils peuvent s'affranchir, mais ce sont des esclaves.

Le prêtre manifesta un léger agacement.

— Le voïvode[1] Basareb a fait don de quatre familles tsiganes à notre monastère, au nom de quoi aurions-nous refusé ? Nous appliquons la charité chrétienne à tout le monde sans distinction, vous pouvez en témoigner. Ces gens sont bien traités ici, bien mieux qu'ailleurs.

Nicolas s'approcha de l'homme et s'accroupit à sa hauteur.

— Comment s'appelle-t-il ?

— Babik. C'est le père du garçon que vous avez suivi. Il a eu peur pour lui et a paniqué.

— Quelle langue parle-t-il ?

---

1. Commandant d'une région militaire, équivalent à un général de corps d'armée.

— Le tsigane et le hongrois. Mais il comprend notre langue. Son clan a voyagé en France pendant deux ans.

Les yeux noirs du Tsigane jetaient à l'assemblée un regard déterminé.

— Pour quelle raison porte-t-il ce masque ?

— Babik a mal agi. Il a été puni, dit le prêtre en joignant les mains en signe de prière.

— Une punition ? Une torture ! intervint Germain. C'est courant ici. L'appareil n'est enlevé que pour les repas.

— La nature de ce peuple impose parfois une certaine autorité. Ils n'ont pas dans leurs mœurs le respect de l'obéissance et du bien.

Nicolas s'approcha lentement de Babik et posa ses mains sur le casque de métal. Il était fermé à l'arrière par un cadenas.

— Je voudrais l'examiner, mon père, accepteriez-vous de le lui enlever ?

Le prêtre retira une des clés qui ornaient sa ceinture de corde et la tendit, silencieux, à Germain. Le chirurgien défit le cadenas et ouvrit le masque. Il ne put s'empêcher d'avoir un haut-le-cœur devant l'état de la peau du malheureux. Babik aspira une grande bouffée d'air comme s'il allait plonger dans le Danube, puis plusieurs autres, en prenant son temps, les yeux fermés, concentré sur sa respiration retrouvée. Sa peau était ruisselante de sueur et ses cheveux de jais plaqués en paquets sur son front. Plusieurs zones de son visage étaient rouges et desquamées. Germain fourra le casque, ouvert en deux comme un moule de fonderie, dans les mains de Nicolas, qui interrogea le père du regard. L'homme comprit sa demande :

— Je lève sa punition par avance, indiqua-t-il en

posant le chandelier sur la table du conseil, dont le plateau rond, en pierre, trônait en face d'une rangée de majestueux sièges de bois marqueté.

L'endroit même où le malheureux a dû voir sa sentence prononcée, songea Germain, qui remercia le moine de sa clémence.

— Je vais chercher mes onguents, intervint Nicolas en laissant tomber le masque qui roula aux pieds du père Étienne.

Il fouilla dans ses caisses, entreposées à la sacristie, ce qui réveilla les infirmiers. Grangier, croyant à une urgence, se leva, somnolent et, avant que Nicolas ait pu l'en empêcher, pénétra dans la chapelle attenante où il finit par buter contre un blessé allongé. L'homme ne réagit pas, mais son voisin, un hussard au bras amputé, poussa un cri en manquant de recevoir le brancardier dans sa chute. Quelques gémissements lui répondirent en écho, alors que Grangier, encore sous l'effet de sa soirée arrosée au vin de Hongrie, se rendormait, étendu face contre terre.

Lorsque Nicolas revint dans la salle capitulaire, le supérieur était déjà parti. La famille de Babik l'entourait. Ses parents, sa femme, ses trois enfants et ses deux sœurs le couvaient tel un nouveau-né, sous le regard amusé de Germain qui avait allumé une pipe bourrée de tabac.

— Un cadeau de nos amis, dit-il fièrement en lui montrant l'objet creusé dans de l'écorce de chêne.

Babik, resté assis dans la même position, à l'angle des deux murs, sourit en le voyant et articula un « merci » accompagné d'un fort accent slave. Il fit un signe à sa famille qui sortit, après avoir pris soin de congratuler Nicolas de tapes amicales. Seul son fils était resté près de lui et bombait le torse d'un air protecteur. Babik lui ébouriffa les cheveux.

Nicolas montra l'onguent de sa préparation et détailla sa composition, à base de plantain et de mauve, avant de lui proposer de l'appliquer sur sa peau. Les chairs étaient entamées en certains endroits sous l'effet du frottement avec le métal. Babik écouta avec intérêt et prononça une phrase en tsigane.

— Mon père a comprendre, répondit le gamin dans un français approximatif. Lui vous remercie. Moi aussi. Beaucoup.

— À la bonne heure ! s'écria Germain. Nous avons là un traducteur ! Comment t'appelles-tu, bonhomme ?

— Moi Azlan, dit-il fièrement.

Babik resta stoïque lorsque Nicolas appliqua l'onguent gras sur ses ulcérations. Il portait plusieurs colliers en or autour du cou ainsi que des bagues aux doigts. Nicolas fut intrigué de tant d'ostentation.

— Question de fierté, répondit Germain qui avait repris le masque de fer et le lançait en l'air comme une balle. En exhibant toute sa fortune, il montre ainsi qu'il pourra racheter sa liberté et celle de sa famille un jour prochain.

— Au fait, quelle est notre solde ? demanda Nicolas en se bandant les mains.

— Enfin une question importante ! Je me demandais si tu la poserais jamais… En tant que chirurgien de seconde classe, tu as droit à deux francs par jour, nourri et logé dans les palaces que tu connais.

Il pompa une nouvelle bouffée avant de continuer.

— L'officier payeur se fait toujours tirer l'oreille, mais tu as déjà droit à un mois de solde qui t'attend dans sa cassette. Si tu veux en profiter ici, n'hésite pas ! Je t'indiquerai des auberges et des hôtels de bonne fréquentation. Et si tu veux soigner la population locale pendant tes heures de permission, comme maintenant, tes honoraires sont libres.

Grangier entra, la mine sombre.

— Enfin dessoûlé ? demanda Germain. Tu n'as pas tenu le rang devant les officiers. Tu vieillis, cousin !

— Notre blessé allemand, votre miracle…

— Qu'a-t-il donc ?

— J'ai trébuché contre lui tout à l'heure…

— J'espère que tu ne lui as pas cassé de côtes, ce serait le comble, plaisanta Germain.

— Ah… peut-être… je n'ai pas fait attention. En tout cas, ce ne serait pas grave.

— On voit bien que ce n'est pas toi qui répares !

— Ce n'est plus important. Il est mort. Dans son sommeil.

Ribes de Jouan jeta le masque de fer contre le mur avec une telle violence qu'il éclata en deux sous l'impact.

— Pourquoi ? Pourquoi m'a-t-il fait ça ? hurla-t-il alors qu'Azlan se réfugiait dans les bras de son père. C'était notre plus belle réussite ! Toute l'armée impériale nous admirait… On va être la risée maintenant !

Il s'éloigna des autres, fulminant, avant de se retourner.

— Je veux l'autopsier ! Tout de suite !

— C'est inutile, répondit Nicolas. Va prévenir le prêtre, dit-il à Grangier.

Ils restèrent un instant silencieux.

— Pourquoi ? murmura Germain en pointant son regard interrogateur vers Nicolas.

— Parce que nous ne sommes pas Dieu, simplement des chirurgiens. Juste des hommes.

Chapitre VI

34

Quatre mois s'étaient écoulés depuis leur arrivée à Peterwardein. Les plaies de Babik avaient rapidement cicatrisé grâce aux remèdes de Nicolas, et l'homme avait été chargé par les deux chirurgiens d'améliorer leur intendance quotidienne alors que l'hôpital, d'abord provisoire, s'était installé dans une relative permanence. Le père Étienne et les autres moines continuaient de se montrer discrets, tout en essayant de récupérer petit à petit leur territoire. L'occupation de la chapelle avait été négociée initialement par les émissaires de Ribes de Jouan pour une semaine tout au plus. Mais le haut commandement en avait décidé autrement, et la ville était devenue la plaque tournante des armées impériales et de leurs alliés. Les Lorrains n'avaient plus aucune idée de la durée de leur séjour et avaient même abandonné les paris quant à la date de leur départ. Chacun s'était installé dans un quotidien où le combat contre la routine était devenu l'occupation principale. Nicolas avait obtenu l'autorisation d'ouvrir deux fois par semaine au monastère une consultation pour les civils hongrois. Le père Étienne y avait vu une occasion de ramener à la religion chrétienne les brebis nées sous la domination ottomane. Nombreux étaient ceux qui étaient restés en ville après sa libération par les troupes de l'empereur du Saint Empire. Les musulmans côtoyaient les chrétiens sans crainte de représailles, comme les chrétiens avaient été respectés dans leur culte durant l'ère turque. Azlan ne quittait plus Nicolas, jouant à merveille son rôle d'interprète et d'assistant médical auprès des malades et de leurs familles, tsiganes pour la plupart, robs travaillant pour un maître fortuné ou nomades de passage dans la forteresse. Le chirurgien faisait aussi office d'apothicaire, et sa connaissance des remèdes lui avait attiré des patients de tous les villages environnants, ainsi que les foudres du seul apothicaire officiel établi dans la cité.

Les nuages, les veines gonflées de pluie, saignaient depuis une semaine sur Peterwardein, transformant les rues non pavées en champs de boue, dans une atmosphère froide et brumeuse, qui avait fait grimper le nombre de soldats hospitalisés à la chapelle pour des infections pulmonaires.

— Vous n'allez quand même pas sortir aujourd'hui ? D'ailleurs, quel jour sommes-nous ?

Germain, après avoir posé la question, remonta sur ses épaules le manteau de peau de mouton qu'un marchand de la citadelle lui avait offert après avoir guéri par ses soins d'un furoncle rebelle. Ses cheveux avaient poussé, ainsi qu'une longue moustache qu'il lissait machinalement toute la journée. La pipe à la bouche, debout devant la fenêtre de la sacristie, il aurait pu passer aux yeux des promeneurs pour un bourgeois hongrois venu à confesse.

— Nous sommes le 10 septembre. Mes stocks sont vides, je n'ai plus de sauge, ni de violette, ni de pavot blanc, rétorqua Nicolas. Il peut encore pleuvoir des jours alors que mes malades n'ont plus de remèdes pour apaiser leur toux.

— Seulement le 10 ? dit Germain, songeur. Seulement septembre... Prends Babik avec toi.

— Il est parti aider le père Étienne. Azlan va m'accompagner.

— Quant à moi, ce sont mes pensées qui vont vous accompagner, répondit Germain en se servant un verre de vin avant de s'asseoir sur une chaise face au poêle.

Il but son verre d'un trait et se servit à nouveau.

— Après, j'irai voir si je peux trouver un macchabée. Une bonne autopsie me sortira de l'ennui, ajouta-t-il en bâillant exagérément.

Nicolas avait remarqué le changement de comportement du chirurgien qui semblait chaque jour plus désœuvré. Les seules urgences provenaient d'accidents sur les différents chantiers en cours, et les quelques civils qui venaient le consulter se voyaient invariablement renvoyés vers les autres opérateurs. « La taille m'ennuie et les lithiases soulèvent mon désintérêt », avait-il annoncé à Grangier alors qu'il venait de refuser de soigner un bourgeois local en peine crise de calculs. Il y avait aussi une vérité qu'il ne voulait pas s'avouer : après avoir passé des années sur les champs de bataille, il ne se sentait plus capable d'opérer autre

193

chose que des corps déformés par la guerre, pressé par l'urgence et le danger.

Azlan accepta avec enthousiasme d'aider Nicolas dans sa recherche. Ils descendirent les escaliers de la citadelle jusqu'au bastion ouest puis empruntèrent le pont de bois que les régiments allemands avaient bâti pour enjamber le Danube. Vue de ce côté-ci du fleuve, la ville avait l'air d'une forteresse imprenable. Le garçon guida Nicolas vers plusieurs prés, en lisière d'un bois, où il savait que poussaient des plantes semblables à celles décrites par le Lorrain. Lorsqu'ils arrivèrent sur les lieux, l'enfant haussa les épaules en signe d'impuissance : le champ avait été fraîchement fauché.

— Il y en a un là-bas, près de la colline, viens, s'écria-t-il, bien décidé à ne pas rester sur un échec.

La pluie avait cessé. De leurs bouches s'exhalaient des brumes tièdes qui se fondaient instantanément dans l'humidité ambiante.

— Tu as la famille, *gadjo* ? demanda Azlan après qu'ils eurent cheminé un long moment en silence.

— Je n'ai pas d'enfants, non, répondit Nicolas en s'apercevant que personne ne lui avait jamais posé cette question.

Comment un chirurgien ambulant pourrait-il fonder un foyer ?

— Mais tu as la femme ? La *család* ?

— *Család* ? Qu'est-ce que c'est ?

— Mère. Père. Famille. Tout, quoi !

— Non.

Azlan s'arrêta et ses yeux s'arrondirent.

— Alors, toi être seul ? Tout seul ?

La simple pensée de ce mot semblait inconcevable

à l'enfant. Nicolas éclata de rire devant sa mine incrédule.

— Azlan, être seul n'est pas une punition. J'aime cette vie. Et puis j'ai des amis. Et une promise.

— Promise ? C'est quoi promise ? Un cadeau ? demanda le garçon qui avait repéré un champ aux herbes hautes.

— Amour, répondit Nicolas en posant la paume de sa main sur sa poitrine. Une femme qui m'aime et que j'aime.

— Elle est là ? interrogea Azlan en pointant la citadelle du doigt.

— Non, malheureusement non. Elle est loin.

— En France ?

— Aussi loin que la France.

L'enfant lui tira la manche.

— Tu veux une amour ici ? Je peux trouver !

Nicolas s'accroupit à sa hauteur :

— Je ne cherche pas, Azlan. Ici, c'est la guerre et je partirai bientôt la rejoindre.

— Moi, j'ai Babik, Djidjo, Gabor, Yanna, Peshan, Keja et Nuzri. Nous toujours ensemble !

— Ta famille est précieuse.

— Oui, répondit l'enfant.

Il reprit sa marche puis se ravisa.

— C'est quoi « précieuse » ?

— C'est ce qu'il y a de plus important au monde.

— Comme bijoux de Babik ? Un jour, nous plus robs !

— Comme les bijoux de ton papa. Ils représentent votre liberté.

— Oui, répéta Azlan.

Des rêves de liberté bourdonnaient dans sa tête

d'enfant. Ils avisèrent un pré d'herbes folles, au pied d'une butte à la crête boisée, dans lequel une tache sombre attira l'attention de Nicolas. Les sauges étaient mélangées à d'autres espèces sauvages, mais, à la vue des fleurs bleues caractéristiques, il poussa un cri de joie, repris par Azlan, puis un second auquel l'enfant répondit comme un écho. Ils firent alors un concours de hurlements, entrecoupé de fous rires, seulement interrompu par une patrouille à cheval attirée par le bruit. Ils s'attelèrent à leur récolte et remplirent la moitié d'un sac de toile d'une sauge mouillée et odorante, malgré des fleurs à peine écloses. Ce fut leur seule cueillette, les deux heures suivantes les rejetèrent bredouilles sur le chemin du retour. La pluie avait repris et les bottes s'enfonçaient dans une boue glaiseuse à souhait qui ralentissait leur progression. Lorsqu'ils aperçurent le pont enjambant le Danube, leur moral remonta et ils accélérèrent imperceptiblement leur allure. Un tocsin sonna au loin à la volée. Nicolas se tourna vers Azlan qui était devenu livide.

— Vite, *gadjo*, courir ! Ils vont fermer les portes !

— Que se passe-t-il ?

— Les Turcs ! Les Turcs !

35

Frederik Kuyrijsk bâilla d'ennui sans se retenir. Le trajet depuis Buda était monotone et la compagnie de l'homme d'armes qui lui faisait face franchement déplaisante. Le soldat, un officier d'un régiment d'infanterie des Provinces-Unies, parti rejoindre les troupes du Saint Empire germanique, n'avait eu de cesse de raconter ses campagnes, fort peu nombreuses, mais avec un souci du détail que Kuyrijsk avait vite trouvé insupportable. L'étroitesse du carrosse ne lui permettait même pas d'étendre ses jambes, dont les articulations lui faisaient mal depuis leur dernière pause, ni de se préserver de l'haleine putride de son vis-à-vis qui, trop heureux d'avoir trouvé un compatriote en terre lointaine, continuait de déverser ses paroles insipides aux relents de bile. La pluie tambourinait sur le toit du véhicule et avait redoublé d'intensité sans toutefois rendre inaudible le major hollandais. L'attelage semblait à la peine et le fouet claquait comme des coups de tonnerre au-dessus de leurs têtes. Les roues du carrosse chassèrent dans un virage sablonneux. Le cocher hurla des encouragements aux chevaux qui peinaient. Il fallait éviter de s'embourber.

— Pas foutus de faire des routes ! C'est à croire qu'ils n'ont aucune pierre dans ce pays ! maugréa-t-il en relevant la couverture aux fines broderies qu'il tenait sur ses genoux. Vivement que j'arrive en Russie !

— C'est un long voyage qui vous occupe là, monsieur, déclara le soldat qui s'intéressait à lui pour la première fois. Sans vouloir paraître indiscret, quelle en est la destination ?

Frederik Kuyrijsk détestait les inconnus, les militaires, et les questions intrusives, ce qui faisait de son compagnon de voyage un dangereux récidiviste. Il décida de ne pas répondre, puis se ravisa et choisit de couper court à toute conversation en lui révélant le but de son périple, qui écraserait de toute sa magnificence le bougre et sa curiosité malsaine.

— Je vais à la cour du tsar présenter le résultat de mes recherches et offrir à Sa Majesté un présent d'une valeur inestimable, fruit de plusieurs années de travail, au nom de Guillaume III d'Orange, roi d'Angleterre et stathouder de nos Provinces-Unies.

L'autre ne parut pas impressionné de la qualité de ses relations, ce qui vexa furieusement Kuyrijsk.

— Et vous voyagez sans escorte avec un tel trésor ? demanda le soldat d'un ton professionnel. N'est-ce pas imprudent ?

Kuyrijsk se renfrogna devant la remarque du major.

— Mais je ne vous parle pas de valeur marchande ! Mon présent est unique et fera l'admiration du monde entier, voilà sa vraie valeur !

Il remonta une nouvelle fois sa couverture et choisit de regarder le paysage défiler à la fenêtre.

— N'en prenez pas ombrage, messire, mais vous ne devriez pas tenir ce genre de propos à un inconnu, continua l'officier. Imaginez que je ne sois pas un honnête homme et que l'envie me prenne de vous délester de votre trésor !

Kuyrijsk haussa les épaules tout en continuant de l'ignorer.

— Vous avez raison, vous m'avez bien jugé et vous ne risquez rien. Mais un falot vous aurait détroussé sans vergogne et sans la moindre difficulté pour, au final, un butin sans valeur. J'en connais dans ces contrées qui n'auraient pas hésité à vous supprimer pour faire passer leur ire. Croyez-moi !

Le paysage donnait le tournis à Kuyrijsk, qui porta son regard vers le soldat.

— Et où voulez-vous en venir, jeune homme ?

— Il me reste du temps avant de rejoindre mon régiment. Votre voyage mérite bonne garde. Je vous offre mes services.

— Qui vous dit que j'en ai besoin ?

— C'est l'assurance de vous acquitter de votre mission envers le tsar.

— Il me semble que je m'en suis fort bien acquitté sans votre aide jusqu'à présent.

— Cent florins, plus le gîte et le couvert, proposa l'homme en se penchant vers Kuyrijsk.

Celui-ci recula la tête d'un air de dégoût. L'effluve de charogne venait de heurter ses narines pourtant habituées aux odeurs de putréfaction. Pas question de céder. Son précieux chargement était une commande de Pierre le Grand pour la livraison duquel il allait recevoir une somme de trois mille florins, qu'il n'avait l'intention de partager avec personne, pour quelque raison que ce fût.

— Votre régiment a besoin de vous pour combattre les Ottomans, répondit-il en guise de conclusion en portant un mouchoir devant son nez afin d'anticiper les exhalations buccales de l'homme.

Le soldat lui fit signe de se taire, ce qui l'offusqua.

— Mais quelle audace, pour qui… ? protesta-t-il, le mouchoir toujours devant le nez.

L'autre l'interrompit, la main levée.

— Chut ! Vous n'entendez pas ?

Il tendit l'oreille. La pluie martelait le toit avec une violence toujours égale.

— Non. Que voulez-vous… ?

L'homme avait entrouvert la porte, laissant le vent et des ficelles d'eau pénétrer dans l'habitacle.

— Mais voulez-vous bien cesser cette mascarade ! cria Kuyrijsk pour se faire entendre.

Il réalisa au même moment que le carrosse prenait de la vitesse. Les secousses l'obligèrent à se tenir à la poignée. Le cocher hurlait des encouragements à ses chevaux qui avaient pris un galop rapide. Le militaire s'était penché hors du véhicule et avait échangé quelques mots avec lui.

— Vous entendez ? demanda-t-il à Kuyrijsk après s'être rassis. Vous entendez maintenant ? répéta-t-il, le visage ruisselant.

Le tocsin avait crevé le bruit de fond de l'averse. Les coups étaient rapides, nerveux et ne cessaient pas.

— C'est une alerte ! confirma le soldat.

— Un incendie peut-être ? suggéra Frederik Kuyrijsk sans conviction.

— Non. Les coups nous indiquent une attaque, répondit-il avec un plaisir évident.

— Les troupes ottomanes ?

— Ou une bande de *betyars* qui traîne dans les environs. Je ne sais pas ce qui est le plus enviable.

Kuyrijsk déglutit bruyamment.

— Ma proposition tient toujours, ajouta l'homme, sentant le moment d'une renégociation venu.

— D'accord, cent florins si vous m'amenez sain et sauf à destination.

— Le prix sera légèrement plus élevé, les risques ont augmenté. Deux cents.

— Mais c'est vous le bandit ! Cent cinquante, pas un florin de plus.

— Deux cents.

Le carrosse fit une légère embardée dans l'herbe et roula sur une pierre. Les deux hommes furent secoués. La tête de Kuyrijsk vint heurter le montant de la portière qui entailla superficiellement son arcade sourcilière droite. Un petit filet de sang coula le long de sa tempe avant d'être absorbé par le mouchoir qu'il porta sur son visage.

— Vous voyez, reprit l'homme, qu'il y a des pierres en Hongrie.

— Maudit pays ! maugréa Kuyrijsk en tamponnant sa blessure.

— Deux cents florins. Pour moitié payables d'avance.

Kuyrijsk capitula et sortit une bourse de sa veste, dont il compta deux fois les pièces avant de les lui remettre.

— Maudit pays ! répéta-t-il en rangeant le petit sac dans sa poche.

Le cocher venait d'apercevoir le pont derrière lequel la citadelle de Peterwardein déployait sa carrure massive et hautaine. Il se retournait régulièrement, persuadé de voir à tout moment apparaître les premières lignes turques à leurs trousses. Les rumeurs faisaient régulièrement état de déplacements des troupes ennemies dans la vallée, mais, depuis le mois de mai, aucune escarmouche n'avait eu lieu entre les belligérants, et le chauffeur avait fini par accepter la course. La pluie et le vent, associés à la vitesse de l'attelage, fouettaient son visage. Il avait du mal à distinguer à plus de quelques mètres. Il ralentit insuffisamment l'allure au moment de franchir le pont. Les roues avant frappèrent le premier rondin transversal du tablier, imprimant au carrosse un léger saut que les suspensions amortirent partiellement. Le véhicule partit en crabe et tapa la rambarde droite avant de se stabiliser dans une trajectoire rectiligne. L'homme encouragea de la voix ses chevaux. Il avait de plus en plus de mal à lever la tête, aveuglé par la pluie qui lui cinglait le visage.

Il ne lui restait plus que cent mètres à franchir avant d'atteindre la rive opposée du Danube lorsqu'il distingua deux ombres qui couraient sur le pont. Il tira de toutes ses forces sur les rênes, mais les chevaux, emballés et nerveux, renâclèrent avant de répondre à ses injonctions. Il n'y eut pas de choc. Les deux piétons se jetèrent sur le côté droit et disparurent dans la brume qui montait du Danube. Le carrosse ne ralentit pas une fois le pont franchi et contourna les fortifications par le sud, avant de finir sa course devant le bastion Hornwerk. À l'intérieur, les deux passagers, que la vitesse avait chahutés contre les parois de l'habitacle, reprirent rapidement leurs esprits et sortirent. Frederik tomba à genoux dans l'herbe boueuse. Ses jambes ne le portaient plus. Il vomit une mousse bileuse.

— Maudit pays, conclut-il en se relevant, chancelant.

À ses côtés, le major, les mains en porte-voix, hurlait en direction de la forteresse. Kuyrijsk remarqua alors seulement que le pont-levis était relevé.

36

Nicolas avait poussé Azlan juste avant l'impact avec le carrosse. Ils étaient tombés dans le fleuve, à une vingtaine de mètres de la rive. L'enfant ne s'était pas affolé et avait nagé vigoureusement, afin de ne pas se laisser emporter trop en amont par le courant. Ils étaient sortis de l'eau devant la première ligne des fortifications, au seul endroit où la berge n'avait pas été rehaussée et avaient suivi le chemin le long du mur d'enceinte.

Au bout de cinq minutes de marche, l'enfant fut parcouru de frissons irrépressibles. Les vêtements trempés leur collaient à la peau, la pluie les frappait de milliers de coups d'aiguilles et la vapeur qui saturait l'atmosphère rendait la respiration difficile.

— Comment on va faire, *gadjo* ? demanda Azlan, d'une voix hachée par les tremblements.

— Ne t'inquiète pas, on va trouver un moyen d'entrer dans la citadelle.

— Non, pour les plantes, comment on va faire ? répondit l'enfant dont le regard transmettait une réelle tristesse.

Nicolas le rassura. Il avait été obligé de lâcher le sac de sauge dans le fleuve, mais ils en retrouveraient d'autres. « Des plus belles encore », promit-il.

Ils marchèrent une dizaine de minutes avant de rejoindre l'escalier qui menait des berges à la citadelle. Il avait été déserté par les sentinelles qui s'étaient repliées au niveau des murailles, formant les lignes de défense supérieures. Arrivés à mi-hauteur, ils firent une halte sous un bastion dont la corniche les protégea de la pluie. La vue sur le fleuve serpentant dans la vallée en méandres serrés était exceptionnelle. La tête de pont, composée d'une dizaine de bâtiments de l'autre côté du Danube, avait pris l'allure d'un camp retranché, toutes portes fermées. Les soldats présents étaient regroupés sur la pointe nord, à deux cents mètres de laquelle deux cavaliers, immobiles, se tenaient à découvert. Le rouge et le jaune de leurs tenues, ainsi que leurs bonnets de feutre blanc ne laissaient planer aucun doute sur leur appartenance aux forces ottomanes. Ils furent rejoints par une dizaine d'hommes armés de fusils qu'ils portaient à l'épaule. Leur nonchalance ostensible déclencha une bronca dans les rangs des militaires présents sur les fortifications. Les janissaires, une fois leur provocation réussie, disparurent dans les sous-bois les plus proches. Les éclaireurs annonçaient l'arrivée imminente du gros de la troupe.

— J'ai froid, avoua Azlan.

Nicolas ôta sa veste dans laquelle l'enfant s'emmitoufla. La tiédeur relative du vêtement le réchauffa un instant malgré l'humidité.

— Repartons, proposa-t-il, ta famille doit être inquiète pour toi.

Leur attention fut attirée par un bruit inhabituel, un bruit lourd et régulier de frottement sur le sol. Sortant de la brume, deux hommes apparurent, qui tiraient chacun une grosse malle pesante. Un troisième les précédait tout en les exhortant du geste et de la voix à accélérer l'allure. Le trio avait un air spectral dans la pénombre de la fin d'après-midi. Il s'arrêta à leur hauteur et le meneur, après avoir esquissé un salut sans ôter son couvre-chef, s'adressa à Nicolas en une langue qu'il ne reconnut pas. Les deux comparses en avaient profité pour s'asseoir sur les caisses et reprendre leur souffle.

— L'un d'entre vous me comprend-il ? demanda Nicolas au trio après un regard vers Azlan qui lui avoua sa méconnaissance d'un signe de la tête.

— *Ja*, je parle votre langue ! dit Kuyrijsk. Vous êtes français ?

— J'appartiens à un des régiments lorrains de la garnison, répondit Nicolas, comprenant que sa tenue civile pouvait le faire passer pour un voyageur.

— Dieu soit loué ! s'exclama Kuyrijsk, surexcité en le tirant par la manche de sa veste. Vous allez nous aider, monsieur. Vos hommes doivent nous ouvrir, mon carrosse...

Nicolas refusa de se laisser entraîner.

— Il me faut d'abord trouver des vêtements secs pour mon jeune ami.

— Avez-vous vu les Turcs en face ? Nous aurons tout le temps de nous sécher une fois à l'intérieur !

— J'ai bien peur que vous ne saisissiez pas la situation, monsieur. Personne ne descendra le pont-levis tant qu'il y aura le moindre risque. Nous devrons marcher jusqu'aux postes de garde à l'est de la ville et nous y réfugier, s'ils veulent bien de nous, en attendant demain.

— Mais l'ennemi est à nos trousses !

— Avez-vous des vêtements secs ? insista Nicolas en se dirigeant vers les deux malles.

Frederik Kuyrijsk lui barra le chemin.

— Faites venir le commandant de votre troupe, qu'il fasse descendre ce pont !

— Faites-le vous-même, répliqua Nicolas en l'écartant du bras.

Kuyrijsk se retourna vers le major et l'apostropha en hollandais.

— Vous avez intérêt à trouver une solution, si vous voulez vos florins ! Allez me faire ouvrir ce pont, Seigneur Dieu !

Le major et le cocher s'exécutèrent en silence. Kuyrijsk les regarda disparaître, résignés, sur le chemin de garde.

— Hé, que faites-vous ? hurla-t-il à l'adresse de Nicolas.

Le chirurgien lorrain avait enlevé les lanières de cuir qui ceinturaient les deux grosses malles.

— Je vous interdis de toucher à mes affaires, monsieur.

Nicolas ne répondit pas et traîna la cantine à l'abri du bastion pour constater qu'elle était fermée à clé.

— Pas question de vous aider ! tempêta Kuyrijsk.

La pluie redoubla d'intensité. Le vent lui imposait une trajectoire courbe qui les forçait à baisser la tête.

— Personne ne nous ouvrira, répéta Nicolas. Il faut cinq minutes pour descendre et remonter en totalité ce pont-levis. Combien de temps croyez-vous qu'il faudrait aux Turcs pour franchir nos défenses et se précipiter à l'intérieur ?

— Je ne sais pas, répondit le Hollandais en jaugeant la distance. Mais nos archers les décimeraient tous bien avant, non ?

— En moins de trois minutes, les premiers soldats seraient à l'intérieur, sur un tapis de morts. Dont nous ferions partie. Est-ce là votre but ?

— Mon but est de gagner Moscou où des personnes royales m'attendent avec impatience, dit Kuyrijsk, excédé, et je me retrouve en territoire hostile, entouré de barbares sanguinaires et d'un soldat perdu ! Maintenant, monsieur, laissez-moi faire, ordonna-t-il à Nicolas.

Il avisa la seconde malle, la mit à l'abri de la pluie et l'ouvrit à l'aide d'une clé suspendue à son cou.

— Voyons…, fit-il en parcourant les piles de vêtements qu'elle renfermait.

Son hésitation agaça le Lorrain.

— Cela devrait convenir, déclara Nicolas en prenant une veste épaisse en broderies grises.

— Ah, non ! C'est un pourpoint de mouton, il n'y en a pas dix ainsi dans toutes les Provinces-Unies. J'y tiens !

Kuyrijsk s'arc-bouta devant sa caisse pour empêcher Nicolas d'approcher et le morigéna au fur et à mesure de son avancée dans les strates de vêtements. Nicolas aperçut des bas, des rhingraves et des caleçons fabriqués en tissus nobles : soie, moire et velours, signes d'une fréquentation assidue d'une cour européenne.

— Voilà ! dit Kuyrijsk en sortant un justaucorps en droguet rapiécé et une couverture grise couverte de taches. Cela devrait lui aller. Qu'il les garde, je les lui offre ! ajouta-t-il, trop heureux de se débarrasser de tissus dont il se servait pour nettoyer ses collections.

Il referma soigneusement sa valise, rassuré comme si le plus dur avait été fait, se redressa et prit une pose grandiloquente.

— Mais je manque à toutes les conventions, je ne me suis même pas présenté : Frederik Gustav Kuyrijsk, médecin légiste de la cour d'Amsterdam, anatomiste, botaniste et inventeur à mes heures perdues. À qui ai-je… ?

Il s'interrompit et resta un instant figé, la bouche ouverte. Il baissa les yeux vers sa jambe droite sur laquelle il venait de ressentir une douleur fulgurante : la pointe d'une flèche avait transpercé sa botte et s'était fichée dans son mollet. Un déluge de métal et de bois s'abattit sur eux.

37

Ribes de Jouan grogna à l'écoute du compte rendu de Babik. Il avait envoyé le Tsigane à la recherche de son fils et de Nicolas dès qu'il avait entendu le tocsin sonner l'alerte, mais celui-ci venait de rentrer bredouille. Il termina son verre de vin local et bourra si fortement sa pipe de tabac qu'il ne put l'allumer et dut en retirer une pincée afin de laisser le foyer respirer. Les premières bouffées le calmèrent un instant mais ses craintes refirent rapidement surface. S'ils n'étaient pas dans la citadelle, ils avaient pu se réfugier dans les fortifications de la tête de pont, où ils seraient tout autant en sécurité. Un simple regard vers Babik lui confirma que l'hypothèse la plus probable était qu'ils n'avaient pas eu le temps de rentrer avant la fermeture des portes et qu'ils devaient se cacher dans la forêt. Mais il avait un mauvais pressentiment. Il regrettait de les avoir laissés sortir sans le Tsigane, sans une escorte de soldats, sans les avoir prévenus des rumeurs qui bruissaient dans la ville depuis quelques jours. Son esprit s'était laissé aller à en oublier la guerre et son environnement.

Il grogna une nouvelle fois, enfila ses bottes les plus hautes, qui montaient jusqu'à mi-cuisse, un manteau sans manches en peau épaisse, un chapeau de *betyar*, aux bords courts et relevés, qu'il avait gagné au jeu un soir de beuverie avec des soldats hongrois, et déposa un pistolet à silex dans le fourreau de sa large ceinture.

— On y va ! dit-il après avoir sifflé entre ses dents.

Tatar les rejoignit dans la chapelle qui n'était occupée que par une dizaine de malades. Germain lui fit respirer une des bandes que Nicolas utilisait comme gants. Il l'avait subtilisée quelques jours auparavant afin de s'assurer qu'elle n'était pas imbibée d'un onguent spécial qui l'aurait protégé des infections de ses patients. Mais le linge n'avait été trempé dans aucun remède et sentait juste la saponine des lavages successifs. Il avait fini par croire que ses bandages n'étaient pour Nicolas que des mitaines bon marché.

Le chien la renifla, émit un grognement étouffé et conduisit les deux hommes jusqu'à la porte du bastion ouest où il s'assit en gémissant.

— Maintenant, c'est sûr, ils sont toujours dehors, murmura Germain pour lui-même. De-hors, articula-t-il très distinctement pour Babik qui le regardait avec inquiétude.

Autour d'eux, les soldats s'agitaient en tous sens, chargeant les canons par la gueule avant de les avancer dans les créneaux, prêts à faire feu au moindre ordre. Des groupes d'archers se mettaient en place, ainsi que les tireurs d'élite des différents régiments d'artillerie. Ceux qui avaient aperçu les éclaireurs turcs, de l'autre côté du Danube, avaient répercuté l'information qui se propagea rapidement sur toutes les murailles de la citadelle. Le gros des troupes fut déployé sur les défenses opposées, à l'est, là où l'état-major était persuadé que les ennemis allaient concentrer leurs forces. Germain fit le tour des officiers supérieurs qu'il connaissait, pour les avoir soignés ou pour avoir passé des soirées avinées en leur compagnie, afin de les prévenir de la situation de Nicolas et Azlan, mais aucun d'entre eux ne sembla y prêter attention. La guerre revenait à la face de tout le monde après quatre mois de calme et d'indolence trompeuse. La tension était à nouveau palpable et l'odeur de la poudre toute proche.

Le comte de Rabutin replia sa longue-vue et resta un court instant songeur, debout sur les remparts culminants de Peterwardein, face au Danube. Pourquoi les Turcs s'annonçaient-ils d'une façon aussi visible ? Il ne croyait pas à un assaut imminent, les conditions météorologiques les désavantageant plus que les défenseurs de la place. Un siège était plus probable et plus préoccupant.

La voix de son aide de camp vint l'arracher à ses réflexions.

— Mon commandant, le chirurgien en chef des régiments lorrains est là, qui voudrait s'entretenir avec vous.

— Qu'il se rende en fin d'après-midi au quartier général. Je fais ma tournée d'inspection, répondit-il en rouvrant sa jumelle en signe de non-recevoir.

— Je sais, mon général, mais il insiste et dit que c'est urgent. Cela concerne les forces ennemies. Il prétend avoir des informations de première importance.

Le comte hésita. Ribes de Jouan était plus connu pour son absence de conformisme et de retenue vis-à-vis de la hiérarchie militaire que pour la fiabilité de ses dires. Il finit par accepter de le voir, après s'être souvenu que le chirurgien ne l'avait jamais sollicité pour quoi que ce fût.

Rabutin eut une seconde d'étonnement devant l'homme qui se présenta à lui, accompagné d'un rob tsigane. Il ressemblait à s'y méprendre aux brigands qui sillonnaient la région et dont il avait fait enfermer ou pendre un certain nombre. Germain s'en aperçut et s'excusa de sa tenue avant de lui relater la sortie de Nicolas et son absence de la citadelle.

— Sont-ce là les informations de première importance que vous possédez ? Qu'il ne soit pas rentré à temps, cela est fâcheux, je vous le concède, mais je ne peux pas risquer d'envoyer des hommes à sa recherche. Aucune porte ne sera ouverte sans mon autorisation expresse ou celle du comte von Capara, est-ce bien clair ? ajouta-t-il à l'adresse de son aide de camp.

L'arrivée d'un messager mit fin à la conversation : la présence de rôdeurs avait déclenché une riposte des gardes au niveau du bastion Hornwerk.

Ils s'étaient réfugiés sous une corniche des fortifications, assis derrière la malle de vêtements que Nicolas avait ouverte et retournée pour offrir la plus grande surface protectrice possible. Kuyrijsk avait mollement tenté de s'y opposer, avant de se coucher à leurs côtés. Aux vagues de flèches à la trajectoire parabolique, spectaculaires mais peu dangereuses grâce à la protection de leur niche naturelle, avaient succédé des tirs tendus, provenant sans doute d'arquebuses, plus silencieux et d'une grande efficacité, certains projectiles étant venus se ficher dans le bois de la malle.

Le déluge avait cessé aussi brutalement qu'il avait débuté. Seule la pluie gardait un débit constant, agrémenté du claquement des gouttes sur les feuilles et les flaques d'eau. Le calme retrouvé avait rendu la violence du déluge plus forte encore.

— Ils nous ont tiré dessus ! Notre propre armée ! s'insurgea Kuyrijsk. Je suis blessé, il nous faut du secours !

Il montra le trait fiché dans sa jambe et grimaça.

— Je vais me trouver mal, annonça-t-il juste avant de défaillir.

Lorsqu'il se réveilla, sa botte se trouvait à côté de lui et son pied, nu, était bandé jusqu'au genou.

— Que s'est-il passé ?

— Vous vous êtes évanoui quelques minutes, répondit Nicolas. J'en ai profité pour vous soigner.

— Mais où avez-vous trouvé des bandages ? demanda-t-il avant de voir sa chemise blanche préférée lacérée sur le sol. Oh, non !

Il la ramassa et la regarda, incrédule.

— Non, non… vous n'avez pas osé ?

— Le drap d'Angleterre fait les meilleurs linges, répondit Nicolas en lui rendant sa botte. Et vous n'auriez pas pu aller bien loin avec un pied embroché !

Kuyrijsk tâta son mollet à travers la protection et haussa les sourcils d'étonnement.

— Mais comment avez-vous fait pour l'enlever ?

— J'ai retenu les leçons de monsieur Paré.

Nicolas lui tendit la main.

— Je m'appelle Déruet et je suis chirurgien de seconde classe attaché aux régiments de Sainte-Croix et de Bassompierre.

Kuyrijsk la lui serra et sourit pour la première fois de la journée.

— Enchanté, maître Déruet. Nous voilà enfin un point commun ! Je me demandais quel diable d'homme pouvait être aussi peu respectueux des meilleurs tissus… Un chirurgien militaire ! Vous êtes pardonné.

Il tenta de se lever en prenant appui sur sa jambe valide.

— On ne bouge pas ! dit Nicolas en le retenant par l'épaule.

— Mais je peux marcher ! protesta le Hollandais.

— Je n'en doute pas, mais pour essuyer une seconde volée de bois, sûrement pas ! On attendra la nuit s'il le faut avant de filer. J'espère que Germain nous aura sortis de là bien avant.

— Mon Dieu… le major et le cocher ? Qu'a-t-il pu leur arriver ?

212

— Je crains que ce ne soit leur présence qui ait déclenché cette réaction. J'espère qu'ils ont réussi à se cacher, répondit Nicolas qui n'avait pas grand espoir de les revoir vivants.

Azlan, pelotonné contre lui, les fixait de ses grands yeux noirs, silencieux.

— Ne t'inquiète pas, nous allons bientôt nous en sortir, assura Nicolas en le serrant contre lui.

— Pas inquiet, *gadjo*, pas inquiet. Entendre Tatar.

— Tatar ?

— Oui. Lui aboyer

— Cet enfant a raison, il y a un chien qui hurle non loin d'ici, confirma Kuyrijsk.

Les aboiements semblaient provenir des entrailles de la muraille située à une centaine de mètres d'eux et se rapprocher lentement. Puis ce fut le silence. La pluie avait cessé, et la terre imbibée chuintait à force de suffocation.

Soudain, une voix humaine leur parvint, toute proche.

— Babik, c'est Babik ! s'exclama Azlan en se redressant.

Son père s'adressait à lui en tsigane. Malgré leurs efforts pour le voir, ils ne purent le localiser. Azlan avait froncé les sourcils et acquiesçait à chaque phrase. Lorsqu'il eut fini, l'enfant leur expliqua la situation.

38

Germain n'avait pas eu besoin de se rendre au bastion Hornwerk pour comprendre que les gardes de faction avaient fait feu sur Nicolas et Azlan. Il s'était précipité à l'abbaye pour se changer, avait enfilé sa tenue d'officier et gagné l'hôpital des troupes allemandes où il savait pouvoir trouver le premier chirurgien de l'Électeur de Saxe. Le colonel von Humboldt était en train de préparer son établissement à un possible afflux de blessés et avait fait préparer des lits supplémentaires dans toutes les pièces, jusque dans la cantine qui avait été transformée en bloc opératoire de fortune. L'homme accepta d'intercéder en faveur de Germain auprès du gouverneur militaire de la place.

— Von Capara est homme d'honneur et apprécie votre travail, cher Ribes de Jouan. Je lui ai fait les louanges de votre système d'ambulances volantes. Nul doute qu'il acceptera votre demande. Je pars sur-le-champ !

La confiance de von Humboldt le rasséréna. Germain s'assit, alluma la pipe qu'il avait embarquée dans sa poche et héla un infirmier qui s'affairait à disposer des scies sur une table. Les instruments formaient des rangées d'une rectitude parfaite.

— Que donnez-vous à vos patients pour les opérations ?

L'homme, flatté que l'on s'intéresse à son travail, s'approcha avec révérence et répondit d'un air docte, en s'aidant de ses doigts pour compter.

— Nous utilisons le laudanum pour les cas les plus douloureux. Nous avons aussi un marc de raisin pour les cas plus légers et…

— Suffit ! l'interrompit Germain. Cela fera l'affaire ! Allez me chercher une bouteille de ce marc, voulez-vous ?

Le soldat acquiesça et revint avec une bouteille qu'il lui tendit avec fierté.

— Vous voulez l'essayer sur vos patients ?

— C'est ça, répondit Ribes de Jouan avant d'enlever le bouchon avec les dents. Mais je vais d'abord le tester sur moi !

Lorsque le colonel von Humboldt revint de son entrevue, une demi-heure plus tard, Germain avait négocié l'échange de deux caisses de vin de Hongrie contre une de marc de Saxe qui ferait le bonheur de leurs soirées de désœuvrement.

— J'ai de bonnes nouvelles, annonça-t-il, guilleret. Demain, dès que le jour sera suffisant, et que les guetteurs se seront assurés qu'aucun Turc ne se trouve dans le périmètre, le pont du bastion Hornwerk sera abaissé pour les laisser passer.

— Demain ? rugit Germain. Mais c'est maintenant qu'il faut les faire rentrer, maintenant qu'ils courent un risque !

La réaction du Lorrain déplut à l'officier allemand qui y trouva de l'ingratitude.

— C'est tout ce que nous pouvons faire pour l'instant, répondit-il sèchement. Il ne fallait pas les laisser sortir alors que des consignes de cantonnement avaient été données depuis hier. Qui leur a donné l'autorisation ? Vous ?

Germain blêmit et marmonna un remerciement avant de se retirer. Il venait de se souvenir qu'il n'avait pas ouvert la lettre qu'une ordonnance avait apportée la veille à la chapelle. Il l'avait fourrée dans la poche de son pantalon et était parti rejoindre les brancardiers pour jouer au lansquenet à l'auberge de l'Arsenal. Il plongea la main : elle s'y trouvait encore. Il la décacheta et lut l'ordre de Rabutin à tous ses régiments de relever au maximum le niveau de vigilance et de ne plus autoriser aucune sortie de la citadelle, sauf exception motivée.

Ribes de Jouan poussa un juron : il était responsable de leur périlleuse condition. Il retrouva Babik à l'abbaye et lui expliqua la situation en omettant l'épisode de la lettre. Le Tsigane l'emmena dans une des cellules où se trouvait le père Étienne. L'homme était agenouillé près d'un crucifix et méditait. Il ne se retourna pas à leur arrivée.

— Aidez-nous, mon père…

Le moine finit sa prière, se signa et se releva avec lenteur. Son visage était à moitié dissimulé par sa capuche relevée.

— Je vais vous indiquer comment leur apporter du ravitaillement mais nous ne pourrons pas faire plus. Ils sont entre les mains de Dieu.

Ribes de Jouan le remercia, mal à l'aise. Il avait la sensation que le prêtre avait percé ses pensées et son secret. Il se méfiait de lui mais savait qu'il était son seul et dernier recours.

D'un geste de la main, le père Étienne les invita à le suivre jusqu'à la bibliothèque de la salle capitulaire. Il en sortit un livre de grande taille, au papier parcheminé et épais.

— Il existe, dans les sous-sols de Peterwardein, un ensemble de galeries, dont certaines remontent à la période de Béla IV, quand notre monastère fut construit par nos frères venus de France[1]. Elles parcourent l'ensemble des bastions.

L'ouvrage contenait les plans des entrelacs de souterrains.

1. L'édifice fut construit entre 1247 et 1252.

— Le frère Petrus les a parcourus et en a dressé une fidèle topographie, ajouta-t-il, admiratif. Il y a passé plus de dix ans.

— Est-ce que certains de ces tunnels débouchent sur l'extérieur ? demanda Germain en tentant de lui prendre le livre des mains, sans succès.

Le prêtre referma le volume prestement.

— Si ces issues existent, il serait imprudent de ma part de vous les révéler… Mais certaines galeries longent les murs d'enceinte du Hornwerk. Des ouvertures y ont été creusées, par lesquelles vous pourrez communiquer.

— Est-ce que le frère Petrus peut nous y conduire ?

Le prêtre rangea le livre dans la bibliothèque.

— Ce n'est malheureusement pas possible, notre frère nous a quittés. Il est mort il y a quatre ans.

— Peste ! lâcha Germain. Mais comment pouvons-nous faire sans guide et sans plan ?

— Je vous indiquerai comment aller et revenir. Mais jamais vous ne devrez vous écarter du chemin. Depuis l'année dernière, d'autres galeries ont été construites par vos troupes, dont je n'ai pas connaissance. Suivez scrupuleusement mes instructions si vous voulez revenir saufs. Sinon…

Sinon… Les paroles du prêtre résonnaient encore aux oreilles de Germain tandis qu'il égrenait mentalement le parcours qu'il lui avait indiqué. Babik l'avait accompagné et le rassurait bien plus que par sa simple présence. Il avait décidé d'emmener Tatar avec lui, persuadé qu'il saurait trouver la sortie en cas d'égarement. Le Tsigane marchait en tête, une torche dans chaque main, le torse bombé et l'air assuré. Il portait sur le dos un étui de la taille d'un petit fusil qui avait intrigué Germain, mais l'homme avait fait semblant de ne pas comprendre sa question. De sa détermination irradiait une forme de certitude quant à la réussite de leur entreprise. Ils traversèrent la première galerie sur cent mètres puis obliquèrent à droite à la troisième intersection, à l'angle de laquelle une croix avait été gravée dans la pierre. Ainsi balisé, le parcours ne présenta aucune difficulté. Les couloirs étaient plus larges et hauts qu'ils ne l'avaient imaginé, taillés dans une roche crayeuse friable, et seule une légère pente leur indiquait la descente vers la base des fortifications au niveau du Danube. La pente cessa après une quinzaine de minutes. *Nous y sommes*, pensa Germain. Arrivés à une intersection en forme de T, Tatar aboya en regardant son maître et détala dans l'obscurité, du côté droit. Ses aboiements diminuèrent d'intensité puis cessèrent rapidement. Germain prit un des deux flambeaux des mains de Babik.

— Allons-y, décida-t-il devant son hésitation.

Le prêtre leur avait indiqué de longer la partie gauche une fois arrivés au bastion Hornwerk. La galerie droite avait un aspect plus récent que le reste de l'édifice, de nombreux gravats parsemaient le chemin, rendant la progression plus difficile. Tatar réapparut rapidement et les invita d'un cri rauque à le suivre. Il les mena jusqu'à une meurtrière taillée dans le mur, qui leur permit d'apercevoir les ombres de la végétation extérieure. Ils entendaient la voix du fleuve qui coulait non loin. Babik appela et son fils lui répondit. Ils étaient à une vingtaine de mètres d'eux. Il lui expliqua qu'ils devraient attendre le lendemain matin avant de pouvoir rentrer dans la forteresse. Azlan le rassura sur leur sort : ils allaient bien et se trouvaient en compagnie d'un étranger qui leur avait prêté des vêtements secs.

— Mais on ne tiendra pas plus longtemps, avait-il ajouté, il pue si fort le parfum !

Babik avait propagé son rire à Germain, qui n'en connaissait pas la raison, mais avait besoin d'évacuer la tension accumulée. Tout semblait aller enfin pour le mieux.

Nicolas se faufila jusqu'à l'étroite ouverture de pierre.

— Je suis désolé, Germain. Nous nous sommes aventurés trop loin.

— Ce n'est pas... Ce n'est rien, répondit-il. Tu ne pouvais pas prévoir. L'important est d'être là, sains et saufs. On vous a apporté à boire et à manger.

Nicolas récupéra les deux pains et la bouteille remplie d'eau que le chirurgien lui tendait.

— Vous ne risquez plus rien, les soldats surveillent les environs et aucun Turc n'osera vous approcher. Babik et moi resterons ici jusqu'à demain matin.

— Merci, merci pour tout. J'y retourne.

— J'allais oublier : tu as reçu une lettre de Nancy.

— Vous l'avez ? Vous l'avez ?

Il avait eu bien du mal à ne pas crier et la lui arracha des mains lorsqu'elle apparut dans la meurtrière. Marianne était de toutes ses pensées depuis les cinq derniers mois. Elle ne l'avait pas oublié.

Germain tomba dans les bras de Babik et se répandit en effusions. Les deux hommes parlaient en même temps, chacun dans sa langue, se congratulant, sans avoir à comprendre les paroles de l'autre. Puis le Tsigane ouvrit son étui et sortit un violon. Les premières notes résonnèrent dans le tunnel, s'échappant par toutes les meurtrières, aussi libres que le vent. Une musique inconnue de Germain, aux sonorités et aux rythmes nouveaux, montant et descendant de plusieurs octaves avec une prodigieuse virtuosité, une musique à la fois heureuse et triste, pleine de vie. Les yeux de l'enfant s'étaient illuminés :

— Babik, c'est lui, il joue du *bas' alja* ! Pour moi !

La pluie avait cessé et le ciel s'était troué, laissant apparaître la voûte étoilée. La corniche les protégeait du froid et les vêtements secs de Kuyrijsk, dans lesquels ils s'étaient emmitouflés, les isolaient de l'humidité. Azlan s'était endormi dans les bras de Nicolas au son du violon de son père. Le Hollandais s'était détendu et montré plus amical. Sa blessure, superficielle, ne le faisait plus souffrir. Il avait compris la chance qu'il avait eue lorsque Nicolas lui avait confirmé que le cocher et son compagnon de voyage avaient été tués par les flèches des guetteurs de la citadelle.

— En voilà des aventures que j'aurai à raconter à la cour du tsar ! dit-il en imaginant les visages impressionnés des membres de la famille de Pierre le Grand. Cela n'en donnera que plus de valeur à mon trésor.

Il tira une clé qu'il tenait attachée autour du cou.

— Voulez-vous voir mon cabinet des curiosités ? À vous, je peux le montrer, maître Déruet.

— Qu'est-ce donc que ce cabinet ? demanda Nicolas en l'aidant à pousser la lourde malle vers eux.

Kuyrijsk ne répondit pas, ouvrit la valise et y plongea les mains pour en ressortir un objet protégé d'épaisses couvertures. Il s'assit à côté de Nicolas et déplia les revêtements.

— Regardez cette composition, dit-il en lui remettant une boîte de grande taille, recouverte d'une vitre transparente.

À l'intérieur, un tableau représentait un squelette dans un décor d'arbres et de plantes. La faible lumière nocturne ne permettait pas d'en distinguer davantage.

— Alors ? demanda le Hollandais, dans l'attente d'un compliment qui tardait à venir.

— Comment avez-vous fait pour donner cette impression de relief à votre personnage et à cette nature ? C'est vraiment curieux comme peinture…

— Peinture ? Mais ceci n'est pas une vulgaire peinture ! s'offusqua Kuyrijsk en manquant de s'étrangler. C'est un diorama !

Nicolas comprit alors ce qui faisait la valeur de la pièce, dont il avait trouvé la représentation peu réussie d'un point de vue artistique : le personnage était un véritable squelette, de fœtus ou de nouveau-né vu sa taille, les arbres avaient été composés à partir de poumons, de vaisseaux sanguins et de plusieurs reins. L'œuvre était un assemblage de pièces anatomiques.

— C'est… incroyable ! s'exclama Nicolas en se levant pour mieux voir, au mépris de toute prudence.

Il fit miroiter l'objet sous les maigres rayons de lune pour tenter d'en capter le maximum de détails.

— Mais comment avez-vous fait pour les conserver dans un tel état de perfection ?

Kuyrijsk avait retrouvé un sourire radieux.

— Secret de fabrication, mon cher. Après des années de recherche en ma qualité de médecin légiste, je pense avoir trouvé la recette de l'embaumement parfait !

221

Il lui reprit l'objet des mains, regarda son œuvre d'un air de satisfaction et la reposa dans la caisse.

— Mes compositions sont prêtes à défier le temps et, tels les tableaux des plus grands peintres, à rencontrer la postérité.

— Vous devriez publier vos résultats, afin d'en faire profiter tous vos confrères. Vous rendez-vous compte de la qualité de la fixation que vous avez obtenue ? Cette technique nous permettrait de conserver des pièces anatomiques uniques, de former des collections qui seraient d'un tel enseignement pour tous les chirurgiens !

— Elle m'appartient et j'en ferai ce que bon me semble, répliqua Kuyrijsk pour couper court à la conversation.

Il se rassit, silencieux.

— Maître Kuyrijsk, votre découverte est essentielle pour faire progresser notre art, plaida Nicolas, qui avait repris Azlan contre lui.

L'enfant avait entrouvert les yeux puis s'était aussitôt rendormi.

— Art ? La peinture est un art, la musique, la médecine aussi, mais la chirurgie n'est qu'une somme de techniques pour des mains habiles, voilà ce qu'on m'a répondu à l'Académie ! Après tout ce que je leur avais apporté ! Savez-vous que j'ai découvert la présence de valvules dans le système lymphatique ? Comme toute récompense, j'ai été nommé professeur auprès des sages-femmes d'Amsterdam, alors que je méritais la présidence de cette Académie de médecine ! Ils peuvent toujours tenter de copier ma méthode, ils ne trouveront jamais mon secret, ces… ces…

Kuyrijsk s'était empourpré. Ses yeux cherchaient

désespérément le mot censé porter une estocade définitive à ses confrères de l'institution hollandaise, mais ce mot restait, semblait-il, à inventer tant sa détestation était infinie. Un bruit de froissement d'ailes précéda un long cri rauque, tout proche, auquel répondirent d'autres qui provenaient du ciel.

— Qu'est-ce que c'est ? demanda le Hollandais en se couvrant machinalement de son manteau de peau épaisse.

— Des vautours fauves.

— Des charognards ? Mais nous ne sommes pas morts !

Les cris recommencèrent, lugubres.

— Pschitt ! Pschitt ! souffla Kuyrijsk en agitant ses bras comme pour chasser cet ennemi invisible.

— Vous n'avez rien à craindre, ce n'est pas pour nous qu'ils sont là, dit Nicolas. Les cadavres de vos compagnons doivent être tout proches.

Des claquements de becs confirmèrent brutalement ses propos. La ronde des vautours dura une heure, pendant laquelle les deux hommes s'abreuvèrent de paroles pour couvrir les bruits du festin, puis cessa subitement. La tension qui maintenait Kuyrijsk en éveil chuta et il s'endormit rapidement. Resté seul, Nicolas sortit la lettre qu'il avait tenue tout ce temps contre son cœur et l'ouvrit. La présence d'une épaisse couverture de néphélions rendait sa lecture impossible. Il en reconnut l'écriture : la missive n'émanait pas de Marianne, mais de François. Il lui faudrait attendre pour lire le message du Hérisson blanc.

Assis dans la galerie souterraine, Germain regardait sans les voir les ombres danser sur le mur face à lui.

Les flammes des torches se pliaient comme des soies au vent sous le courant d'air permanent qui parcourait le souterrain. Tatar dormait, allongé sur le ventre. Babik se reposait, la tête posée sur ses genoux pliés, sans que Germain puisse savoir s'il s'était assoupi ou si tous ses sens étaient aux aguets. Le Tsigane l'impressionnait par la puissance qu'il dégageait et le calme dont il ne se départait jamais. Il caressa le menton du chien, qui grogna de plaisir, puis se leva en silence. L'animal ouvrit les yeux et dressa les oreilles. Germain lui fit signe de rester près de Babik et s'approcha de l'ouverture. La nuit à travers la meurtrière lui sembla moins noire. L'aube n'allait pas tarder à colorer le ciel.

Chapitre VII

Peterwardein, septembre 1694

39

Nicolas, mon petit, Dieu seul sait quand cette lettre te parviendra. Depuis ton départ, le sort ne nous a pas épargnés. Des soupçons de complicité d'évasion ont pesé sur nous et ce fieffé Malthus, l'apothicaire, t'a accusé de tous les maux. Heureusement que les relations de Marianne nous ont aidés. Pour l'instant, les Français nous laissent tranquilles. Le nouveau gouverneur a d'autres priorités. Mais tu ne peux revenir tant que nous ne t'aurons pas définitivement innocenté car tu restes accusé. Il va falloir prendre ton mal en patience. Je suis sûr que tu te débrouilles très bien. J'ai une bien triste nouvelle à t'apprendre : Jeanne a attrapé un terrible mal. Elle est tombée un matin, il y a deux mois de cela, victime d'une apoplexie, alors qu'elle se coiffait dans la chambre, et depuis a perdu l'usage de ses

jambes et de la parole. Son visage s'est figé en un masque de pierre, si tu la voyais, mon petit, c'en est déchirant, la vie ne passe plus que par ses yeux. Tous les médecins consultés n'ont rien trouvé de mieux que de proposer des saignées. Je les ai tous jetés dehors ! Marianne est formidable, elle s'occupe de la patronne tous les jours, lui donne à manger, fait sa toilette, et je constate des progrès dans ses tentatives pour nous parler. Mais Dieu qu'il est difficile d'accepter de la voir ainsi tel un nourrisson... Marianne a bien reçu tes lettres et les attend toujours avec impatience. Elle ne peut t'écrire mais le fera dès que possible. Son cœur brûle pour toi du même feu que le tien, sois-en assuré.
Prends bien soin de toi,
François

Nicolas resta un long moment songeur, assis devant le poêle de leur chambre, la lettre à la main. Grangier, qui était passé plusieurs fois, n'avait pas osé le déranger. Germain n'était pas là pour les accueillir quand le pont fut abaissé. Azlan avait sauté dans les bras de son père, Kuyrijsk était parti s'annoncer au gouverneur de la place et Nicolas était rentré seul à l'abbaye.

Il chercha dans son sac ses traités les plus récents et les parcourut dans l'espoir de trouver une explication au mal qui avait frappé Jeanne. Le temps glissa sur lui et plusieurs heures s'étaient écoulées lorsqu'il referma le dernier, le dictionnaire de l'abbé Chomel, dans lequel il déposa la lettre. Il s'approcha du poêle afin de se réchauffer et constata par la fenêtre que la pluie avait repris. Grangier lui apporta une gamelle à laquelle il ne toucha pas. Lui non plus n'avait aucune nouvelle de Germain. Nicolas sortit. Les rues étaient encombrées des troupeaux rentrés à la hâte lors de l'alerte et auxquels on n'avait pas encore attribué de parcelle. Des bœufs, des oies, des cochons vaquaient au milieu des soldats, dans une cohue indescriptible, sous l'œil des bergers qui ne semblaient pas inquiets de l'anarchie ambiante. Il fit le tour de tous les hôpitaux de la garnison, ainsi que des médecins civils, en les questionnant sur la maladie de Jeanne. Certains avaient déjà observé des cas semblables, mais aucun n'avait de remède à proposer. Un chirurgien autrichien lui expliqua avoir tenté une trépanation sur un homme qui était resté paralysé après une crise qu'il avait attribuée à l'épilepsie, mais le patient était mort pendant l'opération. Tous lui promirent de le prévenir s'ils étaient amenés à pratiquer l'autopsie d'un malade atteint de ce mal. Il rentra au monastère, rempli de mélancolie et de frustration. Même déserter lui était impossible : les Turcs avaient passé la journée à creuser des tranchées tout autour de la citadelle. La seule bonne nouvelle fut la présence de Germain, qui avait été retrouvé ivre mort par son cousin.

— C'est la première fois que je le vois dans cet état, constata Grangier en le regardant ronfler, allongé sur le ventre sur sa paillasse. Cette ville ne lui vaut rien.

— Cette guerre ne nous vaut rien. Ce n'est pas la nôtre.

Nicolas avait passé une partie de la nuit à marcher sur les remparts. Des centaines de points lumineux entouraient Peterwardein comme un cercle de feu. Les Ottomans tenaient à marquer les esprits.

— Il paraît qu'ils sont quarante mille, lui avait précisé un guetteur d'un régiment lorrain avec lequel il avait partagé un verre d'eau-de-vie. Cinq fois plus que nous !

Il s'était rendu au bastion Hornwerk d'où les flèches avaient été tirées sur eux. Le capitaine de faction, un Autrichien présent lors de l'incident, l'avait reconnu et lui avait présenté ses excuses. Les autres gardes étaient venus le saluer et l'attroupement formé avait attiré les soldats voisins avant qu'un gradé n'y mette bon ordre d'un ton bourru. Nicolas avait regagné l'abbaye où tout le monde était endormi depuis longtemps.

Au réveil, il se sentait nauséeux. Une étrange sensation qu'il partageait avec les deux infirmiers et Germain. Mais ce dernier était le seul à avoir abusé de l'alcool la veille. Tous s'étaient retrouvés à la chapelle pour les soins quotidiens aux blessés.

— Une catharsis salutaire, dit Germain à Nicolas pour commenter son geste. Content que tu sois rentré, ajouta-t-il en clignant des yeux, gêné par l'afflux de lumière dans sa rétine douloureuse. Quelle gueule de bois ! Aurais-tu quelque remède pour m'en débarrasser ?

Nicolas laissa Grangier finir le bandage d'un soldat, dont la jambe avait bleui après avoir été écrasée par la chute de son cheval, et entraîna Ribes de Jouan à la cuisine où il lui tendit une flasque.

— Je l'ai confectionné ce matin, j'avais prévu que votre réveil serait difficile.

Germain la renifla avec circonspection.

— Qu'est-ce que c'est ? Pas un de tes remèdes à base de corne de cerf en poudre, comme la dernière fois ?

— Buvez, faites-moi confiance ! s'amusa Nicolas. Vous préférez les vapeurs d'une décoction de chou, peut-être ?

Germain vida la fiole d'une traite.

— C'est plutôt bon !

— Serpolet, saule et rose. Le mélange était utilisé à la cour du tsar, paraît-il.

— Paraît-il ?

— C'est une rumeur que j'ai entendu colporter par des marchands ambulants, il y a quelques années.

— Ainsi, tu me soignes à l'aide d'une rumeur ? s'étonna Germain dans un grand sourire.

— Celle-ci m'a l'air plutôt engageante.

— Engageante ? Et si elle était infondée ?

— Vous le saurez bien vite, mon commandant.

— Je déteste quand tu m'appelles ainsi, tu le sais, Nicolas... En m'agaçant, tu réduis mes chances de guérison ! clama-t-il, faussement contrarié.

— Il restera toujours le trépan.

— Réservons ce diable aux cas désespérés. De mémoire, ce n'est pas une balle qui m'a traversé la tête hier, mais un très mauvais schnaps ! déclara Germain avant d'éclater de rire.

Nicolas se força à partager la bonne humeur de Ribes de Jouan, qui s'en aperçut.

— Qu'est-ce qui ne va pas, mon ami ?

Il lui relata le contenu de la lettre de François.

— Je voudrais pouvoir rentrer à Nancy pour aider Jeanne, conclut Nicolas. Une fois cette histoire réglée, ajouta-t-il en tendant le bras vers la fenêtre.

— Cette histoire, comme tu l'appelles, pourrait bien être notre dernière, murmura Germain pour ne pas être entendu des hommes présents. Les Ottomans sont nombreux et le gros de nos troupes est loin.

Il le prit par l'épaule et l'entraîna à l'écart.

— Et, surtout, nous allons avoir besoin de toi. Je vais avoir besoin de toi. Les sièges sont toujours des moments critiques pour les unités soignantes. Tu m'es indispensable.

— Personne ne l'est ici.

— Si. Et tu viens de me le prouver : je n'ai plus mal au crâne.

40

Le Grand Vizir Surmeli Ali Pacha s'était félicité de la rapidité avec laquelle ses troupes s'étaient déplacées de Belgrade à Peterwardein, surprenant la vigilance des espions et éclaireurs ennemis et coupant la citadelle des autres régiments du Saint Empire germanique. Les janissaires et les spahis avaient, de plus, achevé de monter leur bivouac en moins de trois jours et réalisé de profondes et larges tranchées, malgré la pluie qui n'avait pas cessé. Un rempart avait été dressé avec la plupart des chariots afin de protéger les tentes des différents régiments. La division Cemaat avait été rejointe au quatrième jour par les divisions Bölük et Sekban. La plaine était devenue semblable à un immense champ de fleurs sauvages, rempli de points rouges, jaunes ou verts. Au matin du cinquième jour, après que les imams eurent célébré l'office religieux, un coup de canon fut tiré par les assiégeants, qui jeta le général de Rabutin hors de son lit.

— Ils n'arrêtent pas, de vraies fourmis ! murmura-t-il, admiratif de l'activité des troupes ennemies.

Il remarqua que des petits groupes de combattants s'étaient rassemblés tous les cent mètres dans les tranchées, à l'extrémité desquelles des batteries de mousquets avaient été installées. Rabutin s'adossa entre deux meurtrières. Il était convaincu que les unités d'élite se préparaient au premier assaut avant la mi-journée. Il avait concentré le maximum de troupes sur les remparts, afin de montrer leur puissance de feu et de dissuader les Ottomans. Plus que leur détermination, le nombre des assaillants l'inquiétait au plus haut point.

— Cher comte de Rabutin, comment se présente la situation ?

Frederik Kuyrijsk, qu'il n'avait pas entendu approcher, lui fit une révérence de cour à laquelle il ne répondit pas. Le Hollandais s'était approprié une pièce du bâtiment servant de quartier général en dédommageant d'une coquette somme son occupant, un des aides de camp du Français. Rabutin, furieux, l'avait renvoyé sur-le-champ comme simple officier dans un de ses régiments. Kuyrijsk s'était montré si curieux et empressé d'être mis au courant des derniers rapports que le général l'avait un temps soupçonné d'être un espion infiltré, avant de se rendre compte que l'homme était uniquement préoccupé du sort de sa haute personne et du retard pris dans son important voyage.

— La situation est telle que vous la voyez, cher monsieur, répondit Rabutin, laconique.

— Alors, elle est alarmante, pronostiqua le Hollandais, après un regard vers le campement des assaillants. Comment allez-vous faire pour me sortir de là ?

— Nous sommes à l'abri et avons assez de nourriture pour tenir jusqu'à l'arrivée de nos renforts, vous n'avez rien à craindre, dit le général, dont la patience se fissurait.

— Mais qui préviendra le tsar de mon retard ? renchérit-il en se portant au niveau d'un créneau afin de mieux observer la plaine.

Durant une fraction de seconde, le comte de Rabutin espéra l'arrivée d'une flèche turque tirée des tranchées. Il se reprit :

— Je vous conseille de vous placer derrière le merlon ou une meurtrière, monsieur Kuyrijsk, pour votre sécurité.

Le Hollandais se rendit compte que, ainsi à découvert, il faisait une cible idéale et se rangea promptement derrière la muraille.

— Mais ils sont bien trop loin ! dit-il pour sa défense.

Rabutin soupira et avisa son voisin, l'aide de camp du gouverneur.

— Lavaulx, quelle est la portée maximale d'un arc ?

L'homme, surpris que le général lui demande son avis, se racla la gorge avant de répondre, gonflé d'une importance qu'on ne lui avait jamais accordée :

— Cela va dépendre de la nature du bois, frêne ou peuplier, de la taille de l'empennage, du poids de la flèche et...

— Lavaulx..., s'agaça Rabutin.

Nouveau raclement de gorge.

— Pardon, mon général. Je dirais deux cent cinquante mètres.

— Et à quelle distance se trouvent les tranchées les plus proches ?

— Deux cents mètres, répondit Lavaulx en fixant le Hollandais. Deux cent vingt, tout au plus.

— Merci, Lavaulx. Pouvez-vous maintenant raccompagner monsieur à ses appartements ?

Au même moment, un son de tambour s'éleva de la plaine des assaillants, martelant un rythme lent et entêtant. Il fut rapidement rejoint par des timbales, des cymbales et des trompettes aux notes aiguës.

— Qu'est-ce que cela ? demanda Kuyrijsk, dont les mains s'étaient mises à trembler.

— La *mehterhane*. Leur fanfare militaire, dit le général en se désintéressant du Hollandais.

Rabutin rejoignit la batterie la plus proche afin de distribuer ses ordres.

— C'est mauvais signe la fanfare ? demanda Kuyrijsk en arrêtant Lavaulx qui emboîtait le pas à son supérieur.

— On n'a jamais vu d'assaut sans musique. Il va vous falloir rentrer seul, monsieur. Le temps est à l'orage.

Les assaillants, après avoir fait pleuvoir des nuages de flèches sur les remparts de la citadelle, avaient lancé leurs unités de combattants à l'assaut des murs de Peterwardein. Des centaines de groupes de cinq janissaires chacun, équipés d'échelles, tentaient par vagues successives de grimper en différents points des défenses, vagues que refoulaient sans faiblir les soldats massés sur les remparts. Des mousquetaires turcs munis d'arquebuses à mèche longue, s'étant approchés à quelques dizaines de mètres des premiers bastions, avaient fait montre d'une grande dextérité, blessant ou tuant des soldats de la coalition à chaque salve et provoquant sur la muraille sud un début de panique, auquel le général Rabutin avait mis bon ordre.

Dans son hôpital de campagne, Germain était fier de son équipe : dès le début de l'attaque, les brancardiers s'étaient rendus sur les créneaux et avaient pu évacuer les premiers soldats en brancard ou grâce à l'ambulance volante. La chapelle de l'abbaye s'était remplie de blessés, touchés par des jets de flèches dont la plupart étaient restées fichées, tout ou partie, dans des bras, des épaules ou des thorax. Frederik Kuyrijsk les avait rejoints et avait demandé à Germain l'autorisation d'observer Nicolas afin de parfaire ses connaissances en chirurgie de guerre. Ribes de Jouan avait été plus soulagé que vexé de ne pas avoir son pontifiant confrère à ses côtés pour les quelques opérations de la journée : la musique de la *mehterhane* turque, dont ils entendaient la mélopée entêtante, constituait une source suffisante d'agacement.

L'avant-bras du fantassin avait été transpercé par une flèche dont la pointe et l'empennage étaient visibles de part et d'autre du membre. Allongé sur la table d'opération, l'homme était conscient et affichait un niveau de souffrance contenu. Grangier découpa la manche de sa veste pendant que Nicolas préparait ses instruments pour l'extraction du jet. Kuyrijsk s'était penché sur le blessé et tâtait le corps étranger du bout des doigts.

— Vous allez amputer, n'est-ce pas ?

Sa question fit se retourner les deux soignants qui le regardèrent, entre reproche et incrédulité. Le Hollandais s'approcha de Nicolas de façon à ne pas être entendu des autres.

— Je suis là depuis une heure, et je n'ai pas encore assisté à une seule section de membre. C'est le moment idéal, non ?

— Vous allez m'amputer ? s'inquiéta à son tour le fantassin. Dites-moi ! ajouta-t-il d'un ton paniqué.

— Il n'en a jamais été question, répondit calmement Nicolas. Votre blessure est propre, vous n'avez presque pas perdu de sang. Je vais vous retirer cette flèche et mettre un bandage. C'est tout, répondit-il à l'adresse de Kuyrijsk qui se renfrogna.

— Ah, bien… Je vais quand même voir comment vous faites pour la retirer sans inciser la moitié du membre. Savez-vous ce que disait Ambroise Paré dont vous vous inspirez ? *Ce serait chose ignominieuse et contre l'art si l'on offensait la nature plus que la flèche…* Je vous avoue ne pas bien en comprendre le sens, mais la phrase me plaît !

Lorsque Nicolas s'approcha du blessé pour l'opérer, il en fut empêché par le chapeau de Kuyrijsk, un large tricorne aux bords garnis de froufrous, qui lui arrivait au visage. Le Hollandais se recula après un nouvel échange de regards. Le Lorrain coupa l'empennage à l'aide d'une pince, puis utilisa une tenaille dentelée afin d'extraire la pointe du projectile, lentement, pour ne pas déchirer davantage les chairs. Il appliqua ensuite un cataplasme sur la plaie, « à base de saule et de moutarde », précisa-t-il avant même qu'on lui pose la question, et enroula un linge serré sur l'avant-bras.

Nicolas rassura l'homme et observa le fer de la flèche qu'il avait gardé en main.

— Même si une pointe comme celle-ci se retrouve fichée à l'intérieur, dans l'os, il existe des manœuvres pour éviter d'inciser et de léser des nerfs ou des artères. C'est le message d'Ambroise Paré, conclut-il.

Il tendit l'objet à Kuyrijsk qui le prit et l'observa avant de le jeter nonchalamment au sol. Les tambours de la *mehterhane* cessèrent. Les Ottomans avaient battu en retraite, laissant aux charognards une centaine de cadavres et de blessés inanimés.

Le reste de la journée fut occupé par les soins des pansements aux patients. Deux d'entre eux, dont les blessures légères n'inspiraient aucune inquiétude, furent pourtant pris de fièvres et de tremblements et moururent avant le crépuscule. Un autre décéda dans la nuit, ce dont les infirmiers ne s'aperçurent que le lendemain.

— Une paralysie respiratoire, conclut Germain après une rapide autopsie des trois hommes. Je soupçonne les Turcs d'avoir envenimé leurs projectiles.

La cuisine lui avait servi de morgue. Les trois macchabées étaient alignés sur l'immense table du réfectoire. Il ramassa les viscères, qu'il avait déposés en tas sur le sol comme il l'eût fait de vêtements, et les remit sommairement dans les thorax et les abdomens ouverts des cadavres.

— Désolé, annonça-t-il en les regardant, je ne sais plus quel organe appartient à qui, mais au point où vous en êtes, vous ne m'en voudrez pas, messieurs. Pas d'objection ? Mon assistant va vous faire un joli manteau. À vous, maître Déruet !

Il se lava les mains dans un seau rempli d'eau de pluie qui vira au rose pâle. Il s'aspergea le visage avant de le plonger directement dans le seau puis de le sécher dans un linge sale. Il s'affala sur une des chaises du réfectoire, la tête entre les mains. Nicolas sentit quelle fragilité se cachait derrière ses attitudes nonchalantes ou provocantes.

— Tout va bien, Germain ?

Ribes de Jouan expira bruyamment.

— Depuis que je suis entré dans cette guerre, j'ai plus dialogué avec les morts qu'avec les vivants, Nicolas. Des types, j'en ai ouvert, des centaines et des centaines. Des Turcs aussi, qu'on essayait de sauver après les avoir grêlés de plomb, des mamelouks, des yayas, des spahis. Une fois passé la peau, on a tous la même couleur à l'intérieur. Rien ne change. Et je n'ai jamais rencontré âme qui vive dans une dépouille. Juste l'odeur de la mort. Cette odeur, elle est sur moi, elle ne me quitte plus. Et, crois-moi, ce n'est pas le parfum de Dieu… Je doute, mon ami. Je doute d'une autre vie que celle qui nous anime ici. Et cela me fait parfois peur.

Nicolas posa ses instruments de chirurgie et s'assit à côté de lui.

— J'ai les mêmes doutes. Mais nous sommes les seuls à voir l'être humain pour ce qu'il est, à essayer de comprendre les mécanismes qui le constituent, comment la vie coule en lui. Le clergé se méfie de nous afin de protéger son Dieu, les médecins se méfient de nous afin de protéger leur institution, tous tentent de nous contrôler de peur que nous ne percions les ultimes secrets de l'homme. C'est le prix de notre passion.

Ils restèrent silencieux à écouter la pluie frapper par rafales les vitres de la cuisine. Un des moines entra, un jeune novice au visage grêlé et à la tonsure irrégulière. Il resta interdit devant le spectacle des dépouilles éventrées.

— Revenez plus tard, le repas n'est pas cuit, déclara Germain d'un ton sérieux.

L'homme se signa tout en reculant et sortit précipitamment, sans un mot. Les deux chirurgiens attendirent qu'il fût loin pour rire sans retenue. Germain se leva et bourra une pipe de tabac.

— En voilà un qui va raconter partout qu'il a vu le diable en sabbat ! Crois-tu que, quand tous les mystères de la nature humaine auront été résolus, Dieu s'écroulera de lui-même ? Comme une icône païenne ? interrogea-t-il entre deux bouffées, le regard planté sur le crucifix qui trônait au-dessus de la porte d'entrée.

— L'homme se créera d'autres dieux, répondit Nicolas en reprenant fil et aiguille. C'est un besoin fondamental.

— Nous voilà deux hérétiques prêts à être brûlés, n'est-ce pas ?

— Pas en temps de guerre, ils ont trop besoin de nous, rassura Nicolas, qui avait entrepris de recoudre les peaux.

Germain se sentait heureux d'avoir retrouvé un peu de sa bonne humeur. Il ouvrit la fenêtre et jeta les eaux usées dans la rue, faisant s'écarter un groupe de soldats qui l'invectivèrent avant d'apercevoir les cadavres sur la table. Ils déguerpirent sous les sarcasmes du chirurgien.

— Que peuvent-ils bien utiliser comme poison ? demanda Nicolas une fois son travail terminé.

— Je n'en sais rien. Ce n'est pas la première fois que j'en suis le témoin et je n'ai jamais trouvé d'antidote. Pensons à autre chose maintenant !

— Il faudrait trouver un moyen d'aspirer le venin au niveau de la plaie, continua Nicolas.

— Ah ? dit Ribes de Jouan en esquissant un bâillement. Pourquoi pas ? Nous en reparlerons demain, ajouta-t-il d'un ton détaché.

Il prit deux flasques de marc de raisin et en fourra une dans la poche de Nicolas au moment où celui-ci ajustait les bandages sur ses mains.

— En attendant, prenons un peu de bon temps. La tension vient de retomber. Je te propose de filer dans la meilleure auberge de cette charmante cité ! La seule digne de ce nom et qui ne soit pas envahie par les Autrichiens et les Hongrois.

— Je vais rentrer dans notre chambre, il y a quelque chose que je voudrais mettre au point avant le prochain assaut.

— À ta guise. Ne m'attends pas avant demain. Sauf si nos amis s'invitent à nouveau. Tu sais où me trouver !

Lorsqu'il arriva dans la sacristie, la température était élevée. Le poêle fonctionnait à plein régime. Grangier et un autre infirmier – il reconnut Philippe le Toulois – étaient allongés sur leurs minces paillasses à même le sol. *Ils ont dû le bourrer de bois jusqu'à la gueule*, songea Nicolas, que la chaleur indisposait plus que le froid. Il prit le plus gros volume des œuvres d'Ambroise Paré, dont il se souvenait qu'il contenait un chapitre relatif aux plaies par arme, et s'allongea sur la couche la plus haute, posée sur une table, en face de l'unique fenêtre, ce qui lui permettait de voir un pan de ciel le jour et de voûte céleste la nuit. Il n'aimait aucune des contraintes liées à la vie de groupe, en particulier de s'astreindre à des heures pour toutes les tâches, ce dont il s'acquittait avec difficulté, malgré ses efforts. Germain ne lui en avait jamais tenu rigueur et lui laissait la plus grande latitude dans les périodes de repos. Depuis son arrivée à Peterwardein, Nicolas avait passé le plus clair de son temps avec la famille d'Azlan, avec laquelle il partageait l'absence d'horaires fixes, en particulier pour les repas.

Il trouva facilement la réponse à sa question dans l'œuvre de Paré. Le chapitre XXIII du neuvième livre traitait des blessures envenimées.

— « Il faut faire des scarifications profondes autour de la plaie et poser des ventouses à la flamme, afin de faire attraction et vacuation de la matière virulente », lut-il à voix haute. Bien, mais comment trouver des... ?

Il ne put finir sa phrase, pris d'un bâillement violent et d'une envie irrépressible de s'endormir. Nicolas eut juste le temps de poser le livre sur le sol et se laissa glisser dans le noir de l'éther.

41

Les tambours. Il entendait des tambours. Son esprit flottait entre le rêve, qui continuait à l'aimanter, et la réalité, dans laquelle son corps se refusait à émerger. Lourd. Il se sentait si lourd. Impossible d'ouvrir les paupières. Les trompettes étaient entrées dans la danse alors que Nicolas continuait de dériver entre deux mondes sans pouvoir en rejoindre aucun. Ses pensées, élastiques, n'étaient reliées entre elles par aucune cohérence. Où était Marianne ? Il crut entendre sa voix, mais dans lequel des deux mondes était-elle ? Et d'où provenait cette musique ? Son crâne lui faisait mal, si mal, qu'il eut envie de tout faire pour plonger à nouveau dans l'inconscience. Il n'y parvint pas. Il avait l'impression d'être un esprit éveillé dans un corps endormi. Et soudain, il comprit : quelque chose se passait à l'extérieur qui voulait sa mort. Toutes ses pensées s'enchaînèrent. Il devait ouvrir les paupières. Son corps était en train de devenir son cercueil. Il cria mais n'entendit aucun son, à part les tambours, insupportables, qui rythmaient ses céphalées. Il se débattit, se battit contre lui-même et la pesanteur écrasante. Il hurla, rassembla toutes ses forces et réussit à ouvrir les yeux sur la réalité. Sa tête était une meurtrissure, son corps était engourdi, ses muscles ne le portaient plus. Il s'assit avec difficulté sur sa couche. Il faisait sombre dans la pièce. Les deux infirmiers n'avaient pas bougé de position, allongés sur le côté. Tout semblait normal et apaisé. Sauf le visage de Philippe : il était devenu gris.

Nicolas cria mais seul un murmure sortit de ses cordes vocales. Il se sentait nauséeux et infiniment faible. Lentement, il réussit à ramper jusqu'à la fenêtre qui jouxtait le pied de son lit, à l'ouvrir et à appeler au secours d'une voix audible. Personne ne l'entendit : à la *mehterhane* assourdissante s'étaient ajoutés les hurlements des canons, les cris des soldats sur les remparts et le martèlement d'une pluie qui crépitait aussi fortement que les salves des mousquets.

Il se jeta à l'extérieur. L'averse et le froid achevèrent de le réveiller. Nicolas aspira goulûment l'air qui lui avait manqué. Le poêle l'avait asphyxié en produisant un gaz toxique. Lorsqu'il se sentit suffisamment fort, il prit une profonde inspiration, enjamba la fenêtre de la chambre et tira Grangier par les bras jusqu'à l'extraire de la pièce, avant de s'immobiliser dans le couloir du cloître et de le secouer énergiquement. Les extrémités des doigts du brancardier avaient viré au violet foncé et son visage était cyanosé. Nicolas constata que son cœur battait encore mais que sa respiration était à peine perceptible. Il ne cessa de lui parler et de l'encourager à ouvrir les yeux, se souvenant de la difficulté qui avait été la sienne de se libérer de cet état de langueur irrépressible. Mais la vie semblait le fuir petit à petit. Nicolas cria et hurla jusqu'à ce que les deux infirmiers de garde dans la chapelle accourent. Il les envoya sortir Philippe de la chambre. Mais il n'avait plus d'espoir pour le malheureux brancardier. Il concentra toutes ses forces sur Grangier dont il ne parvenait plus à observer de mouvements de respiration. Sa cage thoracique semblait immobile et son abdomen ne se levait plus. En se penchant vers lui, il sentit un objet glisser hors de sa poche : la flasque de marc de raisin offerte par Germain, dont il avait complètement oublié la présence. L'image de Marianne accouchant le petit Simon le traversa. Il ouvrit le flacon, en but une gorgée et la recracha sur le visage de Grangier. À la seconde tentative, l'homme eut un soubresaut, ses poumons se gonflèrent et se remplirent d'air. Il émit un grognement. La mort avait décidé de rebrousser chemin.

Malgré une immense lassitude et des céphalées qui lui vrillaient le cerveau, Nicolas était présent à l'hôpital. Philippe le Toulois était déjà mort quand les secours l'avaient sorti de la sacristie. Grangier avait été transporté à la chapelle dans un état de conscience altérée, et Nicolas avait donné ordre à un des deux infirmiers de rester à ses côtés pour le frictionner et lui parler en permanence. En aucun cas il ne devait s'endormir. Il lui avait fait boire des potions amères, à base de quinquina et de cannelle, jusqu'à le faire vomir, et avait pratiqué une saignée pour évacuer le sang contaminé, mais certaines zones de sa peau restaient tachées.

Germain était introuvable et le nombre de blessés en attente de soins allait grandissant. Nicolas opérait à l'aide du dernier assistant qui lui restait. Le second infirmier, s'occupant seul de l'ambulance volante, avait transporté sur son dos les soldats touchés, avant de trouver de l'aide dans un des régiments lorrains pour brancarder les cas les plus urgents. Certains des combattants mouraient avant même d'avoir pu être examinés par le chirurgien. Aux blessures par flèches succédèrent celles par balles puis par boulets. Les assaillants avaient fait tonner leurs canons, et certains de leurs projectiles avaient dépassé les murailles pour atterrir dans la citadelle, créant un mouvement de panique. La musique militaire des Turcs était plus forte et plus entêtante que jamais. La peur nimbait la pièce de son odeur reconnaissable. Il devait trouver une solution. Celle qui lui vint lui parut saugrenue.

Ribes de Jouan entra dans leur hôpital de campagne soutenu par deux soldats autrichiens. Nicolas crut d'abord qu'il avait été blessé avant de se rendre compte qu'il était soûl et avait du mal à marcher seul. Mais sa présence avait remonté le moral des hommes qui attendaient des soins. Germain remercia ses deux aides et rejoignit, titubant, la table d'opération.

— Aucun commentaire, lança-t-il à Nicolas, avant

de le fixer en fronçant les sourcils. Dis donc, tu as une sale tête, toi !

Sentant que le sol se dérobait sous ses jambes, il se rattrapa à la table voisine et découvrit Frederik Kuyrijsk, tenailles à la main, qui s'apprêtait à retirer une flèche de la jambe d'un soldat.

— Je lui ai demandé de venir m'aider, anticipa Nicolas. Maître Kuyrijsk a tout de suite accepté et nous lui en sommes très reconnaissants. Je n'aurais pas pu continuer longtemps seul.

Kuyrijsk le salua d'un geste ampoulé. Germain avisa une rangée de verres à cognac alignés à côté du Hollandais.

— Y aurait-il une réception prévue après l'assaut à laquelle vous auriez oublié de m'inviter ?

— Maître Kuyrijsk a réussi à se les procurer auprès du gouverneur. Nous les utilisons comme ventouses pour faire sourdre le venin provenant des flèches, répondit Nicolas avant de reprendre son opération.

Germain prit un des verres et le mira d'un air incrédule : son détournement d'utilisation le rendait perplexe. Il haussa les épaules et tapota la cuisse du blessé, qui grimaça.

— Toutes mes condoléances, mon brave... Remarquez, vous aurez droit à un embaumement de première !

Le Hollandais fit mine de ne pas avoir entendu la repartie qui lui était destinée.

— Votre retour est une bénédiction, nous ne serons pas trop de trois, dit-il avec sérieux. Il y a plusieurs amputations qui nous attendent, maître Ribes de Jouan. Si vous vous en sentez la force, je vous seconderai.

— Laissez-moi une demi-heure et je serai tout à fait

opérationnel, pour le plus grand bien de vos patients, commanda Germain, si toutefois ces tambours ne me font pas exploser le crâne avant ! On ne va tout de même pas se laisser dominer aussi par leur musique ? Babik ! Où est Babik ? Allez me le chercher !

Il s'approcha d'une table où était allongé un officier de la cavalerie dont le bras faisait avec l'avant-bras un angle improbable. L'homme gémissait dans un état de demi-conscience. Germain, en voulant s'asseoir près de lui, avisa une chaise, sur laquelle il s'affala. Elle bascula sur le côté, l'entraînant dans sa chute. À peine relevé, il grogna, vexé :

— J'ai dit une demi-heure, non ?

Le chirurgien tint parole. Moins de trente minutes plus tard, il affichait une mine sobre et une dextérité exemplaire au grand étonnement de tous, au premier rang desquels Kuyrijsk, qui voyait s'envoler ses velléités de pratiquer seul une ablation de membre. Babik était venu, puis reparti, avant de réapparaître en compagnie de ses deux sœurs et de deux cousins. Chacun avait apporté avec lui un instrument de musique. Il ajusta son violon et, au signal de Germain, le quintette s'était mis à jouer des airs de musique populaire hongroise. Le chirurgien avait levé les bras, paumes vers le ciel.

— Plus fort ! Je veux que votre musique envahisse cet endroit, qu'elle le remplisse, je veux qu'elle chasse leur fanfare, qu'ils nous entendent depuis leurs trous à rats ! Je veux que vous gagniez cette bataille !

Les Tsiganes, motivés par la mission que Germain leur confiait et heureux de pouvoir jouer sans contrainte dans un endroit où leur musique n'avait jamais été autorisée, redoublèrent de virtuosité et ravivèrent le moral des blessés.

Les douleurs et la faiblesse de Nicolas s'étaient dissipées, les maladresses de Kuyrijsk s'étaient faites plus rares et Germain avait sifflé d'un air joyeux jusqu'à la fin des hostilités. Le jour commençait à basculer vers d'autres contrées. À la furie des combats avait succédé un calme impressionnant, seulement ponctué des cris des corbeaux qui avaient repris possession du ciel. Dans les rues de la citadelle, des troupeaux en désordre ralentissaient les chariots des canonniers qui faisaient des navettes entre les murailles et l'Arsenal, afin de reconstituer les armes pour la prochaine escarmouche.

Le manteau de *betyar*, en peau épaisse, prêté par Germain, le recouvrait jusqu'aux mollets et lui tenait chaud. Marcher lui faisait le plus grand bien pour retrouver toutes ses sensations encore engourdies. Nicolas ressentait le besoin d'avaler l'air comme s'il s'était agi de l'eau d'un ruisseau après une journée de marche, il avait besoin de sentir son corps à nouveau. Contrairement à Grangier, qui s'était assoupi sitôt son repas avalé, il ne voulait pas dormir, il ne pouvait pas. Aucun n'avait voulu entrer dans la sacristie dans laquelle le poêle avait été éteint. L'endroit était encore rempli des empreintes du drame et le resterait à tout jamais.

Après avoir longtemps erré dans les rues de Peterwardein, il se réfugia à l'auberge de l'Arsenal au moment où la pluie crépitait de nouveau après une courte trêve de quelques heures. L'ambiance était festive et l'atmosphère enfumée. Il reconnut la voix de

Germain qui, à la table du fond, distribuait cartes et commentaires narquois sur ses partenaires de jeu.

— Tu es le premier pris, à toi d'arroser ! ordonna-t-il à son voisin de droite, qui semblait renâcler à honorer sa mise.

Nicolas sourit. Germain avait tenté à plusieurs reprises de l'initier au lansquenet, sans jamais parvenir au moindre résultat. Ce jeu, comme tous les jeux de cartes, représentait pour lui un ennui mortel dont il restait imperméable aux règles. Il s'était calé à une table en retrait, près de la cheminée à l'âtre béant dont les flammes lui prodiguaient une chaleur régulière et rassurante.

— Je peux m'asseoir ?

Le père Étienne se tenait debout devant lui. Nicolas ne l'avait pas vu entrer.

— Mon père, je ne vous imaginais pas dans un tel lieu, remarqua-t-il avant de l'inviter d'un signe de main à le rejoindre.

Le moine prit place et commanda un pichet de vin.

— Je voulais vous parler, maître Déruet.

— M'auriez-vous fait suivre par hasard ?

— Précaution inutile ! Je savais où vous trouver, répondit-il en servant les deux verres à moitié.

Nicolas but une gorgée et posa le sien. Il n'aimait pas la constante assurance de son interlocuteur et le doute qu'il faisait toujours planer sur ses intuitions, comme si elles pouvaient lui être soufflées par Dieu lui-même. Derrière eux, Germain venait encore de remporter une partie et un des joueurs quitta la table bruyamment.

— Qu'y puis-je, moi, si sa carte est multiple ? se justifia le chirurgien face aux autres joueurs. Il doit verser le montant du fond de jeu, c'est la règle. Quand on n'a pas les moyens, on reste un carabineur[1], c'est tout ! ajouta-t-il à l'adresse de l'homme qui, piqué au vif, revint sur ses pas pour en découdre avant de se raviser et de sortir.

Germain aperçut Nicolas et le prêtre mais fit mine de les ignorer.

— Rude journée pour vous, dit le père Étienne.

Nicolas répondit par un haussement de sourcils.

— Il est probable que, si les Turcs n'avaient pas fait donner de leurs tambours, jamais je ne me serais réveillé. Et, à l'heure actuelle, vous seriez en train de prier pour mon âme et son salut, conclut-il.

L'homme d'Église le jaugeait ; Nicolas n'aimait pas cette sensation inconfortable. Le jeune novice les avait sans doute dénoncés comme des sorciers ou des démons déguisés en hommes.

— Je ne suis qu'un chirurgien qui essaye de sauver des vies et pour cela je travaille sur les corps des morts. Rien de plus, ajouta-t-il.

— Ne vous inquiétez pas, il y a bien longtemps que l'Église n'excommunie plus ceux qui pratiquent des dissections. Même s'ils tiennent des propos d'hérétiques, insinua-t-il d'un air de reproche.

— Pourquoi vouliez-vous me voir ?

— Je voudrais vous présenter une personne qui aurait besoin de soins.

— Tout le monde, dans cette ville, a besoin de soins, moi y compris. Cela ne peut-il pas attendre demain ?

1. Joueur temporaire du lansquenet qui doit être invité par le banquier.

Nicolas était las. Il regarda les flammèches, qui dansaient sur les bûches incandescentes, comme des guerriers vainqueurs sur le corps de leurs ennemis, pendant que le prêtre lui expliquait ses hésitations à le mettre dans la confidence. La voix de l'homme lui parvenait dissociée de la mêlée du bruit de fond, menée par Germain, dont la réussite au jeu semblait avoir pris un coup de frein. Il se souvint d'une soirée pendant laquelle le chirurgien avait tenté de lui démontrer le caractère mathématique de la chance au lansquenet, dont la maîtrise ne pouvait, selon lui, que conduire à la victoire. Les propos du père Étienne se mêlèrent à cette pensée vagabonde. Nicolas remarqua que les braises avaient la même couleur que le crépuscule des étés lorrains, qui viraient de l'ambre au rose foncé. Il ne pouvait se concentrer sur les paroles de son interlocuteur, son esprit avait envie de s'échapper loin, très loin, de ce pays et de cette guerre qui absorbaient son temps et toute son énergie et qui avaient failli l'engloutir dans le noir comme des milliers d'autres.

Lorsqu'il put enfin détacher son regard de l'âtre, le prêtre venait de sortir et l'attendait dehors. Il n'aimait définitivement pas sa façon d'apparaître et de disparaître. Mais ses dernières paroles l'avaient sorti de sa léthargie. Le religieux lui avait soufflé à l'oreille : « Je vais vous révéler le secret de la forteresse. » Quelques mètres plus loin, Germain céda sa place de banquier à un autre coupeur.

42

Nicolas et le père Étienne regagnèrent l'abbaye en silence. Le froid avait figé les pensées du Lorrain. Il marchait plusieurs mètres derrière le religieux et fixait ses sandales qui allaient et venaient sous sa robe de bure. Une fois dans le monastère, le prêtre se rendit dans la salle capitulaire, alluma une torche et fit face à Nicolas.

— Vous rappelez-vous quand je vous ai dit que nous possédions plusieurs familles de robs tsiganes, achetées par le voïvode Basareb il y a quatre ans ?

— Oui, et je me suis parfois demandé où étaient ces autres familles. Je n'ai jamais vu que celle de Babik et d'Azlan, répondit Nicolas en s'asseyant sur le bord de la table du conseil.

Le prêtre eut un regard réprobateur. Nicolas se releva en comprenant que son geste avait choqué le religieux. La table était un objet symbolique sacré.

— Vous les avez revendues ? demanda-t-il en prenant soin de ne pas insister sur le dernier mot. C'est ça ?

— Il y avait deux autres familles, qui étaient arrivées bien avant celle que vous connaissez. C'était il y a cinq ans. Ils étaient à notre service pour les repas et tous les travaux domestiques, ainsi que pour l'entretien des bâtiments. Mais, rapidement, ils furent atteints d'un mal inconnu qui a commencé à les décimer. Nous avons alors pris la décision de les isoler du reste de la communauté. Mais les isoler ne suffisait pas. Nous avons dû les cacher.

— Les cacher de qui ?

Le prêtre ne répondit pas. Il empoigna le flambeau, quitta la pièce, emprunta les escaliers menant à la cave et ouvrit la porte massive qui en barrait l'entrée.

— Les galeries souterraines sont officiellement construites sur deux niveaux. Le frère Petrus en avait identifié un troisième lors de ses recherches, commenta le père Étienne tandis qu'ils empruntaient le couloir central de la taupinière humaine. Les architectes militaires, qui travaillent à l'agrandissement du réseau depuis deux ans, ne se sont jamais doutés de l'existence de ce niveau. Nous avons toujours réussi à le garder secret.

Ils tournèrent à gauche, s'engageant dans un couloir plus étroit qui les obligea à se voûter un peu et qui ne menait nulle part. Le passage se terminait par un mur au pied duquel un trou d'un mètre de diamètre, creusé au sol tel un puits sans margelle, était protégé par une grille aux barreaux fins. Le religieux la souleva sans effort et s'accroupit devant, avant de se retourner vers Nicolas.

— Il va falloir me faire confiance. Nous allons ramper dans ce boyau. Il descend rapidement sur une dizaine de mètres, puis se stabilise avant de remonter. Il nous emmène derrière ce mur.

— Combien de temps ? demanda Nicolas, que la perspective n'enchantait guère.

— Dix minutes pour une personne non habituée. Vous avancerez en vous aidant des jambes et des coudes. Vous serez dans la pénombre, suivez la lumière de la torche que j'emporte.

Tout en progressant, Nicolas eut une pensée pour

Anselme Gangloff, l'homme qui croupissait peut-être encore dans une oubliette de la prison de Nancy.

Le religieux l'aida à s'extirper en le hissant hors du boyau. Ils avaient débouché sur une galerie aussi grande que les autres mais dont la pente était plus importante et qui les amena rapidement au niveau du Danube, ce que l'humidité suintante des murs confirma.

— Il y a quatre ans, nous avons pu isoler dans ce lieu les quinze personnes que composaient les familles. Petrus l'a payé de sa vie. Il contracta la maladie et mourut deux mois plus tard.

— Quels sont les symptômes de ce mal ?

— Des fièvres importantes et subites. Des douleurs dans les muscles, ainsi que des saignements. Au début, ce ne sont que des plaies qui se forment sur la peau. Puis le sang s'échappe de tous les orifices. Comme si le diable avait décidé de vider les malheureux de leur humeur vitale.

— Combien de personnes ont été atteintes dans ces familles ?

— Nous sommes arrivés, maître Déruet.

Le couloir s'était évasé pour finir en une sorte de niche qui ressemblait aux cellules des prêtres dans l'abbaye. Une faible lumière provenait d'une source située dans un renfoncement sur leur gauche, où Nicolas devina un mouvement.

— Il est là, avertit le père Étienne.

— « Il » ? Voulez-vous dire que…

La silhouette de l'homme se découpa en ombre chinoise devant eux.

— Je vous présente Vedel, le seul survivant de tous nos robs.

Il braqua sa torche sur lui. Nicolas ne put s'empêcher de crier :

— Mon Dieu !

43

L'homme les avait filés dans la rue en laissant une distance conséquente s'installer entre eux. Il les avait suivis dans l'abbaye puis dans les galeries et les avait vus disparaître par le trou creusé dans le sol, où après une longue hésitation, il s'était glissé à son tour. Il s'était tapi dans l'ombre à quelques mètres d'eux, les avait vus repartir, avait attendu quelques instants et était rentré dans la cellule de Vedel.

De retour à l'abbaye, Nicolas s'était isolé dans la nouvelle chambre qui lui avait été attribuée, située au même étage que celles des moines. Plus que l'image de l'homme qu'il avait vu, au visage couvert d'hématomes et aux plaies sur tout le corps, la requête inattendue du père Étienne l'avait surpris. Il ne lui demandait pas de soigner le malheureux Tsigane, qui survivait dans cet état depuis plusieurs années, alors que tout le reste de sa famille avait été décimé. Au contraire, il l'avait supplié de mettre fin à ses jours.

Nicolas but un verre d'eau dans lequel il avait ajouté quelques gouttes d'un élixir à base de plantes dont la composition permettait de prévenir les infections les plus courantes. Mais celle-ci lui était totalement inconnue.

Lorsque, quatre ans auparavant, les premiers symptômes s'étaient déclarés dans les familles robs, le prêtre cistercien avait signalé les cas au gouverneur militaire de la garnison, qui avait donné l'ordre de les exécuter pour empêcher tout risque de contamination. Étienne et les moines de l'abbaye, après en avoir délibéré, avaient décidé de les cacher dans les galeries découvertes par le frère Petrus. Puis le gouverneur avait changé et l'affaire s'était éteinte d'elle-même. Von Capara, le nouveau général chargé de la citadelle, avait été mis au courant de leur existence quelques semaines auparavant, mais le père Étienne lui avait affirmé que tous les membres des familles tsiganes étaient décédés depuis longtemps. Le militaire ne s'en était pas satisfait et avait mis en doute sa parole d'homme d'Église. Selon ses informations, les robs vivaient cachés quelque part dans la citadelle. Il voulait en tirer profit contre les Turcs qui les assiégeaient.

Germain surprit Nicolas tout à ses pensées :

— Ça ne va pas ? Les moines t'ont obligé à prier avant le coucher ?

Il était assis sur le bord de sa paillasse, la tête entre les mains. La jovialité de son camarade le détendit un peu.

— Vous avez déjà fini de jouer ?

— Ma chance donnait des signes de faiblesse, j'ai préféré la ménager, répondit Germain en nettoyant sa pipe des brins de tabac calcinés.

— Je croyais que les mathématiques pouvaient supplanter l'art de deviner les cartes ? Vous m'aviez parlé de votre ami qui avait développé une théorie infaillible…

— Rémond de Montmort ? Si je l'avais écouté ce soir, je serais sans le sou à l'heure actuelle. Finalement, je préfère encore mon instinct, conclut-il en bourrant de tabac neuf le foyer. Et cet instinct me dit que quelque chose te tracasse. Pas vrai ?

Il tira la chaise et s'assit face à Nicolas. Le briquet à silex produisit une flamme orangée rectiligne.

— Alors ? Que se passe-t-il ?

Nicolas savait qu'il pouvait compter sur la discrétion du chirurgien. Il lui relata sa rencontre avec Vedel dans les souterrains et la demande du religieux. Germain avait du mal à tenir en place et mâchonnait sa pipe autant qu'il aspirait la fumée. À la fin du récit, il se leva.

— Pourquoi intéresse-t-il tant le gouverneur ? Les Turcs ne sont pas sots au point de l'accueillir dans leur camp comme un cadeau empoisonné !

— Je ne sais pas. Mais je ne veux pas lui ôter la vie pour quelque raison que ce soit.

— Nous sommes des chirurgiens, pas des assassins…, martela Germain en souvenir d'une de leurs conversations passées. Je te soutiens ! Quelle possibilité pour le malheureux de guérir ?

— Faible. Voilà quatre ans que son état est inchangé. Mais il est toujours vivant.

— À vivre comme un rat dans sa galerie ? Je connais sort plus enviable !

— Je pense pouvoir le soulager par certains onguents. Quand ce siège sera terminé, peut-être pourra-t-on convaincre le père Étienne de le libérer.

— Au risque de contaminer les autres comme une épidémie de peste ?

— On pourrait le laisser fuir quelque part dans la forêt.

— Et le gronder s'il ne respecte pas l'interdiction d'en sortir ? Je te trouve plein de candeur, Nicolas.

L'homme est un Tsigane, il n'en fera qu'à sa tête. Crois-tu pouvoir empêcher le vent d'aller là où il veut ?

Nicolas se massa le visage. Les cloches dans la chapelle sonnèrent deux heures.

— Je te laisse, nous en reparlerons demain, déclara Germain en lui tapant sur l'épaule.

Il fit tinter les pièces qu'il avait dans sa poche.

— Je vais compter mon trésor et relire les martingales de mon ami mathématicien. Quitte à mourir sous les coups de poignard des Ottomans, autant que ce soit en étant riche.

— Piètre consolation…

— Motivation supplémentaire pour s'en sortir ! rectifia Germain. Dors, maintenant. Les Turcs vont nous laisser une journée de répit avant de s'empaler à nouveau sur nos murailles. Je ne veux pas te voir à l'hôpital demain. Et c'est un ordre.

Nicolas obéit sans rechigner pour la première fois de sa vie. Il ne quitta pas sa chambre, laissant la vie s'écouler à sa porte. Ribes de Jouan avait vu juste : aucun assaut ne vint illustrer la dixième journée de siège. Azlan lui tint compagnie, ravi d'avoir son ami et professeur de français rien que pour lui. Depuis quatre mois que Nicolas lui enseignait la lecture, l'enfant avait fait des progrès spectaculaires, même si les seuls ouvrages à sa disposition étaient les livres de théologie des moines et les traités d'anatomie du chirurgien.

L'endroit ne comportait qu'une ouverture sur l'extérieur, une fenêtre de petite taille devant laquelle avait été disposée une table carrée, que Nicolas s'était empressé de recouvrir de livres comme d'une nappe. Le garçon s'était jeté sur l'ouvrage le plus épais, dont la reliure en cuir était lustrée par des mois de voyage dans les sacoches du chirurgien, avant de s'asseoir en tailleur sur le lit et de s'absorber dans une lecture à voix haute.

— *Gadjo*, quand j'aurai tout lu, je serai un grand guérisseur comme toi ? demanda-t-il en refermant le dictionnaire de l'abbé Chomel, qui contenait des pages d'agronomie et d'horticulture agrémentées de dessins, ses préférées.

— Quand tu auras lu tous ces livres, tu seras un grand lecteur, Azlan. Après viendra le temps de l'expérience. Rien ne remplace l'expérience. Elle est comme un livre sans fin.

— Je veux être guérisseur, pour ma famille, pour que eux jamais malades. Quand tu me donnes l'expérience ?

Nicolas s'était penché sur l'unique bougie laissée dans la pièce par les moines. Elle était emboîtée dans la branche centrale d'un candélabre de métal terne. Il l'avait allumée, rendant un peu de jour à la pièce que la pénombre avait recouverte comme une couche de poussière.

— Quel âge as-tu, Azlan ?

— *Tizenkét*. Douze ans. Moi, déjà un homme, un rom ! Alors, quand tu me donnes l'expérience ?

— Viens demain à la chapelle, tu seras mon assistant lors des visites des soins. Mais, à chaque assaut, tu quitteras l'hôpital. Pas question que tu assistes à une opération. D'accord ?

— Tope, monseigneur ! clama le garçon.

— Qui t'a appris à parler ainsi ? questionna Nicolas en fronçant les sourcils, faussement choqué.

— Maître Germain. Je sais jouer les cartes maintenant ! Et je peux l'aider.

— L'aider ?

— Avec les signes. Quand lui joue tarot !

Azlan posa ses doigts sur différents endroits de son visage. Chacun représentait une figure ou un atout important. L'enfant communiquait au chirurgien les cartes des jeux de ses adversaires.

— Lui gagne beaucoup ! Il me donne un peu, précisa-t-il. Alors je peux acheter liberté un jour !

— J'aurai plusieurs mots à lui dire… Azlan, il y a d'autres moyens de gagner votre liberté. Des moyens plus honnêtes.

— Je sais. Maître Germain a dit que toi parler ainsi.

— Ah oui ? s'étonna Nicolas, amusé, en se levant de la paillasse où tous deux étaient assis.

L'enfant fit de même.

— Oui. Il dit que toi pas comprendre et que son moyen est plus… mieux !

— Azlan, si tu arrêtes d'aider Germain à arnaquer d'autres joueurs, je te paierai pour m'assister à l'hôpital. Le même prix. C'est d'accord ?

L'enfant fit une moue dubitative.

— Quoi ? Qu'y a-t-il ?

Il n'eut pas le temps de répondre. Le père Étienne venait d'entrer dans la chambre sans s'annoncer, accompagné de deux autres moines. De son visage nu émanait une colère difficilement contenue. Il plongea ses mains dans les larges manches de sa robe pour cacher ses poings qu'il serrait si fort que la peau des articulations était devenue blanche.

— Vous avez osé ! Vous avez osé…, fulmina-t-il avant que les mots ne s'étouffent dans sa gorge.

— Mais de quoi parlez-vous ? Que se passe-t-il ?

Le religieux lança un regard à Azlan, qui sortit aussitôt.

— Quelqu'un a prévenu le gouverneur. Les soldats sont venus chercher Vedel dans sa cachette, expliqua l'un des deux autres moines.

— Ils le détiennent dans un endroit tenu secret et veulent l'utiliser pour je ne sais quelle folie, compléta le père Étienne. Pourquoi avez-vous fait cela ? Pourquoi ? Vous avez trahi notre hospitalité et bafoué nos principes au sein même de notre communauté, monsieur Déruet !

— Je n'y suis pour rien ! Vous avez ma parole, certifia Nicolas d'un ton que l'accablement rendait peu convaincant. D'ailleurs, je ne suis pas sorti d'ici depuis hier soir, cela n'a pas dû vous échapper, vu la façon dont vous nous surveillez !

— Vous étiez le seul à savoir, à part nous ! Il n'y a pas d'autre alternative : vous avez trahi cet homme. À moins que vous n'en ayez parlé à autrui.

Le Lorrain sentit un frisson glacé l'envelopper. Le prêtre perçut le doute qui venait de s'insinuer en lui.

— En avez-vous parlé ? répéta-t-il comme un ultimatum.

— Je suis le seul responsable de cette situation, affirma Nicolas.

— Alors que Dieu ait pitié de vous ! s'exclama le père Étienne avant de sortir.

En se retournant, le bas de sa tenue gifla le chandelier qui vacilla. La flamme de la bougie fut soufflée net. La pénombre reprit ses droits.

Germain tint à Nicolas le même discours qu'il avait

eu lui-même envers le religieux. Il jura n'en avoir parlé à personne, ce qui ébranla Nicolas : l'homme était peut-être fantasque, mais il le tenait pour une personne d'honneur. Le doute le tarauda toute la nuit, si bien qu'il ne réussit à trouver le sommeil qu'à l'approche de l'aube. Ce fut le moment que les assaillants choisirent pour mener un nouvel assaut sur la citadelle, le septième depuis le début du siège, le plus matinal de tous. Tout le personnel se retrouva dans la chapelle afin de se préparer à l'afflux de blessés dans une ambiance pesante. Germain et Nicolas s'évitèrent autant que possible, les infirmiers s'échangèrent des regards lourds de sous-entendus. Chacun était au courant et avait sa propre version des faits. Grangier, encore trop faible pour les aider, était toujours installé parmi les patients. Il apostropha Nicolas pour lui apporter son soutien, ainsi qu'à son cousin : il lui était évident qu'aucun des deux n'avait pu commettre un acte aussi lâche et insensé.

Ribes de Jouan se montra irascible en apprenant que son orchestre tsigane avait été réquisitionné par le colonel von Humboldt pour son hôpital. L'homme, qui en avait entendu dire le plus grand bien, avait ordonné qu'ils se présentent dorénavant à lui à chaque attaque ennemie. Les tambours avaient commencé leur mélopée monocorde et les Lorrains allaient devoir opérer dans l'ambiance imposée par la fanfare turque. Kuyrijsk était venu proposer ses services en exigeant une totale liberté dans ses choix de diagnostic. Germain avait accueilli sa demande en lui répondant qu'il pouvait couper et tailler à souhait toutes les peaux qu'il lui plairait, voire embaumer tous les patients vivants si l'envie lui prenait, ce qui mit le Hollandais de fort bonne humeur.

La tension était déjà vive lorsque les premiers blessés débarquèrent des murailles, les membres percés de flèches. Les chirurgiens pratiquèrent la scarification des plaies et posèrent des ventouses, techniques qui avaient permis de diminuer de trois quarts les empoisonnements dus aux projectiles lors des assauts précédents. Une vingtaine d'hommes furent ainsi soignés et alignés sur des paillasses au fond de la chapelle, dans l'attente de l'arrivée des suivants. Germain se laissa tomber sur une des chaises à bras de la salle capitulaire, qu'il avait empruntée sans rien demander aux moines et qu'il avait affublée du nom de « trône ». Il but, assoiffé, la moitié d'une bouteille de vin de Hongrie, avant de sombrer dans un accès de mélancolie silencieuse dont même Tatar, qui lui léchait le bout des doigts, ne put le tirer. Nicolas lava les instruments dans une grande bassine en bois avant d'en vider l'eau au pied des buis qui formaient les carrés du jardin central de l'abbaye et de la remplir à la fontaine près de laquelle Azlan était posté.

— Je peux aider, *gadjo* ? demanda l'enfant en venant à sa rencontre.

— Plus tard, quand la bataille sera finie, j'aurai besoin de mon assistant préféré, répondit-il en lui ébouriffant les cheveux.

Le regard que l'enfant porta sur lui parut étrange. *Je devrais lui parler*, songea Nicolas.

— Je sais que *gadjo* pas trahi, assura le garçon en devançant sa question.

Le chirurgien posa le seau et s'accroupit à la hauteur d'Azlan, qui insista :

— Je sais, j'ai vu. Je l'ai vu.

— Qui as-tu vu ?

— Le guérisseur. Il suivait *gadjo* et le père quand vous descendre le soir. J'avais livres que moi pris au père. J'avais peur de punition et je m'ai caché sous la table. Mais j'ai vu lui. Le guérisseur.

Une clameur retentit dans l'hôpital : la musique de la *mehterhane* s'était tue. L'assaut était fini.

44

Le gouverneur écarta les rideaux et ouvrit la porte-fenêtre qui donnait sur un large balcon. Son bureau était situé au second étage du plus beau bâtiment de la citadelle et jouissait d'une vue sur la ville et ses extensions. Il tendit le bras en arrière, le temps pour son aide de camp de lui donner son chapeau. Il le mit avant de sortir braver la pluie dense et froide qui se déversait en continu sur la forteresse depuis des jours. Le gouverneur leva la tête et observa le ciel, protégé par son couvre-chef. Aucun nuage n'était visible, l'ensemble formant une plaque grise uniforme. Les premières inondations étaient apparues dans la ville basse le matin même, et les rapports de ses experts étaient alarmistes : les troupeaux qui s'y trouvaient devraient être rapatriés sur les hauteurs de la cité d'ici à trois jours si les prévisions se confirmaient. Puis ce serait le tour des régiments polonais qui avaient élu domicile dans ces quartiers de Peterwardein.

— Il y a quand même un point positif, mon général,

annonça son assistant, qui tenait le parchemin déroulé entre les mains.

— Lequel, Lavaulx ?

— Nous avons des stocks d'eau pour plusieurs semaines.

Le général se retourna afin de vérifier que son aide de camp n'avait pas voulu faire un trait d'esprit, ce qui l'aurait surpris autant qu'une soudaine éclaircie dans le ciel de Hongrie. Le regard de Lavaulx lui confirma le sérieux de son affirmation.

— Me voilà rassuré, lâcha le gouverneur en regagnant son bureau. Nous savons de quoi nous ne mourrons pas. Des nouvelles de nos renforts ?

— Non, mon général, pas depuis leur dernier message.

Les troupes de la coalition avaient eu fort à faire avec plusieurs colonnes ottomanes et étaient bloquées à plus de deux cents kilomètres de Peterwardein. La marine autrichienne avait toutefois réussi à s'emparer de deux grands caïques bourrés de matériel de guerre destiné aux troupes de Surmeli Ali Pacha. La situation était partie pour durer un moment.

— Nous voilà donc obligés de nous en sortir seuls. Nous allons exécuter le plan prévu : nous sommes lundi, la délégation se rendra samedi au camp des Turcs pour lui remettre un message de ma part. Où en est-on avec le Tsigane ?

— Il est à l'isolement selon votre consigne. Votre chirurgien lui a appliqué des onguents pour rendre sa face présentable. Nous lui fournirons un uniforme de la garde impériale. Il sera prêt pour demain.

— N'oubliez pas que c'est lui qui remettra en main

propre la lettre au chef d'état-major du sultan et qui restera chez eux en garantie de notre bonne foi.

— Ne vous inquiétez pas, mon général, les Turcs n'y verront que du feu.

Le gouverneur était persuadé que le malade ne contaminerait personne, mais que leurs ennemis prendraient l'avertissement au sérieux et hésiteraient à investir la citadelle.

— Dès votre retour, vous serez isolés quelques jours afin de nous assurer que vous n'êtes pas atteint de ce mal, ajouta-t-il. Nos médecins m'ont garanti que vous ne risquez rien tant qu'il n'y aura pas de contact.

— Je préviendrai les autres membres au dernier moment. Interdiction de le toucher, répéta Lavaulx, gonflé de l'importance de sa mission.

— Bien, bien, dit le gouverneur en tapotant machinalement le bois de son bureau.

— Une dernière chose, mon général : maître Kuyrijsk est là qui voudrait vous parler.

Le tic cessa soudain.

— Que veut-il encore ? Faites entrer, ordonna-t-il à contrecœur.

Le chapeau de Frederik Kuyrijsk fouetta l'air de moulinets approximatifs avant de revenir sur sa tête.

— Mon cher maître, affirma le général venu à sa rencontre, l'aide que vous nous avez apportée sera bientôt décisive dans l'issue de cette bataille !

— C'est mon vœu le plus cher, c'est bien la raison pour laquelle je vous ai livré la cache de ce rob, justifia le Hollandais qui avait revêtu son pourpoint aux fines broderies dorées. Au péril de ma vie, mais je savais que vous en feriez bon usage.

— Que puis-je faire pour vous être agréable, maître ? demanda le militaire en l'entraînant dans le couloir.

L'aversion qu'il éprouvait pour son interlocuteur était encore plus grande depuis qu'il s'était présenté à lui pour monnayer cette information. *Il n'y a pire croisement que celui de la sottise et de la vénalité*, songea-t-il en le regardant lui sourire. *Même ses courbettes ne sont que flatteries !* Kuyrijsk était à ses yeux plus dangereux que le pauvre Tsigane.

— Vous savez le retard que cette situation fait courir à mon voyage et quelles contrées dangereuses il me faut encore traverser. Je me demandais si vous ne pouviez pas m'accorder une escorte afin d'arriver au mieux à la cour du tsar. Une petite escorte. Eu égard aux services que je vous ai rendus…

— Je vous promets d'y réfléchir, nous verrons. Mais en attendant, il y a une autre urgence à régler, comme vous le savez.

Kuyrijsk comprit que l'entretien était terminé et fit tournoyer son chapeau.

Au moment de descendre le grand escalier de marbre, il croisa le comte de Rabutin accompagné de ses deux chirurgiens. Nicolas l'ignora. Germain pointa vers lui un doigt qui le fit reculer.

— Vous ne faites plus partie du personnel soignant !

Leur intervention auprès du gouverneur n'eut aucun effet. Von Capara refusa d'admettre être lié à la disparition du Tsigane et manifesta sa colère contre le père Étienne, qui lui avait menti. Rabutin était inquiet pour ses troupes d'une possible épidémie à laquelle ses chirurgiens ne pourraient pas faire face. Nicolas plaida la cause du prêtre, ce à quoi le militaire parut sensible afin de mettre fin à l'entretien. De retour à l'abbaye, les deux hommes eurent à faire face à une infiltration d'eau provenant du plafond de l'église et durent condamner près d'un quart de la surface occupée par les blessés qui s'entassèrent dans l'espace restant. La pluie avait réussi à s'insinuer entre les tuiles déplacées par un boulet qui avait fini sa course sur les toits de Peterwardein.

— La situation se complique, annonça Germain, laconique. Au prochain assaut, nous serons à l'étroit.

— Il reste la salle capitulaire, proposa Nicolas.

— Je te laisse la négocier avec notre hôte. Tout cela commence sérieusement à me fatiguer !

Ribes de Jouan s'assit sur son « trône » et posa les bras sur les accoudoirs en une posture royale.

— Je te pardonne de m'avoir soupçonné, mon assistant, reprit-il d'un ton plein de préciosité. Les gaz qui t'ont asphyxié t'ont sans doute ramolli l'esprit. Tu es absous !

— Votre Majesté est trop bonne, mais Votre Grandeur avait aussi quelques doutes à mon encontre.

— Moi ? Laisse-moi réfléchir…

Germain plissa le front et fit semblant de fouiller dans sa mémoire.

— Tu as raison… Oui ! Je t'en ai cru capable pour quitter cet endroit coûte que coûte et rejoindre tes proches. Mais je reconnais que j'avais tort.

Nicolas resta silencieux à la pensée de Jeanne.

— J'avais tort, n'est-ce pas ? insista Germain.

Leurs regards se jaugèrent.

— Une collation pour les meilleurs chirurgiens de

la coalition ? proposa Grangier, qu'ils n'avaient pas entendu arriver.

— Hé, cousin, tu as l'air d'aller mieux ! remarqua Germain avant de le débarrasser des cantines et de la bouteille qu'il portait à pleines mains. Tu manges avec nous ?

Les trois hommes déjeunèrent d'un bouillon et d'un morceau de viande séchée avant d'être interrompus par l'arrivée d'une ambulance transportant les premiers blessés de la journée, des grenadiers dont le canon défectueux avait explosé sur place, ce qui avait provoqué un début de panique sur les remparts. La *mehterhane* s'était mise en route et les Turcs avaient réussi à poser des échelles et à grimper jusqu'aux premiers créneaux avant d'être repoussés. La marée était de plus en plus haute.

45

Le gouverneur prit sa décision le samedi matin, alors que les pluies diluviennes avaient encore réduit leur périmètre de vie. Certaines bêtes avaient péri noyées, faute d'avoir pu être évacuées de la ville basse. Il fit hisser un drapeau blanc afin de montrer son intention de parlementer et chargea Lavaulx de préparer le groupe qui irait remettre la lettre au Grand Vizir. Son aide de camp lui confirma que celle-ci avait été écrite avec le sang du Tsigane et que l'homme la portait sur lui depuis la veille.

Les quatre cavaliers attendaient sur leurs montures devant le pont-levis du bastion Hornwerk. Lavaulx s'était porté à la hauteur de Vedel afin de le rassurer et de le surveiller. La garde maintenait la foule à une distance respectable, mais la tension qui régnait rendait les chevaux nerveux. L'ordre d'ouvrir la porte se faisait attendre. Il jeta un regard au rob à qui la liberté avait été promise en cas de succès de sa mission. Les stigmates sur son visage ressemblaient à des cicatrices de guerre. L'homme avait belle allure dans son uniforme d'officier. *Le malheureux, s'il savait ce que contient la lettre*, songea-t-il. *L'injonction du gouverneur faite au Grand Vizir de se retirer sans délai... Après une telle provocation, il n'a aucune chance de s'en sortir vivant. Les Turcs vont le massacrer en représailles.* Lavaulx souffla pour se donner du courage. Dans quelques minutes il serait rentré à la citadelle et pourrait envisager sa promotion à la tête d'un régiment d'infanterie. Il ne vit pas, au premier rang de l'attroupement, la robe de bure du père Étienne, qui se fondit dans la masse avant de disparaître. Le prêtre courut aussi vite qu'il put jusqu'à la chapelle où il trouva Germain et Nicolas affairés à poser une attelle sur un coude fracturé.

— Ainsi, ils veulent l'envoyer contaminer les Turcs ? Ils sont fous ! vitupéra Germain après que le religieux leur eut relaté la scène dont il avait été témoin.

— Il faut les en empêcher ! ajouta Nicolas en s'essuyant les mains.

— C'est trop tard, ils attendent l'ordre pour sortir du bastion Hornwerk. Que Dieu leur pardonne ! conclut le prêtre en se signant.

— Il y a encore une petite chance, si nous pouvons faire diversion. Allez chercher Babik, on se retrouve à l'entrée de la galerie.

Moins de trois minutes plus tard, les deux chirurgiens,

accompagnés du Tsigane, entamaient la descente dans les souterrains.

— Germain, nous allons là où vous nous avez trouvés la dernière fois.

— Je me souviens par cœur du trajet, j'avais tellement peur de me tromper qu'il est inscrit dans ma tête ! répondit le chirurgien en accélérant l'allure.

— Très bien. Quand ils ouvriront le pont, Babik interpellera Vedel. Ils passeront à environ vingt mètres de nous. Tu n'auras pas beaucoup de temps, il te faudra le convaincre de ne pas y aller. Compris ?

Le Tsigane acquiesça.

— S'il y a une épidémie, elle touchera tout le monde, et les familles robs seront atteintes comme les autres, comme la sienne il y a quatre ans. Tu lui diras bien tout cela ? Tout le monde va mourir, pas seulement les ennemis !

— Oui, répondit Babik.

Ses yeux noirs reflétaient la lueur du flambeau qu'il tenait à la main. Son regard était chargé d'une volonté indéfectible.

Arrivé à mi-parcours, Ribes de Jouan s'arrêta et se tourna vers ses compagnons.

— Il y a un problème, messieurs.

— On est perdus ?

Germain fit signe que non. Il tapa du pied, provoquant un bruit de clapotis.

— La galerie est inondée, ajouta-t-il en portant sa torche vers l'avant.

La lumière ne leur permettait de voir qu'à une dizaine de mètres devant eux.

— On continue ? demanda Germain.

Sans attendre de réponse, Babik prit les devants d'une démarche assurée.

— Alors, on continue, conclut-il.

Le bruit de leurs pas fut rapidement étouffé : le niveau de l'eau avait monté jusqu'à mi-cuisse, ralentissant leur progression. Ils parcoururent une galerie longue de cent mètres, sans dénivellation supplémentaire, avant de tourner sur leur gauche, où la pente reprenait.

— Brrr... elle est froide ! constata Germain lorsque l'eau lui arriva à la ceinture.

— C'est encore loin ?

— Plus que deux couloirs et on est arrivés au bastion, répondit-il en écartant une masse sombre d'un revers de main.

— Qu'est-ce que c'était ? demanda Nicolas, dont les mâchoires tremblaient sans qu'il arrive à les contrôler.

— Des rats crevés. Il y en a plein ici. Manifestement, ceux-ci ne nageaient pas assez bien.

Le Tsigane déglutit.

— Tu n'as quand même pas peur des rats ? lui demanda Germain.

— Non. Babik pas nager. Pas nager...

Cinq minutes plus tard, ils arrivèrent à l'intersection de la dernière galerie. L'eau leur caressait les épaules. Le Tsigane, de plus petite taille, fut obligé de marcher sur la pointe des pieds.

— Nous y sommes ! s'exclama Germain, triomphant. La meurtrière est là, sur la droite !

À peine eurent-ils tourné qu'ils durent se rendre à l'évidence : le niveau avait encore monté de dix centimètres. Babik paniqua au moment où le liquide atteignit son menton. Il recula, affolé, à l'angle des deux galeries, pour retrouver ses appuis et reprendre son souffle.

— On y était presque ! ragea Nicolas. S'il n'est pas devant l'ouverture, ils ne l'entendront pas. Je pourrais peut-être le porter sur mon dos. Babik ?

La crainte se lut dans le regard du Tsigane.

— J'ai une idée ! dit Germain avant de prendre une grande inspiration et de disparaître sous l'eau.

Il ressortit dans une gerbe et poussa un rugissement :

— Elles sont toujours là ! Les pierres ! Il y en a plein dans l'allée, elle est en construction !

Au bout de quatre plongées, il en avait empilé suffisamment pour confectionner un promontoire d'un demi-mètre de haut au niveau de la meurtrière. Les deux chirurgiens portèrent précautionneusement Babik, qui les tenait par les épaules, jusqu'à la plate-forme. Il s'agrippa à l'étroite fenêtre, dont la moitié était sous le niveau de l'eau.

— Le pont-levis ? demanda Germain en se tortillant pour tenter de voir à l'extérieur.

Babik lui indiqua d'un signe qu'il était relevé.

— On est arrivés à temps ! On va réussir ! claironna-t-il avant de tendre sa torche à Nicolas.

Il fouilla dans la poche de sa veste et en sortit une flasque de marc.

— Intacte ! Je nous la réserve pour le retour, mes amis. Elle nous tiendra chaud !

— Je me demande ce qui se passe en haut, dit Nicolas. On ne pourra pas tenir bien longtemps ici.

Le vent qui soufflait dans le couloir fit vaciller les flammes des deux torches.

— Les deux tiers des hommes présents dans cette garnison sont sous mes ordres, monsieur le gouverneur ! Vous ne pouvez pas agir ainsi sans m'en avoir référé !

Le général de Rabutin était hors de lui. Lorsqu'il avait appris l'intention de von Capara de semer la panique dans le camp ennemi à l'aide d'un homme malade, il s'était rué au quartier général. Le bastion Hornwerk étant sous le contrôle de ses soldats, il l'avait fait bloquer. L'action était purement symbolique, sa situation militaire ne pouvait l'empêcher de s'opposer longtemps au chef de la place. Von Capara avait laissé passer l'orage sans se départir de son calme et lui avait exposé les raisons d'un plan qu'il jugeait audacieux, mais inévitable.

— Mon cher Rabutin, il est grand temps maintenant de reprendre raison, dit-il en lui tendant un verre en cristal rempli de vin. Il nous faut retourner la situation à notre avantage.

Le général le refusa d'un geste brusque qui projeta du vin sur la chemise du gouverneur.

— Les troupes adverses sont aussi épuisées que les nôtres, nous les aurons à l'usure, assura Rabutin. Mais, de grâce, évitez-nous le risque d'une épidémie, j'en ai suffisamment vécu par le passé !

Von Capara s'essuya délicatement tout en se promettant de lui faire payer cher un tel débordement. Il attendait le retour du colonel qu'il avait envoyé négocier directement avec le capitaine du bastion. C'était juste une question de temps, il n'était pas pressé.

Germain agita la flasque et la retourna au-dessus de sa bouche grande ouverte pour s'assurer qu'il n'en restait plus une goutte.

— Voilà qui va nous raviver un peu, déclara-t-il, sans conviction, après l'avoir jetée au loin.

Ils se relayaient pour tenir les torches. Les flammes, en réchauffant leurs visages, leur apportaient un peu de réconfort.

— On peut rester ainsi encore une dizaine de minutes, puis il nous faudra rebrousser chemin, sinon je crains que le froid ne nous engourdisse définitivement, décida Nicolas.

Un long grincement fit écho à sa proposition.

— Ça y est, ils l'ouvrent ! commenta Germain qui tenait les deux flambeaux.

La descente du pont provoqua une vague qui se propagea jusqu'à eux. Le chirurgien leva les bras au maximum pour épargner les flammes. Il tendit une des deux torches à Nicolas, qui s'était rapproché de Babik.

— Divisons les risques ! Alors, vous voyez quelque chose ?

Les quatre cavaliers apparurent sur le pont et s'arrêtèrent en son milieu. Ils ne purent reconnaître Vedel. Deux hommes, la main sur le pommeau de leur épée, se placèrent face à eux. La situation semblait confuse.

— À toi ! exhorta Nicolas en tapant sur l'épaule du Tsigane.

Babik cria autant qu'il put. Il appela Vedel, qui tourna la tête dans sa direction sans pouvoir le localiser. Babik parla sans s'arrêter. Il lui expliqua le piège dans lequel il se trouvait et le risque d'une contamination de la population aux alentours.

Tout le monde était nerveux sur le pont. Les gardes recevaient des ordres de leur capitaine et des contre-ordres du représentant du gouverneur. Et cet homme qui parlait à l'un des cavaliers dans une langue inconnue, cette voix qui semblait sortir de la terre, puissante, intimidante, rendait leur situation encore plus angoissante. Les chevaux tiraient sur leur mors, renâclaient, tapaient des sabots sur les lattes du pont.

Lorsque Vedel répondit, tout le monde se figea. Sa voix était un hurlement de douleur.

— Que dit-il ? demanda Germain en serrant l'épaule du Tsigane.

— Lui sait. Lui veut mourir.

— Non, pas comme cela, pas sans s'être battu ! s'insurgea Nicolas.

Babik traduisit. Sur le pont, les gardes avaient sorti leurs armes. Lavaulx hurlait de les laisser passer au nom du gouverneur. Vedel eut un mouvement de recul. L'aide de camp se saisit de la bride pour l'empêcher de faire demi-tour. Babik cria de nouveau la même phrase, plusieurs fois de suite, jusqu'à se casser la voix, épuisé. Le pont s'enfonça soudainement de quelques centimètres dans l'herbe boueuse et inondée. Les chevaux hennirent, Lavaulx dut reprendre ses rênes à deux mains, et Vedel en profita pour faire demi-tour.

— Il rentre, il rentre ! s'écria Germain en écrasant l'épaule de Babik.

Les autres cavaliers hésitèrent un instant et finirent par le suivre. Le grincement reprit : les deux flèches de bois tiraient sur les chaînes, embarquant le tablier dans sa lente remontée. Le mouvement provoqua une nouvelle vague qui déborda des douves et surprit les trois hommes en train de se congratuler. Babik eut un geste d'affolement et glissa de son promontoire, entraînant Nicolas dans sa chute. Les deux hommes disparurent dans l'eau rendue turbide par la boue qu'elle charriait. Germain, surpris, attendit quelques secondes avant de les appeler. Il pouvait voir les remous provoqués par les deux corps qui semblaient se battre et comprit que Babik, en se noyant, s'accrochait à Nicolas. Germain plongea la main gauche tout en tendant le bras droit au maximum afin d'épargner leur dernière source de lumière. Il agrippa une manche, mais ne fit que déchirer le tissu et comprit qu'il n'arriverait à rien d'une seule main. Les secondes s'écoulaient, Nicolas n'avait toujours pas reparu, les deux hommes étaient au corps à corps au fond de l'eau. La panique de Babik avait décuplé ses forces. Germain fit une nouvelle tentative infructueuse, aspira une grande bouffée d'air, jeta le flambeau et plongea.

La pénombre s'abattit presque instantanément. La seule lumière provenait du jour qui s'insinuait par la meurtrière. Germain progressa au juger. Babik avait ceinturé Nicolas dont les bras étaient coincés le long du corps. L'épuisement des deux protagonistes permit à Germain de les séparer. Il aida Nicolas à remonter à la surface, puis retourna chercher le Tsigane, qu'il déposa sur le promontoire. Les trois hommes reprirent leur souffle en silence, exhalant une buée éphémère. Babik toussa et cracha le liquide qui avait commencé à infiltrer ses poumons. Il eut un regard désolé vers Nicolas.

— Tout va bien, dit-il en lui tendant la main. Tout va bien.

Germain renifla.

— Je vous signale quand même que nous n'avons plus de lumière. Il va donc nous falloir compter sur ma mémoire infaillible.

— Ce qui signifie… ?

— Que, dans dix minutes, vous me remercierez de

vous avoir sauvé deux fois la vie ce soir ! Maintenant, suivez-moi de près, Babik entre nous, et gardez toujours le contact avec le mur.

Le chemin du retour leur parut rapide. En moins de cinq minutes, ils abordèrent une galerie où l'eau ne leur arrivait plus qu'aux genoux. Ils étaient épuisés, leurs lèvres avaient viré au violet, leurs muscles, tétanisés par le froid, étaient parcourus de tremblements irrépressibles. Mais ils se savaient sauvés. Ils firent une halte avant de grimper l'escalier qui allait les projeter dans l'abbaye. Ils se devinaient plus qu'ils ne se voyaient, mais leurs regards ne se quittaient pas. L'image de l'homme au masque de fer revint à Nicolas. Sans lui, ils n'auraient pas pu renverser la situation.

— Babik, qu'as-tu dit pour le convaincre ? demanda-t-il. Qu'as-tu dit à Vedel ?

— *Cred pentru copii*. Pense à tes enfants, répondit le Tsigane. Pense à nos enfants…, murmura-t-il avant de sourire à l'idée de retrouver Azlan.

46

Trois jours plus tard, le mercredi 29 septembre, la crue du Danube provoqua l'inondation de toutes les tranchées turques. Le soir même, les janissaires de Surmeli Ali Pacha avaient définitivement levé le camp. Le fleuve avait gagné sur les terres et la citadelle ressemblait à un îlot entouré de marais. Les pluies diluviennes durèrent encore une semaine et prirent fin subitement, laissant place à des nuages en lambeaux, puis à un large soleil qui fut salué comme s'il avait été le Grand Électeur de Saxe lui-même.

Malgré le retrait des troupes ennemies, le nombre de blessés et de malades ne diminuait pas, en raison des maladies véhiculées par l'eau et les rats qui avaient envahi la ville haute. Les deux chirurgiens se relayèrent jour et nuit jusqu'à ce que la situation se normalise.

Deux semaines s'étaient écoulées, le paysage avait repris sa figure habituelle et la nature avait absorbé le déluge, lorsque les premiers renforts arrivèrent et avec eux des messagers revenus des provinces d'origine des soldats, porteurs de nouvelles de leurs familles.

— Pas de lettre pour toi, annonça Germain à Nicolas, mais j'ai mieux, bien mieux !

Il lui montra le soldat assis à la table du réfectoire, en train de déchiqueter de la viande à pleines dents.

— Charles était à Nancy le mois dernier. Je lui ai demandé de passer chez ton ami maître Delvaux. Il a des nouvelles de tes proches. Charles ?

L'homme avala sa bouchée, s'essuya la main dans sa manche et acquiesça.

— Oui, je les ai vus.

— Comment vont-ils ? demanda Nicolas en le brusquant. Alors ?

— La patronne va mieux.

— Comment ça, mieux ? Elle parle ?

— Oui, elle parle...

— Elle marche ?

— Oui, aussi, elle marche.

— Mais elle marche comment ?

— Comme quelqu'un qui avance, répondit l'homme qui n'avait pas l'air de comprendre l'insistance de Nicolas. Elle est venue vers moi et m'a dit que vous ne deviez pas vous inquiéter. Je ne suis pas médecin, mais je peux vous dire que cette dame, elle n'avait plus l'air malade.

— Et Marianne Pajot ?

— La matrone ? Elle était partie pour une naissance. Mais maître Delvaux m'a dit qu'elle vous attendait, que vous deviez faire attention à vous et qu'il s'occupait du reste.

Nicolas serra l'homme, surpris, dans ses bras.

— Merci, mon ami, merci.

Il n'avait pas envie de le lâcher, celui qui avait vu Marianne, qui lui avait annoncé la guérison de la patronne. Il le serra encore, longuement, lui posant des questions et l'étreignant à chaque réponse, l'étouffant presque, si bien que Germain dut mettre fin à l'entrevue.

— Il va se reposer avant de rejoindre son régiment, dit-il après une dernière accolade de Nicolas.

Il le raccompagna et revint à la cuisine, un grand sourire aux lèvres.

— Tu vois, je t'avais dit qu'il ne fallait pas t'inquiéter. Ils vont bien. Une navette partira le mois prochain, tu pourras lui laisser tes lettres.

— Quand pourrai-je y retourner ?

— Je suis désolé, mais, pour l'instant, je ne peux pas te laisser rentrer. Cela m'est impossible, crois-moi. Nous ne sommes que deux. Tu es devenu indispensable, c'est ainsi, il faudra t'y faire.

Germain rompit un grand pain et en trempa une tranche dans un bol de bouillon.

— Je sais quelle est ton intention, mon ami, ajouta-t-il après s'être essuyé le menton où cheminaient des gouttes de soupe. Je ne t'en blâme pas, mais, si tu pars, sache que chaque soldat qui mourra faute d'avoir pu être opéré à temps sera mort par ta faute.

Il s'approcha de Nicolas, le pain dans une main, le bol dans l'autre.

— Et je donnerai l'adresse de maître Delvaux à toutes les familles qui auront perdu un des leurs à cause de toi, afin qu'ils te retrouvent.

Il mordit à nouveau dans sa pitance et remit le bol à Nicolas.

— Ce serait folie de regagner la Lorraine en cette période et sans escorte. Je suis en train de te sauver la vie, conclut-il. Tu viens avec moi à l'autopsie de Vedel ?

Le Tsigane, dès son retour à l'intérieur de la forteresse, avait été emprisonné et mis à l'isolement. Son procès, mené par les autorités militaires aux ordres du gouverneur, avait été expéditif et, sous l'inculpation de tentative de désertion, le verdict avait été sans appel : Vedel avait été condamné à mort. Quatre jours avant son exécution, il avait été pris d'une crise de fièvre hémorragique plus forte que les précédentes, qui l'avait emporté en quarante-huit heures.

— Finalement, sa mort arrange tout le monde, jugea Nicolas en posant le bol sur la table.

— Lui le premier. Tu viens ? On en apprendra plus sur son mal, proposa Ribes de Jouan en franchissant le seuil.

Ils sortirent de l'abbaye, longèrent la caserne des cuirassiers, laissèrent le mess des officiers sur leur droite et s'arrêtèrent à la pointe du bastion nord, sous la tour carrée qui accueillait une immense horloge surmontée d'un clocher, un des seuls vestiges de la période d'occupation ottomane. L'endroit offrait une vue unique sur la vallée environnante, et les deux hommes aimaient à s'y rendre fréquemment.

— Dans combien de temps va-t-on quitter cette forteresse ? demanda Nicolas tout en admirant le paysage qui avait repris son visage initial.

— Je ne suis pas le général de Rabutin, mais je me suis laissé dire qu'on lèverait le camp avant le mois de décembre. Cela nous fera du bien à tous de quitter ce bourbier pour rejoindre notre duc.

— Le duc… Nous le verrons ?

Germain éclata de rire.

— Je devine tes intentions, mais si tu crois obtenir de lui une grâce au motif que tu veux rejoindre ta bien-aimée, tu peux l'oublier tout de suite !

— Je peux présenter mon affaire d'une manière autrement plus favorable, répliqua Nicolas, vexé.

— À ta guise d'essayer. Notre duc est un homme droit et généreux. Mais la seule chose qui te ramènera dans tes foyers est un traité de paix. Et nos princes sont plus avares en traités qu'en batailles !

Tatar, qui les accompagnait, tentait d'attraper les mouches d'un coup de gueule. Ses dents claquaient invariablement dans le vide, ce qui finit par l'agacer. Il aboya d'impuissance et revint se caler entre les deux hommes.

— Je vais utiliser ma solde pour acheter la liberté de Babik et de sa famille, annonça Nicolas après un moment passé à regarder la bête dans sa chasse infructueuse.

— Cette décision t'honore, mais, sans vouloir t'offenser, il te faudra plus de six mois de campagne pour les affranchir de ce joug. Sais-tu comment s'appelle cette région du royaume de Hongrie ? demanda-t-il en désignant la plaine à leurs pieds.

— Je n'ai aucune idée de la géographie de l'endroit où nous nous trouvons. Mon guide m'a toujours bien caché les cartes qu'il possédait. Je sais juste qu'en partant droit à l'ouest, dans un mois, je serai à Nancy.

— Nous sommes en Esclavonie. D'ici à Warasdin en passant par Walpo, Possega et Rifia, toutes ces terres appartiennent à l'Esclavonie. Et elles ne sont pas seulement fertiles en matières agricoles, crois-moi. Le commerce des esclaves dure ici depuis l'Antiquité. Et ni toi ni moi n'y pourrons jamais rien.

Il sortit un scalpel de sa poche sous le regard étonné de Nicolas.

— Je l'ai toujours sur moi, pour curer ma pipe, avoua-t-il comme pour s'excuser. Et éventuellement ouvrir quelques peaux. Sais-tu ce qu'en raconte cet homme d'Église et de lettres que l'on appelle Fénelon ?

— Je ne le connais pas.

— Je t'avouerais que moi non plus. Mais le père Étienne l'a rencontré. Quel curieux homme que ce moine, il y a tant de contradictions en lui… comme en nous tous, finalement ! ajouta-t-il tout en grattant la pierre de la tour avec la pointe de son instrument.

— Qu'a donc dit ce Fénelon à notre hôte ?

Germain souffla sur le mur.

— Voilà, je l'ai inscrit. Ce sera ma contribution à l'éternité.

Nicolas se pencha pour lire la phrase gravée.

— *Dieu fit la liberté, l'homme a fait l'esclavage…*, murmura-t-il. Il n'y a pas de fatalité, un jour l'Esclavonie changera de nom. Je reviendrai ici quand j'aurai réuni la somme.

— Noble cause. Perdue d'avance, mais je t'aiderai. Je pourrais t'enseigner quelques martingales et subterfuges.

— Azlan m'a parlé de tes combines.

— Ce ne sont que des méthodes pour rendre justice, se défendit Germain. Lui aussi veut sortir sa famille de cette situation. Et tout est bon à prendre. Surtout l'argent des soldats. Que veux-tu qu'ils en fassent, à part le perdre au jeu ? C'est la guerre.

Nicolas resta silencieux.

— Tu verras, tu finiras par aimer cette vie, conclut Germain.

La grande aiguille de l'horloge vint rejoindre la petite, leurs flèches pointées vers le ciel. Le tocsin sonna l'heure paresseusement. Un groupe d'officiers sortit du mess en parlant bruyamment. Le vent fit s'envoler le bonnet à poil de l'un d'eux sous les rires des autres.

— Viens, dit Germain en l'entraînant. Allons voir quelle était la couleur de l'âme de Vedel.

Chapitre VIII

Temesvar, août 1696

47

Nicolas avait suivi Ribes de Jouan. Ils avaient quitté la citadelle le 23 octobre 1694, avaient parcouru le royaume de Hongrie et ses provinces les plus extrêmes, avaient participé à la victoire de leur armée entre Lippa et Lugos, dans le comté de Bekes, où Nicolas avait pour la première fois foulé le champ de bataille avec l'ambulance volante, ils étaient passés en Transylvanie par la vallée d'Harzag, où le général de Rabutin allait être nommé commandant de la place, ils avaient atteint la Valaquie en bivouaquant à Tchermich, la ville noire, puis la Moldavie, à Jaffy et Kotnar, où Germain avait trouvé les meilleurs vins de tous les confins de l'Empire, ils avaient longé le royaume de Pologne et joué au chat et à la souris avec les Ottomans dans le comté de Marmarus, ils avaient sauvé la vie de nombreux Lorrains et de soldats allemands, autrichiens, danois, italiens, hongrois, polonais et de quelques janissaires égarés, ils avaient croisé deux hivers et deux étés, et, le 12 août 1696, après avoir suivi la rivière Teysse pendant plus de deux semaines, le vent de la guerre les avait portés de nouveau jusqu'à Peterwardein.

— Pas la peine de sortir tout le matériel, indiqua Ribes de Jouan, on part dans deux jours rejoindre Temesvar.

Grangier émit un grognement digne d'un sanglier. Il venait de débarquer la dernière caisse.

— Je croyais que la ville était aux mains des Turcs, répliqua-t-il en soulevant avec difficulté une cantine qu'il fit glisser au fond du chariot.

— Eh, doucement cousin, le matériel est fragile et précieux ! avertit Germain en grimpant dans le véhicule. Heureusement, elle n'a rien, conclut-il après l'avoir examinée. Passe-moi les deux autres, là-bas, ajouta-t-il en lui montrant deux caisses identiques.

Une fois qu'elles furent chargées, Germain les recouvrit d'une bâche en toile.

— À partir de maintenant, interdiction d'y toucher ! Réserve personnelle du chirurgien en chef, compris ? Celles-là vieilliront dans ma cave quand la guerre sera finie. Et pour répondre à ta question, nos ennemis préférés sont claquemurés dans Temesvar et nous rejoignons l'Électeur de Saxe pour faire une jolie ronde autour. À nous le grand air !

En entrant dans la chapelle, il reconnut l'odeur de pierre et de salpêtre qu'ils avaient respirée pendant plusieurs mois. Rien n'avait changé, les bassines en bois, qu'ils avaient installées pour récupérer les infiltrations de pluie près de la nef, faisaient toujours leur office. Fort heureusement, ils n'avaient qu'une dizaine de patients, victimes de chutes ou de dysenterie, qui occupaient l'aile droite du lieu. Nicolas était en grande conversation avec un jeune homme aux cheveux longs et bouclés et au sourire radieux, qui agitait ses fines mains en prolongement de sa parole.

— Azlan ! s'exclama Germain en arrivant à leur hauteur. J'ai failli ne pas te reconnaître.

— Presque quinze ans, répondit le Tsigane en lui portant une accolade. Quinze, répéta-t-il, en usant de ses doigts, je suis un homme maintenant, ajouta-t-il d'une voix grave et puissante qui surprit le chirurgien.

La même voix que son père, pensa-t-il en se remémorant les suppliques de Babik à Vedel depuis les souterrains de la citadelle.

— Azlan s'occupe de tout, intervint Nicolas.

— Je serai bientôt un grand guérisseur, confirma-t-il en riant, découvrant des dents blanches à l'alignement serré.

Les deux chirurgiens descendirent à la crypte où la dépouille de Philippe le Toulois avait été enterrée, non loin du chœur où reposaient les religieux, pour s'y recueillir.

— J'ai informé le père Étienne de mon intention de lui racheter la famille de Babik, chuchota Nicolas après quelques minutes de silence pendant lesquelles le souvenir de la nuit du drame s'était imposé à son esprit avant qu'il ne le chasse définitivement.

— Je tiens à apporter ma quote-part, tu ne pourras pas y arriver seul, mon ami.

— Ce ne sera pas la peine, rétorqua Nicolas sans quitter des yeux l'endroit du sol où était gravé le nom du Toulois. Ils sont libres.

— Libres ?

Le mot de Germain résonna étrangement dans la crypte.

— Libres ? répéta-t-il incrédule.

— Après notre départ, le prêtre a levé leur état de rob. Il leur a rendu leur condition d'êtres humains. Ils ont quitté Peterwardein. Toute la famille est partie, sauf Azlan, expliqua Nicolas avant de se signer. Viens, sortons.

Le jeune Tsigane, en trichant sur son âge, avait été engagé comme apprenti chez le seul chirurgien civil de la citadelle. L'homme avait besoin de main-d'œuvre et, peu regardant, avait accepté d'héberger l'adolescent dont les quelques notions des soins et des plantes l'avaient intrigué et impressionné.

— Il arrive au terme de son apprentissage et va devoir partir comme compagnon, reprit Nicolas alors qu'ils remontaient la rue de l'Arsenal.

La journée était éclaboussée d'un soleil qui régnait en despote depuis le début de l'été. Le promontoire rocheux sur lequel avait été bâtie la citadelle leur permettait de bénéficier d'un vent léger qui rendait la canicule supportable. Nicolas retroussa ses manches.

— Il voudrait partir avec nous. C'est pour cela qu'il est resté ici, persuadé qu'un jour je reviendrais le chercher.

— Avec nous ? Dans notre unité ?

— Nous avons perdu un infirmier à la bataille de Lugos. Azlan nous sera utile à l'hôpital pour nous seconder et effectuer les soins qui ne nécessitent pas d'opération.

— Mais il est si jeune, observa Germain en se frottant le menton. On n'a jamais vu d'apprenti chirurgien de quatorze ans !

— Si, répondit Nicolas en s'arrêtant devant la tour de l'Horloge. Moi.

Germain le regarda, incrédule.

— Peux-tu me prêter ton scalpel ? ajouta Nicolas en lui tendant la main.

Il chercha la phrase que son ami avait gravée deux ans auparavant et la gratta pour la faire disparaître avant d'en inscrire une autre.

— Je n'ai jamais connu mon père. J'ai été élevé seul par ma mère. Durant toute mon enfance, pour les autres, j'ai été le bâtard du village. Avant de mourir, elle m'a avoué que c'était un Français, un militaire de passage, capitaine dans un régiment de dragons à la garnison de Nancy en 1668. Quand je suis né, il avait déjà levé le camp.

— Il l'a abandonnée après l'avoir mise grosse ?

Nicolas souffla sur la poussière que le scalpel, transformé en plume, produisait.

— Il ne l'a jamais su. J'avais treize ans quand je me suis présenté au sergent recruteur en en revendiquant seize et en me faisant passer pour français. Il n'a pas été dupe, mais a eu pitié de moi et m'a envoyé auprès du chirurgien du camp. Je n'ai jamais retrouvé mon père, mais j'ai découvert ma vocation. Je suis resté deux ans à Metz avant de repartir dans le duché pour mon compagnonnage.

— Fichtre, tu avais déjà plus de dix ans de pratique à l'âge où je songeais seulement à embrasser la carrière ! J'ai su dès le premier jour que j'aurais plus à apprendre de toi que l'inverse.

— Ton expérience est irremplaçable, Germain. C'est pourquoi je voudrais que tu acceptes Azlan dans notre unité, ajouta-t-il en essuyant le mur de la paume de la main. Voilà, c'est mieux maintenant. On va la finir cette guerre ?

Germain s'approcha. À la place de la maxime de Fénelon était inscrit : *L'homme est libre sans l'esclavage de Dieu.*

48

Des milliers de tentes étaient alignées à distance respectable de la ville assiégée. Temesvar n'avait pas l'allure imprenable de Peterwardein. La citadelle, située dans une plaine, était de taille modeste et pointait vers le ciel deux tours et un minaret, que l'on pouvait apercevoir à plusieurs kilomètres de là. Les fortifications n'offraient nulle complexité et ne comportaient qu'une entrée, qui s'ouvrait sur les berges de la Ternes. Aucune escarmouche ne s'était produite depuis les premiers jours du siège, le 10 août. Chaque camp observait l'autre. Les troupes de Rabutin apportèrent avec elles neuf cents chariots de vivres et de munitions. Le général français avait été nommé commandant en chef de toute la cavalerie pour cette campagne, ce qui avait fait grincer quelques dents parmi les dignitaires de l'état-major de la coalition. L'unité de Ribes de Jouan était arrivée le 15 août avec le régiment lorrain de Bassompierre et avait monté en retrait du camp l'immense tente qui allait faire office d'hôpital ambulant.

Azlan faisait preuve d'une inlassable activité et était volontaire pour toutes les tâches. La première semaine se passa dans l'attente d'un assaut qui ne vint pas.

Au contraire, le 20 août, l'ordre fut donné de lever le camp.

— Que se passe-t-il ? Pourquoi abandonne-t-on ? demanda Nicolas après que Germain en eut fait l'annonce à son équipe.

Le chirurgien l'entraîna à l'écart.

— Officiellement, c'est un changement de stratégie, cette ville ne nous est plus utile. Officieusement, ce siège n'est qu'un leurre pour attirer les troupes du Grand Vizir à la rescousse. Elles ont été repérées à Bardan, à vingt kilomètres d'ici. On va longer la Bega pour les surprendre dans leur approche, et leur infliger une déculottée, ajouta-t-il sans entrain.

— Tu n'as pas l'air convaincu, remarqua Nicolas.

— Les Turcs ne sont pas dupes : qui pourrait croire que l'on déplace trente-huit mille hommes pour venir à bout d'une ville grosse comme un furoncle sur un cul ? Et il semble qu'il y ait des ratés dans notre organisation : les troupes auraient dû prendre la route il y a déjà une heure. Seuls deux régiments sont partis. On a l'agilité d'une tortue qui voudrait manger un lézard. Rabutin est furieux contre l'Électeur de Saxe. Pour couronner le tout, à l'heure actuelle, je n'ai aucune idée de l'endroit où on pourra installer l'hôpital de campagne. Grangier est parti repérer quelques fermes aux environs. Mais la difficulté est de se montrer rapides et d'être bien informés.

— On devrait peut-être laisser la tente ici comme solution de repli.

— Peut-être.

Germain était dubitatif. Il s'assit pour réfléchir. Autour d'eux, les soldats avaient formé les rangs et s'ébranlaient pour prendre la route. Un régiment de cavalerie passa au trot enlevé. Tous les membres de l'unité de soins s'étaient groupés à l'entrée de la tente et attendaient les instructions.

— Il y a des signes contradictoires, reprit le chirurgien, trop d'incertitudes.

— J'irai sur le champ de bataille avec Grangier, proposa Nicolas. Je ferai le premier tri sur place. On amènera les blessés dans la grange qu'il aura trouvée, où tu opéreras les cas les plus urgents. Ceux qui seront assez valides prendront place dans une carriole qu'ils conduiront eux-mêmes jusqu'ici, où Azlan leur donnera des soins.

— Ce qui nous permettra de changer rapidement de masure sans avoir à transporter trop de blessés... Je prends ! approuva Germain en se levant. Mais interdiction de s'approcher des combats lors d'une charge, je tiens trop à toi.

— Pour avoir toujours quelqu'un à plumer au lansquenet ?

— Pour être sûr que tu me paieras tes dettes de jeu !

Lorsqu'il rejoignit le quartier général, le comte de Rabutin n'avait toujours pas réussi à dompter son exaspération. Il flatta l'encolure de son cheval qui venait de parcourir plusieurs kilomètres au galop, tendit les rênes à une des sentinelles et pénétra dans la tente de l'état-major. Les maréchaux Heister et von Capara étaient réunis autour de l'Électeur de Saxe et examinaient une carte. Près d'eux, un serviteur découpait des morceaux de poulet froid qu'il déposait dans des assiettes en porcelaine. Une table avait été dressée, au centre de laquelle une immense corbeille débordait de fruits frais, alors qu'un second valet remplissait des verres vénitiens d'un tokaji à la robe ambrée.

— Général ? s'exclama l'Électeur sans cacher sa surprise. Mais ne devriez-vous pas être à la tête de notre cavalerie et vous préparer à l'attaque ?

— Votre Altesse, je suis venu du plus vite que j'ai pu, après concertation avec le duc de Lorraine. Nous avons voulu nous assurer qu'il ne s'agissait pas d'une erreur, répondit Rabutin en se découvrant.

— De quelle erreur parlez-vous donc ? interrogea le Grand Électeur en scrutant ses maréchaux qui ébauchèrent une mimique d'incompréhension.

— De cet ordre de faire charger notre cavalerie sur l'ennemi turc, Votre Altesse.

— Mais enfin, Rabutin, nous appliquons le plan prévu depuis le début. Plan que vous aviez aussi approuvé, me semble-t-il. Auriez-vous des éléments nouveaux à nous apporter qui pourraient justifier… ?

— Notre infanterie est loin derrière à traverser d'épaisses broussailles, elle ne peut nous soutenir actuellement. Et l'ennemi est en mouvement sur notre flanc gauche, le dos à la Bega. Il attend que nous traversions les marais afin de nous attaquer. Nous ne sommes pas dans une situation favorable, expliqua le général en montrant les positions respectives sur la carte. Ajoutez à cela qu'il est plus de six heures après midi, la nuit va nous surprendre dans moins de deux heures.

— Les Lorrains auraient-ils peur dans la pénombre ? demanda von Capara en grappillant nonchalamment des grains de raisin.

La remarque et l'attitude piquèrent au vif le général de Rabutin.

— Le souvenir que vous avez laissé à Peterwardein leur fait bien plus peur, gouverneur.

— Faites attention, le Français, vous parlez à un maréchal du Saint Empire ! Votre Altesse, nous avons perdu assez de temps ! s'emporta von Capara.

Le Grand Électeur s'était tourné vers l'extérieur. Ouverte sur ses deux longueurs, la tente, située au sommet d'une petite butte, offrait une vue exceptionnelle sur l'ensemble de la vallée de Temesvar. Il observa un moment à la jumelle la position des différentes forces en présence.

— Et où est-il, notre duc ? questionna-t-il, agacé

— Avec ses hommes et le maréchal Taaft, Votre Altesse, près de l'ancien camp, dans l'attente d'un ordre de sagesse.

L'Électeur de Saxe replia sa longue-vue. François Taaft, comte de Carlingford, en plus d'être le conseiller de l'empereur du Saint Empire germanique, était devenu le régent attitré du duc de Lorraine qui avait toute confiance en lui. Qu'un homme aussi expérimenté et avisé se range derrière Rabutin le fit hésiter. Mais l'Électeur de Saxe avait besoin d'un coup d'éclat, alors que ses alliés de la coalition commençaient à douter de ses capacités de les mener à la victoire.

— À la guerre, seules l'audace et la surprise dessinent les succès, reprit-il en évitant le regard de Rabutin. On ne gagne pas une bataille avec de la sagesse. Je confirme mon ordre. Faites signe à nos régiments saxons de charger les premiers.

— C'est un honneur, Votre Altesse, répondit von Capara en s'inclinant. Mes hommes sauront s'en montrer dignes.

L'entretien était clos. Rabutin salua en silence.

Arrivé au seuil de l'auvent, le Français, n'y tenant plus, se retourna :

— Il ne suffit pas d'être un grand prince pour être un grand capitaine, Votre Altesse. Encore faut-il en avoir l'expérience et la présence d'esprit. Que Dieu nous protège tous.

Nicolas et Grangier, assis dans l'ambulance volante, avaient assisté de loin à la charge des dragons allemands. À la hussarde, avait précisé l'infirmier en connaisseur. Ce qui, dans sa bouche, n'était pas un compliment. Les six régiments de cuirassiers allemands s'étaient précipités sur les quelques *kapukulus*[1] présents. Ceux-ci avaient fui jusqu'au mur de chariots d'où avait jailli une forêt mouvante de janissaires. Aidés par la cavalerie turque, ils avaient brisé l'attaque désordonnée, qui s'était terminée en retraite confuse. Les Ottomans avaient poussé leur avantage en poursuivant les fuyards qui, comme l'avait prédit le général de Rabutin, ne purent compter sur aucun soutien des régiments d'infanterie, à la peine dans des friches situées quelques kilomètres plus loin. Le Français, anticipant la manœuvre des Turcs, avait mené une contre-attaque avec trois régiments pour les obliger à se retrancher derrière leur forteresse de chariots.

Les vagues successives dans les deux sens avaient fait du champ de bataille un immense lacis de corps aux couleurs enchevêtrées quand, à la nuit tombante, l'ambulance volante avait enfin pu parcourir le périmètre. Le véhicule, un ancien carrosse reconverti, permettait de transporter jusqu'à quatre blessés à la fois.

1. Cavaliers de la garde ottomane.

De la plaine marécageuse s'élevaient des gémissements et des cris qui se mêlaient aux coassements des grenouilles et aux hennissements des chevaux mourants. La bataille avait fait plusieurs centaines de morts et autant de blessés qui, trop atteints, n'avaient pas pu regagner le camp de base.

— Comme des champignons : il y en a tellement qu'il n'y a qu'à se baisser pour en ramasser ! constata Grangier en hissant un officier lorrain dont la veste avait pris une teinte bordeaux sous le sang absorbé.

L'homme était inconscient et sa vareuse lacérée au niveau de l'abdomen. Nicolas laissa son assistant repartir seul afin de pouvoir continuer à secourir d'autres blessés avec l'aide de Tatar, resté avec lui. Au bout de quatre heures, l'infirmier avait réussi à effectuer huit allers et retours. Les gémissements s'étaient tus, seuls les charognards étaient à l'ouvrage, dont ils entendaient les coups de bec.

— L'hôpital est plein, annonça Grangier après qu'ils eurent installé un troisième blessé. On rentre. Je crois qu'on a fait le maximum pour cette fois.

— Je vais chercher Tatar.

Au moment où Nicolas le sifflait, le chien renifla une piste et partit en courant dans l'obscurité. L'absence de lune et la présence de nombreux cadavres de chevaux avaient rendu les recherches plus difficiles. Le comte de Rabutin avait eu deux de ses étalons blessés et un troisième tué lors de l'assaut. À la guerre, les bêtes servaient autant de bouclier que de monture, et leurs dépouilles étaient récupérées par les vainqueurs pour nourrir les rescapés. Tatar aboya, signe d'une vie à proximité. Il revint vers le chirurgien qui le suivit jusqu'à une forme sombre à l'allure d'un arbre déraciné. Il comprit qu'il s'agissait de deux chevaux dont les rênes s'étaient emmêlées, les enlaçant dans la mort en une sculpture macabre. Un des deux cavaliers, un cuirassier du régiment Sahn-Salm, gisait cinq mètres plus loin, la nuque brisée. L'autre était invisible.

— Désolé, mon vieux, dit-il au chien. Je ne peux plus rien faire pour lui. Viens, on rentre.

Tatar aboya, collé contre la carcasse de l'alezan. Nicolas, en s'approchant, vit une botte dépasser de dessous les flancs de l'animal. Il entendit distinctement un murmure dont il ne comprit pas les paroles. L'homme était un Ottoman.

49

Les deux chevaux, en se percutant, étaient retombés l'un contre l'autre, l'arrière-train du second écrasant l'encolure du premier, sous laquelle le cavalier était resté coincé. Malgré un enfoncement de la cage thoracique, il avait réussi à respirer suffisamment pour se maintenir en vie depuis plusieurs heures, mais il semblait au bord de l'épuisement. Nicolas fit plusieurs tentatives afin de le dégager, mais il lui fut impossible de déplacer les animaux. Il appela Grangier, qui maugréa en découvrant l'uniforme de *kapukulu* de l'homme.

— Laissons-le là, les Turcs viendront le récupérer demain. Chacun ses blessés. Il ne va pas mourir de froid !

— Il faut que j'examine ses jambes, elles sont peut-être brisées, répondit Nicolas en l'incitant à l'aider.

— On doit rentrer au camp !

Le regard du chirurgien lui rappela qu'il lui devait la

vie. Les cris des charognards redoublèrent. Ils s'acharnaient sur une proie.

— C'est d'accord, mais on fait un seul essai. On a besoin de nous là-bas, répondit-il pour se justifier.

— Amène l'ambulance, on va tirer les bêtes avec une longe, ordonna Nicolas.

En moins de dix minutes, les cadavres des deux animaux avaient été déplacés et le blessé fut transporté dans la carriole, où le chirurgien l'examina sommairement à la lumière d'une torche que Grangier avait allumée. Il avait plusieurs côtes cassées et ses jambes avaient subi un long écrasement. Nicolas lui banda le thorax, lui tendit le flambeau et indiqua qu'il pouvait partir libre. L'homme hésita, fit quelques pas et revint vers eux.

— *Çok teşekkür ederim*, articula-t-il avec difficulté, *Allah sizi korumak*.

— Que dit-il ?

— Je crois qu'il nous remercie de ne pas l'emmener avec nous, répondit Grangier en prenant les rênes. J'espère juste ne pas avoir à le regretter s'il tue un des nôtres à la prochaine bataille.

Il claqua sa langue pour faire avancer l'attelage. L'ambulance volante roula de façon cahoteuse en bordure des champs.

— Désolé, les gars, s'excusa Grangier à l'adresse des trois blessés allongés à l'arrière. On arrive bientôt.

Il dévisagea Nicolas dont la fatigue marquait les traits.

— Il est foutu, c'est ça ? Ce Turc, il est foutu ?

Nicolas opina du menton.

— Il en a pour quelques heures, deux ou trois jours tout au plus. L'écrasement a libéré dans son sang un poison qui va se déverser dans tout son corps. Ses reins vont gonfler, son cœur va s'arrêter... J'en ai soigné des dizaines comme lui. Je ne sais pas contrer ce venin qui est en nous. Ce malheureux n'est plus un danger pour nos troupes.

— Tu as eu raison. Autant qu'il finisse en paix. Tu l'aurais relâché autrement ?

Nicolas se cala contre le montant du chariot sans répondre.

— Tu l'aurais fait prisonnier ou tu l'aurais relâché ? insista Grangier.

— Je suis chirurgien...

Germain les accueillit avec sa bonhomie habituelle.

— Les derniers clients ! Dépêchez-vous, messieurs, l'établissement allait clore ses portes, mais pour vous nous faisons une exception !

La ferme abandonnée qu'ils avaient investie avait petit à petit été vidée des patients une fois opérés ou triés.

— Ça n'a pas mal fonctionné, commenta-t-il. Et il semble que, de son côté, Azlan s'en soit bien tiré. Allons le féliciter !

Ils réintégrèrent en milieu de nuit l'ancien camp qui avait été monté à l'endroit abandonné le matin même et qui se trouvait dans la plus grande confusion, après la retraite anarchique des régiments de la coalition. Des braseros avaient été allumés et la plupart des tentes dressées en hâte. Un désordre total régnait et partout des groupes de soldats cherchaient à regagner leurs unités, dont ils avaient été séparés dans la débandade. La tente de l'hôpital contrastait avec le reste du bivouac par son organisation et son calme.

Azlan accueillit les deux chirurgiens avec une joie et une fierté non feintes. Il tint à leur expliquer les soins qu'il avait donnés à chacun des blessés.

— De la belle ouvrage, bravo, fils, félicita Germain avant de prendre une bouteille de vin qui traînait près d'une table d'opération.

Il s'assit sur la dernière paillasse libre, ôta ses bottes dans un nuage de poussière, se gargarisa la bouche à l'alcool avant de l'avaler et s'allongea.

— Allez vous reposer, je veille sur les malades, assena-t-il en les saluant de la main.

Nicolas et Azlan déroulèrent des couvertures dans un carré d'herbe qui bordait l'hôpital.

— Il doit déjà être endormi, pronostiqua Azlan.

— J'irai faire une ronde dans quelque temps pour voir si ses ronflements ne dérangent pas nos patients.

Azlan éclata de rire.

— Que c'est bon d'entendre un rire dans de telles circonstances, dans un tel lieu, remarqua Nicolas, alors que cette terre n'a bu que du sang toute la nuit.

Ils s'étaient allongés face au ciel sans nuages. L'obscurité faisait ressortir la voûte céleste dans tous ses détails.

— Tu te souviens quand je te montrais les étoiles à Peterwardein ? demanda Nicolas en tendant la main comme pour les saisir.

Azlan fit de même.

— Oui. Je bondissais pour les attraper. Parfois même tu me portais pour m'en rapprocher. Mais je n'ai jamais réussi à en prendre une.

— Je t'expliquais qu'elles se dérobaient mais que, si tu le voulais fortement, un jour, tu en décrocherais une. À force d'obstination et de volonté.

— Et moi, après ton départ, tous les soirs, je sautais, sans fin, persuadé d'y arriver. Mon Babik me regardait en riant et m'encourageait.

— Ta famille te manque ?

— Comment pourrait-elle ne pas me manquer ? Ils sont tous en moi.

Nicolas eut un large sourire.

— Je me souviens quand tu me questionnais : « Toi tout seul, *gadjo* ? Pas *család* ? »

— Je commençais juste à apprendre ta langue ! se défendit Azlan.

— Tu as fait de tels progrès en deux ans. En tout.

— Moi dire merci père Étienne ! plaisanta-t-il. Sais-tu ce qu'il m'a offert pour mon départ ?

— Non…

— Un livre d'anatomie, un vrai !

— En six mois, je n'en ai pas trouvé un seul dans sa bibliothèque. Et pourtant, je l'ai explorée !

— Il le gardait dans sa chambre. Il paraît qu'il est unique.

Nicolas s'assit, piqué par la curiosité.

— Vraiment ? Tu veux bien me le montrer ?

— Bien sûr, tu es mon maître ! Je vais le chercher ?

À peine Nicolas eut-il acquiescé qu'Azlan se précipitait à l'intérieur de la tente. Le chirurgien se releva. Sa fatigue et la mélancolie qui l'envahissait souvent après une journée de combat avaient disparu, chassées par la conversation. La capacité de l'adolescent d'être heureux et de s'émerveiller de tout, même dans les pires circonstances, l'impressionnait. Azlan avait fini par décrocher son étoile et Nicolas était fier de l'avoir guidé vers elle. « *Gadjo*, quand j'aurai tout lu, je serai un grand guérisseur comme toi ? » lui avait demandé un jour l'enfant tsigane. *Tu seras un grand guérisseur*, pensa-t-il en souvenir de leur conversation. *Il faut juste que je te sorte de cette guerre.*

Azlan tardait à revenir. Nicolas se leva et s'étira. À l'est, le manteau de la nuit s'était teinté de nuances claires dans lesquelles les étoiles s'étaient diluées : l'aube n'allait pas tarder à tout envahir. Son attention fut attirée par une gigantesque masse sombre, de la taille d'une futaie, qui semblait bouger sous l'effet d'un vent anarchique. Quand ses yeux se furent accommodés, il comprit que ce décor en mouvement était composé de chevaux qui avançaient au pas. Il y en avait des centaines, montés par des soldats dont les sabres se mirent à luire sous les premiers rayons du soleil.

50

La nouvelle de l'approche des cavaliers turcs avait provoqué une panique indescriptible dans le camp. Les hommes tentaient de fuir malgré l'opposition des rares officiers présents dont les menaces n'avaient aucun effet dissuasif. Tous pouvaient à présent voir l'immense ligne de la troupe ottomane qui s'était arrêtée à cent mètres des premières tentes.

L'hôpital n'avait pas échappé à la contamination de la peur. Quelques soldats valides s'étaient enfuis en prédisant aux autres un sort peu enviable. Lorsque Nicolas entra, Azlan avait réussi à ramener un semblant de calme sous la grande toile.

— Germain est parti chercher les Lorrains, lui indiqua-t-il. Il paraît que le duc et le comte de Rabutin préparent nos régiments. Ce sont les seuls en ordre, ils vont venir défendre la place.

Plusieurs chevaux sans cavaliers passèrent au galop devant l'entrée.

— Les voilà, les Turcs sont là ! cria un des blessés, qui n'avait plus qu'une jambe.

Il tenta de se lever et retomba lourdement sur le sol.

— Calmez-vous ! dit Nicolas. Ce sont les bêtes d'un régiment de dragons. Nos troupes sont réunies plus loin et préparent la charge.

Il prit un bandage de coton d'une caisse et un flacon d'onguent.

— Je vais effectuer vos soins, il vous faut être prêts à suivre notre troupe quand elle aura mis le Grand Vizir en déroute. Plus vite nous les aurons chassés de Hongrie, plus tôt nous serons rentrés dans nos foyers !

— Bien parlé, opina un des patients, un capitaine d'infanterie du régiment de Lorraine-Commercy. Vous pouvez compter sur moi !

D'autres réagirent en approuvant, mais la plupart des blessés se trouvaient dans un état de conscience altérée par la douleur ou le laudanum.

Nicolas prit Azlan à part au moment où il préparait avec Grangier de la charpie.

— Tu vas aller te réfugier à l'extrémité est du camp, là où se trouve l'état-major. Mets-toi sous la protection de leur garde rapprochée au nom de notre duc Léopold. Et suis-les s'ils fuient.

— Mais tu…

— Ne discute pas ! Pas question pour toi de rester ici.

Après une supplique du regard, le jeune homme comprit qu'il serait vain de s'entêter. Il reposa le tissu dans la caisse et sortit sans se retourner. Quelques secondes plus tard, les tambours de la *mehterhane* résonnaient dans la vallée.

Assis sur son cheval, un étalon bai qu'il avait trouvé errant dans le camp, le comte de Rabutin donna le signal du départ. Il était parvenu à mettre sur pied en quelques minutes un des régiments de Bassompierre, avec l'aide du duc de Lorraine et du comte de Carlingford, dont il admirait la bravoure à l'heure où les maréchaux du Saint Empire, von Capara en tête, avaient déjà amorcé leur repli, lui laissant le soin de protéger leur retraite. Ils savaient qu'ils ne pouvaient plus compter que sur eux-mêmes, sans aucun appui du feu de l'infanterie.

Les chevaux prirent un pas rapide, puis le trot. Le duc avait accepté l'idée de Rabutin d'une charge au galop. La tactique était novatrice mais le déséquilibre des forces exigeait de surprendre l'ennemi. Léopold était persuadé que son régiment lorrain était capable de réussir une telle manœuvre. Au signal du Français, la troupe prit un grand trot. En face, les Ottomans, qui avaient envahi l'aile ouest, se battaient au corps à corps contre les rares fantassins encore présents. Combat déséquilibré qui tournait à la mise à mort. Lorsqu'ils eurent les *kapukulus* en ligne de mire, Rabutin et le duc Léopold sortirent leur épée de leur fourreau et hurlèrent la charge. Les chevaux prirent un galop cinquante mètres avant le contact.

Germain était rentré, les bras chargés de plusieurs mousquets et de sabres. Il les avait distribués à tous ceux qui pouvaient encore s'en servir, avait gardé pour lui une arquebuse à mèche et un pistolet, et s'était assis dans son fauteuil pour les bourrer de poudre avant d'ouvrir une bouteille de vin de Kotnar. Nicolas avait resserré les bandages de ses mains et partagé la même bouteille avec son ami.

— Ma foi, celle-ci a l'inconvénient d'être peut-être la dernière, mais elle fait remarquablement son office, conclut Germain après la dernière gorgée. Il y a bien une ou deux choses que je voudrais te dire, au cas où, mais je crois être plus superstitieux que je ne pensais.

— Tu me les diras ce soir, au prochain bivouac. Je déteste être interrompu dans nos conversations, répondit Nicolas.

Dans un claquement, une balle perdue vint traverser la tente au niveau de son faîte.

— Le biscayen vole bas aujourd'hui, commenta le chirurgien chef d'un ton impassible.

— Quand même, ils tardent à charger, les nôtres, s'inquiéta un des blessés, dont le visage était parcouru de tics d'angoisse.

Au même moment, le sol trembla au passage de la cavalerie.

Les deux vagues humaines se mélangèrent en une indescriptible mêlée. La puissance apportée par la vitesse permit à la centaine de cavaliers lorrains de fendre la troupe turque. Les armes ferraillèrent dans un fracas retentissant. Les forces ottomanes furent rapidement séparées en de nombreux îlots de quelques soldats, souvent privés de leurs officiers, ce qui accéléra leur désorganisation. Les Lorrains, pourtant moins nombreux, semblaient partout à la fois. Le duc eut sa monture blessée d'un coup de sabre. Un de ses aides de camp se porta à son secours et lui laissa son cheval. Au bout de trente minutes de combat acharné, les Turcs durent se résoudre à battre en retraite. Le général, exalté par son ardeur, décida de porter un avantage décisif et les poursuivit. En lui emboîtant le pas, Léopold prit de court sa garde rapprochée, trois officiers et le comte de Carlingford, qui, le premier, le repéra et cravacha son cheval pour se porter à ses côtés. Dans le camp, un calme assourdissant succéda à la fureur.

Les deux chirurgiens et leurs infirmiers sortirent dès les premières clameurs de joie des soldats. Les Lorrains avaient brisé l'avancée de la marée turque à moins de cinquante mètres de leur tente, qui avait été épargnée. Déjà, de nombreux blessés appelaient à l'aide. Nicolas et Grangier apportèrent le matériel pour donner les premiers soins pendant que Germain se préparait aux opérations à l'intérieur de l'hôpital. La bataille avait été un corps à corps à l'arme blanche, et Nicolas dut faire face à de nombreuses plaies à la tête, aux membres et à l'abdomen, se contentant de les suturer et de les bander, travaillant à même le sol, laissant Grangier transporter les combattants les plus atteints vers Germain à l'aide d'une brouette dont il avait rembourré le fond avec de la charpie.

— Un chirurgien, vite ! Les combats continuent là-bas, nous avons des blessés !

Il leva les yeux vers le capitaine qui venait de l'interpeller.

— Vite ! De l'aide ! répéta l'homme, resté sur sa monture qui, gagnée par la nervosité, ne tenait pas en place.

Nicolas prévint les autres, prit l'ambulance volante et suivit l'officier qui s'enfonça dans la steppe hongroise. Ils traversèrent un sous-bois et croisèrent plusieurs bergers fuyant sur leurs ânes, avant de déboucher dans une plaine où régnait une grande confusion. Au centre, le sol, sec et poussiéreux, projetait des nuages de particules ocre autour de plusieurs zones de combat, comme autant de brouillards. L'arène naturelle était ceinte de plantations.

— Les hommes à soigner sont là, dit le capitaine en lui désignant l'emplacement du doigt. Je retourne près du duc, il a besoin de moi.

Les premiers accrochages entre les Turcs et leurs poursuivants avaient eu lieu dans un champ de chanvre, en lisière duquel Nicolas immobilisa l'ambulance. Deux hommes suffisamment valides en portèrent jusqu'à lui un troisième, inconscient, qui tenait encore son épée serrée dans sa main, et l'allongèrent à l'arrière de la carriole.

— Le colonel s'est battu jusqu'au bout, dit l'un en désignant le blessé. Il a brisé la tête du janissaire qui lui avait fait ça.

L'homme avait eu le ventre ouvert d'un coup de sabre. Ses viscères étaient apparents et une large hémorragie continuait de s'écouler par la plaie béante. Son visage était tuméfié.

— Vous allez le sauver, n'est-ce pas ?

Nicolas savait qu'il ne se réveillerait pas, mais les blessures des deux autres ne nécessitant pas de soins d'urgence, il entreprit de le recoudre en premier. Il leur tendit une bouteille.

— Prenez-en, c'est un remède qui aide le corps à conserver ses forces.

Les deux officiers burent l'élixir tout en commentant les combats qui se déroulaient sous leurs yeux.

— Notre duc vient de mettre deux Turcs en déroute ! Si vous l'aviez vu ! Quand nous sommes arrivés dans la prairie, il chassait l'ennemi avec un courage exemplaire. Au plus fort de la mitraille, il eut deux morts à ses côtés. Mais il est resté droit et s'en est allé de l'avant. Le comte de Carlingford avait peine à le suivre.

L'autre approuva de la tête.

— J'étais présent lorsqu'il l'a rattrapé. Carlingford a tenté de lui faire savoir qu'il se devait d'abord à ses sujets. Le duc s'est porté debout sur ses étriers et lui a répondu : « La perte de ma vie sera moins à plaindre que celle de mon honneur. Mes frères peuvent réparer le vide que causera ma mort. Mais rien ne peut réparer la brèche qu'une lâcheté ferait à ma réputation ! »

— Et il est reparti de l'avant ! compléta le premier.

Ils avaient eu ordre de rester avec leur colonel en attendant les secours et piaffaient d'impatience d'en découdre à nouveau. Le chirurgien, que l'héroïsme guerrier laissait de marbre ou, dans le pire des cas, agaçait, banda les plaies des deux soldats en se concentrant sur ses gestes.

Après un coup d'œil vers leur supérieur agonisant, ils quittèrent l'ambulance volante et traversèrent la plaine jusqu'au champ de maïs où le dernier groupe de combattants s'était enfoncé. Nicolas dirigea sa carriole vers quelques corps éparpillés qu'il avait repérés, en regrettant de ne pas avoir pris Tatar avec lui. Le chien lui aurait fait gagner un temps précieux dans ses recherches. Il ne trouva plus aucun survivant dans la zone et hésita à pénétrer dans le champ de céréales où les traces des chevaux se perdaient. Il décida de rentrer au camp et s'engagea dans le sous-bois. Le sentier lui parut plus long qu'à l'aller et aboutit à un marais. Il s'en voulut de s'être trompé de route, d'autant qu'il lui était impossible de faire demi-tour en raison de l'étroitesse du chemin. Il grimpa à l'arrière de la carriole pour vérifier l'état de santé de son malade. Le colonel, toujours inconscient, respirait difficilement, et ses téguments étaient d'une pâleur extrême. Nicolas, qui n'avait pas dormi de la nuit, sentit une fatigue pesante l'envahir. Il s'assit à côté du moribond, à l'arrière du véhicule, et regarda la forêt qui scintillait sous les miettes de soleil. L'air sentait bon les fleurs d'été, les insectes voletaient en bourdonnant autour de ses oreilles, un lièvre bondissait sur un tapis de feuille, un pic-vert décortiquait l'écorce d'un bouleau. La guerre l'avait tant accaparé qu'il avait fini par oublier que la vie coulait sous ses yeux autant que le sang. Il sentit un mouvement près de lui et se retourna vers le blessé : l'homme avait ouvert les yeux et murmurait. Nicolas lui prit la main et se pencha.

— Dites à mon duc que je meurs…, chuchota le colonel, que je meurs sans crainte… avec le regret de ne pas avoir revu la Lorraine libérée.

Il avala sa salive qui avait un goût métallique. Sa voix n'était plus qu'un mince filet de son qui s'éteignait dans sa bouche.

— Dites à ma femme, Rosa, que… Dites-lui que le marquis de Cornelli s'est comporté en homme d'honneur et qu'elle peut être fière de son nom.

Nicolas eut un mouvement de recul et lui lâcha la main. *Non, ce n'est pas possible, ce n'est pas lui…* Le colonel, les yeux mi-clos, le visage boursouflé, continuait d'expirer des paroles, dans un souffle atone, des phrases qui devinrent incompréhensibles, puis de simples mouvements des lèvres. Et plus rien.

Il resta un moment à regarder le corps sans vie, lui reprit la main et ouvrit les doigts qui s'étaient repliés : à peine visible, une cicatrice barrait sa paume. Le souvenir du coup porté par Nicolas, dans l'Orangerie du palais ducal, douze ans auparavant.

51

Il avait tenté une marche arrière sur le chemin, mais l'attelage, composé de deux alezans, avait refusé de reculer plus de quelques pas. L'un des deux chevaux avait alors paniqué, effectué une ruade et donné des coups de sabots, immobilisant les roues de la carriole dans une ornière à la terre meuble.

— Cette fois-ci, je suis définitivement coincé, maugréa Nicolas.

Au loin, des tirs sporadiques indiquaient que les combats n'avaient pas cessé. Il recouvrit la dépouille d'une couverture, prit l'épée du marquis de Cornelli, déplia la toile qui fermait l'arrière de l'ambulance et détacha les deux montures. Nicolas grimpa sur le dos du moins nerveux et tint l'autre par les rênes. Sans selle, sa posture n'était pas aisée, mais il ne voulait pas laisser l'animal aux mains des Turcs. Il s'accrocha à la crinière de son coursier et lui fit prendre un trot léger.

L'image de Rosa s'imposa devant ses yeux. Le souvenir de la jeune femme prête à le suivre pour ne pas supporter la vie avec le marquis le fit sourire. Elle allait maintenant devoir gérer la convoitise des hommes pour sa beauté et sa fortune. Le sort du petit Simon, quant à lui, n'en serait pas bouleversé, Cornelli l'ayant répudié dès sa naissance. *L'iniquité de la vie...* Nicolas se demanda si l'enfant avait survécu à ses deux premières années au couvent du Refuge. Toutes ces pensées le ramenèrent à Marianne. Il n'avait eu d'elle que des nouvelles indirectes, par des messagers ou par les lettres de François. Pourtant, il sentait sa présence, son parfum, son souffle, près de lui à chaque instant. Elle l'aimait, il n'en doutait pas. Il savait.

Il retrouva rapidement la plaine parsemée de cadavres, dans laquelle un groupe de cavaliers se dirigeait vers lui au pas, quatre officiers entourant le général de Rabutin, un jeune soldat à peine plus âgé qu'Azlan, en tenue verte et galon d'argent, et un militaire à l'uniforme flamboyant. *Voilà donc notre duc*, songea Nicolas en observant l'homme d'une cinquantaine d'années, à l'allure altière et au physique rassurant. Il fit signe à Rabutin en espérant que celui-ci le reconnaîtrait malgré sa tenue civile et maculée de sang. Le militaire lui rendit son salut et le groupe prit le trot dans sa direction. Au même moment, une nuée de flèches s'éleva du champ de chanvre, prit une trajectoire parabolique et vint s'abattre sur eux. Deux officiers furent touchés et s'écroulèrent, alors que les autres accéléraient leur course, à l'exception du plus jeune qui fit demi-tour pour attaquer les janissaires cachés dans les broussailles, obligeant les autres à le rejoindre. Les Turcs – une douzaine – se montrèrent à découvert. Plusieurs d'entre eux tenaient en main des mousquets qu'ils chargèrent, pendant que les autres lançaient une seconde salve de projectiles qui n'atteignirent personne. Le jeune Lorrain fondit sur eux le premier et put empêcher la mise à feu des fusils. Mais un des combattants turcs décocha une nouvelle flèche qui vint se ficher sur le poitrail de sa monture. Le cavalier et l'animal chutèrent lourdement. Le Lorrain roula jusqu'à se retrouver aux pieds de deux Ottomans. Nicolas, qui avait anticipé la situation, avait lancé son cheval dans un galop périlleux et, pendant que Rabutin et les autres maintenaient le reste des assaillants à l'écart, il rejoignit l'impétueux combattant, fit quelques moulinets avec l'épée du colonel et lui lança les rênes du second cheval.

— Rejoignez les autres, je vous couvre ! ordonna Nicolas.

Le jeune homme eut un mouvement d'hésitation.

— Allez ! insista-t-il avant qu'il finisse par obtempérer.

Les deux Turcs ne parurent pas impressionnés par la manœuvre de Nicolas et dégainèrent leurs sabres. Alors qu'ils s'approchaient, deux coups de feu retentirent qui firent s'écrouler le premier et fuir le second : une troupe d'une cinquantaine d'hommes du régiment de Bassompierre, parmi lesquels Germain, était arrivée en renfort.

Nicolas mit pied à terre et jeta l'épée au sol. Jamais il n'aurait pu tenir dans un corps à corps, lui qui n'avait pas été initié au maniement des armes. Ribes de Jouan vint s'assurer qu'il allait bien et lui proposa sa veste de *betyar*.

— Repose-toi, je vais m'occuper des blessés, s'il en reste, dit-il en regardant autour de lui.

Nicolas frissonna malgré la chaleur ambiante. Il posa le manteau sur ses épaules et se dirigea vers le clan des officiers lorrains entourant le jeune intrépide. L'uniforme flamboyant s'avança vers lui.

— Nous voulions vous remercier…

— Monsieur le duc, l'impéritie de votre aide de camp aurait pu nous coûter très cher !

— Sachez que je ne cesse de le lui rappeler depuis le début de cette campagne, dit-il en portant un regard attendri sur le jeune homme.

— Manifestement, il n'a pas l'écoute attentive, continua Nicolas, qui n'arrivait pas à décolérer.

— Sachez aussi que je suis le maréchal Taaft, comte de Carlingford, et que cette personne n'est pas mon aide de camp, ajouta le militaire, amusé.

— Qu'importe, répliqua Nicolas. La guerre n'est pas une affaire de novice, si grand soit son enthousiasme.

Carlingford toussota avant de prendre un air cérémonieux.

— Maître Déruet, je vous présente Léopold, duc de Lorraine et de Bar, roi de Jérusalem, prince d'Arches et de Charleville, duc de Calabre et comte de Provence.

Nicolas dévisagea le souverain de dix-sept ans. Son visage avait des traits irréguliers, un front haut et une mâchoire prognathe, qui contrastaient avec des yeux doux et un sourire plein de bonté. Il se dégageait de Léopold une aisance sereine et une autorité naturelle, malgré l'immaturité de ses traits. Il n'était plus le jeune va-t-en-guerre écervelé que Nicolas avait aperçu de loin, mais un chef de guerre décidé. Une rafale de vent balaya la plaine, soulevant la poussière ocre qui fit baisser les têtes. Seuls Nicolas et Léopold, bravant la bourrasque, restèrent debout et droits, à se jauger, les yeux dans les yeux. Les chapeaux volèrent, les chevaux hennirent et frappèrent des sabots. Lorsqu'elle fut passée, le duc s'épousseta, remit son tricorne et sourit.

— Quoi de plus rassurant que d'être sauvé par le chirurgien de ses armées ? dit-il en enfilant ses gants. À partir d'aujourd'hui, nous ne nous quittons plus, maître Déruet.

Nicolas s'inclina en une révérence dont il ne se releva que deux ans plus tard, à la fin de leur guerre.

CHAPITRE IX

Nancy, février 1698

52

Le 20 juillet 1697, Louis XIV, en conflit contre une moitié de l'Europe, rendit à Léopold son duché, ce qu'il avait toujours refusé à son père Charles V, mort en exil. Deux mois plus tard, il signait un traité de paix avec l'Angleterre, la Hollande et l'Espagne. Le roi de France, qui comptait s'approprier en douceur la Lorraine, lui proposa la main de sa nièce. La guerre contre les Ottomans n'était définitivement plus l'affaire des Lorrains.

Lorsque fut ordonnée la dissolution des différents régiments, Germain décida de s'engager aux côtés des chirurgiens allemands du colonel von Humboldt. « Malgré la mauvaise qualité de leur schnaps », dit-il au moment de se séparer de ses hommes. Il était tombé dans les bras de Nicolas. Quatre années de guerre à opérer de concert, souvent ensemble, sur des blessés qu'ils ramenaient à la vie du diable vauvert, les avaient

soudés d'une amitié indéfectible. « On se reverra »,
avait ajouté Ribes de Jouan, qui n'avait pas l'habitude
de promettre à la légère.

Azlan allait avoir dix-sept ans, âge dont il s'était
déjà accaparé pour se donner l'air plus adulte. Il avait
adopté les tenues vestimentaires et la coupe de cheveux des Lorrains, et seules la matité de sa peau et
la noirceur de ses yeux témoignaient de ses origines.
À ceux qui lui demandaient s'il était né en Égypte, il
avait pris l'habitude de répondre qu'il était un Lorrain
de Hongrie, et certains lui voyaient alors une parenté
avec la famille ducale en exil. Il n'avait pas hésité un
seul instant à répondre à la proposition de Nicolas de
le suivre à Nancy. Le chirurgien rongeait son frein à
Vienne en compagnie du duc, dont la mère, Éléonore
d'Autriche, venait de mourir deux mois après que le
traité de Ryswick eut rétabli son fils sur ses terres de
Lorraine. Nicolas ne pouvait rentrer sans protection à
Nancy, que les troupes françaises n'avaient pas évacué
et où il était toujours considéré comme fugitif. Il dut
attendre le mois de janvier 1698, lorsque Léopold lui
confirma qu'il accompagnerait le comte de Carlingford,
l'abbé Le Bègue et le baron de Canon, chargés de se
rendre à Nancy afin de préparer l'arrivée officielle du
souverain prévue en automne. Ils atteignirent Saint-
Nicolas-de-Port le 25 janvier, où ils firent une halte
avant de repartir pour leur dernier jour de voyage qui
devait les mener le 4 février dans la cité ducale.

Le convoi, composé de quatre carrosses et d'une
vingtaine de cavaliers, traversait à faible allure les villages et les hameaux, suscitant la curiosité des rares

villageois, plutôt habitués aux colonnes de régiments français et leur cortège de servitudes. Il se passait décidément quelque chose d'important, après la nouvelle du traité et du retour au pays des combattants et des exilés. L'espoir réchauffait les corps qui, dès lors, supportaient mieux les morsures de l'hiver.

Carlingford regardait défiler les paysages nus parsemés de maisons en ruine, tout en écoutant d'une oreille distraite les babillages de l'abbé et du baron qui rivalisaient d'anecdotes et de plaisanteries à l'approche de la ville. Ses compagnons cachaient leur émotion sous une superficialité de façade. La plupart des hommes du groupe allaient retrouver leurs familles et leurs terres. Bien que le comte, d'origine irlandaise, n'y eût aucune racine, il sentait l'émotion le gagner de façon contagieuse. François Taaft de Carlingford avait choisi de suivre son duc, dont il s'était occupé de l'éducation et de l'enseignement des armes depuis l'âge de douze ans. Sa position de régent auprès de Léopold allait faire de lui le numéro deux du duché. Il s'enorgueillissait de n'avoir jamais intrigué pour y parvenir, mais ne voyait en cette consécration qu'un juste retour des services rendus à la famille ducale. Les mois à venir allaient être d'une importance cruciale pour la survie du petit État : il lui faudrait trouver des ressources financières sans appauvrir ses sujets, déjà exsangues au terme de trois décennies de guerre et de famine, réformer tous les rouages du pouvoir et de la justice dans les bailliages, faire revenir tous ceux que l'occupation avait exilés, ainsi qu'une main-d'œuvre spécialisée, des artisans et des agriculteurs, des bûcherons et des charbonniers, des laboureurs et des manœuvres, et mettre sur pied une police civile qui n'ait d'autre idée que de défendre Léopold.

Le voyage avait fatigué le comte de Carlingford et avait irrité son dos qui le tiraillait depuis Strasbourg. Il étouffa un bâillement qu'il attribua à la pensée du travail colossal entrevu. Il regarda les rides sur le front du baron de Canon se creuser ou disparaître au rythme de ses interventions, comme des vagues qui venaient se briser sur des rochers.

— Vous êtes bien silencieux, à quoi pensez-vous, Excellence ? lui demanda l'abbé qui avait remarqué sa distraction.

Carlingford haussa les sourcils.

— J'observe, mon père, j'apprends. De vous, de ce duché qui défile sous nos yeux. Je m'imprègne de tout afin d'être digne de la tâche que le duc nous a fait l'honneur de nous confier.

— Croyez-vous que les Français vont tenir parole ? intervint le baron en accentuant ses rides.

— Oui, ils évacueront Nancy. Mais après s'être assurés qu'il ne subsistera plus aucune fortification. On peut leur faire confiance sur ce point. D'après vos renseignements, il reste encore deux unités ?

— Les régiments de Guyenne et de Languedoc. Il va falloir patienter plusieurs mois avant de les voir tourner définitivement les talons.

— Notre duc ne désire pas entrer dans sa capitale tant que les forces de Louis XIV s'y trouvent encore, assura Carlingford. Il nous faudra accélérer leur départ tout en ménageant leur susceptibilité.

— Nous avons attendu trente ans, les mois qui viennent ne seront que pur délice.

— Ne sous-estimons pas l'ampleur de la tâche,

répliqua le comte. Tout ce que nous allons entreprendre ne sera pas de nature à contenter le peuple,
croyez-moi. À commencer par la perception du droit
de joyeux avènement.

— Mais cet impôt est une tradition à chaque nouveau souverain ! s'emporta l'abbé Le Bègue. Croyez-
moi qu'ils préféreront le verser plutôt que de continuer
à être saignés par les militaires français qui s'imposent
dans chacun de leurs foyers.

— Sans doute…

— Et n'oubliez pas que nos caisses sont vides, renchérit le baron. Comment voulez-vous trouver autant
de fonds sans faire appel à l'étranger ?

— Vous avez vraisemblablement raison…

— Mais vous n'êtes pas convaincu ! conclut Canon.

— Je suis un militaire, je n'entends rien aux affaires
de l'État et votre aide me sera précieuse, messieurs,
dit-il pour clore le sujet.

— Vous savez que vous pouvez compter sur nous,
Excellence, répondit le baron dans un plissement de
front exceptionnel.

— Nous arrivons, interrompit l'abbé qui avait collé
son nez contre la vitre. J'aperçois la porte Saint-
Nicolas !

Tous se turent au passage de l'édifice. Le bruit
caractéristique des fers des chevaux sur les pavés
résonna à leurs oreilles.

— Que pensez-vous de maître Déruet ? demanda
Canon en rompant le silence.

— Déruet ? Que voulez-vous dire ? feignit de
s'étonner le comte de Carlingford.

— Léopold l'a pris en affection depuis son sauvetage sur le champ de bataille, expliqua l'abbé. Il ne jure plus que par lui.

— C'est un très bon chirurgien, le meilleur que j'aie jamais vu, s'amusa Carlingford en évitant le sujet.

— Mais ne pensez-vous pas qu'il nourrisse quelque ambition et veuille profiter de la faiblesse que le duc a pour lui ? avança le baron.

Nous y voilà, songea Carlingford, qui répondit :

— Messieurs, c'est là faire bien peu de cas du discernement de notre bien-aimé souverain !

— Loin de nous…

— N'ayez aucune inquiétude, votre homme ne vous fera aucune ombre. Il n'a pas d'autre ambition que de soigner et de progresser dans son art. Croyez-moi.

— Vous semblez être bien sûr de votre fait, Excellence, dit l'abbé d'un air de défiance.

— Le duc lui a proposé un titre et une terre pour son retour dans le duché, affirma le comte.

— Vous voyez, ça commence ! s'exclama le baron en tapant dans ses mains. Alors, quel titre ? Et où ?

Carlingford leur sourit.

— Déruet a refusé. Notre duc y est retourné par deux fois et a ajouté une rente. Cela n'a rien changé. Votre homme est un pur, messieurs, la tête pleine d'idéaux improbables. En aucun cas il ne vous fera de l'ombre.

— Nous voilà rassurés, dit Canon. Comprenez que nous ne voulons que le bien de Son Altesse en écartant tous les opportunistes de son chemin.

— Je comprends, assura Carlingford. Il lui a juste demandé la libération de tous les huguenots emprisonnés à la tour de la Craffe, s'il en restait.

— Je le savais ! réagit Le Bègue en joignant les

318

mains en signe de prière. J'en étais sûr ! Il va falloir être vigilant, qu'il ne le détourne pas de notre pape.

— Je n'ai pas de souci, je sais que vous y veillerez, répliqua le comte avec sérieux.

L'ecclésiastique prit la remarque pour un encouragement.

— Nous allons resserrer les rangs autour de lui, ajouta-t-il.

— Alors, craignez plus de ceux qui sont restés ici que de ses compagnons d'armes. Car ce n'est pas chez ceux qui ont risqué leur vie pour lui que vous trouverez intrigue et manigance.

Nicolas et Azlan avaient laissé le convoi entrer dans la citadelle par la porte Saint-Nicolas. Les Lorrains se rendaient au palais ducal afin de rencontrer le gouverneur français de la ville et de marquer leur arrivée officielle dans le duché. Les deux hommes longèrent les remparts à travers la prairie qui ceignait l'édifice et s'arrêtèrent devant la porte Saint-Jean, plus à l'ouest. Le chirurgien flatta l'encolure de sa monture, qui l'avait porté à travers une partie de l'Europe jusqu'à Nancy. Il ne pouvait détacher son regard de l'immense édifice de pierre formé de cinq baies : seule la partie centrale faisait office d'ouverture et, sur le toit, deux colonnes quadrangulaires supportaient chacune un soleil doré.

— Te voilà arrivé, dit Azlan.

— Il y a quatre ans, j'ai quitté la ville par cet endroit, comme un fugitif. Il y a si longtemps que j'attends ce moment, si tu savais...

Nicolas inspira une grande bouffée d'un air froid et humide, qu'il expira ensuite longuement.

— Je reprends ma vie là où je l'ai laissée, ajouta-t-il avant de faire avancer sa monture sur le tablier de bois.

Ils longèrent la place Saint-Jean du côté sud et ils laissèrent leurs chevaux s'abreuver au ruisseau, sur lequel avait été aménagée une retenue d'eau. Puis ils empruntèrent la rue du Moulin. Une odeur de pain, provenant des fours banaux, situés à côté de la douane, nimbait les lieux. Ils dépassèrent la maison Saint-Charles et croisèrent deux hommes, raquettes et éteufs[1] en main, qui sortaient d'un bâtiment, devisant bruyamment en italien.

— Que font-ils ? demanda Azlan en se retournant sur eux.

— Il y a ici une salle de jeu de paume, répondit Nicolas avant de lui expliquer les règles consistant à se renvoyer une balle au-dessus d'un filet. Elle est, paraît-il, réputée dans toute l'Europe, et certains joueurs viennent de loin pour y défier les champions du duché.

— Je pourrai essayer ? Cela semble si amusant.

— Pense d'abord à protéger tes mains, répondit Nicolas en lui montrant ses bandages. Ce sont...

— ... mes outils de travail, je sais, compléta Azlan.

Il aurait voulu embrasser toute la ville du regard tant il était avide de la découvrir.

Les deux cavaliers tournèrent sur la droite et passèrent devant la tuerie où les bouchers étaient à l'œuvre depuis l'aube et où Nicolas s'était jadis réfugié avec Marianne. Il avait profondément ancré en lui le souvenir de son regard dans la pénombre, alors que, entourés des carcasses des bêtes, ils pataugeaient dans le sang et

1. Balles du jeu de paume, ressemblant à des balles de tennis.

dans l'odeur de la viande encore chaude. Ils s'étaient embrassés longuement, puis elle l'avait repoussé doucement vers la lumière de l'exil.

La place du marché était tout aussi animée qu'avant son départ, les étals déployés proposaient des marchandises en quantité suffisante pour éviter toute famine. Au centre, un homme avait été exposé au carcan : il était enchaîné à un poteau à l'aide d'une chaîne métallique qui lui avait été passée autour du cou. Au-dessus de sa tête, un panneau indiquait que l'individu, boulanger en vieille ville, avait utilisé pour ses pains des mélanges de farine mauvaise et réprouvée, et qu'il avait triché sur le poids de ses marchandises. Son supplice allait durer deux heures.

Nicolas surprit le regard inquiet d'Azlan. L'image de Babik et de son masque de fer les traversa. Le chirurgien accéléra l'allure. Ils approchaient de la rue Saint-Jacques, de la boutique de François Delvaux. Ils quittèrent leurs montures afin de parcourir les derniers mètres à pied.

— C'est ici, annonça Nicolas en montrant une façade moins haute que ses voisines.

La boutique était coincée entre un marchand de faïences et un vendeur de bois. Mais quelque chose clochait qui inquiéta Nicolas : l'enseigne, composée d'un bassin jaune, n'était pas visible. Lorsqu'ils arrivèrent devant la façade, il ne put s'empêcher de pousser un cri.

— Qu'est-ce que cela veut dire ?

À la place du rideau de fer, servant de comptoir, se trouvait une simple porte donnant sur un couloir intérieur. Le reste avait été muré et la maison transformée en habitation.

53

La grue, longue de cinq mètres, était située au sommet de la seule baraque de pierre du quartier du Crosne, le port de Nancy. Le reste était constitué de maisonnettes en bois servant de hangars pour le stockage des marchandises ou de logements pour les travailleurs. Deux ouvriers manœuvraient avec peine les manivelles qui déplaçaient les deux énormes roues crantées du mécanisme de l'engin, faisant monter une longue poutre en position verticale.

— Allez-y doucement ! hurla maître Delvaux, qui surveillait les opérations. Ce n'est pas un simple bout de bois ! C'est le mât de mon bateau, son cœur et ses poumons. Il mérite tout votre respect, ajouta-t-il en faisant mine de le caresser de loin.

Il se tourna vers le chef de chantier, un marin qui se tenait à quelques mètres, bras croisés, sur la berge du fleuve.

— On peut y aller ? On amène la coque ? demanda impatiemment le Hérisson blanc en montrant le bateau dans lequel trois ouvriers attendaient, assis, qu'on leur donne l'ordre d'approcher.

— Non, répondit l'homme, trop de vent. Il faut qu'il se stabilise.

Maître Delvaux tapa du pied mais ne put qu'acquiescer. Le mât, suspendu à la chaîne de la grue, oscillait légèrement tel un pendu au bout d'une corde. Rien ne semblait pouvoir arrêter son mouvement de balancier. Le port était situé à quelques mètres du pont de Malzéville, qui enjambait la Meurthe de ses huit arches de pierre.

Le marin quitta la rive et se dirigea vers les baraquements.

— Hé, que faites-vous ? demanda François.

— Je vais aller boire une chopine. Cela ne sert à rien d'attendre dans le froid. On continuera quand elle se sera stabilisée, ajouta-t-il en montrant la poutre qui passait et repassait devant le christ de pierre, juché au sommet d'une colonne de dix mètres de haut à l'entrée du pont.

Il fit un signe à ses acolytes qui quittèrent l'embarcation et l'accompagnèrent dans le magasin. Le Hérisson blanc vissa son bonnet sur son crâne et soupira tout en regardant le ciel, comme s'il le prenait à témoin du manque de motivation des artisans en général et de ceux-ci en particulier. Face à lui, deux pêcheurs sur une barque relevaient avec difficulté le filet qu'ils avaient lancé. Les rets s'étaient accrochés aux branches d'un tronc flottant et menaçaient de se déchirer. Un des deux hommes dut plonger pour décoincer les mailles et remonta sur l'embarcation, grelottant de froid. *Quel inconscient*, pensa François qui, pendant plusieurs minutes, n'avait plus accordé attention au mouvement de son mât. Celui-ci s'était immobilisé, formant avec la colonne du christ un alignement parfait.

— C'est un signe, murmura-t-il. Le moment est venu !

Il se retourna pour ameuter ses troupes et fut comme frappé de stupeur. À quelques mètres de lui, Nicolas, qui marchait dans sa direction, s'arrêta, surpris lui aussi de se retrouver soudainement face à son maître. Les deux hommes restèrent quelques secondes sans bouger avant de tomber dans les bras l'un de l'autre.

— Nicolas, mon petit… ! s'écria le Hérisson blanc,

qui le serra encore plus fort afin de vérifier qu'il ne rêvait pas. Tu es là, enfin. Après tout ce temps…

Il chassa d'un geste nerveux la larme qui roulait sur sa pommette.

— Laisse-moi te regarder !

Il se recula pour le détailler.

— Tu as l'air en forme. Pas de blessure ?

— Je vais bien.

— Alors, la guerre est finie ?

— Pour moi, oui. Le duc…

— Viens, l'interrompit le Hérisson blanc. Allons nous installer sur la *Nina* !

Il lui montra l'embarcation à fond plat, dont l'avant formait une saillie, ancrée sur la berge. Le chaland, long de dix mètres, était constitué de planches de chêne cloutées.

— C'est aujourd'hui que l'on doit poser son mât, expliqua maître Delvaux en l'invitant à s'asseoir en face de lui. Quel jour faste, Seigneur Dieu, qui est aussi celui de ton retour ! Alors, tu me disais ?

— Le duc m'a promis de clore toutes les poursuites engagées contre moi.

— Il paraît que tu lui as sauvé la vie ?

— Comment le sais-tu ?

— Maître Ribes de Jouan…

— Germain !

— Il me donnait de tes nouvelles par ses messagers.

— C'est ton voisin qui m'a dit où je pouvais te trouver. Qu'est-il arrivé à ta boutique, François ?

Le Hérisson retira son bonnet pour se gratter le front. Le blanc s'était propagé dans le gris de ses cheveux.

— Beaucoup de choses se sont passées depuis ton

départ. La chirurgie, c'est fini pour moi. Je m'occupe de mes vignes maintenant. Je fais du vin.

— Comment va Jeanne ?

François évita le regard de Nicolas pour lui répondre. Il fixa la lointaine colonne du christ.

— Mon petit, comment te dire ? Jeanne… Jeanne est morte il y a plus de trois ans, quelques mois après ton départ.

Nicolas resta silencieux. Le pressentiment l'en avait traversé lorsqu'ils avaient trouvé porte close rue Saint-Jacques. Il avait laissé Azlan en ville et s'était rendu seul au port du Crosne. C'était impossible. Pas Jeanne, pas elle. L'image de la patronne, pleine de vie, surgit devant ses yeux. Il ne pouvait croire que seul son souvenir était vivant.

François lui serra l'avant-bras.

— Je sais ce que tu ressens. Ce fut un choc pour nous tous, crois-moi.

— Mais elle allait mieux… Le soldat qui était passé vous voir m'avait transmis de ses nouvelles. Elle allait mieux…

— Non, elle n'a jamais été mieux. Jeanne est restée paralysée pendant un mois puis, un jour, elle ne s'est pas réveillée. On t'a menti, Nicolas. On t'a tous menti. Quand votre messager est passé, elle était déjà morte. Mais on avait si peur que tu désertes pour rentrer. C'eût été trop dangereux.

Nicolas retira son bras. Le vent soufflait à nouveau, et l'embarcation clapotait sous les vaguelettes. La chaîne qui retenait le mât grinça sous les mouvements de la poutre.

— Comprends-nous, insista le Hérisson blanc devant son silence.

Le marin et ses ouvriers sortirent du magasin afin de vérifier l'état de la grue. Les oscillations du poteau, de plus en plus fortes, menaçaient l'intégrité du bras de levage. Le chef de chantier appela maître Delvaux qui ne l'entendit même pas, puis cria des ordres.

— Et Marianne ? J'avais de ses nouvelles par toi. Pourquoi ne m'a-t-elle jamais écrit ?

— Marianne a été formidable pendant l'agonie de la patronne. Elle l'a veillée jusqu'au bout. Elle est partie six mois après, quand j'ai fermé la boutique.

— Elle est retournée à la Charité Saint-Epvre ?

François resta un instant silencieux, les yeux rivés sur ses bottes avant d'affronter le regard de Nicolas.

— Non. Elle a quitté Nancy. Je n'ai plus eu de ses nouvelles. Personne ne sait où elle est.

La chaîne, qui retenait le billot de bois suspendu au-dessus de l'eau, descendit soudainement. Le mât s'écroula en giflant le fleuve dans un craquement sourd.

54

Nicolas, encore sonné, avait rejoint Azlan qui l'attendait à l'auberge des *Trois Maures* où ils louèrent une chambre pour la nuit. Ils avaient décliné l'offre de Carlingford de loger au palais ducal. Le jeune Tsigane, qui avait compris la situation, préféra attendre que Nicolas se confie spontanément et ne posa aucune question, ce dont le chirurgien lui fut reconnaissant. Il se sentait incapable de réfléchir, écrasé par une réalité qui ressemblait au pire des cauchemars. Travailler sur des corps que la vie quittait bien souvent et se battre contre la mort qui rôdait comme une mouche sur une carcasse avaient rendu François imperméable aux émotions. Il avait décrit à Nicolas les derniers moments de sa femme avec une précision professionnelle qui lui avait glacé le sang. Même s'il comprenait la réaction de son vieux maître, qui avait changé de vie, sa promptitude à fermer boutique l'avait perturbé.

Alors qu'Azlan s'était endormi sitôt couché, Nicolas, comme à son habitude, avait entamé sa lutte quotidienne pour apprivoiser le sommeil. Cette réticence s'était accrue durant les quatre dernières années. Elle n'était pas seulement liée à cette plongée dans le néant qui le laissait sans défense, mais il redoutait les visions des corps déformés par la guerre qu'il y croisait. Et, ce jour, s'y ajoutait l'image de Jeanne. Il descendit chercher plusieurs bougies de réserve pour la nuit, qui s'annonçait encore plus longue que les autres. Ayant appris qu'il faisait partie de la délégation du duc, l'aubergiste refusa de lui faire payer les chandelles. Une fois remonté dans la chambre, Nicolas prit le livre que Marianne lui avait offert et qu'il considérait comme son trésor le plus précieux. Ils l'avaient lu ensemble et l'avaient annoté de remarques et de réflexions personnelles. Nicolas avait conservé un de ses cheveux qui s'était coincé entre deux pages, celles relatives à la circulation du sang. L'auteur y expliquait son mécanisme, dû à la dilatation de la chaleur dans le cœur. *Le cœur est un soleil*, avait écrit Nicolas. Elle lui avait demandé un jour quand elle pourrait voir ce soleil sous la soie, elle qui n'avait jamais assisté à une autopsie et était curieuse de connaître l'anatomie de cet organe autrement que dans les planches des traités. Ils n'avaient pas eu le temps de le faire, mais il avait trouvé l'image élégante et y pensait depuis chaque fois qu'il ouvrait une peau d'un trait de scalpel. L'ouvrage comportait aussi une section sur les météores, qui le fascinaient, ainsi que des maximes dont il récitait certaines dans les moments de doute depuis leur séparation. *Il n'y a rien qui soit en notre pouvoir que nos pensées*, avait écrit l'auteur. *Les pensées sont déjà des actions*, avait-il ajouté dans la marge, alors qu'un soir ils débattaient tous deux sur comment changer l'ordre du monde.

Il referma le livre et huma le cuir de la couverture à la recherche du parfum de la femme qu'il aimait, mais les dernières senteurs s'étaient envolées depuis longtemps, remplacées par l'odeur de la poudre.

— *Le Discours de la méthode. Pour bien conduire sa raison, et chercher la vérité dans les sciences*, lut-il à haute voix.

Chacune des lectures du livre de Descartes l'avait rapproché de Marianne. Mais, maintenant qu'il était parvenu à son but, elle s'était envolée. La tentation du sommeil fut la plus forte peu avant l'aube. Il se laissa glisser dans sa vertigineuse descente.

Trois heures plus tard, il était dehors, en compagnie d'Azlan à qui il avait expliqué la situation. Ils visitèrent les chirurgiens de Nancy, afin de leur proposer leurs services, mais aucun n'accepta de les employer. Nicolas avait remarqué les regards intrigués et méfiants lancés en direction du jeune Tsigane, mais ce ne fut qu'à la dernière boutique, chez maître Grosclaude, que le malaise se concrétisa. L'homme avait terminé une cautérisation dont il n'était pas satisfait. Avant de les recevoir, il était déjà de fort mauvaise humeur. Le patient, allongé dans la pièce attenante, poussait des gémissements plaintifs entrecoupés de hurlements de douleur qui faisaient hausser les sourcils du praticien.

— Je déteste ce genre de client, expliqua-t-il à Nicolas tout en excluant Azlan de la conversation. Ils ameutent exagérément toute la rue comme s'ils étaient des veaux à la tuerie. Cela est du plus mauvais effet, croyez-moi ! Bon, revenons à notre affaire…

Il s'essuya les mains sur un linge taché de sang.

— Je veux bien vous prendre, je connais vos capacités, Déruet, et vous me serez utile pour faire taire ces braillards. Mais la vie est difficile ces temps-ci, le commerce est à genoux et il y a tellement de pauvres que je vais finir par en faire partie moi aussi !

Il posa le linge sur son épaule à la manière d'un aubergiste.

— Je pourrai vous loger, vous nourrir et vous donner, disons, cinq francs chaque mois, s'il me reste assez dans ma cassette, proposa-t-il en portant les mains à ses hanches.

— Mais c'est du vol ! s'exclama Azlan avant même que Nicolas ait pu répondre.

— Et mon offre n'est pas valable pour le bohémien ! répliqua Grosclaude en relevant son menton. Jamais il ne sera admis chez moi. C'est un comble qu'un vagabond, qu'un bon à rien me traite de voleur ! Maintenant, tu dégages, le…

L'homme n'eut pas le temps de finir sa phrase : Azlan l'avait attrapé à la gorge et serrait la trachée. Il émit un couinement auquel répondit la plainte de douleur de son patient.

— J'attends des excuses ! intima le jeune Tsigane. Alors ?

Nouveau couinement dans les tons aigus. Grosclaude essaya de se débattre, mais l'absence d'oxygène commençait à l'affaiblir sérieusement. Il capitula et articula un « pardon » à peine audible. Lorsque Azlan lâcha prise, il tomba à genoux et ouvrit grand la bouche pour happer l'air comme un poisson hors de l'eau. Nicolas s'approcha de lui et lui tapa sur l'épaule.

— Vous avez de la chance, maître Grosclaude. D'habitude, il égorge ses victimes et met le feu à leurs maisons. Vous savez comme sont les bohémiens. Si imprévisibles !

Quand il rejoignit Azlan dans la rue, celui-ci n'avait pas encore retrouvé son calme.

— Je suis désolé, tous ne sont pas comme lui, s'excusa Nicolas.

— Je sais, mais des comme lui j'en ai rencontré dans tous les pays ! Ils forment une grande famille. Et je n'oublie pas qu'il y a quatre ans nous étions des robs. Des esclaves.

— Arrêtons là nos recherches. Demain nous verra plus en veine. Pour l'heure, je vais rendre visite à quelqu'un qui ne se souviendra pas de moi.

— Très vieux ?

— Trop jeune !

55

Le couvent du Refuge avait changé d'emplacement. Les anciens locaux de la rue Saint-Nicolas étant devenus trop étroits, la mère Janson avait acquis des terrains entre la rue de Grève et la rue des Quatre-Églises, et fait ériger plusieurs corps de logis où les sœurs et les pensionnaires étaient venues s'installer deux ans auparavant. Nicolas regarda la façade neuve du bâtiment sur laquelle était gravée l'inscription *Gloire soit à Dieu* avant de pénétrer sous le porche. À son grand soulagement, la supérieure se souvint parfaitement de lui. Elle avait maigri et son visage s'était émacié, faisant saillir ses pommettes et creusant ses joues. Elle se déplaçait avec difficulté et semblait contenir une douleur au thorax. L'une des sœurs lui apporta une chaise sur laquelle elle s'assit pour le recevoir. Lorsqu'il lui demanda des nouvelles du petit Simon et de Marianne, elle ne put s'empêcher de sourire.

— Je savais que vous viendriez, Nicolas Déruet.

Elle triturait machinalement son chapelet aux grains usés.

— Je suis venu rendre visite à Simon. Il doit avoir bien changé depuis ma dernière venue, dit-il en s'attendant à voir débouler un enfant dans la pièce. Est-il en bonne forme ?

— Nous avons élevé le petit jusqu'à ce que Marianne Pajot le place sous sa protection. Nous n'avons plus eu de nouvelles depuis. Et pour répondre à la question que vous allez me poser : non, nous ne savons pas où ils se trouvent.

La déception se lut sur le visage de Nicolas. L'enfant était le dernier lien entre lui et Marianne.

— Me le diriez-vous si vous le saviez, ma mère ?

Le chapelet s'immobilisa.

— Je vous le répète, nous ne savons pas où ils vivent, répondit-elle alors que chaque mot lui coûtait. Et si je le savais, je ne vous en informerais pas, monsieur.

— Merci de votre franchise, je comprends, répondit-il, sachant qu'il n'obtiendrait rien de plus de la supérieure. Avez-vous consulté un médecin, ma mère ? ajouta-t-il alors qu'elle se levait avec difficulté.

Il ne l'avait pas quittée des yeux durant leur entretien. Son état, ses rictus et sa douleur étaient typiques de tous les cas qu'il avait rencontrés lorsqu'il était chirurgien ambulant dans le duché. Il lui décrivit la liste de ses symptômes afin d'appuyer son diagnostic. La mère Janson ne cilla pas.

— Acceptez-vous mon aide ? Puis-je voir votre tumeur ?

La sœur qui avait installé la chaise revint pour aider sa supérieure à marcher. Marie-Thérèse Janson fit trois pas quasiment sans lever les pieds et s'arrêta devant lui.

— Seul Dieu peut voir ma nudité, car c'est ainsi que je me présenterai à lui.

— Je pourrais soulager votre souffrance.

— La souffrance est une épreuve que le Seigneur m'envoie. Je vous remercie de votre sollicitude, mais l'issue est toujours fatale, non ?

Il baissa la tête en signe d'impuissance. Elle fit à nouveau plusieurs pas avant qu'il ne l'interpelle.

— Une dernière question, ma mère : quand Marianne vous a retiré le petit Simon, il y a trois ans, a-t-elle dit pourquoi ?

— Vous faites erreur, mon fils. Elle est bien venue chercher l'enfant, mais au mois de septembre 1696, il y a juste un an et demi.

56

Un soleil froid dispensait une lumière opaline sur la côte des Chanoines. Situé à l'extrémité du fief de Turique, au pied de la colline de Buthegnémont, qui dominait le nord-ouest de Nancy, l'endroit était réputé pour ses vins de qualité. François Delvaux y avait acheté un hectare des vignes les plus convoitées de la ville.

— En plus d'un grand pré, précisa-t-il à Nicolas en lui montrant le champ situé à leurs pieds. Un autre hectare de future vigne.

Nicolas regarda les sarments rabougris par le froid et la sécheresse. François se pencha près de lui.

— On a peine à croire qu'il puisse sortir quelque chose de ce bout de bois mort, n'est-ce pas ?

— J'ai surtout du mal à croire que tu aies arrêté la chirurgie pour une activité aussi éloignée. Pour quoi que ce soit, d'ailleurs, ajouta-t-il alors qu'ils s'étaient retournés pour admirer la vue des quelques rayons qui avaient réussi à percer la voûte laiteuse.

Des toits s'échappaient des fumées pareilles à des ficelles happées par le ciel. Un convoi de plusieurs carrosses se présenta à la porte de la Craffe. Le bruit des fers leur parvint, lointain et assourdi.

— Tu sais, je n'en pouvais plus de courir après mes honoraires et de me voir opposer les raisons les plus stupides de me verser mon dû. De soigner des personnes en les vidant de toutes leurs humeurs. Je n'avais pas le feu sacré comme toi, Nicolas. Et la mort de Jeanne m'a décidé. Au moins, mes vignes ne se plaignent pas chaque fois que je les approche avec un couteau, et elles produisent leurs fruits, plus ou moins gros, plus ou moins sucrés, si le ciel et les oiseaux ne se chargent pas de les arracher. J'en tire un millier de francs par an, une fois la dîme décomptée. Les chanoines, eux, en sont exemptés. Concurrence déloyale. Et les vins étrangers sont en train d'envahir nos caves à des niveaux de prix auxquels je ne pourrais même pas proposer une bouteille vide !

— Si je comprends bien, la situation est difficile.

— Désespérée, tu veux dire ! En trois ans, j'ai plus perdu qu'en trente ans auparavant. Mais tout cela est provisoire, en attendant de larguer les amarres. Viens, montons. Depuis là-haut, on peut voir ma *Nina* ! Avec un peu de chance, j'aurai mon nouveau mât pour cet été.

Ils atteignirent rapidement les limites de sa propriété, les dépassèrent, longèrent d'autres vignes et des vergers, avant de parvenir au sommet de la côte.

— Tu ne me parles pas de Marianne, remarqua François. Tu es venu pour comprendre, n'est-ce pas ?

— Je suis venu te voir et comprendre ta nouvelle vie.

— Tu vas essayer de la retrouver ? insista François.

— Oui, même si, pour cela, je dois retourner la ville et le duché, affirma-t-il. Te rends-tu compte qu'en ce moment même elle est peut-être là, sous nos yeux, dans une de ces maisons, à penser à nos retrouvailles ?

— Alors, pourquoi est-elle partie sans laisser d'adresse ? interrogea doucement François. J'ai beaucoup d'affection pour elle, qui s'est montrée formidable avec Jeanne. Mais t'es-tu demandé si elle avait pour toi les mêmes sentiments depuis ton départ ?

— Que veux-tu dire ?

— Ne crois pas que j'insinue quoi que ce soit, je n'ai pas plus d'éléments que toi. Mais je ne voudrais pas que tu coures après une chimère, petit.

— Et ta *Nina* n'est pas une chimère, elle aussi ?

— Je partirai un jour sur mon bateau. J'irai jusqu'au bout. D'autant que rien ne me retient plus ici.

Nicolas faillit répondre « moi non plus », mais laissa passer un silence. Il n'avait pas envie d'entendre la voix de la raison. Il n'avait plus envie d'écouter les préceptes de Descartes. Il se sentait capable de toquer aux deux mille portes de la cité. Aux dizaines de milliers du duché.

— Tu as trouvé du travail ? demanda maître Delvaux, que le silence mettait mal à l'aise.

Nicolas lui relata leur mésaventure de la veille.

— Je me sens responsable envers Azlan, conclut-il, mais je me sens aussi incapable d'ouvrir boutique. Je n'ai jamais su faire commerce.

— Je te le confirme ! Quelle guigne, je ne peux même pas vous accueillir, mon foyer se réduit à une seule pièce. Vous devriez vous présenter à la maison Saint-Charles, l'hôpital Saint-Julien leur envoie de plus en plus de malades et les sœurs ne peuvent plus faire face à l'afflux de patients. J'ai entendu dire qu'ils voulaient s'agrandir. C'est le moment !

57

Le comte de Carlingford laissa son esprit vagabonder tout à la contemplation de la scène de chasse reproduite sur la tapisserie qui lui faisait face. Les loups semblaient avoir inspiré l'auteur, qui en avait dessiné une meute, gueule ouverte sur des crocs proéminents, face à des cavaliers dont les montures effrayées jouaient des sabots pour se défendre des prédateurs. Depuis cinq jours qu'il avait investi cette pièce pour en faire son bureau, chacune de ses pauses le ramenait inévitablement à ce tableau qui lui inspirait à chaque fois une réflexion différente. L'endroit, dépourvu de cheminée, souffrait d'un déficit de chaleur et de clarté qu'il avait l'intention de faire corriger en temps utile. Mais le caractère spartiate de son lieu de travail ne lui déplaisait pas, habitué qu'il avait été au confort sommaire de la guerre. Il s'était acquitté dès son arrivée des décisions les plus urgentes et avait signé ses premières ordonnances, tout en consultant les nobles et bourgeois locaux avec lesquels il allait devoir composer, en attendant des réformes qui les priveraient de certains privilèges gagnés pendant l'occupation. Le gouverneur français l'avait accueilli avec une courtoisie teintée de condescendance. Depuis Vienne, Léopold ne cessait de manifester à Louis XIV des signes de sa volonté de réconciliation et d'apaisement. Tout se passait en douceur, seule la démolition des fortifications prenait plus de temps que prévu, ce qui allait retarder d'autant l'arrivée du duc dans son palais. Cette destruction des défenses de la ville était vécue par les Lorrains comme une humiliation, et Léopold avait l'intention de ne rentrer dans Nancy qu'après le départ des soldats français.

Le comte, qui n'arrivait plus à rester concentré sur ses dossiers, se leva avec difficulté. Son dos, dont la douleur lancinante s'était réveillée durant le voyage depuis Vienne, continuait à le tourmenter. Il s'approcha de la porte-fenêtre qui donnait sur la rue, d'où parvenait le brouhaha joyeux des badauds venus acheter des objets dans les quelques boutiques accolées au mur du palais. Il l'ouvrit et s'avança sur le balcon de pierre supporté par deux amours sculptés. Il fut accueilli par un froid sec qui lui fouetta le visage. Sur sa gauche, l'église Saint-Epvre laissait entrevoir sa silhouette de pierre jaune, fine et élancée tandis qu'à sa droite les toits de la porte de la Craffe, recouverts d'une mince pellicule de neige, dépassaient des maisons environnantes. Au moment de rentrer, Carlingford eut un mouvement de surprise en se retrouvant face au gouverneur, qu'il n'avait pas entendu approcher.

— Pardonnez-moi de vous avoir effrayé, dit le Français, ravi d'avoir atteint son but. Est-ce que je vous dérange ?

Le comte dévisagea l'homme, poudré à outrance, dont la perruque frisée et volumineuse descendait en dessous des omoplates. Lui qui, pendant les campagnes, se moquait bien de l'étiquette, ne supportait pas qu'un militaire de garnison, comme l'était le gouverneur à ses yeux, se permette de l'apostropher sans relever aucun de ses titres.

— Vous ne m'avez pas effrayé, répondit-il avec morgue, j'ai juste cru qu'un des trophées de la galerie des Cerfs s'était décroché du mur pour venir m'embrocher.

Le gouverneur eut un instant d'hésitation, mais, ne trouvant aucune repartie, s'approcha du bord et huma l'air bruyamment.

— Je vais finir par regretter cette ville, s'épancha-t-il complaisamment alors qu'un halo de vapeur accompagnait chacune de ses paroles. Nous n'en avons pas assez exploité les richesses. Par contre, ce que je ne regretterai pas, ce sont les habitants. Savez-vous ce que l'on dit à Versailles ?

— Que le roi est pressé de retrouver à ses côtés un fidèle serviteur comme vous ?

— Votre éloge me flatte, comte, répliqua l'autre, sans en avoir saisi la moquerie. Monsieur, le frère du roi, m'a rapporté une rime qui fleurit ces temps-ci à la Cour : *Lorrain, vilain, traître à Dieu et à son prochain.* Je trouve ce raccourci de bon aloi.

— Monsieur, comme vous le savez, a l'intention de marier sa fille à notre duc, qui va prendre la tête de cet État, répondit Carlingford en se réjouissant de la bêtise de son interlocuteur, dont il avait déjà été prévenu. Êtes-vous en train de prétendre, cher gouverneur, que le futur neveu du roi Louis n'est qu'un vilain traître indigne d'intérêt ?

Le Français peina à répondre.

— Loin de moi cette idée, que n'allez-vous… ?

Le comte aperçut Nicolas et Azlan dans la foule. Il les avait fait quérir pour soulager ses douleurs. Il invita le gouverneur à rentrer et referma la fenêtre en soupirant exagérément.

— Vous m'en voyez soulagé. J'ai cru un instant que vous aviez de la sympathie pour ceux qui déshonorent la maison de Lorraine. Vous avez sans doute confondu rime et rumeur, cher gouverneur.

— Sans doute…, bredouilla l'homme, qui n'osait plus s'aventurer sur ce terrain, certain d'être battu.

Il donnait l'impression de s'être soudainement tassé sur lui-même.

— À ce propos, d'ailleurs, d'infâmes rumeurs sur votre comportement me sont parvenues depuis mon arrivée, continua Carlingford. Mais sans rime, contrairement aux vôtres.

— Comment ? Mais quelles rumeurs ? s'exclama le Français en se redressant.

— Rien de bien important, puisque ce ne sont que des rumeurs.

— Mais quelles sont-elles ? demanda-t-il sur le ton de la supplique. Parlez !

Le comte fit mine de rassembler ses souvenirs avant de lui répondre :

— Des histoires de pièces d'or que vous auriez exigées en levant un impôt sur votre personne. Ces pièces avaient, paraît-il, une face à votre effigie et l'autre aux armes de la ville. En les voyant, vous auriez dit, mais je ne fais que colporter un mauvais vent, « Faites-moi des jetons plus gros qu'on me reconnaisse mieux ! » Invraisemblable, n'est-ce pas ?

— Oui, en effet, répondit le Français en évitant son regard. Bien, je vous laisse à votre future fonction.

Il se dirigea vers la porte. Carlingford fit tinter des pièces qui se trouvaient dans sa poche, faisant se retourner le gouverneur. Il en sortit une, qu'il lui montra en la tenant entre le pouce et l'index.

— Par le plus grand des hasards, je me trouve en possession de quelques monnaies dont le profil m'a paru fort familier, reprit-il en faisant rouler ses yeux du sou doré au Français.

Il la posa sur son bureau et s'approcha de son interlocuteur, qui semblait incapable de réagir.

— Savez-vous ce qui ferait plaisir à notre bon roi Louis le Quatorzième ?

Le gouverneur déglutit et fit non de la tête.

— Que le reste de ces pièces serve de cadeau en

l'honneur du mariage de sa nièce et de notre vilain traître de duc. Qu'en pensez-vous ?

— Mais comment pourrais-je… ?

— Les retrouver ? Je vous fais confiance, mon cher ami. Vous avez si bien tenu les comptes de la ville depuis votre arrivée que rien, pas même un franc, n'a pu échapper à votre vigilance.

Lorsque Nicolas et son assistant furent introduits dans le bureau de François de Carlingford, celui-ci était recroquevillé sur sa chaise. Après n'avoir rien voulu laisser paraître devant le gouverneur, il s'était assis à son bureau et avait poussé un cri pour évacuer la douleur qui lui perçait le bas du dos. Les crises étaient de plus en plus rapprochées et aiguës. Pas question pour lui de capituler ou de donner l'impression qu'après seulement quelques jours, le représentant du duc était souffrant et incapable d'assurer ses fonctions. Il ne voulait pas qu'un médecin l'examine et ébruite l'affaire. Le seul en qui il avait confiance était maître Déruet. C'était aussi le seul capable de le soigner.

Nicolas défit ses bandages et frotta ses mains afin de les réchauffer. Carlingford s'était allongé, torse nu, sur la méridienne située sous la tapisserie et les gueules béantes des loups. Le chirurgien observa la petite bosse située à la base du dos, rosacée et tendue, de la taille d'une noix.

— C'est arrivé à la bataille d'Eberbach. Nous faisions le siège de la forteresse et Léopold, comme toujours, s'est montré très intrépide, expliqua Carlingford.

— Je m'en souviens, ajouta Nicolas en palpant doucement la zone douloureuse, j'étais dans l'ambulance pour la première fois depuis Temesvar. Mais je ne vous ai pas soigné ce jour-là.

— C'est douloureux dès lors que vous y touchez, grimaça le comte. Comme un coup de dague.

Nicolas jeta un regard à Azlan qui sortit plusieurs instruments de sa trousse et les déposa près du chirurgien.

— Vous ne m'avez pas soigné, confirma Carlingford, je suis juste tombé de cheval.

— Il semble qu'il y ait un corps étranger dans cette excroissance de chair, expliqua le chirurgien. Je vais devoir l'en extraire. Êtes-vous d'accord, Votre Excellence ?

— Cela va-t-il être long ?

— Environ une minute. Plus quelques jours de repos. Mais vous pouvez demander d'autres avis.

— Inutile. Allez-y.

— Peux-tu sortir et aller chercher un peu de neige que tu mettras dans le seau des linges ? demanda Nicolas à Azlan.

— Avez-vous l'intention de jouer ? plaisanta le comte.

— Non, mais de profiter de la situation. J'ai remarqué que le froid intense de la glace atténuait la douleur. Dites-moi dans quelles circonstances vous avez chuté.

— Le duc pressait les Turcs au mépris du danger. Avec un de mes officiers, un colonel expérimenté, nous nous sommes engagés pour le protéger. Un boulet de canon, lancé par les Ottomans, a rebondi juste devant nous et a atteint le colonel à la cuisse, faisant exploser son sabre. Ma monture s'est cabrée et m'a désarçonné. Je suis mal retombé. Rien de très héroïque mais, depuis, la douleur n'a fait que croître.

Azlan revint avec le seau à moitié rempli de neige, dont il fit des boules qu'il emballa dans les linges. Nicolas en appliqua un sur la protubérance pendant que son assistant chauffait à la flamme la pointe d'un stylet. Leur complicité était telle qu'ils n'avaient que très peu besoin d'échanger. Une fois la neige fondue, il essuya la peau et déposa une seconde boule de froid. Carlingford ne réagit pas lors de l'application. La zone douloureuse avait été endormie.

Tout en parlant de leur dernière campagne, Nicolas ôta le linge froid et ouvrit latéralement la peau à l'aide d'un scalpel, puis écarta les lèvres de la plaie. Le corps étranger était enclavé dans l'un des espaces transverses des dernières vertèbres lombaires, près du point d'attache des muscles. Il dirigea le tranchant de son bistouri un peu en dehors afin d'éviter la lésion des vaisseaux sanguins attenants. L'objet s'était enkysté et les nerfs proches avaient été pincés par le développement du kyste, provoquant des douleurs à chaque mouvement. Nicolas coupa toutes les adhérences et réussit à extraire la tumeur alors que la zone était encore partiellement anesthésiée par le froid. Carlingford serra les dents.

— J'ai enlevé le corps étranger, dit Nicolas en prenant le stylet à la pointe rougie qu'Azlan lui tendait.

Le comte souffla, pensant l'opération terminée.

— Je vais cautériser les nerfs lésés pour m'assurer qu'il n'y aura plus d'adhérence nerveuse.

— Cautériser ? Qu'est-ce à dire ? demanda Carlingford qui, toujours allongé sur le ventre, n'avait pas vu l'instrument chaud comme une braise.

— Cela signifie que, dans les cinq secondes à venir, il vous faudra ne pas ciller quoi qu'il arrive.

Avant même que le corps ne se crispe, il avait introduit le stylet tout en s'appuyant sur le dos du patient afin d'éviter qu'il bouge. Quand l'odeur caractéristique de chair brûlée leur parvint aux narines, Nicolas avait déjà terminé. Il posa immédiatement un nouveau linge rempli de glace. François de Carlingford n'avait pas manifesté sa douleur.

— C'est fini, conclut-il en pansant la plaie.

Azlan avait dégagé l'objet, un triangle de métal de la taille d'une fleur de trèfle, et l'avait donné à Nicolas.

— Voici l'origine de vos malheurs, Excellence, annonça-t-il en le lui déposant dans la main.

— Qu'est-ce donc ? demanda Carlingford en le regardant scintiller dans sa paume.

Nicolas s'était essuyé les mains et posté devant lui.

— Une pointe de sabre. Sans doute celle de votre officier, que le boulet a envoyée comme un projectile. Vous m'avez fait l'honneur d'être mon dernier patient de guerre, Excellence.

— Je vous suis reconnaissant, Nicolas. Combien de temps devrai-je rester allongé ?

— Évitez de marcher trop et de vous pencher en avant le temps de la cicatrisation. Quand la douleur reviendra, demandez à un de vos valets de vous faire des compresses de glace. Et priez pour que la neige tienne encore une semaine ! Avez-vous des nouvelles du duc ?

— Il est à Vienne et ronge son frein. Savez-vous quelles furent ses dernières paroles quand je l'ai quitté ? Alors que je lui disais qu'il faudrait oublier la guerre, car la Lorraine a besoin d'une longue paix, il m'a souri et m'a répondu : « Vous ne voudriez pas me voir craindre la guerre, mais vous m'aiderez à aimer la paix, puisque aujourd'hui elle est nécessaire. » Vous rendez-vous compte, Son Altesse n'a que dix-neuf ans, dont quatre de campagnes.

— Moi, je n'en ai que dix-sept, revendiqua Azlan spontanément. Et je suis l'assistant du plus grand chirurgien du duché !

Sa repartie fit rire le comte qui grimaça aussitôt.

— Notre nouvel État est donc plein de promesses, conclut Carlingford.

Les loups sur la tapisserie lui semblèrent tout à coup moins menaçants.

58

La maison Saint-Charles était née d'une pharmacie pour les pauvres qui avait été établie rue du Moulin dans une ancienne fabrique de cuivre. Devenue une charité, tenue par les sœurs, elle fut un lieu de distribution de nourriture et de soins pendant cinquante ans, jusqu'à ce que les soldats français blessés y soient recueillis pour pallier la saturation de l'hôpital Saint-Julien.

— Nous sommes un hôpital qui n'en a pas encore le nom. Ni les subsides, dit Catherine Plaisance, la mère supérieure, en guise de bienvenue à Nicolas.

Son visage, aux traits juvéniles et fins, semblait mangé par sa cornette blanche. Elle s'était assise près de l'autel sur lequel trônait un tableau de saint Charles distribuant la communion aux pestiférés. Le reste de la pièce, qui servait de salle pour les auscultations, était d'une grande sobriété.

— Nous avons un médecin qui nous est attaché,

précisa-t-elle. Le docteur Bagard est stipendié par la ville. Mais les nouvelles que vous m'apportez me comblent de joie, ajouta-t-elle en relisant la lettre que Nicolas lui avait remise.

Le comte de Carlingford, en tant que régent du duc, avait rédigé une ordonnance qui attribuait les revenus des anciens hôpitaux de Bouxières-aux-Dames, Bouxières-aux-Chênes et Leyr à la maison Saint-Charles, dans l'attente d'un revenu régulier à prélever sur les futurs impôts. Une manne inattendue, qu'il remettait en contrepartie de l'engagement de Nicolas et Azlan comme chirurgiens de Saint-Charles attachés auprès des pauvres. Les deux hommes emménagèrent le jour même, à l'étage du bâtiment, dans des chambres qui donnaient sur une grande cour arrière.

— Nous voilà devenus des princes ! s'exclama Azlan, qui n'avait jamais connu pareil luxe, un vrai lit et une pièce rien qu'à moi !

— Un prince qui va commencer sa journée en faisant de la charpie, répliqua Nicolas en lui lançant un sac de linges.

— Voilà l'esclavage qui recommence, avertit le garçon dans un immense sourire.

Les sœurs s'occupaient elles-mêmes de la pharmacie, dont les remèdes étaient entreposés dans des vases en céramique de Niderviller, qui faisaient leur fierté. Nicolas, qui préparait lui-même ses mélanges de plantes et ses ingrédients, dut batailler ferme afin de pouvoir les intégrer dans la réserve sur laquelle elles veillaient jalousement. Mais, au bout d'une semaine, ils avaient trouvé leurs marques, et leur rythme entre les consultations et les opérations. Le premier dimanche, le 16 février, Azlan s'écroula sur sa couche avec la ferme intention d'y rester toute la journée afin de récupérer des forces. Nicolas en profita pour partir à la recherche de Marianne.

Il fit le tour des paroisses de la vieille ville et de la ville-neuve, sur les registres desquels les neuf matrones élues étaient inscrites. Le nom de Pajot était associé à celui de l'église Saint-Epvre jusqu'en 1694. Elle n'apparaissait nulle part après. Il se rendit au domicile de Louise Godfrin, qui lui avait succédé à partir de 1695, mais la matrone n'avait même jamais rencontré Marianne. Il marcha longuement dans les rues tout en réfléchissant à ce qui avait pu pousser la femme qu'il aimait à disparaître après la mort de Jeanne, et à réapparaître pour emporter le petit Simon avec elle. Il croisa une patrouille de soldats français et s'engagea par réflexe dans une ruelle adjacente. Les quatre hommes, trouvant son comportement suspect, hésitèrent à le suivre, puis se ravisèrent. Pour eux aussi, l'occupation touchait à sa fin, et aucun n'avait envie de prendre le moindre risque avant de retrouver son foyer. Les coups de masse détruisant les fortifications rythmaient les journées comme le compte à rebours de leur départ. Tous savaient que, lorsqu'ils s'arrêteraient, le silence serait synonyme de liberté retrouvée.

Nicolas longea l'esplanade entre les deux villes et emprunta la passerelle qui débouchait sur le bastion d'Haussonville, balayé par un vent glacé prompt à figer même les plus endurants. Chaque bouffée d'air lui brûlait la gorge. Il fit une halte chez Pujol, le libraire, qui avait été prévenu de son arrivée par François Delvaux mais joua la surprise et tomba dans les bras de Nicolas avec une émotion non feinte. Bien que son activité se fût considérablement ralentie, l'annonce du

346

retour de la paix l'avait incité à attendre encore une année avant de vendre sa boutique. Il lui offrit un bol de soupe et se fit raconter la campagne de Hongrie. Nicolas réduisit au minimum ses propos. Il voulait de toutes ses forces effacer le souvenir des quatre années qui venaient de s'écouler, poisseuses comme le sang. Guidé par un pressentiment, il demanda à Pujol si Marianne Pajot était venue lui acheter des ouvrages récemment. Réponse négative. *Ne pas confondre intuition et mauvaise idée*, bougonna-t-il intérieurement avant de se lever pour prendre congé.

— Une autre personne est venue, qui m'a parlé de toi, Nicolas, ajouta le bouquiniste au moment de se quitter. Une jeune femme. La veuve du marquis de Cornelli.

59

— Je ne vois pas en quoi elle pourra t'aider, dit François Delvaux, attablé devant un verre de vin à l'hôtellerie du *Chat qui boit*.

Nicolas avait rejoint son ami qui l'avait invité avec Azlan à l'auberge la plus proche de son nouveau domicile, rue des Maréchaux. L'établissement faisait partie des meilleurs clients du Hérisson blanc, et celui-ci tenait à s'y montrer régulièrement. Il disposait de cinq chambres à l'étage, et la taverne avait bonne réputation chez les artisans des différentes corporations qui venaient y déjeuner pour des tarifs respectables. Aucune table n'était loin du feu qui, l'hiver, était toujours généreux dans l'âtre ouvert sur une salle de petite taille à l'ambiance bruyante.

— Le marquis de Cornelli était l'employeur de Marianne, répondit Nicolas. Rosa a peut-être une adresse ou une indication.

— Tu n'en es toi-même pas très convaincu, avoue !

— Je n'ai pas d'autre piste, François. Je ne peux pas rester inactif.

— Nous avons interrogé les marchands et les concierges des portes de la ville, compléta Azlan. Personne ne sait où elle est allée.

Il but une gorgée et fit les yeux ronds.

— Il est bon votre vin, maître Delvaux, on dirait le tokaji de Hongrie ! Tu te souviens, Nicolas ?

— Oui, Germain avait fini par l'acheter en barrique pour notre unité. Là-bas, il est moins cher que l'eau qui coule de la rivière.

François renifla sa timbale en grès d'un air surpris, en avala une gorgée et grommela :

— Tokaji ? Tokaji ? Mais vous avez mangé une gousse d'ail avant de venir, vous deux ! Mon vin est plus fin, plus léger, ce n'est pas une liqueur du Saint Empire !

Nicolas le goûta à son tour et confirma l'impression d'Azlan. Le Hérisson blanc prit le verre de son ami, le huma et but d'un trait, manquant de s'étouffer.

— Mais qu'est-ce que c'est ? rumina-t-il en se retournant afin de voir l'aubergiste.

L'homme était en grande conversation à une table excentrée et lui tournait le dos.

François tendit son récipient à Nicolas, qui lui confirma que les deux breuvages n'avaient rien de commun.

— Ah, l'animal ! maugréa-t-il en se retournant à nouveau.

— Il s'est trompé dans les commandes, ce n'est pas grave, tempéra Nicolas.

— Oui, il est bon le…, commença Azlan, avant de se reprendre, foudroyé du regard par le Hérisson blanc. Mais le tien est meilleur ! J'en suis sûr, conclut-il, englué dans ses explications.

Il baissa les yeux en signe d'abandon.

— Oh, le bougre d'animal ! continua François. Il a osé !

— Qu'a-t-il osé ?

— Mais tu ne vois pas ? Il remplace mon vin par des produits étrangers ! Il me chasse de son établissement ! Et comme c'est un couard, il m'a servi du mien.

Des rires fusèrent de la tablée où l'aubergiste, les bras croisés, semblait raconter une histoire.

— Voilà qu'il se moque de moi ! Il doit leur expliquer comment il m'a dupé avec son poison venu d'ailleurs !

Le Hérisson se contenait pour ne pas exploser de colère. Le très léger doute qui subsistait dans son esprit était la dernière digue qui le protégeait d'une réaction incontrôlable.

— Je dois en avoir le cœur net ! déclara-t-il la mâchoire serrée.

— Tu as raison, répondit Nicolas en levant la main pour attirer son attention. Nous allons lui parler.

— Non ! s'écria François en lui abaissant le bras. Je l'ai livré le mois dernier, il n'y avait que mon vin dans sa réserve. Il ne m'a rien dit. Comment avoir confiance en un fieffé menteur ? Je vais aller y voir de moi-même. Je descends à la cave.

Un groupe entra et, voyant les tables occupées, resta hésitant sur le seuil, propulsant une vague de fraîcheur dans la pièce. Près de la porte, un teinturier de la rue Saint-Jean, qui trempait de ses mains tachées un pain dans une soupe fumante, cria en découvrant ses chicots plantés sur des gencives grisâtres :

— La porte !

Pressentant une dégradation de la situation, l'aubergiste se précipita vers les nouveaux arrivants, quatre taillandiers qui tentèrent de négocier une place pour déjeuner. Le teinturier réitéra sa demande en hurlant et en tapant du poing sur la table. Le tenancier sortit avec le groupe après qu'ils eurent échangé quelques insultes avec l'irascible client.

— J'y vais ! dit François, qui avait suivi toute la scène.

Avant même que Nicolas ait pu lui répondre, il s'était glissé dans l'arrière-boutique sans que personne fasse attention à lui. Il n'était toujours pas reparu lorsque l'aubergiste rentra au bout de plusieurs minutes : il avait fini par leur promettre une place dans la demi-heure qui suivait. Il se précipita devant la cheminée et y enfourna ses mains afin de se réchauffer, tout en espérant qu'une table se libère rapidement. Il ne vit pas le Hérisson blanc s'approcher, deux bouteilles de vin dans chaque main. Celui-ci l'apostropha.

— Depuis quand ? hurla François. Depuis quand les auberges du duché nous abreuvent-elles de liquides étrangers ?

Tout le monde se tut. Il tendit les bras au bout desquels pendaient les corps du délit.

— Depuis quand nos vignes sont-elles devenues indignes de nos palais ? Mon vin n'est plus assez bon pour les Lorrains ? cria-t-il de sa voix profonde et grave.

350

Le tenancier s'était approché, le sourire crispé, à pas comptés.

— Justement, François, j'allais t'en parler…

— M'en parler ? M'en parler ou me poignarder ? s'exclama-t-il en posant les bouteilles sans ménagement sur une table.

L'aubergiste s'en empara vivement de peur que le Hérisson blanc n'ait l'idée de les briser.

— Eh quoi ? Est-ce ma faute à moi si les vins étrangers sont meilleur marché que les tiens ? répliqua-t-il en haussant les épaules et en retournant vers l'arrière-boutique pour ranger les bouteilles.

— Et c'est suffisamment cher comme cela ! ajouta un client en vidant son verre avant de poser une pièce de monnaie devant lui.

— Ah, tu vois ? dit le tenancier en revenant sur ses pas. Pour le même prix, mes clients peuvent boire deux fois plus !

François grimpa sur la table de Nicolas et d'Azlan, que la situation semblait beaucoup amuser.

— Écoutez-moi, écoutez-moi tous ! cria-t-il en manquant de perdre son bonnet blanc dans son énervement. Aujourd'hui la guerre est finie et demain une armée d'occupation va quitter notre duché. Le duc Léopold va bientôt fouler le sol de ses ancêtres. Et vous, que faites-vous pour l'accueillir ?

Personne n'osa prendre la parole.

— Je vais vous le dire, continua François : vous détruisez le commerce local ! Vous réduisez à néant nos chances de reconstruire un État prospère et durable, voilà comment vous saluez le retour de notre souverain sur ses terres !

Un client regarda son verre d'un air dubitatif et le

reposa sur la table. L'aubergiste hocha la tête avec contrariété.

— Il a raison, approuva un des taillandiers dont le groupe était rentré peu avant sans que personne ne leur prête attention. Si on ne fait plus de vigne, moi, je ne vends plus de serpe. Et je peux fermer boutique.

— S'il n'y a plus de taillandier, je ne peux plus couper mes tissus, ajouta un autre.

— Moi, je m'en moque, je peux toujours teindre, affirma le grincheux près de l'entrée.

— Mais non, benêt, intervint François, tu n'auras plus de toile ou de soie à mettre en couleur. Sans taillandiers, plus de selliers, plus d'orfèvres, plus de bouchers ou de rôtisseurs. Sans eux, plus de vêtements et de nourriture. Alors, vous pouvez toujours continuer à boire du vin de l'étranger, mais, en plus de vous empoisonner, vous allez conduire à la ruine du duché et vous en serez responsables !

Il descendit de son perchoir dans un silence que seul le crépitement des flammes sur les bûches parasitait. Nicolas et Azlan se levèrent et le suivirent.

— Messieurs, à vous de choisir ! conclut-il au moment de sortir, laissant derrière lui un débat qui promettait d'être animé.

Les trois hommes se rendirent chez François, qui leur offrit un verre de son vin.

— Afin de ne pas pourrir définitivement la journée, précisa-t-il avant de se laisser tomber sur sa couche d'un air abattu.

— La situation est si difficile ? interrogea Nicolas.

— Elle est catastrophique, fils ! répondit le Hérisson en jetant son bonnet au loin. Avec mon plus gros client qui me fait faux bond, je ne tiendrai même pas jusqu'à la prochaine récolte.

Il regarda le bassin jaune représenté sur l'enseigne de son ancienne boutique, qu'il avait suspendue au mur de son logement.

— C'est peut-être son dernier hiver au chaud, ajouta-t-il en la désignant. Moi qui me trouvais trop vieux pour reprendre du service !

60

L'hôtel particulier de la marquise Rosa de Cornelli était situé au milieu de la rue Naxon, à proximité de l'hôtel de Lillebonne. L'entrée était encadrée de deux colonnes discrètes qui supportaient une avancée en pierre sous laquelle Nicolas vint s'abriter. Une pluie fine et pénétrante tombait sur la ville depuis le matin même. Un serviteur en livrée vint l'accueillir sans un mot et resta impassible à l'énoncé du nom du visiteur. Il fut introduit dans un salon dont la fenêtre donnait sur la rue Reculée, une allée étroite faite de masures accolées aux remparts. Rosa se faisant attendre, il en profita pour se sécher devant la cheminée et fit courir ses doigts sur le cuir des livres rangés dans une bibliothèque qui occupait la largeur de la pièce. Il remarqua deux traités de médecine et d'anatomie noyés dans des ouvrages de philosophie et de théologie, entre le *Dictionnaire historique et critique* de Pierre Bayle et l'*Ethica* de Baruch Spinoza. Il ne connaissait aucun des deux auteurs. Il sortit l'*Ethica*, caressa la reliure et l'ouvrit délicatement.

Lorsqu'elle parut, il ne put s'empêcher d'admirer la finesse et la beauté de sa peau. Rosa avait perdu ses derniers traits d'adolescente mais gardé son regard frondeur. Ses cheveux de jais étaient noués en un chignon haut, qui offrait à la vue une nuque et un cou délicatement diaphanes et élégamment couverts d'une parure de bijoux. Elle portait une robe de soie et d'organza aux teintes bordeaux et rouge moiré, bordée d'une fine dentelle argentée qui surlignait la qualité de la fabrication. Les manches en voile, bouffantes et écrues, encadraient un corsage au décolleté modeste et sage. Elle remarqua le trouble que son apparition avait provoqué chez Nicolas et lui offrit un large sourire, qu'il lui rendit, accompagné d'un baisemain.

— Je suis heureuse de vous revoir, monsieur Déruet.

— Je me demandais si vous vous souviendriez de moi en vous envoyant ce mot. Il y a si longtemps !

— Il y a tout juste quatre ans. J'étais en route pour rencontrer mon futur mari. Que vous êtes le dernier à avoir vu vivant. Quel étrange méandre du destin !

— Ainsi donc, vous savez...

— Je sais que ses blessures étaient telles que vous n'avez pas pu le sauver. Voulez-vous me suivre ? J'ai fait atteler mon carrosse.

Ils s'assirent l'un en face de l'autre dans un véhicule spacieux aux sièges confortables. D'épaisses couvertures étaient à leur disposition. Au signal du fouet, les chevaux mirent le carrosse en branle dans les rues de Nancy.

— Où allons-nous ? demanda Nicolas, alors qu'ils venaient de franchir la porte Saint-Nicolas de la ville-neuve et avançaient sur un chemin de campagne.

— Nulle part. Mais nous sommes dans l'endroit le

plus sûr pour discuter sans être épiés ou observés. Mon statut de riche veuve attire les convoitises.

— Votre beauté au moins autant, Rosa.

— Vraiment ? Êtes-vous sincère ou flatteur, Nicolas Déruet ?

— Doutez-vous de moi ?

— J'ai rencontré tellement de partis intéressés depuis l'année dernière que je vous avouerais ne plus bien savoir.

— Que reste-t-il de la jeune femme qui voulait fuir avec moi un mari promis, afin de vivre à l'air de la liberté ?

— Ne croyez pas que j'aie renié mes idéaux. Mais mon oncle avait raison : il y a plusieurs chemins vers leur accomplissement. À aucun moment je n'ai voulu ni cherché ce qui est arrivé à mon époux, croyez-le bien. Je veux tirer profit de ce malheur, et j'ai bien l'intention de vivre selon mes préceptes sans que personne me mette sous sa coupe. Est-ce que je vous choque ?

— Je dirais plutôt que vous me rassurez.

L'humidité, qui saturait l'air, s'était déposée en buée sur les vitres. L'extérieur n'était plus représenté que par de vagues formes de couleur.

— Que pensez-vous de l'eudémonisme ? demanda-t-elle Vous lisiez Spinoza quand je suis arrivée, n'est-ce pas ?

— Je vous avouerais que je ne sais pas lire le latin. Je vais avoir besoin de votre aide.

— Cet homme est un génie qui proclame que le bonheur est le but de la vie humaine. Quelle révolution ! À bas les religions et les morales qui nous clouent au sol ! La liberté est dans le bonheur. Mais il n'y a bien qu'à vous que je puisse en parler aussi librement. Dans d'autres cercles, ces phrases me conduiraient directement en prison, ajouta-t-elle en posant nonchalamment sa main sur celle de Nicolas, avant de la retirer.

— Je comprends mieux pourquoi nous nous exilons dans cette retraite pour échanger nos points de vue. Vous arrive-t-il souvent de voyager ainsi ?

— Il n'y a qu'en ce cocher que j'aie confiance. D'ailleurs, vous le connaissez, vous avez soigné Claude il y a quatre ans.

— Une luxation de l'épaule, se souvint Nicolas.

— Il me voue depuis une fidélité sans bornes et m'a suivie après mon mariage. Les autres sont des serviteurs de feu le marquis, et mon veuvage m'a rendue vénale à leurs yeux. Ils aimeraient bien me prendre en défaut et me désigner à la vindicte publique.

Le carrosse avait ralenti et roulait au pas sur des billots de bois, bringuebalant les deux occupants dans l'habitacle. Les secousses cessèrent, et l'engin reprit de la vitesse.

— Si nous en venions au but de votre visite, Nicolas ?

Rosa avait une maturité inhabituelle pour une jeune femme de vingt-trois ans. Elle avait surtout un caractère d'une extrême détermination et une intelligence hors norme qui, alliée à sa beauté, l'avait amenée très tôt à saisir le pouvoir de séduction et la force de conviction qu'elle exerçait sur ses interlocuteurs, hommes ou femmes, qu'elle réussissait toujours à amener là où elle voulait. Elle n'avait pas le sentiment d'en abuser, mais ne s'en était jamais privée, y trouvant le moyen de dominer tous ceux qui avaient voulu la régenter.

Elle n'avait jamais oublié Nicolas depuis leur première rencontre. Il représentait pour elle l'image d'une irréductible liberté, la figure du vent que rien ne retient ni n'emprisonne, insaisissable. Il était différent des autres hommes et cette différence l'attirait au plus haut point, elle s'en sentait proche, si proche, comme si elle avait rencontré en lui le seul être qui pouvait la comprendre et l'entourer de ce dont elle rêvait. Il était son reflet, son double, elle en était persuadée. Rosa avait appris son retour avec le comte de Carlingford et, depuis, cherchait la meilleure occasion de le rencontrer sans qu'elle semble en être à l'origine. Elle l'avait fait suivre par Claude et avait appris où il logeait, ainsi que les lieux qu'il fréquentait. Bien que son caractère la poussât à lui dévoiler ses sentiments, elle voulait attendre le moment propice pour le rencontrer et ne pas brusquer leur relation. C'était lui, Nicolas, qui lui avait fourni cette occasion. Lorsqu'il avait demandé à la voir, elle s'était sentie si légère. Elle avait lu et relu son message, en avait pesé chaque mot pour y trouver le signe de sentiments naissants en lui, et l'avait gardé comme un trésor. Rosa avait acheté chez Pujol des ouvrages médicaux qu'elle avait mis en évidence dans sa bibliothèque et s'était trouvée idiote de cette mise en scène, idiote d'une telle sujétion envers un autre, elle qui avait toujours suivi le chemin de l'indépendance. Mais les sentiments qui la traversaient la transcendaient, jamais elle n'avait connu de telles sensations et elle n'avait pas l'impression d'aliéner sa liberté, au contraire, il était sa liberté, elle le savait, elle l'avait compris comme une évidence.

Cependant, le seul défaut de Nicolas était d'être toujours amoureux d'une autre. Elle l'écouta lui formuler sa demande d'aide pour retrouver Marianne.

Elle l'entendit lui parler d'elle, de son amour, elle reçut tous ces mots comme des gifles, des blessures, et elle ne laissa rien paraître. Il ne le savait pas encore, mais il se trompait, c'était elle, Rosa, son âme sœur, pas la matrone qui occupait son esprit. D'autant que cette femme avait disparu. Mais elle l'aiderait, elle irait jusqu'au bout de sa démarche, avec lui, jusqu'à ce qu'il s'aperçoive de son erreur, que Marianne ne l'aimait plus, qu'elle l'avait oublié. Ce jour-là, Rosa serait présente, et les yeux de Nicolas s'ouvriraient enfin sur son destin.

Le carrosse avait pris le chemin du retour. À l'abattement initial de Rosa avait succédé l'espoir comme un baume sur ses plaies. Elle détestait les atermoiements et la tristesse, et s'efforça de profiter de la présence de celui qu'elle avait rêvé de revoir depuis si longtemps, de s'imprégner de ses traits, de sa voix, de son sourire, même si ce sourire était destiné à une autre.

L'attelage s'arrêta devant l'hôpital Saint-Charles. Rosa promit de tout mettre en œuvre pour retrouver Marianne. Elle regarda Nicolas s'éloigner en espérant qu'il se retournerait et lui ferait un dernier signe, mais la porte se referma sur son dos.

Claude immobilisa le carrosse dans la cour intérieure de l'hôtel, rue Naxon, et entendit la marquise pleurer. Il fit signe au domestique qui s'approchait de ne pas ouvrir la portière et lui indiqua qu'il s'en chargerait. Elle resta un long moment dans l'habitacle, les yeux rivés sur la place vide en face d'elle.

CHAPITRE X

61

Le marquis d'Huxelles, gouverneur de Strasbourg, regarda le convoi s'ébranler entre les deux rangées de cavaliers français qui lui faisaient une haie d'honneur. Selon les ordres qu'il avait reçus de Versailles, il avait traité le duc Léopold comme il l'eût fait avec le roi lui-même. Le souverain, parti de Vienne, avait fait halte la veille dans une ville envahie par de nombreux Lorrains de retour d'exil, qui l'y attendaient afin de rentrer à Nancy en sa compagnie. Ceux qui avaient pu l'approcher le décrivaient comme un jeune homme gracieux, doux et bienveillant. Et ceux qui ne l'avaient jamais rencontré amplifiaient les compliments jusqu'à en faire une sainte icône. Huxelles était satisfait du devoir accompli et reconnaissant envers Léopold qui avait écrit le matin même à Louis XIV pour le remercier de l'accueil royal du gouverneur. Il était aussi secrète-ment soulagé que le duc de Lorraine eût refusé d'être accompagné par des troupes françaises jusque dans son État. Les gentilshommes et bourgeois lorrains s'étaient organisés en compagnies pour protéger leur souverain sur le trajet. La colonne hétéroclite était composée de trente-six carrosses aux couleurs flamboyantes, de centaines de chariots, transportant les domestiques et les meubles de la maison de Lorraine, de sept cents chevaux ramenés de Hongrie, tirés par des heiduques, et de chameaux, montés par des prisonniers ottomans, qui, plus que tout le reste, provoquaient l'étonnement et la curiosité des populations des villes et villages traversés. S'y étaient ajoutés tous les exilés ayant rejoint le duc en chemin. Comme un cours d'eau se gonflant de ses affluents, le fleuve humain serpentait sur plus de trois kilomètres en arrivant dans le duché.

Léopold regarda avec tendresse son jeune frère, le prince François, qui ne se lassait pas de répondre aux saluts de la population rencontrée en chemin. À neuf ans, il n'avait connu que la cour d'Autriche et ses fastes ouatés.

— Ils sont gentils, les Lorrains, dit-il après la traversée d'un hameau où plusieurs familles étaient sorties de leurs fermes pour applaudir au passage de leur carrosse.

— Ils sont heureux de retrouver la paix que nous leur devons, répondit Léopold.

Un nuage obscurcit ses pensées. Ehrenfried Creitzen, assis en face de lui, le remarqua. Son ancien précepteur le connaissait suffisamment pour savoir que le chagrin causé par la mort de sa mère, six mois auparavant, n'était pas éteint.

— Nous aurions tous aimé la voir parmi nous pour ce voyage. Elle a tant œuvré pour ce moment.

— Qui ? Vous parlez de notre mère ? demanda François, qui n'avait pourtant pas l'air de les écouter.

Léopold lança un regard de reproche à Ehrenfried et choisit de détourner la conversation.

— Je suis impatient de retrouver François de Carlingford et mon abbé Le Bègue, qui m'ont tant manqué.

— Et mère ? Nous la verrons là-bas ? continua François en attente d'une réponse.

— Elle a rejoint nos aïeux au paradis, répondit sobrement le duc. Regarde ces gens, ils te saluent, ajouta-t-il en saluant à son tour.

— Mais ce n'est pas là où nous allons ? Dans la ville de nos ancêtres ? insista François. Alors, notre mère doit y être !

— Monsieur mon frère, vous êtes un petit ange. Le père Creitzen vous expliquera où se trouve notre mère. Le plus important est que vous pensiez souvent à elle et qu'elle garde une place importante dans votre cœur, conclut-il pour clore la conversation.

Le convoi s'arrêta à l'entrée d'un petit bourg. Un gentilhomme lorrain se porta à la hauteur de leur carrosse.

— Votre Altesse, une milice est là qui s'est spontanément constituée à Nancy pour vous escorter.

— Où sommes-nous, monsieur de Spada ? demanda Léopold en se penchant à la portière pour les apercevoir.

— À Blâmont, Votre Altesse.

Léopold sortit et vint à leur rencontre sous leurs acclamations. La troupe était composée d'une soixantaine de cavaliers vêtus d'une tenue blanche d'apparat et de quatre-vingts hommes à pied, armés d'une arquebuse, qui se présentèrent à lui comme la compagnie des Buttiers. Le convoi reprit la route, encadré par les nouveaux arrivants dans un désordre joyeux et bon enfant.

Après un hiver long et rude, le printemps hésitait à prendre ses quartiers en Lorraine, mais tous se souvinrent que, ce jour, le soleil avait brillé sur les terres, peut-être simplement parce qu'ils l'avaient voulu très fort.

62

Rosa avait tenu parole, mais les recherches qu'elle avait entreprises aboutissaient toutes à la même conclusion : Marianne avait quitté le duché. Sa trace se perdait à sa sortie de Nancy. Nicolas ne pouvait s'y résoudre mais son travail à Saint-Charles lui prenait tout son temps. Le chirurgien des pauvres, comme la mère supérieure l'avait surnommé, officiait chaque jour de l'aube jusque tard après le coucher du soleil, y compris le dimanche, consacré aux autopsies et embaumements, ne laissant aucun répit à son corps et surtout à son esprit. Azlan travaillait avec acharnement à ses côtés, mais Nicolas refrénait ses ardeurs et l'avait forcé au repos le dimanche. Le jeune Tsigane, qui avait appris à écrire en quatre mois, possédait une écriture ronde et déliée, que Nicolas jugeait d'une grande lisibilité. Il l'avait chargé de faire des comptes rendus des cas qu'ils soignaient. Le docteur Bagard, trouvant l'idée intéressante, lui avait demandé de notifier aussi ses propres observations. Azlan se partageait entre les deux salles, ce qui rendaient la relation entre le chirurgien et le médecin excellente. Les finances de l'établissement allaient en s'améliorant, et Nicolas avait pu faire acheter plusieurs caisses du vin du Hérisson blanc, qui, à défaut de rassasier des palais assoiffés, serviraient à compléter les anesthésiques utilisés. L'hôtellerie du *Chat qui boit*, ainsi que d'autres auberges de la ville, lui ayant fermé leurs portes au profit de vins étrangers, la commande de Saint-Charles allait permettre à maître Delvaux de prolonger son activité d'un mois ou deux. Nicolas lui avait déjà proposé de venir travailler avec eux, mais il savait que son vieux maître à la tête de bois n'accepterait qu'à partir du moment où il aurait coulé avec son commerce. Il avait une âme de capitaine, même sans avoir jamais pris la mer. La construction de la *Nina*, en revanche, avait avancé : le mât était posé et la voilure était en montage dans un atelier lyonnais.

— Je vais t'avouer un secret, fils, dit le Hérisson blanc, qui était passé les saluer à Saint-Charles. J'ai réussi à payer les voiles en caisses de vin. Moi aussi, je vais finir par exporter ma marchandise !

Son éclat de rire retentit dans tout l'hôpital. Il les quitta après qu'il fut convenu d'une nouvelle livraison de vin que Nicolas destinait à l'hôpital Saint-Julien.

Azlan déroula une feuille, ouvrit l'encrier et y trempa sa plume qui crissa sur les fils grossiers du papier.

— Jeudi 22 mai, murmura-t-il en s'appliquant sur son travail.

Il débutait toutes ses journées par ce cérémonial dont il était fier. Plus tard, après les consultations et les soins, il viendrait relater les cas qu'ils avaient eus à traiter. Les papiers étaient ensuite scellés, et les sœurs avaient la charge de les conserver afin qu'ils fussent utiles aux malades eux-mêmes ou aux futurs chirurgiens.

Au moment où Nicolas défit les bandes de ses mains, une agitation leur parvint du dehors. Une femme entra, une enfant inanimée dans les bras.

— Aidez-moi, par pitié, aidez-moi !

Azlan prit la fillette et l'allongea précautionneusement sur la table d'opération recouverte d'un tissu sombre. Nicolas avait remarqué que les taches de sang sur les draps blancs augmentaient la peur et la crispation de ses patients. Il avait fait fabriquer une série de linges teintés en bleu très foncé.

— Que s'est-il passé ? demanda-t-il en frottant ses mains pour augmenter ses sensations tactiles.

La petite Marie avait été blessée à la tête par la chute d'une latte de bois posée verticalement contre le mur de la maison voisine. La planche, haute et épaisse, avait glissé et heurté l'enfant sur la partie gauche du crâne. Marie avait crié et perdu connaissance. Pendant que la mère, choquée, relatait l'accident en quelques phrases saccadées, Azlan avait préparé des linges imbibés d'un élixir antiseptique.

Nicolas tamponna doucement la plaie, longue et oblique, d'où l'os était à découvert.

— Pariétal et temporal droits, dit-il à Azlan pour lui indiquer l'étendue de la fracture.

Les deux hommes ne faisaient aucun commentaire alarmant afin de ne pas affoler la mère, prostrée dans un coin de la pièce, soutenue par sœur Catherine. Mais la situation était critique.

Il nettoya le sang qui coulait de la narine droite et vérifia que d'autres blessures ne s'étaient pas produites consécutivement à la chute. Aucun membre n'était fracturé. Le pouls était lent mais suffisamment vigoureux, la respiration régulière. Le corps de l'enfant fut parcouru d'un mouvement convulsif, pourtant elle ne se réveilla pas. La commotion l'avait plongée dans un état d'inconscience. Nicolas garnit la plaie de charpie imbibée de poudre de racine d'iris et d'aristoloche afin de restreindre l'écoulement de sang. Il changea le coton au bout de quelques minutes, puis le suivant une demi-heure plus tard, et le troisième ne fut saturé de fluides exsudant du crâne qu'au bout de deux heures. Ils tentèrent de faire avaler à la fillette une infusion vulnéraire, mais, toujours inconsciente, elle vomit. Il choisit de ne pas effectuer de saignée et transféra l'enfant dans un lit dont la tête avait été surélevée afin d'éviter un trop grand afflux de sang dans le crâne. Marie reposait, légèrement penchée du côté de la fracture. Le soir, elle n'avait toujours pas ouvert les yeux et sa mère avait fait venir un prêtre pour qu'il lui donne l'extrême-onction, mais Nicolas s'était dépêché de l'éconduire.

— Nous allons soigner votre fille et tout faire pour qu'elle se réveille rapidement, faites-nous confiance, madame, dit-il devant le regard hébété de la femme.

— Mais vous ne l'avez même pas saignée, c'est qu'elle va mourir, ma fille ! répondit-elle, des sanglots dans la voix.

— On ne peut rien faire de plus, ajouta Azlan. Une saignée n'aurait aucune utilité, croyez-nous.

Elle le regarda avec défiance.

— Nous la veillons, allez vous coucher, continua Nicolas.

Une fois la mère partie, le docteur Bagard, qui était resté à l'écart, s'approcha des deux chirurgiens qui changeaient les bandages imbibés d'un liquide sanguinolent.

— Maître Déruet, ne pas utiliser la saignée pourrait se révéler très risqué.

— Docteur, je sais que mon choix peut vous paraître étrange, mais je suis convaincu qu'un tel geste l'affaiblirait davantage. Tout comme l'utilisation d'un trépan me semble dangereuse. Elle lutte en ce moment même pour sa vie, et nous allons la soutenir par tous les moyens.

— Je ne parlais pas de cette patiente, mais de vous. Si elle meurt, cela vous sera reproché. Nous sommes tous au courant de ce qui s'est passé il y a quatre ans. J'apprécie beaucoup votre travail et votre dévouement ici, mais il faut parfois utiliser la saignée comme un acte… diplomatique. *Abusus non tollit usum*[1] !

Bagard sortit en lissant sa barbe. Azlan envoya une tape amicale sur l'épaule de Nicolas.

— Même si je ne sais pas ce qu'il a dit, c'est toi qui as raison, pas eux !

— Si elle meurt, j'aurai forcément tort.

Ils décidèrent de la veiller toute la nuit. Nicolas ne réveilla Azlan qu'à l'aube pour l'ouverture de la consultation.

— Elle a eu un sommeil calme, annonça-t-il. Elle a ouvert les yeux puis s'est rendormie. J'ai couvert l'os avec des plumasseaux imbibés de baume de Fioraventi et l'ensemble de la plaie avec du baume d'Arcéus et de l'huile de rosat. Si elle se réveille à nouveau, propose-lui un bouillon.

À la mi-journée, il vint relever son assistant qui

1. L'abus n'exclut pas l'usage !

lui annonça que la fièvre avait pris la malade, ainsi que des mouvements convulsifs, à l'issue desquels elle avait ouvert les yeux.

— J'en ai profité pour lui faire avaler un peu de lilium de Paracelse, mais elle s'est à nouveau assoupie dans sa léthargie, précisa Azlan. La suppuration continue, j'ai changé ses pansements. La mère est là, avec son mari.

L'homme travaillait comme métayer pour un propriétaire qui possédait de nombreuses terres, et sa femme avait trouvé une place de domestique chez le même bourgeois où elle officiait à la cuisine. Nicolas leur expliqua en détail ce dont souffrait Marie et ce qu'il allait entreprendre. Il ferait sortir par la plaie ouverte toutes les matières qui devaient s'exsuder afin qu'aucun caillot ne reste avant de suturer définitivement, mais il n'utiliserait pas le trépan.

Le père hochait la tête au rythme des informations délivrées par le chirurgien, en tournant machinalement son chapeau entre ses mains.

— Ah, bien, bien… Mais elle reviendra quand chez nous ?

— Elle devra rester ici plusieurs semaines, jusqu'à ce que les parties osseuses fracturées se soient ressoudées, répondit Nicolas qui vit la mère baisser les yeux.

— Ah, bien, bien. Mais c'est que nous ne sommes pas riches, comprenez. La Marie, je suis venu la chercher et ma femme va s'occuper d'elle.

— Vous n'aurez rien à payer à la maison de Saint-Charles. Nous sommes une charité, expliqua Azlan.

— Ah bien, ah bien, mais quand elle pourra rentrer ma fille ? insista l'homme. C'est qu'on a besoin d'elle à la maison.

Nicolas ne répondit pas et les pria de le suivre. L'obstination du père lui semblait indécente. Sa fille n'était pas tirée d'affaire. Ils rejoignirent l'ancien dortoir qui avait été aménagé en chambre commune et dans lequel une vingtaine de lits étaient alignés sur deux rangées. La moitié était occupée par des patients. La tête de l'enfant avait été recouverte d'un grand bonnet qui enveloppait le crâne ainsi que les pansements entourant la fracture et la plaie. Depuis son arrivée, Marie n'avait ouvert les yeux que quelques secondes, à plusieurs reprises. Elle dormait quand ils entrèrent. Ses traits semblaient détendus mais des gouttes de sueur consécutives à un accès de fièvre perlaient sur son front. Une mouche était posée sur sa joue et frotta ses ailes quand le groupe entoura la fillette. L'insecte s'envola lorsque la mère se pencha pour déposer un baiser sur les lèvres de son enfant.

— Elle ne peut pas être transportée, elle nécessite des soins quotidiens de notre part, expliqua Nicolas en observant la réaction de l'homme.

Celui-ci parut contrarié. La mouche tenta de se poser par deux fois sur son crâne partiellement dégarni, mais fut chassée d'un revers de main nerveux. Azlan proposa au père un verre de vin, qu'ils allèrent chercher tous les deux à la cuisine. Resté seul avec la mère, Nicolas s'assit à côté d'elle. Il l'entendait murmurer des prières.

— Elle est belle, votre fille. Elle est courageuse aussi. En ce moment, elle se bat pour faire gagner la vie et ce combat, elle est seule pour le mener. C'est bien que vous soyez à ses côtés pour l'encourager de votre présence. Venez tant que vous pouvez, madame, c'est le mieux que vous puissiez faire pour elle.

— Je vais essayer, répondit la femme. Je vais essayer…

Ses yeux étaient rougis par le chagrin et gonflés par le manque de sommeil.

— Pouvez-vous me dire comment c'est arrivé ? demanda doucement Nicolas.

La mère lui décrivit une nouvelle fois la chute de la planche.

— Alors, pouvez-vous m'expliquer pourquoi je n'ai pas retrouvé de morceau de bois dans son cuir chevelu, pas la moindre écharde, rien ?

Elle baissa les yeux et marmonna :

— Je… je ne sais pas…

La femme eut un regard vers la porte. La voix joviale de son mari leur parvenait de la cuisine.

— J'aurais… J'ai quelque chose à vous dire, maître Déruet.

63

Azlan retira les cartoufles[1] qu'il avait cuites à la cendre dans la cheminée, piquées dans une lame d'épée, et les déposa dans leurs assiettes.

— Tu verras, c'est délicieux ! dit-il à Nicolas, qui humait la vapeur dégagée.

— C'est la première fois que je mange un aliment pour le bétail, remarqua Nicolas, en regardant celle qu'il avait piquée sur son scalpel.

Azlan recula vivement sa main après avoir touché une cartoufle avec les doigts.

1. Pommes de terre, issu de l'allemand *kartoffeln*.

— L'inconvénient est qu'elles restent chaudes long-temps ! Mais notre famille en mangeait tous les jours, à Peterwardein. Même quand il n'y avait plus de blé et de seigle, on trouvait toujours des cartoufles.

Il voulut imiter Nicolas et planta son bistouri dans sa pomme de terre qui s'effilocha en plusieurs morceaux. Il souffla dessus pour les refroidir et prit les morceaux entre ses doigts.

— Je t'ai dit que j'ai eu de leurs nouvelles ? questionna Azlan avant de porter les mains à sa bouche et de constater que du féculent était resté collé à ses doigts.

— Non… Comment vont Babik et sa famille ? demanda Nicolas en regardant d'un air amusé son assistant se lécher la main.

— Ils vivent près de Buda et il s'est passé quelque chose de formidable !

— Babik a appris à nager ?

— Plus formidable que ça. J'ai un nouveau petit frère ! Il s'appelle Dezso.

— Je suis ravi pour eux et pour toi. Sincèrement. Ta famille est belle, Azlan. Si j'avais dû en avoir une, j'aurais choisi la tienne. Malgré les cartoufles ! ajouta-t-il après avoir mordillé dans la peau carbonisée de la sienne.

— J'ai oublié de préciser que le meilleur est sous la peau !

— Maître Déruet ?

La voix, inconnue, les surprit dans leur conversation. Debout sur le seuil de la cuisine, un officier, aux couleurs du régiment des gardes fraîchement établi par Carlingford, agita le message qu'il tenait en main. Nicolas se leva et l'invita à déjeuner avec eux, mais l'homme refusa. Il attendait une réponse à la lettre que le comte faisait parvenir au chirurgien, et la vue des cartoufles à cochon dans leurs assiettes lui inspira un haut-le-cœur. Nicolas décacheta la missive et la lut en silence.

— Nous devons nous en aller sur-le-champ, précisa le soldat.

— Que se passe-t-il ? demanda Azlan, qui s'était rapproché.

— Notre duc est à Lunéville et le comte de Carlingford part le rejoindre, l'informa Nicolas en rendant la lettre à l'officier. Il me demande de l'accompagner.

— Son Altesse Léopold vous réclame auprès de lui, précisa l'homme.

— Il a un problème de santé ? dit Azlan en interrogeant Nicolas du regard.

— Sa santé est fort bonne, à Dieu ne plaise, répondit l'officier. Son Altesse ne peut se rendre à Nancy et veut réunir près de lui ses proches et fidèles qui l'ont accompagné dans les campagnes de Hongrie. Le comte nous attend, maître Déruet. Allons-y.

— Vous direz à notre duc et au comte que je suis très honoré de cette invitation, mais que je ne peux m'y rendre. Je suis navré, mais il y a ici une patiente qui nécessite toute mon attention.

L'homme, qui ne s'attendait pas à une telle réponse, resta interdit quelques secondes avant de se reprendre :

— Voyons, ce n'est pas… possible. Son Altesse vous attend !

— Je m'occuperai de la fillette, proposa Azlan.

— J'y compte bien, répliqua Nicolas. Nous nous relaierons à son chevet jusqu'à sa guérison. Merci de vous être déplacé, mon lieutenant.

Le soldat hésita. Nicolas s'assit et demanda à Azlan sa plume et son encrier. Il écrivit sa réponse sur la missive, la roula et la donna à l'officier du régiment des gardes. L'homme salua et partit sans mot dire.

— Tu as marqué quoi ? demanda Azlan, aiguillonné par la curiosité.

Nicolas pelait la peau de sa pomme de terre avec son scalpel.

— Sur la lettre, tu as répondu quoi ? insista le garçon en reprenant sa place à table.

— Tu as raison, répondit Nicolas en haussant les sourcils, la chair est très bonne.

— Dis, dis-moi ! implora-t-il. Tu dois me mettre dans le secret, je suis ton assistant, je suis comme ton fils !

— Azlan, nous n'avons que treize ans d'écart ! s'amusa-t-il.

— Alors, je suis ton frère de sang ! On ne cache rien à son frère, surtout son cadet !

Nicolas finit sa cartoufle en silence, nettoya son bistouri sur un morceau de pain, le replia et le fourra dans sa poche.

— J'ai écrit au duc qu'une enfant du duché avait besoin de mon aide et de ses prières, et qu'à nous deux nous pouvions sauver une innocente tombée sous les coups de son père.

64

François de Carlingford regarda avec étonnement la longue file de personnes, gentilshommes, bourgeois, ouvriers mêlés serpentant sur plusieurs mètres dans la rue, avant de pénétrer dans l'ancien château de Charles IV, demeure à la façade de pierre ocre, qui avait été investi par le duc et sa suite.

— Mais qui sont ces gens ? Que font-ils tous là ? demanda-t-il au valet venu l'accueillir.

Dès l'annonce de son arrivée, les Lorrains s'étaient précipités par centaines pour obtenir audience auprès de leur nouveau souverain. Carlingford s'inclina devant Léopold, installé dans la grande salle de réception.

— Votre Altesse.

— Foin du protocole, dans mes bras, mon cher gouverneur ! répondit le duc en interrompant sa séance sur-le-champ.

Ils se congratulèrent chaleureusement devant les mines ahuries des solliciteurs présents. L'abbé Le Bègue, arrivé la veille, vint saluer le comte.

— Voulez-vous que je récolte leurs doléances ? proposa-t-il au duc, qui accepta aussitôt.

— Faites, l'abbé, j'ai tellement à dire à mon cher précepteur, répondit-il en l'entraînant dans une pièce à l'écart.

Ils s'assirent près d'une fenêtre ouverte qui dispensait la douceur retrouvée d'un mois de mai finissant. De la rue leur parvenait le bourdonnement de la foule qui bruissait dans une attente joyeuse.

— Alors, dites-moi, Excellence, quelle est la situation à Nancy ?

Le comte, qui ne dédaignait pas les honneurs, appréciait cette dénomination qui lui était souvent réservée, mais s'en trouvait incommodé dès lors qu'elle émanait du duc, pour qui il avait une profonde admiration. Léopold le savait et en jouait parfois pour taquiner son régent, qui était le seul homme en qui il avait une confiance absolue. *À égalité avec maître Déruet*, songea-t-il en parcourant le mot que Nicolas lui avait adressé. Son chirurgien préféré avait le don de le surprendre par son indépendance d'esprit, il admirait son intégrité, tout en s'en trouvant parfois irrité. Au moins, ces deux-là ne le trahiraient jamais.

Carlingford lui fit un résumé des ordonnances qu'il avait prises en son nom et qu'il avait apportées afin que le duc les signât officiellement.

— Nous avons recouvert la seconde partie du droit de joyeux avènement, confirma le comte, qui vous permettra d'avoir une étiquette plus en accord avec votre rang, Votre Altesse. Nous allons procéder à la rénovation du palais ducal que les Français n'ont pas daigné entretenir comme il l'aurait fallu.

— Cher comte, il va nous falloir apprendre à ménager notre rancœur et leur susceptibilité, ce ne sera pas aisé, je vous l'accorde. Mais nous sommes tout petits face à notre voisin dont je ne voudrais pas revoir les troupes taper joyeusement du pied sur les routes de notre duché. Il va nous falloir faire preuve d'une grande humilité afin de garder cette indépendance qui n'est qu'un nouveau-né aujourd'hui.

— Vous avez raison, et cela est fort habile, mais tous ces gens, notre peuple, piaffent d'impatience de retrouver leur fierté et de relever haut la tête.

Comme en écho, un homme, qui patientait dans la partie de la file située sous leur fenêtre, se mit à haranguer ses voisins :

— Il va nous aider, notre duc va nous protéger de l'étranger !

Les autres autour de lui bourdonnèrent des réponses inaudibles.

Léopold se leva, suivi du comte, et s'approcha afin de mieux entendre l'échange. L'homme poursuivit :

— Notre commerce est étouffé de marchandises achetées à bas prix qui détruisent notre activité. Les taxes nous saignent autant les années de disette que dans les périodes d'abondance, et la soldatesque de France a achevé de nous presser et de corrompre nos édiles. Il doit changer tout cela, je suis là pour le lui dire, je suis là pour qu'il m'entende !

Les autres approuvèrent et chacun y alla de son commentaire. Le comte referma la fenêtre.

— Là est toute la difficulté qui nous attend, déclara Léopold. Avec Louis XIV, nous n'aurons pas de seconde chance. Je voudrais aller vite dans la reconstruction des corps constitués, afin de redonner une stabilité à cet État. Je viens de m'entretenir avec un homme qui s'est plaint de bandes d'aventuriers, de vagabonds d'Égypte qui sévissent en Lorraine et volent, pillent, incendient dans les campagnes, profitant de l'indifférence des troupes françaises. Il va falloir y remédier rapidement.

— Je m'en charge. Nous ordonnerons leur expulsion dans les plus brefs délais.

— Nous allons rétablir la Cour souveraine et le baron de Canon en prendra les rênes. Son tact et sa patience y feront merveille. Je voudrais aussi que Jean-Léonard Bourcier soit nommé procureur général. Il nous a rendu d'immenses services pendant l'occupation française. C'est lui qui a organisé la fuite de Nicolas Déruet pour qu'il puisse rejoindre nos troupes. Les Français voulaient le pendre après la mort de leur gouverneur.

— Maître Déruet m'a demandé à être officiellement

innocenté. Il ne se satisfait pas d'un effacement de sa peine. Il veut que soit connue la vérité pour l'argent qui a disparu.

— Il vaut parfois mieux laisser le passé se figer avec ses ombres, conseilla le duc. Mais soit, le procureur Bourcier s'en occupera dès sa nomination. Je l'ai fait contacter et il a accepté de mettre son savoir au service de notre État.

— Le sieur Bourcier est un homme droit et compétent, d'une grande valeur, conclut François de Carlingford, fier des choix de son ancien élève, qui avait compris l'importance de s'entourer des meilleurs esprits du duché en chaque domaine.

— J'ai pensé à un autre homme droit et compétent pour devenir le grand maître de la maison de Lorraine. Avez-vous une idée ?

— Le duché n'en manque pas. Il faut juste écarter les opportunistes. Que pensez-vous de Thiriot de Viray ?

Léopold fit une grimace.

— Non, quelqu'un d'une plus grande envergure et rompu aux protocoles subtils des cours européennes.

— Guillaume de Mantoue ?

— Vous avez la modestie de ne pas avoir soufflé votre nom, mon cher comte, mais il n'y a que vous qui puissiez remplir cette mission. Acceptez-vous ?

— C'est un honneur de vous servir, Votre…

— François Taaft, au nom du Ciel, gardez vos révérences pour les cérémonies ! Et faites venir cet homme qui voulait que je l'entende. Je veux tout savoir de ce que la Lorraine attend de nous.

65

Jeudi 29 mai. Septième jour. La fièvre de la malade a augmenté, ainsi que les mouvements convulsifs. Son état de faiblesse léthargique est persistant qui s'accompagne d'évacuations involontaires extrêmement inquiétantes. La malade n'a que quelques minutes de conscience par jour, pendant lesquelles le chirurgien lui fait ingérer des gouttes de lilium de Paracelse. Seul point positif : aucune humeur ne suppure plus par la plaie et les os écartés.

Azlan souffla sur l'encre pour accélérer son séchage et posa la page à la suite des autres comptes rendus. Il regarda la petite Marie dont il venait de changer les pansements. Elle frissonna sous l'effet d'une sueur froide qui ne la réveilla pas. Ses lèvres bougèrent pour prononcer des paroles muettes, plusieurs fois les mêmes, puis se refermèrent. L'enfant donnait l'impression de sourire. Il prit son pouls, faible mais enlevé, et attendit un long moment pendant lequel elle fut à nouveau parcourue de frissons irrépressibles. Sa peau était chaude et moite. La mère était à ses côtés et priait depuis son arrivée sans même regarder sa fille, absorbée dans sa ferveur de convaincre le Tout-Puissant de la laisser en vie. La veille, elle s'était confiée à Azlan et lui avait relaté la façon dont son mari avait frappé l'enfant avec un tisonnier parce qu'elle avait peur d'aller dans le noir chercher de l'eau au puits. Elle avait raconté les coups qu'elle-même avait pris depuis des années, les côtes cassées, les dents perdues. Et maintenant son enfant. Elle aurait voulu porter plainte, mais elle n'avait pas d'argent. Tout lui faisait peur : son mari, les juges, le regard des autres. Il ne lui restait plus que l'aide de Dieu, qui se faisait attendre, et des deux chirurgiens de l'hôpital Saint-Charles.

Nicolas tenait bon dans son traitement de la fracture de l'enfant, malgré la pression du docteur Bagard, qui s'était accentuée. Azlan et lui se relayaient au chevet de Marie sans aucun répit ; il craignait qu'à la laisser sans surveillance, le médecin ne profite de la situation pour imposer son credo : faire des saignées, utiliser des émétiques et le trépan, ce qui équivalait pour Nicolas à la condamnation de sa patiente.

— Tu t'es encore fourré dans une conjoncture périlleuse, remarqua le Hérisson blanc après que Nicolas lui eut résumé la situation.

— Ce qui m'importe est de sauver cette enfant, pas mon confort personnel, répondit Nicolas en prenant une caisse de vin que lui tendait son ami.

Il la déposa à la cuisine, à côté des quatre autres qu'ils venaient de décharger, et revint sur le seuil de la bâtisse où François Delvaux réglait au transporteur le prix de la course.

— Voici, dit-il en tendant des pièces à l'homme, quatre florins de Lorraine, comme convenu.

— On avait dit cinq, grogna le cocher en gardant la main tendue.

— Cinq, c'était avec le déchargement, objecta-t-il. Or, c'est moi et mon ami qui nous en sommes occupés. Le compte est bon.

— Mais c'est vous qui m'avez proposé de le faire !

— Oui, ce qui vous a évité un travail pénible et vous laisse plein d'énergie pour votre course suivante. Cela vaut bien un florin, n'est-ce pas ?

L'homme grogna à nouveau mais, pressé, n'insista pas et, d'un mouvement des rênes, fit s'ébranler sa carriole.

— Viens, rentrons, dit Nicolas alors qu'une pluie fine et silencieuse, poussée par un vent d'ouest, commençait à balayer la ville.

Le Hérisson blanc insista pour boire un verre de vin de sa meilleure cuvée, dont il vanta les mérites avec l'aisance et le bagout d'un colporteur ambulant. Ils retrouvèrent ensuite Azlan au chevet de leur malade.

— Alors, c'est elle, l'objet de tous vos soins ? demanda François en enlevant son bonnet qu'il déposa sur les cheveux du jeune Tsigane. Je peux ? ajouta-t-il en montrant les bandages qui enserraient la tête de la petite Marie.

Il enleva les pansements et observa la plaie encore entrouverte sur les os du crâne.

— J'ai attendu le maximum, expliqua Nicolas, je vais faire la suture définitive aujourd'hui.

Maître Delvaux prit le bras de la jeune fille et pinça sa peau. Elle ne réagit pas.

— Elle est maigre, remarqua-t-il à la finesse de son poignet.

— Rien ne passe, sauf un peu de bouillon, intervint Azlan. Hier, la sœur a voulu lui donner une pomme cuite, sans nous avertir, alors qu'elle s'était réveillée.

— Et la fièvre a monté, n'est-ce pas ? demanda le Hérisson blanc.

— Fièvre, frissons, tension dans tout le bas-ventre.

Depuis, elle n'a pas rouvert les yeux. Nous avons besoin de toi, François.

— Dans une autre vie, j'ai eu l'occasion de voir des cas semblables. Mais, depuis la mort de Jeanne, je me suis promis de ne plus y revenir.

Ils regardèrent l'enfant en silence, ce qui tira la mère de sa ferveur religieuse. Elle semblait seulement s'apercevoir de leur présence.

— Vous êtes venu nous aider, monsieur ? demanda-t-elle à François en le fixant droit dans les yeux.

Il reprit son bonnet et le vissa sur sa tête.

— Je ne suis que vigneron, madame. Mais, oui, je vais faire de mon mieux.

66

Le chaton blanc s'était arrêté sous le porche de la résidence lunévilloise du duc pour se lécher consciencieusement la patte droite qui avait pris une teinte brunâtre après une chasse aux souris infructueuse dans un jardin voisin. Il sentit une ombre s'approcher et bondit de côté au moment même où la roue d'un carrosse s'immobilisa à l'emplacement qu'il occupait l'instant précédent. L'animal cria de peur et se précipita à l'intérieur de l'hôtel particulier par la porte entrouverte, manquant de renverser le laquais qui sortait accueillir les visiteurs. Il grimpa avec ardeur le grand escalier de marbre dont chaque marche faisait le double de sa hauteur, traversa le couloir au parquet ciré sur lequel il sortit ses griffes afin de ne pas déraper et fila jusqu'à la porte entrouverte. Il entra, passa entre les jambes d'un enfant et se sentit soulevé de terre.

— Te voilà, toi. Où étais-tu passé ? demanda le garçon qui l'avait attrapé et le tenait à bout de bras.

— François, laisse ce chat tranquille, dit Léopold qui avait suivi la scène depuis son bureau. Il risque de te faire du mal.

— Je m'en occupe, intervint Carlingford en se levant.

Le prince François serra le chaton contre lui et recula.

— Non, je le garde, je veux encore jouer avec lui !

Le duc regarda le comte de Carlingford.

— Est-ce qu'il peut transmettre la vérole ?

— Je n'en sais rien, Votre Altesse, je vais me renseigner auprès de votre médecin.

— Plus tard, plus tard, dit le duc, finissons déjà nos ordonnances. François, donne cet animal au maître de maison et va rejoindre ta gouvernante pour ta leçon. Allez, mon prince !

L'enfant ne se fit pas prier. L'aura de son frère, qui allait diriger un État, l'impressionnait et l'intimidait au point qu'il n'osait plus lui tenir tête comme à la cour d'Innsbruck.

Léopold signa un décret concernant la nouvelle organisation de la Cour souveraine sur lequel ils travaillaient depuis plusieurs jours et dont la synthèse lui convenait. Mais, en ce 3 juillet, il avait du mal à rester concentré sur ses devoirs d'État. Il attendait le retour de Versailles du marquis de Couvonges, qui devait lui annoncer la réponse officielle de Louis XIV quant à sa demande de mariage avec Élisabeth-Charlotte d'Orléans, la fille de son frère. L'affaire avait été engagée l'année précédente, peu après le traité de Ryswick, quand le marquis s'était rendu secrètement en France afin de rencontrer le roi. Mais le jour de leur audience fut aussi celui où la nouvelle de la mort de la mère de Léopold parvint à Versailles. Le deuil allait reporter la réponse officielle de Louis XIV.

— Il devrait être là. Ne serait-ce pas mauvais signe ? demanda le duc alors que Carlingford lui présentait une nouvelle ordonnance concernant l'affranchissement de taxes pour tous les nouveaux mariés qui viendraient s'établir dans le duché.

Léopold était nerveux comme un jeune homme se rendant à son premier rendez-vous. Il se leva, jeta un regard par la fenêtre et arpenta la pièce, les mains dans le dos.

— Croyez-vous que j'ai bien fait de lui adjoindre Rosa de Cornelli ?

— Vous m'avez déjà posé plusieurs fois la question, répondit le comte, amusé. C'est une femme redoutable, qui cache derrière une beauté juvénile une remarquable et habile négociatrice. À eux deux, ils sauront convaincre le roi et monsieur son frère.

— Sont-ce des pas que j'entends ? demanda Léopold qui s'était arrêté.

Quelqu'un toqua à la porte. Le duc se précipita pour s'asseoir à son bureau et prit la première feuille qu'il fit semblant de lire. Carlingford ouvrit et laissa entrer Couvonges et la marquise de Cornelli.

— Voilà donc mes deux hérauts ! s'exclama le duc en les faisant asseoir sans vouloir paraître impatient. Comment s'est passé votre voyage ?

— Nous sommes revenus à bride abattue dès que le roi nous a donné sa réponse, répondit Couvonges en lui tendant un pli.

Léopold le décacheta et lut.

— Il accepte… Il accepte ! Je suis comblé !

— La cérémonie se fera à Fontainebleau en octobre prochain, précisa le marquis. Nous sommes convenus que le duc d'Elbeuf vous représenterait. Le mariage sera renouvelé dès l'arrivée en Lorraine de la duchesse.

— Il accepte, répéta Léopold avant de lancer un regard appuyé vers Carlingford.

Il se leva et prit Couvonges par le bras.

— Dites-m'en plus, dites-m'en plus, mon ami !

— Le roi donnera à sa nièce neuf cent mille livres comptant, et monsieur son frère deux cent mille livres payables après leur mort, ainsi que trois cent mille livres de pierreries.

— Certes, certes, mais… Comment est-elle ? demanda le duc en entraînant Couvonges dans le couloir. Vous l'avez vue, décrivez-moi la future duchesse de Lorraine. Dans quel état d'esprit se trouve-t-elle ?

— C'est une femme charmante, qui se réjouit de pacifier nos deux États par cette union. Elle comblera Votre Altesse.

Carlingford attendit qu'ils soient sortis et se tourna vers Rosa, l'interrogeant du regard.

— Elle est petite, le visage fort peu gracieux et a pleuré de désespoir en apprenant la nouvelle, si vous voulez la vérité, dit-elle sans détour.

— Merci de votre franchise, Rosa.

— À mon tour de vous poser une question : la joie de Son Altesse est-elle liée à son transport amoureux pour la promise ou à la protection que cette alliance va apporter à notre duché ?

— En entrant dans la famille du roi, la Lorraine n'est plus l'ennemi de la France, ma chère, répondit-il dans un large sourire.

Le duc réapparut dans l'encadrement de la porte.

— Carlingford, il faut lui faire un présent magnifique. Un collier et des bracelets de perles.

— Vous pourriez lui apporter vous-même, Votre Altesse, dit Couvonges qui se trouvait derrière lui. Ce geste serait apprécié.

— Nous verrons, répondit Léopold sans se retourner. Il nous faut d'abord reconstruire notre duché. Et ajoutez des boucles d'oreilles et des bagues en diamant ! N'hésitez pas à dépenser jusqu'à trois cent... non, quatre cent mille livres. Le roi doit savoir en quelle estime je le tiens.

— Maintenant, c'est nous qui tenons le roi, souffla Carlingford à l'oreille de Rosa.

67

Au neuvième jour, la fièvre n'avait pas baissé. Marie, comme mue par un instinct de survie, s'arrachait à sa léthargie trois ou quatre fois par jour, pour boire les liquides qu'on lui tendait, parfois les rendre dans des spasmes qui l'étouffaient presque, et refermait les yeux. À chaque fois, ils craignaient qu'elle ne les ouvre plus jamais. La veille, Nicolas avait été obligé de refaire la suture qui avait cédé lors d'une violente crise de vomissements. Il avait passé une partie de sa nuit à relire les ouvrages traitant des fractures du crâne, mais n'y avait pas trouvé de réponse satisfaisante. Il s'était attardé sur le livre de Harvey traitant de la circulation du sang et s'était endormi sur celui de Descartes, alors qu'une idée prenait naissance dans son esprit. Elle avait cheminé dans son sommeil et l'en avait tiré au matin, imparfaite mais suffisamment convaincante pour être essayée.

— Un bain ? Tu veux la mettre dans un bain pour la réveiller ?

— Pour qu'elle perde son excès de chaleur. Descartes dit que c'est la chaleur du cœur qui déplace le sang. Or la sienne est augmentée par la fièvre. Les humeurs en sont perturbées. Si l'on rétablit la température habituelle du corps, cela accélérera la guérison. L'eau va nous aider comme le liquide qui entoure les fœtus.

Le Hérisson blanc se gratta le menton.

— Le fameux soleil sous la soie dont parlait Marianne. Ma foi... au pire, elle mourra propre ! déclara-t-il en regrettant aussitôt sa repartie devant le regard sombre de son ami.

Ils se mirent en quête d'une grande bassine, qu'ils trouvèrent dans le débarras de l'hôpital. Le bâtiment avait abrité une fabrique de chaudrons, dont certains étaient restés après l'expropriation des lieux. Ils transportèrent le plus grand, en cuivre, de forme oblongue, près du lit de leur patiente et chauffèrent l'eau au feu de la cheminée, qu'ils allumèrent pour l'occasion. Au bout d'une heure, tout était prêt. Azlan et François portèrent Marie précautionneusement dans le bain, pendant que Nicolas lui maintenait la tête droite et la calait contre des coussins. Il ajouta à l'eau des sels aromatiques et de l'huile de rosat. L'hôpital possédait un thermomètre de Réaumur qu'ils plongèrent dans le bain afin de vérifier que la température était d'au moins trente degrés. Azlan remplaçait régulièrement le liquide du bain par une eau chauffée à la cheminée. Les soins durèrent deux heures, après quoi ils sortirent Marie, la séchèrent, la frictionnèrent et la reposèrent dans son lit. Ils renouvelèrent l'opération deux fois dans la journée, tout en prenant soin de parler à l'enfant pour tenter de la sortir de son état comateux. Ils n'eurent pas plus de succès que les jours précédents, mais elle but près d'un litre de bouillon qui fut bien digéré. Le soir, la fièvre semblait avoir baissé et les épisodes de frissons s'étaient espacés. La nuit fut calme et Nicolas décida le matin de la plonger à nouveau dans les bienfaits d'un bain aromatique. À peine était-elle immergée qu'elle ouvrit les yeux et se plaignit de maux de tête.

— C'est bon signe, indiqua le Hérisson blanc à la mère, qui s'en inquiétait.

Au soir du dixième jour, Marie était restée éveillée plus d'une heure, ce qu'Azlan nota avec enthousiasme dans son compte rendu. La fièvre était tombée. Ils continuèrent les séances de bain pendant plusieurs jours. Sœur Catherine vint les alerter que le tas de bois était presque épuisé. François en fit venir de sa propre réserve, prévue pour l'hiver, afin de pallier la pénurie.

— Du hêtre de la meilleure qualité, précisa-t-il. J'en avais rentré trop, autant qu'il serve pour cette enfant.

Ils arrêtèrent les bains le dix-septième jour, alors que la fillette s'alimentait seule, d'une nourriture solide, et qu'elle restait la plupart du temps éveillée mais silencieuse. Au quarantième jour, Nicolas observa une consolidation presque totale. Seule une zone, située entre le pariétal et le temporal, grosse comme une pièce de monnaie, avait produit des chairs violacées et sanguinolentes. Il les enleva avec de l'alun calciné et recouvrit la partie osseuse de beurre d'antimoine.

10 juillet 1698. Au cinquantième jour, l'exfoliation est totale et la cicatrisation parfaite. La jeune patiente a retrouvé son poids et un certain appétit. Mais elle garde plusieurs fois par jour des périodes d'absence et de mélancolie dont personne ne parvient à la tirer. Notre chirurgien a demandé à la revoir régulièrement à Saint-Charles pour suivre son évolution.

Azlan inséra la dernière page du dossier et la déposa dans leurs archives avant de rejoindre l'équipe qui entourait la petite Marie pour son départ. Nicolas avait obtenu qu'elle et sa mère soient prises sous la protection de Léopold. Elles iraient habiter au palais ducal où la mère servirait aux cuisines. Nicolas avait porté plainte contre le père pour ses violences répétées, mais la justice, en pleine réorganisation, ne statuerait pas sur son sort avant l'année suivante.

— Au moins, pendant ce temps, il ne les approchera plus, conclut le Hérisson blanc. Et nous y veillerons.

L'enfant lui sourit et articula un merci silencieux avant de suivre sa mère, qui portait leurs maigres affaires, vers leur nouvelle vie.

— Encore un sauvetage extraordinaire de maître Déruet, ajouta François en les regardant s'éloigner.

— Sans vous, je n'y serais jamais arrivé, rétorqua Nicolas. L'énergie d'un seul homme n'aurait pas été suffisante. Si on allait goûter le cadeau de la maman de Marie ?

Les trois chirurgiens étaient réunis autour de la table de la cuisine de Saint-Charles et dévoraient la tarte de massepain soufflé.

— D'après la rumeur, notre duc va bientôt interdire les pâtisseries et la vente de blé hors de l'État, déclara Azlan. À cause de la mauvaise récolte.

— D'où tiens-tu ces informations, mon garçon ? demanda maître Delvaux.

— De mes partenaires au jeu de paume.

— Tu ne m'as pas dit que tu y jouais, dit Nicolas d'un ton de reproche.

— Eh, pourquoi te dirais-je tout ? Tu étais tellement occupé ce dernier mois !

— À quelle salle vas-tu ? demanda le Hérisson blanc en se léchant les doigts.

— Celle du palais ducal.

— Fichtre ! Tu as tes entrées au palais ! Pas étonnant que tu sois si bien informé.

— C'est grâce au comte de Carlingford ? questionna Nicolas.

Azlan fit non de la tête sans répondre. Il s'amusait d'avoir ainsi piqué leur curiosité.

— Qu'importe, conclut Nicolas qui s'était rendu compte de son jeu et voulait changer de sujet pour le faire réagir. Tout me va tant que tu n'abîmes pas tes doigts.

— J'ai aussi appris que le duc venait d'édicter une ordonnance sur le commerce des vins, ajouta Azlan.

— Il arrive un peu tard, je rends les armes, dit le Hérisson blanc, qui s'était levé. Mais que cela ne nous empêche pas de vider une de mes bouteilles !

Il la prit et les servit à ras bord de leurs brocs.

— À Marie et à l'avenir de la chirurgie, déclara-t-il.

Ils levèrent et firent s'entrechoquer leurs verres.

— Est-ce à dire que tu acceptes de nous rejoindre

à Saint-Charles ? demanda Nicolas, qui comprit la demande implicite de son ami.

— Je crois que je vais y réfléchir. Je viens de vendre ma vigne devant tabellion. Ma pauvre Jeanne ne m'en voudra pas de changer d'avis. Au fait, petit, il a écrit quoi, le duc, sur les vins ?

Le jeune Tsigane sembla tout à coup mal à l'aise.

— Que les vins étrangers nous font une concurrence déloyale. Il a… il a ordonné que les possesseurs de ces vins les fassent sortir de notre État sous quinzaine.

— Quoi ! Mais qu'est-ce que ça veut dire ? s'exclama le Hérisson blanc qui manqua de s'étouffer avec du massepain.

— Je croyais que tu le savais… Dans deux semaines, leur vente sera interdite dans le duché, François.

68

L'ordonnance ducale fut appliquée à la lettre et, malgré les protestations des marchands et de quelques aubergistes qui avaient délaissé les vins lorrains au profit d'alcools étrangers, les bouteilles furent transportées hors du duché, et toute importation interdite sous peine de confiscation. Maître Delvaux n'en conçut ni regret ni remords : le Hérisson blanc avait vendu ses vignobles aux chanoines voisins pour une somme supérieure au cours moyen. Il ne comprit qu'après coup que ceux-ci, bien informés, avaient spéculé sur le monopole des vins locaux une fois le décret appliqué. Mais son pécule allait lui permettre de terminer sans aucune restriction la construction de la *Nina*, et la joie de travailler à nouveau avec Nicolas compensa très grandement le fiasco de ses années de vigneron.

— Toutefois, je n'ai pas dit mon dernier mot de marchand, chuchota-t-il à son ami, alors qu'ils consolidaient une fracture sur la jambe d'un patient.

L'homme, un maréchal-ferrant, avait pris un coup de sabot en tentant d'immobiliser une jument nerveuse lors de la pose d'un fer. La cassure était nette, sans esquilles, et Nicolas l'avait réduite proprement, prenant soin de ne pas endommager les muscles et nerfs adjacents. François tenait la jambe du blessé, qui avait refusé de prendre quelque remède que ce soit, et, bravache, serrait les dents sous la douleur. Le Hérisson se pencha vers Nicolas, qui appliquait un bandage préalablement trempé dans de l'oxyrhodinum[1], et chuchota encore plus bas.

— J'ai une idée que tu vas adorer : avec ton expérience des plantes, ta renommée et ma connaissance des vins, on devrait fabriquer un élixir que l'on commercialiserait dans tout le duché. Qu'en penses-tu ?

Nicolas jaugea l'œil de son ami dont les reflets turquoise de l'iris lui indiquaient qu'il ne plaisantait pas.

— J'en pense que ni toi ni moi ne sommes faits pour commercer. Tu t'en rends compte ?

— Pas d'accord, petit. Et un bon produit peut rapporter beaucoup.

— Mais je ne veux pas faire affaire des connaissances qui m'ont été transmises par les autres. Cela ne m'appartient pas.

— Tu as le droit de faire profiter le peuple de ton savoir ! Non : tu en as le devoir !

1. Mélange d'huile de rose et de vinaigre.

— Je le fais à ma manière.

— Laisse-moi utiliser la mienne, c'est un juste retour des choses.

— Alors, trouvons la formule de cette potion et distribuons-la aux nécessiteux.

— Quelle bourrique tu peux être parfois, Nicolas ! Si je donne aujourd'hui la recette de notre élixir, demain d'autres le vendront et, dans un mois, il est mort !

— Hé ! protesta le blessé dans un cri de souffrance. Pourquoi est-ce que vous chuchotez pour parler ? Qu'est-ce que vous me cachez là ?

— C'est une conversation privée, répondit le Hérisson blanc d'un ton hargneux, ne vous en mêlez pas.

L'homme se mit sur les coudes au prix d'un effort douloureux.

— Non, pas d'accord. Je vous ai entendus dire que dans un mois j'étais mort ! Qu'est-ce que j'ai ? Dites-moi !

— C'est un malentendu, monsieur, intervint Nicolas. Votre fracture est en raifort, sans complication, je viens de la rhabiller et dans quelques semaines il n'y paraîtra plus.

— Tout cela n'est pas clair, répondit l'homme. Voilà quelques minutes que vous complotez autour de ma jambe. Pour la dernière fois, qu'est-ce que vous me cachez, enfin ?

François, que l'attitude de Nicolas avait irrité, foudroya le maréchal-ferrant du regard.

— Quel âge avez-vous ? lui demanda-t-il sèchement.

— J'ai quarante-huit ans. Pourquoi ?

— Parce que votre humidité substantifique s'est évaporée depuis longtemps, voilà votre problème !

— Ma quoi ?

— Peu importe. Pour me résumer, vous êtes vieux et sec, et votre fracture est vilaine. Si vous aviez été jeune, votre corps aurait été humide et mou, et les cals osseux auraient pu se reformer sans conséquence. Je dis bien : auraient pu !

Nicolas s'était reculé et regardait la scène, les bras croisés.

— Mais alors ? demanda l'homme qui avait réussi à s'asseoir sans mobiliser sa jambe douloureuse.

— Alors vous êtes vieux ! Et la consolidation sera difficile. Il y aurait bien un moyen...

— Un moyen ? Lequel ?

— Non, non, laissez tomber !

— Si, dites, dites ! Il s'agit de ma vie, quand même !

— Il existe un remède, un élixir, qui redonne aux os et au corps l'humidité substantifique et naturelle.

— Qu'attendez-vous ? Usez-en sur moi ! Je ne veux pas finir boiteux ou, pire, cul-de-jatte !

— Malheureusement, il n'est pas vendu dans le duché.

— Voilà bien ma chance ! Où peut-on en trouver ? Où ? Mon fils ira le chercher pour moi !

François eut un regard victorieux en direction de Nicolas.

— Seul monsieur en connaît la recette, ajouta-t-il en désignant son ami. Je vous laisse, conclut-il avant de quitter la pièce, la tête haute, le triomphe romain.

69

Nicolas eut toutes les peines du monde à expliquer à l'homme que l'élixir en question n'existait pas encore et qu'il n'en aurait pas besoin. Il promit à François de réfléchir à sa proposition. Même s'il n'avait pas l'intention de se transformer en bonimenteur, l'idée de développer ses propres remèdes lui plaisait et l'hôpital Saint-Charles était l'endroit idéal pour s'y adonner. Le lendemain après-midi, le 16 août, ils quittèrent la consultation afin d'aller assister au départ des dernières troupes françaises de Nancy. La ville n'avait pas connu une foule aussi compacte depuis l'enterrement de Charles III. L'ambiance n'était ni festive ni hostile, il n'y avait ni cris, ni applaudissements, ni façades pavoisées, les visages étaient graves et tendus. Les espoirs avaient été tant de fois contrariés ou trompés, les soldats tant de fois remplacés par d'autres soldats. Il y avait bien eu des signes avant-coureurs, le retour des Lorrains de la lointaine guerre de Hongrie, la destruction des fortifications de la ville par les occupants, la nouvelle de l'arrivée du duc à Lunéville, mais certains disaient que ce n'était qu'une rumeur colportée et que le véritable duc était resté en Autriche. Tous étaient venus pour voir, voir de leurs yeux le dernier symbole de la France partir, avant de seulement penser que la paix était une réalité. La population s'était groupée, compacte, sur la place de la Carrière, où les régiments de Guyenne et de Languedoc étaient alignés face à leurs deux commandants et au gouverneur français. Ce dernier les passa en revue, mal à l'aise sur sa monture nerveuse, avant de mettre pied à terre et de rejoindre son carrosse stationné devant le palais ducal. Au moment de pénétrer dans l'habitacle, il s'arrêta et jeta un dernier regard sur l'édifice. À côté d'une fine tour rectangulaire se dressait une autre, épaisse et ronde, le Vix, sur laquelle serpentait un large escalier extérieur menant à la galerie où il avait pris ses quartiers pendant quatre ans. Il comprit alors ce qui avait attiré son attention : debout dans la partie finale de l'escalier du Vix, les mains sur la rampe, le comte de Carlingford le regardait, immobile. Le futur ex-gouverneur ne lui pardonnerait jamais d'avoir été obligé de rendre plusieurs milliers de pièces d'or aux Lorrains, alors que tous ses prédécesseurs avaient eux aussi fait frapper de la monnaie à leur effigie. Carlingford le salua de son couvre-chef juste avant qu'il ne s'engouffre dans son carrosse.

Les militaires effectuèrent une dernière parade, puis quittèrent la place en direction de la porte Saint-Jean, dans un silence seulement froissé du bruit des fers sur les pavés. Un cri retentit de la foule :

— Vive la Lorraine libre ! Vive le duc !

Après un instant d'hésitation, d'autres reprirent en chœur la phrase, qui se propagea à tout le peuple, suivie de hourras et de manifestations de joie. Tout le monde parlait, s'embrassait, dansait, la place était devenue soudain bruyante, vivante et colorée. On annonça l'arrivée imminente de cinq compagnies lorraines, constituées à la hâte et qui attendaient l'ordre d'entrer dans la ville par la porte de la Craffe. Personne ne voulait quitter la Carrière, tous voulaient les saluer, prolonger ce moment, et de nouveaux venus ne cessaient d'affluer des autres quartiers de la ville.

Nicolas et François avaient suivi la cérémonie debout sur un muret de pierres près de l'arche. Ils dépassaient d'un mètre la marée humaine dont les têtes formaient des vagues anarchiques.

— Quelle idée j'ai eue d'accepter de te suivre ! grogna le Hérisson blanc. Comment voudrais-tu retrouver Marianne alors que la moitié du duché défile sous nos yeux ?

— C'est justement l'occasion ou jamais ! Je sens sa présence, François, je la sens !

Tout en parlant, Nicolas continuait de scruter méticuleusement chaque mètre carré de la place. Plusieurs fois, il avait cru la reconnaître, mais ces femmes n'avaient qu'une lointaine ressemblance avec Marianne, et le Hérisson blanc, qui se précipitait vers elles en suivant les indications de Nicolas, revenait toujours bredouille.

— Cette fois, j'en ai marre ! décréta François en le rejoignant sur le muret. Elle n'est pas ici. Arrête de te leurrer, petit.

Nicolas se massa longuement le visage.

— Si Dieu le veut, vous vous retrouverez, assura le Hérisson blanc en lui tapant sur l'épaule.

— En tout cas, je n'attendrai pas son bon vouloir. Personne ne me dicte mon destin.

— Hé, vous deux, vous pourriez être plus gais ! dit une voix qu'ils connaissaient.

Malthus, l'apothicaire, se tenait devant eux, prêt à recevoir leur accolade.

— Comment allez-vous, les amis ? demanda-t-il, après avoir baissé les bras, devant l'absence d'enthousiasme des deux hommes.

— Te voilà revenu dans le duché ? demanda François sans se lever.

— Oui, comme beaucoup. Je vais rouvrir boutique. J'ai appris pour ta femme, je suis désolé.

Maître Delvaux le remercia du bout des lèvres. Une farandole s'était constituée et serpentait tout autour de la place. Un des participants bouscula Malthus dans son élan et s'excusa en riant. Rien ne semblait vouloir arrêter la ferveur ambiante. L'apothicaire se massa le dos et grogna avant de les quitter.

— Viens, rentrons, proposa Nicolas à François. Avec toute cette liesse, entre les chutes et les bagarres, on va avoir du travail.

Ils laissèrent la place et traversèrent la vieille ville jusqu'au domicile du Hérisson blanc. La rue des Maréchaux résonnait de la liesse toute proche.

— Entre, juste le temps de prendre mes instruments, et on file à Saint-Charles.

Il rassembla dans sa besace quelques ferrements et carlets à recoudre, et mit un rasoir dans sa poche.

— Crois-tu que ce soit lui qui ait détourné l'argent il y a quatre ans ? demanda Nicolas qui était resté silencieux tout le long du chemin.

— Malthus ? Le diable qu'il soit revenu aujourd'hui, celui-là ! Je pensais que tu en avais terminé avec cette histoire.

— Comment veux-tu que j'oublie, alors que je suis allé en prison et me suis enfui à la guerre pour un acte que je n'ai pas commis ? Quand je ne pensais pas à Marianne, c'est à eux que je pensais : Malthus, Courlot, tous ceux qui auraient pu garder ces cinq mille francs et qui m'ont fait accuser de meurtre sur un gouverneur !

— Malthus est un couard, mais jamais il n'aurait fait une telle chose. Crois-moi.

— Il a quitté le duché juste après.

— Le médecin français aussi. Laisse faire le temps, petit. Ceux qui doivent payer paieront. Ils ont peut-être déjà payé, rongés par le remords !

Il noua le lacet de cuir de son sac.

— Voilà, on peut y aller.

Nicolas avait pris un bracelet doré posé sur la table et l'observait attentivement.

— J'ai retrouvé ce bijou dans les affaires de Jeanne, commenta le Hérisson blanc, mais il ne lui appartient pas, j'en suis sûr. Marianne a dû l'oublier en partant. Tu le reconnais ?

Nicolas hocha la tête imperceptiblement. Les souvenirs affluaient.

— Elle le portait à la cheville.

— Alors, garde-le, tu le lui remettras.

Il défit les bandes de ses mains et passa le bracelet à son poignet droit. Il ne l'ôterait que pour qu'il retourne sur la peau de Marianne.

70

Le lendemain, la ville bourdonnait encore de la fête improvisée. Tous attendaient l'arrivée du duc. Les drapeaux avaient commencé à fleurir aux fenêtres comme si l'événement était imminent. Mais la journée se passa sans confirmation des rumeurs qui filaient avant de s'éteindre aussitôt.

Les deux chirurgiens et leur assistant avaient travaillé sans relâche et s'étaient acquittés des soins de blessures dans une bonne humeur contagieuse. Au moment où le soleil se couchait, le carrosse de la marquise de Cornelli s'arrêta devant l'hôpital Saint-Charles. Le cocher en descendit, muni d'un message pour Nicolas.

— Maintenant ? Vous voulez que je vous suive tout de suite, Claude ?

— Madame la marquise m'a demandé de vous conduire au palais ducal, où elle vous attend. Je n'en sais pas plus, mais il ne faut pas tarder.

Nicolas s'essuya les mains, colorées par une teinture nouvelle qu'il voulait essayer sur les lésions des articulations. Il prit son sac contenant ses instruments.

— Je viens avec toi, proposa Azlan.

— Non, je suis désolé, seulement maître Déruet, répliqua Claude. Ce sont les ordres.

— Je te ferai quérir si j'ai besoin d'aide, dit Nicolas en enfilant sa tunique.

Le jeune homme haussa les épaules et sortit sans un mot.

Rosa attendait Nicolas à l'entrée de la galerie des Cerfs.

— Dépêchez-vous, il nous attend.

— Qui est souffrant ?

Elle désigna son sac.

— Vous n'aurez pas besoin de cela, laissez-le là. Personne n'est malade, ajouta-t-elle devant son hésitation.

Elle le prit par le bras d'une main et de l'autre remonta sa robe ample afin d'accélérer le pas.

— Je vous laisse entrer, dit-elle alors qu'ils arri-

vaient au bout de la grande salle. Mon rôle s'arrête
là. Claude est à votre disposition.

— Marianne ?

— J'aurai peut-être bientôt des nouvelles. Mais
pensez d'abord à vous, Nicolas. Ne gâchez pas le
présent.

Elle baissa les yeux, eut un instant d'hésitation et
partit.

Lorsqu'il ouvrit la porte, l'homme dans la pièce
regardait une immense tapisserie murale représentant
Charles le Téméraire. Il se retourna et décocha à Nicolas un gracieux sourire.

— Mon chirurgien préféré ! Vous voilà enfin !

Nicolas se courba pour saluer le duc Léopold.

— Votre Altesse... je vous croyais à Lunéville.

— Je suis arrivé il y a peu. Vous nous avez manqué,
maître Déruet.

— Vous savez à quel point je ne suis pas doué
pour l'étiquette et la préséance.

— Je le sais, et c'est aussi en cela que vous nous
avez manqué ! Aujourd'hui la Lorraine est à mes pieds
et m'inonde de flatteries. Allons nous asseoir.

Du souvenir qu'en avait Nicolas, la pièce n'avait pas
changé depuis son premier passage. Les mêmes tables
de marbre ou de dorures étaient toujours entassées
en vrac et le mannequin en bois articulé se trouvait
encore sur la commode, la bouche ouverte, les muscles
et tendons visibles.

— Je suis venu *incognito*. Demain, toute la ville
sera prévenue de ma présence et je devrai satisfaire
à mes devoirs. Mais, pour ce soir, le duc est officiel-

lement à vingt-cinq kilomètres de Nancy. Je tiens à en profiter, et vous allez m'aider.

— De quelle façon ?

— Le carrosse de la marquise est à notre disposition. Vous allez me montrer la ville.

— En pleine nuit ?

— La nuit sera plus favorable à une nécessaire discrétion. Vous allez me parler de mon duché et des Lorrains. Dans votre hôpital, vous êtes en contact avec des gentilshommes, des bourgeois, des artisans, des ouvriers, toute population mélangée. Qui d'autre mieux que vous peut écouter chaque battement de cœur de la cité, sentir sa respiration, ses espoirs et ses peurs ? Et je sais que vous parlerez sans crainte ni intérêt.

— Qu'êtes-vous prêt à voir de la réalité de votre État, Votre Altesse ?

— Ce que vous jugerez digne de me montrer.

Ils avaient traversé la ville au pas, sans omettre un seul quartier, et Nicolas, d'ordinaire peu loquace, n'avait laissé aucun répit au silence. Il avait évoqué la construction de la ville-neuve, la rivière Saint-Jean, les rues marchandes et les corporations, les prisons et les procès en sorcellerie dont les derniers s'étaient déroulés moins de cinquante ans auparavant, les charités et les hôpitaux, les famines et les pénuries, les processions et la fête des brandons, la fidélité des Lorrains à leur duc, à leur terre. Son hôte l'avait écouté et s'était empli des images de la ville endormie.

Claude arrêta son attelage à l'angle du palais ducal et de la rue des Cordeliers au moment même où douze coups sonnaient dans la Grande-Rue.

400

— Maintenant, maître Déruet, c'est moi qui vais vous montrer quelque chose.

Léopold tendit la main vers l'édifice devant lequel le carrosse s'était immobilisé.

— L'église des Cordeliers ? Mais elle est fermée depuis l'occupation française, remarqua Nicolas.

— C'est exact, et cette occupation vient de prendre fin, ajouta le duc en sortant une clé de sa poche de veste et en la lui tendant.

La façade, tout comme la porte, était de taille modeste et de style discret. Seule une rosace, représentant les armes de Lorraine, entourées des neufs écussons les composant, située au-dessus de l'entrée et grande comme elle, indiquait à l'œil averti que l'endroit était autre chose qu'une simple maison de Dieu. La serrure s'ouvrit à la première tentative et Nicolas referma à clé une fois qu'ils furent entrés. Des flambeaux, disposés dans l'allée centrale, procuraient une lumière ambrée.

— J'ai demandé à Carlingford que l'église soit éclairée pour la soirée, précisa le duc devant le regard interrogateur de Nicolas. Je souhaitais m'y recueillir. Savez-vous ce que représente cet endroit pour ma famille ?

Il n'en avait aucune idée. Personne ne lui avait jamais parlé des Cordeliers, dont il ne connaissait que le nom et dont l'existence ne l'avait jamais intéressé. Son seul souvenir remontait à une dizaine d'années, quand un habitant du quartier avait reçu sur la tête des pierres provenant d'une galerie, dressée entre l'église et le palais ducal, qui tombait en ruine. Il l'avait soigné avec François, mais l'homme était resté infirme et la passerelle avait été détruite.

— La plupart de mes ancêtres sont enterrés ici. Et ceux qui n'y sont pas encore le seront bientôt. Venez.

Ils traversèrent la nef et entrèrent dans une chapelle octogonale située à gauche de l'autel. D'une impressionnante hauteur, le bâtiment était construit en marbre blanc et noir. Sept des pans de l'octogone étaient occupés par un sarcophage de pierre, surmonté d'un coussin de marbre doré portant une couronne, un sceptre et une main de justice.

— Ce sont des cénotaphes, expliqua Léopold. Il n'y a aucune dépouille à l'intérieur. Mes aïeux sont dans une crypte située sous nos pieds.

Il se dirigea vers un des prie-Dieu situés face à l'autel, lui aussi en marbre, sur lequel une sculpture représentait la Vierge Marie, tenant l'Enfant Jésus, entourée de deux angelots. Il s'assit pour se recueillir. Nicolas, impressionné par le lieu, recula.

— Non, restez, maître Déruet. Restez, dit le duc sans se retourner.

La coupole était constituée de dizaines de bas-reliefs d'anges, de chérubins et d'étoiles alignés dans des cadres en rangées rectilignes. Nicolas compta trente-deux lignes de six sculptures. La construction du seul plafond avait dû nécessiter des années de travail. Le haut de la voûte était ouvert sur un campanile aux vitraux transparents qui faisait office de puits de lumière le jour et que la nuit d'été éclairait des rayons de la pleine lune.

Il s'était posté près de la grille d'entrée où une statue représentant la justice avait pris les traits d'une femme tenant dans une main une balance et dans l'autre un glaive. Le visage était rond, les lèvres charnues et le cou épais. Il remarqua à la base de ce cou une légère grosseur et sourit : l'artiste avait reproduit sans le savoir la tumeur débutante du modèle. *Le cancer rongeant la justice*, songea-t-il. Il regarda Léopold se signer et se lever, et se demanda ce que pouvait espérer le peuple d'un homme né pour régner.

Chapitre XI

Nancy, 18 août-10 novembre 1698

71

Sa présence fut rendue officielle dès le lendemain matin, un lundi. Des centaines d'habitants s'amassèrent dans la Grande-Rue sous les fenêtres du palais. Il y eut de nouveau des danses, des réjouissances, sans aucun débordement. Les boutiques furent fermées pendant trois jours pour permettre au peuple de manifester sa joie. Le 20 août, Nicolas proposa de s'occuper seul des malades de Saint-Charles, qui étaient moins nombreux qu'à l'accoutumée, comme si l'espoir d'un avenir meilleur et l'oubli dans la fête avaient eu un effet bénéfique sur les pathologies courantes. Le Hérisson blanc en profita pour filer au port du Crosne, et Azlan mit sa chemise de lin et son haut-de-chausses le plus ample pour se rendre à la salle du jeu de paume. Mais, alors que François était rentré avec le coucher du soleil, leur jeune assistant n'avait pas reparu de la soirée.

— Il est grand, maintenant, déclara François, amusé par l'inquiétude de Nicolas. Que veux-tu qu'il lui soit arrivé ? Il doit être dans les bras d'une donzelle. C'est de son âge !

Nicolas tournait en rond dans le salon de Saint-Charles, la seule pièce de l'établissement qui possédait une pendule.

— Azlan est incapable de me cacher quoi que ce soit, il me dit toujours tout, répliqua Nicolas avant d'aller regarder par la fenêtre.

Un carrosse passa sans s'arrêter.

— À paroles lourdes, oreilles sourdes ! répliqua François. Tu ne savais même pas qu'il pratiquait le jeu de paume !

— Tu as raison…, remarqua Nicolas en descendant ses manches relevées.

— Bien sûr que j'ai raison !

— Tu as raison, je vais aller à la salle du jeu de paume, conclut Nicolas en prenant son chapeau.

— Fieffé bileux que tu es ! Va où tu veux, je ne bouge pas ! annonça le Hérisson blanc en s'asseyant pour appuyer ses propos.

— Je t'en remercie. Il reste les soins du sieur Despois et un bandage à changer sur la plaie de Germaine Moycet.

François prit sa tête dans ses mains :

— Créfi ! Je l'avais oubliée celle-là ! Elle me poursuit de ses avances que c'en est indécent !

— Plains-toi ! Il nous faut la ménager, elle s'est mis dans l'idée de faire de toi son mari. Elle est veuve, quel beau parti, non ?

— Mais elle pue comme un bouc ! Et je n'ai besoin

de personne pour s'occuper de moi, répondit François en se levant vivement, comme piqué par un insecte.

— Je trouve au contraire que le moment est venu, non ? suggéra Nicolas alors que son ami ouvrait la porte en l'invitant à sortir.

— Je te préviens : si tu continues à lui souffler des idées de mariage, je lui annonce qu'elle a la gangrène pour lui couper les deux jambes !

— Je m'incline sous la menace. La vie de mes patients avant tout, répliqua Nicolas en le rejoignant sur le seuil.

Le Hérisson blanc lui donna une tape amicale sur l'épaule.

— Va, dit-il, va, avant que je n'interdise l'entrée de cet établissement à toutes les veuves du duché. Et ramène le petit !

La fraîcheur de la nuit le surprit. L'été avait été court, et les organismes n'étaient pas encore rassasiés de chaleur que le temps semblait déjà tirer la couverture de l'automne à lui. En un quart d'heure il fut à la salle, au bout de la place de la Carrière. Les deux seuls joueurs présents n'avaient pas vu Azlan de la journée. L'inquiétude de Nicolas grandit, qu'il tenta de relativiser. François avait sans doute raison, il était parvenu à un âge où il s'affranchissait de toutes les tutelles. Autour du palais, de nombreux groupes étaient encore présents, respirant une dernière fois l'ambiance festive qu'avait déclenchée le retour de leur duc. Il questionna des soldats du régiment des gardes, réquisitionnés afin de faire respecter le dernier arrêt de la Cour souveraine.

— De quoi parlez-vous ? demanda-t-il au plus

gradé, qui lui montra l'affiche placardée à l'entrée de la place.

Nicolas comprit soudainement ce qui était arrivé à son assistant. Il arracha le papier et courut en direction de la porte de la Craffe.

72

Le contact de la paille humide et son odeur réveillèrent Azlan. Pendant une fraction de seconde, il eut l'impression d'être revenu au monastère de Peterwardein et que son père l'appelait. Il ouvrit les yeux. Le cachot de la prison de la Craffe n'était éclairé que par la lueur du flambeau provenant de la cellule du gardien. Tout lui revint en mémoire, l'attroupement autour du soldat lisant l'ordonnance annonçant l'arrestation immédiate de tous les bohémiens qui n'avaient pas quitté le duché, le doigt pointé vers lui d'un homme dans la foule, la bousculade, ses protestations, la femme qui avait pris sa défense, les gardes qui avaient hésité et le lieutenant qui l'avait fait emmener.

Il avait été pris pour un vagabond. Depuis quatre ans qu'il accompagnait les Lorrains, il avait fini par oublier qu'il était né tsigane. Sa peau mate, ses cheveux de jais, qu'il avait laissés pousser depuis leur retour, son iris noir, son accent d'ailleurs, tout ce qui plaisait tant autour de lui et lui donnait un charme dont il savait jouer le désignait aujourd'hui comme coupable. Coupable de quoi ? Il tourna la tête vers les compagnons d'infortune qui partageaient sa geôle, deux bohémiens qui n'avaient pas été avertis du décret et s'étaient fait pincer en demandant une obole à un bourgeois. Les deux hommes parlaient en romani sans se soucier de sa présence. Il remarqua à quel point Babik leur ressemblait. Et lui aussi sans doute. *Un rob. Je serai toujours un rob, où que j'aille* ! Sa pensée était un cri de colère. Il frappa le mur du plat de la main, puis de son poing fermé, une première fois, puis une seconde, faisant craquer ses articulations. Les deux détenus interrompirent leur conversation.

— Ça va aller ? dit l'un d'eux.

— Non ! hurla Azlan.

Il cogna le mur comme un ennemi invisible sans plus pouvoir s'arrêter. Ses phalanges saignaient et chaque coup laissait une traînée de sang sur les phrases gravées au fil du temps par les prisonniers. Les bohémiens le maîtrisèrent et le calmèrent rapidement avant de le lâcher. Épuisé, hors d'haleine, il se laissa tomber sur le sol. La tête lui tournait. Il entendit quelqu'un l'appeler, des bruits de pas, des cliquetis. Les deux vagabonds s'écartèrent de lui. Azlan leva la tête et vit Nicolas, entouré de son geôlier et d'un officier lorrain. Derrière eux se tenait le comte de Carlingford, venu se porter garant de l'identité du prisonnier.

— C'est fini, dit Nicolas en l'aidant à se relever, fini.

Il mit sur les épaules d'Azlan la longue veste de *betyar* qu'il avait rapportée de Hongrie.

— Cela n'arrivera plus jamais. Jamais, ajouta-t-il à l'adresse du soldat qui détourna le regard.

Lorsqu'ils sortirent, les nuages occultaient les lueurs du ciel. Azlan s'arrêta pour respirer profondément. Il n'avait pas prononcé une seule parole.

— Rosa nous a envoyé son carrosse, reprit Nicolas

en montrant la voiture qui les attendait. Viens, on rentre à la maison.

Il fit un pas en avant. Azlan ne bougea pas.

— Non, murmura-t-il dans un souffle de voix.

— Non ?

— Je n'irai pas à Saint-Charles... Ce n'est pas ma maison.

— Je comprends ce que tu peux ressentir, vraiment, mais ne te laisse pas aveugler par la colère, répondit Nicolas en posant sa main sur son épaule.

Les yeux d'Azlan tutoyaient le lointain.

— Parmi les gens qui voulaient me chasser, il y avait là un homme que j'avais soigné le mois dernier. Je l'ai reconnu.

— Mais on m'a raconté que la plupart des témoins avaient pris ta défense et que les soldats avaient fini par t'emmener pour éviter une échauffourée. Il te faudra du temps, mais nous devons oublier cet incident !

— Comment oublier que j'ai été arrêté pour être expulsé uniquement parce que je ressemble à ces deux bougres qui étaient avec moi dans ce cachot ? Oui, je suis tsigane, je suis bohémien, mais je croyais avoir mérité d'être aussi lorrain, *gadjo*.

Nicolas baissa les yeux.

— Je vais aller chez Rosa de Cornelli pour quelque temps, conclut Azlan. Au moins le temps de cicatriser ces plaies, ajouta-t-il en montrant ses mains rougies et gonflées. Les autres mettront plus de temps. Beaucoup plus de temps.

73

Dès le lendemain matin, le duc se déplaça chez la marquise afin d'exprimer à Azlan toute la gratitude de l'État lorrain envers celui qu'il avait appelé le « fils de Hongrie et de Lorraine » et s'entretenir longuement avec lui. Malgré une nuit agitée de cauchemars, il semblait moins marqué par l'événement et fit bonne figure sous la protection de Rosa qui ne le quitta pas de l'entrevue, le couvant et le protégeant avec l'assurance due à son rang. Azlan, quant à lui, était troublé par l'intérêt que la jeune femme lui marquait. Elle l'attirait par sa beauté, ses atours dont il n'avait jamais vu une femme aussi joliment parée, mais aussi par sa personnalité envoûtante. Elle savait cerner très vite les forces et les faiblesses de ses interlocuteurs et en jouer pour arriver à ses fins, bien plus sûrement que si elle avait su user de force physique. *Même le duc n'est pas de taille*, songea-t-il en la voyant conseiller le souverain, qui peinait à convaincre Azlan du bien-fondé de ses édits.

— Votre Altesse doit réprimer la mendicité tout en secourant nos pauvres. Le peuple doit comprendre que vous n'avez rien de plus à cœur que de travailler à la conservation de nos bons sujets.

En deux phrases, elle avait réussi à résumer de quel mélange d'action et de diplomatie le souverain devait s'entourer afin de réussir sa réforme. Une fois le duc parti, Rosa embrassa Azlan sur le front, comme le font les sœurs ou les mères, le félicita d'avoir accepté le dialogue et le laissa poser sa tête sur son ventre. Il sentait le doux mouvement de sa respiration et un parfum qu'il ne sut identifier mais qu'il associa toute sa vie durant aux premiers émois de son cœur. Rosa lui demanda de lui expliquer la circulation du sang et lui fit promettre de rendre visite à Nicolas le jour même.

De retour au palais, Léopold déjeuna d'une poularde et d'un dessert avant de plonger avec François de Carlingford dans les comptes du duché. Les revenus ordinaires allaient permettre de lever un million six cent mille livres, auxquelles s'ajoutaient trois cent cinquante mille livres pour la perception du droit de joyeux avènement et deux millions de livres pour le produit de la vente des offices judiciaires et de finances.

— Voilà près de quatre millions de livres dont nous pourrons disposer comme cassette pour l'année, conclut Carlingford en levant les yeux vers le duc.

Léopold s'était à peine approché de la fenêtre qu'un attroupement d'une cinquantaine de personnes s'était formé dans la Grande-Rue pour l'apercevoir et l'acclamer. Il sortit sur le balcon et les salua avant de retourner aux affaires du nouvel État, tapotant ses mains dans son dos.

— Quelque chose ne va pas, Votre Altesse ?

— Pourquoi dites-vous cela ? répliqua-t-il en se retournant vers Carlingford.

— Pour vous avoir enseigné les sciences les plus nobles depuis votre plus jeune âge, je peux me targuer de savoir quand une matière plaît ou déplaît à Votre Altesse. En l'occurrence, vous semblez absorbé par d'autres sujets.

— Croyez-vous que notre édit était juste ? Devions-nous chasser tous ces mendiants étrangers ? demanda-t-il avec la franchise qui caractérisait encore son jeune âge.

— Nous avons suffisamment de malheureux natifs de notre duché dont nous avons la charge, répondit Carlingford avec conviction. Les guerres et les désordres ont introduit ici des bandes de vagabonds qui pillent, volent et rançonnent jusque dans les campagnes les plus reculées. Ils se prétendent égyptiens ou bohémiens et certains sont déjà recherchés pour des meurtres commis dans notre État. Nous ne pouvons avoir aucune indulgence envers eux, Votre Altesse. Aucune.

La réponse sembla rassurer Léopold. Ses traits se détendirent.

— Vous avez raison, continuons ainsi. Réprimons la mendicité et secourons nos pauvres. Je n'ai rien de plus à cœur que de travailler à la conservation de nos bons sujets, comme ce jeune garçon.

— Voilà une fort pertinente analyse, Votre Altesse.

— Elle n'est pas de moi, mais j'y souscris pleinement. Ce jeune Azlan est un futur brillant chirurgien, il serait dommage qu'il quitte le duché. Nous avons besoin de toutes les forces vives pour notre État. Proposez-lui un titre, qu'il abandonne ce nom impossible à retenir, et impliquez-le dans l'aide aux indigents et à nos sujets dans la gêne.

— Malheureusement, il est lui aussi sans le sou. Il ne pourra pas acheter de charge, répondit Carlingford, à moins de la lui fournir gracieusement.

Léopold s'approcha de son régent et prit le ton de la confidence.

412

— La marquise l'a pris sous son aile, je crois qu'il ne restera pas pauvre et sans nom bien longtemps.

— Ce n'est pas lui qu'elle a pris en chasse, rétorqua le comte sur le même ton.

— Non ? Qui alors ? dites-moi. J'adore les secrets d'alcôve et notre duché n'en bruisse pas encore de nombreux ! s'emballa le duc.

— Elle a recueilli l'assistant pour attirer le maître.

— Nicolas Déruet ? Cette femme aime les défis, il s'est fait ensorceler par une matrone !

— Quel homme pourrait résister à la grâce de la marquise de Cornelli ?

— Le même qui a résisté à toutes les bougresses de Peterwardein et de Vienne. Voulez-vous faire un pari, mon cher comte ? demanda le duc dans un demi-sourire qui en appela un de la part de Carlingford.

Léopold adorait les jeux, et les défis étaient fréquents entre lui et son conseiller depuis leurs années de campagne où ils y avaient trouvé un exutoire ne nécessitant ni cartes, ni jetons, ni table. Et l'intuition du jeune souverain s'était souvent montrée supérieure à celle de son régent.

— Quel en est l'enjeu ? demanda le comte.

Le duc se pencha et lui murmura à l'oreille. Carlingford fit des yeux ronds.

— Une mise élevée, commenta-t-il.

— Vous me sembliez persuadé de votre fait, François Taaft, répliqua Léopold, narquois.

Il n'employait que très rarement le nom de naissance du comte, qu'il utilisait comme un aiguillon de ses origines modestes.

— Très bien, vous l'aurez voulu, Votre Altesse. Pari tenu !

— Voilà qui m'a mis d'excellente humeur. Reprenons la conduite de nos affaires, voulez-vous, signifia le duc. Avez-vous des nouvelles de ma future épouse ?

74

L'absence d'Azlan pesait sur la vie quotidienne à Saint-Charles. Sa bonne humeur et son allant naturel manquaient à tout le monde, chirurgiens, médecins, sœurs et patients. Les observations des malades n'étaient plus rédigées et les soignants, qui s'étaient habitués à lire et relire les comptes rendus afin de mieux comprendre l'impact de leurs traitements, s'en plaignaient. Mais ils n'avaient personne pour prendre la relève.

— Il sait se rendre indispensable ce garçon, fit remarquer le docteur Bagard. Voilà deux semaines qu'il n'est plus là et nous sommes à hue et à dia.

Azlan était passé les voir plusieurs fois. Les blessures de ses phalanges, superficielles, avaient rapidement cicatrisé, mais le jeune homme n'avait pas l'intention de reprendre le travail avant plusieurs semaines. Nicolas s'était inquiété de son changement de comportement alors que la chirurgie représentait toute sa vie. Une semaine après son emprisonnement, il était venu leur montrer le cadeau que Rosa lui avait offert : une raquette en bois précieux, tissée d'un cordage en chanvre, fabriquée par le plus renommé maître paumier du moment.

— Un vrai bijou, avait commenté Azlan en la montrant à ses deux amis, avant de leur faire promettre de venir le voir dans la salle du palais.

Il passait une partie de ses journées à s'entraîner et le reste à apprendre à Rosa des rudiments de chirurgie. Elle le couvrait de présents.

— Comme ce costume ridicule qu'il est venu nous montrer hier, dit maître Delvaux pendant qu'ils prenaient une pause pour leur déjeuner.

Nicolas éplucha sa pomme de terre avant de la croquer et de recracher la chair pourrie.

— Il ne doit plus en manger souvent des cartoufles, ajouta-t-il tandis que Nicolas buvait toute l'eau de son broc pour atténuer le goût.

Lorsque Azlan était descendu du carrosse, ils ne l'avaient pas reconnu avant qu'il ne les rejoigne. Azlan portait une veste justaucorps de damas blanc, décorée de galons et de dentelles dorées, dont les boutons luisaient à la lumière du jour comme autant de soleils, et une paire de cuissardes neuves à la peau épaisse et aux coutures de qualité. Le jeune homme était fier et heureux de montrer sa tenue à ses deux amis, mais la réaction moqueuse du Hérisson l'avait d'abord mis mal à l'aise puis agacé. La conversation avait tourné court et Azlan, furieux, avait claqué la porte. L'attelage de Claude était reparti sans que Nicolas parvienne à le retenir. François était passé le matin même chez la marquise pour s'excuser, mais le jeune homme avait refusé de le recevoir. Depuis, le Hérisson blanc, connu pour ses rancunes, ruminait sa colère contre Azlan en pestant contre lui à tout propos.

— En tout cas, il ne risque pas de s'abîmer les mains à jouer au mignon auprès de la marquise, dit François en lui montrant les cals sous ses phalanges. Pas comme nous.

Nicolas, qui avait pourtant décidé de se taire pour

ne pas se fâcher à son tour, interrompit le monologue du chirurgien.

— Tu as tort, François. Ce qu'il a subi est un choc, crois-moi. Si tu l'avais connu à Peterwardein, tu comprendrais.

Le Hérisson blanc grogna et avala une boule de pain pour éviter d'avoir à répondre.

— Il n'a que dix-sept ans. Laisse-le s'émerveiller d'autre chose que des bistouris et des amputations, continua Nicolas.

François avala la mie qu'il mastiquait.

— C'est toi qui me dis cela ? Il y a une semaine, tu avais peur qu'il abandonne la carrière !

— Et j'ai réfléchi. L'important est qu'il trouve sa voie. Peut-être n'était-ce pas la chirurgie, ajouta-t-il en posant une coupe en bois remplie de mirabelles.

— Peut-être n'était-ce pas la chirurgie…, répliqua François en le singeant exagérément. Mais si je t'avais écouté, tu n'aurais jamais fini ton apprentissage ! Un jour, tu voulais devenir orfèvre ; le lendemain, médecin et le surlendemain, peintre ! Tous les corps de métier y sont passés.

— Tiens, goûte, ce sont les dernières, dit Nicolas en poussant le plat devant son ami.

— Tu veux savoir la vérité ? continua le Hérisson en se servant machinalement à pleine main. La vérité est que, si je ne t'avais pas obligé, matin après matin, aujourd'hui tu travaillerais aux champs ou à la tuerie. Et ce petit, il faut que tu le forces !

Il avala une mirabelle et recracha le noyau sur le sol. Il vint buter contre le pied de sœur Catherine. Le Hérisson se leva précipitamment et ôta son bonnet.

— Oh, pardon, ma mère, je ne vous avais pas vue !
Je vais nettoyer la cuisine.

— Vous le ferez plus tard, maître Delvaux, répondit
la religieuse qui ne put s'empêcher de jeter un regard
réprobateur au capharnaüm accumulé dans la pièce.
Vous avez un malade qui vous attend.

— De quel genre ? demanda Nicolas, qui avait noté
la nervosité de la religieuse.

— Du genre spécial. Je l'ai fait installer dans la
salle des autopsies.

— Encore un syphilitique ? dit le Hérisson blanc,
tout en reprenant des mirabelles.

— Blessures par balles.

François se frotta les mains.

— Voilà un après-midi qui va me plaire !

— Il va si mal que ça ? intervint Nicolas.

— Non, mais il m'a demandé à être isolé et ne
veut être soigné que par vous deux.

— Et vous pensez qu'il nous cache quelque chose ?

— Il vous le dira peut-être. Il s'est présenté comme
un de vos amis. Son nom est Malthus.

75

Assise sur une chaise de la galerie, Rosa applaudit
au point qu'Azlan venait de gagner.

— Quinze à un ! annonça le garçon marqueur situé
du côté du dedans, avant de noter le score à la craie
sur le sol.

Fier de ses progrès et encouragé par les habitués de
la salle, il avait insisté pour qu'elle vienne le voir. Le
jeu de paume, qui brassait beaucoup d'argent, avait la

réputation d'attirer des escrocs de toute espèce prompts à plumer les amateurs en mal de reconnaissance. Les paumiers, joueurs professionnels, plus d'une centaine dans toute l'Europe, passaient de salle en salle pour ramasser des gains grâce aux paris sur les matchs. Rosa le savait et craignait qu'Azlan ne soit une proie facile pour des joueurs peu scrupuleux. Elle avait donné rendez-vous au sieur Hyacinthe Reverdy, le pratiquant le plus réputé du duché, qui tardait à venir. Rosa en profita pour admirer la salle, une des plus belles d'Europe, construite sur le modèle de celle du Louvre, au début du XVIIe siècle. Les matériaux les plus nobles et les plus résistants avaient été utilisés, des pierres provenant de la carrière de Pont-Saint-Vincent jusqu'aux tuiles des briqueteries de Brichambeau et du faubourg Saint-Nicolas, alors que d'immenses peintures murales avaient été réalisées par un artiste de grande renommée. De nombreux paumiers fréquentaient la salle de Nancy, d'autant plus que le jeu était en phase de déclin en France, en raison du désintérêt total de Louis XIV pour sa pratique.

— Chère marquise, veuillez m'excuser de mon retard, dit l'homme qui la tira de ses rêveries.

— C'est moi qui m'excuse, monsieur Reverdy, d'avoir interrompu vos activités pour venir ici, répondit-elle alors qu'il lui faisait un baisemain appuyé.

Elle ne s'en formalisa pas. Rosa avait l'habitude de plaire aux hommes et détectait très rapidement ceux dont elle savait qu'ils lui feraient une cour assidue.

— Je suis présent depuis le début, mais je voulais observer le jeu de votre protégé, ajouta-t-il en s'asseyant près d'elle. J'étais à côté du mur de fond.

— Je vous avouerais que je n'entends rien à ce passe-temps et que je viens ici pour la première fois, répondit-elle en s'éventant énergiquement.

— Mais ces lieux s'honorent de votre présence, chère marquise. Même s'ils ont l'impudence de chauffer votre peau au grain si parfait.

— Puisque vous me semblez prompt au compliment, que pensez-vous de mon ami Azlan ?

Hyacinthe Reverdy eut le sourire enjôleur de celui qu'aucun camouflet ne rebute et répondit en le regardant jouer.

— Ma foi, il a un bon premier coup et se place naturellement au service. Je l'ai vu couper la balle de coin en coin et utiliser les diagonales, il anticipe les trajectoires avec assurance. Ses coups d'avant-main[1] sont très puissants, mais ceux d'arrière-main[2] manquent de précision. Tout cela est très prometteur, analysa-t-il alors que le public, une vingtaine de personnes massées derrière les filets de la galerie, applaudissait un échange spectaculaire.

Azlan avait effectué un service piqué, puis une volée qui était passée à fleur de la corde. Le garçon marqueur cria un « quarante-cinq à quinze » d'une voix enrouée, avant de l'inscrire sur le carreau du sol.

— Mais le jeu de paume est moins facile qu'il n'y paraît. Le commençant a toujours l'impression d'une progression très rapide qui ne disparaît que quand il se frotte à plus fort parti. Et qui peut lui valoir de grosses déconvenues.

— C'est pour cette raison que je vous demande

1. Coup droit.
2. Revers.

de m'aider, répliqua-t-elle en repliant son éventail. Accepteriez-vous de vous occuper d'Azlan ?

— Comment pourrais-je vous le refuser, chère marquise ? Je vais entraîner votre protégé.

— Un dernier point : quels sont vos honoraires ?

— Six cents francs, payables d'avance. Je prends en charge les frais des parties, des rafraîchissements, des chemises, du bois de chauffage et des lumières, plus les dépenses annexes. Et je vous le rends dans six mois capable de se défendre des paumiers les plus vicieux.

Le jeu s'était interrompu, afin qu'on allume plusieurs rangées de bougies en raison d'une lumière insuffisante.

— C'est la seule faiblesse de cette salle, commenta Reverdy. Elle n'a que deux fenêtres. Il faut user de la chandelle les jours de gris.

Un garçon paumier blanchit les balles en les roulant dans un sac rempli de son, avant de les rendre aux joueurs. Azlan effectua un service tourné en poussant la balle par-dessous et se précipita au filet pour tenter une volée. Son adversaire le visa d'un coup puissant. La pelote, faite de bandes de drap pressées et cousues, le frappa à la joue avant qu'il n'ait pu se protéger. Azlan, sonné, s'agenouilla pour récupérer, avant d'abandonner la partie. Rosa, inquiète, s'approcha du terrain.

— Ce n'est rien, intervint le futur entraîneur.

— Mais il l'a fait exprès !

— Bien sûr qu'il l'a fait exprès ! Il était en train de perdre le point et le match. Il en recevra bien d'autres avant de savoir les éviter.

Avant qu'Azlan ne les ait rejoints, elle renouvela sa demande :

— Faites-le progresser et apprenez-lui à se garder des aigrefins. Vous aurez alors atteint votre but, et mérité votre dû.

— Ma plus belle des récompenses sera de travailler pour vous, marquise, répliqua-t-il en prenant sa main gantée pour un second baisemain.

Elle la retira avant qu'il ait pu approcher ses lèvres.

— Vous me semblez confondre la chasse et le jeu de paume, cher monsieur Reverdy. J'espère que vous êtes plus habile au second qu'à la première.

76

Gabriel Malthus avait reçu une balle d'arquebuse dans le gras de la fesse et une autre dans le bras droit, qui avait transpercé son biceps sans léser aucune artère ni aucun nerf. Son cas, comme l'avait jugé sœur Catherine, n'inspirait aucune inquiétude, les plaies avaient arrêté de saigner avant l'arrivée des chirurgiens. Mais il se trouvait dans un état de nervosité et de frayeur que rien ne semblait pouvoir calmer. Sa respiration était rapide, ses mains tremblaient, son regard ne restait pas en place et, telle une mouche excitée, se posait à un endroit pour en repartir aussitôt. Malthus avait refusé de boire quoi que ce soit, médication ou alcool. Lorsque Nicolas lui avait demandé ce qui lui était arrivé, il avait évoqué une attaque de vagabonds sur un chemin de forêt en lisière du duché. Il n'avait convaincu personne, mais il s'en moquait.

L'apothicaire, qui aimait s'habiller à l'ancienne, portait toujours un pourpoint noir aux manches très bouffantes et au jabot de dentelle blanche, ainsi que des bas de soie de couleur sombre. Il les avait posés sur une chaise avant de se laisser soigner. Nicolas les observa pendant que François, tout en suçant des noyaux de mirabelles, finissait de suturer les deux plaies avec une nonchalance qui agaça Malthus. Les deux hommes eurent un échange peu aimable, et le Hérisson blanc finit par cracher les noyaux ainsi qu'une bordée d'amabilités.

— Gabriel, que s'est-il passé avec tes habits ?

Nicolas s'était approché de la table où le patient était soigné et lui montra son pourpoint.

— Comment cela ? demanda Malthus en se retournant, grimaçant.

— Ils sont tout recouverts d'une fine poussière blanche. Tout comme tes poils et ta barbe, ajouta-t-il en lui écartant les cheveux du bout de son scalpel.

— Pas touche ! répondit Gabriel en repoussant son bras. Il y avait de la poussière sur le chemin, je ne sais pas moi ! Quelle importance ?

— Pas d'importance, en effet, ajouta Nicolas en reposant le vêtement.

Sœur Catherine entra et lui parla à l'oreille.

— Un officier de police est là qui me demande. François, tu peux finir sans moi ? demanda Nicolas en cherchant un tissu pour s'essuyer les mains.

— Rien de grave ? interrogea Malthus dont le regard s'était remis à voleter.

Il sortit sans répondre, accompagné de la religieuse. Le Hérisson blanc fouilla dans sa poche à la recherche d'une dernière mirabelle, qu'il enfourna afin de mâchonner le noyau, imbiba un pansement d'huiles essentielles et en badigeonna les deux plaies. Le patient frissonna.

— Tu as peur ? demanda le chirurgien.

— J'ai froid.

— En plein été ? s'amusa François.

— Pardi, vous m'avez dénudé !

— Je sais reconnaître la peur, elle n'engage pas les mêmes muscles, dit François en s'approchant de lui et en faisant mine d'observer les trémulations de ses jambes. Les frissons sont plus courts et plus amples. Irrépressibles. La peur parcourt un corps comme une vague, de bas en haut.

— Nous voilà bien avancés ! Et de cela aussi tu veux me guérir ?

— En tout cas, tu as de la chance. Tu vas pouvoir signaler ton agression aux autorités sans te déplacer. Au fait, de quoi as-tu été détroussé ?

Malthus grogna pour toute réponse, le regard tourné vers la porte.

Le brigadier appartenait à un régiment de gardes du corps de Léopold, dont la patrouille avait tenté d'appréhender un chariot sortant du duché. Le cocher avait voulu s'y soustraire. Poursuivi par les soldats qui avaient fait feu sur lui, il avait abandonné son véhicule sur la route de Toul pour s'enfuir avec le cheval qui lui servait d'attelage. À l'intérieur, les hommes avaient trouvé vingt sacs de cinquante kilos de farine. Depuis le 24 février, il était interdit de transporter des grains hors du duché.

— Sous peine d'une amende de cinq cents francs et de confiscation des voitures, des chevaux et du produit de la contrebande, précisa le militaire.

La disette avait amené le duc à édicter des règles interdisant l'exportation ou le stockage des blés. La patrouille avait suivi l'homme jusqu'à Nancy, où elle avait perdu sa trace.

— Mais nous sommes sûrs qu'il est blessé, ajouta le brigadier, et nous faisons le tour des hôpitaux et des médecins. Avez-vous soigné aujourd'hui un homme ayant reçu des balles de mousquet, maître Déruet ?

Lorsque Nicolas revint dans la salle des autopsies, François comprit qu'il devait le laisser seul avec Malthus. L'apothicaire était assis sur la table d'opération et s'était rhabillé. Nicolas referma le pot qui contenait le baume utilisé et lava ses scalpels dans une bassine.

— J'ai un problème, dit-il tout en continuant à ranger ses instruments.

— Ah ? Que t'arrive-t-il ? répondit Gabriel dont la voix trahissait l'émotion.

Nicolas sécha ses mains et s'approcha de son patient.

— Il y a, dans la pièce à côté, un homme qui me demande de l'aider à t'arrêter pour avoir tenté de vendre du blé à l'étranger.

— Mais il se trompe, c'est une méprise..., commença Malthus sans conviction.

— Alors, comment expliquer que ta fesse ait coupé la trajectoire de sa balle ? Et il t'a décrit avec tant de précisions que, à peine sorti d'ici, la méprise risque de s'aggraver pour toi.

L'apothicaire baissa les yeux.

— Nicolas, j'ai acheté deux mille livres de farine pour en faire le commerce avec la France juste avant qu'un édit n'interdise de la sortir du duché. Le problème, c'est qu'ici il n'y a que les pauvres et les nécessiteux qui veulent de mon blé, mais ils n'ont point les sous pour le payer. Comment aurais-je pu

424

savoir que j'allais me retrouver avec toute cette farine sur les bras ? Si je ne l'écoulais pas, j'étais ruiné !

— Sais-tu que, si je te dénonce, un tiers de l'amende et des biens confisqués me reviendra ? Et un tiers aux pauvres du duché.

— Oui, je sais… Je suis ruiné ! geignit Malthus.

— Que ferais-tu à ma place ? demanda Nicolas en s'approchant de lui. Que ferais-tu ?

— J'ai acheté ce produit honnêtement avec l'argent de ma boutique, et je suis victime des circonstances. À ta place, je te laisserais partir… enfin, je me laisserais partir… Disons que tu me comprends, non ?

L'homme avait repris espoir et s'était redressé.

— Peut-être, répondit Nicolas. Mais pourquoi le ferais-je pour quelqu'un qui m'a envoyé en prison il y a quatre ans en me volant cinq mille francs ?

— Mais je n'ai rien fait ! s'écria Gabriel en se levant sous l'effet de la colère.

À peine le pied posé, il grimaça de douleur et gémit en évitant de crier, avant de se rasseoir.

— Pourquoi m'accuses-tu de cela ? Je suis innocent, innocent, et j'en prends Dieu à témoin !

Sa voix était remplie d'une rage contenue.

— Tu étais celui qui devait recevoir cette somme pour me la donner, reprit Nicolas en se rapprochant de la porte.

— Elle n'est jamais arrivée jusqu'à moi, elle a disparu de la cassette du gouverneur ! Ce pouvait être n'importe qui au palais, ce médecin par exemple, ce Courlot qui voulait te voir embastillé pour l'exemple.

— Mais tu es le seul à avoir quitté la ville peu de temps après, Gabriel.

— On dirait que tout m'accable, mais ce n'est pas

moi. Comment pourrais-je te convaincre ? Dénonce-moi si tu en as envie, dénonce-moi pour toutes les raisons que tu veux, mais pas celle-là, s'il te plaît, non, pas celle-là !

Malthus avait crié. Il se mit à sangloter. Ses paroles devinrent incompréhensibles. Il se cacha le visage dans les mains pour pleurer. Un filet de bave se coinça dans sa barbe à la commissure des lèvres. Lorsqu'il releva la tête, Nicolas était sorti. La porte était restée ouverte. L'officier de police n'était plus là. Il avisa un bâton qu'il utilisa comme béquille et partit en boitant.

77

Le christ de pierre du pont de Malzéville, la tête baissée, semblait accablé par la chaleur qui régnait en cette fin d'été. Juché sur sa colonne, il regardait les embarcations remontant ou descendant la Meurthe, qui, pour les navires marchands, mouillaient au port du Crosne dont l'activité était rythmée par leurs chargements et déchargements. Nicolas et François avaient passé un long moment à se reposer, allongés dans la *Nina*, toujours en construction. Amarrée à la berge du port, elle paraissait nue sans ses voiles.

— La manufacture qui devait me les fournir a brûlé, quelle guigne ! dit François en se relevant afin de se servir un verre de son vin. Il va me falloir attendre plusieurs mois, peut-être un an.

Il but et regarda passer avec envie un chaland aux formes généreuses, rempli de rondins de hêtre, dont la ligne de flottaison rasait le fil de l'eau. Le bateau fit naître des vaguelettes qui se répercutèrent jusqu'à la *Nina* et chahutèrent les deux passagers.

— On se croirait sur la mer par temps de houle, reprit le Hérisson blanc, qui se tenait debout près du mât. Je suis le capitaine Delvaux ! cria-t-il en levant un bras vers le ciel, ce qui fit se retourner deux pêcheurs sur la berge.

— Apprends déjà à nager, marin de bassine ! l'interpella l'un d'eux. Et à respecter les pêcheurs !

François ouvrit la bouche pour répondre, se ravisa et s'assit à côté de Nicolas.

— Ce freluquet ne va pas me gâcher la journée.

— Pourquoi te dit-il d'apprendre à nager ?

— Aucune idée. Si on se faisait griller un poisson ?

— Je ne suis pas doué pour la pêche, François, et je ne vois pas de matériel dans ton bateau.

— Mais qui te parle de pêche ? On trouve de très bonnes truites à la boutique du port ! Fais-nous un feu, je reviens avec le repas.

Nicolas s'installa sur la berge et déposa des branches mortes sur un tapis de cendre, au milieu d'un petit cercle formé de pierres, qui servait aux habitués du lieu. Les deux pêcheurs passèrent à côté de lui et s'arrêtèrent pour discuter. Ils le quittèrent au moment où François revenait de l'échoppe, un poisson dans chaque main.

— Ils voulaient quoi, les deux asticots ? demanda-t-il en les regardant s'éloigner.

— Nous vendre leur pêche.

— Pas besoin d'eux, on connaît les bonnes adresses ! Tiens, regarde comme elles sont belles, dit-il en lui montrant les truites.

— Combien les as-tu payées ? demanda Nicolas en allumant son briquet à silex.

— Cinq francs la prise. Pourquoi ?

— Parce que ce sont tes deux vers de terre qui les ont vendues à la boutique hier. Ils me proposaient leur prise du jour pour trois francs. Plus frais et moins cher.

— Bah, il faut bien faire vivre le commerce, répondit François en commençant à vider le premier poisson. La patronne de la boutique était auparavant installée dans la ville-neuve. Et, à force de mauvais hivers, de disette et de rationnements, elle a fini par abandonner. Ce port, c'est l'avenir. Il y a déjà des ouvriers qui sont installés dans des baraquements et bientôt on trouvera des maisons en pierre. La concurrence en ville est devenue trop rude.

Les brindilles et les branches, séchées par l'été ensoleillé, prirent rapidement feu et déclinèrent tout aussi vite.

— Ils m'ont aussi raconté comment ils t'avaient sorti d'une fâcheuse posture hier, continua Nicolas en soufflant sur les braises. Tu es tombé de la *Nina* et ils ont dû te lancer un bâton pour que tu ne te noies pas. Tu ne m'as jamais dit que tu ne savais pas nager !

— Voilà bien les jeunes d'aujourd'hui, tout à enjoliver la réalité pour s'en vanter, grogna le Hérisson blanc. Mon pied s'est coincé dans un câble au fond de l'eau, voilà tout. Même le meilleur nageur du duché aurait eu besoin d'aide.

Ils déjeunèrent de leurs poissons, d'une boule de pain et d'un fromage si dur que François crut avoir perdu une nouvelle dent, mais celle-ci resta en place après avoir branlé ostensiblement. Ils retournèrent sur la *Nina* pour une sieste au soleil.

— Avoue que tu es comme les autres, affirma le Hérisson blanc. Tu ne me crois pas capable de prendre la mer sur ce bateau, n'est-ce pas ?

Nicolas sourit pour toute réponse. Il admirait la force de son ami qui, depuis des années, poursuivait son rêve en le construisant planche après planche avec une constance exemplaire, là où tous auraient déjà abandonné, alors qu'il n'avait aucun don de marin ni même de nageur. Il voulait dompter l'élément qui lui était le plus hostile. Quitte à y passer sa vie. Quitte à l'y laisser. Il lui répondit en ami, avec le cœur, et lui parla de la peur qu'il avait de le voir partir.

Ils se laissèrent bercer en silence un long moment avant que François ne le rompe.

— Le petit me manque, déclara-t-il, allongé, la tête calée sur le banc qui servait de siège à la poupe. Même si j'attends toujours ses excuses. J'espère sincèrement qu'il reviendra bientôt.

— Il est passé me voir il y a deux jours, mais il ne pense plus qu'à son jeu de paume, dit Nicolas sans ouvrir les yeux.

Le soleil jouait avec les nuages et il aimait à regarder le rideau sombre de ses paupières closes s'illuminer par instants.

— Rosa s'occupe bien d'Azlan, remarqua le Hérisson blanc d'un ton ambigu que Nicolas feignit de ne pas comprendre.

— Oui, elle a beaucoup d'influence sur lui, et n'hésite pas à la dépense. Je ne voudrais pas qu'il croie que son avenir est assuré. J'en parlerai à Rosa. T'ai-je dit que nous allons ensemble à Fontainebleau ?

— Ah, non, répondit François en se redressant sur les coudes. Dans quel but ?

— Accompagner le duc d'Elbeuf qui va représenter notre souverain au mariage avec Élisabeth-Charlotte d'Orléans. Je trouve naturel que Rosa, qui a œuvré auprès du roi pour cette union, y soit conviée. Mais je trouve ma présence incongrue. J'ai tenté de m'en défaire, Carlingford a tellement insisté que j'ai compris qu'un refus serait un *casus belli* ! Il te faudra gérer notre service seul durant dix jours, le mois prochain. Cela ferait une bonne raison pour demander à Azlan de revenir nous aider.

— Il me faudra l'épargner de remarques, mais je n'aime pas sa nouvelle vie.

— Moi non plus, ce n'est pas son monde. Mais il doit s'y frotter pour se réveiller.

— Et s'il ne se réveille pas ?

— On finit toujours par se réveiller. Il n'est rien pour eux.

La couleur orange qui teintait sa vue s'assombrit soudain. Nicolas ouvrit les yeux : une chape nuageuse recouvrait le ciel. Il s'assit à son tour et tendit à François un parchemin qu'il avait sorti de sa poche.

— Le comte m'a remis cette lettre.

François la déplia, cligna des yeux pour accommoder sa vision et lut tout haut.

Moi, Jean-Léonard Bourcier, procureur général du duché de Lorraine et de Bar, après examen du dossier d'accusation à l'encontre de Nicolas Déruet, maître chirurgien de son état, accusation portée le 18 avril de l'an de grâce 1694 par la famille de Rouault, représentée par le docteur Jean-Baptiste Courlot, médecin personnel de feu le gouverneur de Rouault, pour meurtre sur la

personne du gouverneur et vol d'une somme de cinq mille francs, déclare, sur la foi des éléments déposés à charge et à décharge, et, sans nouvelle preuve de la part de l'accusation, l'innocence du sieur Déruet et condamne le docteur Courlot à verser à Nicolas Déruet une somme équivalente à titre de dédommagement pour le préjudice subi. Cette décision sera conservée aux archives de la Cour et portée à la connaissance du peuple lorrain par affichage durant un mois dans les communes des bailliages situés à moins de 10 lieues[1] de Nancy.
Fait à Nancy, le 10 septembre 1698, par la grâce de Dieu et de S.A.R. Léopold, duc souverain de Lorraine et de Bar.

— C'est formidable ! s'exclama François en lui rendant le parchemin. Tu es enfin innocenté ! Voilà une histoire qui se termine bien. Je suis heureux pour toi, vraiment !

Nicolas le regarda d'un air désabusé.

— Je le croyais. Je croyais aussi que cette décision me rendrait justice, mais je me sens toujours comme… sali. Il faut que je sache qui a pris cet argent. Il faut que, publiquement, il reconnaisse son acte.

François souleva son bonnet pour se gratter le front.

— Ils t'auraient jeté en prison, avec ou sans cette histoire des cinq mille francs, crois-moi. Et Courlot est en France depuis bien longtemps, il ne s'acquittera jamais de son dédommagement. Passons à l'avenir, Nicolas. Jeanne est morte, Marianne est loin…

1. Une lieue de Lorraine équivaut à 4,939 km.

431

— Qu'a-t-elle dit en partant ? Comment était-elle ce jour-là ? demanda Nicolas, qui s'était redressé. Tu ne m'as jamais raconté.

— Mais c'est qu'il n'y a rien à en dire... Je venais de vendre la boutique et elle cherchait à se loger. Et...

Le Hérisson blanc s'interrompit. Quelques gouttes d'une pluie fine, portées par un vent naissant, vinrent les déloger. Ils se réfugièrent dans la boutique et s'assirent à l'une des trois tables qui faisaient office d'auberge.

— Pour Marianne, je me souviens qu'elle avait un rendez-vous, reprit le Hérisson en hélant la serveuse. Quand elle est revenue, elle m'a annoncé qu'elle quittait la maison mais qu'elle me donnerait de ses nouvelles. Elle avait un air étrange. Sur le moment, j'ai pensé que c'était l'émotion de son départ, après cette période si dure.

— Sais-tu avec qui elle avait rendez-vous ?

— Non.

— À quel endroit ? Le nom de la rue ?

François fit mine de réfléchir avant de répondre :

— Non, désolé.

Il regarda Nicolas droit dans les yeux avant de baisser les siens pour fixer ses mains.

— Désolé, petit, répéta-t-il. Ce jour-là, j'étais soûl, trop soûl. Comme pendant toute cette période. J'ai vendu parce que mes mains tremblaient. J'étais devenu incapable de travailler.

78

Azlan se laissa convaincre de revenir à Saint-Charles tous les après-midi pendant l'absence de Nicolas. « Pas un jour de plus », avait-il ajouté, modérant l'optimisme initial des deux chirurgiens. Ils espéraient secrètement que la durée serait suffisante pour lui redonner le goût et la vocation de son métier.

Nicolas arriva à Fontainebleau la veille du mariage, le dimanche 12 octobre, en compagnie de gentils-hommes de la maison de Lorraine, dont la conversation avait principalement porté sur l'étiquette et l'ordre des rangs pour la cérémonie. Ils avaient comploté comme s'il s'agissait de l'assassinat d'un prince afin d'obtenir du frère du roi que son fils, le duc de Chartres, n'ait pas un rang supérieur à celui du marié, ce qui avait laissé Nicolas perplexe. Il s'était plongé dans les ouvrages d'Ambroise Paré et avait laissé les conjurés œuvrer dans l'excitation d'un projet dont l'envergure lui échappait.

Il choisit de ne pas loger au palais et loua une chambre dans une hôtellerie toute proche. Le lende-main matin, il soigna l'aubergiste qui s'était entaillé avec un couteau à viande, fit le tour du château à pied et retrouva Rosa dans la cour du Cheval Blanc, devant un immense escalier en forme de fer à cheval. Il la regarda descendre les dernières marches avec une admirable agilité, presque sans relever sa robe. Nicolas esquissa un baisemain et la complimenta, impressionné.

— Ma chère Rosa, j'ai vu des vêtements donner du charme à certaines femmes, mais votre beauté mettrait en valeur les habits de tous les couturiers de ce monde. Vous allez faire de l'ombre à la mariée.

— Alors, que pensez-vous du palais de Fontaine-bleau ? lui demanda-t-elle, le cœur gonflé par le compliment qu'elle savait sincère et qui avait commencé à rosir ses joues.

— C'est un palais ? J'aurais cru une ville entière ! s'amusa-t-il en regardant autour de lui.

— Je vous attendais avec impatience, je vais vous faire visiter, dit-elle en le prenant par le bras.

Nicolas était heureux de se trouver en sa compagnie, lui qui éprouvait un certain malaise au milieu des gens de cour et de leurs préoccupations dont il se sentait étranger. Il connaissait suffisamment Rosa pour savoir qu'elle ne portait pas sur lui un regard plein de préjugés sociaux. Sa tenue, simple et lustrée, aurait pu le faire passer pour un des domestiques du château, employé aux cuisines ou à la vénerie. Rosa avait l'intention de le protéger et de profiter au maximum de ces moments où elle imaginait qu'il n'était là que pour elle seule. Ce qui la transportait et l'effrayait à la fois, alors qu'elle avait toujours dominé ses relations amoureuses.

— Avez-vous assisté aux fiançailles hier ? demanda-t-il alors qu'elle l'emmenait sur la gauche des escaliers tentaculaires.

— Oui, dans le cabinet du roi, toute la Cour et même le roi et la reine d'Angleterre étaient présents. J'y ai croisé vos compagnons de voyage et j'espérais vous y voir.

Elle n'obtint pas de réponse. Nicolas n'éprouvait jamais le besoin de justifier ses choix. Ils entrèrent dans le premier bâtiment.

— La salle du jeu de paume, dit-elle, ravie de son clin d'œil. Ainsi, vous pourrez la décrire à Azlan. Je lui ai promis qu'un jour nous irions dans celles de Fontainebleau ou de Versailles. Pour l'instant, selon monsieur Reverdy, notre protégé n'est pas encore prêt à s'exporter.

— Nous devrions parler de son avenir, Rosa. Même si nous ne sommes pas de son sang, nous sommes sa famille et je m'inquiète pour lui.

Elle ne fut pas surprise de sa demande.

— Venez, je vais vous éviter les ors et les fastes du palais, quelque chose me dit que vous n'y tenez pas. J'ai, pour vous, un endroit qui vous plaira et qui nous permettra d'en discuter sans être dérangés.

— Si c'est à moins d'une lieue, j'accepte.

— C'est au bout de cette cour, répondit-elle en riant. La grotte des Pins.

— Une grotte ?

L'endroit, qui prolongeait le bâtiment principal de la cour, en avait les apparences. La façade avait été ornée au rez-de-chaussée de statues d'atlantes qui enca-draient trois arcades en pierre de taille rustique. À l'intérieur, murs et plafonds étaient ornés de fresques et incrustés de cailloux et de coquillages. Rosa réprima une grimace en découvrant que la pièce était occupée par un homme assis à une table, en face d'une petite cheminée qui délivrait une lumière et une chaleur juste suffisantes pour le lieu. Il écrivait, penché sur le papier à la manière d'un écolier appliqué.

— Entrez, entrez, dit-il sans se retourner. Je finis ma note et je viens vous saluer.

La plume crissa, et son rythme s'accéléra jusqu'au point final. L'homme se leva. À peine plus de vingt ans, de petite taille, il était souriant et avait l'air affable. Sa voix était douce et posée.

— Louis de Rouvroy, duc de Saint-Simon et père depuis trois mois. Je vous ai vue hier à la cérémonie. Vous êtes de la maison de Lorraine, n'est-ce pas ?

Rosa se présenta et le félicita de sa paternité.

— Jacques est mon premier héritier, mais la lignée sera longue, précisa-t-il. Et vous, monsieur, nous n'avons pas l'honneur de nous connaître.

— En effet, je suis Nicolas Déruet, chirurgien de l'hôpital Saint-Charles, à Nancy.

La condescendance apparut dans le regard de Saint-Simon. Il fixa les bandages sur les mains de Nicolas.

— Ah ? lâcha-t-il, surpris de la présence d'un artisan roturier auprès de la marquise. Vous vouliez vous isoler, peut-être, ajouta-t-il d'un air plein de sous-entendus.

— Nous visitions le palais. Je vous en prie, restez, monsieur le duc, répondit Rosa. Vous étiez occupé à l'écriture.

— Oui. Je viens de terminer, assura-t-il en rangeant ses feuilles.

— Sont-ce des poèmes ? De la prose ? insista-t-elle.

— Ce sont des notes, juste des notes. J'ai décidé d'écrire un jour les mémoires de ce que j'aurai vu de toutes les affaires de mon temps. Et, pour ce faire, j'ai besoin de constituer des notes et des dossiers.

— Voilà une entreprise bien louable, monsieur, continua Rosa. Être le témoin de son époque est noble et ambitieux.

— N'est-ce pas ? C'est toute l'idée de mon projet, pérora-t-il, flatté.

— Et, pour ce faire, vous suivez les pérégrinations

de la Cour et du roi ? intervint Nicolas en prenant la voix la plus neutre qu'il put pour atténuer son propos.

— Oui, je suis là où se passent les événements importants. Tenez, par exemple, et c'est ce que je rédigeais quand vous êtes arrivés : hier soir, un épisode s'est produit qui a fait grand scandale chez les Lorrains. Élisabeth-Charlotte d'Orléans, Mademoiselle, après la cérémonie, s'est retirée dans ses appartements toute la soirée. Elle n'est point parue au souper. Savez-vous pourquoi ? Elle y a pleuré tout son soûl !

— Et le peuple ?

— Quoi, le peuple ?

— Avez-vous jamais pensé à décrire ses conditions de vie ? Sa misère ? Ses larmes ?

— Pour quoi faire ? Est-ce le peuple qui lira ces mémoires ? Je veux m'atteler aux événements importants, vous ai-je dit. Savez-vous, par exemple, que la princesse de Conti prétendit ne pas venir à ce mariage et que le roi dut se fâcher devant ses excuses fallacieuses ? Je la soupçonne de le faire à dessein. Mais je ne peux vous en dire plus.

Sa dernière phrase, censée avoir piqué la curiosité de son auditoire, n'eut pas l'effet escompté. Le duc de Saint-Simon battit en retraite devant le fossé qui se creusait avec ses interlocuteurs.

— Je vais aller me changer pour le mariage, prétexta-t-il. Il paraît que le duc d'Elbeuf remettra la même tenue qu'hier, ne put-il s'empêcher d'ajouter.

— C'est une marque de confiance envers son tailleur, répliqua Nicolas. Et une ancienne tradition lorraine qui symbolise la fidélité envers l'épousée, ajouta-t-il alors que l'idée venait de lui venir. Plus le costume est usé, plus l'homme est vertueux.

— Au vu du vôtre, vous êtes un modèle de vertu, répondit Saint-Simon, heureux de sa repartie.

Il comprit, avant même de finir sa phrase, qu'il venait de se faire piéger : son costume flambant neuf faisait de lui un vert galant. S'en offusquer était reconnaître une vérité aux propos de Nicolas et ne rien dire y consentir ou passer pour un fadais.

Ayant choisi la seconde option, il se força à sourire et les salua vaguement avant de prendre congé.

— Sont-ils tous ainsi ? interrogea Nicolas après avoir refermé la porte que l'homme avait laissée ouverte.

— Non, lui est intelligent et utile, soupira-t-elle. Mais il n'aime pas les Lorrains.

— Que faites-vous parmi eux, Rosa ?

— Je gagne ma liberté, comme vous. Mais à ma façon.

— En participant à cette mascarade ? demanda-t-il en mettant une bûche dans l'âtre.

Les flammes colorièrent la pièce d'un voile d'ambre. Les coquillages qui tapissaient le plafond donnèrent l'impression de s'animer.

— On peut faire évoluer les choses autant de l'intérieur que de l'extérieur, cher maître.

Il ne se sentait pas de taille à une joute oratoire avec elle.

— Dites-moi ce que vous avez trouvé sur Marianne, reprit-il en lui proposant une chaise.

Rosa grimaça en s'asseyant.

— Êtes-vous sûr d'être prêt à entendre ce que j'aurai à vous dire ?

Il s'était assis face à elle, penché en avant, les coudes sur ses cuisses, comme pour mieux appréhender toutes les informations qu'elle lui délivrerait. Rosa fut envahie d'une mélancolie soudaine : il ne voyait en elle qu'un messager et avait passé ce temps en sa compagnie juste pour attendre ce moment. Elle sentit une pesanteur sur sa cage thoracique et soupira.

— Tout ce que j'ai appris confirme un fait qui m'avait été rapporté : elle n'est pas partie seule.

— Je sais, elle a emmené Simon avec elle.

— Ce n'est pas ce que je veux dire. Elle est partie avec… un homme. Et aujourd'hui, ils sont mariés. Je suis désolée.

Une pomme de pin craqua dans la cheminée.

— Mais… c'est impossible, finit-il par articuler. Impossible, vous devez vous tromper !

— Je suis désolée, répéta-t-elle, alors que des larmes sourdaient de ses yeux.

— Vous vous trompez, c'est tout ! Elle ne peut pas être mariée !

— Nicolas, je comprends votre déni, dit-elle en essuyant promptement ses paupières, mais plusieurs sources me l'ont confirmé.

— Et où seraient-ils ?

Elle baissa les yeux.

— Je n'en sais rien.

— Vous ne pouvez savoir s'ils sont mariés sans les avoir localisés. Cela n'a pas de sens ! s'exclama-t-il en se levant.

— C'est arrivé à Nancy, avant qu'ils prennent Simon avec eux. Il vous suffira de consulter le registre de la paroisse Saint-Sébastien.

Nicolas se prit la tête à deux mains.

— Ce n'est pas possible, c'est un cauchemar !

— J'aurais tellement aimé être porteuse de tout autres nouvelles, croyez-moi.

Rosa ne put contenir la seconde vague de larmes.

— Je voudrais vous voir heureux, continua-t-elle en sanglotant. Même si…

Elle se leva et s'approcha de lui.

— Même si je préférerais tant que ce fût avec moi…

Dans un élan qu'elle ne put contrôler, Rosa déposa un baiser sur ses lèvres. Elle enfouit sa tête sur l'épaule de Nicolas et l'enlaça en pleurant sans se retenir. La surprise passée, il la serra dans ses bras et la berça doucement. Elle lui dit « Je vous aime », mais les mots furent emportés dans un flot de larmes. Rosa se contractait contre lui, parcourue de tremblements, alors qu'il tentait de l'apaiser. Il se sentait si coupable. Coupable de ne pas avoir perçu les sentiments de Rosa, coupable de cette souffrance qu'il lui infligeait, coupable envers Marianne à qui il pensait alors qu'une autre femme était lovée contre lui. La nouvelle de son mariage était comme une impossible réalité. Si Rosa était amoureuse de lui, elle lui avait forcément menti. Il essaya de se retirer de leur étreinte, mais elle s'agrippa à lui, elle ne voulait pas qu'il la voie ainsi, le visage ravagé de chagrin, elle, une femme fière et indépendante, elle voulait rester dans ses bras, que ce moment, même s'il n'était pas partagé, dure une infinité – elle sentait sa peau, son odeur, sa chaleur et ce contact était peut-être le dernier.

Au bout d'un long moment, épuisée, elle s'écarta doucement et se cacha le visage dans les mains. Elle avait du mal à respirer et suffoquait, perdue.

— Je ne veux pas que vous me voyiez ainsi, je vous en prie, Nicolas, laissez-moi, laissez-moi.

Il recula jusqu'à la porte, silencieux, la regarda gémir, hésita et sortit.

Il fit quelques pas dans la cour, qui s'était remplie de carrosses luxueux et où régnait une intense agitation de laquais et de palefreniers. Personne ne fit attention à lui. Nicolas s'arrêta au milieu de la place, indifférent au fourmillement humain. Il était incapable de réfléchir. La pesanteur de l'événement l'écrasait. Marianne et maintenant Rosa... Il respira ses mains qui avaient pris le parfum de ses cheveux, des senteurs de jasmin et de fleur d'oranger. Il ne pouvait laisser la jeune femme seule en souffrance. Il ne devait pas fuir ce qu'il avait suscité chez elle sans le vouloir.

Un carrosse, plus somptueux que les autres, aux boiseries dorées, tiré par un attelage de huit chevaux, s'arrêta devant le grand escalier alors que le bourdonnement s'intensifiait. Le roi de France en descendit. Le mariage allait débuter. Il tourna le dos à l'agitation et retourna à la grotte des Pins.

Rosa était allongée sur le sol, inanimée. Son visage était devenu cireux et ses lèvres étaient pincées. Nicolas se précipita et détecta un pouls très faible au poignet, mais pas de respiration. Il la bascula sur le côté, sortit son bistouri qu'il déplia et entreprit de déchirer sa robe, puis les cordons de son corset. Il retourna Rosa, la dénuda jusqu'au bassin et posa sa joue contre son nez. Il lui sembla détecter un léger souffle. Ses vêtements avaient comprimé sa respiration mais ce n'était pas l'unique cause de son malaise. Ses téguments continuaient de ne pas recevoir assez d'oxygène. Monsieur de Saint-Simon entra et le vit penché sur le corps à demi nu de Rosa. Il leva les yeux au ciel et haussa les épaules avant de sortir. Il récupérerait son encrier plus tard. *Décidément, la noblesse a parfois des penchants fort étranges*, songea-t-il en se promettant de passer cet incident sous silence, afin de ne pas gâcher la journée.

Nicolas ne le vit même pas. Il posa sa main sur la gorge de la jeune femme et crut détecter un gonflement de la trachée. Mû par son expérience et sans réfléchir, il introduisit son scalpel dans le cartilage et y pratiqua un petit trou. Rosa eut une profonde inspiration et l'air siffla en passant par l'ouverture. Elle respirait enfin. Il défit les bandages de ses mains et les posa autour de la plaie avant d'appeler à l'aide.

La Gazette de France nota dans ses colonnes que, le 13 octobre 1698, fut célébré dans la chapelle Saint-Saturnin du palais de Fontainebleau, le mariage d'Élisabeth-Charlotte d'Orléans et du duc d'Elbeuf, représentant du duc Léopold. Une cérémonie sobre, à la sortie de laquelle le roi embrassa sa nièce, qui fondit une nouvelle fois en larmes. Rosa et Nicolas n'y assistèrent pas et quittèrent Fontainebleau le lendemain matin.

79

De l'autre côté de la Moselle, la cloche de l'abbaye sonna dix coups. À cette heure de la journée, le marché battait son plein et, malgré la disette, il était possible de se procurer des pains, des légumes et de la viande. L'homme acheta pour huit gros de bœuf chez une regrattière dont les mains expertes étaient capables d'extraire les derniers morceaux de muscles et de graisse du moindre bout d'os. Il flâna un long moment devant les boutiques, avant de s'arrêter à l'hôtel de ville où un attroupement était en train de se résorber. Une affiche avait été placardée qui n'intéressait déjà plus les passants. Il commença à la lire, l'esprit distrait par un groupe d'étudiants qui riaient fort et chahutaient. À leur accent, il reconnut des Hollandais, venus des Provinces-Unies, probablement pour étudier la théologie ou le droit. Il reprit sa lecture et eut soudain l'impression que son sang se figeait dans ses veines.

— Non, ce n'est pas possible, murmura-t-il. Impossible...

Il regarda autour de lui et attendit que l'assemblée se soit éloignée avant d'arracher le papier et de le fourrer sous sa chemise. Il ne rentra pas directement chez lui et traîna le long de la berge pour se donner le temps de la réflexion. Arrivé devant son domicile, il avait pris sa décision.

Lorsqu'il ouvrit la porte, Marianne se retourna et lui sourit.

— Te voilà enfin ! Tu as été long, petit Simon a faim.

— J'ai faim, répéta l'enfant en fronçant les sourcils comme pour accentuer son malaise.

Il s'approcha de l'homme et regarda les courses qu'il tenait en main.

— Chouette, de la viande ! Merci, papa !

Le garçon tendit les bras pour un câlin. Marianne débarrassa l'homme des aliments afin qu'il prenne l'enfant. Lorsqu'elle les déposa dans la cuisine, elle entendit les rires de Simon sous les chatouilles.

— Arrête, je n'en peux plus, disait-il entre deux fous rires.

— Ce matin, j'ai accouché une femme d'une petite fille ravissante, cria-t-elle. Vous m'entendez ? demanda-t-elle devant l'absence de réponse.

— Oui ! répondirent-ils en chœur.

— Elle était déjà coiffée, de beaux cheveux noirs. Et de grands yeux tout curieux. C'était émouvant ! Jamais je ne m'en lasserai. La mère est la femme de Thiballier, tu sais, l'avocat.

— Je vais chercher de l'eau au puits, cria Simon, c'est papa qui veut !

Il fila sans attendre la réponse de Marianne. Elle prit les cardons achetés au marché et sépara les côtes de leurs feuilles, puis les coupa en morceaux qu'elle ferait cuire dans la marmite de l'âtre pour le déjeuner. Elle sentit la présence de l'homme derrière elle.

— Tu es bien silencieux, mon Martin, dit-elle en grattant les légumes.

— Est-ce que tu m'aimes ? demanda-t-il d'un ton sérieux et froid qui la fit se retourner.

— Oui, je t'aime, répondit-elle de sa voix douce et rassurante. Je t'aime, mon Martin.

Il lui présenta le parchemin qu'il avait arraché du mur. Marianne s'essuya les mains et chercha dans les yeux de son mari le motif de son inquiétude. Elle prit le papier et lut la décision de Jean-Léonard Bourcier innocentant Nicolas. Elle ne put s'empêcher de pousser un cri. Elle la lut une seconde fois, la main sur la bouche. Ses yeux passaient et repassaient sur les lignes comme si elle avait voulu les gommer. Martin lui prit le document des mains. Marianne resta figée.

— Il n'est pas mort, déclara-t-il. Maître Déruet est à Nancy.

— Vivant... Nicolas est vivant...

— Que va-t-on faire maintenant ? Crois-tu qu'il sait, pour l'argent ?

Elle le regarda sans répondre. Il eut même l'impression qu'elle ne le voyait pas. Au moment où il s'approchait d'elle pour la prendre dans ses bras, Marianne partit précipitamment, manquant de renverser Simon qui revenait en portant avec peine le seau d'eau.

— Maman, qu'est-ce qui se passe ? demanda l'enfant en la regardant sortir.

Il se tourna vers Martin, inquiet.

— Papa, qu'est-ce qu'elle a maman ?

L'homme s'accroupit et prit l'enfant sur ses genoux.

— Une mauvaise nouvelle, mon petit. Une très mauvaise nouvelle.

— Ah bon ? On n'a plus de bois pour le feu ?

Martin se releva et serra Simon contre lui. L'enfant insista.

— C'est mamie ? Maman m'a dit qu'elle était malade. Elle est toute morte ?

— Non, elle va bien, mamie. Mais quelqu'un est revenu du pays des morts.

— C'est bien, non ? Pourquoi elle avait l'air triste, maman ? C'est grave ?

— Je ne sais pas encore, mon bonhomme. Pas encore...

80

Rosa était restée silencieuse plusieurs jours. Personne ne sut jamais ce qui s'était réellement passé. Un œdème était apparu au niveau de sa gorge et avait enflé jusqu'à l'étouffer. Les médecins avaient soupçonné un insecte de l'avoir piquée : « Une araignée, une mouche ou une guêpe », avait dit l'un d'eux de sa docte persuasion.

Nicolas avait repris son activité à Saint-Charles et, tous les soirs, relayait Azlan auprès de Rosa pour les soins. La première semaine, elle ne put ingérer que de la nourriture liquide. Grâce aux onguents qu'ils lui appliquaient plusieurs fois par jour, la cicatrisation fut rapide et la jeune femme n'eut pas à souffrir de fièvre ni d'autre complication. Seule sa voix resta à jamais changée par son accident. Les cordes vocales avaient été touchées par la trachéotomie sommairement pratiquée. Les sons émis étaient gutturaux et son timbre, si clair avant, était devenu rocailleux et sombre. Lorsqu'elle l'entendit pour la première fois, elle pleura la journée entière jusqu'à s'endormir d'épuisement. Sa voix la faisait aussi souffrir physiquement, elle ne pouvait tenir une conversation et ressentait rapidement des picotements et des brûlures dans la gorge. Azlan, en la voyant ainsi, s'en voulait de ne pas avoir été présent, persuadé qu'il aurait pu éviter le drame. Nicolas, lui, s'interrogeait encore sur son choix.

— Vous ne devez pas vous en vouloir, vous m'avez sauvé la vie, dit-elle un jour où il lui changeait son pansement.

— Sauvée ou mutilée ? répondit-il en posant son doigt sur la boursouflure de la cicatrice.

— Mutilée pour me sauver.

Elle avait pleuré et avait séché ses larmes pendant qu'il lui lisait un chapitre du livre de Descartes. Rosa ne cachait pas la détresse qui la prenait parfois, tout comme elle ne cachait pas sa joie à la présence de Nicolas. À sa demande, il s'était installé chez elle. Ils n'avaient plus évoqué leur conversation du jour du drame et, comme un tacite arrangement, chacun évitait les gestes ou les paroles ambigus envers l'autre, conservant une bienveillante et amicale neutralité. Azlan était heureux de retrouver son ami près de lui et le *gadjo* en avait profité pour le convaincre de continuer à travailler à ses côtés tous les matins.

Le jeune homme et Nicolas craignaient plus que tout qu'un nouvel œdème ne se manifeste dans la gorge de Rosa, qui lui serait fatal. Ils n'aimaient pas l'idée qu'il avait été produit par un insecte, aucune piqûre apparente n'ayant été observée et Rosa n'en avait pas le souvenir. Ils avaient décidé d'utiliser les comptes rendus d'Azlan afin de retrouver des cas semblables et d'interroger leurs anciens patients.

— Vous jeûnez par pénitence ou par oubli des suppliques de vos estomacs ?

Ils levèrent la tête vers François qui les regardait, amusé, depuis le couloir. Azlan et Nicolas, assis dans la salle des archives, étaient entourés de deux hautes piles de papiers, tous noircis par la main du jeune apprenti chirurgien durant les huit derniers mois. De son côté, le docteur Bagard les avait autorisés à consulter les notes qu'Azlan avait produites pour lui.

— Quelle heure est-il ? demanda Nicolas, l'air égaré.

— Deux heures après le midi. Le chaudron de la cuisine est vide : les sœurs, ne vous trouvant pas, ont régalé les malades des restes du repas. Il y a une nouvelle hôtellerie qui, paraît-il, dépasse toutes les autres en matière de potée. Messieurs, je vous invite au *Sauvage* !

L'auberge était située au rez-de-chaussée d'un immeuble cossu, rue du Moulin, à quelques pas de l'hôpital. À cette heure, l'établissement était peu fréquenté et ils purent choisir une table près de la fenêtre. Audit Aubry, le propriétaire, leur montra la salle de jeu attenante, comble et animée, saturée de la fumée du tabac et de l'humidité exhalée. Les tablées jouaient aux cartes, principalement au lansquenet et au pharaon. Deux groupes étaient lancés dans une bassette à la mode. Le brouhaha était tel que chacun criait plus fort que les autres pour se faire entendre.

— J'aime cette ambiance ! déclara le Hérisson en se frottant les mains. Je sens que la potée va être fameuse.

De potée il n'y avait plus et ils durent se contenter d'une soupe avec du pain, ce qui n'entama pas sa bonne humeur.

— Alors, qu'avez-vous trouvé dans vos recherches ? demanda-t-il en s'essuyant le menton pour y déloger quelques gouttes de soupe.

Cinq malades avaient été soignés pour de semblables symptômes à Saint-Charles. Trois étaient décédés, dont un avant même d'avoir pu être transporté à l'hôpital. Les deux autres patients avaient subi les mêmes œdèmes au niveau de la gorge, de la langue et des lèvres qui, fort heureusement, n'avaient pas totalement obstrué leurs voies aériennes et avaient disparu au bout de quelques heures. Tous avaient une urticaire plus ou moins importante.

— Aucun n'a été piqué dans les jours précédant leur arrivée chez nous, précisa Azlan.

— C'est tout ? s'étonna le Hérisson blanc, déçu.

— Je sais, répondit Nicolas en émiettant du pain dans sa soupe. C'est bien maigre.

— Comment va Rosa ?

Les séquelles physiques de la jeune femme la laissaient cloîtrée chez elle. Une fois sa cicatrisation suffisamment avancée, elle avait demandé à Nicolas et obtenu le droit de la recouvrir d'un vêtement. Un tailleur avait conçu pour elle des jabots de soie et de dentelle qui cachaient son cou jusqu'au menton.

— Pour sa voix, dit Azlan, on a essayé différents miels, des infusions de cannelle, de sauge, ainsi que d'autres remèdes. Mais rien n'y fait : elle est changée en profondeur.

— C'est une femme exceptionnelle, elle a les moyens de surmonter ce handicap, remarqua François.

Le Sauvage était attenant à la manufacture de soie dans laquelle s'activaient des ouvriers pour sa réouverture après qu'elle fut restée fermée durant l'occupation française. Les coups de marteau résonnaient dans la rue du Moulin et un trafic incessant de charrettes animait la circulation. Ils n'avaient pas eu à soigner de travailleurs du chantier, mais François avait pris le pari avec le docteur Bagard qu'ils auraient au moins deux patients de la manufacture avant sa reprise officielle.

Azlan, attiré par l'ambiance joyeuse de la salle du fond, leur proposa de suivre une partie de cartes. Ils déclinèrent, et le Hérisson blanc profita de son départ pour questionner Nicolas sur Marianne.

— J'ai d'abord cru qu'il s'agissait d'une ruse de Rosa pour m'éloigner d'elle, répondit-il à son ami. Mais je suis allé à la paroisse Saint-Sébastien et j'ai vu de mes yeux le registre. Elle s'est effectivement mariée en septembre 1696 avec un certain Martin Varroy.

— Tu as vu les adresses ?

— Ils sont domiciliés tous deux à la maison du Refuge. La mère Janson savait et ne m'a rien dit.

— Misère ! On pourrait insister ?

— À quoi bon ? Elle est réellement mariée et cela jusqu'à sa mort. Je ne vivrai jamais avec elle, il va me falloir m'y habituer. Que puis-je tirer d'une telle quête, à part des tourments supplémentaires ?

— J'admire ta force de caractère, Nicolas.

François toussa comme pour se lancer dans une explication importante.

— Je vais te raconter une histoire que je n'ai jamais dite à personne, affirma-t-il en baissant la voix.

— Pas même à Jeanne ?

— Surtout pas à elle !

Le Hérisson blanc parla de lui et de l'année 1675. Celle de ses vingt-trois ans. Jeanne n'était qu'une vague connaissance, la fille de l'apothicaire de son quartier. François était amoureux d'une jeune femme de dix-neuf ans.

— Blandine ! Ah, Blandine ! Belle comme tu ne peux pas imaginer, commenta-t-il en levant les yeux au plafond.

Le jeune chirurgien qu'il était venait d'obtenir sa maîtrise et ne doutait pas que leurs sentiments partagés aboutissent à un mariage la même année.

— Mais... c'était compter sans ses parents, qui ont refusé de donner leur assentiment.

— Elle était promise à un autre ?

— Un médecin ! Son père, lui-même de la profession, avait refusé qu'elle s'unisse à un valet tout juste bon à faire des barbes et des saignées, qu'elle abaisse sa famille à accueillir en son sein un manuel qui ne pratiquait même pas le latin.

— Il vous suffisait d'attendre qu'elle ait acquis sa majorité.

— Six ans ? Mais ses parents l'ont mariée bien avant. L'année suivante, elle avait gagné un époux et un titre de noblesse. Il m'était impossible de lutter. Et elle n'était pas transportée de sentiments si forts qu'elle se fût battue pour moi. Par dépit, j'ai demandé la main de Jeanne. Au bout du compte, je n'ai pas eu à le regretter : nous avons appris à nous aimer.

Le Hérisson blanc sortit sa bourse et déposa l'argent du repas sur la table.

— Je repensais à notre discussion au sujet des élixirs, dit Nicolas en jouant avec les pièces qui brillaient.

— Tu m'intéresses, fils ! Alors, on se lance dans le commerce ?

— Non, mais je vais m'atteler à la rédaction d'un ouvrage sur mes remèdes. Tu as eu raison de m'en parler. J'ai besoin de m'impliquer plus, maintenant que je ne cours plus après une chimère.

Il posa les pièces en une pile sur le coin de la table.

— On y va ? Je t'ai réservé le furoncle sur la main de madame Lutton. C'est une veuve de colonel, plaisanta Nicolas.

— Tu devrais t'occuper de la tienne de veuve, elle n'attend qu'un mot de toi ! répliqua François.

Nicolas sembla touché par la repartie et ne répondit pas. Il se leva et enfila son manteau. Azlan les rejoignit au moment où ils quittaient *Le Sauvage*.

— J'ai trouvé un joueur de paume, il vient d'Espagne pour apprendre le jeu, dit-il tout sourire. Nous allons nous confronter dans la salle du palais. Rentrez sans moi !

Les deux chirurgiens n'eurent qu'à traverser la rue pour se rendre à Saint-Charles. Au moment d'entrer, François retint Nicolas par le bras.

— Je suis désolé de ce que je t'ai dit, je ne voulais pas te blesser.

Nicolas regarda son ami dans les yeux avant de lui répondre d'un sourire :

— Les blessures, c'est notre spécialité, non ?

81

La pièce était un salon particulier du plus grand hôtel de la ville. Les serveurs, qui se relayaient autour des trois tables, formaient un ballet discontinu qui se faufilait autour des groupes d'invités.

— C'est elle ? demanda Léopold à Carlingford.

— Oui, Votre Altesse, à la gauche de la fille de madame de Lillebonne.

Le duc et Carlingford avaient quitté Nancy pour retrouver *incognito* le cortège d'Élisabeth-Charlotte à Vitry-le-François. Cachés par une rangée de gentilshommes, ils observaient la future duchesse qui soupait en compagnie de sa suite.

— Je vais la faire prévenir de votre arrivée, dit le comte.

— Non, surtout pas, ne la dérangez pas, chuchota Léopold en le retenant par le bras. Nous irons la saluer plus tard sans autres témoins que vous et madame de Lillebonne. Comment la trouvez-vous ?

Le comte eut une hésitation et attendit une seconde invite du duc.

— Ma foi, elle me semble très bien de sa personne, finit-il par déclarer.

— Carlingford, parlez-moi sans fard ! Elle n'est pas très belle, n'est-ce pas ?

Il se força à la regarder une nouvelle fois.

— Non, avoua-t-il, gêné. Mais je la trouve gracieuse, de bonne mine et d'un abord souriant.

— Voilà qui est mieux, François ! Je suis d'accord avec vous. Elle a un port de souveraine et plaira beaucoup à mon peuple comme à moi. Nous ne demandons qu'à nous laisser séduire.

— Alors, c'est lui ? demanda Élisabeth-Charlotte à madame de Lillebonne qui venait de lui désigner le duc dans la foule qui les entourait.

Elle piqua un morceau de caille de sa fourchette et le porta délicatement à sa bouche tout en l'observant.

— Pensez-vous que je doive me présenter à lui ?

— Non, surtout pas, répondit sa nouvelle dame de compagnie. S'il ne s'est pas annoncé, faites comme s'il n'existait pas.

— Mon Dieu, mais c'est difficile, j'en tremble presque, répondit-elle sans pouvoir détacher son regard de l'endroit où le duc se cachait maladroitement.

Madame de Lillebonne s'éventa, incommodée par

le grand nombre de personnes présentes dans la pièce et la cheminée qui crachait une chaleur de Géhenne.

— Comment le trouvez-vous, Mademoiselle ? demanda-t-elle.

— Pour être franche, mieux fait que je ne le pensais, répondit Élisabeth-Charlotte. Et je suis impatiente de le rencontrer. Venez, retirons-nous dans nos appartements. Cela le fera venir.

Trente minutes plus tard, après s'être fait annoncer, le duc rendit visite à sa fiancée en présence de madame de Lillebonne. Ils restèrent plusieurs heures ensemble avant de se quitter, ravis de leur première rencontre. La future duchesse de Lorraine lui avait trouvé de jolis yeux et de belles dents, et Léopold fut charmé de sa vivacité d'esprit, ce qui rassura tout le monde sur la félicité à venir de cette union.

Deux jours plus tard, le 25 octobre, ils se marièrent à Bar, en présence de la maison de Lorraine et après une âpre négociation sur l'attribution des places aux différents invités. Le frère de Léopold, évêque d'Osnabrück, qui comptait sur le droit à un fauteuil en raison de son rang, dut capituler pour un simple siège à dos, comme ses autres frères, ce qui fit jaser jusque dans *La Gazette de France*.

Les nouveaux mariés n'en avaient cure, tout occupés à mieux se connaître et à l'accueil qu'ils recevaient sur leur route de retour vers Nancy. Le cortège grossissait à chaque ville traversée où la noblesse et le tiers état mélangés faisaient des haies d'honneur pour les escorter. Ils furent à Jarville, à une lieue de Nancy, le 8 novembre, où ils s'arrêtèrent afin de se préparer pour leur entrée solennelle. La pluie le retarda d'un jour. Le matin du 10 novembre, le cortège s'arrêta devant la porte Saint-Nicolas de la ville-vieille sous un soleil radieux.

82

Les préparatifs duraient depuis deux semaines. Le peintre Charles Giraumel, qui avait suivi les armées en campagne, avait été chargé d'organiser toute la cérémonie en assurant la pompe nécessaire.

Juché sur son cheval, il remontait la place de la Carrière afin de vérifier que les seize tableaux représentant les victoires lorraines dans les campagnes de Hongrie étaient bien accrochés sur l'immense arc de triomphe qu'il avait fait édifier. Son assistant le rejoignit, hors d'haleine :

— Ils sont là, ils sont à la porte ! cria-t-il avant même d'avoir immobilisé sa monture.

— On y va, dit Giraumel en talonnant si fort son cheval que la bête dérapa sur les pavés avant de partir au galop.

Lorsque le peintre arriva à proximité de la porte Saint-Nicolas, la foule était devenue si compacte qu'il ne put accéder à l'arc central sous lequel un autel avait été dressé. Il connaissait par cœur le déroulement de la journée. Carlingford avait remis les clés de la ville au duc (*Pourvu qu'ils aient pensé au plat en argent*, songea-t-il), les hymnes avaient été joués et le souverain venait de prêter serment devant le doyen de la primatiale. Giraumel le vit descendre de l'autel et franchir la porte de la ville sous une tenture de velours rouge et or, avant de laisser la duchesse monter dans une calèche à huit chevaux. Chaque animal serait tenu par un heiduque[1] en habit d'apparat. Léopold prit place sur un étalon gris dont les harnais étaient incrustés de pierres et de broderies d'or. Le défilé dans la ville pouvait commencer.

Giraumel rebroussa chemin pour retourner vers le palais ducal. Il entendait au loin les applaudissements et les cris de la foule au passage du cortège qui venait de s'ébranler. La compagnie des Buttiers avait l'honneur d'être en tête du défilé, suivi du carrosse de Carlingford et de nombreux chevaux ramenés de Hongrie. Giraumel cessa sa remontée et se cala entre deux rues afin de voir passer les neuf chameaux, pris à l'ennemi et conduits par des prisonniers turcs, qui suscitaient les plus vives exclamations de la foule. Il vérifia que les bêtes portaient bien les housses brodées aux armes de la Lorraine qu'il avait fait faire spécialement et que le couturier n'avait toujours pas livrées une heure avant la cérémonie. Tout se déroulait parfaitement.

Il prit une rue transversale et coupa par une ruelle afin de se rendre sur l'esplanade entre la ville-neuve et la ville-vieille. Après les chameaux, défilaient plusieurs compagnies de soldats lorrains, puis les ordres religieux, les corps constitués, le clergé et la Cour, ce qui avait nécessité des heures de discussion quant à la préséance à adopter. Le dais de velours, tendu sous la porte Saint-Nicolas, avait été plié et était porté par des conseillers municipaux. Giraumel arrêta sa monture devant un nouvel arc de triomphe, le plus haut

---

1. Les heiduques de Léopold étaient des Hongrois qui avaient combattu les Turcs avec les Lorrains.

de tout le parcours, qui représentait diverses allégories sur le mariage.

— Mais qui doit passer après le dais ? marmonna-t-il à voix haute. Il y a bien quelqu'un avant le duc et la duchesse.

Le marquis de Lenoncourt ! La réponse lui traversa l'esprit. *Il doit porter l'épée, comment l'ai-je oublié ? Le manque de sommeil me tarit la raison !*

Il leva la tête pour constater que des habitants se pressaient à toutes les fenêtres, qu'ils avaient décorées aux couleurs de la Lorraine. Il entendait les acclamations se déplacer au fur et à mesure de l'avancée de Léopold, accompagné de son frère François, juste devant la calèche d'Élisabeth-Charlotte. Giraumel se rendit directement dans l'église de la collégiale Saint-Georges, où le grand prévôt attendait l'arrivée du souverain pour une messe.

— Le cortège a parcouru un tiers du chemin. Il vous faudra compter encore deux heures, précisa-t-il.

L'abbé Fournier lui sourit et répondit :

— Après trente ans, on peut bien patienter deux heures de plus !

Charles Giraumel se rendit directement au palais ducal, terme du défilé où le duc recevrait les hommages des corps constitués. Après une dernière vérification, il s'accorda un peu de repos et but un verre de vin en cuisine où régnait une agitation qu'il n'avait jamais connue. Il monta ensuite à la galerie des Cerfs où il chercha une chaise et croisa un couple qu'il salua avec le plaisir d'un maître de cérémonie satisfait. La femme était la marquise de Cornelli et l'homme un des chirurgiens de Saint-Charles, mais il n'arrivait plus à se souvenir de son nom. Il gagna un des balcons afin de suivre la fin du défilé. Le soleil n'avait pas fait faux bond et continuait à noyer tout le monde d'une généreuse douceur pour un mois de novembre. Il s'assit en pensant à l'accident de la marquise, qui lui avait été raconté par le menu, et au handicap qu'elle devrait garder à vie. *Quelle tristesse, un si beau parti*, songea-t-il avant d'admirer la marée humaine qui coulait à ses pieds.

83

Nicolas s'aida d'une chaise afin d'atteindre le pot de porcelaine le plus haut perché sur l'étagère. Il vérifia l'inscription, *Onguent pour les brûlures de feu et de poudre*, et se félicita intérieurement de l'avoir fabriqué le matin même en prévision des festivités. Il avait chauffé un mélange d'huile d'olive et de cire vierge auquel il avait ajouté deux jaunes d'œuf de poule et un peu d'eau de rose. Il retourna dans la salle des soins où l'attendait son patient, un des artificiers qui préparaient le feu prévu le soir même. L'homme était un officier irlandais que la fin de la guerre avait amené en Lorraine, dans le sillage du comte de Carlingford. Lors des essais, une des fusées était partie verticalement et l'avait atteint au bras, ce qui avait entamé sa peau, mais pas son enthousiasme.

— Il sera sans pareil ! affirma-t-il alors que Nicolas lui enduisait d'onguent l'avant-bras. On a construit une machine incroyable qui va représenter des dessins dans le ciel. Il y aura même… Non, je ne vous le dis pas, vous le découvrirez vous-même ! C'est le père Électe qui l'a imaginée, un diable de bonhomme !

Nicolas lui fit un pansement avec les derniers bandages qui lui restaient.

— Voilà, dit-il après l'avoir noué, vous pouvez retourner à vos préparatifs.

L'homme descendit de la table sur laquelle il était assis et le remercia d'une grande tape sur l'épaule.

— Je m'appelle Waren. Venez me voir, je vous montrerai la machine infernale, ajouta-t-il en se coiffant de son tricorne de feutrine usé. On est situés à côté des tanneries.

Nicolas l'accompagna sur le pas de la porte et le regarda se fondre dans la foule qui ne diminuait pas, comme si tout le duché s'était donné rendez-vous à Nancy. De partout s'élevaient des musiques, cuivres, hautbois, épinettes, ainsi que des chants populaires louant l'arrivée du duc. Il avait préféré laisser ses amis profiter du moment et rester auprès des malades, n'arrivant pas à chasser la mélancolie qui l'avait pris depuis son retour de Fontainebleau. Nicolas monta au grenier chercher des linges propres mais aucun n'était sec. Il en descendit plusieurs, qu'il posa devant le feu, et regarda un long moment les flammes désarticulées lécher le bois. Puis il vida l'eau souillée de la bassine dans l'herbe du jardin et la remplit au puits de la cour arrière. Rosa était à l'affût dans ses pensées, toujours présente, jamais loin, alors que l'image de Marianne s'effaçait lentement. Ils n'avaient toujours pas trouvé la cause de son œdème mais les deux patients qui en avaient aussi souffert n'en avaient plus jamais été victimes, ce qui le rassura un peu. Il monta dans la chambre où une partie de ses affaires se trouvait encore et feuilleta le traité de Lazare Rivière sur la pratique médicale. Comme la plupart des livres de médecine, il était écrit en latin et Nicolas, qui ne savait pas le déchiffrer, butait sans cesse sur cet écueil. Mais il était convaincu que bien des réponses à ses questions se trouvaient dans des ouvrages comme cette *Praxis medica cum theoria*, et son impuissance l'agaçait. Seuls les médecins apprenaient le latin au cours de leurs études, pas les chirurgiens. Bien que ses relations soient courtoises avec le docteur Bagard, l'homme ne s'était pas proposé de l'aider dans ses recherches.

— Maître Déruet ?

La silhouette de sœur Catherine se découpa dans l'encadrement de la porte. Elle le cherchait et l'avait surpris dans ses pensées. Il la dévisagea étrangement.

— Vous allez bien ? demanda-t-elle, inquiète.

Il se leva, l'ouvrage en main, et le claqua en le refermant.

— Vous allez bien ? répéta-t-elle.

Il lui sourit à pleines dents. Qui d'autre, hormis les médecins, pratiquait le latin ?

La religieuse était assise à la table de la cuisine, le livre de Lazare Rivière ouvert devant elle à la table des matières.

— Ma sœur, comment traduisez-vous « œdème » ?

— Œdème ? Mon Dieu, je n'en sais rien… Je n'ai pas de connaissance des mots de la médecine. Parlez-moi plutôt de prière et de repentir.

— Ce ne sont pas des termes qui vont m'aider à soigner, répliqua-t-il en regrettant aussitôt sa réponse devant le froncement de sourcils de sœur Cécile. Alors, gorge. Le mot « gorge », enchaîna-t-il, pouvez-vous le retrouver dans ce sommaire ?

— Si je ne me trompe pas, dit-elle en tournant

plusieurs pages, ce doit être *faucibus* ou quelque chose d'approchant. Tenez, là : *Faucium.* Cela pourrait convenir. *Faucium ulcerationis causae.* Cause des ulcérations de la gorge, traduisit-elle fièrement. Folio 580.

— C'est un bon début, continuons !

Au bout de trente minutes, elle avait réussi à lui traduire les lignes les plus importantes et, malgré quelques mots inconnus, il s'était fait une idée précise de l'origine du mal qui avait affecté Rosa.

— C'est donc cela…, murmura-t-il en relisant les mots qu'il avait écrits sous la dictée de la sœur.

Il se répandit en remerciements auprès de la religieuse, attrapa son manteau et quitta l'établissement par la porte qui donnait sur le ruisseau Saint-Thiébaut.

84

Azlan poussa un hurlement et montra ses dents en retroussant les lèvres à la manière d'une bête aux abois. Sa pommette et son arcade sourcilière droites, tuméfiées et jaunies, recouvraient en partie son œil et lui donnaient un air inquiétant. Sa lèvre supérieure était gonflée et avait été suturée sur une moitié. Il ouvrit les mains et s'avança vers Rosa en grognant et se déhanchant.

— Non, arrêtez ! cria-t-elle entre deux éclats de rire. Je vais…

Sa voix s'était brisée dans sa gorge et elle toussa à en perdre haleine. Il mit un terme à sa pantomime et se précipita vers elle.

— Ça va aller ? Vous voulez boire de l'eau ? Je suis désolé, pardonnez-moi !

Elle reprit rapidement son souffle.

— Mais vous n'avez pas à être désolé, vous n'y êtes pour rien, Azlan, répondit-elle en s'appliquant à ne pas forcer sa voix. Je n'avais pas autant ri depuis longtemps.

Il la prit par le bras et l'invita à s'asseoir.

— Je suis sûr que vous croyez que j'exagère, mais il était là, féroce, à deux mètres de moi.

— A-t-on jamais vu un ours aussi maladroit qui a trébuché sur une souche ? chuchota-t-elle, moqueuse.

Elle cessa net le fou rire qui tentait de renaître et essuya une petite larme.

— Vous faites un drôle de chasseur. En tout cas, ce n'est pas un animal qui vous a fait cela, mais il vous a bien abîmé, ajouta-t-elle en passant sa main sur la joue endolorie.

L'Espagnol s'était montré au jeu de paume bien plus coriace qu'il n'y laissait paraître. Les enjeux des paris avaient rapidement monté et, lors d'un échange où les deux hommes s'étaient retrouvés au filet, il avait délibérément visé son adversaire à la tête. La balle, pelote pleine lancée à grande vitesse, causa autant de dégâts que l'eût fait un caillou. Malgré le sang qui coulait de sa pommette entaillée, Azlan avait tenu à continuer la partie qu'il menait depuis le début. L'homme avait continué à le provoquer et, lors d'un service piqué contesté par l'Espagnol, Azlan avait fini par s'énerver et en venir aux mains. La façon dont il lui avait décrit la scène l'avait inquiétée.

— Il aurait pu vous casser des dents avec sa

raquette, dit-elle en tâtant la lèvre encore douloureuse du garçon.

Azlan en profita pour embrasser le bout des doigts de Rosa, qu'elle retira doucement.

— Pardonnez-moi, je n'ai pas pu me retenir, avoua-t-il en se reculant en signe de respect. Je suis désolé, vraiment.

— Mon doux ami, nous en avons déjà parlé, répondit-elle en lui attrapant le bras pour qu'il reste près d'elle. Je respecte vos sentiments, j'ai une tendre amitié pour vous, Azlan, mais rien de plus.

— C'est à cause de mon âge, c'est cela ?

— En partie, mais aussi parce que mon cœur est pris. Je ne veux pas que vous espériez inutilement et que vous en souffriez. Je tiens à votre amitié sincère, elle m'est précieuse.

— Vous avez été si bonne avec moi, comment pour-rais-je avoir la moindre acrimonie contre vous, Rosa ? Vivre tous les jours près de vous suffit à mon bonheur.

— Ah non ! s'exclama-t-elle en élevant sa voix rocailleuse. Ne faites jamais cela, faites-moi le plai-sir de tomber fou d'amour pour une belle dame dès ce soir !

Sa tirade l'avait obligée à forcer sur ses cordes vocales et elle fut prise d'une quinte de toux.

— Je vais vous chercher de l'eau, je reviens, pro-posa Azlan en bondissant, comme soulevé par un res-sort. Je suis votre chirurgien, quand même !

Il revint sur ses pas.

— Je sais qui est l'élu de votre cœur. Je ne suis pas si candide, je l'ai compris depuis longtemps et cela efface ma peine : vous êtes faits l'un pour l'autre !

Le visage de Rosa s'illumina.

— Le pensez-vous sincèrement ou est-ce pour m'être agréable ?

— Je le pense sincèrement pour vous être agréable, répondit-il avec malice.

— Non ! Dites-moi…

Azlan était déjà sorti.

85

Nicolas pénétra dans le palais ducal par la petite porterie, dont il aimait les sculptures ornementales, en particulier le singe miniature habillé en cordelier qui surmontait l'ensemble. Il avait pris l'habitude de saluer l'animal en entrant, mais, ce jour-là, il ne lui prêta même pas attention. L'endroit bourdonnait d'une foule des grandes occasions. Tous ceux qui comptaient dans le duché, ou qui espéraient compter, s'étaient réunis dans l'espoir de présenter leurs vœux au nouveau souverain qui donnait audience dans ses appartements. La tenue modeste du chirurgien attira chez certains des regards interrogateurs ou outrés. La fête était réservée à la noblesse. Il remarqua une enfant assise contre une des colonnes de la galerie intérieure. Indifférente à l'agitation ambiante, elle avait recroquevillé ses jambes contre son ventre.

— Marie ! cria-t-il en la reconnaissant.

La vue de Nicolas arracha un sourire à la fillette qu'il avait soignée quatre mois auparavant. Il l'avait revue plusieurs fois en juillet et avait constaté des progrès, mais elle était toujours muette, alors que rien de fonctionnel ne l'empêchait de retrouver la parole.

— Je suis content de te voir, jeune fille ! s'écria-t-il

464

en la prenant dans ses bras. Nous allons regarder ta cicatrice, ajouta-t-il en écartant ses cheveux.

Les boursouflures avaient disparu et aucune séquelle n'était visible au niveau du crâne.

— Ta maman travaille aux cuisines ?

Elle fit un « oui » contrarié.

— Tu es seule et tu t'ennuies ? ajouta Nicolas.

Marie confirma.

— Tu veux que je te trouve des copines pour jouer ?

Elle battit des mains.

— J'irai voir ta maman, je ne veux pas qu'elle s'inquiète.

La petite Marie fit une moue interrogative avant de le conduire dans l'antre où officiaient près de cent personnes. Chacun des employés était occupé à une fonction précise, et tous travaillaient dans un brouhaha et un joyeux remue-ménage qui ne perturbaient pas la bonne marche des préparatifs. Seul le maître de la maison de bouche affichait une nervosité certaine, allant d'un poste à l'autre en criant des ordres qu'il ponctuait de gestes secs. Il croisa Nicolas et se demanda pour quelle tâche il l'avait engagé sans parvenir à s'en souvenir, alors que son visage ne lui était pas inconnu. Un officier vint le prévenir du retard que prendrait le souper, ce qui le mit dans une strate supérieure d'agitation. Les feux des fourneaux devaient être baissés et les tournebroches relevés.

Nicolas repéra rapidement la maman de Marie qui préparait une turbotière dans l'attente d'un brochet qu'une autre cuisinière finissait de vider. À côté d'elles, entassées les unes sur les autres dans un panier en osier, des écrevisses attendaient leur tour devant une immense casserole en cuivre. Leurs pinces rouge et noir coupaient l'air de mouvements désordonnés et faiblards pendant que les bouillons magmatiques de l'eau brûlante s'échappaient régulièrement sur le métal rougi du four, provoquant le chuintement du liquide. Elle éloigna le récipient du feu, reculant l'exécution des crustacés de quelques minutes. La mère semblait aussi enjouée que l'ensemble du duché en ce jour faste, et elle salua Nicolas avec moins de retenue qu'à son habitude. Il lui expliqua que Marie avait été invitée avec les enfants des servantes qui composaient la suite de la duchesse et qu'elle verrait peut-être le prince François, après avoir fait connaissance avec ses chatons. Elle le remercia vivement et lui promit de venir faire la visite mensuelle pour laquelle elles étaient en retard. Il avait remarqué de réels progrès chez la fillette.

Azlan tardait à revenir. Rosa manœuvra la tête de bois articulée en se plongeant dans le souvenir de ce jour de printemps 1694 où elle avait fait visiter l'endroit à Nicolas. Personne ne savait quel artiste avait fabriqué cet écorché ni à qui il était destiné. Il avait toujours été là.

Charles Giraumel entra avec deux serviteurs et leur indiqua une table en marbre et plusieurs chaises.

— À emmener tout de suite chez le duc, leur ordonna-t-il, avant de se retourner vers Rosa et de s'excuser du dérangement. Le souper est dans une heure à la salle Saint-Georges, annonça-t-il avant de refermer la porte.

Il revint cinq minutes plus tard, seul.

— Tout va bien, chère marquise ? demanda-t-il, prévenant.

Giraumel lui avoua son inquiétude de la voir ainsi isolée et l'air triste alors que toute la Cour se trouvait réunie en bas en ce jour exceptionnel.

— Voulez-vous que je vous accompagne pour la soirée ? ajouta-t-il. Vous semblez ne plus avoir de chevalier servant.

Rosa le remercia de sa sollicitude et prétexta d'aller rejoindre Azlan à la cuisine pour quitter l'endroit. Elle connaissait trop le regard des hommes pour savoir ce qui se cachait derrière. Celui-ci était ouvertement chafouin. Elle descendit l'immense escalier de la tour de l'Horloge, traversa la cour intérieure dans laquelle un dais avait été tendu comme un toit de fortune et où des musiciens se préparaient, et frissonna sous l'effet du froid qui se levait, après avoir été tenu à distance toute la journée par un soleil généreux. La chaleur de la cuisine l'enveloppa dès son arrivée d'un bien-être qui la détendit. Le maître de la maison de bouche vint la trouver afin de satisfaire à ses désirs qui s'arrêtaient au verre d'eau proposé par Azlan. Il répondit n'avoir vu personne correspondant à la description du jeune homme, à part un artisan qui s'était entretenu avec une des cuisinières et avait posé d'étranges questions.

— Puis-je rester un moment pour regarder ? demanda-t-elle après que son eau fut apportée.

L'homme trouva sa requête incongrue – les cuisines étaient bien le dernier endroit intéressant de la soirée –, mais s'inclina devant elle. Que pouvait-on refuser à la veuve, même excentrique, d'une des plus grandes figures du duché, mort au combat en héros ?

Elle circula entre les tables et les fourneaux, cherchant Azlan des yeux, questionnant les servantes, mais se rendit rapidement à l'évidence : il n'y était pas entré.

Elle avisa un plat sur lequel étaient présentés des fruits frais agencés en forme de pyramide. À son sommet se trouvait plantée une baie de physalis. *Ma préférée*, songea-t-elle. *L'amour en cage...* Elle la prit et la croqua avec délice après avoir vérifié que personne ne l'avait observée. L'expérience l'amusa et Rosa la réédita plusieurs fois. Elle mangea une pâtisserie à la crème vanillée, se lécha les doigts et profita du départ d'une cuisinière pour chiper un mets qu'elle avait découvert à la cour du roi. Avant même qu'elle l'ait porté à sa bouche, une main lui serra le poignet pour l'en empêcher.

— Je vous déconseille vivement de le faire, prononça une voix derrière elle.

86

— Rosa ?

Azlan venait d'entrer dans la pièce attenante à la galerie des Cerfs, un verre dans chaque main.

— Je suis désolé du temps pris, mais vous me le pardonnerez quand vous saurez ce que j'ai apporté ! ajouta-t-il.

— La marquise n'est pas là, dit Charles Giraumel en sortant de derrière les tentures qui masquaient le balcon. Je regardais la rue s'amuser, ajouta-t-il comme pour se justifier.

Giraumel lui expliqua où Rosa se trouvait, ce qui arracha une grimace à Azlan.

— Nous nous sommes certainement croisés, conclut-il.

— Et qu'avez-vous donc dans ces verres ? demanda l'homme, piqué de curiosité.

— Un vin pétillant, invention d'un moine bénédictin de l'abbaye Saint-Pierre d'Hautvillers. C'est léger et divin !

Giraumel eut un instant d'hésitation. Il n'avait pas le souvenir d'un tel alcool dans le menu des festivités.

— Normal, répondit Azlan, il se trouve dans les caves du palais. C'est le comte de Carlingford qui m'y a emmené pour me montrer ce trésor. Il n'y en a que cinq caisses achetées au père Pérignon. Et c'est, paraît-il, une boisson aux multiples bienfaits.

— Oserais-je vous demander de pouvoir le goûter ?

Le visage d'Azlan s'assombrit. Ses hématomes lui donnèrent un air inquiétant.

— Cela étant dit, je ne voulais pas vous offenser, monsieur, dit Giraumel.

— Le comte s'y trouve encore, je ne saurais trop vous conseiller de l'y rejoindre.

— J'y vais de ce pas, déclara Giraumel qui prit la réponse pour une demande implicite de quitter les lieux. Je vous cède l'alcôve pour la soirée.

— Faites, répondit Azlan sans comprendre l'allusion. J'attends la marquise.

— Je le comprends bien ainsi. Je vous souhaite une belle partie de plaisir.

— Plaisir ? Quel est donc ce jeu ?

— Il se joue à deux, principalement.

— Comme le jeu de paume ! Vous pratiquez ?

— La paume ?

— Le plaisir.

— Comme tout homme qui se respecte, je crois.

— Voulez-vous m'en apprendre les règles ?

— J'en laisse le soin à votre marquise, jeune damoiseau.

Azlan, qui maîtrisait parfaitement la langue française, ne percevait cependant ni les sous-entendus ni l'ironie qui pouvaient se dégager de certains propos. Cette candeur d'enfant faisait partie de son charme, mais pouvait aussi lui valoir quelques malentendus.

— Rosa n'y entend point et préfère me regarder avec monsieur Reverdy, ajouta-t-il avec une désarmante sincérité.

— Voilà une fort étonnante manière et je ne veux point en entendre plus !

Giraumel fit mine de se boucher les oreilles et sortit sans le saluer.

Azlan resta un moment interdit, sans comprendre l'effet que le jeu de paume pouvait avoir chez certains, avant de se souvenir du breuvage qu'il tenait en main, et décida d'attendre la marquise en buvant le sien.

87

Nicolas ôta l'aliment de la main de Rosa.

— Auriez-vous si faim, monsieur, que vous en soyez réduit à m'extorquer la nourriture ? dit-elle en contenant sa joie sous un sourire effacé.

— Non, mais si mon raisonnement est exact, je viens de vous sauver d'une situation périlleuse, répondit Nicolas en regardant le morceau de chair blanche dans sa main. Qu'avez-vous mangé le jour du mariage du duc à Fontainebleau ?

— Au souper ?

— Au dîner. Avant votre étouffement.

— Qu'insinuez-vous, Nicolas ? Que j'aurais été empoisonnée ? Personne ne voudrait attenter à ma vie, je n'ai même pas de mari qui pourrait y prétendre.

— Dites-moi le menu.

Quelqu'un cria un ordre. Le duc avait fini ses consultations et se rendait au souper. En un instant, la cuisine fut nappée d'une intense agitation. Rosa fit un effort pour se souvenir.

— Difficile de se concentrer dans cet environnement, s'excusa-t-elle, ne voulez-vous pas sortir ?

Ils montèrent à l'étage où se trouvaient les appartements de la Cour et s'isolèrent dans un boudoir dont la cheminée était allumée pour procurer suffisamment de lumière et de chaleur.

— Je suis désolée, je ne me souviens plus, avoua-t-elle.

Nicolas exhiba la chair de pince de homard qu'il lui avait confisquée.

— Le duc d'Elbeuf a bien meilleure mémoire que vous. Il se souvient que vous en avez englouti tout un plat.

— C'est vrai, ils étaient délicieux, mais j'ai oublié à quel repas, j'avais tellement à découvrir durant ces trois jours !

— Personne ne vous a empoisonnée, Rosa, à part l'animal lui-même. Cet aliment est pour vous tel de l'arsenic.

— Mais ce n'est qu'un crustacé ! Toute la Cour en a mangé à Fontainebleau, y compris le roi et la reine d'Angleterre. Un poison les aurait tous occis !

— Je ne peux pas vous expliquer pourquoi, mais certaines personnes auraient en elles l'antidote et pas d'autres, qui peuvent en tomber malades et en mourir.

Elle prit le morceau de homard et le regarda, partagée entre l'inquiétude et la colère.

— Un aliment si anodin…, murmura-t-elle en touchant sa cicatrice. Vous me dites qu'il me suffirait de l'avaler pour mettre fin à mes jours ? Cela me fait peur…

Elle le lança dans le feu.

— Maintenant que vous le savez, cela n'arrivera plus, déclara-t-il. D'autant qu'on n'en trouve pas dans le duché. On m'a expliqué aux cuisines que ceux-ci avaient été spécialement livrés depuis Boulogne dans des bassines d'eau de mer.

— Ainsi donc, c'est la seconde fois ce soir que vous me sauvez la vie, Nicolas.

Leurs regards s'accrochèrent.

— À quoi pensez-vous ? demanda-t-elle après qu'elle eut détourné ses yeux vers l'âtre rougeoyant.

— Je voulais m'excuser, Rosa.

— Vous excuser de quoi ?

— D'avoir douté de votre intégrité. Je croyais que vous vouliez m'éloigner de Marianne alors que vous n'avez cessé de me dire la vérité.

Un orchestre de cordes, installé dans le jardin intérieur du palais, entama une musique symphonique.

— Connaissez-vous ce concerto de Corelli ? demanda-t-elle en fermant les yeux. Une pure merveille… Il me transporte à un point tel que j'en oublie ma disgrâce.

— Rosa, vous êtes une femme éblouissante et aucune disgrâce ne pourra vous ternir, croyez-moi, dit Nicolas en lui tendant le bras. Venez, descendons.

— Je n'ai pas envie de me mêler aux autres. D'ici, nous entendons la musique et les bruissements de la fête. Cela me convient mieux. Accepteriez-vous de rester près de moi pour cette soirée ? Azlan s'est envolé.

— C'est avec vous que j'avais envie de la passer. Mais je vous propose de quitter la place pour un endroit plus original. C'est mon tour de vous demander de me faire confiance.

Azlan entra et les surprit assis devant l'âtre. Il leur tendit les deux verres remplis de champagne.

— Vous voilà enfin ! On ne se quitte plus maintenant !

88

Le père Électe se frotta les mains pour se réchauffer. Il s'était tellement démené lors des préparatifs qu'il en avait oublié de se vêtir chaudement en prévision de la soirée. Waren s'en aperçut et lui proposa une couverture qu'il avait trouvée à l'arrière de leur carrosse.

— Ce serait dommage de prendre une fluxion le jour de la libération du duché, ajouta-t-il de son accent irlandais qu'il cultivait, ce qui le faisait passer pour un proche de Carlingford.

— En avez-vous fini de ces réparations ? demanda le prêtre, enveloppé dans l'épais tissu blanc.

— Vous avez des airs de papauté, ainsi emmitouflé, s'amusa Waren avant d'éclater de rire.

Le père Électe se signa.

— Ne blasphémez pas et finissez cette Fougue qui nous cause tant de soucis.

Une des grosses fusées avait été abîmée lors de son transport, et son cylindre, en bois de poirier, s'était fendu sur toute sa longueur. Une partie de la poudre s'était échappée et avait failli prendre feu dans la pièce où tous les artifices étaient entreposés.

— Passez-moi la Filagore, mon père.

Le prêtre lui tendit une ficelle dont une extrémité était attachée à un poteau et l'autre nouée sur un morceau de bois de la taille d'un bras. L'Irlandais avait fabriqué une nouvelle fusée en utilisant un épais carton roulé en plusieurs couches. Il enduisit le câble de savon, puis l'enroula autour de la cartouche et passa le bâton entre ses cuisses. Il recula pour que la ficelle, se serrant autour du cylindre, y grave un sillon. Il pivota la cartouche d'un quart de tour et recommença, jusqu'à ce que la marque soit régulière en profondeur sur son pourtour. Il enleva la Filagore et étrangla la cartouche au niveau du sillon, à l'aide d'une ficelle de paumier, qu'il termina par un nœud coulant, ne laissant qu'une petite ouverture dans laquelle il passa une baguette de saule. Il posa l'ensemble en équilibre sur son index droit, au niveau du bâton, à quelques centimètres de la gorge de la fusée. L'artifice pencha du côté de la baguette. Waren s'empara d'une scie et coupa le bois sur un centimètre, avant de recommencer l'opération. L'équilibre était parfait.

Pendant ce temps, Électe recompta le nombre de groupes de fusées qui allaient être déclenchés. Sur chaque zone de tir, deux assistants attendaient le signal, une torche en main, afin d'enflammer chacun une corde à feu reliée aux artifices. Les mèches avaient été bouillies avec de la chaux vive, du salpêtre et du suc de bouse de bœuf afin de minimiser le risque d'étouffement de la flamme, et tous les systèmes avaient été équipés d'une double mise à feu. Rien ne devait compromettre le spectacle.

— Alors ? questionna le père Électe en s'impatientant.

Waren vérifia avec une toise la longueur du canon de la fusée.

— Six fois le diamètre, répondit-il, satisfait.

— J'aurais préféré sept, pour plus de précision, objecta le religieux.

— Nous en avons déjà parlé maintes fois. La cartouche ne porte pas la garniture, six est suffisant. La baguette est de neuf fois la longueur de la fusée, c'est parfait ! J'ai ajouté un mélange de ma composition qui donnera une gerbe de grains d'or et j'ai réglé les doses sur les diamètres.

— Ce n'est pas prévu dans les tableaux imaginés par Giraumel ! Je me demande pourquoi je me suis laissé convaincre par vous.

— Parce que je suis le meilleur artificier d'Europe !

Le père Électe remonta la couverture, qui glissait, sur ses épaules.

— Que Dieu nous vienne en aide !

— *Inch Allah*, répondit l'Irlandais en observant avec malice le haussement de sourcils du prêtre.

Il posa l'artifice au seul emplacement libre d'un chevalet qui recevait une batterie de fusées prêtes à décoller.

— Voilà, conclut-il en remettant son tricorne, tombé dans la manœuvre. Il ne reste plus qu'à attendre votre messager pour le signal du départ. N'est-ce pas lui qui arrive ? demanda-t-il en entendant un bruit de sabots.

— Non, affirma le père Électe. C'est un des carrosses du duc.

Waren vit la forme d'insecte pataud grossir rapidement.

— Il vient droit sur nous... Mais que fait-il ? s'exclama le religieux en s'écartant.

— Je crois que les chevaux dirigent le cocher et non l'inverse, remarqua l'Irlandais en prenant un tison posé sur le brasero à côté de lui.

Il s'avança en criant et agita sa torche d'un mouvement ample et circulaire.

89

Azlan tira une nouvelle fois sur les rênes des quatre chevaux qui formaient l'équipage et dont il n'arrivait plus à se faire obéir. Il avait convaincu Carlingford de leur prêter un des carrosses du cortège et Rosa de le laisser conduire à la place de Claude, resté au palais. Le trajet s'était déroulé sans heurt, mais, sur l'esplanade entre les deux villes, un fêtard éméché avait tiré un coup de mousquet en l'air, effrayant l'attelage qui était parti dans un trot soutenu vers les tanneries proches.

— Waren, écartez-vous, ils vont vous piétiner ! lui cria le prêtre.

— Pas question de laisser gâcher mon travail, répondit l'Irlandais avant de hurler et d'agiter son tison encore plus fort.

Azlan tira en vain sur les rênes. Il remarqua seulement alors le levier situé à sa gauche. Lorsqu'il l'actionna, les roues se bloquèrent et les chevaux réagirent en s'arrêtant net à cinq mètres de l'artificier et du premier chevalet de fusées. Le cocher habituel avait formé ses bêtes à réagir à ce signal plutôt qu'au mors pour s'arrêter.

À l'intérieur, personne n'était blessé. Nicolas avait tenu Rosa contre lui afin de lui éviter de se cogner sur l'habitacle. Elle avait trouvé l'expérience agréable et n'aurait voulu blâmer Azlan pour rien au monde.

— Cela a quand même failli nous valoir un accident, déclara le garçon pour se disculper.

— Monsieur mon chirurgien, dit Waren en accueillant Nicolas, je suis heureux de constater que votre système de secours est aussi prompt que sur le champ de bataille, mais nous ne sommes plus en guerre, ajouta-t-il en lui serrant la main. Madame la marquise, votre présence sera notre premier feu de joie de la soirée.

Rosa le remercia d'un sourire. L'Irlandais leur présenta le père Électe, que l'émotion faisait encore trembler.

— Voilà le vin ! cria Azlan qui avait déjà oublié l'incident.

Il sortit deux bouteilles de champagne du père Pérignon d'un coffre situé à l'arrière du carrosse. Il trébucha en les rejoignant, manqua de tomber et s'en prit à des cailloux imaginaires.

— Je crois qu'il a abusé du vin pétillant, glissa Nicolas à Rosa.

Le jeune homme distribua les verres en cristal de Saint-Louis qu'il avait empruntés dans un vaisselier des cuisines du palais et versa l'alcool dont la mousse remplit les récipients avant de déborder.

— Quelle drôle de bière que voilà, commenta Waren après l'avoir bu d'un trait. Ma foi, cela étanche la soif !

— Comment va votre brûlure ? lui demanda Nicolas.

— Quelle brûlure ? Je ne sens plus rien, votre onguent est magique ! répliqua l'artificier. Venez, je vais vous montrer la plus incroyable des machines !

Le groupe traversa une partie du terrain où quelques curieux s'étaient massés afin de suivre le spectacle de plus près. Il s'arrêta devant un chevalet plus large que les autres dans lequel une fusée de grand diamètre était disposée.

— Vous avez devant vous un engin qui va faire apparaître des caractères de feu dans le ciel, le clou de notre spectacle, annonça Waren. Et nous le devons à notre père Électe, ajouta-t-il en le présentant de la main comme un bonimenteur de foire, ce qui mit le religieux mal à l'aise.

— Voulez-vous nous en indiquer le fonctionnement, mon père ? demanda Rosa qui s'était aperçue de sa gêne.

— Ce genre de machine existe depuis bien longtemps, mais de nombreux problèmes les ont jusqu'à présent réduites à une très pauvre utilisation. Le plus classiquement connu est que ces lettres, en s'enflammant, prennent un angle qui les rend difficiles à lire.

— L'invention du père Électe permet de maintenir les lettres droites durant toute l'ascension de la fusée, jusqu'à ce qu'elles rechutent, expliqua l'Irlandais qui s'était agenouillé devant l'engin. L'astuce est que les caractères prennent feu pendant leur montée, qui est plus longue que la chute, ce qui les rend plus longtemps visibles.

— Quel sera le mot ? demanda Rosa.

Waren se releva.

— Pas un mot, madame, une phrase !

— « Vive Son Altesse », confirma l'ecclésiastique avec une grande fierté.

— Mais votre fusée fait à peine quatre pouces de diamètre, objecta Nicolas. Comment pouvez-vous déployer une phrase aussi longue ?

Azlan, qui était resté silencieux, continuait à boire du champagne à même la bouteille, tout en inspectant nonchalamment l'engin.

— Bien observé, signala Waren en se rapprochant de la fusée de manière à en éloigner le jeune homme dont il craignait la maladresse. Trois pouces et demi, exactement. La phrase est enroulée dans le cylindre sur quatre révolutions et se dépliera en l'air. Treize lettres de cinq pouces de hauteur et autant d'intervalles. Quel prodige, n'est-ce pas ?

— C'est tout à fait fabuleux, acquiesça Rosa.

— Allons rejoindre notre quartier général, le messager ne saurait tarder, proposa l'Irlandais.

Azlan s'était de nouveau penché sur la fusée, l'air intrigué.

— Il manque une lettre, remarqua-t-il alors que le groupe quittait le lieu.

Tous s'arrêtèrent et se retournèrent vers lui.

— Il manque une lettre, répéta-t-il avant de boire une gorgée au goulot.

— Que voulez-vous dire ? interrogea le prêtre.

— « Vive Son Altesse » fait quatorze lettres et non treize, affirma-t-il avec assurance.

— C'est exact, confirma Rosa.

— Mais c'est impossible ! s'énerva Waren. J'ai supervisé moi-même la fabrication ! Il y a dans cette fusée treize lettres prêtes à s'enflammer, je peux vous le garantir !

— Comment l'avez-vous écrit ? demanda Nicolas sous l'œil inquiet du prêtre.

— Comment ? V, I, V, E, un espace, S, O, N, un second espace et A, L, T, E, S, S. Voilà ! Comment vouliez-vous l'écrire ?

— Non ! hurla Électe. Vous n'avez pas fait cela ? Dites-moi que c'est une farce !

— Mais quoi ? Qu'on m'explique, nom d'un chien ! enjoignit Waren que la situation commençait à inquiéter.

— Il manque un E à la fin de « Altesse », résuma Nicolas. Comment le dites-vous en anglais ?

— *Highness... My goodness !* cria l'artificier en réalisant sa méprise. *My Lord !* Que va-t-on faire ?

Le prêtre s'était laissé tomber sur l'herbe humide, prostré, la tête entre les mains.

Azlan partit d'un fou rire qu'il ne put contenir. Waren s'était approché de la machine et la regardait d'un air désespéré.

— C'est foutu. Des jours de travail, d'espoir, de rêve. Foutu à cause de moi.

— Vu toutes les précautions que vous avez prises, vous avez peut-être fabriqué une phrase de secours ? demanda Nicolas, compatissant.

— Oui, j'ai une seconde fusée dans le bâtiment, mais la faute sera toujours là. Je ne savais pas, je ne savais pas..., s'énerva l'artificier.

— Combien de temps vous faudrait-il pour prendre un « E » et l'ajouter à la première ?

Waren le regarda en réfléchissant, hésitant.

— Il faudra resserrer les autres lettres, mais le plus long sera de vérifier tous les équilibres qui auront été changés, répondit-il enfin. Le centre de gravité ne sera plus le même. Il me faudra trente minutes.

— Ça vaut le coup d'essayer, non ?

L'homme fit oui de la tête et se précipita vers le lieu où étaient entreposés les artifices. Le père Électe se ressaisit et entreprit de sortir la banderole avec l'aide de Nicolas. Ils la transportèrent à l'intérieur du bâtiment pour la protéger de l'humidité de la nuit. Azlan, dont les gestes n'étaient plus tout à fait sûrs, fut chargé d'accompagner Rosa à l'hôtellerie la plus proche pour qu'elle s'y réchauffe en attendant le spectacle. Au palais ducal, le repas traînait en longueur et le duc décida de l'interrompre afin de voir le feu de joie tant attendu. Tous les invités s'égaillèrent dans les jardins et les rues adjacentes afin d'y assister.

Nicolas attacha la lettre manquante sur le châssis à l'aide de fils de fer dont il replia les extrémités vers l'intérieur afin d'éviter qu'ils n'accrochent la banderole. Le messager du duc arriva au moment où Waren, qui avait plié l'ensemble en un rouleau de quatre épaisseurs, l'introduisait dans le corps de la fusée. Il effectua ses calibrations en un temps record et avec une assurance impressionnante. Au bout de dix minutes, il donnait le signal de la mise à feu des premières fusées.

Peu habitué à boire de l'alcool, Azlan s'était allongé sur le siège à l'intérieur du carrosse et rapidement endormi. Rosa et Nicolas étaient assis à l'avant, à la place du cocher, et partageaient une épaisse couverture en peau de mouton, serrés l'un contre l'autre. Leurs mains s'étaient trouvées et ne se quittèrent plus de la soirée.

Il y eut, outre des Serpenteaux, des Lardons et des

Fougues, des fusées à deux et même trois vols, ainsi que des soleils tournants, des aigrettes, des jets de feu depuis le sol. Les armes et les couleurs du duché et de la famille d'Orléans illuminèrent le ciel, avant la phrase finale, en lettres de feu, qui fit l'admiration et l'étonnement de tout le monde. Waren envoya son tricorne en l'air et hurla :

— Vive Son Altesse !

CHAPITRE XII

Nancy, 11 novembre 1698-décembre 1698

90

La douleur qui transperçait son crâne lui fit ouvrir les yeux malgré la pesanteur qui l'attirait vers les limbes. La lumière décupla sa migraine. Azlan émit un son entre le grognement et la plainte et recouvrit sa tête des draps. Ainsi protégé, il réussit à garder les yeux ouverts après plusieurs tentatives qui lui donnèrent l'impression que des dagues traversaient ses orbites. Ses oreilles sifflaient plus encore que les fusées du feu de joie et la tête lui tournait aussi fort que la fois où Babik l'avait emmené à la pêche sur le Danube par un jour de tempête.

Après quelques secondes de vide, il se souvint de la soirée. La dernière image s'arrêtait au siège gainé de cuir du carrosse. Il dut se rendre à l'évidence : le jour de la libération du duché avait aussi été celui de sa première soûlerie. Il se rassura en imaginant qu'il n'était sans doute pas le seul dans cet état, en ce matin de novembre. La cloche de Saint-Epvre sonna huit coups avec une violence qu'il ne lui connaissait pas. Il lui fallut plusieurs secondes avant de se rendre compte qu'il était en retard et que les consultations à Saint-Charles avaient commencé sans lui. Nicolas et François ne manqueraient pas de le taquiner sur son état. Surtout le Hérisson blanc, qui ne ratait pas une occasion de l'épingler depuis leur brouille. À cette pensée, il s'assit prestement et fut pris d'une violente nausée qu'il eut du mal à maîtriser. *Je n'y arriverai pas*, maugréa-t-il intérieurement. *J'admire Germain et sa force de récupération.*

Azlan se souvint des décoctions bénéfiques que Nicolas préparait pour Ribes de Jouan lors des lendemains de beuverie en Hongrie.

— Il y avait du saule et quoi d'autre ? marmonna-t-il.

La chambre de son ami était située au même étage que la sienne, à une distance anodine pour un homme à jeun. Il pourrait y trouver de quoi soulager son mal. En prenant d'infinies précautions, il réussit à enfiler un pantalon et une chemise, et à gagner le seuil. Il s'accrocha à la clenche en attendant que les vagues qui le poussaient de gauche et de droite finissent par se stabiliser et ouvrit la porte. Il parcourut le couloir en glissant les pieds sur le parquet, collé contre le mur, et fut heureux de n'y rencontrer personne. Par précaution, il toqua à la porte de Nicolas, attendit une réponse qui ne vint pas, et entra.

La lumière du jour, tamisée par les rideaux fermés, éclairait suffisamment la chambre sans qu'il ait besoin de les ouvrir et composait une ambiance de clair-obscur bienvenue pour sa céphalée. Il avisa le grand sac du chirurgien, l'ouvrit et sortit ses ouvrages en cherchant le dictionnaire Chomel. Le livre était à la base d'une des piles dans la malle. Il rangea les autres et s'approcha, à contrecœur, du rai de lumière vertical qui parvenait de la fenêtre. Il trouva la réponse en page 159 et la lut avant d'être pris d'un vertige plus important. Il s'assit en catastrophe sur le bord du lit, recouvert d'un énorme édredon. Contrairement à son attente, le contact fut dur. Le bâton sur lequel il venait de se poser bougea et un cri féminin déchira le silence. Azlan cria à son tour, se leva d'un bond, ouvrit les deux rideaux dans un réflexe et se retourna.

— Mais que fais-tu là ? dit Rosa, qui s'était assise et protégeait sa nudité avec les draps.

— Et vous ? demanda Azlan, dont le cœur s'était emballé, lui envoyant des coups de marteau dans les tempes.

— Azlan ? interrogea Nicolas qui venait de se réveiller et émergeait des draps à son tour.

— Je suis venu pour…, commença le jeune homme qui ne put finir sa phrase et se retourna pour vomir par la fenêtre ouverte.

Nicolas se leva pour l'aider mais Azlan lui fit signe qu'il allait bien. Le jeune homme avait perdu dans l'aventure le bouton qui liait les deux pans de son pantalon. Il tenait son haut-de-chausses d'une main et son front douloureux de l'autre.

— Je suis désolé de vous avoir effrayés, dit-il en se dirigeant à reculons vers la porte. Et je suis très heureux pour vous deux.

— Ta réaction aurait pu nous laisser présager du contraire, remarqua Nicolas en s'approchant.

— C'est le vin d'hier soir, mais je vais mieux,

répondit-il, libéré provisoirement de ses nausées. Restez là, restez tous les deux, je vais m'occuper du travail à l'hôpital.

— Tu ne veux pas que je te soigne ?

— Non… Restez ensemble, surtout, vous ne pourriez pas me faire plus plaisir ! S'il vous plaît…

Il sortit avant que son ami ne lui vienne en aide. Nicolas se lova contre Rosa et lui caressa le visage, puis le cou.

— Comment vous sentez-vous ce matin ?

— Vivante, si vivante, chuchota-t-elle de sa voix de rocaille.

Il embrassa sa cicatrice.

— Je me sens belle, grâce à vous, lui murmura-t-elle à l'oreille avant d'y déposer un baiser.

Un bruit sourd leur parvint de l'étage.

— Azlan…, dit Nicolas en grimaçant.

— Tout va bien ! hurla le jeune homme depuis sa chambre. Juste une chute, mais tout va bien !

— Le pauvre, souffla Rosa en passant la main dans les cheveux de Nicolas. Déjà qu'il a eu le visage abîmé par sa partie de jeu de paume !

— Partie de jeu de paume ? interrogea-t-il, intrigué, en s'accoudant.

Elle lui relata l'incident avec le joueur espagnol. L'anecdote sembla beaucoup amuser Nicolas.

— Pourquoi ce sourire ? demanda Rosa en dessinant le contour des lèvres de Nicolas avec son doigt. Que me cachez-vous tous les deux ?

— Je peux vous le dire sans qu'il en prenne ombrage. Notre Azlan est un gentilhomme !

— Racontez-moi, le pressa-t-elle en posant la tête sur le ventre de son amant.

Le jour de son match contre l'Espagnol, Azlan était passé à Saint-Charles pour se faire soigner par Nicolas.

— Il avait la lèvre fendue et l'arcade sourcilière ouverte, expliqua-t-il en caressant ses cheveux. J'ai suturé et recouvert d'un onguent cicatrisant. Mais ce n'est ni une balle ni son adversaire qui l'avaient blessé.

— Non ? Quoi alors ?

— Une rixe avec son professeur de paume, Hyacinthe Reverdy.

Rosa s'assit en face de Nicolas, l'air incrédule.

— Reverdy ? Mais pour quelle raison aurait-il fait cela ?

— Pour qui, voulez-vous dire, rectifia Nicolas avant de déposer un baiser sur ses lèvres. Pour vous, mon amour.

— Moi ?

— Azlan n'aimait pas la façon dont l'homme tournait autour de votre personne. Il m'a dit que sa cour grossière vous manquait de respect.

— Il est vrai qu'il ne se distinguait pas par sa finesse d'esprit, mais je l'ai, dès le début, renvoyé là où il devait se tenir.

— Reverdy a commis l'erreur de s'en ouvrir à lui afin de savoir comment gagner votre cœur. C'est un poing dans sa mâchoire qu'il a fini par gagner.

— Ainsi, ils en sont venus aux mains... Mon pauvre petit Azlan, dire qu'il n'a pas osé m'en parler, remarqua-t-elle en enlaçant Nicolas.

— Par fierté, je suppose.

— En tout cas, cela n'arrivera plus. Le sieur Reverdy est reparti à Paris. Il y a deux semaines, il a prétexté une affaire de la plus haute importance et je lui ai payé ses honoraires.

Rosa frissonna. Elle se pencha vers le sol pour y récupérer un vêtement. Nicolas en profita pour embrasser son dos.

— Votre peau est une soie parfaite, Rosa.

— Vous entendre me le dire est un bonheur sans fin, répondit-elle en se relevant.

Elle lui montra un tissu blanc :

— Me permettez-vous de prendre votre chemise ?

Il lui baisa la bouche pour toute réponse. Elle l'enfila sans la déboutonner.

— Me permettez-vous de la garder ?

Nouveau baiser.

— Je vous la donne si vous me permettez de vous l'enlever.

— J'ai besoin de vous sentir sur ma soie, même quand vous serez absent, amour, dit-elle en posant ses mains sur le visage de son amant et en plongeant son regard dans le sien.

Le claquement de sabots sur les pavés leur parvint par la fenêtre ouverte. Claude emmenait Azlan à l'hôpital Saint-Charles.

— Aujourd'hui nous appartient, ajouta-t-il en plongeant ses yeux dans ses iris.

— Le futur nous appartient, corrigea-t-elle avant de le pousser et de s'allonger sur lui.

91

Le lendemain, Nicolas avait repris ses consultations à Saint-Charles dans un établissement bondé par l'arrivée des accidentés de la fête. De nombreuses foulures, luxations, fractures, favorisées par l'alcool et la nuit, ainsi que des plaies par arme blanche ou par balle, principalement des accidents ou des rixes avinées. Les chirurgiens ne savaient plus où donner de la tête, d'autant plus que trois des ouvriers qui démontaient l'arc de triomphe de l'esplanade avaient fait une chute depuis le dernier étage de l'échafaudage. Après avoir réduit les différentes fractures, nettoyé et suturé les plaies, ils avaient installé les blessés dans une des chambres de l'étage où des paillasses avaient été disposées.

— On affiche complet ! déclara François en se lavant les mains dans la bassine prévue à cet effet.

Il fit une grimace en regardant la turbidité prononcée du liquide.

— Qui devait changer l'eau ?

— C'est moi, désolé, je n'ai pas eu le temps, répondit Azlan. J'ai eu les soins des bandages et tous les comptes rendus du médecin à finir.

— Il va bien falloir qu'il apprenne à se débrouiller seul, grogna le Hérisson blanc. Nous ne sommes pas ses laquais !

— Je préfère que l'on reste maîtres de cette tâche, répondit Nicolas qui venait d'entrer dans la cuisine.

Il releva ses manches et plongea les mains dans le seau.

— Sinon, le docteur Bagard se fera une joie de les écrire en latin. Depuis quand utilise-t-on l'eau des marais pour se nettoyer ? remarqua-t-il en séchant ses mains avec un linge propre qui pendait devant la cheminée.

— C'est ma faute, répéta Azlan. Je vais aller au puits.

— On n'arrive plus à suivre, Nicolas, expliqua François. Il y a trop d'activité pour nous seuls.

— Je sais, et les autres hôpitaux sont débordés. L'arrivée massive des exilés et des travailleurs ne nous facilite pas la tâche. J'irai voir le duc pour plaider notre cause, il nous faut plus de bras.

— Et de matériel, ajouta François.

— Et de médicaments, surenchérit Azlan.

— Et de locaux…, conclut Nicolas. L'affaire n'est pas gagnée. Mais on ne reconstruit pas un État avec des toits en sable.

La clochette installée au-dessus de la porte tinta.

— Je déteste cet instrument, s'irrita François. Depuis qu'elles l'ont mise en place, j'ai l'impression d'être un cocher qui doit sortir son attelage.

— Les sœurs faisaient d'incessants allers-retours pour nous prévenir de l'arrivée des patients. C'est une amélioration pour elles.

— Mais je préférais voir sœur Catherine arriver et nous expliquer les symptômes dans sa langue à elle, tout en nous conseillant de nous presser lorsque les cas étaient désespérés. Et, quand elle terminait sa phrase par un signe de croix, croyez-moi, il fallait se dépêcher ! Maintenant, on nous sonne…

— Le progrès, tenta Azlan.

— Tu vas voir comment je vais m'en occuper de leur progrès, déclara François en mimant une paire de ciseaux.

— Restez là, j'y vais, proposa Nicolas.

— Je t'accompagne, répliqua le jeune homme.

Quelques jours auparavant, Azlan avait été pris pour un blessé par une religieuse qui venait de rejoindre la congrégation, ce qui l'avait vexé. Ses blessures avaient complètement cicatrisé et n'étaient plus gonflées. Seule leur teinte jaunâtre rappelait que les tissus du visage avaient été tuméfiés.

La demande concernait un patient qui avait été amené inanimé le soir de la fête, deux jours auparavant.

— Un cultrivore, commenta Nicolas lorsqu'ils arrivèrent dans la plus grande salle, qui contenait dix lits, tous occupés.

— Cultrivore ? Qu'est-ce que c'est ?

— Il a avalé un couteau, répondit la sœur qui les accompagnait.

— Un couteau ?

— Trois pouces de long, précisa le chirurgien.

L'homme était un baladin qui avait profité des festivités pour proposer un spectacle sur le parvis de la collégiale Saint-Georges. Après avoir jonglé avec des couteaux, il en avait avalé un en entier. Les premiers badauds, impressionnés, avaient applaudi à tout rompre et jeté de nombreuses pièces. Enhardi, l'artiste avait recommencé deux fois son spectacle. À la dernière tentative, les spectateurs, moins attentifs et plus avinés, avaient mis en doute l'intégrité de son tour et l'un d'eux, un bourrelier de la ville-neuve, lui avait tenu les mains attachées dans le dos afin de vérifier qu'il n'usait d'aucun artifice, tandis que son cousin avait enfilé la lame dans sa bouche.

— Et alors ? Il l'avait déjà réussi deux fois.

— Sauf que c'était une illusion, un tour de prestidigitation, expliqua Nicolas. Le dernier, il l'a vraiment avalé. Une première pour lui.

Le patient était allongé sur le côté et gémissait :

— J'ai mal au ventre. Faites quelque chose.

Il vomissait tous ses repas depuis l'accident et ses nausées n'avaient pas diminué. L'objet restait coincé entre l'œsophage et l'estomac. L'homme eut un haut-le-cœur et cracha des sérosités rougeâtres avant de gémir à nouveau à chaque inspiration.

— Il s'affaiblit grandement, avertit la sœur.

— Pouvez-vous me chercher de l'huile d'amande douce ? demanda Nicolas.

Il avisa le chandelier le plus proche, choisit une fine bougie et l'éteignit.

— Que vas-tu faire ? demanda Azlan.

— Tu te souviens de cet officier autrichien à Temesvar ?

— Celui qui chantait des airs d'opéra ?

— Il avait pris l'habitude de se nettoyer la langue en se grattant avec une fourchette, jusqu'au jour où il l'a avalée.

— Oui, je me rappelle ! Il a été surpris par un coup de canon. Le couvert a longtemps hésité à ressortir par le haut, mais rien n'y fit.

Nicolas s'approcha de son patient qui avait entendu et s'agitait.

— Qu'allez-vous tenter ? Vous n'allez pas m'ouvrir le ventre, quand même ?

— Non, rassurez-vous. À moins que vous ne teniez à le récupérer dès ce soir.

L'homme amorça un sourire et déglutit difficilement.

— Nous allons le pousser dans votre estomac afin qu'il descende par la voie naturelle.

— L'Autrichien dont nous parlions souffrait du même accident que vous, expliqua Azlan. Une fois avalée, la fourchette a cheminé dans ses intestins. Elle est sortie par le rectum au bout de quelques jours.

— Rectum ? Qu'est-ce donc que cette sortie ? Le nombril ?

— Le fondement, reprit Nicolas. Notre officier l'a retrouvée dans ses selles.

— En faisant du cheval, alors ? demanda le baladin, l'air hébété.

Nicolas regarda son assistant et hésita à poursuivre ses explications.

— Un grand maître chirurgien avait l'habitude de dire : « La nature fait lentement et avec douceur ce que nous ne pourrions pratiquer sans un extrême danger. »

— Ah, c'est cela donc, répondit le malade que la docte sentence avait rassuré sans qu'il l'ait comprise.

Nicolas fit macérer de la poudre de gingembre dans du vin pendant qu'il enduisait la bougie d'huile. Le blessé but avec difficulté la préparation alcoolisée. Azlan le fit s'allonger sur le côté droit, mettre la tête le plus possible en arrière, qu'il maintint en position en se servant de ses deux mains comme d'un trépan. François, qui avait été appelé en renfort, lui tenait les épaules et le tronc.

La nervosité avait gagné le patient, qui tremblait.

— Je ne vais pas vous cacher que le moment à venir va être désagréable, expliqua Nicolas, je vous conseille de concentrer vos pensées sur une image douce.

— Ce n'est pas bien difficile, répondit l'homme d'une voix chevrotante.

— Pensez à votre femme et vos enfants, proposa François.

— Imaginez que vous vous produisez devant le duc ou le roi de France, ajouta Azlan.

— Ouvrez la bouche en grand, demanda Nicolas. Essayez de ne pas mordre dans la bougie. Si elle se coupait, nous aurions deux objets à aller chercher au lieu d'un.

L'homme eut un haut-le-cœur au moment où le bâton de cire passa la barrière de la luette, mais le gingembre fit son effet. Nicolas fit preuve d'une grande rapidité. Dès qu'il toucha le couteau, il le poussa doucement jusqu'à sentir l'estomac se contracter au passage de la lame. Sitôt le bâton retiré, l'homme s'allongea sur le dos et aspira une grande bouffée d'air.

— Bravo, déclara le chirurgien, vous êtes un brave. Vous m'avez beaucoup aidé.

Il donna ses instructions à la religieuse : de la gelée et des œufs pendant au moins deux jours. Et peu de boissons.

— En cas de plaie à l'estomac, pas question de l'entretenir avec des liquides, expliqua-t-il. On va suivre l'évolution de l'objet.

— Et s'il reste coincé dans son organe ?

— On n'aura pas d'autre choix que d'opérer. Priez pour que cela n'arrive pas, ajouta-t-il en lui tendant le cierge.

— J'oubliais, dit la sœur, la marquise de Cornelli est là qui vous attend.

— Vas-y, fils, ne la fais pas attendre, conseilla François en accompagnant sa phrase d'un geste de la main. On terminera sans toi.

À peine Nicolas avait-il quitté la pièce que François se tourna vers Azlan.

— Et toi ? Tu ne t'entraînes plus au jeu de paume ?

Le jeune homme lui expliqua, un peu gêné, la raison du départ de son entraîneur.

— Et alors ? En quoi la fuite de cet animal t'empêche-t-il de jouer ? Allez, ouste !

Une fois seul aux commandes, le Hérisson blanc fit une préparation huileuse qu'il administra au malade à l'aide d'une cuillère.

— Vous voyez, déclara François, qu'il est bien utile de figer son esprit sur quelque chose d'important.

— Vous avez raison, maître, répondit l'homme avant d'être interrompu par une toux sèche.

Il réussit à s'asseoir sans être terrassé de nausées.

— J'ai pensé au moment où je planterai ce même couteau dans le cœur de mes tourmenteurs. Et cela m'a donné de la force. Une force infinie.

92

Nicolas fit à Rosa la visite de Saint-Charles. L'ensemble occupait tout un carré de maisons, entre la rue des Artisans et la rue Saint-François dans sa longueur, et les rues du Moulin et Saint-Jean dans sa largeur. Le ruisseau Saint-Thiébaut coupait l'établissement en deux parties, dont la plus petite, côté sud, était composée d'habitations réservées aux sœurs. L'espace, important, avait permis de constituer plusieurs salles de soins, une pour les opérations ainsi qu'une pour les maladies « secrètes ». Les malades disposaient de vrais lits et d'une cour intérieure de promenade. Adossée à celle-ci, une seconde cour, plus petite, sombre et humide, longeait le cours d'eau et servait de décharge. Le quartier des chirurgiens était situé dans ce périmètre, loin de l'aile principale réservée à la médecine, mais il avait été aménagé avec une grande fonctionnalité par Nicolas et Azlan. Ils entrèrent dans la salle des remèdes où François venait de monter. Il pilait une substance résineuse dans un mortier en marbre.

— Je prépare des grains narcoleptiques, expliqua-t-il, à partir des pavots récoltés ce printemps. Ceux à fleurs rouges. Je les avais fait infuser dans du vin blanc pour en confectionner une liqueur, selon une recette connue uniquement de Nicolas et moi, ajouta-t-il avec fierté.

Il lui montra le mortier.

— J'ai séché le laudanum afin d'obtenir cette résine d'opium. Je vais la faire digérer avec du vinaigre rosat et j'y ajouterai de la racine d'angélique. J'en ferai des grains qui seront conservés dans ce pot. Autre recette maison.

Il désigna un vase de faïence blanc aux fines décorations bleues représentant un paysage.

— C'est excellent pour le sommeil avec une cerise confite, ajouta Nicolas en prenant Rosa par le bras. Venez, sinon François va vous décrire toutes les recettes de notre pharmacopée, rien que pour vous impressionner.

Elle lui sourit pour le remercier avant qu'ils ne continuent leur visite. Rosa se déplaçait avec une grâce et une légèreté qui n'avaient rien de forcé. Elle attirait les regards et la lumière. Nicolas était fier de sa présence à ses côtés, de l'intérêt qu'elle manifestait pour son travail, des questions qu'elle lui posait. Même si leur liaison restait secrète et que Rosa ne montrait pas ses sentiments en public, les deux amis de Nicolas avaient ébruité l'affaire avec d'autant plus de plaisir qu'ils étaient heureux pour lui. Et le secret n'en était plus un pour beaucoup, ce qui, aux yeux de certains, la faisait passer pour une scandaleuse. Mais elle n'y prêtait aucune attention.

La marquise se rendait presque quotidiennement à Saint-Charles. Dix jours s'étaient écoulés depuis le feu de joie lorsqu'elle entra dans la salle de soins où Nicolas effectuait un examen de contrôle de la brûlure de l'artificier. Waren était aux anges : le duc venait de le récompenser en lui donnant le monopole de la fabrication des poudres et salpêtres.

— Je dois me rendre au palais ducal afin d'y recevoir l'acte de l'arrêté, précisa-t-il en prenant congé. Maître Déruet, madame la marquise, je suis heureux que mes pacifiques canons aient pu bénir votre félicité.

Une fois l'Irlandais sorti, Nicolas baisa la main de Rosa.

— Laissez-moi deviner... Vous venez pour une consultation ?

Elle l'enlaça et l'embrassa avec passion.

— Non, je m'ennuyais de vous et je suis jalouse de l'endroit qui me vole mon amoureux tous les jours.

— Nous pourrions être vus...

— Auriez-vous peur pour votre réputation ? plaisanta-t-elle.

— À vrai dire, je pensais plutôt à votre position sociale. Je ne suis...

Elle lui mit un doigt sur sa bouche.

— Chut... Arrêtez avec cela, vous êtes un homme de valeur et il n'y a que cette valeur qui m'intéresse, celle du cœur.

Elle posa sa main sur la poitrine de Nicolas.

— Ce cœur, je voudrais qu'il batte toujours pour moi. Toujours.

Son timbre, encore fragile, se brisa.

— Ne parlez plus, il vous faut reposer votre voix si vous voulez qu'elle guérisse.

Elle acquiesça. Il lui fit boire un verre d'eau dans lequel il avait dilué quelques gouttes d'un alcoolat de mauve sauvage.

— J'aime quand vous vous occupez de moi, lui murmura-t-elle à l'oreille avant de la mordiller légèrement. Quand finissez-vous la visite de vos malades ?

La cloche retentit à la cuisine.

— Attendez-moi là, dit-il, après un dernier baiser.

Il revint quelques minutes plus tard, accompagné d'une mère et de son enfant.

— Rosa, je voulais vous présenter une personne qui m'est chère et qui nous a valu quelques nuits blanches, déclara-t-il en ébouriffant les cheveux de la petite Marie.

La fillette grimaça.

— Ta cicatrice, désolé ! s'excusa-t-il avant d'expliquer à Rosa les circonstances de son sauvetage miraculeux. Mais, pour l'instant, elle n'a pas retrouvé la parole. Pas encore, conclut-il.

La marquise prit l'enfant par la main et défit la collerette qui recouvrait son cou.

— Je constate que toi et moi avons un problème de voix, dit-elle doucement. Nous allons unir nos efforts pour guérir toutes les deux. Tu es d'accord ?

Marie regarda sa mère, puis Nicolas d'un air interrogateur avant d'accepter d'un signe de tête.

— Très bien, reprit Rosa. Avez-vous confiance en moi, madame ? Acceptez-vous que je m'occupe de votre fille ?

La femme, impressionnée, se confondit en remerciements.

— Comment comptez-vous vous y prendre ? demanda Nicolas, intrigué.

Rosa avait fait appel aux services du maître de chant qui venait d'être nommé à la maison du duc et dont on attendait l'arrivée en provenance de Rome.

— Je vais réapprendre à utiliser ma voix grâce à ses cours, et je pensais que Marie pourrait s'y essayer aussi.

L'enfant battit des mains et émit un grognement guttural. Sa mère remercia Rosa une nouvelle fois sans oser la regarder en face et se retira rapidement.

Le soir, comme à leur habitude, ils soupèrent dans leur chambre à coucher, assis sur le lit. L'opulence de l'hôtel particulier de Rosa, les pièces immenses aux ors délicats, les serviteurs attentifs aux moindres détails, tout ce luxe le mettait mal à l'aise.

— J'ai vécu dans des remises ou des chambres sans chauffage toute ma vie, lui avait-il confié à son arrivée.

— Vous verrez, on s'y habitue plus vite qu'à la pauvreté, avait-elle répondu.

Mais les réticences de Nicolas n'étaient pas tombées. Il refusait que quiconque lui fasse à manger, s'occupe d'entretenir le feu ou de laver ses vêtements. Une façon de garder son indépendance qui plaisait à Rosa. Elle restait persuadée que, le temps aidant, il finirait par accepter ce mode de vie. Mais elle adorait ces pique-niques dans la chambre et les attentions de Nicolas envers elle.

Elle ouvrit la bouche et avala en fermant les yeux le bout de pain qu'il avait trempé dans du bouillon de poule. Rosa appréciait le côté sensuel de se laisser donner la becquée par son amoureux, même si les plats qu'il lui préparait n'avaient pas le raffinement de ceux du cuisinier attaché au service des Cornelli.

— Je voulais vous remercier pour ce que vous avez proposé à la petite Marie, dit-il après l'avoir embrassée. Ni sa mère ni notre hôpital n'auraient pu supporter un tel coût.

— Croyez-vous que cela puisse l'aider ?

— Je n'y avais pas pensé, c'est le dernier espoir qui nous reste. Tout est fonctionnel chez elle, mais les coups portés par son père ont chassé sa parole, comme si Marie venait juste de naître.

Rosa prit un quartier de pomme qu'elle coinça entre ses dents avant de le déposer dans la bouche de Nicolas et de l'embrasser langoureusement. Elle s'assit et soupira de plaisir.

— Je voudrais vous aider, amour, aider cet hôpital.

— De quelle manière ? demanda-t-il en retirant le plateau de nourriture du lit.

— Vous m'avez dit avoir besoin de matériel et de place, je voudrais vous faire une donation. Ainsi, vous pourrez acheter le terrain situé à côté et y construire un bâtiment plus conforme à sa fonction.

— Votre proposition me touche, Rosa…

— Alors, dites oui !

Il l'enlaça et sentit les frissons qui parcouraient la peau de son amoureuse.

— … mais je ne peux accepter.

— Pourquoi ?

Nicolas lui embrassa le cou et caressa ses cheveux.

— À cause de nous deux, répondit-il avec douceur.

Elle se retourna pour lui faire face.

— Cela signifie-t-il que si nous n'avions pas été si proches, vous auriez accepté ?

— Oui, sans doute, avoua-t-il. Comprenez que je ne veux pas passer pour quelqu'un qui profite de votre situation afin d'abuser de vos sentiments et de votre fortune.

— Mais cet argent est le mien et j'en fais ce que bon me semble ! Le marquis est mort et m'a tout légué, je ne lèse personne, s'emporta-t-elle.

L'image du colonel lorrain agonisant dans ses bras lui revint en mémoire.

— Je sais à quoi vous pensez, continua-t-elle. Mais vous avez fait ce que vous pouviez pour le sauver. Et vous savez aussi bien que moi que ce ne fut pas un saint homme durant sa vie. Au moins, mort, il pourra faire du bien aux autres. Vous me trouvez rude, n'est-ce pas ? ajouta-t-elle devant son léger froncement de sourcils.

— Que s'est-il passé avec lui ? Je vous connais suffisamment, vous êtes la personne la plus douce au monde.

Rosa s'allongea sur le côté. Nicolas en fit de même, face à elle. Il prit ses mains dans les siennes et les serra contre lui. Leurs regards fusionnèrent et celui de Rosa s'emplit d'une amertume salée dont les gouttes roulèrent sur son visage. Elle chuchota. Le marquis, connu pour sa brutalité, l'avait violentée le soir de leurs noces. Rosa, qui réclamait une cour respectueuse de sa part, avait refusé de se livrer à lui comme une épouse soumise.

— C'était une nuit de pleine lune. Il m'a forcée à m'allonger et m'a maintenu les poignets avec ses mains avant de se poser sur moi. Il m'a demandé de fermer

501

les yeux et j'ai refusé. Il m'a frappée, plusieurs fois, afin que je cède. Mon regard le culpabilisait. Je n'ai pas capitulé. Il a alors déployé ses instincts les plus vils, il m'a… il m'a pénétrée et j'ai senti ma virginité me fuir en s'écoulant le long de ma jambe. J'avais mal, j'avais peur, mais pas question de le lui montrer. Je voyais l'astre roux me regarder à travers la fenêtre, rond, outrageusement rond, indifférent à mes cris, qui ponctuaient chacun de ses assauts.

Elle s'arrêta pour ne pas se laisser envahir d'un flot d'émotions. Nicolas la serra encore plus fort, lui embrassa le visage, sécha ses larmes, l'enveloppa de tout son corps. Ils restèrent un moment silencieux.

— Depuis, je ne supporte plus la pleine lune, continua Rosa. Elle est pour moi la complice de cet homme, ce héros de la noblesse lorraine, mort au champ d'honneur, dont tout le monde admire aujourd'hui le courage. Voilà, amour, vous savez tout de moi. Et vous comprendrez pourquoi je ne considère pas que cette fortune soit usurpée. À nous deux, chacun avec ses armes, nous allons faire le bien, Nicolas.

93

La duchesse se chatouilla le front avec la plume d'oie qu'elle utilisait pour écrire, comme chaque fois qu'elle cherchait ses mots ou ses idées. La lettre, la première qu'elle envoyait à sa mère, la princesse Palatine, était une description de leur voyage jusqu'à Nancy et de leur arrivée triomphale. Il lui restait à conclure. Elle trempa la pointe dans l'encrier et la fit crisser sur le papier.

Vous qui aviez l'habitude de me dire que le bon-heur gît en grande partie dans notre imagination, n'ayez plus aucune crainte, chère mère, je serai heureuse dans ce petit duché où j'ai trouvé un mari aimant et respectueux. Les Lorrains me sem-blent des sujets fort reconnaissants et fidèles. Leur enthousiasme nous a menés aux larmes en plu-sieurs occasions. Les fêtes viennent de prendre fin, nous allons pouvoir nous occuper de gouverner le palais comme il se doit. Mais l'abondance des célébrations a entamé la santé de votre gendre, qui, ce matin, était fort tourmenté par un accès d'hémorroïdes. Je lui ai conseillé la pierre du Portugal, qui me fit grand bien en son temps, et espère qu'il sera rétabli pour son voyage à Pont-à-Mousson. Mais je n'en veux rien dire davantage et vous tiendrai dans la confidence de sa guérison.

Léopold était allongé sur le ventre sur un lit qu'il avait fait transporter à son bureau dans le palais ducal. Un paravent cachait la moitié de la couche.

— Alors ? demanda-t-il en se retournant vers le comte de Carlingford.

— Jean-Léonard Bourcier a relu le texte et ne l'a pas changé. Une fois signée, nous pourrons diffuser cette nouvelle dès demain, répondit le comte en se levant du secrétaire pour lui apporter le parchemin.

Le duc prit l'ordonnance d'obligation de déclaration des blés par les propriétaires et la parcourut. Il s'arrêta soudain pour crier :

— Aïe ! Mais arrêtez donc cela, vous me faites mal !

Jean-Baptiste Alliot, son médecin personnel, apparut au-dessus du rideau protecteur.

— Votre Altesse pourrait-elle s'accroupir ? Il m'est impossible d'être efficace dans ces conditions. Monsieur Cornuet de Belleville vous le confirmera.

La tête du premier chirurgien de Léopold rejoignit celle de son médecin.

— Il est vrai, Votre Altesse, que faire une intervention dans ces conditions est périlleux.

Dépassant ainsi du paravent, les deux hommes avaient l'air de marionnettes de théâtre, ce qui amusa Carlingford.

— La tumeur que vous avez à l'entour du fondement est plus petite que ce matin, déclara Alliot.

— Et le sang de Votre Altesse est moins mélancolique, confirma Cornuet de Belleville.

— Alors, expliquez-moi pourquoi il m'est toujours impossible de m'asseoir ou même de marcher sans avoir l'impression d'avoir reçu un biscayen dans le fessier ! objecta Léopold.

— Le traitement par les sangsues demande un peu de temps, répondit le chirurgien en lui montrant un bocal qui en était rempli. Et les bêtes ne sont pas très voraces aujourd'hui.

Le duc se releva et se mit dans la position demandée.

— Très bien, messieurs. Vous avez dix minutes pour que vos assistantes aient retrouvé leur appétit. Le duché n'attend pas.

Carlingford gloussa discrètement devant le spectacle inattendu des deux hommes penchés sur le séant ducal, à essayer d'accélérer à l'aide des parasites le percement de la veine obstruée par un caillot sanguin. Il reprit sa place au secrétaire et consulta la liste des dossiers de la journée. La Lorraine à repeupler, les bailliages à reconstituer, les Chambres à réorganiser, la police et l'armée à équiper, la justice à codifier, la vie quotidienne à réglementer, les halles, les moulins, l'éclairage, les routes, le bois de chauffage, tout le commerce, le secours aux pauvres, aux orphelins, aux malades et, surtout, les moyens de percevoir les finances qui permettraient de rendre tout le reste possible.

Une fois les deux soignants partis, le duc reprit sa position horizontale et soupira.

— J'aurais dû traiter avec maître Déruet. Au moins, à cette heure, je serais guéri !

— Voulez-vous que je le fasse appeler ?

— Demain, si ces bêtes du diable n'ont pas fait effet ! Où en étions-nous ?

La crainte de la famine avait conduit Carlingford à édicter des ordonnances strictes contre l'exportation des denrées de base. Les lois et les menaces n'avaient eu que peu d'effets sur les marchands, qui avaient manifesté en place de Nancy.

— Nous avons même puni pour l'exemple un propriétaire pris à la frontière avec des sacs de blé, un dénommé Malthus. Mais rien n'y fait, et certains préfèrent garder leurs denrées plutôt que de les vendre au peuple. Avec cet édit, ils seront obligés de déclarer leurs denrées chaque huitaine.

— Ils finiront par plier. Donnez-le-moi, je vais signer.

— Je vous l'apporte, Votre Altesse.

— Non, pas question de traiter les affaires de l'État allongé comme un sybarite. Et cessez de m'appeler *Votre Altesse*, Excellence !

Léopold se leva en grimaçant et se dirigea vers le

bureau à pas comptés. Il parapha le texte en restant debout.

— Libérez ce Malthus et envoyez-le en repenti dans tous les bailliages porter la bonne parole afin que force reste à la loi.

La duchesse fit irruption dans la pièce pour s'assurer de la santé de son mari et lui annoncer l'arrivée de l'architecte chargé de la décoration de leurs appartements. Elle insista pour que Léopold le rencontre et donna son avis sur les travaux proposés.

— Je suis en séance de travail avec le comte, vous me rapporterez ce que vous aurez décidé, lui dit-il, alors que la douleur le maintenait dans une raideur inhabituelle chez lui.

— Mais c'est important, Léopold, notre palais recevra des rois et des reines, des souverains de l'Europe entière, et tout se doit d'être d'un faste à la hauteur de nos invités. La réfection de cet endroit est une priorité, conclut Élisabeth-Charlotte avec l'autorité qu'elle avait toujours vue chez sa mère et qu'elle avait si souvent subie.

— Je vais venir, laissez-moi juste le temps de signer les ordonnances les plus urgentes et je suis à vous et à votre décorateur, répondit Léopold sans oser bouger de crainte de réveiller la douleur.

— Il a travaillé pour des palais du Milanais, vous rendez-vous compte ? insista-t-elle. C'est une grande chance pour nous qu'il accepte de diriger les travaux, cela n'a pas de prix.

Sitôt la duchesse sortie, Léopold se tourna vers Carlingford.

— Nous pourrions vendre des charges supplémentaires ? Distribuer plus de titres ?

— Cela ne sera pas suffisant. Il nous faut une taxe supplémentaire au droit de joyeux avènement, répondit le comte. À votre demande, nous venons de faire remise des quatorze mille livres de ce droit aux habitants de Nancy.

— Ils ont dépensé bien plus dans ces festivités, ce n'est que justice. Trouvez d'autres dîmes, augmentez les droits de sceau, ceux de circulation sur les postes aux chevaux et coches d'eau. Vous trouverez.

Léopold s'approcha lentement de la fenêtre qui donnait sur la cour intérieure. Des dizaines de valets allaient et venaient, chargés du mobilier de la famille ducale, formant une diagonale rectiligne, d'où émergeaient les formes droites des bahuts, tables, chaises, lits et canapés transportés vers les appartements situés dans les étages. La duchesse, accompagnée de madame de Lillebonne, remonta la file des domestiques et s'engouffra dans le grand escalier rond.

— Élisabeth-Charlotte a raison, dit-il en revenant vers le bureau, il nous faut montrer que notre duché n'a rien à envier aux autres États, si ce n'est sa taille. Nous allons créer une ère de prospérité que l'Europe entière montrera en exemple. Pour cela, il nous faudra associer tout le monde, nobles, bourgeois et paysans. Il faut redonner confiance au peuple. Pour l'heure, je vais aller rejoindre la duchesse et canaliser les ardeurs de son tapissier. Rien d'autre pour ce matin ?

Le comte sembla hésiter et se ravisa :

— À propos de maître Déruet, vous savez qu'il habite chez la marquise de Cornelli dont il est l'amant.

— J'ai eu vent de cette nouvelle, oui, répondit Léopold.

507

— Ce qui fait de moi le vainqueur de notre pari, sauf votre respect.

Le duc croisa les bras et réfléchit à une parade.

— Sont-ils mariés, mon cher Carlingford ?

— Non, mais cela ne saurait tarder.

— Alors, s'ils ne sont pas mariés, le pari reste ouvert. S'il épouse la marquise, vous gagnez, et s'il devient l'amant de sa matrone, je suis vainqueur.

— Le traitement n'est pas égal…

— Il faut bien qu'il y ait quelques avantages à être souverain !

Le lendemain matin, Nicolas fut appelé au chevet de Léopold. Il lui incisa la veine pour enlever le caillot de sang responsable de ses douleurs, avant de panser la plaie d'un onguent cicatrisant de sa composition.

Deux jours plus tard, le duc prenait la route pour une visite à l'université de Pont-à-Mousson.

94

L'eau de la Fontaine rouge charriait des particules de fer qui tapissaient d'une couche brunâtre le bassin de réception et qui lui avaient valu sa réputation d'eau miraculeuse. Marianne se pencha vers le jet et remplit un seau entier avant d'en boire et de s'y laver les mains. Elle répétait ces gestes avant chaque accouchement qu'elle avait à pratiquer. L'eau serait bue par la parturiente afin de lui conserver le maximum de forces et servirait à laver le nouveau-né. Elle redescendit le chemin qui menait à la source en s'arrêtant régulièrement pour poser le seau dont la corde lui sciait les doigts. Le froid était vif et l'automne avait définitivement basculé dans le camp de l'hiver. À chaque expiration, l'humidité exhalée formait un jet de vapeur qui se diluait dans le brouillard ambiant. Martin l'aidait parfois dans cette tâche, mais ils s'étaient disputés le matin même et son mari avait pris ses affaires, un long manteau recouvert de fourrure épaisse et son brin d'estoc, avant de lui annoncer qu'il ne reviendrait qu'à la nuit tombée. Sa fonction de garde forestier l'obligeait à sortir du bourg et à rester absent parfois jusqu'au lendemain, mais elle avait pour avantage de nourrir la famille de viande provenant des restes des chasses ou de braconnage.

Sur ordre du grand veneur, le capitaine des chasses avait réquisitionné des gardes dans le but de poursuivre une meute de loups aperçus à rôder près de Pont-à-Mousson depuis plusieurs jours. Les louvières, disposées aux différentes extrémités de la ville, semblaient n'avoir aucun effet dissuasif et seuls quelques renards ou chats sauvages s'étaient laissé prendre au piège. Martin s'était porté volontaire pour la battue en espérant que cela l'aiderait à évacuer sa rancœur durant la journée. Il n'avait pas l'intention de dialoguer sur un sujet qu'il considérait comme clos. Mais il avait le sentiment que la réapparition subite de Nicolas avait instillé en Marianne un germe qui ne demandait qu'à croître.

Celle-ci arriva en fin de matinée au domicile de sa patiente, rue de l'Imagerie. La femme du doyen de la faculté de médecine, arrivée au terme de sa grossesse, avait eu des contractions toute la nuit et l'avait fait mander, sentant la poche prête à se rompre. L'enfant à venir était le huitième fruit de son mariage et la délivrance s'annonçait rapide. Marianne avait juste eu le temps de déposer le petit Simon chez sa belle-famille et de préparer son matériel pour l'accouchement.

— Mais pourquoi ? Pourquoi aujourd'hui ?

Lorsqu'elle entra dans la pièce principale, le doyen Pailland se lamentait en faisant les cent pas dans le couloir.

— Ah, vous voilà, vous voilà enfin ! s'exclama l'homme, qu'elle n'avait jamais vu aussi bien disposé à son égard.

Le médecin était rigoriste et avait une haute opinion de sa personne et de sa fonction. À chacune de leurs rencontres, il avait tenu la sage-femme dans une mésestime affichée. Mais, ce jour, l'arrivée de Marianne fut pour lui un immense soulagement.

— Voilà qui est parfait, j'ai bien cru être obligé de rester. Le duc est à Pont-à-Mousson et s'est fait annoncer à l'université. Il m'a fait quérir afin de lui présenter notre faculté, ajouta-t-il. Mais j'ai su, par une indiscrétion de sa cour, qu'il a l'intention de demander l'ouverture d'une chaire de chirurgie pour un certain Déruet, qui a fait la campagne de Hongrie avec lui.

Un frisson glacé parcourut le corps de Marianne. Le notable se coiffa de sa plus belle perruque et la regarda d'un air étonné.

— Qu'avez-vous ? Mon couvre-chef serait-il mal posé ?

— Non, répondit-elle d'une voix que l'émotion faisait trembler.

— Vous sentez-vous mal ? Ce ne serait pas le moment…

— Je vais bien, je vais très bien, assura-t-elle après avoir repris le contrôle d'elle-même.

— Depuis quand donne-t-on le titre de professeur à un valet ? marmonna l'homme en enfilant sa robe d'université noire.

Il boutonna son épitoge d'hermine.

— Ce n'était vraiment pas le jour pour mettre bas ! Venez, je vous conduis.

Il accompagna Marianne jusque devant la porte et la laissa entrer seule. La patiente avait refusé d'accoucher sur une chaise ou sur la table de la cuisine et attendait la matrone, calée contre des oreillers, dans un lit de petite taille qui avait été aménagé à la demande de Marianne. Une barre de bois avait été clouée pour servir d'appui aux pieds et deux lanières de cuir nouées sur les côtés pour lui permettre de les empoigner pendant les contractions. Le doyen avait trouvé ces aménagements contraires à la règle naturelle selon laquelle toute parturiente devrait souffrir dans la délivrance car la douleur y était utile, mais il avait laissé faire devant l'insistance de son épouse. Il cria depuis le couloir :

— Je vous laisse à vos affaires de femmes ! Je dirai au duc que notre enfant portera son prénom en hommage à notre rencontre d'aujourd'hui. Cela le mettra peut-être dans de meilleures dispositions pour cette histoire de chaire, ajouta-t-il pour lui-même avant de claquer la porte d'entrée.

La pièce était une bibliothèque qui sentait le cuir et le papier. La couche avait été disposée devant l'âtre qui crachait une chaleur vive. Marianne envoya la servante chez l'apothicaire acheter de l'huile d'amande douce, de l'huile de noix, des œufs et de la cannelle. Elle demanda une bouteille de vin, une motte de beurre frais, du fil et des ciseaux, qu'on s'empressa de lui apporter.

— Nous avons tout notre temps, dit-elle en voyant la fébrilité des personnes présentes.

— Retournez à vos occupations, nous vous rappellerons, ajouta la maîtresse de maison, dont le calme contrastait avec l'agitation ambiante.

Restées seules, les deux femmes évoquèrent les accouchements précédents, dont deux avaient fini par la mort des nouveau-nés. La sage-femme enduisit ses doigts de beurre et les introduisit jusqu'à l'orifice interne. Le col n'était que partiellement dilaté. Elle badigeonna les parois afin de faciliter la dilatation à venir. Marianne sentit une résistance au toucher. Même s'il était encore trop tôt pour le confirmer, l'enfant semblait bien positionné, la tête en avant.

La mère frissonna malgré la chaleur ambiante et se couvrit d'un drap supplémentaire. Marianne fit bouillir le vin avec la cannelle et y ajouta du sucre. Elle lui donna le mélange à boire, ce qui la réchauffa et la détendit. Anne de Pailland était une femme qui avait gardé une certaine maigreur malgré ses nombreuses grossesses et dont l'âge, plus de quarante-quatre ans, n'était pas un obstacle pour le travail à venir. Elle avait toujours refusé d'être accouchée par un chirurgien, ne voulant être vue en couches par aucun homme, ni même par son médecin de mari.

Au bout de deux heures, les contractions s'étaient rapprochées et le col fortement dilaté. Malgré son expérience des grossesses précédentes, Anne sentait monter en elle la même peur qu'à chaque délivrance, celle de ne pouvoir réussir à expulser le fœtus hors de son ventre, ce qui la condamnerait irrémédiablement,

512

mais la présence de Marianne, dont la réputation était grande, la rasséréna.

Elle fut prise d'une contraction plus forte que les autres, reprit son souffle et jeta un regard inquiet vers la sage-femme.

— Je suis sûre que ce sera une fille, dit la matrone en souriant. Une Léopoldine.

La femme gémit : elle venait de perdre les eaux.

95

Azlan serra les cordes autour des poignets et des chevilles du baladin et les lia à des anneaux placés aux quatre coins de la table qui servait pour les opérations. François était venu les trouver chez Rosa le midi : l'homme avait vomi du sang noir toute la matinée. Le couteau se trouvait dans son estomac depuis deux semaines et n'avait pu être expulsé vers les intestins comme l'avaient espéré les chirurgiens.

— On doit agir, avait conclu le Hérisson blanc, sinon son organe finira par ressembler à une outre percée de toutes parts.

— Tu connais les possibilités de réussite d'une telle opération, avait objecté Nicolas.

François avait opiné avant de répondre :

— Ce sera toujours plus que ses chances de s'en sortir si l'on ne fait rien.

— A-t-il de la fièvre ?

La réponse négative les avait décidés à tenter leur chance.

Le baladin avait ingurgité du laudanum et de l'alcool et se trouvait dans un état second. Il s'était laissé attacher sans même s'en rendre compte et marmonnait des paroles incompréhensibles. Aucun des deux chirurgiens n'avait jamais pratiqué une opération de l'estomac et Nicolas avait consulté ses planches d'anatomie afin de décider de l'endroit à inciser et de la méthode à suivre. L'endroit était richement irrigué et il voulait éviter de sectionner des gros vaisseaux sanguins, ce qui aurait été fatal.

Il marqua d'un trait d'encre l'endroit de l'incision, en dessous des dernières côtes flottantes de l'hypocondre gauche. Une série d'instruments avaient été préparés afin de parer à toutes les éventualités. Azlan tenait les épaules du patient pour lui éviter tout sursaut brusque, et François assisterait Nicolas. Lorsqu'il pratiqua la première incision, deux heures après midi sonnèrent au clocher de l'église Saint-Sébastien.

La lame du scalpel avait traversé les muscles et le péritoine, et formé une ouverture longitudinale que François écarta à l'aide de pinces. Nicolas prit une aiguille courbe pour amener l'estomac en avant. Malgré le lustre aux vingt bougies qu'ils avaient fait installer au-dessus de la table et la luminosité provenant des fenêtres, leur exploration était entravée par des ombres qui recouvraient en partie l'organe. François écarta encore plus les bords de la plaie.

— Tu l'as repéré ? demanda-t-il à Nicolas, qui se préparait à ouvrir l'estomac.

Ce dernier lui indiqua une minuscule bosse sur la partie gauche de la face postérieure.

— La pointe du couteau, dit-il calmement alors que l'homme gémissait à chaque expiration.

Il pratiqua une seconde incision au niveau du renflement de la membrane, faisant saillir la lame métallique. Nicolas la prit entre les deux doigts d'une pince crantée et tira lentement pour extraire l'objet, qu'il déposa sur la table. Il sutura les bords de la plaie à l'estomac, la tamponna à l'aide d'un linge imbibé de baume d'Espagne et recommença la même opération sur l'ouverture extérieure. Le baladin, dont les sensations étaient de moins en moins inhibées, cria en tentant de se libérer de ses liens, mais Azlan avait anticipé son geste et l'immobilisa.

— C'est fini, déclara le chirurgien après avoir bandé la zone opérée.

Le Hérisson blanc prit le couteau, sur le fin manche duquel des croix chrétiennes avaient été gravées à même la corne, le lava et émit un sifflement admiratif.

— Belle pièce. Il fait au moins cinq pouces !

Le malade tendit le bras en direction de François, qui lui donna l'objet. Il le prit sans le regarder et le garda serré dans sa main, même après son transfert dans un lit.

— Du très bel ouvrage, félicita François.

— Attendons quelques jours avant de nous réjouir.

— Je pourrai essayer, la prochaine fois ? demanda Azlan.

Il préféra changer de sujet devant leurs regards dubitatifs.

— Je vous invite au *Sauvage*. Hier, j'ai gagné contre le meilleur joueur de la ville et j'ai touché une belle prime. Ma première !

96

— Il se présente bien, confirma Marianne à la mère qui l'interrogeait du regard. L'enfant est au couronnement.

Le sommet de son crâne commençait à dilater l'orifice extérieur. Elle se frotta les mains d'huile d'amande douce et glissa ses doigts entre les lèvres et le sommet de la tête du fœtus pour faciliter son passage. Anne ne s'était pas épuisée dans des poussées trop précoces et, rassurée que l'enfant se soit engagé dans la meilleure position possible, elle donnait toute son énergie sous les ordres de Marianne. La sage-femme tira doucement la tête, en lui imprimant des mouvements de droite à gauche puis de gauche à droite, de façon à engager les épaules. Deux servantes, de chaque côté de la parturiente, aidaient en épongeant la sueur et en lui donnant à boire l'eau de la Fontaine rouge, tout en maintenant un feu vif dans l'âtre.

Après les épaules, les deux bras apparurent rapidement. Marianne toucha les doigts pour les compter et annonça à la mère que son enfant était bien formé. Elle le soutint par le dos jusqu'à ce qu'il fût entièrement sorti et l'emballa dans un linge. L'enfant cria aussitôt, presque sans aucune aide.

— Est-ce un garçon ? demanda la mère. Les garçons paraissent plus vite que les filles.

— Une très jolie petite fille, répondit Marianne en la lui présentant. Avec la rapidité d'un garçon !

Sans couper le cordon, elle déposa le nouveau-né sur le ventre de sa mère. Marianne entortilla l'ombilic autour de trois de ses doigts, et introduisit sa main dans le vagin, tenant le cordon au plus près de l'arrière-faix[1]. Elle tira lentement pour tenter de le détacher. La membrane ne bougea pas. Elle fit une seconde tentative et le manœuvra de gauche à droite, mais les adhérences étaient trop fortes. Il lui faudrait attendre l'expulsion naturelle du placenta.

Elle utilisa le fil et les ciseaux pour couper le cordon et entreprit de laver l'enfant, qui avait déjà cessé de pleurer. Pas un seul moment, durant la délivrance d'Anne de Pailland, elle n'avait réussi à se débarrasser de l'image de Nicolas l'aidant à accoucher la mère du petit Simon. Depuis qu'elle le savait vivant, il était ressorti du fin fond de sa mémoire où elle avait réussi à l'enfouir. Il occupait ses pensées en même temps qu'une culpabilité naissante. Son mari s'en était aperçu et l'avait, dans un premier temps, aidée et soutenue, mais les reproches, puis les disputes avaient fait leur apparition. Leur mariage reposait sur un secret qu'ils partageaient et que le retour de Nicolas avait ébranlé. Elle ne pourrait pas supporter sa venue à Pont-à-Mousson. Jamais.

Marianne emmaillota le nouveau-né à la peau fripée et une servante le posa dans un berceau à côté du lit. La sage-femme regarda la mère sourire à son enfant qui suçait son pouce, les yeux fermés. Le ventre d'Anne était encore rond et tendu.

— Dès que l'arrière-faix se sera détaché, vous pourrez lui donner le sein, dit-elle en se huilant les

1. Placenta et membranes expulsés de l'utérus lors de la délivrance.

doigts. Nous allons faire une nouvelle tentative. Vous allez souffler dans vos mains, le plus fort et le plus longtemps possible.

Le geste allait pousser le diaphragme vers le bas et comprimer la matrice. Marianne l'avait déjà tenté avec succès sur des femmes multipares. La mère s'exécuta. À peine eut-elle commencé à pousser qu'elle sentit une violente douleur dans le bas-ventre et cria.

— Une contraction…

Dans son berceau, le nouveau-né sursauta et hurla. Anne grimaça et gémit.

— J'ai mal !

Marianne enfonça sa main qui buta contre une membrane souple. Son cœur s'accéléra. Il y avait une seconde poche. *Comment ne l'ai-je pas vu avant ?* songea-t-elle en maudissant son manque d'acuité : elle était enceinte de jumeaux.

Elle rassura Anne et lui annonça que son dixième enfant allait bientôt naître. Mais elle se sentit envahie par un mauvais pressentiment. Plusieurs signes l'alertaient. La poche se rompit presque aussitôt. La sage-femme introduisit à nouveau sa main et eut la confirmation de ses craintes. Elle prit une des deux servantes à part et lui chuchota d'aller chercher un chirurgien et de préparer de quoi faire un lavement.

— Que se passe-t-il ? interrogea Anne, qui avait surpris le manège.

Marianne s'assit à côté d'elle et lui prit la main.

— Je ne sais comment vous l'annoncer, madame… L'enfant… l'enfant que vous allez mettre au monde est déjà mort.

97

Ils traversèrent la rue et rejoignirent l'établissement dont la salle de jeu ne désemplissait jamais. Ils choisirent, comme à l'accoutumée, une des deux tables qui donnaient sur la rue. L'autre était occupée par un habitué des lieux, qui fumait une pipe en regardant la vie du quartier couler devant lui. Il les salua et leur envoya un sourire entendu avant de reprendre son activité. L'homme avait une barbe qui lui mangeait le visage. Nicolas le dévisagea longuement. Il y avait en lui quelque chose qui le dérangeait, sans qu'il sache quoi. Il était présent à chacune de leurs venues, toujours à la même place, le regard rivé sur la rue. *Et pourtant il n'est pas à sa place*, songea Nicolas.

— Tu t'assois ou tu nous sers à boire ? se moqua Azlan en s'apercevant que son ami ne pouvait détacher ses yeux de leur étrange voisin.

Il s'excusa et commanda un pain et un pichet de vin. L'aubergiste les leur apporta, ainsi qu'un couteau que François regarda d'un air dédaigneux avant de rompre la couronne.

— Je me souviens d'un cas où l'homme avait ingurgité un os de bœuf caché dans un chou, raconta-t-il. Deux mois après, on le retrouvait coincé dans les chairs de son fondement. Manger est suffisamment risqué de nos jours, maintenant voilà qu'on nous rajoute des couverts !

— Je vais demander au duc de signer une ordonnance interdisant d'avaler autre chose que des aliments, plaisanta Nicolas.

— Il devrait carrément signer un édit interdisant au peuple d'être malade, cela ferait mon affaire, proposa François. Si ce n'était pour être avec vous, j'arrêterais ce métier.

— Et un autre édit pour interdire de râler tout au long de la journée, compléta Azlan.

Le Hérisson fronça si fort les sourcils qu'ils donnèrent l'impression de se rejoindre entre les deux yeux.

— C'est pour moi que tu dis cela, petit ? demanda-t-il d'un ton menaçant.

— Mais non, c'était juste… Enfin, pour badiner… voyons, bredouilla le jeune homme.

— Mais ta remarque me visait, c'est cela ? insista-t-il.

— Pas du tout… Je pensais à certains de nos malades qui sont tout le temps mécontents.

François éclata de rire.

— Tu m'as cru ? Tu as cru que j'étais vraiment fâché ?

— Oui, un peu, répondit Azlan, qui restait sur ses gardes.

Nouveau rire du chirurgien.

— J'ai trouvé ma vocation pour le théâtre ! dit-il, satisfait de son effet.

Attiré par l'ambiance, l'aubergiste se joignit à eux. François lui relata sa plaisanterie, ce qui vexa encore plus Azlan. Il prit une posture boudeuse et imita le fumeur de pipe en s'absorbant dans la contemplation de la rue. Le Hérisson blanc relata l'opération du baladin en montrant à son hôte le couteau destiné au pain et en exagérant la taille de celui qu'ils avaient retiré du corps du malheureux. Nicolas tenta de relativiser la portée de leur acte chirurgical, d'autant que leur patient était loin d'être tiré d'affaire, mais l'aubergiste regardait, impressionné, le couteau en imaginant l'instrument pénétrer dans sa gorge. Il frissonna de dégoût et changea de conversation.

— Ma femme prépare ses affaires, nous partons voir sa sœur qui nous a demandé de venir.

— Tu vas fermer ta boutique ? s'inquiéta François.

— Non, le chef du *Chat qui boit* va nous remplacer.

— Ce paltoquet qui avait viré mes vins ? J'attendrai ton retour !

— Vous allez loin ? demanda Nicolas en tapant sur l'épaule d'Azlan afin qu'il s'intègre à leur conversation.

— Nous arriverons avant la nuit si la patronne parvient à boucler sa malle ! Je vais voir où elle en est, ajouta-t-il avant de les laisser.

98

Marianne avait tenu à rester pour assister le chirurgien. Ils avaient vérifié, l'un après l'autre, que le fœtus était inanimé dans le ventre de la mère, puis l'homme avait pris la décision de l'en sortir. La sage-femme, qui savait ce que cela signifiait comme traumatisme, avait effectué une dernière tentative pour retourner l'enfant et le tirer par les pieds. Les lavements avaient provoqué quelques contractions, mais Anne, épuisée et sous le choc, n'avait pas pu l'expulser. Son mari n'était toujours pas rentré.

— Je vais devoir y aller aux ferrements, dit le praticien en sortant de son sac deux pinces aux extrémités de crochet.

Elle examina les instruments en prenant soin de tourner le dos à la mère afin qu'elle ne les voie pas.

— Qu'allez-vous faire avec cela ? murmura-t-elle.

— L'accrocher et tirer. Vous ne connaissez pas ? C'est l'instrument inventé par Mauriceau[1].

— Mais…

Elle s'interrompit et l'entraîna loin du lit où une servante faisait boire une décoction à Anne.

— Mais nous devrions encore essayer un moyen naturel, plaida Marianne. Cet instrument est… inhumain !

— Allons, il est mort et la mère le suivra bientôt si je n'agis pas, s'impatienta l'homme.

Anne gémit. La conversation était close.

— Venez, je vais avoir besoin de vous pour aider madame Pailland.

Le carrosse du duc s'éloigna dans la cour de l'abbaye des Prémontrés. Le doyen était satisfait du résultat de son entrevue. Il signala à son cocher de rentrer le véhicule directement à l'écurie : il irait à pied. Pailland aimait humer l'air froid des soirées d'hiver avant de retourner à la maison. Il était impatient de voir son nouvel enfant. Un des curés de la chapelle de l'université était venu le prévenir, comme convenu, avant de se rendre à son domicile pour l'ondoiement. Le doyen était peiné qu'il s'agisse d'une petite fille, mais cette contrariété avait déjà disparu quand il arriva devant chez lui, une vaste maison bourgeoise construite grâce à la dot de sa première épouse. Au même moment, la

1. François Mauriceau, chirurgien, père de l'obstétrique française.

berline d'un loueur de Nancy s'arrêta quelques mètres plus loin. La sœur d'Anne et son mari en descendirent et lui firent de grands signes. Il n'avait que peu d'enthousiasme à les voir, la famille de sa femme était composée de boutiquiers et de marchands qu'il trouvait communs et vulgaires. L'homme paya le cocher, trois livres, et détacha la malle située à l'arrière. La femme s'approcha pour un baisemain que le doyen esquissa à peine.

— Alors ? fit-elle.

— L'enfant est né et je vais la découvrir à l'instant même avec vous, répondit Pailland. Vous avez fermé votre auberge pour venir ? demanda-t-il par politesse, alors que la réponse ne l'intéressait pas.

— Non, *Le Sauvage* est ouvert, nous avons un accord avec un confrère, répondit l'hôtelier.

— Prenez votre temps avec Anne et le nouveau-né, nous allons installer nos affaires et viendrons vous rejoindre plus tard, ajouta la femme, au grand soulagement du médecin.

Pailland déboutonna son épitoge d'hermine puis enleva sa robe. Il donna l'ensemble à un domestique sans se presser plus que d'habitude.

— Monsieur devrait aller voir Madame tout de suite, dit l'homme.

— J'y vais, j'y vais, répondit-il, agacé de la recommandation de son serviteur. L'abbé est-il encore là ?

— Oui, monsieur. Le chirurgien aussi.

— Le chirurgien ? Quel chirurgien ?

Il n'attendit pas la réponse et se précipita dans la bibliothèque.

99

Le baladin avait fini par s'endormir après un après-midi où rien n'avait pu alléger sa souffrance. Nicolas était venu le voir plusieurs fois, lui avait administré des antidouleurs à base de saule, avait nettoyé sa plaie avec des baumes antiseptiques et cicatrisants, mais seul l'épuisement avait eu raison du malade pour quelques heures de répit. Tous savaient que ce genre d'opération présentait des suites très douloureuses, mais que le pronostic vital serait rapidement établi. Si les aliments parvenaient à transiter dans l'estomac et qu'aucune fièvre ne se déclarait dans les jours à venir, il aurait toutes les chances de guérir. Azlan et François partirent plus tôt qu'à leur habitude, avec des mines de comploteurs, rejoindre Waren, l'artificier, avec qui ils avaient sympathisé et chez qui ils allaient passer la soirée. Nicolas était ravi de pouvoir se retrouver seul avec Rosa. Leur amour le rendait heureux et, pour la première fois de sa vie, il se sentait en équilibre autrement que grâce à sa passion pour la chirurgie. Et, surtout, il n'en avait pas peur.

Il banda ses mains, y compris les doigts, pour les protéger du froid vif et éviter les gerçures qui commençaient à se former sur ses pouces. Quand elle le vit entrer dans le petit salon où elle s'était isolée pour lire, Rosa éclata de rire.

— Est-ce la mode de Saint-Charles de se ganter avec des bandelettes ? demanda-t-elle après l'avoir embrassé avec une fougue que la bienséance aurait déconseillée à toutes les femmes de la noblesse.

Le bonheur de Rosa était, lui aussi, visible et sincère. Elle était avide de leurs échanges où chacune de leurs opinions devait être motivée, sous peine d'être discutée la nuit durant, jusqu'à ce qu'ils finissent par tomber d'accord. Elle aimait se laisser convaincre par lui, quel que soit le sujet, comme un jeu de séduction et de sensualité. Elle ne l'en désirait que plus après. Parfois, Rosa imposait ses convictions, et la douceur de ses victoires était telle une jouissance. Nicolas s'aperçut qu'il éprouvait le même plaisir à leurs échanges qui finissaient invariablement en une fusion des idées et des corps.

— J'ai une surprise pour vous, déclara-t-elle en lui débandant les mains. Ce soir, nous avons un invité de marque.

Il grimaça de déception.

— Je savais que telle serait votre réponse, répondit-elle amusée, et j'aurais eu la même à votre place. Mais quand vous saurez qui nous rejoint, vous serez dans de meilleures dispositions, amour.

Le serviteur ouvrit en grand les deux portes du salon et annonça :

— Monsieur Sébastien Maroiscy est là, Madame.

À peine s'était-il effacé que l'homme entra et traversa la pièce vers ses hôtes d'un pas de hussard.

— Ravi de faire votre connaissance, marquise. Sachez que votre beauté dépasse de loin les frontières de votre duché et que des complimenteurs l'ont louée jusqu'à Versailles, déclara-t-il en s'inclinant ostensiblement.

— Cette beauté dont vous parlez a subi quelques

altérations, répondit-elle en s'assurant que son col en dentelle couvrait sa cicatrice.

— Mais la beauté de votre esprit reste intacte et elle aussi a ses laudateurs en France, conclut-il avant de s'approcher de Nicolas. Maître Déruet, je voulais serrer la main de celui dont les doigts sont de l'or, reprit-il, démonstratif. Je suis enchanté de vous rencontrer dans une aussi agréable circonstance.

Sébastien Maroiscy était l'un des plus grands éditeurs de la place de Paris, libraire-juré au sein de l'université de la capitale française. De petite taille et de constitution fine, l'homme avait un visage marqué par des rides profondes et d'impressionnants cernes. À l'âge de quarante-huit ans, il en paraissait beaucoup plus et compensait son aspect physique par une vivacité permanente et une intense logorrhée.

— Ce jour est vraiment béni ! dit-il en levant son verre. Je bois à notre rencontre et à ma nomination d'imprimeur-juré dans votre université de Pont-à-Mousson. Votre duc est vraiment une personnalité fascinante. Nous nous sommes rencontrés cet après-midi, avec le doyen Pailland qui, lui, soit dit entre nous, est moins affable. Il avait l'air d'être pressé d'en finir. Mais il va me falloir le préserver, son autorisation me sera nécessaire pour toute impression.

Maroiscy croqua à pleines dents dans une caille qu'il tenait entre ses doigts pour avoir délaissé ses couverts. Son appétit était proportionnel au débit de ses paroles.

— Vous allez vous installer à Pont-à-Mousson ? demanda Nicolas, qui avait depuis longtemps délaissé les mets de son assiette.

— Je vais ouvrir une imprimerie et y mettre une personne de confiance. Mes affaires me retiennent toujours à Paris. Et il me faut encore l'autorisation de notre roi pour travailler avec le duché, ce que les règlements français sur la librairie m'interdisent actuellement. Mais j'ai quelques appuis à Versailles, et la chose ne saurait plus tarder.

Il s'essuya les doigts dans sa serviette, y laissant de longues traînées de sauce, but un verre du vin de François, qu'il complimenta – comme il avait complimenté le reste du repas – et souffla bruyamment.

— Venons-en au but de ma visite. Cher maître, vous avez participé à un hôpital volant pendant la campagne de Hongrie. Quatre ans de guerre, c'est cela ? demanda Maroiscy.

— Trois ans et cinq mois, rectifia Nicolas, que le sujet mettait mal à l'aise.

— Vous avez raison d'être précis, c'est une qualité importante en toute matière. Avez-vous une idée du nombre de personnes que vous avez sauvées durant cette campagne ? Sans doute des milliers !

— J'ai surtout le souvenir de ceux qui n'ont pas pu l'être.

L'image du jeune hussard, dont le cerveau avait été traversé par une balle de mousquet, s'imposa à lui. Rosa s'en aperçut et posa sa main sur celle de Nicolas. Il la caressa doucement.

— Il y en a aussi des milliers, conclut-il.

— N'est-il pas fascinant de penser que ces quelques années de campagne ont fait davantage pour votre art que cent ans de paix ? Voyez l'exemple d'Ambroise Paré ! dit l'homme en plongeant sa main dans un plat de dattes séchées. Il en est de même pour la médecine et les sciences.

— C'est un progrès qui se fait au détriment des peuples, au détriment de l'humain, intervint Rosa.

— Pardonnez-moi si j'ai l'air de vous provoquer, mais j'essaie d'imaginer que ces sacrifices ne sont pas vains, argua Maroiscy en crachant les noyaux dans sa paume avant de les jeter dans la cheminée.

— Où voulez-vous en venir, monsieur Maroiscy ?

— J'ai un bonjour à vous transmettre de la part d'un de vos amis. Oh, quelle merveille ! s'exclama-t-il en découvrant le dessert qu'on lui servait, une pâtisserie à base de crème et de fruits.

Il jouait du suspense qu'il venait de créer.

— Un délice, vraiment, vous complimenterez votre cuisinier.

— Vous aviez un bonjour…, reprit Nicolas.

L'homme se tamponna la bouche avec sa serviette.

— Oui, c'est vrai… Monsieur Ribes de Jouan vous transmet ses amitiés.

— Germain ! Comment va-t-il ? Que fait-il ? Dites !

L'excitation de Nicolas amusa le libraire.

— Je l'ai laissé en meilleure posture que je ne l'ai trouvé !

Sébastien Maroiscy avait fait la connaissance de Ribes de Jouan à Paris, dans un salon de jeu, où ils avaient fait table commune pour une soirée de lansquenet. Le chirurgien avait beaucoup bu et autant perdu, et s'était retrouvé en fin de nuit redevable de plusieurs centaines de francs à ses partenaires de jeu. L'éditeur avait payé ses dettes et l'avait logé quelque temps chez lui. À près de cinquante ans, Germain avait abandonné la chirurgie pour tenter sa chance comme joueur professionnel, avec un succès mitigé.

— Il ne pouvait s'empêcher de raconter des

anecdotes de sa guerre en plein milieu du jeu. J'ai cru, au début, que c'était une méthode pour troubler ses adversaires, mais je me suis vite aperçu qu'il était incapable de se taire.

Pour rembourser sa dette, Germain avait proposé d'écrire ses aventures dans les pays en guerre qu'il avait traversés.

— Il était volubile pour évoquer les auberges, les lupanars ou les palais dans lesquels il s'était soûlé, mais dès que j'abordais son hôpital et les opérations, il ne parlait que de vous et ne tarissait pas d'éloges. Au bout de quelques jours, il m'a dit que c'était avec vous que je devais faire ce livre. Je suis persuadé qu'il avait raison. *Mémoires d'un chirurgien lorrain en campagne* : qu'en pensez-vous ? Vous pourriez détailler tous les cas intéressants que vous avez rencontrés. Je voudrais mettre l'accent sur le côté médical, pas sur la stratégie guerrière.

— Avez-vous publié beaucoup d'ouvrages médicaux, monsieur Maroiscy ? questionna Nicolas.

— Aucun ! De la théologie, du droit, des mémoires et même quelques romans. J'aimerais que vous soyez le premier.

— C'est fort aimable à vous, mais je n'ai pas l'intention d'accepter.

— Pensez à la diffusion de votre savoir ! Outre notre librairie à Paris, nous avons des accords avec Plantin à Anvers, Elzevier à Leyde et nous sommes présents à la foire de Francfort. Des marchands rouliers diffuseront votre livre dans tous ces pays.

— Je n'ai aucune renommée et peu de titres de gloire.

— Votre expérience et votre savoir sont vos titres !

Votre intégrité vous honore, croyez-moi, mais ce n'est point la trahir que de partager avec vos confrères. Je dois reconnaître cependant que les bénéfices pécuniaires seront faibles.

— Ce n'est pas là la raison de mes hésitations, mais je me demande quelle est votre motivation profonde.

— Je vais être franc avec vous : j'ai effectivement quelque intérêt à m'implanter dans votre duché. Les livres seront imprimés en France et expédiés depuis Pont-à-Mousson à destination de l'étranger.

Le montage allait permettre à Maroiscy de s'affranchir des droits d'issue foraine.

— Mais je tiens à votre récit, vraiment, insista-t-il. Promettez-moi d'y réfléchir.

— Nous le ferons, répondit Nicolas après un regard appuyé vers Rosa. Germain vit-il toujours chez vous ?

— Non. Il a sa maison partout où il y a des cartes. Il est persuadé de trouver un jour la martingale infaillible qui lui apportera la richesse. Je n'ai aucune idée de l'endroit où il peut être en ce moment.

Juste avant de prendre congé, Maroiscy ouvrit le sac en cuir qui l'accompagnait et leur tendit un ouvrage.

— Une édition hollandaise de l'*Ethica* de Spinoza, que j'ai obtenue d'un de mes correspondants. Je tenais à vous l'offrir, marquise, maître. Je sais que vous avez l'homme en grande estime.

— Vous semblez être bien renseigné sur nous, dit Rosa en riant. Auriez-vous quelque espion dans le duché ?

— Des amis, juste des amis. Et j'espère vous compter bientôt parmi eux.

Ils se retirèrent dans leur chambre une fois l'homme

parti. La porte à peine fermée, Nicolas enlaça Rosa et l'embrassa, la prit dans ses bras et la déposa sur le lit.

— Cet homme m'a fait vivre un vrai calvaire, déclara-t-il après une longue étreinte.

— Pourquoi donc ? La soirée m'a semblé agréable.

— Mais j'étais là, à côté de vous, sans pouvoir vous toucher, vous caresser, vous avoir pour moi seul... Serait-ce une torture que vous m'infligez ?

— C'est une épreuve et nous l'avons réussie tous les deux, dit-elle en déboutonnant la chemise de Nicolas tandis qu'il délaçait son corsage.

Ils s'embrassèrent longuement.

— J'aimerais que vous écriviez ce livre, amour, murmura-t-elle entre deux baisers.

— Je veux oublier ce que j'ai vu et vécu là-bas.

— Vous y avez rencontré Germain et Azlan. N'est-ce pas l'occasion de faire la paix avec cette période ?

Il la recouvrit de son corps et murmura à son oreille :

— Comment faites-vous pour être ainsi toujours dans le vrai ? Vous êtes mon ange et mon génie à la fois. Je vous aime !

— Je vous aime Nicolas, répondit-elle en fermant les yeux pour se nourrir de ses mots. Si vous saviez comme je vous aime...

100

Marianne avait marché sans s'arrêter, comme pour semer le cauchemar qu'elle venait de vivre. Elle avait franchi le pont, longé la Moselle et, quand l'obscurité avait envahi le chemin, elle s'était assise sur un tronc, à proximité d'un bateau de planches que les ouvriers chargeaient encore à la lumière d'un feu, et avait pleuré.

Rien ne s'était passé comme prévu. Marianne avait pris les mains d'Anne en lui demandant de concentrer son regard sur le sien. Elle lui avait parlé, l'avait rassurée, pendant que l'homme avait préparé ses instruments. Elle lui avait indiqué d'un signe que la patiente était prête. Lorsque Anne avait crié, Marianne s'était collée contre elle pour l'empêcher de se relever. Son cri s'était transformé en gémissement de douleur. Puis elle s'était évanouie. Alors que Marianne tentait de la faire revenir à elle, l'homme avait laissé tomber ses instruments et s'était reculé.

— Quelle horreur, c'est le diable ! avait-il hurlé.

Le fœtus gisait sur une épaisse membrane sanguinolente, entre les jambes de sa mère inconsciente. Les pinces étaient restées crochetées sur son crâne. En voulant tirer le cadavre d'un mouvement ferme et rapide, le chirurgien avait arraché l'arrière-faix, qui était sorti ensanglanté. Le cordon, très court, était enroulé autour de son cou bleui. Les draps s'étaient imbibés d'un sang épais et foncé. L'homme était sorti pour vomir et était revenu accompagné du prêtre.

— Madame, tout va bien ?

Un des ouvriers, qui l'avait remarquée près de leur embarcation, s'était approché, intrigué par sa présence. Elle le regarda sans le voir. Il réitéra sa question. Marianne fit un signe négatif de la tête avant de laisser les larmes l'envahir à nouveau. L'homme vit que ses collègues avaient presque fini leur travail et s'assit à côté d'elle.

— Je m'appelle Joseph-Adam. Que s'est-il passé ?

Il n'obtint pas de réponse. Les pleurs se transformèrent en sanglots spasmodiques. Elle se sentait incapable de bouger, de respirer, de penser. Joseph-Adam déposa sa veste sur les épaules de Marianne et la serra contre lui. Le vêtement était humide et sentait la sueur et le tabac.

— Réchauffez-vous, vous êtes tremblante de froid.

Elle réussit à reprendre le contrôle de sa respiration et de ses muscles. La douceur et la chaleur de Joseph-Adam lui faisaient du bien. Il repoussa les cheveux qui s'étaient collés sur ses joues salées. Elle ne réagit pas. Elle aurait été incapable de se lever ou de fuir. Mais l'homme n'avait d'autre intention que de l'aider et n'eut aucun geste équivoque.

— Vous habitez à Pont-à-Mousson ? Y a-t-il quelqu'un à prévenir ? Mes amis pourraient le faire, ajouta-t-il en désignant le groupe de cinq ouvriers qui buvaient du vin près du feu.

Elle murmura des paroles inaudibles sans même le regarder. Il se pencha vers elle.

— Il m'a serré la main…, répéta-t-elle.

— Qui vous a serré la main, madame ?

Elle le regarda pour la première fois, droit dans les yeux.

Le chirurgien avait commis deux erreurs : la première avait été d'ignorer l'état du cordon qui, tendu par son enroulement, avait arraché le placenta. La seconde avait été l'utilisation du tire-tête de Mauriceau.

— Il était vivant… vivant, vous comprenez ? finit-elle par dire, la voix entrecoupée de sanglots.

Le fœtus, allongé entre les cuisses de sa mère, avait ouvert les yeux. Il était immobile, le visage inexpressif, mais il avait ouvert les paupières sur deux yeux noirs qui avaient regardé en direction de l'homme, paralysé d'effroi. Marianne avait réagi et posé sa main sur la cage thoracique du fœtus : elle ne cillait pas du moindre mouvement et aucun battement n'était perceptible. Au moment où elle avait voulu prévenir le chirurgien, elle avait senti une pression sur son index et son majeur : ses deux doigts se trouvaient serrés dans le poing droit du nouveau-né. Le chirurgien avait à nouveau crié, choqué, avant de sortir, pris de panique.

Elle n'avait pas osé retirer sa main et avait attendu d'interminables minutes que les dernières forces quittent le fœtus.

— C'est nous qui l'avons tué, vous comprenez ?

Elle avait erré encore un long moment, puis le froid et l'épuisement l'avaient repoussée chez elle. Charlette, la plus grosse des cloches de la chapelle de l'université, avait vibré huit fois. Martin était là, debout devant la cheminée, à fumer une pipe bourrée d'un tabac mal séché. Il était rentré en fin d'après-midi et était allé chercher Simon chez ses parents, avait soupé avec lui et l'avait couché avant le retour de Marianne. Il ne se retourna pas en l'entendant arriver. Elle s'approcha de lui, s'arrêta au milieu de la pièce et hésita. Elle n'avait pas la force d'affronter ses questions et son incompréhension. Seuls ceux ayant vécu de tels moments auraient pu la comprendre, les autres ne pouvaient qu'approcher l'inimaginable. Elle ne voulait pas avoir à se justifier de n'être pas rentrée immédiatement, de ne pas s'être occupée de leur enfant, de ne pas avoir préparé le repas. Elle ne voulait pas avoir à dire qu'elle était restée sur un banc dans les bras d'un homme qu'elle ne connaissait pas et qui l'avait bercée jusqu'à ce qu'elle se sente capable de se lever. De se relever.

Elle fit demi-tour et monta les escaliers vers la chambre. Martin ne bougea pas, ne la rejoignit pas et dormit à côté de Simon ce soir-là. Marianne ne s'était jamais sentie aussi seule et se pelotonna sous les draps en attendant l'oubli factice du sommeil.

CHAPITRE XIII

Nancy, juin 1699-octobre 1699

101

Les saisons avaient déroulé leur cortège d'oripeaux jusqu'à l'apparition d'un soleil bienveillant et fidèle. L'hôpital Saint-Charles avait vu sa fréquentation augmenter constamment et le duc avait concédé aux sœurs les rentes d'un des moulins de la ville afin de procéder à un agrandissement du lieu. Elles avaient acquis un terrain attenant pour la construction d'une nouvelle bâtisse. Les travaux, à peine débutés, avaient aussitôt été arrêtés, en raison d'un procès intenté par les héritiers du propriétaire du jardin qui remettaient en cause l'acte de vente. Ils avaient pu reprendre suite à une nouvelle intervention de Léopold et, le 12 juin 1699, les charpentiers s'activaient à finir l'ossature du toit avant de laisser la place aux couvreurs, sous le regard de Nicolas qui scrutait le ciel, inquiet de la présence de quelques nuages.

Au palais ducal, la duchesse aussi avait accéléré les

travaux. Les appartements princiers avaient été rénovés et la salle neuve était devenue un théâtre où les représentations allaient bon train : outre une troupe de comédiens entretenue par le souverain, les élèves des collèges et la jeune bourgeoisie s'essayaient au plaisir des spectacles. Les fêtes avaient succédé aux fêtes depuis le retour de la maison de Lorraine dans son duché.

Élisabeth-Charlotte donna quelques ordres pour le nettoyage de la salle neuve et félicita les enfants qui avaient participé la veille à la représentation de la pièce *Celse et Marthésie*. Ils étaient venus en compagnie de leur professeur jésuite démonter le décor qu'ils avaient confectionné eux-mêmes en l'honneur du duc. La tragédie, en trois actes, était une ode à sa grandeur.

En descendant l'escalier du Rond, elle croisa les comédiens qui montaient répéter *Psyché*, qu'avaient écrit messieurs Molière et Corneille, et qu'elle tenait à voir jouer à Nancy, après les représentations données au roi de France. Elle les écouta se plaindre du manque de sources de lumière sur la scène, de la pauvreté des décors et de la meilleure considération en laquelle étaient tenus les danseurs de la partie ballet de l'œuvre. Élisabeth-Charlotte en conclut pour elle-même qu'il devait être dans la fonction naturelle des artistes de ne jamais avoir de plaisir à l'exercice de leur art.

Lorsqu'elle parvint aux jardins, les horticulteurs s'affairaient à la finition des parterres. Un homme taillait les branches des orangers qui avaient été sortis de la serre et alignés, comme des soldats à la parade, face au soleil. Il s'inclina à son passage. La duchesse s'arrêta pour le questionner sur la possible production de

l'année. Elle avait été frustrée de ne pouvoir en proposer à ses invités l'hiver précédent, aucun des agrumes
n'étant parvenu à maturité. L'homme la rassura sur la
récolte à venir. Un air de clavecin leur parvint d'une
fenêtre ouverte d'un des appartements de la cour, suivi
d'une vocalise de ténor. Elle sourit avant de rentrer
dans l'atelier du sculpteur situé dans l'Orangerie. Des
figures avaient été commandées en remplacement des
œuvres anciennes, des divinités mythologiques que le
temps et des vagues de soldats avaient vandalisées, et
elle en surveillait la réalisation. L'homme interrompit
son travail et se présenta à elle couvert d'éclats de
pierre collés par la sueur. Il lui assura que la livraison
serait effectuée avant leur départ pour Versailles, au
début de l'automne. La chaleur étouffante de la serre
la fit ressortir rapidement. La musique avait cessé.
Elle leva les yeux vers la façade et vit son maître de
musique l'observer. Il la salua d'un mouvement de
tête, referma la fenêtre et disparut. Amadori Guarducci
était un personnage imprévisible, facétieux et perfec-
tionniste, ce qui l'amusait beaucoup mais agaçait le
duc. Les deux hommes s'évitaient autant que possible.

Guarducci se retourna vers Rosa et la petite Marie,
assises face à face au milieu de la pièce. Le dos droit,
les jambes écartées, elles avaient pour indication de
respirer sans gonfler leurs poumons.
   — Êtes-vous prêtes ? demanda-t-il avec son accent
italien très prononcé. Gardez votre mâchoire ouverte…
Non, pas autant, chère marquise, laissez-la reposer avec
naturel, ajouta-t-il en lui montrant l'exemple.
   Marie éclata de rire devant le ridicule que l'expression

donnait au maître de musique, suivie par Rosa, qui tentait de se contenir.

— Maria, Maria, toujours dissipée petite élève, dit-il en corrigeant sa position. Votre nez doit être aligné avec votre nombril !

Il s'assit au clavecin. La fillette pouffa une dernière fois et reprit son sérieux.

— Maintenant, il vous faut *espirare*...

Il regarda Rosa et souffla fortement.

— Expirer, traduisit-elle.

— C'est cela, expirer ! Vous expirez lentement et vous dites : « chhhh » ! Allez !

Les deux femmes s'exécutèrent avec beaucoup d'application. Guarducci en fit de même et les encouragea.

— *Va bene !* Quand vous faites ce son, vous n'utilisez pas vos *corde vocali*. C'est le son du souffle.

Il fit à nouveau le mouvement pour accentuer son explication.

— Maintenant, mes chères élèves, je vous demanderai d'*espirare* en disant « je ». Jeeeeee, répéta-t-il en se mettant alternativement devant l'une et l'autre afin de leur montrer le bon geste. Dans ce cas, les cordes vocales travaillent. Vous les sentez *vibrare*.

Il posa sa main sur la gorge de Rosa. Elle eut un geste brutal de recul avant de s'excuser.

— Ma cicatrice est encore douloureuse, expliqua-t-elle, je préfère que vous n'y touchiez pas.

— Ah ? *Bene. Scusi !* répondit-il sans comprendre la réaction de la marquise.

Le bourrelet de chair ne la faisait plus souffrir, mais elle refusait que quiconque le voie, encore moins le touche, à l'exception de Nicolas.

— Vous mettez la main sur votre gorge, dit-il en

montrant l'exemple et vous soufflez, une fois en prononçant « chhhh » et une fois « jeeee ». *Capito, piccola Maria ?*

Depuis quatre mois qu'elles travaillaient avec le maître de musique, elles s'étaient habituées à son charabia de langues et l'enfant aimait les séances qui la sortaient de son modeste quotidien. Autant Rosa avait progressé en apprenant à utiliser son souffle pour maîtriser sa voix, laquelle avait perdu une partie de son caractère éraillé, autant la fillette en était restée à des sons proches du grognement. Sans que personne comprenne pourquoi, rien d'audible ne sortait de sa bouche. Le maître italien avait décidé que, sous sa houlette, Marie finirait par parler. C'était pour lui une question d'honneur et de prestige, aucun de ses élèves n'avait jamais échoué à ses cours. Mais aucun non plus n'avait eu le handicap de la fillette. La plupart se destinaient au *bel canto* et certains avaient même fait carrière en Europe. La réputation de Guarducci n'était plus à faire et Marie était devenue pour lui un ultime défi : parvenir à redonner la voix à quelqu'un qui l'avait perdue.

— Voilà qui est bien, déclara-t-il après plusieurs minutes de « chhhh » et de « jeeee ».

Il s'assit au clavecin.

— Maintenant, nous allons faire le même exercice en suivant les notes. Un *do*, un *ré* et un *sol*.

Amadori joua en expirant des « jeeee » au diapason des trois notes.

Rosa, bien que n'en trouvant pas la bonne hauteur, réussit à moduler son souffle pour obtenir l'effet désiré. Marie fit une tentative qui se solda par un échec avant de ne souffler que des « chhhh ».

— Encore, reprit-il alors qu'elles s'étaient arrêtées après une longue série.

Les deux élèves reprirent l'exercice mais la fillette arrêta rapidement.

— Allez, encore ! encouragea le maître de chant.

L'enfant fit un non de la tête et croisa les bras.

— Je ne t'ai pas demandé ton avis. Encore ! cria-t-il.

La fillette regarda Rosa.

— Nous allons cesser là la séance, monsieur Guarducci, déclara celle-ci en se levant.

— Madame, avec tout mon respect, ce n'est pas à la *bambina* de décider de la fin du cours. Encore une série, dit-il en s'adressant à Marie.

L'enfant courut se coller contre Rosa et le regarda d'un air de défi.

— Nous vous reverrons la semaine prochaine, merci, maître.

Il se leva à son tour.

— Sachez que j'ai enseigné dans les plus grandes académies de musique, à *Roma* et *Firenze* chez les Fedi et à *Milano* chez Brivio. Ma méthode est reconnue de tous et mes élèves n'ont jamais eu qu'à se louer de mes enseignements. Mais nous n'arriverons à rien avec elle sans discipline et sans travail. Il ne faut pas céder, madame.

— Je reconnais vos compétences et vous suis reconnaissante de mes progrès, vraiment, répondit-elle. Mais le cas de Marie est spécial, ajouta-t-elle.

Il leva les yeux au ciel, s'approcha d'elles et s'accroupit devant la fillette qui se cramponna à la jupe de Rosa.

— Tout fonctionne chez toi, *piccola Maria*. Tes

corde vocali sont comme une harpe qui ne demande qu'à être jouée. Ton handicap est là, ajouta-t-il en posant son index sur le front de l'enfant. Là, insista-t-il. Et tu le sais aussi bien que moi, *bambina*.

102

L'odeur puissante de la cire envahit la pièce. Le liquide rouge se déposa sur le papier replié en de grosses gouttes qui se réunirent pour former une tache sombre. Azlan appliqua le sceau de l'hôpital et enleva les morceaux de cire froide qui s'étaient émiettés. Il venait de clore le dossier de leur patient cultrivore. Le baladin était définitivement guéri, après une convalescence de plus d'un mois à l'hôpital, et avait chaleureusement remercié tout le personnel avant de les quitter, quelques jours auparavant, et de leur promettre de ne plus jamais tenter de tour avec quelque couvert que ce soit. Il avait tenu à garder le couteau en souvenir. Celui-ci n'avait pas souffert de son séjour intragastrique et semblait neuf.

Azlan chercha la clé du local des archives mais ne la trouva pas. L'endroit, situé au premier étage, renfermait aussi tous les remèdes destinés aux malades. Il supposa que Nicolas y était encore à préparer des onguents, des baumes ou des infusions. Lorsqu'il vit la porte entrebâillée, il la poussa doucement avant de crier :

— Je suis le représentant du han des apothicaires ! Je viens contrôler la qualité de vos préparations !

La pièce était vide. Il avisa la malle dédiée aux comptes rendus des chirurgiens et soupira. Il était impatient de pouvoir pratiquer sa première opération et rongeait son frein à assister ses deux amis ou à s'occuper des pansements et des bains. Il s'estimait pourtant prêt.

L'endroit sentait fort un mélange d'odeurs aromatiques, parmi lesquelles dominaient le camphre, la cannelle et l'eucalyptus, mais en s'approchant de chacun des pots de porcelaine qui les contenaient, il pouvait identifier les huiles essentielles extraites des fleurs et des plantes sur lesquelles Nicolas veillait jalousement. Azlan aimait y rester et se laisser bercer de ce maelström d'arômes. Une conversation lui parvint du dehors. La fenêtre donnait sur le jardin, où Nicolas s'était installé, assis à l'ombre d'une pergola recouverte de glycine, en compagnie de Rosa et d'un homme qu'il reconnut. Sébastien Maroiscy s'était rendu plusieurs fois à Saint-Charles ces dernières semaines. Il avait obtenu toutes les autorisations nécessaires pour l'établissement de sa librairie et l'avait installée au pied de la tour Guéraudel, à Pont-à-Mousson. Sa ténacité auprès de Nicolas avait fini par porter quelques fruits. Le chirurgien, qui refusait toujours d'exposer ses mémoires de guerre, lui avait proposé son manuscrit sur les remèdes à base de plantes qu'il avait en partie rédigé. *Il a dû lui montrer son antre*, pensa Azlan en déambulant devant les armoires contenant les remèdes. Il avait passé des heures à les agencer dans un ordre qui convienne à tout le monde, entre classement alphabétique et thérapeutique. Tous, Nicolas, François et les sœurs qui avaient accès aux médicaments, avaient fini par trouver son organisation idéale. Son attention fut attirée par un vide au milieu d'une rangée : un pot manquait, dont il était sûr qu'il était encore plein la

543

semaine précédente, lorsqu'il avait fait l'inventaire. Il renfermait un élixir composé d'un mélange de plantes et de minéraux. « Aucun patient n'a eu besoin d'un produit pour le sang épais », murmura-t-il, perplexe.

La cloche de la cuisine le tira de ses réflexions. Il descendit le grand escalier en sautant une marche sur deux et courut jusqu'à la salle des soins où l'attendait le Hérisson blanc.

— Petit, si tu continues à détaler ainsi, c'est pour toi que sonnera le prochain tocsin ! dit François en lui lançant sa veste de damas blanc. Crois-tu que la rampe soit juste décorative ?

— Où va-t-on ? demanda Azlan, qui voulait faire l'économie d'une dispute.

— On sort, une urgence en ville !

L'hôpital avait acheté une carriole couverte dont ils avaient aménagé l'arrière de façon à pouvoir allonger une personne et tenir à ses côtés. Azlan y avait fixé par des lanières de cuir une malle contenant des bandages, quelques ferrements, du vin et des onguents. Le véhicule leur avait été inspiré de l'ambulance volante dont ils s'étaient servis durant la campagne de Hongrie, à cette différence près que l'attelage se composait d'un mulet de trait d'un âge avancé et au caractère forgé dans la contrariété. L'animal refusait tout autre rythme que le pas, ne s'aventurait jamais dans des ruelles étroites, de jour comme de nuit, lorsqu'elles n'étaient pas suffisamment éclairées, et émettait d'étranges sons aigus si l'odeur du sang parvenait à ses naseaux. Ceux-ci avaient été fendus par son ancien propriétaire, qui ne supportait plus ses braiments et avait voulu le réduire au silence, mais l'opération avait donné un résultat inattendu, et le cri équin s'était transformé en un sifflement. L'homme s'en était débarrassé sous la forme d'un don à l'hôpital. Mis à part ces limitations, la bête d'une trentaine d'années semblait robuste.

— Quelle est l'adresse ? demanda Azlan, qui aimait tenir les rênes et avec qui le mulet était moins capricieux.

— Rue Saint-Nicolas, à la cour d'Enfer !

— La cour d'Enfer ?

— Près de l'hôtellerie des *Trois Maures*. Tu ne connais pas ?

L'endroit avait une des plus tristes réputations de la ville. Il était occupé par des écuries que les Français avaient investies pour leurs montures durant l'occupation. De nombreuses échauffourées s'étaient produites entre eux et les locataires voisins, restés fidèles au duc en exil, qui avaient fait plusieurs morts.

— Les Français ne sont plus là, mais il semblerait que la cour tienne à garder sa renommée, conclut François.

Lorsqu'ils arrivèrent sur les lieux, plusieurs gardes à pied d'une compagnie de la maréchaussée, qui logeaient à proximité, avaient fait reculer les curieux et clos la cour. Un homme, allongé sur le ventre, baignait dans une mare de sang.

— Drôle de façon d'apprendre à nager, dit François en relevant les manches de sa chemise.

Un témoin présent lui expliqua qu'il avait été trouvé ainsi une heure auparavant et que personne n'avait osé le toucher. François le retourna avec l'aide d'Azlan et constata qu'il était mort. L'homme avait une contusion sur le front et une autre sur le thorax, dont la cage était enfoncée. Du sang séché lui sortait des narines et de la bouche.

— Tu ne trouves pas cela anormal ? demanda Azlan en prenant soin de n'être entendu de personne.

— Un mort ici ? Non, je dirais plutôt qu'il faut manquer d'originalité pour venir se tuer dans ce bouge.

— Tout ce sang... Regarde ! Comment l'expliques-tu ? Il n'a pas une seule plaie !

— Aide-moi à le porter dans la carriole. Et tu devrais arrêter de te fagoter ainsi pour venir travailler : tu vas salir ton bel habit blanc !

Azlan déposa sa veste dans la carriole et releva ses manches à son tour. Ils portèrent le corps sur une planche qui leur servait de brancard et le déposèrent avec difficulté à l'arrière du véhicule alors que le mulet montrait une grande nervosité et couinait à tout-va. Azlan calma l'animal avant de retourner dans la cour à la recherche d'un indice.

— Un indice ? s'étonna François. Mais il n'y a rien à comprendre. Le garde m'a dit que c'était un des bourreliers de l'écurie. Il s'est approché d'un cheval qui lui a envoyé des coups de sabot. Il a réussi à sortir de la stalle et s'est écroulé ici, à nos pieds. Je parierais que ses organes sont en bouillie à l'intérieur. Il a pissé son sang par tous les trous. Tu n'auras qu'à faire une autopsie, ce sera pour toi un bon exercice !

— Je tiens le pari : si tu t'es trompé, tu me devras une caisse de ton vin.

— Eh, doucement, je n'en ai...

Ils furent interrompus par un bruit de chute provenant de la rue. Les quelques badauds encore présents crièrent.

Le mulet s'était effondré, victime d'un arrêt

cardiaque. Sa langue bleuie dépassait de sa bouche. L'animal, qui avait un souffle au cœur, n'avait pas supporté le stress et la chaleur ambiants. La vision de la bête allongée raide morte fut du plus mauvais effet sur les personnes présentes, qui y virent un signe du Malin. La plupart déguerpirent. Quant aux plus courageux, ils s'approchèrent avec prudence de la charrette, qui s'était inclinée vers l'avant et dont les roues arrière ne touchaient plus le sol.

Azlan s'était agenouillé à côté de la bête et tentait de la ranimer par des tapes sur son encolure.

— Inutile, dit François, c'est fini pour elle. Je préviendrai un boucher de la tuerie pour qu'il vienne la chercher.

— Tu crois que…, commença Azlan en voyant les visages incrédules et les signes de croix autour d'eux.

— La seule chose à laquelle je crois, gamin, c'est qu'on se trouve avec un cadavre sur les bras et aucun moyen de le ramener à Saint-Charles, à part notre planche.

— On peut demander…

— Personne ne nous prêtera le moindre véhicule pour ce malheureux, tout le monde croit à la diablerie.

— J'aimerais…

— Assez parlé. Viens, on le sort de là avant qu'on ait le clergé sur le dos.

Le Hérisson blanc enleva la bâche à l'arrière de la carriole.

— Alors, tu fais quoi ? lui demanda-t-il alors qu'il s'apprêtait à grimper.

— J'ai une idée pour la carriole. Si tu consens à me laisser la parole et ta caisse de vin, on ne repartira pas à pied.

103

L'heiduque bâilla sans retenue. Depuis trois heures qu'il gardait les chameaux et les mules dans une des dépendances du bastion d'Haussonville, il n'avait vu personne. Son habit de parade, surmonté d'un bonnet de velours vert à la plume de faisan, lui tenait chaud. Les bêtes, qui avaient fait l'admiration de tous lors du défilé du duc, étaient parquées depuis dans un enclos improvisé, sous une immense voûte qui avait été ouverte en dessous de la fortification, dans l'attente des prochaines manifestations dans la ville. Le lieu, bien qu'ouvert à tous les vents, empestait des odeurs des déjections animales et résonnait jour et nuit des blatèrements et braiments des pensionnaires, ce dont les voisins ne cessaient de se plaindre, sans obtenir gain de cause : le provisoire avait un air de définitif et l'endroit était devenu pour tous la Voûte des chameaux. Les habitants avaient pris l'habitude de venir admirer les neuf représentants de la famille des camélidés, annoncés comme des prises de guerre sur les Ottomans, et dont l'aspect exotique ne cessait de piquer leur curiosité et d'alimenter leurs conversations. Les mules, plus nombreuses, souffraient de la comparaison et d'un complet déficit d'intérêt des passants. Azlan avait proposé à François d'en emprunter une pour retourner à l'hôpital, persuadé que personne ne se rendrait compte de leur acte avant la restitution de l'animal.

Le soldat vit Azlan s'approcher de lui, regarder les bêtes et l'apostropher en hongrois. Il reconnut un des membres de l'équipe des chirurgiens qui avaient appartenu aux troupes lorraines du duc Léopold. Il ne se souvenait plus de son nom, mais avait en tête un épisode de la bataille de Temesvar où lui-même avait été soigné dans l'hôpital de campagne. Depuis leur arrivée à Nancy, les huit heiduques, qui, pour la majorité, ne parlaient pas français, vivaient en vase clos et s'étaient retrouvés cantonnés à des tâches subalternes. Parfois, ils étaient appelés à la Cour pour exécuter des danses hongroises lors des fêtes, activité qui était devenue la hantise des fiers guerriers qu'ils avaient été. Leurs gages, vingt sols par jour, ne leur permettaient que peu de fantaisie et la plupart avaient trouvé une épouse parmi le peuple ducal. Le désœuvrement et le mal du pays les avaient gagnés et certains songeaient déjà à retrouver leur *puszta*[1] natale. L'homme, à la moustache large et épaisse, était de la région de Buda et Azlan, bien que n'y ayant jamais séjourné, s'inventa une enfance dans les quartiers huppés de la ville, dont il avait entendu parler par Babik. Le soldat, impressionné de trouver à Nancy un compatriote dont la tenue et les manières semblaient indiquer qu'il était de la bourgeoisie ou de la noblesse hongroise, oublia toute prudence et accepta l'invitation de partager un verre de vin dans l'auberge la plus proche. Les bêtes étaient toutes attachées à des anneaux fixés au mur et la relève de la garde n'interviendrait pas avant le soir, il pouvait s'octroyer une pause dans une activité qu'il trouvait indigne de son statut de guerrier vainqueur des Turcs. Il prit sa masse d'armes, posée contre un des piliers, et le suivit.

1. Immense plaine qui forme les steppes de Hongrie.

François, posté au coin du bastion, regarda Azlan quitter le lieu en compagnie de l'heiduque avant de se diriger d'un pas nonchalant vers le troupeau. Il ne put s'empêcher de pousser un juron quand l'odeur âcre des crottins satura son odorat. L'endroit n'avait pas été nettoyé et la paille, ancienne, était parsemée de fèces de petite taille qu'il lui était impossible d'éviter.

— Diable de bestioles ! jura-t-il en manquant de s'étaler après avoir glissé sur l'une d'elles.

Deux enfants, qui étaient assis dans un recoin, près d'une des colonnes à la base carrée, éclatèrent de rire. Le Hérisson s'approcha d'eux, l'air menaçant, pour les faire fuir, ce qu'ils firent en hurlant. Leurs cris résonnèrent en écho sur les arches des voûtes.

« Voilà qui commence bien », bougonna-t-il en se maudissant intérieurement de sa réaction. François se concentra sur le choix d'un mulet qui devait être vigoureux mais suffisamment docile pour le suivre sans renâcler. Il avait trouvé l'idée d'Azlan ingénieuse mais ne voulait pas se contenter de l'emprunter. Leur besoin d'un attelage pour l'hôpital était crucial et il était décidé à utiliser les relations de Nicolas avec le duc et le comte de Carlingford pour leur faire valider un fait accompli. Il passa les bêtes en revue une première fois, puis une seconde, sans parvenir à se décider. Un des chameaux se retourna sur son passage et émit un borborygme puissant qui l'aspergea de gouttelettes de salive. Il ouvrit la bouche, découvrant des dents usées et une immense langue qu'il laissa pendre tout en mastiquant paresseusement une boulette de paille.

François haussa les épaules et reprit sa recherche, convaincu que Dieu avait inventé ces créatures dans l'unique but de rassurer l'homme sur un sort qui aurait pu être pire. Il jeta son dévolu sur une des plus grandes mules du cheptel et dénoua la longe qui la retenait à l'anneau. La bête le suivit docilement pendant une vingtaine de mètres puis s'immobilisa au milieu de l'allée, bien campée sur ses sabots, refusant d'avancer ou de reculer. François tenta de la convaincre en douceur, puis avec poigne, mais rien n'y fit. Il grimpa sur son dos, s'agrippa à ses crins et envoya des coups de talon qui furent sans effet.

Des pas résonnèrent à l'entrée du bastion. François chuchota une bordée d'injures à l'oreille de la mule, ce qui le soulagea quelque peu mais laissa l'animal sans réaction, puis il alla se cacher près des chameaux. Les deux enfants étaient revenus, accompagnés par plusieurs adultes, à la recherche du vagabond qui les avait agressés.

— Vagabond ? Agressés ? murmura-t-il pour lui-même. Quels petits va-nu-pieds !

Il se colla contre l'encolure d'un des camélidés qui eut l'idée de lui prendre son bonnet. François n'osa pas bouger, ce qui ne fut pas le cas de la mule. Les enfants crièrent à l'intention des adultes lorsque l'animal prit le trot vers la sortie. Tous lui coururent après et se dirigèrent vers l'esplanade où il s'était enfui, ce qui permit au chirurgien de récupérer son couvre-chef, humide et chiffonné, et de mettre à exécution la décision qu'il venait de prendre. Il n'avait pas l'intention de s'avouer vaincu ni de rentrer à pied.

La carriole de l'hôpital remontait lentement la rue du Moulin sous les regards étonnés des habitants. À son passage, toute activité cessait, les curieux sortaient de leurs maisons et les enfants, qui accompagnaient le véhicule, se faisaient de plus en plus nombreux.

Azlan se sentait couvert de ridicule. Il avait attelé l'animal sans un mot, pris les rênes et conservé le mutisme durant tout le trajet.

— Je sens bien que tu m'en veux, répéta François qui tentait à nouveau d'apaiser la colère de son ami. Mais je n'ai pas trouvé d'autre solution.

— Mon idée était que personne ne se doute de rien, dit le garçon en rompant son silence, pas de faire un numéro de saltimbanque dans les rues de la ville.

Il regarda la tête du chameau qui oscillait au rythme lent de ses pas, disparaissant par moments derrière ses bosses ou se tournant de droite et de gauche, la langue sortie, en émettant des blatèrements rauques qui ameutaient tous les passants.

— Non seulement l'heiduque a sans doute déjà prévenu la maréchaussée, mais en plus, on se couvre de honte à se promener ainsi aux yeux de tous. J'ai l'impression de revivre le carnaval de l'année dernière, ajouta Azlan qui refusait d'adresser le moindre regard à François. Sauf que NOUS sommes le carnaval !

— Oublie ce désagrément, nous avons là un attelage des plus robustes et des plus fiables. Ces animaux peuvent, paraît-il, traverser un désert sans boire, ni manger, ni se plaindre. Tout l'inverse des ânes ! C'est une bonne recrue pour l'hôpital, conclut-il en essayant d'être convaincant.

— Et nous, nous sommes de bonnes recrues pour la prison : la vérité est qu'on a volé un trophée du duc !

— Arrête de geindre, fils, ne t'inquiète pas, Nicolas et Rosa vont vite arranger l'affaire. Nous nous efforçons simplement de faire fonctionner ses hôpitaux du mieux possible, rectifia le Hérisson blanc.

Un groupe de bambins, qui les suivait depuis plusieurs rues, se moqua d'eux.

— Tu as entendu ? demanda François.

— Quoi donc ?

— Ces morveux, ils nous ont traités de ragotins !

Il fit des mouvements de bras comme pour effrayer les moineaux.

— Allez, pschiiit ! Ouste ! Dégagez !

Les quelques adultes présents manifestèrent leur réprobation face à la réaction de François. Celui-ci se leva et les harangua :

— Mais vous n'avez rien d'autre à faire que de nous suivre ? Vous n'avez jamais vu d'ambulance volante ? Regardez-vous, on dirait des vaches devant une porte neuve !

Azlan tira sur la chemise de François pour le forcer à se rasseoir, ce qu'il fit tout en continuant à les regarder d'un œil noir.

— Ils m'ont énervé ! dit-il pour se justifier.

— On arrive, indiqua Azlan en pointant du doigt le bâtiment de Saint-Charles. C'est quoi, un ragotin ?

104

Sébastien Maroiscy fit un baisemain à Rosa et offrit une poignée franche à Nicolas.

— Je suis heureux que nous soyons parvenus à nous accorder, déclara-t-il en prolongeant l'accolade. Votre traité des remèdes vulnéraires sera un bel et utile ouvrage. Je reviens à Nancy dans six mois. Pensez-vous que vous aurez achevé son écriture ?

Nicolas n'écouta pas la fin de la phrase : l'attelage venait de s'arrêter devant la porte d'entrée, à quelques mètres d'eux.

François descendit et chassa de la main les derniers curieux, agglutinés près du chameau, comme il l'aurait fait pour des mouches, sans succès. Il abandonna et ouvrit la toile à l'arrière, découvrant le cadavre sanguinolent. Les curieux se dispersèrent rapidement. Le Hérisson laissa la carriole et entra en saluant Maroiscy.

— Qu'est-ce que... ? Où est la mule ? demanda Nicolas qui avait repéré sa mine renfrognée.

— Tu demanderas à ton assistant, il t'expliquera. Moi, je monte me reposer. Crevé !

Azlan, qui le suivait de peu, eut droit à un feu de questions auxquelles il répondit les yeux rivés au sol comme un adolescent puni. Il donna une version complète des événements. Nicolas décida de se rendre sans attendre au palais ducal et de plaider leur cause et celle de l'hôpital afin de pouvoir garder l'animal. Maroiscy les salua une dernière fois et monta dans son carrosse après avoir caressé l'encolure du chameau qui, impassible, gardait une pose de sphinx. Nicolas et Azlan descendirent le macchabée de la carriole et le transportèrent sur la table qui servait pour les autopsies.

— J'espère être vite rentré. En attendant, tu peux commencer sans moi. Tu en as suffisamment vu pour savoir dans quel ordre procéder. Fais-toi aider par François si tu as le moindre doute, n'hésite pas à le réveiller, il dort trop ces temps-ci. Je suis curieux de savoir comment ce malheureux s'est retrouvé dans cet état. Tu as des questions ?

— Une seule : c'est quoi, un ragotin ?

— Rosa t'expliquera.

Nicolas pénétra dans le palais par la petite porterie et salua le singe sculpté sans même le regarder. Le duc était occupé à une session du Conseil d'État mais il put s'entretenir avec le comte de Carlingford. Celui-ci n'avait pas encore été alerté par sa police du vol de l'animal et promit à Nicolas d'intercéder en leur faveur pour demander au souverain que la bête soit attribuée à l'hôpital Saint-Charles. Les deux hommes savaient, pour en avoir vu de nombreux lors de la campagne de Hongrie, que les chameaux des Ottomans étaient capables d'effectuer de multiples tâches avec une résistance supérieure à celle des chevaux les plus endurants.

— Le pauvre hère que vous avez retrouvé mort à la cour d'Enfer, c'est encore une rixe ? s'enquit le comte.

— Je ne crois pas. D'après nos premières constatations, il n'avait aucune blessure intentionnelle. Nous procédons à l'autopsie, je vous tiendrai au courant.

— Je vous en serai reconnaissant. Je déteste que l'on s'entre-tue dans notre ville. Je vais finir par interdire le port de toutes les armes.

Ils se saluèrent et, au moment de sortir, Carlingford l'apostropha.

— Au fait, j'avais une dernière question, Nicolas. Vous n'êtes pas obligé de répondre, elle est plus personnelle : avez-vous l'intention de vous marier avec la marquise de Cornelli ?

Le chirurgien ne cacha pas sa surprise.

— Mon Dieu, je vous avouerais ne pas y avoir encore songé.

— Réfléchissez-y, nous y serions favorables, très

favorables…, dit Carlingford en laissant sa phrase en suspens.

— Ma présence auprès de la marquise poserait-elle problème ? Quelqu'un s'en serait-il plaint ?

— Non, non, mais cette situation ne peut durer, pour votre honorabilité à tous les deux. Et puisqu'il semble que vous avez l'un pour l'autre de tendres sentiments, rien ne s'y oppose. Je pense que vous me comprenez ?

Nicolas acquiesça en silence et sortit. Bien sûr, il y avait pensé et y pensait chaque jour. La question le taraudait.

Alors qu'il traversait la cour intérieure, Léopold le héla. Il sortait de la galerie des Cerfs avec ses conseillers et se précipita sur lui, le prenant par le bras.

— Maître Déruet, cher Nicolas, il y a trop longtemps qu'on ne vous a vu ici !

Le chirurgien lui expliqua la raison de sa présence. Le duc trouva l'anecdote amusante et l'idée de garder le chameau à Saint-Charles novatrice. Ils se remémorèrent la bataille de Temesvar alors que ses ministres attendaient respectueusement à quelques mètres d'eux que la journée du duc reprenne son cours.

— J'aimerais vraiment que vous reconsidériez ma proposition d'ouvrir une chaire de chirurgie à la faculté de médecine de Pont-à-Mousson, dit Léopold en baissant la voix. Je suis en train de convaincre le doyen d'accepter votre candidature.

— Je vous remercie de cet honneur, Votre Altesse, mais j'ai beaucoup à faire à Saint-Charles et je m'y sens bien. Il y a de nombreux chirurgiens illustres pour ce poste à la faculté.

— Si je ne vous connaissais pas suffisamment, je trouverais votre modestie suspecte, mon ami ! Nous avons de bons praticiens dans le duché, mais j'ai besoin d'un homme exceptionnel pour prendre en main la formation des élèves chirurgiens. Et pour faire face à la fronde des médecins qui font pression afin que cette chaire ne voie pas le jour. Promettez-moi au moins d'y réfléchir.

— Je le ferai, Votre Altesse.

— J'avais un dernier point dont je voulais vous entretenir, ajouta Léopold en s'éloignant encore un peu du groupe des courtisans. Je suis heureux de votre relation avec notre chère marquise de Cornelli, nous nous en réjouissons tous. Mais sa présence ne serait-elle pas l'élément qui vous empêche de rallier Pont-à-Mousson ? Vous êtes un homme de sentiment et de passion, cependant, parfois, il faut dépasser son intérêt amoureux pour privilégier l'intérêt collectif. Et qui sait si vous ne rencontrerez pas là-bas une femme plus remarquable encore ?

— Je suis fort aise de constater que tout le monde aujourd'hui s'intéresse ainsi à mes engagements de cœur. Je vous promets d'y réfléchir aussi.

— N'écoutez pas les autres : j'ai toujours été de bon conseil pour les transports amoureux.

Deux heures s'étaient écoulées lorsqu'il revint à l'hôpital. Azlan l'attendait à la cuisine, l'air contrarié, assis à table en train de rédiger le compte rendu de son autopsie. Lorsqu'il vit Nicolas entrer, il se leva précipitamment et fut d'un bond sur lui, l'entraînant vers la salle où le cadavre était allongé, les viscères alignés à côté de son corps.

— On a un problème, dit-il après avoir refermé la porte et tourné la clé dans la serrure.

— De quel ordre ? demanda le chirurgien qui craignait une maladie contagieuse.

— Il n'est pas mort d'un coup de sabot. Je crois qu'il a été empoisonné.

Azlan avait remarqué de nombreux hématomes de taille anormale dans les principaux organes.

— As-tu un scalpel ? demanda Nicolas en s'approchant du corps.

Il fit une entaille dans le foie, d'où s'écoula un sang liquide.

— Il devrait effectivement avoir une consistance plus visqueuse… Ce pourrait être une de ces maladies où les humeurs restent fluides en cas d'épanchement.

— Cela aurait pu, mais il y a un autre élément, continua Azlan.

Il lui relata la disparition du vase contenant le remède anticoagulant.

— Est-ce que tu sous-entends qu'il y a un rapport entre la mort de cet individu et le fait qu'on ne trouve plus notre pot ? demanda Nicolas en reposant le bistouri. Il a pu être remis à une autre place par mégarde. Ou même cassé par maladresse. On interrogera les sœurs, il doit y avoir une explication simple.

— Ce n'est pas la peine. L'explication, je l'ai.

Azlan prit un linge enroulé en boule et l'ouvrit.

— Il y a une dernière chose que je voulais te montrer.

Il présenta à Nicolas un objet en plusieurs morceaux.

— J'ai retrouvé ça dans son estomac.

Azlan reconstitua l'objet. Nicolas reconnut le couteau du baladin aux dessins gravés sur le manche.

— Et maintenant, qu'est-ce qu'on fait ?

105

Ils avaient réveillé François, avec les difficultés inhérentes au caractère du Hérisson blanc, et s'étaient rendus chez lui afin de s'isoler pour prendre une décision. Le couteau reconstitué trônait au milieu de la table autour de laquelle les trois amis s'étaient assis. Un long silence avait succédé à la description d'Azlan. Il ne faisait plus aucun doute que le macchabée était le tourmenteur du baladin et que ce dernier s'était vengé en lui infligeant la même punition.

— À ceci près qu'il ne lui a laissé aucune chance en l'obligeant à avaler ce remède contre le sang épais, déclara François en leur servant de son vin.

De nouveau le silence recouvrit la petite pièce, au rez-de-chaussée de la maison à l'angle de la rue des Maréchaux que le Hérisson blanc louait pour un prix qu'il trouvait exorbitant, d'autant qu'il la délaissait de plus en plus au profit de sa chambre à Saint-Charles. Un des carreaux de la fenêtre avait été cassé, il ne l'avait même pas remplacé, ayant l'intention de déménager définitivement avant l'hiver. La rue elle-même n'offrait rien d'agréable à la vue. Située dans la ville-vieille, non loin de la place de la Carrière, elle était composée de maisons modestes sur sa partie nord, qui faisaient face à des masures collées contre le chemin de garde des fortifications. Quelques ouvriers et artisans y habitaient avec leurs familles, et les enfants en avaient fait leur terrain de jeu.

Un des gamins vint s'asseoir devant l'entrée, sous la fenêtre, comme il en avait pris l'habitude, et sortit des osselets de sa poche. Il entendit la conversation animée entre les trois chirurgiens et les écouta tout en lançant les tarses de mouton que son père lui avait rapportés de la tuerie. Les trois hommes n'avaient pas l'air d'accord, mais le garçon ne comprenait pas la raison de leur débat. Il fit plusieurs parties, gagnant à tous les coups malgré la difficulté croissante qu'il s'imposait. Il réussit une *retournette* en rattrapant sur le dos de sa main quatre des cinq osselets lancés, puis soupira. Son ami Rémy passa avec son père. Il l'invita à le rejoindre pour jouer, mais le garçon se rendait aux champs pour y couper l'herbe. Il soupira à nouveau. Derrière lui, le débat était vif et les trois voix argumentaient leurs propos. Il tenta une *omelette*, variante qui lui posait toujours des problèmes en raison de la taille de ses petites mains comparée aux os utilisés pour le jeu. Il réussit les premiers lancers et entreprit une figure nouvelle en tentant de capturer les deux derniers osselets tout en jetant les trois autres. Au moment où il allait les réceptionner, la porte s'ouvrit brutalement. Il sursauta et laissa s'échapper tous les os. L'adulte qui sortit marcha sur l'un d'eux et s'excusa.

— Pardon, petit.

L'homme tourna et disparut sur le bastion d'Haussonville. Le garçon rassembla son jeu et s'éloigna de l'entrée au moment où les deux autres sortaient aussi.

— C'est notre secret à tous les trois. Personne ne doit savoir. Il respectera sa parole, dit le plus jeune des deux.

L'enfant les regarda s'éloigner.

La soirée se termina dans une ambiance studieuse, ce que Rosa fit remarquer. Lorsque Azlan lui avait demandé, après le souper, de lui décrire un ragotin, elle avait ri et lui avait mis entre les mains un exemplaire du *Roman comique* de Scarron.

— Tu y trouveras la réponse, avait-elle déclaré.

Il s'était plongé dans sa lecture alors que Nicolas s'était attelé à la rédaction de plusieurs monographies pour son traité. Les deux garçons se trouvaient chacun dans un angle du petit salon au milieu duquel elle s'assit, face à la fenêtre.

— Je me sens délaissée, serait-ce déjà un effet de l'âge ? plaisanta-t-elle en ouvrant son éventail et en les regardant tour à tour.

Nicolas lui sourit, la rejoignit pour l'embrasser et l'éventa à son tour.

— Je reste là à m'instruire, répondit Azlan, je ne suis pas l'amant officiel et je n'en ai pas les charges, ajouta-t-il avec malice.

— Nous sommes à l'aube d'un nouveau siècle et voilà la jeunesse qui renâcle à la générosité gratuite, dit-elle, faussement choquée. Où va le monde ?

— C'est la faute de votre Scarron ! Je peux garder ce roman ? J'ai trouvé ma réponse, mais j'aimerais le finir.

— Bien sûr, Azlan, répondit Rosa en se levant. Tous ces livres te sont ouverts, ajouta-t-elle en lui montrant les ouvrages de la bibliothèque, ainsi que tous ceux de tous les libraires de Nancy. Soûle-toi de lecture, tu n'en seras jamais rassasié ni malade.

Elle s'assit sur les genoux de Nicolas et l'enlaça.

— J'aimerais avoir le bonheur d'une vie longue pour vous lire tous les ouvrages des plus grands auteurs.

Elle se pencha à son oreille et murmura :

— Je ne connais pas d'acte plus sensuel, à part l'amour lui-même, que de vous caresser des mots des autres, mon ange.

Azlan se leva et les salua :

— La jeunesse se retire, le tact lui commande une certaine discrétion.

— Avec toi, le monde est sauvé, rétorqua Rosa.

Elle se leva à son tour et lui embrassa le front.

Au moment de quitter la pièce, il se retourna vers eux :

— Au fait, pour François, c'est vrai qu'il y a du ragotin en lui !

Deux jours plus tard, l'enterrement du bourrelier réunit une dizaine de personnes, dont ses deux cousins qui représentaient sa seule famille, ses voisins et les trois chirurgiens de Saint-Charles. L'homme, réputé pour être querelleur et arrogant, n'avait pas d'amis connus et ne laissa ni descendants ni dettes, au grand soulagement de ses cousins. Personne ne plaignit la fin tragique de celui qui avait toujours été rude avec les animaux, et la ruade fatale fut acceptée par tous comme un signe du destin. Il fut mis en terre à trois heures de l'après-midi au cimetière des Sœurs Grises, le 21 juin, jour du solstice d'été.

106

Le mois de juillet délivra une confortable dose de chaleur, ce dont le duc profita pour organiser quelques parties de chasse, alors que la duchesse, enceinte de leur premier enfant, entamait son huitième mois de grossesse et se préparait à gagner Bar-le-Duc pour son accouchement. Léopold avait eu quelques difficultés à lui faire accepter cette ancienne coutume familiale, mais Élisabeth-Charlotte avait fini par céder. Les malles étaient prêtes à prendre la route avant la duchesse elle-même. Toutes les églises avaient programmé les jours et heures de prières pour accompagner les dernières semaines avant la délivrance.

Parmi les cadeaux de ses sujets, le duc avait reçu de la part de notables vosgiens deux perles pêchées dans la Vologne. La rivière, qui prenait naissance sur les hauteurs du massif, au-dessus de la ville de Gérardmer, avait la réputation de posséder dans son lit des mulettes qui renfermaient des quantités élevées de perles sauvages. Léopold se mit en tête d'en trouver suffisamment pour faire un collier et l'offrir à sa femme après la naissance de leur enfant. Il demanda à Carlingford d'éditer une ordonnance réservant la pêche des perles de la Vologne à son propre et exclusif usage et attendit le départ d'Élisabeth-Charlotte pour emmener sa Cour à la recherche des plus belles gemmes.

Le 26 juillet, un convoi de dix carrosses et trente gardes du corps quittait Nancy et gagnait Cheniménil, petit village sur le parcours court et sinueux de la Vologne, qui disposait d'une demeure seigneuriale suffisamment grande pour recevoir le duc. Il avait tenu à emmener Nicolas en prévision des blessures et contusions qui ne manqueraient pas de survenir au cours des recherches dans le cours d'eau. Une grande tente avait été dressée à un endroit où la berge était aménagée en un plateau d'herbe rase. Les gentilshommes de la suite ducale s'étaient mis pieds et torse nus, et avaient investi le ruisseau à l'eau limpide à la recherche des moules qui dépassaient en partie de la vase. Les femmes s'étaient assises à l'ombre et accompagnaient leurs commentaires sur l'évolution des recherches d'éclats de rire, parfois moqueurs, parfois admiratifs. Plus en retrait, le duc, entouré de Carlingford et de l'abbé le Bègue, conversait avec le potentat local qui lui relatait comment certains paysans avaient résisté aux Français en devenant des *schenapans* retranchés dans la forêt. Léopold en profita pour l'interroger sur la qualité de la chasse dans le périmètre de Cheniménil et lui promit de revenir pour en organiser une partie dans l'année, ce qui flatta son hôte. Le prince François, son frère cadet, qui, en raison de son jeune âge, n'avait pas eu l'autorisation de se baigner, vint le trouver pour rentrer à Nancy : il s'ennuyait de ses chatons.

Les pêcheurs amateurs se révélèrent empruntés, malgré les recommandations d'un vieux paysan que la seigneurie locale avait dépêché pour les guider. Tous avaient à cœur de sortir de l'eau la plus belle nacre afin d'être le premier à la déposer dans la petite boîte recouverte de velours que Léopold tenait près de lui. Mais la grande majorité des moules ouvertes ne contenait rien. Excités par l'enjeu, les chercheurs ne prenaient même pas le soin de vérifier que les mulettes possédaient à leur surface le petit gonflement caractéristique de la présence d'une perle. Ils tiraient les mollusques de l'eau, arrachaient leurs coques et les jetaient de dépit une fois leur infortune avérée.

Certaines d'entre elles renfermaient des petites perles brunes et irrégulières, pas assez belles pour le collier de la duchesse, mais avec suffisamment de valeur pour être revendues.

Le duc d'Elbeuf, qui faisait partie du voyage,

plongea à un endroit où le cours faisait un coude et sortit de l'eau en s'agitant :

— Ici, il y en a plein, le sol en est noir ! Venez !

Tous accoururent et cherchèrent fébrilement dans une zone de dix mètres carrés. L'eau devint rapidement boueuse sous les piétinements des pêcheurs, et la surface se couvrit de coquilles vides éventrées.

Nicolas et Rosa, qui s'étaient assis dans l'herbe en retrait de l'agitation ambiante, furent rejoints par le fermier que personne n'écoutait plus.

— J'en ai une ! cria Elbeuf. Une blanche !

Il la montra autour de lui et sortit la présenter à Léopold, qui lui tendit la boîte. La gemme était d'une couleur laiteuse irrégulière et d'une petite taille, mais sa découverte, après plus de deux heures, donna un nouvel élan à la motivation des pêcheurs et sonna le glas des mulettes qui avaient été épargnées jusqu'alors.

Le vieil homme hocha la tête d'un air de dépit.

— Quatre-vingts ans, dit-il pour lui-même.

Il se tourna vers Nicolas et ajouta :

— Ces moules vivent quatre-vingts ans, bien plus longtemps que n'importe quel roi ou prince de ce monde. Vous rendez-vous compte du temps qu'il leur faut pour arriver à maturité ? Vous et votre dame ne serez plus quand cette partie de la Vologne sera à nouveau repeuplée de mulettes. Mes petits-enfants devront attendre d'avoir mon âge pour revoir des perles à cet endroit.

— Je suis désolé, répondit Nicolas.

— Le duc, pourquoi il fait cela ? Pourquoi il laisse ses gens saccager notre rivière ?

Les courtisans avaient fini par délaisser l'endroit et fouillaient quelques mètres en amont. La vase remuée et les débris de mulettes, emportés par le courant, passèrent devant eux. L'eau avait perdu son aspect de cristal.

— Je crois qu'il veut juste faire plaisir à sa femme et n'a pas conscience de ce que vous m'avez appris, expliqua Nicolas en regardant Léopold, qui tournait le dos aux pêcheurs et jouait au bilboquet avec le prince François. Voulez-vous venir avec moi ?

Il aida le vieillard à se relever et attendit la fin de la partie pour le présenter au duc qui l'écouta avec beaucoup d'intérêt. Léopold s'excusa et fit sortir tous les hommes de l'eau.

— Comprenons-nous bien, vieil homme : je ne renonce pas au collier de la duchesse. Ces terres et cette rivière sont à moi et j'en disposerai toujours selon mon plaisir. Mais vos arguments ont la force de la raison. Je ne veux pas détruire cette ressource si fragile. Nous allons envoyer des soldats qui patrouilleront le long de la Vologne, des garde-perles, pour empêcher toute dégradation, et qui apprendront, avec votre aide, à les pêcher respectueusement.

— Votre Altesse a la parole sage, malgré son jeune âge. Croyez bien que nous serons toujours vos dévoués sujets, comme vous-même êtes dévoué à la terre de vos ancêtres, déclara le vieux fermier avant de s'éloigner respectueusement.

Personne ne fit attention au bref échange de regards que Léopold eut avec Carlingford. La journée était idyllique, le vent faisait jouer aux feuilles une agréable partition, complétée par des nichées entières de moineaux et mésanges, la rivière chantait dans son lit et les rires des courtisans avaient laissé leurs arrière-pensées dans le palais ducal. Le genre de moment qui aurait pu donner envie à Nicolas de reprendre la route, de retrouver le souffle de la liberté, mais la présence de Rosa, son parfum, son sourire en rendaient la simple idée impossible. Elle était devenue sa liberté. Il se colla plus fort encore contre elle. Elle lui rendit son étreinte et eut une pensée pour la duchesse, qui, accompagnée de madame de Lillebonne, venait d'arriver à Bar et se préparait à faire ses couches.

Chapitre XIV

Paris, novembre 1699

107

L'enfant du souverain naquit le 26 août 1699. Son père décréta huit jours de fête. Les commerces furent fermés, des feux de joie allumés, une fontaine de vin coula devant l'hôtel de ville et l'hôpital Saint-Charles ne désemplit pas. La mère et le nourrisson regagnèrent Nancy le 8 octobre où le duc, radieux, put voir son fils. Élisabeth-Charlotte avait en ce début d'automne un autre motif de satisfaction : Léopold avait fini par accepter de se rendre à Versailles pour les hommages au roi, qu'il lui devait en tant que souverain du Barrois. Elle allait retrouver ses parents et les fastes de la Cour à la française. Une fois les questions d'étiquette réglées, la famille ducale partit, accompagnée d'une suite importante, dans le but de rejoindre le Palais-Royal le 20 novembre.

— Alors, vous en pensez quoi ?
François prit une pose fière devant son bateau. Sa

construction était achevée : la *Nina* venait de recevoir ses voiles.

— Je suis vraiment heureux pour toi, dit Nicolas en lui envoyant une tape amicale à l'épaule.

— Oui, renchérit Azlan, d'autant qu'on n'y croyait plus depuis longtemps.

Le Hérisson blanc fit passer un nuage noir dans ses yeux avant de le chasser.

— Je ne t'en veux pas, petit, je vous avouerais avoir eu moi aussi des moments de doute, surtout quand les premières toiles ont brûlé dans la fabrique. Mais voilà, elle est là, ajouta-t-il, la voix pleine d'émotion.

Il s'approcha de son embarcation afin que personne ne remarque les larmes qui lui brouillaient la vue. Il pensait à Jeanne, qui lui manquait bien plus qu'il ne voulait l'avouer aux autres.

— Elle aurait été si fière, souffla Nicolas, qui l'avait rejoint.

Le Hérisson fit oui de la tête et sécha ses yeux sur le revers de sa chemise. Le port du Crosne était désert, en raison du repos dominical. Un vent d'ouest, frais et pénétrant, faisait claquer la voilure que François avait tenu à hisser.

— Nous allons devoir y aller, déclara Nicolas en montrant le carrosse dans lequel Rosa les attendait.

Elle fit un signe de la main auquel François répondit.

— Tu sais, je n'y serais pas arrivé sans elle. Je n'avais plus le sou.

— C'est elle… ?

— Oui, c'est elle qui a payé les voiles. En me demandant de garder le secret. Mais te le dire n'est pas le trahir, s'empressa-t-il d'ajouter, ce n'est pas pareil avec toi, maintenant que vous êtes…

Un bruit de plongeon l'interrompit.

— Azlan ! cria Nicolas.

Le jeune homme avait tenté de monter sur la *Nina* à quai, mais l'esquif s'était éloigné dès qu'il y avait posé un pied. Lorsqu'ils arrivèrent sur la partie aménagée de la berge, il venait de réussir, au prix d'un effort important, à se hisser, trempé, à son bord.

— Reviens, tu vas prendre froid, lui ordonna Nicolas.

— Descends tout de suite, cria François, tu vas l'abîmer !

— Je suis Jean Bart le boucanier, seul maître à bord après Dieu, plaisanta-t-il en mimant un assaut d'escrime.

— Et après mon pied qui va t'aplatir le fondement ! rugit François en s'emparant de la corde qui reliait le bateau à un pieu de bois.

Rosa, alertée par les cris, les avait rejoints. Ils négocièrent la reddition du corsaire qui, transi de froid, alla se changer dans le carrosse.

— J'espère que vous passerez un bon séjour à Versailles, souhaita François une fois qu'ils furent tous installés dans le véhicule. Et, surtout, ne vous inquiétez pas pour l'hôpital : nous nous en sortirons très bien avec l'aide de notre confrère de Saint-Jean. Quant au pirate, voleur de bateau, il doit se couvrir de victoires au jeu de paume, s'il veut se faire pardonner, ajouta-t-il en serrant la main d'Azlan.

Il referma la portière.

— Sinon, tu as intérêt à demander l'asile en France, car ton sort ici serait peu enviable. Rentrez vite, vous me manquez déjà, conclut le Hérisson blanc avant de donner l'ordre au cocher de démarrer.

Claude fit claquer sa langue à destination des chevaux. La tour carrée et la grue du port disparurent rapidement. Le mât de la *Nina* resta visible de loin avant de se diluer dans le décor.

108

Les soixante-dix lieues qui les séparaient de la capitale française furent parcourues en cinq jours. Le plongeon d'Azlan lui avait valu une rhinorrhée qui s'annonça le soir même de leur départ. Nicolas ne put l'endiguer et le jeune homme toussait et éternuait encore lorsqu'ils atteignirent les faubourgs de Paris. Contrairement au duc et à sa suite, ils ne logeaient pas au Palais-Royal, mais chez une tante de Rosa, qui avait épousé Louis de Beserny, un des généraux de l'armée royale. Les deux hommes regardaient avec émerveillement à travers les vitres de leur véhicule la ville, qui leur semblait grande comme un pays entier. Dans chaque rue régnait une activité que l'étroitesse de la chaussée rendait plus dense encore. Arrivés au Pont-Neuf, ils furent obligés de s'arrêter et d'attendre l'arrivée de gendarmes qui démêlèrent l'écheveau de la circulation. Deux gros carabas, tirés par huit chevaux chacun – Azlan les avait comptés et recomptés, incrédule – s'étaient retrouvés face à face entre des véhicules plus petits, fiacres et calèches, au milieu des piétons, des marchands ambulants et des chaises à bras, dont les porteurs tentaient de profiter de leur petite taille pour se frayer un chemin, sous les encouragements de leur passager et les invectives des autres cochers, excédés. Nicolas avait l'impression que tout Paris avait décidé de se retrouver sur le Pont-Neuf pour s'affronter dans des joutes verbales sans fin. Lorsqu'ils purent enfin traverser la Seine, une fine buée recouvrait les vitres du carrosse. Ils l'essuyèrent du revers de la main après avoir dessiné la tête du duc et son menton prognathe dans de grands éclats de rire qui parurent suspects aux deux porteurs d'une vinaigrette[1]. Se croyant mouchés, ils intimèrent à Claude l'ordre de ranger son véhicule afin de s'expliquer sur les moqueries de ses occupants, ce à quoi le cocher répondit en faisant jouer son fouet au-dessus de leurs têtes, étouffant dans l'œuf leurs humeurs belliqueuses.

Rosa attendit que le carrosse ait franchi la rue Saint-Honoré pour leur annoncer la surprise qu'elle leur préparait.

— Nous allons faire des achats pour vous, messieurs.

Ils s'arrêtèrent rue Croix-des-Petits-Champs devant une boutique dont le nom était inscrit au fronton en grosses lettres de bois doré.

— *À la Providence*, lut Azlan. Qu'est-ce que c'est ?

— Un gantier. Il est temps de changer de modèle, dit-elle en prenant la main de Nicolas, emballée dans ses bandages usés. Et pour toi aussi, Azlan.

Il regarda les cals sur sa paume droite.

— C'est la raquette qui frotte sur ma peau, expliqua-t-il. Mais cela ne me fait pas mal. Pas trop.

— Tu as les mains d'un travailleur des champs, pas d'un chirurgien, répliqua Rosa en ouvrant la porte alors que Claude dépliait le marchepied.

---

1. Chaise à porteurs montée sur deux roues.

— Je ne pourrai pas jouer ganté, objecta Azlan en cherchant un soutien du côté de Nicolas.

— Rosa a raison, il te faut protéger tes mains si tu veux garder des sensations avec les ferrements.

— Encore faudrait-il qu'on me laisse opérer, objecta-t-il. Dans ce cas, je veux bien m'y soumettre.

— Maître Déruet, le message est clair, dit Rosa alors qu'un employé venait leur ouvrir la porte.

La boutique, d'une taille modeste, était divisée en deux parties : l'une, pour les gants, comprenait un mur entier de tiroirs contenant des échantillons de peaux, l'autre pour les parfums, consistait en des étagères de flacons aux senteurs aromatiques. Les deux étaient réunies en un comptoir, duquel le commerçant s'avança pour les inonder de révérences et de formules sentencieuses.

— Vous le connaissez ? chuchota Nicolas à Rosa alors qu'il les invitait à s'asseoir.

— Non, je me suis juste annoncée. Nous sommes à Paris, mon cher, la concurrence est rude pour les commerces.

— Madame la marquise, messieurs, dit l'homme après une énième courbette, que me vaut l'honneur de votre venue ?

Nicolas, agacé par son obséquiosité, ne laissa pas à Rosa le temps de répondre.

— Nous voudrions acheter votre boutique, répondit-il en gardant son sérieux. L'emplacement est idéal pour y implanter une manufacture de porcelaine.

Le maître gantier eut un instant d'effarement.

— Mais c'est que… la porcelaine ?

— Oui, une porcelaine de Chine. J'ai ramené de mon dernier voyage un ouvrier qui cuit la poterie comme personne. Il utilise un procédé qui fait une porcelaine ressemblant à s'y méprendre à des pièces anciennes. Le roi et la Cour en sont déjà très friands, la mode va se propager par tout le pays comme la grande vérole. Alors, vous vendez ? Votre prix sera le mien.

Azlan n'osait plus les regarder de peur d'éclater de rire et avait tourné la tête. Rosa tentait de conserver une apparence placide mais se mordait les joues. L'homme se gratta le front.

— Je dois dire que je suis surpris par la soudaineté de votre offre, mais…

Rosa ne put se retenir et tenta de faire passer son gloussement pour un éternuement. Azlan, qui continuait de les ignorer, était secoué de tremblements qu'il n'arrivait pas à maîtriser. Seul Nicolas restait sérieux.

— Quelle est cette odeur ? questionna-t-il soudain en humant l'air.

— Odeur ? demanda le marchand de plus en plus désarçonné.

— Oui, cette odeur dans l'air.

— Mais ce sont nos modèles de parfums, ils sont composés de différentes bases. Eux aussi plaisent beaucoup à la Cour.

Nicolas renifla de nouveau.

— Dites voir.

— Il y a de la fleur d'oranger, du jasmin, de la rose, du citron, du bois de cèdre, de l'iris de Florence, de la bergamote et de la lavande, notre spécialité.

— Aïe, aïe, aïe, c'est bien ça. La lavande…

— Quoi ? interrogea l'homme, offusqué. Notre lavande est l'une des plus réputées du royaume…

— Non, je ne la remets pas en cause, mais notre porcelaine ne supporte pas la lavande.

— Ah ?

Nicolas haussa les sourcils et s'adressa à Rosa en dodelinant de la tête.

— Vous voyez, chère marquise, je vous l'avais dit : toute la difficulté est de trouver un lieu complètement neutre. Point de senteur de lavande ou de musc, sinon la peinture se fissure, ajouta-t-il à l'adresse du gantier.

— Se fissure ? demanda ce dernier, inquiet.

— Oui. Se fissure. C'est un procédé très spécial, vous ai-je dit, et très fragile. Tant pis, il va falloir renoncer à notre offre. J'en suis navré.

— Oui, renonçons, enchérit Rosa dans un souffle.

— Mais... vous m'en auriez proposé combien ? demanda le commerçant, soucieux de passer à côté d'une affaire unique.

— Oublions, vous dis-je. C'est mieux pour tout le monde. Bien, si vous nous montriez vos gants ? Les miens sont passés de mode, ajouta-t-il en enlevant les bandes de tissu qui recouvraient ses mains.

L'homme hésita et partit, l'air accablé, dans son arrière-boutique. Il s'absenta une dizaine de minutes pendant lesquelles ils purent retrouver leur souffle et leur calme. À force de se contenir et de se contorsionner, Rosa et Azlan avaient les muscles abdominaux douloureux.

Le gantier revint avec plusieurs modèles de cuirs et de couleurs et, malgré sa déception, retrouva un entrain professionnel. Il mesura la taille de leurs doigts pour la coupe des peaux. Ils choisirent des mitons de canepin, d'une grande finesse, confectionnés à partir de peau de chevreau. Azlan opta pour du blanc.

— Et vous, monsieur ? demanda le maître parfumeur-gantier à Nicolas.

Celui-ci parcourut les échantillons sans trouver ce qu'il cherchait, fouilla dans sa poche et en sortit un scalpel, qu'il ouvrit. L'homme eut un regard inquiet vers Rosa.

— Mon fiancé est très pointilleux sur le choix de ses vêtements, expliqua-t-elle, ce qui ne rassura pas le marchand.

Nicolas piqua le bout de son index avec la pointe de son bistouri et fit saillir une goutte de sang qu'il déposa sur la feuille où l'homme avait noté les mensurations.

— C'est cette couleur que je veux, dit-il. Le bordeaux séché du sang coagulé.

— C'est en rapport à son métier, expliqua Rosa au gantier interloqué. Mon fiancé est...

— Assez ! l'interrompit-il en levant la main. Je préfère ne pas connaître la fonction de votre... fiancé.

— Quand pourrons-nous compter les avoir ? demanda Azlan.

— Les peaux partiront chez la couturière après-demain. Disons, dans cinq jours.

— C'est long !

— Notre produit est fait sur mesure, monsieur. Les cuirs doivent être effleurés, mis en pompe, tendus pour être affinés, coupés, rafilés. Alors, seulement, les parties sont cousues de fils de soie, puis les gants sont vergetés, gommés et teints, dans les couleurs demandées par nos clients. Même le roi n'oserait pas remettre en cause cette durée qui est la garantie de leur qualité, conclut le gantier en estimant l'argument imparable.

— Mais le roi n'a pas prévu de match de paume dans les jours à venir, moi si ! répondit Azlan.

L'homme resta définitivement coi jusqu'à leur sortie de la boutique.

109

La rue du Bout-du-Monde reliait celles de Montmartre du côté ouest et de Montorgueil plus à l'est. Elle n'avait rien de remarquable, mis à part la présence de la grande maison bourgeoise où habitait la veuve du général de Berseny, qui aurait dû finir maréchal de France si un boulet ne l'avait éparpillé sur un champ de bataille dans les Flandres, douze ans auparavant. Sœur de l'oncle Charles qui avait élevé Rosa, elle n'était plus jamais revenue en Lorraine et les avait sevrés de ses nouvelles après la mort de son mari. Elle avait été surprise de la demande de sa nièce, mais honorée que la suite du duc, comme elle avait dénommé ses trois hôtes, prenne ses quartiers chez elle plutôt qu'au Palais-Royal.

Le soir de leur arrivée à Paris, ils avaient accompagné Léopold à l'opéra pour assister à la représentation d'une pièce mise en musique par Lully. Après sa mort, son gendre avait pris la direction de l'orchestre de l'opéra. Comme à chacune des représentations de ses œuvres, la salle était pleine.

— *Proserpine* ? dit Azlan en lisant le livret qui leur avait été distribué à l'entrée.

— Les personnages sont issus de la mythologie romaine, commenta Rosa. Venez, asseyons-nous là.

Ils avaient délaissé la loge mise à la disposition de

la cour lorraine pour prendre place au parterre près de la scène. Les rangées de bougies et de lampes à huile nimbaient la pièce d'une fumée et d'une chaleur qui rendaient l'atmosphère difficilement respirable. Les odeurs de sueur se mélangeaient à celles des parfums entêtants qui couvraient les vêtements. L'orchestre se préparait en accordant les instruments par groupes successifs. Un spectateur d'un âge avancé vint se placer juste devant Azlan. Il portait une impressionnante perruque qui dépassait d'une main le sommet de son crâne et recouvrait ses épaules et le haut de son dos d'énormes boucles jaunâtres, saupoudrées d'une épaisse poudre. L'amidon avait bien du mal à rester accroché sur les cheveux humains utilisés pour le postiche et se dispersait sur ses voisins à chaque mouvement de tête.

Le jeune homme essuya la fécule qui venait de tomber sur la manche de sa veste et maugréa :

— En plus, je ne vois rien. Il me gâche toute la vue. Ce n'est plus une perruque, c'est un paon qui fait la roue !

Il avait parlé suffisamment fort pour être entendu. Son voisin de droite approuva en opinant du chef, mais le gêneur resta impassible. Azlan lui tapa sur l'épaule. Du moins tapa-t-il sur les bouclettes qui recouvraient l'épaule, ce qui fit s'élever un nuage blanchâtre, sans que l'homme réagisse.

— Il ne sent rien, sa perruque doit peser près de trois livres, commenta Nicolas, amusé.

— Peux-tu me prêter ton scalpel ?

Il sortit son rasoir de sa poche et le lui donna. Azlan l'ouvrit, choisit plusieurs grosses boucles qui dépassaient et les coupa, ce qui fit rire toute la rangée.

Enhardi par l'effet produit, il recommença jusqu'à obtenir un éclaircissement suffisant de la vue. Satisfait, il redonna le bistouri à son ami. Le gêneur se retourna alors et le salua en souriant, découvrant une dentition éparse et des gencives violacées.

— J'espère que je ne vous occulte pas la vue, dit-il en mâchonnant un aliment invisible.

— Ça va aller, merci, répondit Azlan en poussant du pied sous son siège les restes de cheveux.

— C'est la perruque, elle est trop grande pour moi. Je dois toujours en changer, mais elle est à mon fils. Il est mort à la guerre, vous savez. C'est mon seul souvenir de lui.

Azlan blêmit et regarda Nicolas. Il prit les cheveux coupés et hésita à le prévenir. Alors qu'il allait taper sur son épaule pour tout lui expliquer, Nicolas retint sa main.

— C'est inutile. Avec un peu de chance, il ne s'en apercevra jamais. C'est mieux ainsi.

Azlan les fourra dans sa poche et resta longuement les yeux rivés sur le sol, n'osant plus affronter le dos mutilé du vieux bourgeois.

L'attente dura encore une demi-heure. Le brouhaha du public s'amplifia jusqu'à ce que le chef d'orchestre apparaisse et s'installe devant les musiciens. Des applaudissements de soulagement s'élevèrent des quatre coins de la salle.

— Que fait-il avec une canne ? chuchota Nicolas à l'oreille de sa fiancée.

— Il bat la mesure. Il a parfois tendance à être trop bruyant. Mais peu savent se montrer discrets et humbles face à l'œuvre qu'ils jouent, même les gendres des auteurs.

Rosa serra la main de Nicolas si fort qu'elle sentit les pulsations de son cœur dans ses veines.

— J'aimerais qu'un jour nous voyagions en Italie, déclara-t-elle en se désintéressant de la scène. Je vous emmènerai à Milan, dans le ventre de l'opéra, là où les spectateurs exubérants entrent en communion avec les œuvres et s'élèvent avec la musique en une amoureuse fusion. Ici, si la représentation est réussie, le public reprend les airs en chœur bien timidement.

— Ainsi donc vous connaissez ce pays d'Italie ?

— Hélas, non, mais mon professeur de chant m'en a fait une description si belle que c'en est devenu mon rêve : partir avec vous, mon ange. J'ai une envie folle de vous embrasser, ajouta-t-elle en plongeant ses yeux dans ceux de Nicolas.

— Moi aussi. Mais...

— ... nous ne sommes pas seuls, je sais.

— Et pas mariés.

— Et pas mariés..., répéta-t-elle.

Rosa se sentit envahie d'un désir infini accompagné d'une évidence : elle n'aimerait que lui, pour toujours.

— Voulez-vous m'épouser, Nicolas Déruet ?

Il lui sourit, lui serra à son tour la main d'une pression ferme et douce à la fois et inspira pour lui répondre. Ses mots se confondirent avec le choc de la canne du batteur de mesure sur le sol. Le spectacle commençait. Ils ne purent s'empêcher de s'embrasser alors que le rideau se levait sur l'antre de la discorde, lieu du prologue, où la paix était enchaînée. Les chanteurs donnèrent rapidement la mesure de leurs voix. Dans les travées, les spectateurs fredonnaient les paroles : *Voici le temps heureux des plaisirs et des jeux...*

Ils sortirent à la pause alors que l'air était de plus en plus irrespirable et décidèrent de ne pas y retourner.

— Ça n'est vraiment pas pour moi, annonça Azlan tandis qu'ils se promenaient dans le jardin du Palais-Royal. La musique que j'aime est celle de Babik. Tu te souviens, Nicolas ?

— Comment pourrais-je oublier ?

Il relata à Rosa la soirée où les notes de musique s'étaient échappées des souterrains de la forteresse de Peterwardein.

— Le violon de Babik était l'instrument de l'âme. Ce fut un moment magique et triste à la fois, là où j'ai appris par la lettre de François la maladie de Jeanne.

Azlan, à qui l'air frais avait redonné de l'énergie et fait oublier sa bêtise, raconta les opérations des patients au son du quintette familial pendant les assauts ottomans. Il était intarissable et Rosa dut prétexter le froid afin de proposer de rentrer chez la tante Berseny.

Ils croisèrent un groupe de jeunes gens qui se rendaient à la seconde partie de la représentation. Azlan échangea un long regard avec une des filles qui se retourna discrètement pour happer son image.

— Je crois que j'aime définitivement Paris. Toutes les femmes y sont-elles aussi belles ?

— Azlan ! s'exclama Rosa en jouant l'offusquée.

— Quoi ? Souvenez-vous de ces vers que nous venons d'entendre : *Aimez sans vous contraindre, aimez à votre tour*...

— ... *C'est déjà ressentir l'amour que de commencer à le craindre*, compléta Nicolas.

Une fois rentrés rue du Bout-du-Monde, chacun alla dans sa chambre. Après quelques minutes, Nicolas se faufila discrètement dans celle de Rosa, alors qu'Azlan ressortit dans l'espoir de retrouver à la sortie de l'opéra celle qui, d'un seul regard, avait enflammé son cœur. Et peut-être de pouvoir demander pardon à l'homme dont il avait, sans le savoir, offensé le souvenir de son fils.

Le lendemain matin, un samedi, tout le monde fut rapidement debout. Le duc emmenait sa suite à Versailles pour une rencontre *incognito* avec le roi. Dans le langage elliptique qu'était celui de l'étiquette, l'incognito signifiait que Louis XIV n'aurait pas à tenir compte des susceptibilités de chacun quant au protocole, puisque le duc de Lorraine avait pris le patronyme de monsieur de Chesnay pour s'annoncer à Versailles. L'État de Lorraine ne voulait en aucune façon donner l'impression de défier son puissant voisin.

Azlan, qu'un serviteur avait vu rentrer à l'aube, avait refusé de révéler ce qu'il avait fait durant la nuit et s'était endormi dès le départ du véhicule. « Il simule le sommeil », avait chuchoté Nicolas à l'oreille de Rosa, après avoir observé le jeune homme, bringuebalé dans l'habitacle sous les irrégularités de la route. « Laissons-lui ses secrets », avait-elle répondu avant de se lover contre son fiancé durant les trois heures du trajet. La longue file des carrosses accompagnés des gardes du corps lorrains entra avant midi dans le palais de Versailles, sous un ciel teinté d'une multitude de nuances de gris. Léopold fut introduit seul dans le salon par le premier valet de chambre du roi. Louis XIV se trouvait dans la salle du Conseil avec ses ministres. Il interrompit sa réunion et se fit transporter en chaise jusqu'à lui, en raison d'une crise de goutte qui l'avait fait souffrir toute la nuit. Pendant qu'ils s'entretenaient en tête à tête, Carlingford et les principaux courtisans attendirent dans la salle des Glaces. Le comte, après avoir admiré les tableaux qui recouvraient le plafond, se frotta la nuque engourdie et s'approcha d'une des fenêtres aux parements dorés qui donnaient sur le parc. Le ciel était de plus en plus uniforme dans la grisaille. *Le dernier élément sur lequel le roi de France n'a pas d'emprise*, songea-t-il. Il trouvait que la démesure du lieu et sa débauche de richesses était un affront fait au Seigneur. Aucun homme, pas même le roi, ne devait tenter de ressembler à Dieu. Il lui tardait de rentrer en Lorraine. Il soupira et regarda distraitement les allées et venues des gens de la Cour dans les jardins proches. Il aperçut Rosa et ses deux gentilshommes qui, à quelques mètres de lui, venaient de descendre l'escalier et se dirigeaient vers les deux immenses parterres d'eau au pied de la façade.

— Préparez-vous, le roi va nous recevoir, dit le marquis de Lenoncourt, venu annoncer la nouvelle aux proches de Léopold qui attendaient, dispersés dans l'immensité de la pièce somptueuse. Nous avons de la chance ! ajouta-t-il avant de rassembler le reste du camp lorrain.

La comédie commence, pensa Carlingford. Il mit ses mains dans le dos et entra dans l'antichambre du roi.

110

Le valet présenta un seau à l'homme qui l'avait hélé sur le sentier menant au Trianon. Celui-ci ouvrit son pantalon et urina dans le récipient de bois tout en ignorant complètement le serviteur au visage impassible.

— Je pisse tout le temps depuis deux jours, commenta-t-il à son voisin, avec qui il cheminait dans le parc. Mon médecin me dit de me méfier des pierres dans la vessie, mais qu'y puis-je ? Ah, mon cher, quel péril de sentir sa santé vaciller. On ne sait jamais jusqu'où cela peut nous mener.

Il secoua vigoureusement son sexe avant de refermer le bouton de sa braguette tout en continuant la conversation.

— Mais je préfère encore la gravelle à ce qui est arrivé au pauvre chanoine Santeuil.

— Le poète latin ? N'est-il pas mort il y a deux ans ?

— Il vient de mourir une seconde fois !

L'homme ne répondit pas au salut du serviteur qui referma le seau et s'éloigna à la recherche d'autres vessies dans le besoin. Il regarda son pantalon taché, l'essuya de la main et pria son ami de reprendre leur marche.

— Mon cher, c'est la nouvelle dont toute la Cour parle. Vous n'êtes pas venu à Versailles depuis longtemps, cela se voit !

— Racontez-moi, ne me faites pas languir.

Santeuil était un habitué de la Cour qu'il divertissait de ses poèmes et de sa conversation réputée érudite. Le duc de Bourgogne, en particulier, l'invitait souvent lors de fêtes ou de voyages. Ce petit-fils de Louis XIV, alors âgé de quinze ans, l'avait emmené l'été 1697 visiter son duché.

— Il semble me souvenir qu'il est mort à Dijon, non ?

— Tout à fait, lors de ce voyage où il accompagnait le duc. Mais la nouvelle qui court aujourd'hui fait état d'un navrant accident dont Son Altesse serait à l'origine. Figurez-vous que, assis à côté de Santeuil lors d'un souper, le duc de Bourgogne aurait versé, par jeu, du tabac dans son vin d'Espagne. L'autre l'aurait bu. Le soir même, il était pris de vomissements et de convulsions et deux jours plus tard, Dieu l'avait rappelé à lui.

— Sans doute pour lui lire des poèmes en latin, tenta de plaisanter le courtisan. C'est encore loin ? demanda-t-il en soufflant. Ne pouvons-nous pas trouver une chaise à bras pour nous y rendre ?

— Non, nous sommes presque arrivés, c'est juste à côté du Trianon de marbre. Vous verrez, c'est une attraction étonnante. Une curiosité de la nature. Pour en revenir à notre histoire, voilà que, deux ans après les faits, un des laquais ayant été au service du duc livre l'anecdote et que tout le monde ici la reprend en chœur.

— Mais quelle importance accorder à la rumeur du personnel de maison ? Ces gens sont souvent bavards par vengeance.

L'homme s'arrêta et prit son ami par l'épaule.

— C'est bien là que l'affaire devient intéressante. Le duc de Bourgogne, mis au courant de cette vilaine nouvelle, se répand en pleurs et avoue immédiatement qu'il a bien commis cette bêtise fatale. Et je tiens cette information d'une personne présente à l'événement. Une personne à la moralité incontestable.

L'autre sembla impressionné de la révélation.

— Tout cela est bien triste pour monsieur Santeuil, mais il n'y avait aucune intention malveillante de la part du duc. C'est juste une fatalité.

— Que voulez-vous, comme dit le proverbe : *Les*

jeux des princes ne font pas toujours rire les courti-
sans. On pardonne plus facilement à la jeunesse qu'elle
est de souche royale.

Ils furent interrompus dans leur commérage par un
jeune inconnu.

— Pardon, messieurs. Savez-vous où mène ce
chemin ?

Azlan revint vers Rosa et Nicolas.

— D'après eux, il y a un autre château, dont je n'ai
pas compris le nom, avec des jardins et une attraction
à ne pas manquer.

Nicolas eut un regard suppliant vers Rosa.

— Un dernier petit effort, l'encouragea-t-elle, nous
ne savons pas quand nous reviendrons à Versailles.
Nous ne savons même pas si nous y reviendrons un
jour. Allez, amour.

— En tout cas, moi, j'y vais. Je suis curieux de
tout ici. C'est un endroit incroyable.

— Je m'incline, allons nous gaver des images de la
grandeur des rois. De ce pays où les bassins sont des
lacs, les jardins des forêts et les châteaux des villes !

Ils atteignirent rapidement le Trianon de marbre et se
promenèrent dans la galerie ouverte, au sol en damier
noir et blanc, avant de longer les bâtiments vers le
nord, où ils retrouvèrent les deux compères à qui ils
avaient demandé leur chemin.

— Regardez, c'est là, dit l'un d'eux en montrant
une carriole aux tentures noires disposée contre un
haut bosquet.

Un attroupement était formé à l'une des extrémités
où les spectateurs attendaient, impatients, leur tour pour
entrer. De l'autre côté, ceux qui en descendaient mar-

quaient leurs impressions de conversations animées.
Un cri rauque parvint de l'intérieur.

Nicolas reconnu la cage et la voix de Joseph Urfin,
l'homme sauvage qu'il avait sauvé à Nancy cinq ans
auparavant.

111

Lorsque la berloque sonna huit heures, le Hérisson
blanc ouvrit les yeux et soupira. Il était en retard. Le
jour qui inondait la pièce ne l'avait pas sorti des rêves,
contrairement à son habitude. Il s'habilla en vitesse
en se promettant à contrecœur de demander leur aide
aux sœurs : il n'arrivait plus à se réveiller dès l'aube
et devrait dorénavant compter sur elles pour toquer à
sa porte tous les matins. Il descendit sur le perron,
récupéra un balai et entreprit de nettoyer le trottoir
avant l'arrivée du tombereau chargé de ramasser les
ordures dans la rue. Les amendes en cas de non-respect
étaient élevées et l'entrée de Saint-Charles, avec les
va-et-vient incessants des carrioles et de l'ambulance
volante, était jonchée de déjections animales. Nicolas
et Azlan n'étaient partis que depuis six jours qu'il
était déjà impatient de leur retour. François avait cru
pouvoir faire fonctionner seul leur service, avec l'aide
ponctuelle d'un chirurgien de Saint-Jean, mais il s'était
vite rendu à l'évidence que l'entreprise le dépassait,
d'autant plus que ses forces n'étaient pas optimales
depuis plusieurs mois. « Maudite fatigue », grogna-
t-il en vérifiant qu'il n'avait pas oublié de balayer le
moindre crottin. La cloche du guet retentit une seconde

fois. Il devait partir au couvent du Refuge pour des soins à la mère Janson.

Bien que la rue de Grève fût située à une dizaine de minutes à pied de Saint-Charles, il choisit de prendre la carriole afin de sortir le chameau qui, depuis peu, était devenu la propriété officielle de l'hôpital. En contre-partie, ils avaient été obligés d'accueillir une manufacture de draps ordinaires et fins. Les trois marchands qui la possédaient avaient pignon sur rue et avaient obtenu le monopole de fourniture des habits pour toutes les troupes de l'État lorrain. Nicolas avait réussi à négocier l'obtention d'un stock annuel de linge pour les lits et la fabrication des pansements. Les ateliers étaient situés dans leur nouveau bâtiment, ce qui avait limité les nuisances aux allers-retours des livreurs.

François s'arrêta rue des Ponts, devant l'entrée auxiliaire de l'institution, et descendit afin de tirer l'animal qui refusait de passer sous le porche. Ils débouchèrent sur le jardin intérieur où plusieurs pensionnaires étaient en train de tailler les branches des mirabelliers qui faisaient la renommée de leur confiture dont elles étaient fières. Il noua la longe de l'animal à l'un des troncs et demanda aux filles de garder un œil sur lui. Le chameau serait caressé et choyé jusqu'à son retour. Il en était ainsi partout où il l'emmenait.

La mère Janson avait fini par accepter les soins d'un chirurgien et en avait informé les sœurs de Saint-Charles, mais elle ne cacha pas sa surprise en voyant François entrer dans sa chambre d'où elle n'était pas sortie depuis plusieurs jours, clouée sur son lit par la douleur.

— J'attendais la venue de maître Déruet, dit-elle comme pour s'excuser de sa réaction.

Il lui relata le voyage de la Cour à Paris, ce dont elle n'était pas au courant. Ou bien lui avait-on peut-être dit, et elle l'avait oublié. Parfois sa pensée n'était plus claire, comme si la barrière entre les rêves et la réalité se déplaçait sans cesse. Mais elle avait retrouvé assez de lucidité pour céder aux insistances des autres sœurs. Pourtant, montrer son sein à un homme, fût-il un soignant, était pour elle une épreuve et elle avait prié Dieu depuis son réveil afin de trouver la force de se laisser examiner. La tumeur, qu'elle avait découverte deux ans auparavant, avait triplé de taille dans les derniers mois et était devenue aussi grosse qu'une noix. Chaque mouvement lui faisait de plus en plus mal et le simple frottement du tissu sur sa peau était devenu insupportable. La fièvre et la toux qui l'avaient prise depuis une semaine, sa difficulté de respirer, son absence de forces, dont elle n'arrivait pas à se défaire, avaient accentué son calvaire. Sa propre souffrance la rapprochait de celle du Christ. Elle se sentait encore plus en empathie avec lui et avait assimilé sa maladie au chemin de croix de Jésus. Mais sa foi seule ne suffisait plus à combattre le mal et elle avait fini par accepter une intervention humaine.

François se réchauffa les mains en les frottant. Il demanda plusieurs linges et un chandelier afin d'éclairer suffisamment la pièce sans fenêtre. La malade releva sa chemise pour découvrir son sein gauche tout en prenant soin de laisser l'autre caché. La grosseur était située à mi-hauteur entre le mamelon et la base de la poitrine. Autour, la peau était rougeâtre, presque brune, et un liquide purulent en suintait. Il palpa la tumeur avec beaucoup de précautions, mais la religieuse eut un cri de douleur. François avait eu le temps de noter que la masse était plutôt molle, ce qui le rassura. « Ce n'est pas un cancer, sans doute une glande tuméfiée ou une vésicule pleine de pus », conclut-il. Il badigeonna le sein avec un mélange d'eau de fray de grenouilles, de sedum et de solanum et demanda à ce que l'opération soit renouvelée quatre fois par jour. La sœur, qui l'avait emmené au chevet de la malade et qui était restée présente à la demande de celle-ci, nota, sous la dictée de François, la diète qui allait lui servir de traitement.

— Vous préparerez tous les matins un bouillon fait de veau, de cerfeuil, de pimprenelle, de chicorée et de vingt grains de cloportes en poudre. À midi, une soupe de volaille très peu salée et avant le souper, vingt grains d'yeux d'écrevisse. Comme boisson, *ad libitum*, de la tisane de riz et du vin. Je reviendrai vous voir dans une semaine, mais n'hésitez pas à me faire quérir avant si votre état ne s'améliorait pas.

— Merci, maître Déruet, dit la mère Janson, qui avait fermé les yeux.

— Je suis maître Delvaux.

— Pardon, pardon, se reprit-elle en ouvrant les paupières au prix d'un effort. Ne m'en veuillez pas, je suis si fatiguée en ce moment.

— Je ne vous en veux pas, la comparaison avec mon ami est flatteuse pour moi. Avec un peu de chance, il sera rentré pour la prochaine visite.

— Où est-il allé ?

Le Hérisson blanc fit la moue. Il lui avait relaté le voyage à Versailles moins d'une demi-heure auparavant. Tout en rassemblant ses affaires, il le fit une nouvelle fois en n'omettant aucun détail de façon à s'assurer de sa capacité de se souvenir la semaine suivante.

— Nicolas est parti avec la marquise de Cornelli, conclut-il. Ils sont maintenant fiancés et il ne m'étonnerait pas qu'ils annoncent leur mariage en revenant de France.

La mère Janson gémit et murmura « Non... » suivi de paroles incompréhensibles.

— Je vais vous laisser vous reposer. Essayez de trouver le sommeil.

La sœur le raccompagna jusqu'à la carriole, où le chameau, seul, mâchonnait les brins d'herbe que les pensionnaires avaient déposés à ses pieds. Il avait aussi brisé plusieurs branches du mirabellier d'un coup de mâchoire jusqu'à ne plus en avoir à portée de gueule. Tout en dénouant la longe, François renouvela ses recommandations à la religieuse. Lorsqu'elle remonta dans la chambre de la supérieure, celle-ci, au prix d'un immense effort, s'était assise dans son lit, la tête calée contre le mur, le visage grêlé de souffrance.

— Ma mère, mais que faites-vous ?

— Sœur Marie-Dorothée, vous allez prendre note... de tout ce que je vais vous dicter...

La douleur hachait sa respiration.

— Lorsque Dieu m'aura rappelée à lui... vous remettrez cette lettre à maître Déruet... il doit savoir... il doit savoir.

Elle prit une longue inspiration :

— Écrivez...

112

L'intérieur était éclairé par une rangée de bougies piquées en ligne en face de la cage de l'homme sauvage. Une odeur de charogne émanait de la paille sur laquelle couraient des mulots. Nicolas attendit que ses yeux se soient accommodés et s'approcha de Joseph. Il était nu et son corps marqué de traces de coups de fouet était encore plus maigre que cinq ans auparavant. Ses cheveux et sa barbe avaient poussé et lui faisaient un casque blond presque aussi volumineux que la perruque du vieillard de l'opéra.

— Joseph, dit-il doucement. Vous me reconnaissez ?

L'homme continua de le regarder sans réaction. *Quel stupide je suis, comment pourrait-il se souvenir de quelqu'un entrevu un soir il y a cinq ans ?* songea-t-il en s'agenouillant à la hauteur du prisonnier.

— Aujourd'hui, je n'ai rien à te donner, s'excusa-t-il en lui montrant ses mains vides. Mais je vais revenir.

Joseph s'approcha et le renifla. Dehors, les spectateurs s'impatientaient. Azlan et Rosa ne pourraient longtemps les empêcher de pénétrer à leur tour dans la carriole. Il passa sa main à l'intérieur de la cellule. Joseph la huma et sembla rassuré.

— Je vais revenir, répéta-t-il.

Il se releva. Joseph empoigna les barreaux et les secoua sans violence et sans cri.

— Oui, je comprends. Nous te sortirons de là.

Il leva le drap qui servait de porte et se présenta au groupe qui attendait son tour.

— Allons, que faites-vous, monsieur ? Laissez-nous

passer ! s'énerva l'un d'eux en frappant d'impatience sa canne sur le sol. Nous aussi avons droit de le voir !

— Je crois que ce ne sera pas possible, répondit Nicolas d'un ton d'autorité.

— Et pourquoi donc ? demanda l'homme en prenant les autres à témoin.

— Je viens de l'examiner. Cet homme est malade.

Un cri de déception parcourut le groupe.

— Non seulement il est malade, mais il risque de contaminer tout le monde ici.

Certains reculèrent, d'autres abandonnèrent la file. Les plus hardis s'interrogèrent du regard. Seul leur contradicteur ne bougea pas et se fit plus pressant.

— Mais qu'a-t-il donc ? Et qui êtes-vous, monsieur ?

— Maître Déruet est le plus grand chirurgien du royaume, s'interposa Azlan. Et je suis son assistant.

— Mais de quel royaume parlez-vous donc ? Je n'ai pas l'honneur de vous connaître, continua l'homme, sûr de lui.

Rosa décida d'intervenir.

— Je suis la marquise de Cornelli. Et vous, monsieur, qui êtes-vous ?

Il se découvrit pour la saluer.

— Adrien Harénius, premier médecin du duc d'Orléans et médecin honoraire à la Cour. Depuis quand un chirurgien se mêle-t-il d'examiner des patients ?

Le ciel s'était teinté d'encre. Les promeneurs regagnaient le château d'un pas pressé.

— Répondez, monsieur Déruet, insista Harénius.

Nicolas se sentit piégé et décida de jouer la franchise.

— Voulez-vous entrer avec moi dans cette carriole ?

— Cela était mon intention, même sans votre présence.

Il descendit les trois marches qui le séparaient du médecin.

— Je voudrais vous parler de Joseph Urfin, l'homme qui est emprisonné sans raison dans cette cage. Nous nous devons de le libérer, docteur Harénius.

Rosa et Azlan les avaient laissés dans l'antre de l'homme sauvage et s'étaient fait transporter jusqu'à la salle du jeu de paume, située à moins de deux cents mètres à l'extérieur du château. Le jeune homme devait y jouer un match le vendredi suivant contre un adversaire local qui ne lui avait pas encore été désigné et voulait aller reconnaître le terrain.

Il siffla d'admiration en découvrant l'endroit. La salle était haute, plus de huit mètres, calcula-t-il, et beaucoup plus lumineuse que celle du palais ducal de Nancy, en raison de son orientation et des immenses fenêtres qui composaient le haut des deux murs latéraux peints en noir. Même les spectateurs étaient choyés par une tribune en bois précieux dont le toit les protégeait de la lumière extérieure comme un immense chapeau. Le terrain, d'une longueur de cent pieds, était le plus grand qu'il n'ait jamais foulé et offrait aux joueurs un recul important. Il était composé de quatre-vingt-dix rangées de carreaux de pierre à l'alignement parfait. Les jointures avaient été travaillées pour ne fausser aucun rebond. Le filet formait une courbe parfaite : haut de deux pieds et demi au centre, il s'élevait à cinq pieds aux extrémités.

Azlan fit le tour du terrain en cherchant la moindre irrégularité, le moindre défaut, mais n'en trouva pas. Il rejoignit Rosa qui s'était assise dans la galerie, alors que deux joueurs s'échauffaient pour une partie.

— Je n'ai jamais rien vu d'aussi parfait ! commenta-t-il. Ce n'est pas de la paume, c'est un tapis de billard ! Il y a de quoi faire des fameux coups de bricole !

Le son des balles frappées résonnait aux quatre coins de l'immense volume de la salle alors que les deux adversaires n'échangeaient aucune parole, ni cri, ni encouragement, ni juron, ce qui surprit Azlan habitué aux ambiances bruyantes.

— Ils jouent bien, non ? demanda Rosa, une pointe d'inquiétude dans la voix.

— Pas mal, répondit-il sans vouloir admettre qu'il était impressionné par la vitesse et la précision des coups.

Deux autres paumiers entrèrent, accompagnés de leur entraîneur.

— Regardez qui voilà, s'exclama Azlan en montrant celui-ci du doigt. Mon ancien professeur, votre courtisan, ce ruffian...

— Hyacinthe Reverdy !

L'homme, qui les avait repérés, donna quelques instructions à ses élèves et vint les trouver sans se presser. Il salua Rosa mais n'eut qu'un regard méprisant pour Azlan.

— Chère marquise, cette salle s'honore de votre présence qui la rend plus prestigieuse encore.

— Arrêtez là les flatteries, Reverdy, il y a un trophée que vous n'obtiendrez jamais, s'énerva Azlan en s'interposant.

— La mouche du coche est toujours aussi virulente, à ce que je vois !

À peine avait-il prononcé ces paroles qu'il recula d'un pas par précaution. Le coup de tête d'Azlan lors de leur dernière altercation était encore présent dans son esprit et sa chair.

— Nous vous saurions gré, monsieur, à l'avenir de ne plus nous adresser la parole, demanda Rosa qui voulait éviter que le jeune garçon ne tombe une nouvelle fois dans le piège des provocations du Français.

— Je crains que cela ne soit difficile. Il me semble que vous revenez bientôt pour une défaite annoncée. Contre lequel de mes champions voulez-vous perdre ? Choisissez ! dit-il en montrant les quatre athlètes qui s'entraînaient sur le terrain.

Azlan savait que ses chances de victoire étaient quasi nulles contre des joueurs plus âgés, plus puissants et plus expérimentés, qui passaient leurs journées dans cette même salle.

— Contre vous, Hyacinthe, répondit-il avec un calme dont il s'étonna lui-même.

— Plaît-il ?

— Vous m'avez bien entendu. Contre vous.

Reverdy eut un instant d'incompréhension et crut qu'Azlan se moquait. À trente-cinq ans, il possédait moins de puissance physique que les joueurs qu'il entraînait, mais sa technique leur était bien supérieure. Il n'y avait pas plus fin tacticien sur la place de Paris. Il était capable de gagner une partie sans donner l'impression d'avoir bougé de l'ais. Il comprit qu'Azlan en faisait une affaire d'honneur.

Une rafale de pluie vint cingler bruyamment les fenêtres, puis une seconde.

— À votre guise, finit-il par répondre. La partie n'a pas commencé que vous avez déjà commis une première erreur, mon petit. Aurais-je été un si mauvais professeur ? Je vous promets de me rattraper dans une semaine.

113

Une fois au château, ils avaient rejoint Nicolas qui leur avait apporté une bonne nouvelle : le médecin avait accepté de les aider à plaider la cause de Joseph auprès du roi. De retour à Paris, ils passèrent la soirée chez la tante où le docteur Bagard vint les trouver pour leur annoncer que la duchesse Élisabeth-Charlotte était fiévreuse.

— Aucun autre symptôme, rien d'inquiétant, mais nous avons décidé en accord avec elle qu'elle garderait la chambre et que personne ne serait autorisé à la voir.

— Pas même le duc ? s'étonna Rosa.

— Surtout pas lui, répondit le médecin en feuilletant un des traités de Nicolas. Il est notre bien le plus précieux. La duchesse est avec sa mère et madame de Lenoncourt. Elle a pu s'entretenir avec son mari par la fenêtre.

Il referma l'ouvrage en le claquant et le rendit au chirurgien.

— On va se contenter de quelques saignées et de lavements. Je sais ce que vous en pensez, Nicolas, mais ce traitement n'est pas de moi. Le duc d'Orléans nous a imposé son médecin, un certain Harénius. C'est lui qui en a décidé ainsi. Nous serons là en observateurs. Mais je crains que ce ne soit la petite vérole.

Le pronostic du docteur Bagard se confirma au bout de quarante-huit heures : le mardi, Élisabeth-Charlotte s'était réveillée sans fièvre mais avec de nombreuses macules rouges sur le corps et le visage, dont certaines s'étaient déjà transformées en papules caractéristiques de la variole. Léopold fit donner plusieurs messes pour la guérison de sa femme et se tint éloigné du Palais-Royal. Il avait une peur panique des maladies qui se répandaient comme des traînées de poudre.

Ce mardi fut aussi le jour de la livraison des gants, la maison *À la Providence* s'étant fait un point d'honneur de finir leur fabrication en avance sur la date prévue. Azlan en profita pour partir s'entraîner dans une des nombreuses salles de la capitale, avec le sieur Alexandre Masson, qui lui avait été recommandé pour son art supérieur du jeu. Il croyait – ou feignait de croire – en ses chances de victoire et voulait mettre à profit les quelques jours qui lui restaient pour apprendre de nouveaux coups.

Après le souper, Nicolas attendit que la maîtresse de maison se soit retirée pour rejoindre Rosa dans sa chambre. Ils s'allongèrent sur son lit et s'enlacèrent en s'embrassant. Lorsqu'elle put reprendre son souffle, elle jeta un regard vers la porte.

— Vous êtes sûr que ma tante ne vous a pas vu entrer ?

— À moins qu'elle n'ait elle-même quelqu'un dans sa chambre, je crois qu'elle dort déjà, j'ai entendu ronfler. Détendez-vous, Rosa, ajouta-t-il en tirant son gant pour l'enlever.

Elle l'arrêta.

— Non, gardez-les. J'aime quand vous me caressez avec. Et ils me rappellent le plus beau fou rire de ma vie. C'est la rencontre de vendredi qui m'inquiète, Nicolas.

Il entreprit de lui délacer son corset.

— Ce n'est qu'une partie de paume, pas la guerre.

— Vous ne connaissez pas ce Reverdy. Il ne se contentera pas de gagner, il voudra l'humilier.

— Nous serons là pour le soutenir. En tout cas, il a eu un sacré culot de choisir son professeur comme adversaire.

Elle ôta sa chemise et lui caressa le torse avant de se lover contre lui.

— Je suis heureuse. Je vais épouser l'homme que j'aime et qui va me combler. Cette chance unique, je devrais toujours l'avoir présente à l'esprit pour chasser les contrariétés de la vie.

— Et moi, que devrais-je dire ? Vous m'emmenez dans votre élan d'absolu, vous faites de moi un homme meilleur, vous êtes mon guide, Rosa.

— Ces mots sont pour moi si importants, si vous saviez comme j'ai attendu et espéré votre retour, comme j'ai attendu et espéré votre venue, comme j'ai attendu et espéré que votre regard se pose amoureusement sur moi, enfin, et plus seulement comme un regard fraternel posé sur l'adolescente que j'étais. Que j'ai eu peur pour vous pendant ces quatre années de campagne, tous les jours je priais pour que les armes vous épargnent des blessures, pour que votre commandant vous épargne du front des combats. Je n'ai jamais autant prié de ma vie un Dieu qui, soudainement, prenait de l'intérêt pour moi. Je vous aime depuis toujours, je vous aimais déjà avant de vous connaître, mon ange.

— Rosa ! cria une voix derrière la porte.

— Ma tante… C'est ainsi qu'elle ronfle ? chuchotat-elle à Nicolas qui s'excusa du regard. Oui ? réponditelle.

— Quand votre chirurgien personnel aura fini

de vous examiner, peut-être pourra-t-il regagner sa chambre et vous laisser vous reposer ?

Une heure plus tard, après avoir pris toutes les précautions nécessaires, Nicolas retournait auprès de Rosa. Ils s'unirent jusqu'à ce qu'elle s'endorme d'épuisement. Il continua à la caresser longtemps après sa plongée dans les songes, puis s'allongea contre elle sans trouver le sommeil.

Lorsqu'il descendit de carrosse, Léopold compta les véhicules qui le suivaient, au nombre de huit. Manquait à l'appel celui qu'il avait dédié au docteur Bagard et à Nicolas. Ils devaient s'enquérir de la santé de la duchesse, toujours en quarantaine dans sa chambre du Palais-Royal, avant de retrouver l'aréopage de la maison de Lorraine pour la prestation de l'hommage au roi. Léopold était sincèrement inquiet pour la santé de sa femme, même si le nombre de vésicules apparues n'était, aux dires d'Harénius, pas inquiétant. Élisabeth-Charlotte ne se plaignait pas et avait bon moral, mis à part la présence de sa mère qu'elle jugeait plus étouffante encore que la variole elle-même.

Il tenait à avoir les nouvelles les plus récentes de son épouse et à les transmettre au roi. Il fut introduit en compagnie de sa suite dans les appartements du grand écuyer où l'attente dura peu de temps avant qu'on ne vienne les chercher, ce qui provoqua un murmure de satisfaction dans leur assemblée. La troupe lorraine, accompagnée du duc d'Orléans, traversa au pas de charge plusieurs pièces en enfilade, puis la salle des gardes, sans que ceux-ci présentent les armes, et s'arrêta dans l'antichambre devant une porte fermée. Dans la suite, tout le monde se regarda et s'interrogea sur l'attitude des soldats français qui pouvait passer pour un affront fait à l'État lorrain. Léopold chargea le marquis de Lenoncourt de s'annoncer selon la règle. Il gratta doucement à la porte de la chambre du roi. De l'autre côté, la voix de l'huissier répondit :

— Qui est-ce ?

— Monsieur le duc de Lorraine, proclama-t-il d'une voix assurée.

La porte resta fermée. Carlingford s'approcha du duc mais, avant même de pénétrer dans l'antichambre, Léopold avait compris ce que le roi lui préparait. Il fit signe au marquis de recommencer. De nouveau, la voix cérémonieuse de l'huissier leur parvint de l'intérieur :

— Qui est-ce ?

— C'est monsieur le duc de Lorraine, répéta Lenoncourt plus fortement.

— Elle va rester fermée. Il ne veut pas entendre parler de Lorraine, chuchota Carlingford à l'oreille du duc. La cérémonie concerne le duché de Bar. Si l'on continue, il va nous humilier.

— Allez-y, lui fit Léopold.

Le comte s'approcha de la porte et gratta à son tour. Lorsque l'huissier posa la même question, il répondit :

— C'est monsieur le duc de Bar.

Aussitôt, un des deux battants s'ouvrit. Léopold remercia Carlingford d'un geste discret, comme souvent entre eux deux, et entra.

114

Ils quittèrent le Palais-Royal après que Nicolas eut préparé à Élisabeth-Charlotte un remède contenant du fiel de porc ainsi qu'un collyre à base d'eau de plantain et de safran, et furent à Versailles en moins de deux heures. L'attelage passa les grilles d'honneur au galop, avant de faire halte dans la cour en marbre. Les chevaux, excités par la course, tiraient sur leurs mors, la bouche écumante. Le docteur Bagard ne voulait pas rater la cérémonie et laissa Nicolas rencontrer son confrère Harénius pour lui expliquer qu'ils avaient interféré avec son traitement et encourir ses foudres. Le médecin ne logeait pas à Versailles, mais, en tant que conseiller de Sa Majesté, s'y trouvait présent plusieurs jours par semaine pour y officier et se faire voir dans les repas et représentations de la Cour. Il le chercha au Grand Commun, une des dépendances situées à quelques mètres du château, un bâtiment carré qui abritait les cuisines et offices au rez-de-chaussée et plusieurs centaines d'appartements dans les étages supérieurs. Harénius avait pu obtenir l'un d'eux et le transformer en cabinet de consultation, pour les courtisans et leur domesticité, qu'il partageait avec deux autres des médecins de la suite. Nicolas se perdit plusieurs fois dans les dédales de corridors qui fleurissaient à chaque étage. Il vit des rats grimper sur des tas d'immondices déposés près des portes, des flaques d'eaux usées dans lesquelles pataugeaient des bambins désœuvrés, des seaux de déjections abandonnés. À certains endroits, l'odeur pestilentielle se mêlait aux relents des cuisines préparant les repas qui seraient servis en commun aux différentes tables du château. Il finit par trouver le cabinet en s'y faisant amener par un jeune garçon dont les parents servaient à l'office et qui était en train d'écrire « Vive le roi » sur les marches de l'escalier, à l'aide d'un caillou.

— La seule phrase que je connaisse, lui dit-il comme pour s'excuser.

L'homme qui le reçut n'était pas le docteur Harénius.

— Aujourd'hui, je le remplace, précisa-t-il avec l'accent chantant d'une province lointaine. Il est parti à la ménagerie, avec plusieurs collègues.

— La ménagerie ?

— Oui, une collection d'animaux vivants dont certains sont très exotiques. Une excentricité de notre roi, qui, je dois dire, ne manque pas de charme. D'ailleurs, je me souviens que ce cher docteur Harénius doit faire ce matin une expérience sur un des pensionnaires de la ménagerie : une bête sauvage qui serait vaguement humaine, paraît-il. Il était exposé au Trianon, mais les gens en ont pris peur. Je n'ai pas eu le temps de…

— Où est-ce ? l'interrompit Nicolas.

Le médecin, surpris par le ton, resta coi.

— Où est la ménagerie ? insista-t-il.

— Par tous les saints, dans le parc ! Au bout du canal, vers l'ouest. Le bâtiment principal est un octogone surmonté d'un dôme et la zone est entourée de hauts grillages, vous ne pouvez pas vous tromper. Mais que se passe-t-il ?

— Il m'a dupé ! Je dois l'empêcher de toucher à Joseph.

— Qui est Joseph ?

— Votre « bête sauvage ». Je suis désolé de vous avoir brusqué. Merci, monsieur, dit-il depuis le couloir.

— Mais… attendez ! Prenez un cheval, c'est à près d'une demi-lieue !

Nicolas ne l'entendit pas, il était déjà à l'étage inférieur. Le médecin fit une mimique.

— Drôle de patient. Et quelle idée d'appeler un animal Joseph !

Harénius était satisfait. L'intervention fortuite de Nicolas lui avait permis de convaincre le roi des intentions lorraines de rendre sa liberté à l'homme sauvage. Il avait obtenu l'autorisation de rapatrier la bête dans la ménagerie et de l'étudier comme bon lui semblait. Les trois confrères qui l'avaient accompagné étaient arrivés à la même conclusion que lui : le spécimen qu'ils venaient d'examiner ne pouvait faire partie de l'espèce humaine. Bien que sa constitution en fût proche – « À s'y méprendre », avait ajouté l'un d'eux –, leurs regards de spécialistes avaient noté des différences anatomiques qu'ils jugeaient significatives, notamment la taille de ses tibias ou de ses avant-bras et ses canines, aux dimensions importantes. De plus, son incapacité à porter des vêtements ou à apprendre le moindre langage les avait définitivement convaincus. La question qui agitait la docte assemblée était de définir si Joseph avait pu provenir d'un croisement entre un singe et une femme que l'animal aurait violentée.

— Mais dans ce cas, il aurait grandi avec sa mère, dit l'un d'eux. Je concevrais plus volontiers qu'une guenon ait reçu la semence d'un humain. Ce qui expliquerait pourquoi il fut retrouvé en forêt où il aurait été élevé par des loups.

Les autres approuvèrent de la tête.

— Et pourquoi il a gardé tous les caractères principaux de ces bêtes, ajouta Harénius.

Nouveau va-et-vient des couvre-chefs.

— N'y aurait-il pas quelque intervention diabolique dans ce phénomène ? proposa le plus petit, un homme

chauve qui ne portait pas de perruque, mais un vêtement noir caractéristique.

— Mon père, votre ministère fausse votre point de
vue, vous devriez raisonner comme l'excellent anatomiste que vous êtes aussi, répondit Harénius, qui
s'attendait à la remarque.

— Je proposerai quand même de voir s'il n'a pas
la marque du diable, insista-t-il.

— Voilà une heure qu'il est là, nu devant nous, nous
l'aurions vue, s'il en avait eu une ! s'impatienta un
autre. Passons à l'expérience que le docteur Harénius
a préparée. Nous serons alors fixés.

Le groupe se trouvait à proximité de l'enclos des
loups. Joseph, pieds et poings enchaînés, fut amené par
deux soldats devant leur grille. Le dernier repas des
animaux datait de la veille et la présence des humains
les rendait nerveux.

— Puisqu'il se dit que cette bête aurait été trouvée,
à l'âge de neuf ans, au milieu d'une horde de loups
semblables à ceux-ci, il me semble légitime de penser
qu'ils ne s'attaqueront pas à lui, expliqua Harénius.
Dans le cas contraire, son autopsie nous révélera bien
des enseignements.

Il fit un signe de la main aux gardes qui ouvrirent
la porte et le précipitèrent dans la cage.

115

Léopold se découvrit et fit une première révérence
en entrant, une seconde au milieu de la pièce et une
dernière à deux mètres de Louis XIV. Le roi ne bougea
pas. Il était telle une statue de cire, entouré de sa

famille, du chancelier, du grand chambellan, de son premier valet, des ducs de Bourgogne et d'Anjou, petits-fils du roi, encore adolescents, ainsi que d'une flopée de courtisans à l'arrière de la chambre. Tous étaient figés comme sur les portraits qui fleurissaient dans le château. Seul un grand chien blanc de type greffier déambulait dans la chambre, faisant crisser ses griffes sur le parquet lustré, indifférent au protocole. Le duc de Lorraine, pourtant habitué aux cours européennes, fut impressionné par le raffinement des décorations. L'or était présent partout, sur les tapisseries murales, les coussins, les rideaux de l'alcôve, les encadrements, les boiseries sculptées, la pendule qui égrenait l'heure au-dessus de la cheminée, les chérubins qui portaient d'immenses bougeoirs allumés. Les flammes elles-mêmes semblaient dorées à l'or fin.

Il remit, selon le cérémonial, son chapeau, ses gants et son épée au chambellan et s'agenouilla sur un velours rouge aux pieds du roi. Le monarque lui enveloppa les mains dans les siennes avant que le chancelier ne prononce les paroles de l'hommage, serment d'allégeance que Léopold répéta avant de le signer. Louis XIV sembla soulagé et rompit le silence :

— Puisque vous m'en assurez, monsieur, je vous ferai connaître que vous trouverez en moi un bon ami et un bon voisin. Couvrez-vous maintenant.

La cérémonie achevée, le roi se leva et prit des nouvelles de la duchesse.

— Comment se porte ma nièce ? On me dit que la petite vérole l'a prise à Paris.

— J'attends justement des informations pour vous les transmettre. Avec votre permission, Majesté, je vais demander à mon médecin qui doit être arrivé maintenant.

— Faites, monsieur. Et rejoignez-moi dans mon cabinet. Nous avons à discuter d'une affaire d'importance.

Lorsque l'huissier rouvrit la porte, tout le clan lorrain entoura son duc. Bagard lui relata sa visite à Élisabeth-Charlotte, mais Léopold sembla à peine l'entendre. Carlingford l'avait alerté sur un message parvenu d'un de leurs agents à la cour de France. Message auquel il n'avait d'abord pas cru. Mais la demande du roi semblait le confirmer. S'il se révélait exact, le petit État allait vivre des moments difficiles un an à peine après avoir retrouvé son indépendance.

116

Nicolas avait couru à l'endroit où les carrosses des Lorrains étaient parqués. Il retrouva le sien, mais, comme il le craignait, le cocher était absent, parti aux cuisines à la recherche d'une pinte de vin. Il défit les rênes d'un des deux percherons, le tira dans la cour et grimpa sur son dos en se tenant à sa crinière. L'animal semblait docile. Il lui fit prendre un trot léger, puis plus soutenu et partit au galop une fois sur la route qui menait à Saint-Cyr. Le chemin choisi allait lui faire contourner tout le parc mais était le seul permettant de soutenir une telle allure. Il sentit rapidement la chaleur du cheval irradier de son corps. Il ralentit l'allure à mi-parcours, le temps pour la bête de récupérer et reprit son galop lorsque la ménagerie fut en vue. Il gagna la cour pavée et s'arrêta devant l'entrée principale encadrée de deux édifices en forme de tours carrées. Il les investit en courant et accéda au pavillon octogonal par une des galeries axiales. L'intérieur était tapissé de tableaux représentant les pensionnaires de la ménagerie. Pas de trace du médecin. Nicolas emprunta un balcon qui ceignait le bâtiment central et dominait les environs. L'ensemble était au milieu d'un parc, lui aussi de forme octogonale, cerné d'enclos et de parcelles limités par de hauts grillages dans lesquels se trouvaient les animaux les plus étranges de la Création : ibis, casoars, grues, autruches, oiseaux de toutes formes et de toutes couleurs. Plus loin, des dépendances en pierre renfermaient les cages de mammifères des pays lointains, dont les fauves étaient l'attraction principale. Les promeneurs, peu nombreux, s'étaient dilués tout autour de l'octogone. Nicolas scruta chaque arpent de terrain sans parvenir à reconnaître le médecin. Au moment où il se décidait à descendre dans le parc pour investiguer les différentes parcelles, des aboiements et des hurlements retentirent en provenance d'un chenil à l'extrémité de la ménagerie. L'un des cris était humain.

Lorsqu'il entra, hors d'haleine, dans l'enclos, les deux gardes repoussaient de la pointe de leurs épées les loups excités. Joseph était allongé près d'eux, inanimé, le corps recouvert de morsures, dont certaines étaient si profondes que la chair avait été arrachée jusqu'aux muscles. Le médecin, qui lui tournait le dos, commentait son expérience.

— Je suis contrarié, il a failli me donner tort, constata-t-il en faisant rire ses confrères.

— Qu'avez-vous fait ? Mais qu'avez-vous fait ? hurla Nicolas en se précipitant dans la cage.

À son arrivée, les loups grognèrent et montrèrent les dents mais restèrent en retrait sous la coupe des armes. Il s'accroupit, posa sa tête sur la poitrine du blessé et sentit un liquide chaud sur le sol : le sang s'écoulait par vagues sous sa jambe droite. Lorsqu'il retourna Joseph, il eut confirmation de ce qu'il redoutait. Une partie de la cuisse avait été arrachée et l'artère fémorale sectionnée. Machinalement, Nicolas voulut débander ses mains pour utiliser les linges comme garrot, mais il poussa un juron : il avait mis ses mitaines de cuir pour la première fois le matin même. Il les enleva, enfila son poing dans la béance et comprima de toutes ses forces.

— Il est vivant, cria-t-il au groupe qui le regardait sans réaction. Allez chercher un chirurgien et des ferrements. Vite, vite !

Tout en maintenant les bêtes à distance, les soldats aidèrent Nicolas à sortir Joseph de la cage. Ils le posèrent sur la table qui servait à préparer le repas des fauves. Il n'avait pas repris conscience. Son pouls était faible. L'hémorragie semblait contenue, mais Nicolas continua de comprimer jusqu'à l'arrivée du soignant, un colosse à la carrure de forgeron, qui se présenta en habits d'apparat, en compagnie de deux aides. Il avait été dérangé en plein repas alors qu'il avait, pour la première fois depuis son arrivée à Versailles, eu droit aux honneurs de la table du roi. Il examina les blessures du regard tout en enlevant son justaucorps et sa perruque. Nicolas n'eut pas besoin de lui résumer la situation.

— Mon Dieu, le malheureux, murmura-t-il en sortant ses instruments d'une besace dans un bruit de cliquetis.

Ce furent les seules paroles qu'il prononça avant de se mettre au travail. Le Lorrain avait déjà commencé à ligaturer l'artère.

Un pélican passa la tête dans l'entrée et claqua du bec. Nicolas ne l'entendit pas. Sa concentration avait fusionné avec sa colère. Les deux étaient extrêmes. Il cautérisait les vaisseaux de chaque plaie, les nettoyait avant de les recoudre et de passer à la suivante.

— De l'eau, allez chercher de l'eau. Il nous en faut encore.

Sa voix était calme, presque froide. Il insufflait toute son énergie dans la précision de ses gestes. Plus rien d'autre ne comptait. Il devait le sauver.

Les deux chirurgiens travaillèrent pendant trois heures et dénombrèrent trente-trois morsures profondes. Le blessé gémissait à chaque expiration et n'allait pas tarder à reprendre conscience. Nicolas fit apporter une couverture dont il recouvrit Joseph, puis aida son confrère à rassembler ses affaires. Il reprit ses gants, qu'il trouva sur le sol, les épousseta et les enfila avant de s'asseoir, sur la paille, la tête entre les mains, à quelques mètres de la cage où les bêtes s'étaient calmées et semblaient amorphes. Il se sentait responsable. Le chirurgien lui proposa une louche remplie d'eau.

— Nous avons fait de notre mieux.

— Merci, sincèrement merci. Je m'appelle Nicolas Déruet.

— Je sais, je vous connais de réputation. Je vous ai observé, ce fut un plaisir de travailler à vos côtés. Tenez-moi au courant. Je suis curieux de savoir s'il va en réchapper.

Lorsqu'il sortit de l'enclos, Nicolas réalisa au regard

des quelques curieux présents que ses vêtements étaient maculés de sang. L'un d'eux s'approcha et désigna le blessé que les deux aides sortaient de la ménagerie sur la table.

— Il paraît qu'il s'est jeté dans la cage aux loups ? Mais comment peut-on faire une chose pareille ?

Nicolas regarda le badaud, harassé, et n'eut pas la force de répondre. Il quitta la ménagerie pour rejoindre le château où le clan lorrain s'apprêtait à retourner à Paris.

Il n'entendit plus jamais parler d'Harénius. Joseph Urfin mourut après quatre jours d'agonie à l'hôpital militaire de Versailles. Dans son édition du 4 décembre, *La Gazette de France* indiqua dans un entrefilet que l'homme sauvage, cadeau de la reine de Pologne au roi Louis, avait été dévoré par les fauves de la ménagerie royale. La une titrait sur la fin tragique du poète Jean-Baptiste Santeuil.

117

Ils avaient décidé de quitter le royaume de France juste après le match d'Azlan. Nicolas était resté cloîtré à la maison de la rue du Bout-du-Monde et avait canalisé sa colère en se jetant dans la rédaction de son ouvrage que les derniers mois avaient laissée en sommeil. Il resta enfermé les jours suivants. Sur les conseils du sieur Masson, Rosa emmena Azlan chez un paumier-raquetier de la rue Grenelle-Saint-Honoré afin d'acquérir une raquette en bois de frêne et de tilleul, d'une grande légèreté, dont les deux tiers du manche étaient recouverts d'une fine peau de mouton blanche.

Les cordes étaient faites d'un boyau très résistant qui permettait une tension supérieure à la moyenne. Ils s'arrêtèrent chez un tailleur et commandèrent les chemises, caleçons, camisoles et bas, tout l'équipement à la mode porté par les joueurs de la cour de Versailles.

— Pas question de leur laisser le champ libre pour la moindre raillerie, avait-elle dit. Tu seras éblouissant.

— À défaut d'être brillant, avait-il plaisanté.

Le doute avait quelque peu grignoté sa détermination depuis la veille où il avait effectué un entraînement de piètre qualité.

— J'ai l'impression de régresser, avait-il confié à son entraîneur.

— C'est plutôt bon signe, avait répondu Masson, tout en pensant l'inverse.

L'homme avait tenu à lui faire changer de chaussures et, la veille du match, ils avaient convaincu un bottier de la rue Pavée-Saint-André de leur confectionner en toute hâte une paire de souliers en peau de buffle, sans aucun talon, noués avec des cordons, et dont la semelle possédait des coutures apparentes afin de limiter le risque de chute.

— Nous avons fait le maximum pour qu'il se trouve dans les meilleures conditions, déclara Rosa en s'asseyant à côté de Nicolas dans le carrosse.

Il l'embrassa et l'enveloppa d'une couverture. La nuit avait déposé une fine couche de givre sur la ville.

— Je lui réserve une surprise à son arrivée, dit-il en enfilant ses mitons.

— Surprise ?

— Je sais que j'ai eu l'air absent et plutôt indifférent ces derniers jours, mais je tenais moi aussi à participer à sa préparation.

— Et… ?

Azlan pénétra dans l'habitacle et s'assit en face d'eux. Rosa comprit qu'il lui faudrait attendre avant de savoir ce que son fiancé avait tramé.

— Je suis prêt, on peut y aller ! Ne faites pas cette tête, je ne suis pas un agneau que vous emmenez à la tuerie !

Le trajet fut agréable, rythmé par les anecdotes de leur séjour dans la capitale.

— Il se dit que votre gantier a décidé de vendre. Votre petite plaisanterie lui a donné des idées, ajouta-t-elle avant qu'ils ne soient pris d'un nouveau fou rire à l'évocation de la scène.

Ils furent dépassés par un cavalier peu avant leur arrivée à Versailles.

— C'est le sieur Masson ! s'exclama Azlan, qui l'avait reconnu. Je suis content qu'il vienne assister à la partie.

Le carrosse s'arrêta dans une rue étroite devant un bâtiment dont la façade était peinte en noir autour de la porte d'entrée.

— Nous y voilà, souffla-t-il en reconnaissant l'édifice à l'immense baie vitrée qui en composait la partie supérieure.

Pendant que Nicolas et Rosa gagnaient la galerie intérieure, Azlan partit se changer dans la chambre des joueurs où un jeune feu crépitait dans la cheminée. Reverdy ne s'y trouvait pas, sans doute à s'échauffer sur le terrain avec un de ses élèves. Il prit son temps pour enfiler les vêtements et profiter de la chaleur des flammes. Il enleva ses bottes dans lesquelles

Alexandre Masson lui avait fait ajouter des semelles de plomb et qu'il portait ainsi depuis trois jours. « Un vieux truc de paumier », lui avait dit son professeur. Il noua ses chaussures et fit quelques pas, ressentant une incroyable sensation de légèreté. Azlan sourit, convaincu qu'il pourrait donner du fil à retordre à son adversaire. Il n'en demandait pas plus, trop conscient de la différence de niveau entre les deux.

Hyacinthe Reverdy entra sans s'être annoncé, une courbe de nonchalance aux lèvres.

— Voilà mon petit adversaire ! Sommes-nous prêts pour la leçon ?

Azlan s'était préparé à affronter les remarques et moqueries de l'homme. Il voulait éviter de tomber dans sa provocation. Il fouilla dans son sac, prit du temps et fit mine de choisir entre plusieurs raquettes.

— Au fait, ajouta Hyacinthe, j'ai croisé notre ami Masson. Je lui ai demandé de nous arbitrer. Il n'a pas pu refuser. Ce sera lui notre marqueur.

Azlan rumina intérieurement : en vieux briscard, Reverdy venait de cantonner son entraîneur à un rôle de stricte neutralité. Il ne pourrait lui prodiguer ni encouragements, ni conseils.

— Après vous, dit l'homme en lui indiquant la sortie.

Azlan emprunta le corridor qui menait au terrain en se concentrant sur sa raquette dont il entreprit de compter le nombre de cordes. Derrière lui, Reverdy sifflotait, détendu. Il s'arrêta soudain pour mieux entendre le bruit de fond qui provenait de la salle. Le jeune homme aussi l'avait discerné. Un bourdonnement grave résonnait dans l'enceinte. Lorsqu'ils entrèrent, Reverdy ne put cacher sa surprise.

— Mais qu'est-ce que c'est que ça ?

118

La galerie était remplie de spectateurs. Bourrée à craquer. Tous étaient lorrains. Léopold était présent, avec le comte de Carlingford, aux côtés de Nicolas et de Rosa, ainsi que toute la cour du duché, les gardes du corps, les valets et cochers de la suite. Le chirurgien avait même réussi à rameuter les Lorrains de Paris.

Azlan alla saluer le duc qui était rayonnant et ravi de montrer la solidarité et l'attachement de ses sujets au plein cœur de la ville de Louis XIV. Les rares spectateurs français s'étaient faits discrets ou n'avaient pas pu entrer, faute de place. La foule était bruyante, joyeuse, colorée et pressée d'en découdre par l'intermédiaire d'Azlan avec le royaume qui les avait si longtemps opprimés. Alexandre Masson appela les deux joueurs au centre du terrain. Il tenait en main une raquette qu'il garderait tout au long de la partie pour se protéger des balles.

— Droit ou nœud ? demanda-t-il à Azlan.

Le Lorrain lui indiqua le côté plat de la raquette.

— Droit.

Le marqueur la lança en l'air et inspecta le côté duquel elle était retombée.

— C'est nœud, dit-il. Le match se joue en six jeux gagnants. Monsieur Reverdy donne le premier service. Voulez-vous laisser un avantage à votre adversaire ?

Hyacinthe ne pouvait déroger à l'usage qui voulait qu'un joueur moins habile devait posséder quelques points d'avance pour mieux équilibrer une partie.

— Je propose quinze à chaque jeu et donner bisque.

— Cela consiste à prendre à son profit un point que l'on aura perdu dans la partie, expliqua Nicolas à Sébastien Maroiscy, son éditeur, qui avait tenu à venir les encourager, mais n'avait jamais mis les pieds dans une salle de paume.

— Gardez-les, répondit Azlan, je ne veux pas le moindre avantage. Je vous battrai sur un strict pied d'égalité.

Sa réponse fut saluée par les cris d'encouragement des spectateurs. Reverdy sourit pour montrer une décontraction intacte. Mais, intérieurement, il fulminait de devoir affronter un environnement hostile dans son propre fief.

— À votre guise, dit-il.

Il se positionna au fond de jeu pour servir, alors qu'Azlan rejoignit l'autre côté, devers le jeu, afin de recevoir l'engagement.

Le premier point fut facilement gagné par le Français dont le service fut renvoyé par Azlan en dehors des limites du court.

— Quinze à rien, annonça Masson en traçant un trait à la craie sur le carreau à ses pieds.

Le deuxième point fut plus disputé. Azlan tenta de couper ses coups d'arrière-main, avant de tourner subitement et de frapper la balle en diagonale d'avant-main. Reverdy n'essaya pas de la rattraper. Le public hurla sa joie comme si le match venait d'être gagné.

— Quinze à un ! cria le marqueur pour indiquer l'égalité.

Il l'a fait exprès, pensa Azlan. *Il n'a pas joué le point pour se donner un handicap.*

La suite confirma ses craintes. Le Français gagna facilement les trois points.

— Un jeu à rien pour le sieur Reverdy, clama Alexandre Masson.

À l'aide de sa raquette, il leva le filet afin que les joueurs changent de côté de jeu. Dans la galerie, les Lorrains encourageaient Azlan si bruyamment que personne n'entendit le marqueur annoncer le gain du jeu suivant en faveur du Français. Sur le second point, une nouvelle fois, Hyacinthe laissa filer une balle qu'il aurait pu relancer, ce qui agaça Azlan. L'homme, sûr de lui, prenait ou donnait les points à sa guise. Debout à la porte du côté du fond de jeu, Masson tentait de garder la froide neutralité de l'arbitre. Il s'en voulait de s'être laissé piéger par Reverdy et avait envie de crier à Azlan de changer de tactique. Plus le Français le provoquait, plus le jeune homme tentait d'élever la puissance de ses coups. À chaque fois, la balle lui revenait plus rapidement encore, l'acculant à la faute.

— Trois jeux à rien, annonça-t-il, alors que les deux hommes changeaient à nouveau de côté.

Hyacinthe se fit chercher à boire. Un des deux garçons paumiers lui apporta du vin, pendant qu'Azlan allait trouver du réconfort auprès des spectateurs dont les encouragements n'avaient jamais cessé. Le duc s'approcha de lui.

— Rien n'est définitif, chaque point est une bataille. Et si je m'y connais peu en jeu de paume, j'ai l'expérience de la stratégie militaire. Ne cherchez pas à jouer sur vos coups les plus forts, Azlan, cet homme vous sera toujours supérieur. Cherchez son point faible et visez-le. Quoi qu'il arrive, cette partie, nous l'avons déjà gagnée, la Lorraine l'a gagnée, ajouta Léopold en lui montrant la salle tout acquise à sa cause.

La phrase le décrispa. Il n'avait rien à perdre,

contrairement à son ex-professeur. Il le regarda boire sa dernière gorgée de vin et regagner son carré sans se presser. Au lieu de marteler son service en tapant de haut en bas, Azlan le roula de bas en haut, comme l'eût fait un débutant. La balle, sans grande force, obligea son adversaire à s'approcher du filet et se baisser pour la relever, ce dont le Lorrain profita pour la reprendre de volée et l'envoyer hors de portée de Reverdy. L'ovation de la galerie fit sourire le Français. Il fit signe à Azlan qu'il ne se ferait pas prendre une seconde fois à cette ruse. Ce qui, pourtant, arriva. Les points suivants furent des échanges aux effets travaillés. Les balles rasèrent la corde avant de s'écraser dans le filet une fois de chaque côté.

— Receveur perd au dernier de quatre carreaux. Jeu au serveur, déclara le marqueur en griffonnant sur le sol.

À l'annonce du premier jeu gagné, la joie du camp lorrain se manifesta avec exubérance. Deux gentilshommes vinrent sur le terrain féliciter Azlan comme s'il avait remporté le match.

Il avait décidé de ne plus tenter de points directement gagnants. Il s'appliquait à remettre la balle dans les limites du court, parfois d'un geste soutenu, parfois avec mollesse, sans jamais se laisser dicter le jeu. Il savait qu'il s'épuiserait plus vite que Reverdy, dont la technique supérieure lui permettait de s'économiser, mais Azlan se sentait capable de jouer chaque point comme s'il eût défendu sa vie. Il avait l'impression de se nourrir de l'énergie de chacun des encouragements qu'il recevait.

Le combat gagna en intensité. Il réussit à prendre

le service du Français, qui accumula plusieurs fautes directes, et à refaire son retard.

— Égalité à six jeux ! annonça Alexandre Masson avec emphase.

Chaque point, chaque coup joué donnait lieu à des cris de joie ou de rage.

La tension suintait dans la galerie autant que sur le terrain. Reverdy effectuait des pauses de plus en plus longues pendant lesquelles Azlan refusait de s'asseoir et arpentait le terrain, les yeux creusés, le regard fixé sur sa raquette ou tourné vers ses amis. Jamais il n'avait ressenti une telle communion, un tel désir partagé de réussite. Il en était l'aboutissement et n'envisageait pas de faillir.

Le Français ne savait plus comment se sortir de la nasse du Lorrain. À chaque changement de tactique, Azlan en changeait lui aussi. Reverdy n'arrivait plus à anticiper les coups de son adversaire. Il savait d'expérience que l'état de grâce d'un joueur ne durait pas tout un match et s'arc-bouta au fond du court en prenant le minimum de risques dans l'attente d'un retournement de situation. Le jeune Lorrain ne pourrait tenir le même rythme bien longtemps sans boire ni manger.

— Égalité à huit jeux !

Rosa s'était assise. La partie avait commencé depuis une heure et demie et la chaleur devenait étouffante dans la galerie. Tous les autres restaient debout, trépignant pendant les engagements, accompagnant les gestes d'Azlan, applaudissant, criant, jurant parfois, avant de s'excuser auprès de leurs voisins. Même les deux musiciens que le duc avait emmenés ne jouaient plus depuis longtemps, captivés par le jeu. Nicolas ne quittait pas Azlan des yeux, qui cherchait son soutien du regard à chaque changement de camp. À sa gauche, Léopold se penchait de temps en temps vers lui, exalté par la bataille pacifique à laquelle tous avaient l'impression de participer : le petit amateur contre le grand paumier, le petit État contre le grand royaume. « S'il gagne, nous lui donnons une bourse de mille francs », avait-il déclaré lorsque Azlan avait repris son service de retard. À six partout, le duc s'était emballé : « S'il gagne, nous donnons son nom à une rue ! », ce qui avait fait acquiescer Carlingford, plus prompt à faire ce genre de cadeau qui ne coûtait rien à la cassette ducale. Lorsque Azlan porta le score à neuf jeux à huit, Léopold ferma les yeux et pria Dieu de leur venir en aide pour assener le coup final. Il fut bousculé par ses voisins dans une ambiance indescriptible.

— Il l'a, il l'a ! cria Carlingford. Il va servir pour remporter le match !

« S'il gagne, je lui offre un marquisat ! » décida le duc au moment où Azlan lançait la balle.

119

Le feu dans la chambre des joueurs s'était commué en des braises ambrées. Nicolas frictionna le dos d'Azlan à l'aide d'une serviette chaude qu'il avait imbibée d'une huile de massage. Les deux amis étaient silencieux. Lorsqu'il eut fini, il l'enroula sur la nuque du jeune homme et s'assit à côté de lui. Azlan la déplia et s'en couvrit la tête.

— Pourquoi ? Pourquoi ont-ils fait ça ?

— C'est la raison d'État, j'imagine.

Au moment où il se préparait à servir pour le match,

un groupe de soldats appartenant à la garde royale, menés par un officier, avait investi le terrain et interrompu la partie.

— Sur ordre du roi, avait indiqué le capitaine. Pour la sécurité des personnes présentes.

Léopold s'était aussitôt présenté au gradé et l'avait sommé de le laisser finir une partie qui n'offensait aucune loi ni morale du royaume. Mais la nouvelle du caractère symbolique et politique de la partie était rapidement parvenue à la Cour et le roi, en pleine séance avec ses ministres, en avait été informé. Le grand chambellan avait proposé de la faire cesser en prétextant l'insalubrité de la salle pour éviter tout incident diplomatique avec le duché. Malgré les protestations des Lorrains, les soldats avaient refusé de laisser le match se finir et avaient raccompagné Reverdy, trop heureux de s'en tirer à bon compte, jusqu'à son domicile.

— J'allais gagner. Ce point, jamais je ne l'aurais perdu. Pas celui-là. Jamais.

— Je sais. Nous le savons tous. Pour nous, tu es vainqueur.

Il se leva et jeta la serviette.

— Pas pour moi. Il m'a volé ma victoire. Il m'a volé.

Il enfila sa chemise et la boutonna avec lenteur. Son esprit était encore sur le terrain.

— S'ils étaient entrés une minute plus tard, j'aurais gagné. Te rends-tu compte ?

— Ne crois pas cela, Azlan. Ils attendaient dehors, un de nous les a vus. Si le Français avait été en position de l'emporter, ils ne seraient pas intervenus.

— C'est…, commença-t-il sans trouver de mot suffisamment dur pour qualifier ce qu'il ressentait.

— C'est de la politique, conclut Nicolas en lui tendant sa veste. Viens, allons-nous-en.

Il mit ses affaires en vrac dans un grand sac.

— Il y en avait cinquante, dit-il en jetant les balles au-dessus de ses habits humides.

— De quoi parles-tu ?

— Des cordes sur ma raquette. Dix-huit verticales et trente-deux horizontales. Je le sais, je les ai comptées à chaque pause. Une idée de sieur Masson pour me concentrer. Cinquante. Une de plus que les points que j'ai gagnés. Jamais je n'oublierai ce chiffre.

Chapitre XV

Nancy, mars 1700

120

Ils retrouvèrent avec bonheur le duché, Nancy, Saint-Charles et leur table au *Sauvage*, où le Hérisson blanc leur exposa tous les cas traités durant leur absence, ponctuant son récit de détails opératoires qui refoulèrent le patron, venu les accueillir, vers son comptoir. Depuis que sa belle-sœur avait donné naissance à un enfant mort-né dans des conditions atroces, il ne supportait plus la moindre description médicale. À côté d'eux, près de la fenêtre, l'inamovible client les avait salués, à leur entrée, de son sourire intrigant puis était retourné à son observation de la rue. Pour la première fois, Nicolas se surprit à aimer le côté rassurant de la vie qu'il menait, où chaque élément était à sa place. Le même toit, chaque soir, le plaisir de rejoindre la femme qu'il aimait, celui de lui relater les activités de sa journée, d'échanger avec elle sans frein ni tabou, de se projeter dans un futur à la conformité apparente, étaient une source d'exaltation. Jamais il n'aurait cru que ce genre d'existence puisse avoir un attrait pour le nomade qu'il était encore quelques années auparavant. La liberté pouvait se trouver partout, même dans l'espace le plus restreint. Il y avait mille façons de voyager.

— Je crois que je suis heureux, dit Nicolas à François.

Ils étaient debout à l'un des trois balcons de la galerie des Cerfs à regarder les préparatifs du carnaval prévu deux jours plus tard, le 2 mars, lors du mardi gras. Un des chars passa sous leurs yeux. Il symbolisait un terrain de paume au milieu duquel un siège décoré aux couleurs du duché avait été installé. Il était dédié au match d'Azlan, dont même un tableau avait été peint par Charles Giraumel. Baptisé *Victoire héroïque des Lorrains au royaume de France*, il était exposé depuis plusieurs mois dans la salle neuve du palais ducal. Le jeune homme avait refusé de défiler pour ce qu'il ne considérait pas comme une victoire et dont la conclusion continuait à le hanter certaines nuits. Mais il appréciait la reconnaissance et la sympathie dont faisaient montre les Nancéiens et qui n'avaient pas faibli depuis leur retour. Il était devenu leur héros, lui, le fils de bohémiens. Cela n'avait en rien changé son quotidien à l'hôpital, mise à part la demande de certains malades d'être soignés par lui. Il ne s'était pas servi de sa notoriété pour en profiter. « Sauf en une ou deux occasions avec les filles », avait-il reconnu devant Rosa, avant de rougir. La conséquence la plus inattendue avait été la difficulté de trouver un patronyme pour celui qui n'avait jamais eu qu'un prénom.

Azlan avait, dans un premier temps, refusé qu'on lui accole un nom, quel qu'il soit, sous prétexte qu'il devait se conformer aux us du duché.

— Il en est de même dans tous les autres pays civilisés, tout le monde possède le nom de son père en plus d'un prénom, avait maladroitement argué François.

— Pas dans ma tribu de nomades, avait-il répondu avant de claquer la porte.

L'affaire avait failli tourner court. Le duc, excédé par le refus systématique du jeune homme d'accepter toutes leurs propositions, qu'ils trouvaient honorables et flatteuses, lui avait donné ultimatum de choisir l'une d'elles. Il avait continué de refuser et Rosa avait trouvé la solution.

— L'adoption, c'est une belle idée et une généreuse proposition de sa part, commenta François alors qu'une pluie fine poussée par un vent d'ouest les avait rejetés à l'intérieur.

Les valets préparaient quatre immenses tablées pour le repas prévu après le défilé. Au rez-de-chaussée, les cuisines se remplissaient des ingrédients qui allaient servir à préparer les mets les plus raffinés pour la centaine de convives prévue.

— Je crois que Cornelli est le seul nom qu'il accepterait de porter, par respect pour elle.

— Et bientôt le tien y sera accolé. Tu deviendras de ce fait son tuteur officiel.

— Cela l'a fait beaucoup rire quand il l'a appris… Ah, enfin, voilà Amadori Guarducci !

Le maître de musique du palais ducal leur avait donné rendez-vous une heure auparavant.

— Je te parie un tokaji qu'il va encore se plaindre

du personnel et nous dire qu'il est obligé de tout faire lui-même, pour justifier son retard, chuchota François.

L'Italien ouvrit en grand les bras alors qu'il se trouvait encore à vingt mètres d'eux.

— Ah, mes amis, mes amis !

Nicolas lui répondit par un signe amical.

— Tu bois des vins étrangers maintenant ? murmura-t-il à l'oreille du Hérisson blanc. Depuis quand ?

— Depuis que je n'ai plus une seule bouteille du mien, pardi ! Et on ne risque pas d'en trouver encore, mes vignes ont été arrachées par le nouveau propriétaire qui veut en faire un champ de blé.

— Mes amis, veuillez pardonner mon retard, déclara Guarducci après les avoir salués. Mais vous savez comment c'est lorsque…

— … le personnel fait défaut, compléta François.

L'Italien prit un air surpris et fronça les sourcils d'étonnement.

— *Ma no*, je voulais dire quand on prépare un long voyage.

— Vous nous quittez ?

— Ma mission s'arrête là et la maison de Lorraine a décidé de ne pas la reconduire. *Senza estensione*.

— Je voulais vous remercier de ce que vous avez fait pour Rosa, je vous en suis très reconnaissant, répliqua Nicolas en lui tendant la main.

Ils se portèrent l'accolade.

— La marquise a beaucoup travaillé, elle a été très courageuse et a retrouvé sa *voce*. Par contre, pour ma *piccola Maria*…

— Vous avez fait de votre mieux. Elle ne parle toujours pas et cela restera un mystère.

— C'est pour cela que je vous ai fait quérir, c'est

d'elle dont je voulais vous entretenir. Je repars en Italie, à *Milano*, où je connais un médecin, très spécialisé, qui a travaillé avec les plus grands chanteurs de l'opéra. Il pourrait l'aider. J'ai proposé de prendre *Maria* à mon service et de payer les soins du *dottore*. Sa *mamma* est d'accord, mais je voulais avoir votre bénédiction, maître Déruet.

— C'est une belle et généreuse idée, Amadori, cette expérience ne pourra que lui être bénéfique.

— Que Dieu vous entende mon ami. *A Dio piacendo !* Le duc a le projet de construire un opéra dans votre ville et il m'a promis la charge de sa direction. Alors, peut-être nous reverrons-nous ?

— D'ici là, envoyez-nous de vos nouvelles.

— D'ici là, j'espère surtout que le personnel du palais se sera amélioré ! conclut le maître de musique.

Le goût du chardonnay de Hongrie flatta par avance les papilles de François.

121

Le lendemain, premier jour de mars 1700, était un lundi pluvieux. Azlan traversa la cour de l'hôpital Saint-Charles, un seau dans chaque main, afin de rejoindre le ruisseau Saint-Thiébaut qui séparait les bâtiments des soins des logements des sœurs. La bruine, portée par le vent, fouettait son visage et tentait de l'empêcher de voir devant lui. Il refusa de se laisser dicter sa posture par une simple pluie et garda la tête haute jusqu'à destination. Il s'arrêta devant le cours d'eau et salua sœur Catherine qui se trouvait sur la berge de la rive opposée.

— Avons-nous beaucoup de patients ce matin ? demanda-t-elle en posant le tas de linge qu'elle emmenait au lavoir.

— Non, juste une opération de la taille.

— Je serai de retour dans une heure. Nicolas a-t-il besoin de moi pour les pansements ?

— Lui, non, mais moi, oui, répondit-il avant de vider le résultat des saignées et des lavements de la nuit dans le ruisseau.

— Une aide pour les comptes rendus ?

— Non, aujourd'hui, c'est moi qui opère, répondit-il en rinçant sommairement ses récipients à l'eau claire.

Il se releva et s'essuya le front d'où dégoulinaient des gouttes de pluie.

— C'est ma première, si vous voulez y assister, vous êtes la bienvenue, ma sœur.

— Bien sûr ! Je suis ravie pour vous. J'arrive de suite, la gayoire attendra !

Le malade était un homme d'une trentaine d'années que Nicolas avait choisi pour sa constitution robuste et dont le tableau clinique montrait qu'il avait dans sa vessie un calcul qu'il serait aisé d'extraire. Il avait imaginé un nouveau protocole dont il pensait qu'il faciliterait l'opération elle-même. Il consistait à dilater la vessie, les jours précédant l'acte chirurgical, à l'aide de tisanes d'un mélange de chiendent, de réglisse et de graines de lin, jusqu'à arriver à un volume de deux pintes par jour. Le traitement avait pour second avantage d'atténuer les douleurs à la miction.

Nicolas était impressionné par la tranquillité que manifestait Azlan au moment où il se préparait à intervenir. Il était impatient et gai et ne montrait aucun signe de nervosité ou d'inquiétude. Son assurance n'était pas feinte. Il se remémora sa première opération, ses craintes et ses mains qui s'étaient mises à trembler, l'agacement de François devant ses atermoiements, la chopine de cognac qu'il avait bue pour se donner du courage, et l'hémorragie qui avait conclu la taille.

— Mais je ne t'avais pas vraiment fait de cadeau avec ce patient, dit le Hérisson blanc en nouant les cordes sur les poignets du malade. Il était atteint d'un pourrissement des veines. Tu l'as quand même sauvé, conclut-il en vérifiant la solidité des nœuds.

— S'il vous plaît, du laudanum, encore, demanda le patient d'une voix traînante.

François le fit boire avant d'enfiler une longue veste de cocher.

— Je suis vraiment désolé de ne pas pouvoir rester pour le petit, mais cela avait l'air urgent au couvent du Refuge.

— La tumeur de la mère Janson ? demanda Nicolas en repliant les jambes du malade contre ses cuisses.

— Malheureusement, ce que je prenais pour une simple tumeur est un vrai cancer, je n'ai plus de doute.

Azlan entra, tenant dans sa main ses instruments, qu'il déposa sur un linge déplié. Il considéra la tenue du Hérisson blanc.

— Tu comptes sur une fuite du toit que tu t'habilles ainsi ? Ou tu as peur que je le saigne si violemment que tu te protèges déjà ?

François lui fournit l'explication, ce qui lui arracha une grimace.

— Non, pas maintenant, pas pour ma première opération ! Tu ne peux pas remettre ta visite à cet après-midi ?

— Je crains que non, hélas. J'espère bien qu'il y aura d'autres occasions de te voir à l'œuvre, tu ne vas pas t'arrêter après ton premier mort, plaisanta-t-il à voix basse.

— Détachez-moi, j'ai changé d'avis, gémit l'homme qui tenta mollement de se libérer.

Nicolas avait lié ses membres inférieurs par des lanières de cuir, intégrées à la table, qui empêchaient tout mouvement.

— Ne vous inquiétez pas, monsieur, tout va bien se passer, dit le jeune homme tout en faisant signe à François de s'en aller. Nous allons vous délivrer de vos douleurs.

Il lui appliqua un petit bandage au niveau de la verge de façon à retenir l'écoulement d'urine, prit un trocart dans sa canule, un scalpel et, sans aucune hésitation, incisa en ligne droite au-dessous du scrotum.

L'ambiance au *Sauvage* était festive : Azlan venait d'offrir une tournée à tous les clients pour la réussite de sa première opération.

— Attends tout de même qu'il ait fini sa convalescence, modéra Nicolas.

Le jeune homme rit et montra à l'assemblée une flasque contenant un caillou noirâtre de la taille d'une noix.

— La pierre de mon patient, dit-il en l'exhibant fièrement. Je l'ai coupée d'un coup d'ongle, ajouta-t-il pour plaisanter.

Les clients murmurèrent d'admiration et tentèrent de voir ses mains. Le gérant apporta une nouvelle bouteille de vin sans oser regarder la flasque qui se promenait de table en table et s'assit à leur côté en soufflant.

— Il n'est pas midi que je suis déjà plié en deux. Mon ventre me fait beaucoup souffrir.

Il montra l'emplacement de l'estomac.

— Je sais que je devrais aller voir le médecin, mais depuis la mort de la sœur de ma femme, à laquelle j'ai assisté, je fuis leur compagnie.

— Tu veux m'en parler ? proposa Nicolas.

Il fit non de la tête. Les images du souvenir douloureux affleuraient.

— Je cherche à oublier. Le chirurgien, la matrone, même le doyen Pailland, qui en avait vu d'autres, tout le monde était en état de choc. Crois-moi.

Nicolas n'insista pas.

— Je suppose que tes douleurs sont apparues après ce moment-là.

— Ma foi, oui. C'est grave ?

— Je ne crois pas, ce sera juste long. Je t'apporterai des remèdes pour te soulager.

— De quoi discutez-vous ? demanda Azlan, qui, après s'être désintéressé d'eux, était revenu à leur table, serrant dans sa main la fiole contenant la concrétion.

L'aubergiste se leva, blême.

— Au fait, où est passé ton fidèle client ? demanda Nicolas en montrant la chaise vide près de la fenêtre.

— Je n'en sais rien, répondit le patron en se grattant la tête. Voilà deux jours qu'il n'est pas venu.

— Qui est-il ?

— Aucune idée. Il se met à cette place tous les jours, regarde les artisans travailler et reste silencieux, puis s'en va. Je n'ai jamais pu engager une conversation avec lui. Un drôle de type.

— C'est vrai, dit Nicolas. Son regard est étrange. Calme et déterminé. Mélancolique aussi. La prochaine fois, je lui parlerai.

— Nous l'inviterons à boire et l'alcool déliera les langues, déclara Azlan en les servant.

François entra en s'essuyant la manche.

— Maudit chameau ! pesta-t-il avant de les rejoindre. Il faut toujours qu'il me bave dessus dès que j'ai le dos tourné !

— Viens, assieds-toi et oublie la bête, dit Azlan. Tu vas boire avec nous.

— Je n'ai pas le cœur à boire, répliqua-t-il en restant debout.

Il regarda Nicolas qui avait compris.

— Quand est-elle morte ?

— Ce matin, peu avant que j'arrive. Elle avait d'autres grosseurs dans le dos, le long de sa colonne. Je suis sûr qu'elles n'y étaient pas quand je l'ai examinée il y a trois mois. Sûr.

La mère Janson, qui se sentait condamnée, avait refusé la présence d'un médecin ou d'un chirurgien. Le matin, alors qu'elle était à l'agonie, son assistante avait fini par demander l'aide de Saint-Charles.

— Mais il était trop tard, conclut François.

— Comment est morte Jeanne ? demanda Nicolas après un silence.

— Comment cela *comment* ?

— Est-elle partie vite ? J'espère qu'elle n'a pas connu la même agonie que cette religieuse. Je ne t'ai jamais posé la question.

— Et tu aurais dû continuer à ne pas me la poser. Je n'aime pas parler d'elle, petit. Je n'aime pas.

François grogna :

— Je rentre !

Il fit quelques pas, hésita et revint à leur table.

— Mais tu as le droit de savoir, une fois pour toutes. Son apoplexie lui avait fait perdre la tête. Elle souillait son lit et chaque jour il fallait la changer et la laver. Sa voix avait mué en des sons inaudibles. Son sang était comme mêlé avec des humeurs grossières. Si épais que même les saignées étaient sans effet. Son visage avait pris une froide expression. On aurait dit qu'il était de pierre. Sa bouche ne s'ouvrait plus qu'en partie et elle ne pouvait avaler que des aliments en bouillie. Sa peau s'était gangrenée par endroits, sur son dos et ses jambes, malgré tous les onguents que j'y mettais. Te rends-tu compte de ce qu'elle était devenue ? J'en étais arrivé à souhaiter qu'elle soit frappée d'une nouvelle apoplexie, qui lui soit fatale. Jeanne, notre Jeanne... jamais je n'aurais voulu que tu la voies ainsi. Jamais. Maintenant, laissons-la en paix.

122

— Les flambeaux ! Allumez les flambeaux !

L'officier de la compagnie des Cent-Suisses arpenta la place de la Carrière, debout sur son cheval, en hurlant son ordre. Aussitôt, des dizaines de lumières apparurent aux fenêtres de la rue. Il parcourut tout le trajet du défilé en répétant sa demande, jusqu'à revenir à son point de départ. Le battant de la cloche de Saint-Epvre cogna cinq fois sur son corps en bronze. Le premier char, représentant un terrain de paume, sortit de la cour du palais ducal au son d'un coup d'artillerie tiré depuis les jardins. À son bord avaient pris place des musiciens, trompettes et timbales, qui avaient pour mission d'ouvrir la route des festivités.

Lorsqu'il entendit le canon, Azlan était en train de changer le drain en charpie du patient qu'il avait opéré. Il était rassuré de n'avoir pas été obligé de participer à la manifestation, trouvant grotesque l'idée d'être exhibé à la liesse populaire, assis sur un chariot. Il avait insisté sur l'importance de sa présence à Saint-Charles en ce mardi après-midi.

— Ça y est, ils ont commencé, dit sœur Catherine en lui tendant un bandage. Il paraît que ce sont les mêmes quadrilles que l'année dernière. Ce fut un tel succès !

— Moi, je l'avais raté aussi, répliqua le malade. J'avais la vérole.

— La petite ? demanda Azlan tout en contemplant la cicatrice qu'il trouvait plutôt réussie pour une première.

— Non, la grande, répondit l'homme, une pointe de vexation dans la voix. C'est une gueuse qui me l'avait offerte pour mes vingt ans, une puterelle du port !

La religieuse, habituée au langage fleuri d'une partie des patients, ne se montra pas offensée, ce qui déçut le malade.

— Vous faites bien de nous le signaler, ajouta Azlan. Nous vous garderons plus longtemps et vous traiterons pour cela aussi.

— Eh, mais je n'ai plus rien ! protesta l'homme.

— Vous voulez assister au mardi gras de l'année prochaine ?

— Ma foi, oui, ce ne serait pas de refus.

— Alors, nous allons traiter votre syphilis dès que votre vessie sera à nouveau fonctionnelle. Une objection ?

Le patient se renfrogna. La sœur eut un sourire de remerciement pour Azlan. Le bruit des percussions leur parvint par la fenêtre entrouverte.

Derrière les musiciens, la procession s'était constituée autour de quatre thèmes, chacun représentant un pays. Huit jeunes femmes de la noblesse locale avaient pris place sur le premier char, conduit par le grand chambellan de la maison de Lorraine, suivi de neuf cavaliers. Tous étaient habillés à l'allemande. En plus des lumières provenant des bâtisses, de nombreux valets tenant des flambeaux de cire entouraient les différents quadrilles, formant une ficelle ininterrompue et mouvante de lumière qui accentuait la beauté irréelle du spectacle. La foule était nombreuse et compacte, et les retardataires avaient peu de chance de voir la procession dans de bonnes conditions. Les fontaines de vin qui coulaient à flots n'avaient pas encore exacerbé la bonne humeur du peuple qui se montrait réservé et discipliné. Les déguisements des spectateurs, souvent constitués d'un simple loup ou d'oripeaux inattendus, contrastaient avec la richesse et le raffinement des étoffes et des broderies portées par les participants. Le défilé quitta la place de la Carrière afin d'entrer dans la ville-neuve.

François s'était installé sur l'esplanade entre les deux villes en compagnie de Waren. L'artificier avait prévu de lancer quelques fusées que lui avait commandées le conseil de la ville de Nancy. Ils saluèrent le cortège qui passa devant eux au pas. Le second char, conduit par le grand écuyer, était précédé d'un groupe de violons. Les neuf élues comptaient trois chanoinesses d'Épinal. Toutes avaient revêtu des costumes de la cour d'Espagne, tout comme les neuf gentilshommes qui les accompagnaient.

— Voilà que les religieuses s'encanaillent, remarqua le Hérisson blanc. Nous allons encore avoir droit à des bulles papales !

L'Irlandais, qui vérifiait les mèches d'allumage, éclata d'un rire qui fit se retourner les spectateurs devant eux.

— Les couvents sont pleins d'épouses répudiées ou de jeunes femmes enfermées de force, précisa-t-il en rectifiant l'angle d'une Fougue sur son chevalet. Il faut bien qu'elles s'amusent un peu.

François se désintéressa du défilé et aida l'artificier à déplacer une fusée à tourniquet.

— S'il vous plaît, écartez-vous, demanda l'Irlandais au groupe qui s'était arrêté pour les regarder. Et cessez de fumer à proximité des explosifs ! ajouta-t-il à l'adresse de deux jeunes hommes qui tenaient une pipe allumée à la bouche.

Les quidams, vexés, fanfaronnèrent avec leur tabac incandescent près des fusées. Avant même que le Hérisson blanc n'ait réagi, un heiduque, dans son habit de parade, s'arrêta devant eux, bras croisés. Alors qu'il n'avait pas prononcé un mot, les imprudents déguerpirent. La réputation de féroce guerrier des combattants hongrois était connue de toute la ville et personne n'aurait songé à leur chercher querelle.

— Nicolas ! s'exclama François. J'ai failli ne pas te reconnaître !

— Une idée de Rosa. J'ai résisté longtemps avant d'accepter mais, finalement, cela offre quelques avantages.

François tourna autour de son ami.

— Tout y est, même la dague. Il ne te manque que la moustache !

— Vous vous joignez à nous ? proposa Waren. Me feriez-vous l'honneur d'enflammer la première charge ?

Il lui tendit une torche.

— Ce serait avec grand plaisir, mais j'ai promis à la marquise de l'accompagner tout au long du défilé, répondit-il en s'éloignant. Nous nous retrouverons pour le bal ce soir !

Nicolas suivit la progression de la chenille processionnaire humaine qui venait d'entrer dans la villeneuve. Il avait réussi à convaincre Amadori Guarducci de retarder son départ afin de laisser la petite Marie assister au carnaval, son premier, et peut-être son dernier à Nancy. L'Italien avait accepté d'autant plus bonne grâce qu'on lui avait proposé de participer au troisième quadrille. Il avait pris le rôle du postillon, assis à côté du conducteur, le marquis de Beauvau. Rosa était dans le même char, déguisée en Mauresque, Marie à ses côtés. La fillette était émerveillée et répondait timidement aux saluts de la foule massée le long du cortège. Les cavaliers maures entouraient le chariot, dards à la main. La marquise était la plus belle femme du défilé et, à son passage, les spectateurs n'avaient d'yeux que pour elle, dont la robe noire rehaussait le jais des cheveux et la finesse des traits. Nicolas écouta leurs commentaires admiratifs et se sentit fier d'être son futur mari. Avant de grimper sur le véhicule, elle lui avait demandé s'il l'aimait, comme elle le faisait plusieurs fois par jour, pour se nourrir de sa réponse. « N'est-ce pas la plus belle preuve d'amour que je viens de vous offrir ? » avait-il plaisanté en lui montrant son costume d'heiduque.

La procession venait de s'arrêter à l'entrée de la rue Saint-Nicolas afin d'attendre le dernier char qui avait pris du retard. La famille ducale était à son bord. Léopold, déguisé en sultan, tenait les rênes de l'attelage, huit chevaux alezans, choisis parmi les plus beaux de l'écurie. Assise à l'arrière sur un trône orné de pierres précieuses et surmonté de plumes blanches, Élisabeth-Charlotte avait pris le rôle de la sultane, le prince François sur ses genoux. Au fond du chariot se tenaient huit jeunes femmes de la suite, déguisées en princesses ottomanes. Formant le quadrille, dix cavaliers en habits de vizir ou de pacha entouraient le souverain.

Nicolas bouscula un passant qu'il n'avait pas vu et s'excusa. L'homme ne portait pas de déguisement et son visage était en sueur.

— Vous vous sentez bien ? demanda le chirurgien. Vous voulez de l'aide ?

Il lui répondit par la négative et le remercia d'une tape sur l'épaule. Nicolas le regarda s'engouffrer sous une porte cochère et retourna vers le défilé qui s'ébranlait à nouveau sous les applaudissements de la foule.

L'homme rejoignit dans une petite cour intérieure une femme au loup de dentelle qui ne laissait paraître que le bas de son visage. Elle portait un bonnet, semblable à ceux des ouvriers, qui cachait entièrement ses cheveux.

— C'est lui, en costume vert, dit la femme.

— Tu en es sûre ? demanda l'homme, dont la voix trahissait la nervosité.

— Oui, je n'ai pas de doute. Ce n'est pas le moment de flancher. On s'en tient à ce qu'on a décidé.

— Je te retrouverai à l'endroit convenu.

Un soldat de la garde entra, les salua et posa son fusil avant d'uriner contre le mur du fond. Ils sortirent sans se presser. La foule se diluait après le passage du cortège. La femme se dirigea vers la rue du Pont-Moujat pendant que son acolyte retrouvait rapidement la trace de Nicolas dans la mascarade pour ne plus le quitter.

123

— Comment dites-vous ?

— Le bœuf tabouré.

Le comte de Carlingford était attablé avec Charles, le frère de Léopold, évêque d'Osnabrück, sur la place du marché, devant l'hôtel de ville où une grande collation était prévue à mi-parcours pour les participants.

— Drôle de coutume, répondit l'évêque. Et ces bouchers emmènent l'animal dans le palais ?

— Non seulement dans le palais, mais jusque dans les appartements de la duchesse. Au son du tambour, précisa le comte en prenant plaisir à donner des détails dont il savait qu'ils choqueraient l'ecclésiastique.

Il n'appréciait l'homme que modérément, le trouvant à l'opposé de Léopold, prétentieux, coureur et incapable de s'effacer devant une quelconque raison d'État.

— Dieu du ciel ! Quelle est cette fête païenne ?

— Juste une tradition, comme d'autres, à laquelle le peuple est attaché. Vous verrez de vos propres yeux après-demain.

— Croyez bien que je m'arrangerai pour ne pas y être ! répliqua Charles.

Carlingford, satisfait, se leva en apercevant les premiers chars. Le défilé s'arrêta et tous les partici-pants quittèrent leur place afin de se restaurer et de se désaltérer. Seuls une centaine de privilégiés de la noblesse ou de la bourgeoisie locale avaient été invi-tés et quelques remarques fusèrent de la foule, qui devait se contenter de la fontaine à vin installée à l'angle de la rue de la Boucherie. Léopold, qui s'en était aperçu, fit distribuer aux personnes présentes les restes du repas avant de donner le signal du départ. Tous regagnèrent les chars.

— Quittons cette fête, rentrons, demanda Rosa à Nicolas. J'ai envie de vous sentir contre moi, mon ange, maintenant.

— Vous lisez dans mes pensées, Rosa.

— Chère marquise, venez, nous vous attendons ! lui cria Amadori qui venait de s'installer à côté du cocher.

— La tête me tourne, je vais arrêter, répondit-elle.

La petite Marie, qui l'avait entendue, sauta du char pour s'agripper à son tulle noir.

— Je crois qu'elle n'est pas d'accord, dit Nicolas en riant. Remettons notre escapade à plus tard.

Il prit la main de Rosa et l'embrassa avec douceur. Elle s'approcha de lui et déposa un baiser à la com-missure de ses lèvres. Nicolas enleva ses mitaines et lui enfila.

— Ainsi, je serai tout près de vous, près de votre cœur.

— Promettez-moi qu'après, nous ne nous quitterons plus jamais.

— Je vous donne ma parole, Rosa.

— Vous souvenez-vous de votre promesse lors de notre première rencontre ?

— Oui, de vous aider à retarder votre union avec le marquis de Cornelli. Mais pas de vous emmener avec moi.

— Et vous avez ajouté : « Vous m'en remercierez ! » Je voulais vous dire merci, Nicolas. Vous avez raison : j'aime cette vie. Et je vous aime.

Le cortège quitta la place par la rue du Moulin, puis la rue des Artisans, passant devant l'hôpital Saint-Charles à l'entrée duquel les patients valides et le personnel s'étaient rassemblés.

Lorsqu'il rentra dans la salle des soins pour finir d'immobiliser la cheville d'un spectateur qui avait glissé sur un crottin, Azlan avait un air soucieux.

— Quelque chose ne va pas ? demanda la sœur qui l'assistait.

— C'est grave ? renchérit le patient qui imaginait le pire pour sa jambe.

Il mit la main dans l'emplâtre qu'il avait préparé et en prit une pleine poignée.

— Il n'est pas passé.

Le chirurgien déposa la boule d'argile sur l'articulation du blessé et sentit les regards posés sur lui.

— Nicolas, expliqua-t-il. Il m'avait dit qu'il viendrait nous voir quand le défilé serait dans notre rue. Il n'est pas passé.

— Ah…, fit l'homme, soulagé.

— Laissons-le s'amuser, ajouta la religieuse. Demain, notre hôpital sera plein.

Azlan étala le cataplasme et s'essuya les mains. Une fois l'homme parti, il finit l'écriture du compte rendu de son opération de la taille, vérifia qu'aucun nouveau patient n'attendait des soins et monta se reposer dans la chambre avant l'arrivée massive des chutes et rixes de l'après mascarade. Il avait en tête l'image de Rosa cherchant son fiancé dans la foule. Debout sur son char, elle s'était retournée vers Azlan et lui avait fait une moue interrogative. Nicolas n'était plus dans le cortège.

— Il en met du temps ! déclara Waren en scrutant le bastion d'Haussonville d'où un soldat devait lui indiquer le moment de la mise à feu, au retour de la procession vers le palais ducal.

L'artificier leva la tête. La nuit commençait à recouvrir le ciel du côté de la porte de la Craffe. Les nuages, qui formaient une lasure grisâtre au début du défilé avaient conflué en une seule plaque foncée qui l'inquiétait. L'humidité avait grimpé et recouvrait le matériel et les mèches, qu'ils séchèrent à l'aide de linges.

— Toujours rien, grogna-t-il. Encore une heure et tous mes pétards seront trop mouillés.

— J'y vais, proposa François. Je te ferai signe depuis la balustrade du bastion.

— Prends ça, dit-il en lui tendant une petite fusée, c'est une vétille rouge. Tu l'allumeras depuis le palais dès que les chars stopperont. Je la verrai. Ainsi, nous gagnerons du temps.

François remonta en courant la place de la Carrière

que les habitants avaient commencé à investir, comme à leur habitude à chaque manifestation importante. Les lumières brillaient toujours aux fenêtres et des groupes s'étaient formés autour de musiciens, de danseurs de corde ou de jongleurs. Il reconnut le capitaine de la compagnie des Cent-Suisses et s'enquit de la situation auprès de lui. Le soldat n'avait aucune information et lui proposa de monter en haut du Vix, la tour qui dominait la place. François prit une bougie allumée sur un candélabre posé à même le sol, à côté duquel un serviteur s'était endormi. Ils grimpèrent la spirale de pierre en pente douce jusqu'au faîte de l'escalier qui formait un large balcon. François identifia rapidement la procession qui formait un serpent lumineux dont la tête venait de dépasser le parvis de l'église Saint-Epvre, à moins de cinquante mètres d'eux.

— Ils arrivent ! cria le Hérisson blanc. Voulez-vous m'aider ?

Il lui tendit le cierge, arrima la vétille à son guide, un fin bâton en noisetier d'un mètre de long, et cala l'ensemble contre le parapet en le tenant aux deux extrémités.

— Dès que Son Altesse met le pied à terre, vous enflammez la mèche, d'accord ?

Léopold se retourna vers Élisabeth-Charlotte, dont le visage, marqué par la fatigue, portait encore quelques cicatrices de sa vérole. Avant d'ouvrir le banquet, il avait l'intention d'aller voir leur enfant qu'une petite fièvre avait alité. Madame de Lillebonne était restée dans les appartements aux côtés du petit prince de six mois. Il laissa les rênes au comte de Spada, qui avait endossé le rôle du postillon, et rejoignit la duchesse à l'arrière du char, manquant de tomber à plusieurs reprises sous les secousses du véhicule.

— Voilà mon sultan qui prend des risques pour venir me voir ! s'amusa-t-elle en lui caressant la joue.

— Il va falloir que j'ordonne la réfection de ces rues, sinon elles auront raison de nous ! répondit Léopold en se massant la nuque. Heureusement, nous sommes presque arrivés.

Il ébouriffa les cheveux du prince François, qui lançait des bouts de papier colorés aux spectateurs formant une haie de plus en plus serrée autour des véhicules. Lorsque les huit chevaux de leur engin s'arrêtèrent devant le palais ducal, au niveau de la salle du jeu de paume, les premiers quadrilles, accompagnés de leurs groupes musicaux, étaient arrivés place de la Carrière et les participants descendaient peu à peu des chariots. Un serviteur vint déposer un marchepied devant le leur. Léopold salua de la main la foule qui l'acclamait avant de quitter sa voiture. Il leva les yeux vers l'escalier du Vix et reconnut François Delvaux grâce à son bonnet blanc. La duchesse marchait quelques mètres devant lui, tenant son frère par la main.

— Je ne savais pas que nous allions avoir droit à un feu… commença-t-il.

Léopold ne put finir sa phrase. Il sentit une douleur à la jambe et fut plaqué au sol. Des cris fusèrent autour de lui, des bruits de pas, nombreux, puis un éclair rouge zébra le ciel.

124

— Monsieur, s'il vous plaît. Monsieur !

Nicolas reconnut l'homme qu'il avait bousculé. Il se tenait à l'angle de la place du marché, près de la tuerie, courbé sur lui-même et semblait souffrir.

— Qu'avez-vous ?

— C'est ma poitrine, comme si j'avais reçu un coup de dague.

— Nous sommes à côté de Saint-Charles, j'y travaille, je vais vous y emmener, proposa le chirurgien.

— Non, cela va cesser, mais j'aurais besoin de votre assistance pour rentrer chez moi.

Nicolas l'aida à prendre appui sur son épaule et à remonter la place en direction de la rue Saint-Dizier, à contre-courant de la mascarade. Ils s'arrêtèrent après l'avoir traversée. L'homme semblait avoir du mal à retrouver son souffle. Il grimaça.

— Ce genre de douleur vous arrive-t-il souvent ?

— Non, fort heureusement.

— Est-ce lors d'efforts ?

— Oui.

— Je vais demander à un médecin de venir vous examiner.

— C'est que… je n'ai pas l'argent pour le payer.

— Il n'est pas question d'honoraires. Est-ce que vous acceptez ?

— Comment refuser une proposition aussi généreuse ? Vous êtes mon Samaritain ! Je m'appelle Martin, j'habite juste à côté, rue Saint-Jacques.

Ils s'arrêtèrent devant une maison coincée entre deux boutiques closes.

— C'est ici.

Nicolas eut un temps d'arrêt, que Martin remarqua.

— Vous ne voulez plus entrer ?

— Je connais cet endroit, j'y ai travaillé et vécu plusieurs années.

C'est une étrange coïncidence du destin qui m'y fait revenir.

— En effet...

Martin le regarda d'un air qu'il trouva étrange, comme en proie à un tourment intérieur.

— Je vais mieux, monsieur, reprit-il après une longue hésitation, vraiment. Je vous remercie et vais vous laisser profiter de la fête.

Il ouvrit la porte et se tourna vers Nicolas.

— Je vous promets de consulter bientôt. Et je ne veux pas que cet endroit éveille en vous des souvenirs enfouis qui ne devraient pas ressortir de leur cache. Il ne faut jamais faire resurgir le passé. Merci encore de votre bienveillance.

Martin longea le couloir qui menait à l'arrière vers un jardin en friche. La femme au loup en dentelle se tenait debout près de l'unique banc adossé à la grille d'enceinte.

— Où est-il ?

— Je n'ai pas pu. Je n'ai pas voulu, répondit Martin. Qu'il aille au diable ! C'est sa vie, après tout, s'il veut se marier avec elle.

Il s'assit lourdement sur le siège. Elle s'approcha de lui et hocha la tête.

— Tu m'avais promis de l'amener ici.

Il haussa les épaules.

— Il n'est rien pour nous. Du moins pour moi.

Elle enleva sa coiffe et son masque.

— Tu m'avais promis…

Une fusée explosa dans le ciel en mille soleils rouges, éclairant son visage.

— Marianne !

Nicolas avait crié, debout dans l'encadrement de la porte.

Après avoir laissé Martin, il avait rejoint la place du marché, puis était revenu sur ses pas. Il s'était souvenu de sa conversation de la veille avec François et avait décidé de se rendre une dernière fois dans la maison où Jeanne était morte, il voulait exorciser la part de culpabilité qui était restée en lui de ne pas avoir été présent pour l'aider et la soutenir quand la vie l'avait quittée, il voulait se recueillir et lui rendre un ultime hommage.

Lorsqu'il était arrivé devant la maison, la porte était entrouverte. Il avait appelé, mais le brouhaha de la rue avait étouffé sa voix. Il était entré et avait entendu l'homme parler, depuis le jardin, l'endroit préféré de Jeanne, celui où elle se posait pour retrouver de l'énergie, entourée de ses roses, pour écouter le Hérisson blanc pester avec drôlerie contre ses patients, pour chanter les airs des comptines populaires.

Lorsqu'une voix féminine avait répondu à Martin, il avait eu un court instant la sensation que Jeanne était revenue et qu'il allait la trouver, assise sur le banc, à fredonner *Malbrough s'en va-t-en guerre* tout en pliant les linges qui leur servaient de bandages et qu'elle allait lui sourire en le voyant. Puis il s'était arrêté, au bout du couloir de cabochons noirs et blancs, incapable d'avancer plus : il venait de reconnaître la voix de Marianne.

— Nicolas…

Elle s'approcha de lui. Les premières fusées du spectacle embrasèrent le ciel. Martin regagna l'intérieur sans un regard pour eux.

— C'est moi qui lui ai demandé de vous mener jusqu'ici.

— En jouant les malades ?

— Je craignais que vous refusiez de me voir s'il vous avait prévenu. Avais-je tort ?

Nicolas ne put cacher son agacement de l'irruption de Marianne dans sa vie.

— Pourquoi aujourd'hui ? Pourquoi après six ans ? Pourquoi ici ?

Ils s'étaient assis sur le banc de Jeanne.

— Votre regard est dur et votre voix froide, cela m'attriste. Qu'ai-je donc fait de si condamnable que vous me traitiez de la sorte ?

— Il me semble, en effet, que j'ai des raisons de vous en vouloir. Même si le temps les a adoucies.

— Alors, c'est bien le moment de les dire, non ? Nous nous sommes quittés amants et je vous retrouve mon ennemi. Moi aussi, j'ai droit à des explications.

Elle n'avait pas changé. Ses cheveux avaient la même coiffure que lorsqu'il s'était enfui de Nancy, son regard avait toujours le même attrait mystérieux, sa voix était restée rassurante même dans l'autorité. Il avait fini par se convaincre que ce moment n'arriverait pas et avait rangé sa rancune et ses reproches dans un recoin de sa mémoire. Elle était partie, avait fui et s'était mariée pour faire sa vie hors de la ville.

— Mais je vous croyais mort ! s'emporta-t-elle dès les premiers reproches. On m'avait informée de votre décès.

— Qui ?

— Je ne peux pas vous le dire, je suis désolée. J'avais l'impression que tout s'écroulait pour moi. D'abord Jeanne, puis vous et Simon, qu'il fallait protéger.

— Protéger de qui ? De la feue mère Janson ?

Un groupe de badauds, qui parlaient bruyamment, passa non loin du jardin avant de s'éloigner. Les explosions avaient cessé et laissé la place à des soleils tournants qui envoyaient une aube indigo au-dessus des toits. Nicolas se leva pour lui faire face.

— Marianne, tout ce que vous me dites est si confus, pourquoi tous ces mystères, que se passe-t-il ?

Elle se leva à son tour et lui prit les mains.

— Ne vous mariez pas avec Rosa de Cornelli. Je vous en prie, ne faites pas cette folie !

Il les retira doucement.

— C'est donc cela... mon mariage...

— Non, ce n'est pas ce que vous croyez, je n'agis pas par jalousie. La marquise n'est pas la femme que vous imaginez. Je vous en conjure, renoncez à votre mariage, Nicolas !

Les plus gros artifices avaient repris leur vol dans le ciel. Marianne cacha son visage dans ses mains et sanglota.

— Je suis désolé de vous causer ce chagrin, j'en suis vraiment navré, dit Nicolas en mesurant chacun de ses mots. Je vous ai sincèrement aimée, Marianne. Mais six années nous ont séparés et je vous savais mariée.

— Réalisez-vous combien il m'en a coûté de venir ce soir ? De demander l'aide de Martin ? Il a été très présent quand j'ai dû fuir, il a accepté de m'épouser et a élevé Simon comme son fils. Il n'y a pas d'amour entre nous, juste une saine entente. Du moins, il y avait. Ce fut un choc de vous savoir en vie et un plus grand encore d'apprendre vos épousailles avec cette personne.

— Mais qu'avez-vous à lui reprocher ? J'aimerais comprendre ce malentendu.

— Je ne peux pas vous en dire plus, je vous demande juste de me faire confiance, au nom de ce que nous avons vécu ensemble. Par pitié, Nicolas, fuyez-la !

Les Fougues et les Lardons se mêlèrent au-dessus de la ville dans un bouquet de couleurs et de détonations. Le silence qui suivit sembla surnaturel, bientôt couvert par les applaudissements et les cris de la foule.

— Je suis désolé, j'aime Rosa et je vais l'épouser. J'ai confiance en elle. C'est une femme intègre et passionnée.

Marianne ne put retenir de nouvelles larmes qui contenaient autant de rage que de tristesse.

— Vous ne m'avez rien dit qui puisse me convaincre, vous me comprenez ?

— Elle ne peut pas, dit une voix dans son dos.

Martin s'était posté à l'angle de la maison et du jardin sans qu'il l'entende s'approcher.

— Elle ne peut pas, répéta-t-il. Et moi non plus. Vous pensez qu'elle agit par dépit amoureux ? C'est vrai qu'elle vous aime encore, je peux en témoigner.

— Martin, non ! s'exclama-t-elle entre deux sanglots.

— Mais nous sommes aussi liés par un serment. Pour de l'argent. Du moins, en ce qui me concerne. Vous voulez en savoir plus ? Renseignez-vous pour savoir qui a acheté cette maison, qui a réellement acheté les vignes de François Delvaux. Parlez aux sœurs du Refuge. Interrogez autour de vous. Vous finirez par trouver.

— Pourquoi ferais-je cela ?

— Pour que vous sachiez l'entière vérité avant de faire des choix, Nicolas, répondit-elle en noyant ses yeux dans les siens. Je sais que je ne serai jamais votre femme, mais je tiens à vous et à votre bonheur.

Nicolas les regarda tour à tour et sentit un vertige monter en lui. Il s'assit sur le banc.

— Prétendez-vous que François a vendu cette maison à Rosa ?

Martin n'eut pas le temps de lui répondre. De la rue derrière eux leur parvinrent des bruits de pas. Quelqu'un héla des passants et les accosta.

— Le duc ! Il paraît qu'il y a eu un attentat contre le duc ! Il a été emmené à Saint-Charles.

125

Azlan se retourna entre deux strates de sommeil. Il aimait cet état où, pas encore réveillé, il avait la sensation de pouvoir contrôler les événements de son rêve. Dans celui-ci, tout l'environnement était lourd, chaud et bruyant. Il y avait des cris, trop de cris, qu'il n'arrivait pas à faire cesser. Une tension étouffante. Il décida d'ouvrir les yeux, ce qui lui demanda un effort important. La chambre était dans la pénombre. Le bruit et les cris étaient toujours présents, qui venaient d'en bas. Alors qu'il enfilait ses bottes, François entra sans prendre le soin de frapper.

— Vite, petit !

— Que se passe-t-il ? C'est grave ?

— Je t'expliquerai dans les escaliers, le duc nous attend.

Le Hérisson blanc avait assisté à la scène : un homme s'était précipité sur Léopold à sa descente du char. L'agresseur avait été plaqué à terre par le premier écuyer au moment où il s'apprêtait à le frapper d'un coup de dague. La plus grande confusion avait régné, puis un carrosse s'était avancé dans lequel le duc s'était installé avec l'aide de Carlingford et de ses gardes du corps, avant de quitter au galop la place de la Carrière.

— Tu l'as examiné ?

— Oui. La pointe s'est enfoncée dans le mollet et n'a pas sectionné de veine importante. Il t'a réclamé.

— Moi ?

— Nicolas est introuvable et tu as sa confiance. Je te rejoins, je vais chercher les onguents de cicatrisation.

Léopold était allongé sur la table des soins. Il semblait d'autant plus calme qu'autour de lui régnait une grande effervescence. Les soldats avaient bouclé tout l'établissement, craignant des complicités dans la ville. Chaque conseiller y allait de son ordre, parfois contradictoire, dans une pagaille indescriptible. Tout le monde entrait et sortait, chacun contrôlait les autres, parfois jusqu'à la suspicion, se prévalait d'un rang supérieur, d'une expérience plus grande, le tout dans une ambiance électrique.

Azlan se concentra sur son patient qui le salua avec une grande courtoisie et un sourire qui n'étaient pas feints. Le duc contenait sa douleur avec élégance.

Son pantalon de soie était relevé jusqu'au genou et quelques filets de sang avaient séché sur sa peau autour du point d'impact, au milieu du mollet. La blessure n'était pas profonde et la finesse de l'arme n'avait pas dilacéré le muscle. Le jarret n'était pas atteint et les tendons étaient intacts. Il appliqua un emplâtre et banda la jambe afin de rapprocher les bords de la plaie.

— Voilà un drôle de vêtement pour un sultan, commenta le duc.

— Promettez-moi de ne pas danser ce soir au bal, Votre Altesse.

— Je vous promets de rester le plus longtemps possible à table. D'ailleurs, cette aventure m'a donné faim, fanfaronna-t-il.

Il se tourna vers Carlingford, qui avait surveillé les soins.

— Excellence, il faut surtout que cet incident reste sans conséquences vis-à-vis de nos pays voisins. A-t-il parlé ?

— Il dit être religionnaire et avoir voulu attirer l'attention sur le sort qui leur est réservé par Votre Altesse. Il prétend n'avoir pas voulu attenter à votre vie.

— Je pense que je ne serais plus là pour en juger si le comte de Spada n'était pas intervenu. Il n'est pas question d'allumer une querelle avec les huguenots. Au pire, nous déclarerons que cet homme a agi dans un état de folie. Allez apaiser ma suite, ajouta-t-il alors que le bruit redoublait dans le couloir, il n'y a plus de goupil dans le poulailler !

Le comte sortit de la salle pour mettre fin au brouhaha et tranquilliser les esprits.

— Son Altesse va bien, sa blessure est légère. Il

nous faut garder notre calme et que cet incident ne s'ébruite pas. Nous allons enquêter pour savoir qui est à l'origine de l'attentat, mais je vous demande à tous de ne pas dire mot sur ce qui s'est passé. Chacun va se rendre au repas du palais et s'amuser. Il faut rassurer le peuple. Nous comptons vraiment sur vous.

À son retour, Léopold s'était levé et avait posé le pied sur le sol.

— Plus difficile que je ne le pensais, commenta-t-il à l'adresse de son plus proche collaborateur. Trouvez-moi une canne, nous inventerons une raison carnavalesque à sa présence. Mon tourmenteur est-il à la prison de la Craffe ?

— Non, Votre Altesse, il est ici. Nous l'avons isolé, expliqua Carlingford. Il aura besoin de quelques soins, ajouta-t-il pour Azlan.

Le duc remercia son chirurgien et quitta Saint-Charles avec la canne prêtée par l'abbé Le Bègue qui s'était présenté pour prendre de ses nouvelles. Azlan rassembla de nombreux instruments, des remèdes, des pommades et des linges avant de se rendre à la salle qui servait aux autopsies et où l'agresseur avait été enfermé sous bonne garde.

L'homme avait des fers aux pieds et aux mains. Il attendait assis par terre dans l'angle de la pièce, le regard droit et fier. Malgré son visage tuméfié et ensanglanté, Azlan reconnut leur voisin de table du *Sauvage* et son sourire énigmatique.

Nicolas franchit le perron de Saint-Charles au moment où les trompettes et timbales du premier quadrille signalaient le début du repas de mardi gras. Il trouva Azlan affairé à refermer une plaie au-dessus d'une côte flottante. Dans la confusion de l'attentat, plusieurs des soldats de la garde, persuadés que l'homme venait de tuer le duc, s'étaient acharnés sur lui et l'avaient transpercé de coups de lame avant qu'un capitaine n'intervienne. Aucune n'avait tranché d'artère ni traversé d'organe vital. Le prisonnier salua de la tête Nicolas qui, comme Azlan, reconnut l'habitué de leur auberge.

— Je vais te relayer, dit-il en s'asseyant à côté de lui.

— Ce n'est pas de refus, j'ai les reins brisés à force de me pencher. Je n'ai pas mangé depuis midi, je vais chercher du pain et des cartoufles à la cuisine. Tu en veux, ou peut-être du vin ?

— Non, merci, juste de l'eau.

Il travailla un long moment en silence, laissant les gémissements du blessé rythmer le temps. Lorsque Azlan revint, il préparait ses ferrements afin de cautériser la plaie la plus profonde. Le jeune homme posa une chopine remplie d'eau et un pain à côté de lui. Nicolas les présenta à son patient qui accepta de boire afin d'humidifier sa bouche aux lèvres coupées et gonflées.

— Vous devez vous demander pourquoi j'ai commis un geste que vous trouvez insensé, n'est-ce pas ? demanda-t-il alors qu'il fixait le chirurgien depuis un moment.

— Ainsi donc vous avez encore une langue ? Nous avons toujours cru que votre excentricité affichée au *Sauvage* n'était nuisible qu'à vous-même. En cela nous avions tort.

Le chirurgien écarta les bords de la plaie à l'aide

d'une pince et prit une lancette dont la pointe trempait dans une flamme.

— Le duc est un homme bon pour ses sujets, ajouta-t-il. Il représente un espoir de paix durable pour le duché. Je ne sais pas si votre geste était insensé, mais stupide, oui, sans aucun doute. Vous vous battez pour les droits des huguenots dites-vous ? Aucune cause ne justifie la violence, monsieur, même la plus juste.

— Paroles de rêveur ! Votre position est intenable. Que voulez-vous faire ? Fuir, toujours fuir ? Alors, vous êtes plus fou que moi !

Il ne répondit pas et cautérisa les nerfs sectionnés. Le patient étouffa un cri. Nicolas fit un dernier bandage et le badigeonna d'un baume d'aristoloche.

— Certaines familles ont été chassées l'année dernière de l'abbaye de Beaupré, uniquement à cause de leur confession, continua l'homme dont la colère et l'émotion ne diminuaient pas. Et ce n'est pas fini.

— C'est vrai, j'ai vu placardé l'arrêt interdisant de donner asile à des luthériens, acquiesça Azlan qui mangeait ses pommes de terre en les écoutant avec intérêt.

— Votre duc est peut-être équitable pour ses sujets catholiques, pour les autres confessions, il ne vaut pas mieux que les Français. Je veux pouvoir vivre dans le duché sans avoir à cacher ma religion. Je n'ai pas voulu tuer votre souverain. Je l'ai atteint où je l'avais décidé.

Il se tut un instant afin de laisser passer une vague de douleur et reprit :

— Mon geste est un symbole pour attirer l'attention de tous. Si nous n'obtempérons pas aux ordonnances, nos biens sont confisqués et nous sommes jetés en prison.

— J'intercéderai auprès du duc en votre faveur, monsieur. Même si je suis opposé à vos méthodes, je comprends votre détresse et la partage.

— Merci, Nicolas Déruet. Je n'en attendais pas moins de vous.

— Vous connaissez mon nom ?

— Oui. Vous aussi connaissez le mien.

Il prit un des morceaux de pain, fit une boulette avec la mie et lui lança.

— Anselme Gangloff !

L'homme qu'il avait nourri dans la prison de la Craffe six ans auparavant.

— Vous n'étiez qu'une ombre pour moi. Je ne connaissais pas votre visage.

— Me voilà de pied en cap. Pas très présentable, n'est-ce pas ?

126

Lorsqu'ils sortirent de Saint-Charles, la fête battait toujours son plein. La présence de Léopold aux festivités du palais avait tordu le cou à la rumeur naissante et tout le monde s'était abandonné aux plaisirs sans retenue. Nicolas laissa Azlan rentrer seul chez Rosa, prenant prétexte d'Anselme Gangloff pour faire seul un long tour de la ville. Mais ses pensées se heurtaient à l'échange qu'il avait eu avec Marianne et qui défilait en boucle dans sa tête. Sa réapparition soudaine était pour lui un choc aussi grand que ce qu'elle avait voulu lui annoncer. Il se rendit compte qu'il ne l'avait pas oubliée, juste suffisamment enfouie pour ne plus avoir à affronter ses sentiments. Il aimait Rosa, qui le rendait heureux, et n'avait pas l'intention de remettre en cause son mariage. Après avoir parcouru les bastions et courtines du côté est, il gagna la porte Saint-Nicolas, au sud de la ville-neuve, et la traversa pour s'arrêter sur le pont qui enjambait les douves. De l'autre côté, le faubourg Saint-Pierre était éclairé de nombreux feux de joie. Il s'assit contre la cahute d'entrée et regarda les allées et venues des habitants. Un paysan éméché et braillard lança une bouteille vide dans le marigot, manquant d'être emporté par-dessus la balustrade dans son geste.

La cloche de l'église du noviciat des Jésuites lui rappela qu'il s'était installé depuis plus d'une heure sur les planches de bois du tablier. Le froid avait commencé à le pénétrer. Il avait l'impression de s'être fondu dans le décor et de rentrer dans l'intimité des passants qui ne le voyaient plus. Il reconnut la mère de Marie au bras de son époux. Elle avait fini par rentrer au foyer et avait repris son activité précédente. Nicolas se félicita du départ prochain de la fillette pour l'Italie. L'homme au regard chafouin ne lui inspirait toujours aucune confiance. Jamais il ne trouverait le moindre pardon pour un individu qui avait battu son enfant jusqu'au traumatisme. Un carrosse passa à faible allure, obligeant les badauds à se serrer contre la rambarde. Une fois sur la route, il fit un demi-tour serré. La manœuvre était dangereuse en raison de la proximité de la berge, mais la dextérité du conducteur réduisit le risque. Le véhicule retourna sur le pont sous les grognements de la foule et s'arrêta devant Nicolas qui avait reconnu Claude, le cocher, au premier passage. La porte s'ouvrit et Rosa sortit, toujours déguisée en

Mauresque, les mitaines rouges aux mains. Elle se blottit contre lui.

— Nicolas, nous étions si inquiets ! Nous vous avons cherché partout dans la ville. Que se passe-t-il ? Vos mains sont froides, rentrons, vous êtes gelé !

Une fois à l'intérieur, elle s'enveloppa avec lui sous une épaisse couverture. La buée recouvrit rapidement les vitres de l'habitacle.

— Azlan m'a appris pour l'attentat contre le duc. Il ne faut pas nous en mêler. Cet homme ne mérite pas d'indulgence.

— Rosa…

— Oui, mon ange ?

— … je vous aime.

Il avait voulu lui parler de Marianne, lui dire quelles accusations elle avait portées, mais se sentait las. Il n'avait plus envie d'affronter quoi que ce soit pour la soirée.

— Moi aussi, répondit-elle en tentant de l'embrasser au moment où une des roues du carrosse tapait un pavé plus irrégulier que les autres.

Leurs bouches se heurtèrent et les incisives de Rosa fendirent légèrement la lèvre supérieure de Nicolas. Elle se confondit en excuses.

— Ce n'est rien, dit-il alors qu'elle tirait sur la dentelle de sa manche pour lui essuyer les gouttes de sang. Rien du tout. Ce n'est pas votre faute.

— Je ne veux pas vous faire du mal, jamais, répondit-elle, au bord des larmes. Même ainsi.

— Il est tard, nous sommes tous épuisés.

Il lui caressa la joue.

La fin du parcours se fit dans le silence. Rosa avait posé sa tête sur les genoux de Nicolas et fermé les yeux. Il avait écrit une phrase sur la vitre, qu'il avait effacée avant l'arrivée rue Naxon.

Claude déplia le marchepied, ouvrit la porte et remonta tenir les rênes. Une fois les passagers sortis, il conduisit le carrosse dans les écuries, défit l'attelage et sortit les couvertures de l'habitacle. L'humidité intérieure avait fait réapparaître les mots que Nicolas avait tracés. Claude les regarda longuement avant de les effacer : il ne savait pas lire.

127

Le sort d'Anselme Gangloff se joua le lendemain matin, mercredi des Cendres. Il fut réveillé à l'aube et conduit de la tour de la Craffe à la chapelle des Cordeliers, quelques dizaines de mètres plus loin, où l'attendaient Léopold et Carlingford. Le duc se tenait debout, appuyé sur sa canne, dans la lumière naissante qui filtrait à travers la rosace du mur d'entrée, à côté du tombeau d'un de ses ancêtres. Anselme avait réfléchi toute la nuit, alors que la douleur le tiraillait, et en était arrivé à regretter son geste, pourtant mûrement réfléchi. Il avait fait du tort à la cause qu'il défendait, mais son honneur lui interdisait de faire la moindre repentance. Il s'attendait à une fin rapide.

Carlingford lui cita toutes les accusations dont il faisait l'objet et dont chacune pouvait à elle seule l'envoyer à la mort après les pires tortures. Puis, contre toute attente, il lui proposa un marché inespéré : la vie sauve contre l'engagement de partir vivre dans les Provinces-Unies et ne jamais revenir dans le duché ni en France. Dix minutes plus tard, il franchissait la porte de Notre-Dame en compagnie d'une escorte chargée de l'emmener à destination. Le duc n'avait prononcé aucun mot en sa présence.

Lorsque Carlingford vint le prévenir que le luthérien avait quitté Nancy, le duc s'était assis dans une des rangées de sièges de l'église pour prier.

— Croyez-vous qu'il tiendra parole ? demanda Léopold pour s'en convaincre.

— Il était tellement heureux de se trouver en vie qu'il aurait pu signer n'importe quoi. Il ne recommencera pas, mais il a failli troubler les négociations à venir.

— Dois-je accepter les propositions du roi de France ?

Le comte s'assit à côté de lui.

— Prenons le temps qu'il faut, Votre Altesse. Louis XIV vous en a entretenu officieusement lors de la cérémonie de l'hommage. Laissons-le venir, attendons qu'il envoie un messager ici.

— Pas un mot de ceci, il n'y a que nous deux qui soyons avertis. Même la duchesse n'en a pas idée. Si Vienne venait à l'apprendre, nous serions dans le plus grand embarras.

— En vous proposant le Milanais en échange de la Lorraine, le roi espère une telle situation. Je ne serais pas surpris qu'il ait déjà fait ébruiter son offre dans l'entourage de l'empereur du Saint Empire.

— Ne nous laissera-t-il jamais en paix ?

Il se leva et entra dans la chapelle octogonale, s'approcha d'un des cénotaphes et posa sa main sur le marbre noir. Carlingford l'avait suivi mais s'était arrêté à la grille d'entrée.

— Où en est-on pour le rapatriement de mon père ? demanda-t-il sans se retourner.

Une délégation lorraine était partie pour Innsbruck afin de ramener en Lorraine la dépouille de Charles V. Carlingford le rassura : le convoi était en Allemagne sur le chemin du retour.

— C'était son vœu le plus cher. Il l'a demandé sur son lit de mort, ajouta Léopold avant de se signer et de rejoindre le comte.

Lorsqu'ils sortirent, les commerçants de la Grande-Rue ouvraient leurs échoppes et les marchands ambulants avaient installé leurs étals contre le mur du palais ducal. Une colonie de moineaux s'était nichée dans un vieux hêtre et s'égosillait sous les lambeaux d'un soleil diaphane.

— Nous organiserons de grandioses funérailles. Le peuple ne doit pas douter de mon attachement à cette terre. Quoi qu'il advienne ensuite.

128

Nicolas était arrivé tôt à l'hôpital. Il s'était levé alors que Rosa dormait encore, et avait nettoyé la rue devant l'aile de la bâtisse située rue des Artisans, où le défilé était passé, laissant des déjections équines et des papiers colorés en grand nombre sur le sol. Mais l'activité physique ne lui avait pas suffi pour évacuer l'image de Marianne. Il s'était alors attelé à changer les pansements des malades, principalement ceux arrivés pendant la nuit à la suite de fractures ou luxations des membres et dont la plupart étaient encore noyés sous les vapeurs d'alcool. Vers dix heures, il s'autorisa une pause et s'assit à la cuisine devant une bouteille d'eau et un morceau de pain. François passa chercher le chameau et la carriole afin d'aider Waren à récupérer ses chevalets. Azlan vint lui apporter ses mitaines, qu'il avait oubliées en partant, de la part de Rosa. Il le quitta rapidement pour une partie de paume contre un joueur venu de Metz et qui avait défié le nouveau champion ducal.

— Le combat va être rude, j'ai l'impression d'avoir mes chaussures de plomb aux pieds, dit-il en cherchant un remède dans les pots de la pharmacie. J'ai aussi un casque de plomb sur la tête, ajouta-t-il en se frottant les cheveux.

Nicolas lui confectionna sa meilleure recette pour les excès d'alcool, qu'il but comme le saint calice. Il avait exigé de ses deux amis de ne pas venir travailler en ce lendemain de mardi gras et constata avec plaisir qu'ils s'étaient exécutés. La fin de matinée lui donna l'occasion d'un peu de temps libre, qu'il mit à profit pour consulter les planches d'anatomie du traité de Govert Bidloo, ce qui le ramena aux soirées passées avec Marianne à décortiquer l'ouvrage. Il le referma rapidement. À midi, le docteur Bagard vint le trouver.

— Il s'agit d'un cas spécial pour lequel j'aurais besoin de votre opinion, lui précisa celui que tout l'hôpital appelait l'Œil en raison de la sûreté de son diagnostic.

Le médecin tourna les talons avant même d'attendre sa réponse.

La jeune femme avait été placée dans la plus grande des salles de malades, dans la partie réservée aux femmes. Elle était âgée de vingt-cinq ans, avait une constitution malingre et une peau livide. Allongée dans son lit, elle avait tiré les draps jusqu'à son menton, ne laissant dépasser que son visage sur un tapis de longs cheveux blonds et ondulés.

— Anne Voirin. Elle a fait une chute dans le grenier de ses parents, à Eulmont, alors qu'elle portait une botte de paille. Depuis ce jour, elle vomit tout ce qu'elle mange ou boit. État d'exténuation permanent, plus de règles, nombreux évanouissements. Ses urines sont foncées et ont une odeur putride, ajouta-t-il en montrant un verre rempli sur une table voisine. Il y a, à leur surface, une nuée couleur d'ambre et elles contiennent une trop grande quantité de matières terreuses. J'y ai aussi observé des filandres. Je n'ai jamais constaté une humeur aussi pervertie !

— À quand remonte son accident ?

— Huit mois. Incroyable qu'elle soit encore en vie, non ? Tous les traitements de son médecin ont échoué jusqu'à présent. C'est lui qui l'a amenée ici. Dans son village, les gens commencent à dire qu'il s'agit d'une manifestation de Dieu. Nous devons trouver la supercherie, s'il y en a une. Dans le cas contraire, nous aurons affaire à une sainte femme.

Nicolas s'approcha de la patiente. Elle le fixa sans mot dire. Ses paupières ne cillaient pas. Elle soutint son regard jusqu'à ce qu'il baisse le sien, puis lui sourit faiblement. Elle répondit à toutes ses questions d'un souffle de voix et s'endormit pendant la conversation.

— Alors ? demanda le médecin qui avait pris une position docte, main sur le menton.

— Son anatomie aurait pu être modifiée à cause de sa chute et causer une obstruction au niveau de ses intestins. Permettez-vous que je l'examine afin d'en comprendre plus ?

— Je n'y vois pas d'objection pour ma part, mais elle refusera de se laisser toucher ou de se dévêtir devant vous. Vous avez tout votre temps, elle ne sortira qu'au moment où nous aurons résolu son énigme. Ou elle périra ici.

Nicolas passa l'après-midi à consulter tous les ouvrages en sa possession qui traitaient de cas approchants, mais aucun ne pouvait expliquer ce qui arrivait à Anne Voirin. Le soir, il assista à son repas où une religieuse lui fit avaler deux cuillerées de bouillon de veau. Quelques minutes après leur ingestion, la jeune femme fut prise de spasmes et vomit un liquide limpide et mousseux. L'effort l'ayant épuisée, elle s'endormit aussitôt. Il s'assit près d'elle et observa sa respiration qu'il jugea profonde et régulière. Les traits de son visage étaient détendus. Il la regarda longuement, sans plus la voir, absorbé par ce qu'il avait vécu la veille. Il se sentait coupable envers Rosa de ne pas lui avoir relaté sa rencontre avec Marianne.

— Tout va bien, maître ? Vous avez besoin de moi ? demanda la religieuse qui était restée à ses côtés dans l'attente d'une demande.

Il se frotta le visage et soupira.

— Non, nous allons la laisser se reposer. À son réveil, vous recommencerez les cuillères de bouillon médicinal, toutes les deux heures. Si son état empirait dans la nuit, faites-moi quérir.

Nicolas s'arrêta sur le perron de l'entrée principale pour humer l'air imprégné des premières senteurs du printemps, sans réussir à s'approprier le moment. Son esprit restait désespérément accroché à ses interrogations. Sœur Catherine le rejoignit.

— J'allais oublier, une des moniales du Refuge est passée pour vous remettre une lettre.

— Une lettre ?

— La mère Janson vous avait écrit avant sa mort, dit-elle en lui tendant le papier replié et cacheté.

— Pouvez-vous la laisser sur la table de la chambre ? Je la lirai demain.

— Maître Déruet ?

— Oui ?

— Vous pensez que c'est un miracle de Dieu ? La fille d'Eulmont ?

— La nature fait parfois des miracles qui tiennent du Créateur, ma sœur.

129

Le renard renifla le mulot qu'il venait de tuer. Il le mit dans sa gueule et s'immobilisa, les oreilles dressées : une troupe d'humains, dont il avait senti l'odeur, traversait le bois de Garenne en faisant un bruit assourdissant. Il abandonna sa proie et se faufila à l'intérieur d'une souche éventrée dans l'attente de leur départ. Précédés de cinq musiciens en livrée portant des chapeaux ornés de rubans jaunes, une cinquantaine de couples à cheval passèrent en ordre dispersé, suivis d'autant de couples à pied. L'un d'eux s'arrêta à un mètre du tronc où se terrait le canidé. Celui-ci retint un glapissement qui l'aurait découvert et attendit, les yeux rivés à la fente par laquelle il voyait un homme accroupi.

— Alors, que fais-tu ? demanda la femme, sans ménager son impatience.

— Ces souliers me font mal, répondit l'homme. J'aurais dû garder mes bottes.

— Nous allons arriver les derniers et nous n'aurons plus de bois pour faire un fagot !

— Mais, du bois, il y en a plein la forêt ! Il suffit de se pencher ! répondit-il en retournant sa chaussure d'où un gravillon tomba. Voilà, ça ira mieux ainsi.

Il se leva, l'air satisfait, ramassa une branche et la cassa.

— Et je sais de quoi je parle, ce bois mort, c'est moi qui le vends !

— En attendant, nous sommes les derniers, répéta-t-elle.

— Jamais je n'aurais dû accepter de participer à cette cérémonie grotesque.

— Édouard, les brandons sont une vieille tradition qu'il faut respecter. Et ne pas la suivre nous aurait exposés à des sanctions.

— J'aurais préféré payer cette amende plutôt que de m'exposer au ridicule de cette farce !

Un bruit de feuilles déplacées les fit se retourner.

— Qu'est-ce que c'est ? demanda Édouard, inquiet.

— Sans doute une bête qui a vu que nous étions isolés et qui va prévenir sa meute, répondit-elle pour plaisanter alors qu'elle n'avait rien vu.

La repartie eut sur le mari des effets inespérés.

— Viens, dépêchons-nous, sinon le fagot que j'ai réservé aura été payé par un autre !

Lorsqu'ils rejoignirent la troupe, la plupart ramassaient des branches mortes ou les avaient déjà liées entre elles, tandis que les musiciens, valets de Nancy, proposaient aux autres, pour dix sous, ceux qu'ils avaient confectionnés à l'avance.

En ce premier dimanche de carême, tous les couples mariés en 1699 revinrent du bois en se tenant la main, chaque mari portant sous le bras une botte de branchages synonyme de leur union.

Une fois le silence revenu, le renard retrouva sa proie morte et, d'un coup de gueule, l'emmena dans son terrier.

La procession entra dans la ville où l'attendait une foule presque aussi nombreuse que le mardi précédent et tout aussi joyeuse. Les spectateurs envoyaient sur les mariés des pois, qui avaient été grillés avec du beurre et du sel, tout en les brocardant allègrement.

— Tu parles d'une tradition ! maugréa Édouard en regardant sa femme d'un air courroucé. Se faire moquer par toute la populace... Le prochain qui me traite de cornu, je l'empale avec mon fagot !

Lorsqu'ils pénétrèrent dans la cour du palais ducal, l'homme n'avait pas osé mettre son projet à exécution, malgré des remarques qu'il avait préféré ne pas relever. Le cortège fit trois fois le tour de l'enceinte intérieure, sous le regard du duc, de la duchesse et de toute la suite présente aux fenêtres et balcons, avant de se rendre sur la place de l'hôtel de ville pour y déposer leurs fagots. Les jets de pois redoublèrent à leur arrivée sur le parvis. Édouard souffla en pressentant l'approche de la fin de la cérémonie, ce qui désola sa femme, pour qui l'attitude de son mari avait gâché son propre plaisir. Elle n'eut pas le temps de le lui reprocher : il glissa sur un amas de graines grillées et s'étala sur le dos dans l'hilarité générale. Plus meurtri dans son amour-propre que dans sa chair, il lança le fagot en direction des rieurs les plus proches et quitta l'endroit sans même se préoccuper de son épouse.

— En voilà un qui mérite bien son sort, mais pas sa bourgeoise, dit François à Nicolas et Rosa, qui avaient observé la scène depuis le balcon de l'hôtel de ville. Tu ne le reconnais pas ?

L'homme ne lui rappelait rien.

— C'est un marchand de bois que j'ai soigné il y a longtemps. La dernière fois fut le jour où tu es revenu à Nancy, petit. Crois-moi, je n'oublierai pas ce moment.

— Je me souviens juste qu'il avait fini chassé de ta boutique. Un peu comme aujourd'hui.

Les cinq valets cessèrent leur musique. Un des conseillers de la ville s'avança, une torche à la main, et mit le feu au tas de bois dont les flammes montèrent rapidement à plusieurs mètres de hauteur. Rosa prit la main de Nicolas.

— Imaginez-vous que l'année prochaine, ce sera notre tour d'aller chercher le fagot ? Je m'en réjouis, il n'y a qu'avec vous que je voudrais le faire, mon ange. Personne d'autre.

Il lui répondit d'une pression sur la main.

— C'est le moment du tirage des Valentins ! s'exclama le Hérisson blanc en se frottant les mains. Venez, descendons, allons rejoindre Azlan.

Les jeunes gens étaient réunis sur la place, près du feu qui avait perdu de sa vigueur. Rosa était fière d'Azlan. Il portait une tenue qu'elle lui avait fait faire pour l'occasion, un pourpoint de couleur fauve et kaki aux broderies d'or. À dix-huit ans, il était d'une beauté solaire. Elle était heureuse d'avoir à ses bras les deux hommes de sa vie et se sentait exaltée. *Ce doit être cela le bonheur*, songea-t-elle. Chaque jour, elle relisait Spinoza dont elle avait appris certains textes par cœur, ceux sur la passion, qu'elle récitait à la manière de chapelets de prières. *L'espoir et la crainte...* la petite tache d'inquiétude qui se peignait dans son paysage depuis plusieurs jours revint la hanter : Nicolas avait changé depuis la soirée du mardi gras. Elle le sentait à d'imperceptibles détails, au son de sa voix, au regard dont l'accroche n'était plus la même. Rosa se promit de relire une nouvelle fois l'*Ethica* pour y trouver une réponse à ses interrogations.

Depuis le balcon de l'hôtel de ville, le prévôt de Nancy avait commencé le tirage au sort des couples parmi les jeunes hommes et les jeunes femmes en âge de se marier. À chaque nom, fusaient des applaudissements, parfois des rires devant des appariements improbables, parfois des exclamations admiratives devant un sort heureux ou harmonieux.

À côté d'elle, Azlan s'amusait beaucoup et son entrain balaya les nuages de Rosa. Lorsque enfin l'officier annonça « Azlan de Cornelli ! », son cœur battit comme celui d'une mère. Les applaudissements furent les plus nourris de la cérémonie et toutes les jeunes femmes dont les noms n'avaient pas encore été tirés espérèrent secrètement être l'élue. Chaque Valentin devait faire un cadeau à celle à laquelle le hasard l'avait lié pour la semaine qui suivait. Même si l'engagement s'arrêtait généralement à un échange de présents, la ville accueillait tous les ans en son sein des unions qui avaient été consacrées suite aux brandons.

La Valentine désignée, âgée de quinze ans, était la plus jeune femme de la cérémonie. Fille de Melchior de Ligniville, Anne-Marguerite était aussi d'une beauté et d'une vivacité d'esprit rares pour son jeune âge, et tout le monde trouva que le sort avait eu très bon goût de les associer. Rosa mit un baiser sur la joue d'Azlan avant qu'il ne rejoigne Anne-Marguerite pour recevoir les félicitations du duc qui venait d'arriver sur place. Nicolas s'était éloigné du parvis avec François. Elle les aperçut en grande conversation à l'angle d'une des rues attenantes. La foule commençait à se diluer autour d'elle. Rosa hésita à les rejoindre. L'échange semblait houleux. Dans l'angle opposé, deux vaga-bonds, qui étaient exposés au pilori pour n'avoir pas respecté l'ordonnance d'interdiction de la mendicité, hurlaient aux gamins qui les entouraient d'arrêter leur jeu : les enfants se relayaient depuis plusieurs minutes pour faire tourner leur cage ronde, posée sur un pivot central. Ils cessèrent quand l'un d'eux s'évanouit, et s'enfuirent en riant.

— Quel est le fol qui oserait abandonner la plus belle femme du monde, même pour quelques instants ?

Elle n'avait pas entendu Carlingford s'approcher. Il la salua avec une élégance que ses années de campagne n'avaient pas entamée. La remarque, qui se voulait un compliment, la blessa. Rosa prétexta qu'elle avait envoyé Nicolas chercher leur carrosse. Le comte l'en-tretint de leur mariage, dont elle lui apprit qu'il était prévu pour le 26 juin. La nouvelle sembla sincèrement le réjouir, ce qui était en partie le cas, mais elle le rapprochait aussi surtout du gain de son pari avec le duc. Elle le laissa parler, jetant de temps en temps des regards vers la rue Saint-Jacques dans laquelle les deux hommes s'étaient engouffrés. Carlingford l'abandonna au moment où Azlan quittait l'hôtel de ville. La cérémonie avait pris fin et le jeune homme en profitait pour s'éclipser avant le repas.

— Je viens de vivre la plus courte liaison de ma vie, déclara Azlan avant qu'elle n'ait eu le temps de poser la moindre question. Ma Valentine était plus intéressée par le duc que par moi ! Que voilà une belle leçon d'humilité !

Son rire chassa la contrariété naissante chez Rosa, ce qu'il perçut.

— Tiens, voilà mes deux compères ! s'exclama-t-il en voyant ses amis réapparaître de la rue Saint-Jacques.

François ne prit pas la peine de venir jusqu'à eux et appela Azlan d'un geste de la main. Nicolas s'excusa auprès de Rosa et lui baisa la main. Il avait demandé au Hérisson blanc de le remplacer à Saint-Charles.

— Je voudrais rentrer, dit-elle. Je suis si contente de vous avoir pour moi tout le reste de la journée !

Les pois grillés crissèrent sous leurs pas lorsqu'ils quittèrent la place.

130

Ils avaient uni leurs corps un long moment. Le temps s'était dilué, la lumière du dehors avait faibli, et l'allumeur de réverbères avait enflammé les premières lanternes installées dans la ville-vieille sur des cordes qui pendaient en travers des rues proches du palais. Azlan était rentré et s'était précipité à la cuisine pour manger, comme à son habitude. Claude avait pansé son attelage dont les fers avaient claqué sur les pavés. Le couple avait vécu l'après-midi au rythme des bruits rassurants du quotidien, à s'aimer et à fusionner leurs désirs.

Nicolas caressa le dos de Rosa, de la nuque jusqu'au bas de la courbe parfaite de ses reins, en effleurant sa peau jusqu'à sentir les légers frissons qui la parcouraient. Elle se retourna et embrassa ses lèvres, les mordillant de ses incisives ou les effleurant de sa langue avant de lui chuchoter des mots d'amour et de s'asseoir sur le lit.

— J'ai envie que l'on joue à l'*Ethica*, proposa-t-elle en se levant sans attendre sa réponse.

L'exercice consistait à établir une proposition et tenter de la démontrer par des arguments logiques, en s'aidant du livre de Spinoza, jusqu'à la conclusion qui se terminait en criant : CQFD ! Chacune des parties était pour eux un moment de joute verbale dont ils raffolaient et qui se ponctuait invariablement de grands éclats de rire.

Elle enfila la chemise blanche de son amant et prit l'ouvrage dans sa bibliothèque avant de retourner se lover contre lui.

— Voilà ma proposition, commença Rosa.

Elle l'ouvrit au hasard et, posant sa tête sur le dos de Nicolas, lut :

— *L'âme ayant eu deux affections dans le même temps ne pourra dans la suite être affectée de l'une sans l'être de l'autre.*

— Quel programme ! plaisanta-t-il.

— Concentrez-vous, mon ange, sinon vous allez encore perdre…

Il se retourna pour l'embrasser et s'assit en tailleur en l'enserrant de ses jambes.

— Je me souviens d'un patient que j'avais opéré

dans une manufacture de tabac transformée en hôpital de campagne. J'ai été obligé de l'amputer sans aucun anesthésiant, nous n'avions plus ni laudanum, ni même d'alcool. Sa douleur fut extrême.

— Charmant, mais où est votre démonstration ? demanda-t-elle en promenant les mains le long de ses cuisses.

— À partir de ce moment-là, il ne put plus sentir l'odeur d'un tabac de pipe sans ressentir une vive douleur à son moignon. Jusqu'à, parfois, en hurler. CQFD !

Rosa vérifia la réponse de Spinoza.

— J'accepte votre assertion, vous gagnez ! Je vais en trouver une plus difficile, enchaîna-t-elle en feuilletant le livre.

— Non, à moi, dit-il en lui chipant l'ouvrage des mains.

— Mais vous ne savez pas lire le latin !

— Voyons… celui-ci, dit-il en feignant de lire : *Lorsque l'âme décèle une réalité qui minore l'image de l'être aimé, elle diminue ou retient la puissance d'agir des sentiments amoureux.*

Elle se détacha de lui et le regarda, inquiète.

— Pouvez-vous étayer votre démonstration que je la comprenne ?

Nicolas s'assit contre la tête de lit.

— Si, par exemple, j'apprenais que vous avez acheté sa boutique à François, puis ses vignes, tout en me le cachant.

— En quoi cela minorerait-il mon image ? C'est de cela que vous l'avez entretenu ce matin ?

— Il a commencé par me mentir avant de me l'avouer. J'aimerais comprendre.

Rosa se redressa sur ses genoux.

— Vous ai-je jamais caché mes sentiments dès cette époque ? L'aider était pour moi me rapprocher de vous, mon ange. Mais je ne voulais pas que cela soit pris comme un geste qui rendrait François redevable envers moi.

— Je le sais, vous ne lui avez jamais rien demandé en retour, ajouta-t-il en lui caressant le bras.

Elle ne lui rendit pas sa caresse.

— Alors pourquoi me juger aussi durement ?

— Je ne vous juge pas, je suis surpris de savoir que vous avez de tels secrets.

— Quelle belle affaire que ce secret-là ! Et vous, n'en avez-vous pas pour moi ?

Nicolas ne répondit pas et baissa les yeux.

— Si vous avez des secrets dont vous jugez qu'il ne faut pas les partager avec moi, je respecte vos raisons, continua-t-elle. Mais, de grâce, faites-en de même avec moi. Je ne vous ai rien caché que vous n'ayez à connaître de moi.

Elle le toucha par la justesse de son raisonnement. Il se sentit soudain plus coupable encore de ne pas lui avoir tout dit.

— Rosa, j'ai parlé à Marianne.

Nicolas relata son entrevue dans le jardin de l'ancienne boutique de François. Elle l'écouta sans l'interrompre. Son visage s'était figé et ses traits durcis. Elle perdit son calme et s'emporta :

— Mais que me reproche-t-elle exactement ? Que me reproche cette femme ?

Quelqu'un toqua.

— Coucou les amoureux ! Vous soupez avec moi ?

Azlan avait crié derrière la porte.

675

— Non, pas ce soir, répondit Nicolas, nous sommes fatigués. À demain !

— Je comprends, amusez-vous bien !

Les pas joyeux du jeune homme s'éloignèrent. Rosa avait posé les mains sur son front en signe d'incompréhension.

— J'ai l'impression de vivre un cauchemar, Nicolas, reprit-elle en frissonnant.

— Marianne se dit liée par un secret. Je sais seulement qu'elle est venue chez vous le jour où elle est partie de la boutique de François.

Rosa s'approcha de son amoureux qui l'enlaça de ses bras.

— Oui, répondit-elle, je m'en souviens très bien. Elle est venue voir mon mari. Mais je savais quelle était la nature de leur secret à tous les deux, je connaissais l'existence de l'enfant de ses amours ancillaires.

La voix de Rosa se cassait à chaque phrase, presque à chaque mot. Ses cordes vocales étaient à bout.

— Je suis désolé de vous infliger cette épreuve, mais je ne pouvais pas le garder pour moi seul.

— Je comprends mieux votre changement d'attitude. Est-ce que vous… doutez de moi ? demanda-t-elle alors que le dernier mot resta coincé dans sa gorge et finit en cri rauque.

Des larmes se perdirent sur son visage. Il la prit contre lui et la serra très fort en la berçant.

— Plus jamais, dit-elle entre deux sanglots… Ne doutez plus jamais de moi… je ne le supporterais pas.

— C'est fini, mon amour, fini. Je suis là.

Il eut l'impression que sa propre voix était celle d'un autre. Bien longtemps après qu'elle se fut endormie, il la berçait encore.

CHAPITRE XVI

Nancy, avril-juin 1700

131

Lorsque Anne Voirin ouvrit les yeux, le chirurgien était assis à côté de son lit et la regardait. Elle aimait sa présence, rassurante, même si, un mois après son arrivée, ni lui ni personne n'avait réussi à résoudre l'énigme que constituait son état. La seule amélioration notable était la quantité de bouillon que la malade réussissait à avaler sans le rendre aussitôt.

— Vous avez dormi plus de douze heures, lui dit Nicolas. Comment vous sentez-vous ?

— Fatiguée, répondit-elle de la voix traînante qui la caractérisait. Mais Dieu me donne la force de tenir. Il me parle dans mon sommeil. Il me guide.

Elle hésita un instant avant de poursuivre :

— Croyez-vous qu'il m'a choisie ? Que je suis une élue ?

Nicolas ne répondit pas.

— C'est ce que les autres disent chez moi, à

Eulmont, ajouta-t-elle pour se justifier. Est-ce une épreuve qu'il m'envoie ?

— Toute maladie est une épreuve, Anne. Je ne suis qu'un praticien et n'entends rien à la théologie. Voulez-vous me raconter à nouveau comment cet accident vous est arrivé ?

Elle se plia de bonne grâce à sa demande. Au moment de descendre l'escalier du grenier, la botte de foin, qu'elle avait chargée sur son dos, l'avait déséquilibrée et elle n'avait pu se retenir à la corde qui servait de rampe. En tombant, sa tête s'était cognée plusieurs fois contre les marches et ses vertèbres cervicales s'étaient légèrement déplacées, mais aucun os ne s'était rompu, du moins en apparence. Anne n'avait pas perdu connaissance et avait appelé ses parents à l'aide.

— Où avez-vous eu mal en premier ?

— Dans la cuisine, quand ils m'ont assise sur une chaise.

— Je me suis mal exprimé, je voulais dire : à quel endroit de votre corps ?

— Au ventre, là, je crois, répondit-elle en montrant son estomac.

La jeune femme avait vomi du sang après sa chute.

— Et aujourd'hui, où avez-vous mal ?

— Toujours là.

Elle posa la main sur son ventre.

— Je peux ? demanda-t-il en enlevant ses mitaines.

Elle fit oui de la tête. Il était avec Azlan la seule personne dont elle acceptait qu'il la touchât.

— J'aime bien vos gants rouges, dit-elle en les caressant.

— C'est un cadeau de ma fiancée.

— Je m'en doutais, je ressens de l'amour, murmura-t-elle en fermant les yeux.

Elle serra une des mitaines dans son poing.

— Beaucoup d'amour, mais de la peur aussi.

— Eh, seriez-vous voyante ? demanda-t-il sur le ton de la plaisanterie.

Elle lâcha le vêtement et évita le regard de Nicolas.

— Est-ce à cet endroit précis ?

— Oui, répondit-elle en grimaçant, comme une aiguille enfoncée.

L'orifice inférieur de l'estomac, songea-t-il.

— Elle est belle, votre fiancée.

— C'est une question ?

— Non, je suis sûre qu'elle est belle, je le sais.

— Elle est très belle. Nous allons nous marier.

— Félicitations, maître Déruet.

L'image de Rosa lisant Spinoza, allongée nue contre lui s'imposa à ses yeux. Il sourit.

— Là, vous pensez à elle, ajouta la patiente.

— Et vous, vous lisez trop dans mes pensées.

— Cela m'étonnerait, je ne sais pas lire... C'est vrai qu'il est mort le bébé de notre duc ?

— Malheureusement oui. Emporté par une fièvre.

Le petit Léopold de Lorraine s'était éteint cinq jours auparavant, le samedi 3 avril, dans son sommeil. Le duc avait demandé à Nicolas de pratiquer une autopsie pour extraire son cœur. Alors que le corps du nouveau-né avait été enterré dans la chapelle octogonale auprès de ses ancêtres, l'organe, embaumé puis enfermé dans une boîte de métal gravée, avait été déposé dans l'église du noviciat des Jésuites, comme la tradition le recommandait.

— Alors, je vais prier pour lui. Et la prochaine

fois que Dieu me parlera, je lui dirai de s'occuper de notre prince.

Nicolas acquiesça, mais il avait cessé de l'écouter. La phrase de l'*Ethica* lui avait traversé l'esprit comme une intuition : *L'âme ayant eu deux affections dans le même temps ne pourra dans la suite être affectée de l'une sans l'être de l'autre...*

Et si ce qu'ils tentaient de combattre n'avait aucune relation avec sa chute ? Si l'aveuglement de leur diagnostic dû à cet accident avait caché une autre pathologie naissante ?

— Deux affections dans le même temps..., murmura-t-il.

— Que dites-vous ? demanda Anne d'une voix ténue.

Elle était épuisée par l'effort que lui avait demandé la conversation. Nicolas passa en revue tous les symptômes dont elle souffrait en omettant l'accident. La solution commençait à se faire jour. Il se leva brusquement.

— Je reviens, je vais chercher le docteur Bagard.

— Je promets de ne pas vous faussez compagnie d'ici là, répondit-elle les yeux mi-clos.

— Si mon idée est exacte, dans quelques jours vous pourrez vous enfuir où vous voulez !

132

Azlan fit une grimace en entrant au *Sauvage* : leur table avait été investie par quatre bourgeois qui revenaient d'une séance d'entraînement de la milice communale. L'aubergiste s'excusa et, de la main, leur fit signe de s'installer près de la fenêtre.

— On n'a jamais revu notre habitué, leur dit-il en parlant d'Anselme Gangloff. Encore un qui est parti chercher fortune ailleurs !

Azlan haussa les sourcils à l'adresse de François : ils avaient appris par le capitaine de la compagnie des Buttiers, qui avait escorté le protestant, qu'il était décédé dans les bras de sa femme. Il avait souffert tout le trajet d'une infection contractée suite à ses blessures et que les médecins locaux n'avaient pu endiguer.

— Je ne comprends pas ce qui a pu se passer, remarqua le jeune chirurgien. Aucune des blessures n'engageait un pronostic vital.

— Parfois des poisons toxiques pénètrent par les plaies et provoquent la mort. Nous n'y pouvons rien, petit.

— En tout cas, quel drôle de destin, ajouta Azlan, en regardant par la fenêtre ouverte.

Il s'était assis à la place d'Anselme et essaya d'imaginer les pensées de l'homme durant ses heures de rêveries au *Sauvage* mais n'y parvint pas et commanda une soupe en se désintéressant de l'extérieur. De la salle du fond parvenaient le chahut des joueurs et l'odeur de tabac échappée des dizaines de pipes allumées.

— Une partie de lansquenet, leur apprit le patron en les servant. Je ne vous conseille pas de vous y engager, cela sent l'escroquerie. Le banquier n'est pas d'ici et m'a l'air d'un vrai oiseau de proie. Il a commencé par jouer tel un débutant pour dorer la pilule aux autres coupeurs et, depuis plusieurs tours, il ne perd plus rien. Il est aussi novice que moi, je suis un jésuite !

Il partit, appelé par la tablée qui lui réclamait de l'alcool, en concluant :

— Tant qu'ils consomment…

— Je croyais que le lansquenet était un jeu de hasard, demanda Azlan après avoir trinqué avec son ami.

— Le plus fort des joueurs est celui qui fait passer sa technique pour du hasard. Il y a une part d'illusionnisme chez ces gens-là, conclut François, admiratif.

— J'ai eu affaire à ce genre de gaillard à la paume. Ils empochaient tous les paris à la fin des matchs !

Dans la salle de jeu, les commentaires se succédaient au rythme des cartes distribuées. Petit à petit, les clients quittaient les tables pour aller grossir les rangs des curieux et des parieurs. Par manque de place, les derniers furent obligés de rester à l'entrée de la salle.

Ils burent un moment en silence, l'un son bouillon, l'autre son vin, dans une belle synchronisation qui amusa l'aubergiste accoudé à son comptoir. Azlan commanda un second bol, ainsi que du pain. Son regard évitait celui de François. Le Hérisson sentit qu'il hésitait à lui parler.

— Tu aurais quelque chose à me dire, petit ?

— Je ne sais pas si je peux… Est-ce que tu es au courant ?

— Au courant de quoi ?

— Alors, tu ne sais pas, si tu l'étais, tu ne m'aurais pas questionné ainsi ! dit Azlan avant d'aspirer une nouvelle gorgée de soupe.

— Ah… et, selon toi, je t'aurais répondu quoi si j'avais été au courant ?

— Tu m'aurais dit « oui », ou « malheureusement », ou « malheureusement, oui ! ». Pour sûr.

François se massa la barbe avant de lui infliger une question tortueuse.

— Azlan, imagine que je sois au courant et que je pense que tu ne l'es pas, mais que tu prêches pour savoir ce qui se passe. Que crois-tu que je te répondrais ?

— Tu me dirais : « Mais que se passe-t-il ? » avec ton air faussement innocent.

— Voilà !… Eh, pourquoi « faussement » innocent ?

— Mais tu n'avais pas cet air. Donc, tu ne sais pas ce qui se passe !

Le massage de barbe s'intensifia. Les pensées de François avançaient dans son esprit comme dans un labyrinthe.

— Petit, dans l'hypothèse où je ne sois pas au même niveau d'information que toi, n'as-tu pas prévu de me mettre dans la confidence afin qu'on puisse en parler tous les deux ?

— Si. Je crois que si.

— Alors, pourquoi me poser une question dont la réponse, quelle qu'elle soit, n'aura aucune influence sur la fin de cet échange puisque tu finiras invariablement par me donner l'information que tu détiens ?

Azlan fit des yeux ronds.

— N'ai-je pas été clair ? demanda François, qui se sentait incapable de répéter ce qu'il venait de débiter.

— Ne serais-tu pas en train de me dire que je suis un peu compliqué ?

— Pour le moins alambiqué ! Ce doit être ton côté bohémien !

— Babik dirait que c'est mon côté lorrain ! D'accord… François, je voulais t'annoncer que Nicolas a revu Marianne.

Ce fut au tour du Hérisson d'écarquiller les yeux.

— Ventrebleu ! Je comprends mieux !

— Tu vois, tu ne le savais pas !

Il but sa dernière gorgée de bouillon.

— Il l'a revue et il en a parlé à Rosa.

— Jarnidieu !

François avait crié si fort que les clients postés entre les deux salles se retournèrent vers leur table.

— Petit, il faut à mon tour que je te dise : je lui ai avoué pour la maison et les vignes !

— Je sais.

— Ah ?

— J'ai écouté à leur porte quand ils se sont disputés !

François maugréa des paroles incompréhensibles.

— Et que sais-tu de plus ? finit-il par articuler. Comment va Marianne ? Où habite-t-elle ?

— Aucune idée. Elle l'a juste mis en garde contre son mariage. Je ne crois pas qu'ils se soient revus depuis. Que pourrait-on faire pour les aider ?

— Rien, petit, surtout rien ! Quoi que tu fasses, tu rendras au moins une personne malheureuse. C'est à eux seuls de se déterminer sans regret. Par contre, tu peux continuer à tendre l'oreille...

— Tu m'encourages à les espionner ?

— Bien sûr que non ! répondit François, vexé. Mais il est important que nous sachions ce qui se trame.

— Jamais je ne ferai cela à...

Il fut interrompu par une exclamation générale provenant de la salle du fond, qui mêlait des cris d'étonnement et de réprobation.

— C'est une carte triple ! cria le banquier. Désolé pour vous, mes agneaux, il va falloir arroser.

— Escroc ! Vous êtes un filou ! s'énerva un joueur.

— Cette partie s'est déroulée dans les règles de l'art. Vous avez perdu, vous devez honorer vos dettes.

— Personne ne peut avoir autant de chance au jeu. C'est impossible !

— Le jeu est une science, monsieur. Le hasard n'est pas le destin : il se maîtrise.

— Tu vois, reprit François à l'adresse d'Azlan, qu'est-ce que je te disais ? La technique avant tout ! Eh, tu en fais une tête !

Le jeune homme semblait hébété.

— Je connais cette voix...

Il se leva et répéta :

— Je connais cette voix...

Azlan se dirigea vers l'endroit d'où les spectateurs et participants commençaient de refluer. De l'autre côté, le banquier continuait de se défendre avec calme et maîtrise contre les accusations du joueur le plus véhément, qui était aussi celui qui avait perdu le plus.

Ce ne peut pas être lui, pensait-il à chaque pas, *ce n'est pas lui. Et pourtant, c'est sa voix !*

Azlan attendit que les derniers clients eussent quitté l'arrière-salle et entra. L'homme était assis, pipe à la bouche, chapeau de *betyar* sur la tête, à recompter ses gains. Il l'appela :

— Germain Ribes de Jouan !

Germain leva la tête et le détailla sans manifester la moindre émotion.

— Que puis-je pour vous, monsieur ?

133

Nicolas ouvrit le pot contenant la chicorée sauvage et prit les dernières feuilles séchées qu'il ajouta dans l'eau bouillante où infusaient déjà du pourpier, de la rhubarbe et quelques écorces de citron. Il filtra la décoction, y délaya du sirop de fleurs de pêcher et descendit son remède en salle de soins où Anne Voirin avait été amenée par le docteur Bagard. Elle semblait apeurée. Personne n'avait voulu lui expliquer la cause possible de son état avant d'être sûr d'avoir vérifié l'hypothèse de Nicolas.

— Nous allons vous purger, lui annonça le médecin. Et nous observerons les humeurs excrétées.

Ils l'assirent sur une chaise percée au dos large et légèrement incliné. Elle but la potion, cuillère après cuillère, avalant chaque gorgée avec difficulté, mais réussit à ne pas les rendre.

Le chirurgien fut appelé par sœur Catherine afin de soigner un ouvrier de la tannerie qui avait reçu sur le visage une projection de sel de morue, lors du travail d'un cuir. L'artisan se plaignit de brûlures à l'œil, que Nicolas soulagea rapidement à l'aide d'un distillat de sa composition. Il l'encouragea à revenir le lendemain pour renouveler le bain oculaire, mais il était persuadé que l'homme ne se présenterait pas. Les soins n'étaient gratuits que pour les indigents, et les honoraires demandés, même modestes, en faisaient hésiter plus d'un, qui ne se déplaçaient qu'à la dernière extrémité. Rares étaient les traitements de confort à Saint-Charles.

Une heure plus tard, Nicolas se rendit au chevet d'Anne Voirin, où le docteur Bagard se trouvait déjà. Il avait examiné les selles produites et l'apostropha à son arrivée :

— Mauvaise hypothèse ! Il n'y a rien dans ces excréments, à part des humeurs putrides.

Il lui tendit le seau.

— Trouvez une autre idée, sinon la prochaine personne que nous convoquerons sera un prêtre pour sa béatification.

— Le mélange n'était pas assez fort, répliqua le chirurgien. Permettez-moi d'essayer un remède plus drastique.

— Qu'allez-vous inventer cette fois ?

— J'ai préparé un extrait alcoolique de racine de grenadier. Je l'ai vu utilisé avec succès dans ce genre de cas.

— *Punica granatum ?... Ægroto dum anima est, spes est*[1], dit le médecin en s'adressant à la religieuse, que l'aparté mit mal à l'aise.

Une fois le docteur Bagard parti, Nicolas réveilla la jeune femme et lui fit avaler quatre cuillerées de grenadier. Il jeta le contenu du seau dans le ruisseau Saint-Thiébaut et monta dans sa chambre prendre un peu de repos. Lorsque François le trouva, il s'était endormi, un livre ouvert entre les mains.

— Tu devrais descendre, Azlan a une surprise pour toi !

— Un dictionnaire de latin ? répondit-il tout en reprenant ses esprits.

— Viens, viens vite !

1. « Tant que le malade a un souffle, il y a de l'espoir. »

— Quatre ans !

Ribes de Jouan avait parlé le premier. Nicolas resta quelques secondes interdit à l'entrée de la cuisine, le temps de réaliser qu'il ne rêvait plus.

— Mon ami, dans mes bras ! s'exclama Germain qui n'avait pas la barrière de la surprise à franchir.

Nicolas se sentit comme projeté dans les granges crasseuses des plaines de Hongrie. L'homme n'avait pas changé, à peine quelques ridules avaient-elles poussé autour de ses yeux, sur son large visage à la peau épaisse. Ils eurent une longue accolade, entrecoupée de pauses où, se reculant, les deux hommes s'observaient, comme pour se rassurer qu'ils ne rêvaient pas.

— Regarde qui j'ai ramené du *Sauvage*, dit Azlan, qui était resté en retrait.

— Le petit a tellement évolué que je ne l'avais pas reconnu ! Un vrai damoiseau de Lorraine ! déclara Germain en tirant le jeune homme par l'épaule. Viens avec nous, je veux profiter de ce moment : tous les trois réunis !

Germain était arrivé de Paris avec l'éditeur Sébastien Maroiscy en début de semaine.

— Qu'as-tu fait durant tout ce temps ? demanda Nicolas en l'invitant à s'asseoir alors que François débouchait une bouteille de vin pour chacun.

Une fois les régiments lorrains retirés de Hongrie suite au traité de Ryswick, Germain et son cousin avaient suivi les armées allemandes jusqu'à la paix conclue à Karlowitz en 1699. Alors que Grangier était rentré dans le sud du duché pour s'y établir, Ribes de Jouan avait préféré tenter sa chance dans le domaine des cartes. Au lansquenet, au treize et au pharaon, il n'était pas le plus doué des techniciens, mais sa bon-homie forçait la sympathie des joueurs et en faisait un adversaire redoutable dont personne ne se méfiait jusqu'à se retrouver délesté de ses mises. Il parcourait les différentes provinces françaises, s'arrêtant rarement plus d'une semaine dans la même ville, y séjournant jusqu'à être interdit de tripot.

— Voilà plus d'un an que je n'ai pas touché un ferrement, conclut-il après une gorgée d'alcool. Et cela ne me manque pas, ajouta-t-il en anticipant leur question. J'aime ma vie actuelle.

Le grelot de la sonnette au-dessus de la porte frappa le corps de bronze de la clochette.

— Que se passe-t-il ? L'heure du repas ?

— Ce sont les sœurs qui nous appellent pour des soins, expliqua François. Je vais aller voir de quoi il retourne, restez ici.

— C'est pour une patiente à moi, ajouta Nicolas en se levant. Germain, veux-tu assister à la mise à mal d'un miracle divin ?

— Avec plaisir, il y a longtemps que je n'ai pas botté les fesses de la religion, répondit-il en prenant sa bouteille. La partie reprend !

Anne Voirin regarda avec circonspection les quatre chirurgiens qui l'entouraient. Même souriants et déten-dus, autant de soignants pour elle seule lui semblaient inquiétant. Elle attendait leur verdict alors qu'ils venaient de se passer de main en main le seau dans lequel baignaient ses fèces. Germain n'avait pu s'em-pêcher d'émettre un sifflement admiratif suivi d'un commentaire de son cru.

— Pour un retour à la chirurgie, c'est un morceau

de choix !… Mais tout va bien, madame, avait-il ajouté devant le regard réprobateur de Nicolas.

Le docteur Bagard était entré au même moment et Nicolas lui avait présenté Germain qui, en guise de salut, lui avait fourré le seau dans les mains. L'homme, pourtant habitué à l'observation des excréments, avait contenu un haut-le-cœur, avant d'observer longuement le résultat du lavement. Tout le monde attendait qu'il annonce officiellement le diagnostic.

— *Tœnia saginata*, je vous tire mon chapeau, maître Déruet, dit-il d'un air pincé. Vous aviez vu juste.

— Qu'est-ce que c'est ? demanda la patiente, voyant qu'on se désintéressait d'elle.

— Vous avez un ver solitaire, Anne, répondit Nicolas. C'est lui qui vous cause toutes les douleurs, les nausées et vomissements. Il vit dans votre intestin et se nourrit à votre place.

— Mais il est… sorti ?

— En partie.

— Il est énorme, ajouta Germain en regardant à nouveau dans le seau. Avec la tête, il fait au moins une aune[1] de long ! Il doit en rester deux ou trois fois ainsi dans votre ventre.

Il posa la bassine et avisa une pince dont il se servit pour sortir le ver. Nicolas se positionna devant la malade pour éviter qu'elle ne voie le parasite à l'aspect de ruban blanchâtre constitué d'anneaux empilés. Ribes de Jouan le posa sur la table en prenant soin de le dérouler pour confirmer son pronostic et reprit sa bouteille, satisfait.

— Je vous demande de continuer le traitement

1. Une aune vaut 1,188 mètre.

jusqu'à complète guérison, dit le médecin à l'adresse du chirurgien, avant de quitter la pièce sans un regard pour la jeune femme.

— Alors, je vais guérir ? demanda-t-elle incrédule.

— Pour sûr, répondit Germain, entre deux gorgées de vin.

— Je ne suis pas l'élue de Dieu ?

Nicolas lui prit la main.

— Il y a mille façons de l'être, Anne. Si, un jour, vous devez être touchée par la grâce, ce ne sera pas à travers la souffrance.

Germain fut pris d'un hoquet bruyant.

— Amen, conclut-il.

134

Ribes de Jouan avait refusé de loger chez Rosa, préférant une des chambres de Saint-Charles. L'endroit lui permettait de garder le rythme de vie nocturne d'un joueur de cartes, ainsi qu'une relative discrétion, tout en restant proche de ses amis. Le lendemain de son arrivée, il avait rendu visite à Léopold et au comte de Carlingford, avec qui il avait partagé un dîner qu'il avait qualifié de « consistant et fort élégamment arrosé ». Cette festivité lui avait valu une crise de goutte vite enrayée par les soins conjugués de Nicolas et Azlan. En souvenir de leurs années de campagne, le duc lui avait proposé une place de chirurgien honoraire auprès de lui, qu'il avait refusée sans même lui donner d'explication, ce qui avait quelque peu froissé le souverain. Germain avait gardé les manières qu'il avait acquises dans les armées en campagne et la manie de ne jamais rester longtemps au même endroit. Au bout d'une semaine, il avait fait le tour des principaux lieux de jeu de la capitale ducale et leur annonça son intention d'élargir son aire de travail. Il partit le 15 avril à Nomeny et en revint le lendemain, alourdi de plusieurs dizaines de pièces d'or. La semaine suivante, il se rendit à Lunéville où il resta trois jours avant de rentrer sans le sou. Il était tombé le dernier soir sur un joueur professionnel qui l'avait berné de la même façon que lui s'y prenait avec les amateurs locaux.

— Je ne l'ai pas vu venir, il avait l'air si stupide ! avait-il avoué avant de monter se coucher. Heureusement qu'il reste dans cet État plusieurs centaines de communes pour me refaire, avait-il conclu.

Il était réapparu le lendemain matin après plus de douze heures de sommeil, avait ouvert du pied la porte de la cuisine de Saint-Charles et avait claironné :

— Et si on allait faire du bateau aujourd'hui ?

Tous les regards s'étaient tournés vers le Hérisson blanc.

Le carrosse s'arrêta au milieu du pont de Malzéville, après une promenade qui les avait entraînés dans les villages le long de la Meurthe. Germain, assis à la place du postillon, se leva et demanda :

— C'est celui-là ?

— Non, répondit François qui tenait les rênes, plus à droite, à l'extrémité du Crosne.

— Le chaland là-bas ?

— Oui, c'est la *Nina*, déclara-t-il fièrement.

— Il a l'air si neuf ! Tu l'as déjà fait naviguer ?

— Ce qu'il faut pour qu'il soit prêt !

— Tu es sûr ?

François fit claquer le fouet sans attendre que Germain se soit assis. Les deux chevaux, surpris, démarrèrent vivement. Ribes de Jouan s'écroula sur le siège en manquant de se briser le dos, ce qui le fit rire et vexa encore plus François.

À l'intérieur, Rosa s'était accrochée au bras de Nicolas tandis qu'Azlan avait eu recours à la lanière de cuir qui servait de poignée.

— J'espère qu'il sera moins nerveux aux commandes de son bateau, s'amusa-t-il. Sinon, nous finirons dans la nasse des pêcheurs.

L'attelage s'arrêta devant l'embarcation. Pendant que tout le monde y allait de son compliment sur l'œuvre entreprise par François, il monta sur la *Nina* et tira sur la corde d'amarrage afin de l'approcher de la berge. Nicolas aida Rosa à monter à bord, puis réceptionna les deux paniers qu'Azlan lui tendait.

— Faites attention, dit François, qui détachait les cordes retenant la voilure, les bouteilles de vin sont fragiles.

— Il y a aussi à manger, ajouta Azlan à l'adresse de Rosa, après avoir sauté dans le chaland.

Ribes de Jouan s'était assis sur l'herbe et affichait un air goguenard qui agaça François.

— Germain, on y va, que fais-tu ? Je vais lever l'ancre !

— Non, je ne crois pas, cela me semble bien compromis !

— Qu'y a-t-il encore ? Le temps est parfait, le vent léger, et les passagers de qualité. Que te faudrait-il de plus ?

— Une ancre, justement, répondit-il en montrant

l'avant du chaland. Ton embarcation n'en est pas pourvue.

Il fallut moins d'une heure à François pour trouver l'élément manquant. Après une colère homérique, dont les cris avaient fait sortir tous les ouvriers du port de leurs logements, il avait avisé le marin qui lui avait servi d'architecte naval et l'avait menacé d'une vivisection. L'homme avait alors négocié le prêt de l'ancre d'un autre chaland, en cale sèche pour réparation. Deux aides l'avaient portée et installée sur la *Nina* au moment où le vent avait soufflé des balles de nuages devant le soleil.

Le Hérisson blanc hissa la voile en s'y reprenant à plusieurs fois, les nœuds confectionnés cédant à chaque coup de brise. Les ouvriers, qui étaient restés sur le quai pour assister à la sortie du port, oscillaient entre rires et railleries, augmentant graduellement l'excitation du chirurgien, son énervement et donc sa maladresse. Germain eut rapidement pitié de lui et prit la direction des opérations de la voilure. François ne protesta pas et s'assit au gouvernail qu'il manœuvra grâce aux recommandations discrètes de Ribes de Jouan. La *Nina*, d'abord hésitante, prit de l'assurance. Personne ne parlait à bord. Tout le monde était concentré sur les obstacles potentiels, les pêcheurs dont les barques se trouvaient dans le rayon d'action du chaland et qui surveillaient, inquiets, les déplacements du bateau, un gros rocher qui dépassait de l'eau vers le milieu du fleuve et les piles du pont de Malzéville. Après avoir effectué un grand cercle à la sortie du port, la *Nina* se dirigea vers l'ouvrage, composé de huit arches, dont seules les trois situées au centre étaient assez hautes pour laisser passer l'embarcation, ce que Germain signala. François lui fit signe qu'il voulait passer sous une des arches plus à droite, en raison de l'absence de remous. Azlan et Nicolas évaluèrent la hauteur du bateau et celle de la pile de pierres, avant de crier à François de changer de cap.

— Ayez un peu confiance en moi, leur répondit-il calmement, trop heureux de prendre sa revanche sur les événements précédents.

— Mais le risque est grand de cogner le pont ! répliqua Nicolas qui s'était approché de lui. Tu vas abîmer ta *Nina* et nous mettre dans une situation inconfortable. Je te rappelle qu'il y a une dame à bord !

— Il va changer de cap, assura Azlan à Rosa. C'est juste une fanfaronnade.

— Je ne suis pas inquiète, répondit-elle, j'ai mes deux anges gardiens.

Rosa ouvrit son ombrelle et la fit tourner sur son épaule d'un geste nonchalant.

— Profitons de la promenade, ajouta-t-elle en lui offrant un sourire apaisant.

Le bateau était à une vingtaine de mètres de l'ouvrage. Toute manœuvre devenait urgente avant de se révéler impossible. Germain fit une dernière tentative auprès du capitaine qui le congédia d'un geste de la main. Lui prendre le gouvernail de force eût été équivalent à se jeter directement sur une des colonnes.

— Va au diable, après tout, c'est ta coquille de noix !

Le pont était à dix mètres. Nicolas comprit que François, excédé par les moqueries de tous, avait décidé de saborder son œuvre.

Le pont était à cinq mètres. Ils se déplacèrent vers

la proue et entourèrent Rosa pour la protéger des éclats de bois qui ne manqueraient pas de se produire lors du choc. Germain montra du doigt le petit îlot de pierres qui entourait une des piles et sur lequel ils pourraient se réfugier en cas de naufrage. Il espérait que le mât allait se rompre sur sa partie haute et non s'affaisser en entier, ce qui leur permettrait de regagner la rive à la rame. *S'il n'a pas aussi oublié les rames*, pensa-t-il en les cherchant des yeux. En vain.

François leur montra le christ de pierre perché sur sa colonne à l'entrée du pont :

— Nous partîmes bateau et nous finîmes radeau, il est temps de l'implorer, mes amis !

Tous baissèrent la tête au moment de franchir l'ouvrage.

Le choc ne se produisit pas. Le faîte du mât rasa le tablier du pont. La *Nina* était passée. François éclata de rire.

— Je n'ai peut-être pas encore beaucoup navigué, mais je traîne ici depuis assez longtemps pour savoir ce qu'il faut faire pour quitter le port. Regardez les trois arches centrales : les remous ont amené des branchages et des troncs qui se sont accumulés. Voilà des années que l'on demande au prévôt de les faire nettoyer. On ne serait pas passés, mes amis. Tous les bateaux prennent ce chemin-ci. La taille du mât est calculée en conséquence. Vous avez vraiment cru que j'étais capable de sacrifier ma *Nina* à cause d'une colère ? Il n'y a que Rosa qui a compris et qui a eu confiance en moi !

Personne ne répondit. Le Hérisson blanc eut un grand sourire. Il était enfin devenu un marin.

135

Nous y sommes, songea le comte de Carlingford en regardant la façade de l'hôtel particulier à l'immense escalier extérieur. Il avait appris l'arrivée à Nancy la veille au soir de monsieur de Caillères, l'envoyé spécial du roi de France. *Le marchandage va commencer*. L'homme était venu demander la signature officielle de Léopold afin d'échanger le duché avec le Milanais.

Carlingford actionna le marteau de porte. À sept heures du matin, il espérait que le plénipotentiaire serait encore couché et il était décidé à l'empêcher d'arriver à son entrevue avec le duc, prévue l'après-midi, en excellente forme. Malheureusement, l'homme était matinal et ne semblait pas avoir souffert de son voyage depuis Versailles. Monsieur de Caillères vanta les mérites du duché de Milan, plus riche, plus peuplé, plus prestigieux. Il usa d'un discours convenu et flatteur, mais dont les arguments étaient difficilement récusables. Le comte l'écouta avec intérêt afin de trouver les angles d'attaque que devrait utiliser le duc pour commencer les négociations. La marge de manœuvre serait étroite.

En le raccompagnant sur le perron, le Français lui donna de la flatterie.

— Je suis bien heureux que vous soyez venu me voir en tout premier, Excellence. Vous êtes l'homme capable de donner au prince des conseils convenables à sa gloire et à ses véritables intérêts.

Après l'avoir salué, le comte fit un crochet par Saint-Charles afin de rencontrer Nicolas. Il voulait l'opinion d'un Lorrain de souche et de l'homme qu'il considérait comme l'esprit le plus libre et le plus fiable du duché. L'hôpital était aussi le meilleur endroit pour prendre le pouls de l'opinion des sujets de Léopold et le plus sûr pour rencontrer le chirurgien sans attirer l'attention.

Il arriva en boitant et en se plaignant d'un doigt de pied cassé suite à une chute dans les escaliers de ses appartements. Nicolas, habitué au manège, le rejoignit dans une pièce, à l'écart des parties communes, qui servait à entreposer les linges propres et la charpie. Une odeur d'huile essentielle, utilisée pour imbiber les pansements, parfumait le local. Carlingford lui relata la situation qui ne sembla pas surprendre le chirurgien.

— Les rumeurs vont très vite, dit Nicolas. Nous savons qu'un messager du roi est arrivé en ville hier. L'imagination des gens a fait le reste. Il se dit que le duc va abandonner ses sujets à la France.

— Mon Dieu, non, ce n'est pas le cas !

— Pourquoi ? Va-t-il refuser ?

L'attitude gênée de Carlingford fit office de réponse.

— Je suis irlandais et attaché à la couronne du Saint Empire germanique, c'est-à-dire le plus mal placé pour juger qui que ce soit, finit-il par répondre. Mais vous, maître Déruet, que feriez-vous à sa place ?

— Notre souverain a le choix entre écouter son cœur et vendre son âme.

— Fichtre, vous n'y allez pas de main morte !

— C'est bien pour cela que vous venez me voir, je vous sers de miroir pour affronter la réalité sans le fard des intérêts courtisans.

Nicolas s'approcha du comte afin qu'il le regarde droit dans les yeux.

— La question est : Tout homme, quelle que soit sa position, a-t-il un prix d'achat ?

Carlingford baissa son regard.

— Tout n'est pas aussi simple, croyez-moi.

Il s'approcha de la fenêtre et l'ouvrit.

— Comment faites-vous pour travailler avec cette odeur ? demanda-t-il en faisant mine de s'éventer. C'est entêtant !

— Cette odeur est celle de la guérison, Excellence. Elle me protège et me rassure. Je ne pourrais plus m'en passer. Je m'y suis fait. Tout comme Léopold pourra très bien s'habituer à l'inconfort et la petitesse de son État et y trouver du bonheur auprès de ses sujets.

— Nicolas, que se passerait-il si Son Altesse refusait la proposition de Louis XIV ?

— Le roi de France irait chercher ailleurs ses désirs d'expansion. Nous ne pouvons pas dire oui à tous ses désirs dans le but de ne pas froisser le géant.

— Si Dieu pouvait vous entendre… Notre duc n'est pas un homme mangé par l'ambition du pouvoir, et vous le savez pour l'avoir suivi dans ses campagnes. Mais parfois s'effacer est la seule option.

— En faisant cela, c'est notre État qu'il effacerait de la carte. Définitivement.

136

Nancy, le 29 mai 1700,
Il est arrivé à Nancy diverses lettres de Paris, dont la correspondance de La Gazette de Hollande, *qui ont rendu public le sujet de mon voyage ainsi que le contenu du traité fait entre*

Votre Majesté, l'Angleterre et la Hollande, sur le partage de la succession d'Espagne. Cela a fait de la peine à M. le duc de Lorraine, qui avait demandé à ce que la partie concernant la cession du Milanais restât secrète. Certains, parmi ses sujets, l'accusent déjà de trahison.

Monsieur de Caillères relut sa missive au roi avant de la sécher et de la sceller. Alors que tout semblait acquis, la situation se compliquait et nécessitait qu'il reporte son retour en France. Le duc hésitait. Caillères avait appris qu'il devait réunir le lendemain ses principaux conseillers pour avoir leur opinion. Le Français avait prévu de rendre visite à chacun d'entre eux, principalement les gens de robe, prêts à en découdre et à opposer des raisons de droit à la proposition. Il souffla à la pensée de l'après-midi qu'il allait passer à tenter de convaincre des hommes dont l'intérêt était de garder Léopold auprès d'eux. Carlingford lui avait fait savoir qu'il avait obtenu de son souverain l'autorisation de ne pas contresigner l'accord, en raison de ses liens avec le Saint Empire germanique, raison que Caillères avait reçue comme une défection. Le comte avait même prévu d'être absent du duché lorsque le traité devrait être entériné.

En sortant de l'hôtel particulier où il était logé, monsieur de Caillères eut la sensation que chacun des regards posés sur lui le désignait comme le liquidateur du duché. Il pressa le pas en choisissant de les ignorer et se promit de tout faire pour retrouver au plus vite la douceur de ses foyers. Au moment d'arriver au domicile du premier des conseillers, il croisa une carriole tirée par un chameau dont le cocher portait des habits de *betyar* sans qu'aucun passant ne s'en étonne. Cette ville n'était décidément pas faite pour lui.

Germain arrêta l'ambulance devant l'entrée de Saint-Charles.

— Tout doux, Hyacinthe, dit-il au chameau qui n'arrêtait pas de blatérer, envoyant des paquets de bave mousseuse dans toutes les directions.

— Merci de ton aide, déclara Azlan, en sortant de l'arrière de la carriole. Cela m'a rappelé mon enfance.

— Ce fut un plaisir, gamin, répondit-il en sautant au sol. Veux-tu que je t'aide pour le malade ?

— Ce n'est pas de refus, il pèse si lourd.

— Comment ça, lourd ? répliqua une voix à l'intérieur. Vous insinuez que je suis trop gros ?

Azlan fit une grimace signifiant qu'il regrettait d'avoir parlé et se pencha sous la toile.

— Non, monsieur, ce n'est pas un jugement, tout le monde est trop lourd à porter.

— Je suis conseiller d'État et marquis, j'aimerais que vous ne l'oubliiez pas lorsque vous vous adressez à moi, monsieur le brancardier ! cria l'homme qui se tenait le ventre. Dépêchez-vous, ne voyez-vous pas que je souffre mille morts !

— Alors, il ne fallait pas prendre autant de temps à vous apprêter, monsieur le marquis conseiller d'État, répondit Germain en passant la tête à l'intérieur.

— Grossier personnage !

— Votre flatterie me va droit au cœur, répondit-il sans s'émouvoir.

Ils firent allonger leur patient sur une planche et le sortirent de la carriole avec quelques difficultés.

— C'est vrai qu'il est lourd, l'animal ! Vous auriez

dû retirer votre perruque, nous aurions gagné quelques livres, ajouta Germain en joignant le geste à la parole.

Il enleva le postiche de la tête du conseiller d'État et la montra, bras tendu, comme un trophée, à Azlan. Le jeune homme n'eut pas le temps de prévenir Ribes de Jouan qui sentit un souffle chaud et humide dégouliner sur sa main : le chameau venait de lui chiper la perruque et la mâchonnait avec application. Le cri du malheureux fit sortir Nicolas et François, qui crurent d'abord à une crise d'apoplexie de sa part, avant de voir la raison de son émoi déchirée et à moitié avalée dans la gueule de la bête.

François et Azlan firent entrer le malade pendant que Nicolas et Germain tentaient de disputer à Hyacinthe les derniers poils qui risquaient de l'étouffer.

— Quelle idée d'appeler un chameau Hyacinthe, fit remarquer Germain après qu'ils eurent récupéré quelques rouleaux de mèches bouclées. Il a dû vouloir se venger de son nom stupide. Du moins, à sa place, j'en aurais fait autant.

L'animal avait été baptisé ainsi par François en hommage à l'adversaire d'Azlan, qui, lors du match de paume de Versailles, avait bavé et craché tout au long des jeux.

— Je retire mon jugement, dit-il à la lumière des explications. C'est un nom parfait pour cette bestiole !

Germain déjeuna avec eux avant de prendre congé : il avait décidé de passer quelques jours chez son cousin Grangier à Bellefontaine, près de Remiremont.

— Es-tu sûr que tu ne veux pas m'accompagner ? demanda-t-il à Nicolas au moment de lui dire au revoir.

— Nous avons trop à faire en ce moment.

— Il n'y a pas tant de clients, pourtant.

— De patients, Germain, de patients. C'est la pré-paration de mon mariage qui nous occupe. Dis bien à Grangier que je viendrai le visiter cet été et qu'il est le bienvenu à Nancy. Quant à toi, n'oublie pas de rentrer avant le 26 !

137

Comme pour faire mentir Ribes de Jouan, le début du mois de juin vit une épidémie de gale sévir dans le duché. L'hôpital ne désemplissait plus, et les trois chirurgiens se relayaient jour et nuit auprès de leurs malades. Ils n'avaient plus eu de nouvelles de Ger-main, ce qu'aucun n'avait trouvé surprenant, mais qui commençait à tous les inquiéter. Le samedi 12 juin, un officier de police du ban de Remiremont se présenta à Saint-Charles. Il avait été mandaté par le juge du bailliage local afin d'enquêter sur un homme qu'ils avaient emprisonné et qui se prétendait l'ami du duc et de Nicolas. Le capitaine n'eut pas le temps d'in-diquer son identité que François avait déjà prononcé son nom, suivi d'un juron.

— Mais que reproche-t-on à Germain ? demanda Nicolas d'un air faussement étonné.

Le soldat vida son bol de soupe avant de répondre. Chacun hésitait entre une dette de jeu, une tricherie découverte ou une arnaque.

— Trouble à l'ordre local. Votre ami a… comment dire ?… uriné contre le mur de l'abbaye de Remire-mont et hurlé des chansons qui ont heurté la sensibilité des chanoinesses, lors d'un charivari qui a mal tourné.

L'abbesse était très en colère et a porté l'affaire devant le juge. Je reviens du palais ducal où Son Altesse a bien voulu me recevoir. Il a intercédé en faveur de monsieur Ribes de Jouan qui sera bientôt libéré.

— Voilà qui est une bonne nouvelle ! s'exclama François en lui proposant un morceau de pain avec sa soupe.

— À la condition que monsieur Déruet en personne vienne le chercher, continua le capitaine. Son Altesse a insisté. Je crois qu'il craint que votre ami ne récidive.

— De combien de temps dispose-t-on avant d'entreprendre ce voyage ?

— Combien de temps vous faut-il pour vous préparer ?

L'officier, content de sa repartie, aspira bruyamment le breuvage, laissant plusieurs fils de poireau décorer sa moustache.

Remiremont était situé à plus de cent kilomètres de Nancy. Les deux hommes parcoururent le chemin en deux jours et atteignirent Bellefontaine en fin d'après-midi. Le soldat ne pouvant procéder à la levée d'écrou avant le lendemain matin, Nicolas décida de s'arrêter et de passer la nuit chez Grangier. Le capitaine lui promit la libération de Germain avant midi et le quitta à l'entrée du village. L'endroit, composé d'une centaine de foyers, semblait agréable à vivre. Il interrogea un adolescent, habillé de vêtements sales et usés, les pieds nus, qui revenait de la pêche, deux truites à la main. Il lui indiqua la direction à suivre pendant que ses prises se débattaient, à court d'oxygène, donnant des coups de queue anarchiques et faiblards. Le garçon, qui les tenait fermement par les branchies, ne prêta aucune attention à leurs tentatives désespérées et partit en sifflotant. Nicolas sortit du village en suivant un petit cours d'eau qui l'amena à une forge dont les bâtiments étaient enchâssés entre le ruisseau et la forêt, en contrebas du sentier. L'activité avait cessé pour le repos dominical et l'endroit semblait déserté. Il continua sur un kilomètre sans voir aucune habitation et se demanda si l'enfant ne lui avait pas joué un tour. Il mit pied à terre alors que le chemin s'enfonçait dans une profonde futaie. Au même moment, Nicolas entendit un animal s'approcher de lui sans le voir. Il faisait bruisser les feuilles et les branchages sur un rythme anormal : il devait être blessé et s'appuyait moins sur une de ses pattes. Le bruit cessa soudain. La bête était derrière lui sur le chemin.

138

Léopold entra dans les appartements du père Creitzen, son ancien précepteur, qu'il trouva en train de méditer, la Bible entre les mains. Sa jambe droite, allongée, reposait sur un empilement de coussins. Le duc s'assit sur une chauffeuse en face de son confesseur.

— Comment va votre goutte, mon père ? demanda-t-il en allemand.

— Elle se porte bien. Elle est, de tout mon corps, la partie la plus vive et la plus enthousiaste, plaisanta-t-il. Ainsi, vous allez signer ?

— Je ne pourrai jamais rien vous cacher. Le représentant de la France quitte le palais à l'instant même avec mon assentiment pour le traité.

— Il y a dans vos yeux un mélange de soulagement et de crainte, remarqua le père Creitzen.

— Dites-moi que je ne suis pas un traître, que je ne salis pas la mémoire de mes ancêtres en échangeant leur terre contre le Milanais.

— Vous connaissez mon opinion, maître. Votre marge de manœuvre était large comme une corde de danseur. Vous avez choisi la solution la plus sage.

Léopold se leva et, machinalement, se dirigea vers la fenêtre qu'il ouvrit. Elle donnait sur la cour intérieure où la duchesse jouait avec le prince François et son chaton. Un vent léger introduisit une odeur d'herbe dans la pièce.

— L'empereur du Saint Empire va me haïr. Mon peuple va me haïr, dit-il tout en continuant de regarder sa femme dont l'humeur joyeuse irradiait autour d'elle.

— Vos proches continueront de vous aimer, n'est-ce pas là l'essentiel ?

Léopold revint vers son confesseur.

— Vous n'avez pas idée de ce qui se dit. J'ai déjà reçu de nombreuses lettres m'accusant de trahir ceux qui ont fait montre d'une fidélité à toute épreuve. Comment puis-je leur en vouloir ? Je suis proche de penser qu'ils ont raison.

Creitzen posa sa main sur celle du duc.

— Oubliez un instant la politique, les rois et empereurs qui veulent diriger votre conduite. Que vous dicterait votre cœur, maître ?

La réponse sembla une évidence pour Léopold. Il déposa sa perruque, dont le poids et le volume l'incommodaient, et s'essuya le front.

— Mon cœur appartient à cette terre, comme ceux de mes aïeuls et de mon fils, qui reposent ici.

— Mais si vous faites ce choix, que croyez-vous qu'il se passera ?

— Le roi de France en prendra tant ombrage qu'il enverra ses troupes à la première occasion !

Le père Creitzen se massa l'articulation douloureuse.

— Et si vous acceptez ce traité, vous offrez le duché à la France.

— Je suis à la merci des puissants d'Europe. Sans fortifications, sans grande armée, notre position est intenable, n'est-ce pas ?

Le père jésuite ébaucha un sourire.

— Souvenez-vous de mes enseignements sur l'art de la guerre. Ils vous ont été de quelque utilité pendant vos campagnes, n'est-il pas vrai ?

— Ils m'ont sauvé parfois et m'ont porté à la victoire d'autres fois, comment pourrais-je les oublier ?

— Dans ce cas, pourquoi ne les mettez-vous pas en application ? Nous sommes avec nos voisins dans une guerre qui ne veut pas dire son nom. À la force opposons la ruse.

Le vent s'accentua, apportant une fraîcheur bienfaisante. Creitzen ferma les yeux.

— Enfin un peu d'air…

— Vous sentez-vous mal, mon père ?

— La vieillesse est la seule guerre perdue d'avance. Puis-je vous demander d'appeler mon valet pour qu'il m'approche de la fenêtre ?

— Je vais m'occuper de vous, proposa Léopold en se levant.

— Vous êtes notre souverain et mon maître ! Jamais je…

— Et vous êtes mon précepteur et mon confident,

répondit Léopold en poussant un fauteuil. Venez, tenez-vous à moi.

Il l'aida à s'installer en face de la vitre ouverte.

— De quelle ruse devrais-je m'entourer ? demanda le duc en s'adossant contre le chambranle.

— J'ai pour ami un missionnaire qui m'a rapporté de Pékin un livre traitant de l'art militaire des Chinois, duquel j'ai tiré de nombreux enseignements. Votre Altesse ne peut s'opposer à la France, mais la France ne peut s'opposer à la volonté de Dieu. Le roi d'Espagne est moribond, d'après ce qui s'écrit et se dit. Si le Seigneur le rappelle à lui, les héritiers vont se déchirer. Il est dans la nature des puissants d'aspirer toujours à plus de puissance. Je pense en particulier au prince de Savoie, qui n'est pas favorable à la France.

— Ainsi, vous croyez que sa succession mettra fin aux visées de Louis XIV ?

— C'est notre meilleure chance. Acceptez l'offre et laissez repartir l'envoyé du roi de France. Puis demandez à introduire des articles secrets en prétextant que nous ne voulons en aucun cas offenser l'empereur du Saint Empire. Faites revenir ce Caillères, discutez, négociez, laissez-le retourner à Versailles, puis, à nouveau, demandez des aménagements. Ces va-et-vient dureront jusqu'à l'automne, tout au moins. Les Français nous prennent pour des gens sans finesse et sans expérience de la diplomatie. Servons-nous-en pour gagner du temps jusqu'à la mort du roi d'Espagne. Après, l'appétit des souverains fera le reste.

— Et c'est vous qui m'appelez maître ? Votre plan

est admirable, mon père ! Nous allons de ce pas le mettre en place.

Il remit son postiche sur sa tête dans un nuage d'amidon.

— Votre Altesse, je n'ai jamais eu la possibilité de vous le dire, mais je voulais vous remercier pour le sort que vous avez réservé au huguenot qui a attenté à votre vie. Votre magnanimité vous honore.

— À vous qui êtes mon confesseur, je peux le dire : j'ai surtout craint votre courroux. Vous êtes né luthérien, me semble-t-il, ajouta Léopold dans un grand sourire qui déclencha l'hilarité du père Creitzen.

— Dans ce cas, je vais aussi me permettre une confidence, Votre Altesse : changez de perruquier. Celui-ci vous fera mourir d'étouffement sous des livres de cheveux et de poudre !

139

Nicolas se retourna et fit face à un chien d'une taille moyenne, au poil ras. Sa patte avant gauche n'était qu'un moignon sur lequel avait été liée une fine quille de bois. L'animal gémit en remuant la queue.

— Mais je te reconnais ! Tu es Tatar !

L'erdelyi kopo s'approcha et renifla Nicolas qui s'accroupit pour le caresser.

— Tatar ! Je suis content de te voir, mon vieux !

L'animal, qui semblait aussi l'avoir reconnu, lui léchait le visage sans plus s'arrêter. Un sifflement retentit dans la forêt. Tatar partit en courant, s'arrêta et revint vers Nicolas pour aboyer. Il le suivit.

Lorsque Grangier vit le cavalier qui accompagnait son chien, il rentra dans sa maison chercher son fusil, mais le posa bien vite en découvrant Nicolas.

— Mon capitaine ! Quelle surprise !

L'effusion fut de courte durée, Tatar s'étant immiscé entre les deux hommes à la force de sa béquille.

— Catherine, viens, je te présente mon ami, cria Grangier.

Une jeune femme, qui attendait derrière une fenêtre, sortit, hésitante.

— Viens, n'aie pas peur. C'est un des chirurgiens dont je t'ai parlé.

Elle courut se réfugier dans les bras de son mari et prononça un bonjour presque inaudible. Le brancardier l'avait épousée dès son retour dans le duché, l'année passée. Elle était originaire du village et il avait accepté de venir s'installer dans la maison de ses parents, un ancien corps de ferme où elle habitait seule depuis leur décès.

— La région n'est pas très sûre, reprit-il pour expliquer la réaction de sa femme, et nous avons plusieurs fois été détroussés.

— Vous travaillez à la forge ? demanda Nicolas en déchargeant ses affaires.

— Là-bas ? Non, je ne voudrais pas. Je suis forestier pour le ban de Remiremont. Je suis censé lutter contre le braconnage du bois, de la pêche, de la chasse… autant vous dire que c'est peine perdue ! Alors, je fais de mon mieux et j'en profite aussi. Allez, venez, entrez, vous allez me raconter ce que vous êtes devenu et ce que vous faites dans ce trou perdu. Avez-vous des nouvelles de Germain ?

Lorsque Nicolas lui raconta la situation de son

cousin, Grangier éclata de rire. Ribes de Jouan avait prétexté se rendre chez lui afin d'avoir les coudées franches pour tenter de piéger des joueurs là où il était inconnu, aux confins du duché. Mais son penchant pour l'alcool l'avait entraîné plus loin qu'il ne l'avait prévu. « Comme toujours », conclut le forestier.

Catherine prépara un ragoût à base de lapin, que Nicolas trouva délicieux et que Grangier qualifia de « pur braconné ». Ils restèrent un long moment à table à faire resurgir des souvenirs de leurs trois années passées entre forteresses et bivouacs. Nicolas évoqua son activité à l'hôpital et lui offrit de venir le rejoindre à Saint-Charles le jour où le travail des bois ne suffirait plus à les nourrir, ce qui toucha Grangier. Il les invita à son mariage avec Rosa en leur proposant de leur envoyer un carrosse.

— Merci, mon capitaine. Vous êtes quelqu'un de bien.

— Sauf que je ne suis plus capitaine et que je déteste les honneurs. Appelle-moi Nicolas, d'accord ? Et ordre de me tutoyer !

Grangier se leva et sortit une bouteille de grès du buffet en bois massif.

— Alors, viens Nicolas, on va boire une mirabelle pour finir cette belle journée. Sous les étoiles. Comme tu le faisais à Peterwardein.

Ils marchèrent jusqu'au ruisseau qui luisait des reflets argentés de la lune et s'assirent sur la berge.

— Regarde comme elle est pleine, dit Grangier en lui montrant l'astre. On dirait une renarde qui va mettre bas !

Il enleva ses chaussures et mit ses pieds dans l'eau.

— Je ne sais même pas comment s'appelle ce cours d'eau. Je n'ai jamais posé la question et Catherine ne me l'a jamais dit. Peut-être n'a-t-il pas de nom.

Il déboucha la bouteille et lui tendit.

— C'est de la bonne marchandise, dix ans en fût de chêne. À nos retrouvailles !

Ils burent l'un après l'autre, en silence, écoutant le bruit de l'eau glissant sur son lit de pierre. Grangier rompit le silence après une grande lampée d'alcool.

— Tu sais, je n'ai pas oublié que tu m'as sauvé la vie là-bas. Je n'ai jamais oublié. J'ai une dette envers toi, Nicolas.

— Nous passions notre temps à sauver les autres, toi le premier. Tu étais au front alors que je ne risquais pas de me prendre un boulet en pleine face.

— Sans toi, je serais mort asphyxié. Tu es retourné me chercher, alors que rien ne t'y obligeait. Toi aussi, tu avais été intoxiqué.

Nicolas lui prit la bouteille des mains et en avala une gorgée.

— C'est vrai qu'on a eu de la chance ce soir-là.

Il lui rendit le récipient.

— La providence était avec nous, conclut le chirurgien.

Grangier le regarda longuement avant de s'essuyer la bouche d'un geste sec et de baisser la tête.

— Je voudrais… Je vais m'acquitter de ma dette. Ce soir.

— Que veux-tu dire ?

— Je crois que c'est encore la providence qui est avec nous. Il y a un secret que tu dois savoir maintenant, avant ton mariage. Au sujet de la marquise de Cornelli.

140

Il quitta Bellefontaine alors que l'aube poussive tentait d'éclairer le chemin balayé de strates de brume immobiles. Tatar l'accompagna un moment sur le sentier avant de disparaître dans un halo d'humidité. Il l'entendit geindre, puis pousser un long hurlement à la manière d'un loup. Il mit deux heures à gagner Remiremont, dans lequel il entra par la porte des Capucins. Les fortifications cernaient quelques bâtisses, un hôpital et une église. Germain l'attendait, adossé contre la façade d'un des bâtiments de la place des Dames. Nicolas se signala auprès de l'officier de police afin qu'il rende sa monture à Ribes de Jouan. Le tocsin de l'abbaye proche accompagna leur sortie de huit coups à la sonorité aiguë. Germain se retourna une dernière fois sur la ville qui semblait figée par le brouillard.

— Je ne suis pas près d'y retourner, crois-moi. Merci, Nicolas, merci.

Il ne répondit pas. Le retour fut silencieux. Germain comprit rapidement qu'il n'en était pas la cause mais n'en chercha pas l'explication. Il allait tenter de se refaire une santé financière en jouant contre le duc lui-même qu'il savait amateur de lansquenet et plutôt malheureux au jeu. En cas de défaite, il lui proposerait d'entrer à son service pour régler sa dette. Son plan d'action le rassura et il passa la dernière partie du trajet à tenter de déverrouiller le mutisme de son ami, sans y parvenir. Lorsqu'ils furent arrivés à Saint-Charles, Nicolas se restaura, prit des nouvelles de ses patients auprès d'Azlan, monta dans sa chambre et en ressortit avec son sac de cuir dans lequel il mit plusieurs pains et de la viande séchée, rédigea un mot pour Rosa et sella son cheval dont la peau était encore humide du voyage accompli.

— Je serai de retour dans deux jours, dit-il à François, qui ne songea même pas à lui demander la raison de son absence, tant son regard était chargé de gravité.

Il prit la route de Nomeny et, un peu avant la forêt communale, obliqua sur un sentier qui longeait le bois. Il retrouva aisément la masure qu'il avait investie un matin de janvier 1694. Le jour de sa rencontre avec Rosa et Marianne.

Nicolas entra dans la maison inoccupée, ôta les planches de bois qui obturaient les fenêtres, les ouvrit en grand pour laisser l'air chasser l'odeur de moisi qui y régnait. Il enleva ses mitaines rouges et se banda les mains avec des linges, ramassa des branchages et du bois mort et s'endormit à même le sol, à peine rentré. À son réveil, la pénombre régnait. Il alluma un feu, fit chauffer de l'eau dans laquelle il jeta des herbes et mangea un pain qu'il avait trempé dedans. Ainsi rassasié, il déposa une bûche dans l'âtre et sortit un ouvrage de son vieux sac râpé. Il prit le papier plié qui se trouvait à l'intérieur et regarda longuement son nom inscrit dessus d'une écriture ferme et assurée. *Ce n'est pas la main d'une mourante*, songea-t-il. Peut-être la mère Janson l'avait-elle dictée à son assistante. Il n'avait pas voulu l'ouvrir, pressentant que ce qu'il y découvrirait allait modifier le cours de sa vie. Mais il l'avait conservée. Les mots de Grangier ne le quittaient pas. Assis sur la berge d'un cours d'eau perdu à la bordure du monde, un soir d'été, il avait parlé à Nicolas du mois de septembre 1696.

— C'est moi que le commandant avait choisi pour aller porter les lettres de nos soldats en Lorraine. Et annoncer à leurs familles ceux qui étaient morts au combat. C'était juste après Temesvar, tu te souviens ? Autant dire que j'avais une sacrée corvée sur les bras ! Je devais me rendre en premier lieu chez le marquis de Cornelli pour remettre à sa femme une missive de notre duc disant qu'il était tombé au champ d'honneur en véritable héros, bref, pour qu'elle apprenne qu'elle était veuve, mais qu'elle pouvait être fière de son défunt.

Grangier avait bu une gorgée de mirabelle et avait sauté dans le filet d'eau du ruisseau pour faire face à Nicolas.

— Quand je suis arrivé, la marquise ne m'a pas semblé surprise de la funeste nouvelle, et pour cause : elle avait déjà été prévenue plusieurs jours auparavant. Je lui ai remis la lettre de notre duc. Elle l'a décachetée devant moi et m'a remercié. J'allais me retirer quand elle m'a demandé si je te connaissais. « Bien sûr ! lui ai-je dit, c'est qu'on travaille ensemble tous les deux ! » Si tu avais vu ses yeux, son regard, son attente, quand je lui ai parlé de toi, elle voulait en savoir plus, toujours plus, me harcelait de questions, encore et encore. Moi, j'étais content de l'intéresser, je m'étais attendu à des pleurs et des lamentations et voilà qu'elle me demandait de raconter nos journées, du moins les tiennes, par le menu. J'ai parlé à en perdre la voix, peut-être trois heures durant. Comme j'étais affamé, elle m'a conduit à la cuisine où j'ai pu manger tout mon soûl. Sans faire injure à ma Catherine, ça a été le meilleur repas de ma vie ! J'ai attendu longtemps. Et puis la marquise est revenue avec son cocher, un certain Claude. Et une bourse remplie de pièces en argent.

Grangier avait regardé le chirurgien, les mains dans les poches d'un pantalon muni de guêtres qui trempaient dans l'eau, attendant l'autorisation tacite de continuer. Nicolas était resté muet.

— Veux-tu savoir la suite ? avait-il demandé au moment où Tatar était venu quémander des caresses en s'asseyant à côté de Nicolas.

Il lui avait flatté le pelage avant de répondre.

— Je t'écoute. Va au bout.

— Cinq cents livres. Tout était pour moi. Contre un service à rendre. Claude m'a emmené jusqu'à une congrégation religieuse, en ville-neuve, où je devais parler à quelqu'un.

— Laquelle était-ce ?

— Je ne connais pas Nancy, je n'ai jamais su le nom de la rue. Au-dessus de la porte, il y avait une inscription du genre *À la gloire de Dieu*.

— *Gloire soit à Dieu* ?

— Oui, c'est ça ! *Gloire soit à Dieu*…

— Le couvent du Refuge !

Nicolas s'était levé, pieds dans le ruisseau.

— Tu as rencontré une religieuse ?

— Non, une séculière, avec un enfant, un bambin de deux ans. Tu penses que je n'avais pas besoin qu'on me dise son nom, je le savais, tu la réclamais tous les jours depuis ton arrivée dans la troupe ! Là-bas, on était tous persuadés que tu allais déserter pour la rejoindre ! Alors, quand je l'ai vue, elle était telle que dans tes descriptions, ta Marianne. Seulement voilà, j'ai fait quelque chose de mal.

Grangier avait hésité à continuer. Il avait bu d'un trait le fond de la bouteille de mirabelle pour se donner du courage.

— Pour cinq cents livres, je lui ai dit que tu étais mort au combat. Sous nos yeux.

La masure craquait au gré des rafales de vent. L'air s'engouffrait en sifflant sous la porte et ressortait par la fenêtre aux carreaux brisés. Les flammes qui dansaient sur le corps des bûches ondulaient au rythme des bourrasques. Nicolas était assis devant l'âtre et s'était enroulé dans une couverture. À Bellefontaine, après s'être excusé une nouvelle fois, Grangier avait demandé :

— Surtout ne le dis pas à Germain, je ne lui en ai jamais parlé. Il aurait été furieux pour l'argent.

— Je le comprends, ce n'est pas un acte digne de toi.

— Non, furieux qu'on n'ait pas partagé !

Le souvenir de sa conclusion inattendue lui arracha un sourire. Il s'était rapproché du feu et avait posé la lettre près de lui. Il était persuadé que ce que la mère Janson lui apprendrait laisserait toutes ses illusions sentimentales sur le carreau. Rosa était accusée par Marianne et Grangier d'avoir intrigué contre une rivale pour l'écarter. Elle avait aidé François jusqu'à l'en rendre redevable. *Mais est-ce un crime quand on aime ?* songea-t-il. *Jusqu'où aurais-je été à sa place ?* Marianne elle-même avait quitté Nancy, s'était mariée et élevait Simon à l'aide d'une somme d'argent qui pouvait être celle du gouverneur pour lequel il avait été obligé de fuir. Il joua longuement avec le papier plié. Il n'était séparé de la vérité que par un sceau de cire rouge. Il approcha son ongle pour le décacheter et s'arrêta. « Mais qu'est-ce que je suis en train de faire ? J'aime Rosa, je suis heureux, pourquoi tout gâcher ? Marianne a épousé un autre et je lui souhaite aussi beaucoup de bonheur. Au diable le passé, ce n'est pas la vérité que je vais approcher en l'ouvrant, mais l'enfer des regrets. »

Il se leva, jeta le papier dans le feu et sortit sans se retourner.

CHAPITRE XVII

Nancy, juin-novembre 1700

141

Hyacinthe le chameau émit un cri rauque en s'arrêtant devant la porte de service de l'hôpital Saint-Charles. Le blatèrement fut aussitôt couvert d'un hurlement de douleur provenant de la carriole. Azlan, qui se reposait dans sa chambre en lisant un ouvrage emprunté à la bibliothèque de Rosa, sortit aider François à transporter le blessé à l'intérieur. L'homme avait l'avant-bras droit emballé dans un linge qui formait une énorme boule blanche. Il était agité et ils durent s'y prendre à plusieurs fois avant de réussir à lui faire avaler une grande rasade d'alcool et de l'esprit de vitriol philosophique. Il se calma avant de tomber dans un état de prostration entrecoupé de gémissements.

— Il y en a encore un, il faut que j'y retourne, déclara François en prenant des instruments et une scie.

— Que s'est-il passé ?

Un accident s'était produit au moulin Saint-Thiébaut.

Deux hommes, dont le meunier, qui était en train de broyer du froment, avaient été blessés.

— Celui-ci s'est retrouvé coincé par le bras à une corde qui s'était prise dans les dents de la grande roue. Il est monté jusqu'à la poutre principale où son corps a fait obstacle. Tu imagines la suite !

— Rien ne résiste à la force de l'eau. Sa main ? demanda Azlan en regardant l'amas de linge qui recouvrait tout.

— Elle doit flotter quelque part sur le ruisseau. Tu vas avoir du travail de précision, fils. Il semble que l'autre se soit fait piéger en voulant stopper la roue. Je vais sans doute devoir l'amputer. J'en ai pour un moment.

Une fois seul, Azlan enleva précautionneusement les bandages qui n'étaient que modérément tachés de sang. L'hémorragie avait été faible. Lorsqu'il eut retiré le dernier, il ne put s'empêcher d'émettre un sifflement.

— Ma main, je l'ai toujours ? Dites-moi, demanda le blessé d'une voix traînante. Je ne la sens plus et j'ai mal, si mal.

Le bras se finissait au poignet où les radius et cubitus étaient apparents, ainsi que des morceaux de tendons, dans un enchevêtrement de muscles, de vaisseaux sanguins et de chair. Le chirurgien aperçut un élément brunâtre qu'il prit pour un morceau de bois. Il réalisa en tournant le membre qu'il s'agissait de son pouce. Il était resté attaché alors que la corde avait arraché les autres doigts au niveau des premières phalanges. Lorsqu'il lui apprit la bonne nouvelle, l'homme eut un rictus qui se prolongea en rire nerveux :

— La belle affaire que ce doigt seul ! À quoi voulez-vous qu'il me serve, à part tenir une sébile ?

— Votre ami n'aura pas la même chance. Il semble qu'il va y laisser son bras, répondit Azlan en déposant du cérat de Galien sur de la charpie.

— Ce n'est pas mon ami ! Perdre un bras pour ce qu'il a fait n'est rien !

La colère du patient avait ravivé ses forces. Il s'était assis sur la table.

— Cet homme est un voleur et j'aurais préféré que la meule l'écrase ! ajouta-t-il en agitant son moignon.

Il réalisa l'état de sa main et regarda d'un air choqué son pouce tuméfié pendre sur le côté. L'homme s'affala et geignit :

— Aidez-moi, soignez-moi, sauvez mon doigt !

Azlan le fit boire à nouveau afin de le calmer et entreprit de refermer de son mieux le membre à vif. En l'absence de Nicolas et de François, il effectuait cette intervention pour la première fois. Les tissus avaient été allongés à l'extrême avant le déchirement de la main. La souplesse des vaisseaux sanguins avait permis de limiter les pertes de sang, les parois s'étant repliées vers l'intérieur de la déchirure, favorisant la formation de caillots. Il cautérisa les nerfs sectionnés, ainsi que quelques veines et une artère, avant de recouvrir l'ensemble avec la peau qui était restée et de le coudre de plusieurs points d'aiguille en croix. L'homme était retourné à un état proche de la prostration. Azlan se demanda quel genre de différend pouvait bien les avoir poussés à se battre en prenant des risques insensés. Il badigeonna son excipient sur la plaie cousue et regarda le résultat, satisfait de son travail. Au même moment, il entendit la carriole rentrer et fit transporter son patient dans la salle des maladies secrètes, à côté d'un syphilitique endormi, afin d'éviter que les deux hommes ne se retrouvent face à face. Le Hérisson blanc lui confirma qu'il avait déjà effectué le principal des soins chez son blessé et qu'il n'avait pas besoin d'aide. Le jeune chirurgien étira son dos contracté et entra dans la cuisine pour s'y sustenter.

— Nicolas ! dit-il, surpris, en découvrant son ami assis devant un bol de bouillon. Depuis quand es-tu ici ?

— Je viens d'arriver, j'ai juste déposé mes affaires dans la chambre et j'allais vous rejoindre.

Ils se saluèrent d'une accolade chaleureuse.

— Alors, où étais-tu passé ? On commençait à s'inquiéter, ton message était si énigmatique.

— Je suis désolé, j'avais besoin de m'isoler.

— Ce ne serait pas le mariage qui te ferait peur ? J'ai dû rassurer notre Rosa, va vite la retrouver !

— Tu as raison, mais je vais d'abord voir mes patients, voilà six jours que je manque à mes devoirs. Cela ne se reproduira plus ! Tu n'as qu'à rentrer, toi, les sœurs m'ont dit que tu étais en opération depuis un long moment.

Azlan ne se fit pas prier. Nicolas retrouva François qui finissait le bandage du meunier. L'homme, amputé au niveau de l'omoplate droite, éructait des menaces et des insultes à l'égard de son compagnon d'infortune.

— Ne t'inquiète pas, dit François, je vais le calmer et l'isoler. Avec mes remèdes, il va dormir toute une journée, ajouta-t-il en lui montrant une bouteille d'alcool de mirabelle. Après, tu me raconteras ce qui t'est arrivé !

Nicolas rendit visite à ses malades et consulta les comptes rendus qu'Azlan mettait à jour avec une ponctualité qui l'impressionna. La période était plutôt calme pour l'hôpital et il décida d'en profiter pour continuer le manuscrit de son ouvrage que Sébastien Maroiscy lui réclamait avec insistance. Au bout d'une heure, il se mit à la recherche de François, qu'il ne trouva pas au rez-de-chaussée. Il grimpa à l'étage où il ne vit personne dans la salle des remèdes et celle des archives. Nicolas avisa sa propre chambre dont la porte était entrouverte. Il sourit en imaginant le Hérisson blanc l'attendant avec une bouteille de tokaji provenant de son stock secret. Il avait même sans doute commencé à la boire.

— François, tu…, commença-t-il en entrant avant de se figer de surprise.

Rosa était debout, près de la table servant de bureau, une lettre en partie calcinée dans les mains.

142

Ses yeux avaient une couleur qu'il ne lui avait jamais vue. Elle brandit le parchemin :

— Azlan m'a appris que vous étiez rentré. Je suis venue du plus vite que j'ai pu et je découvre ça… Qu'est-ce que cela veut dire ?

Nicolas ferma la porte.

— C'est la question que je voulais vous poser, Rosa. L'avez-vous lu ?

Elle eut un imperceptible mouvement de tête.

— Oui… Cette femme a perdu la tête.

— Connaissiez-vous la mère Janson ?

— J'ai donné de l'argent au couvent du Refuge, comme à d'autres institutions, mais…

— Comme à Azlan, comme à François, comme à Grangier. Croyez-vous que tout s'achète ?

La colère affleurait dans les paroles de Nicolas. Elle baissa la tête et serra les dents pour ne pas pleurer.

— Vous êtes… Vous êtes blessant, mon ange. Blessant et offensant.

— Pardonnez-moi, je ne voulais pas. Mais cette lettre fut un tel choc !

— Elle l'est pour moi aussi ! Que croyez-vous ? Et d'abord, d'où vient-elle ? Pourquoi est-elle dans cet état ?

Nicolas lui relata à quelle occasion il l'avait reçue, puis oubliée dans un de ses livres. Il lui raconta sa rencontre avec Grangier, la masure et sa décision de la jeter au feu.

— Je suis resté un long moment dehors, assis sur le seuil de ce refuge. En rentrant, je me suis aperçu que je l'avais jetée trop vivement. Elle s'était plaquée sur le côté et avait évité les flammes directes. J'y ai vu un signe. Je l'ai sortie de l'âtre et je l'ai lue.

Rosa poussa un cri et s'évanouit sur le sol. Il se précipita vers elle, délaça son corset et l'allongea sur le lit. Son pouls était rapide et régulier. Nicolas ouvrit la fenêtre en se souvenant des préceptes de Germain sur l'air vicié, puis renversa la chaise sur le lit pour élever les jambes de Rosa afin de faire refluer le sang vers le cœur et le cerveau. Sa jupe descendit légèrement, découvrant ses jambes fuselées à la peau si douce. Il les effleura des doigts et les recouvrit d'un drap, puis posa sa main sur le ventre de Rosa afin de contrôler sa respiration.

— Pourquoi ? Pourquoi avoir fait cela ? murmura-t-il en regardant son visage endormi. Pourquoi vous ?

Avant de mourir, Marie-Thérèse Janson s'était libérée du secret liant Marianne et Rosa. La matrone, qui avait eu connaissance du veuvage de la marquise, l'avait rencontrée pour lui apprendre l'existence de Simon, fils du marquis de Cornelli. Elle avait réclamé pour lui son droit à l'héritage. « Sans fondement », avait proclamé Rosa. « Enfant illégitime mais naturel », avait répliqué Marianne en affirmant être en possession du registre du père Lecouteux. L'homme qui avait baptisé Simon y avait inscrit le nom du père. Les deux femmes s'étaient rencontrées, en présence de la mère supérieure du Refuge.

De grosses gouttes tombèrent bruyamment, flagellant les murs et la cour intérieure de l'hôpital. Rosa ne s'était toujours pas réveillée et semblait dormir paisiblement. Il posa le pied sur le parchemin ouvert. La lettre avait glissé des mains de Rosa au moment de son malaise. Nicolas la relut. Chaque mot était désormais gravé en lui.

Les deux femmes étaient tombées d'accord. Marianne garderait secrète la filiation de Simon au marquis et Rosa lui verserait une rente pour lui garantir une vie décente ailleurs qu'à l'abri des murs d'un couvent. Croyant Nicolas mort, Marianne avait accepté d'épouser Martin qui, de son côté, avait adopté l'enfant.

Et la boucle est bouclée, songea Nicolas, qui s'était accoudé à la fenêtre pour regarder l'averse laver la ville. *Nancy en a bien besoin pour nous débarrasser de tous les miasmes de nos lâchetés et de nos compromissions.*

Rosa murmura des paroles inaudibles. Avec difficulté, elle entrouvrit les paupières. Il s'assit à côté d'elle, déchiré entre un sentiment violent de rejet et un désir de tendresse devant sa détresse. Il voulait lui pardonner tout en ressentant l'impossibilité de le faire devant ce qu'il considérait comme une trahison amoureuse. Il lui prit la main qu'elle serra du plus fort qu'elle put. Elle se sentait trop faible pour se lever, pour se défendre, pour se battre. Elle avait le sentiment que son amour lui échappait. Qu'elle en était à la fois responsable et victime.

— Pour nous, dit-elle d'une voix faible et traînante. Je l'ai fait pour nous. En quoi est-ce si condamnable ? En quoi… ?

Nicolas tenta de maîtriser l'émotion de sa voix sans y parvenir.

— Vous avez spolié Simon… Dans sa lettre, la mère Janson dit craindre pour la vie de l'enfant si elles portaient l'affaire en justice.

— Mais comment pouvez-vous croire que j'aurais pu faire du mal à Simon ? Comment ? Ce texte est plein de sous-entendus, cette femme avait la pensée si confuse, elle était mourante et maintenant qu'elle n'est plus là, sa parole ne peut plus être mise en doute ! Vous rendez-vous compte de l'injustice de cette situation ? Comment puis-je me défendre contre la voix d'une morte ?

— Je suis persuadé que vous n'auriez pas fait de mal à Simon. Mais vous m'avez menti, vous avez menti à Marianne et l'avez amenée à quitter Nancy !

Elle ne répondit pas. Nicolas était dans l'émotion et aucun argument ne pouvait plus le convaincre.

Rosa prit une profonde inspiration qui lui fit

échapper un râle crépitant. Il toucha son cou puis effleura sa cicatrice.

— Votre main, vos caresses... Jamais je ne pourrai supporter leur absence, jamais. Vous êtes mon unique ange, déclara-t-elle avant de fermer les yeux. Je ne pourrai pas...

Ses paupières se crispèrent et laissèrent échapper des larmes.

— Nous en reparlerons à un autre moment, répondit Nicolas en tentant de se lever.

Rosa s'agrippa à son bras.

— Ne partez pas, non !

— Je vais aller chauffer de l'eau pour vous faire boire un remède, vous le voulez bien ?

Il se défit doucement de son étreinte. Elle se laissa faire, puis se recroquevilla sur elle-même et pleura sans retenue, le corps parcouru de spasmes. Elle cacha son visage rougi entre ses mains.

— Je vais revenir très vite, Rosa.

— Dites-moi que vous m'emmènerez à la maison, que vous me prendrez dans vos bras et que nous allons tout faire pour oublier ce passé. Dites-le-moi...

— Si seulement j'avais ce pouvoir...

— Mais vous l'avez, c'est juste une question de vouloir ! Dites-le-moi, dites-le, par pitié !

— Rosa...

— Vous ne m'appelez même plus « mon amour » ... Suis-je devenue si sale et si indigne de vous ?

— Non, ce n'est pas cela. Mais je ne peux repartir chez vous...

Elle se redressa vivement pour s'asseoir sur le lit.

— Chez nous ! Chez NOUS, mon ange ! Nous ! Je me sens misérable de ce qui s'est passé, si vous saviez comme je m'en veux, comme je le regrette ! Je vous demande pardon, pardon, dit-elle en lui prenant la main et la posant sur sa joue humide. Pardon…

Ils restèrent sans bouger, ni parler, un long moment. Puis il l'embrassa sur le front et sortit.

143

Il déverrouilla la porte de la salle des remèdes et s'empara des pots de fougère et de fleurs de houblon, avec lesquels il descendit à la cuisine pour faire chauffer de l'eau. François le rejoignit au moment où il jetait les plantes dans une petite marmite en fonte remplie de liquide bouillant. Nicolas lui relata le malaise de Rosa, mais omit le contexte et sa décision. La nouvelle inquiéta le Hérisson blanc qui se proposa de monter veiller sur elle avec lui.

La sonnette retentit, signalant une demande d'aide des religieuses en salle de soins.

— Au diable ce grelot, un jour je vais lui couper la langue, râla François. Je déteste être appelé comme de la valetaille !

— N'est-ce pas ce que nous sommes ? demanda Nicolas tout en remuant le mélange. Il te faudrait être souverain ou ermite pour ne pas avoir à en pâtir, sinon, nous sommes tous les valets des autres, ajouta-t-il d'un ton froid qui ne lui ressemblait pas.

La clochette insista, nerveuse. Nicolas laissa tomber sa cuillère dans le récipient.

— Je vais voir ce qui se passe pendant que le remède infuse.

— Je t'accompagne, fils. Tu es sûr que tout va bien ?

Il n'eut pas à répondre. Sœur Catherine entra, affolée.

— Vite, nous avons besoin de votre aide ! Ce sont les deux patients du moulin !

— Leurs blessures ?

— Non, ils se battent ! Notre aide a déposé le meunier dans la salle des maladies secrètes, nous ne savions pas que le premier y était déjà ! Ils vont se tuer !

Lorsqu'ils entrèrent, les deux hommes étaient engagés dans un violent corps à corps, alors que le seul brancardier du service se tenait assis, les mains sur son visage ensanglanté. Chacun des deux criait sa rage à chaque coup porté et sa douleur à chaque coup reçu. Les poings volaient, les genoux jouaient au bélier. Les bandages avaient disparu, les sutures s'étaient défaites et les chairs étaient à vif. Un combat à mort dans lequel le meunier semblait avoir pris le dessus. Le doigt rescapé de l'autre belligérant avait été luxé et faisait un angle étrange avec l'avant-bras. Son visage avait viré au rouge sous l'effet de l'épuisement. Les deux chirurgiens les séparèrent facilement pendant que la religieuse leur prodiguait une vaine leçon de charité chrétienne. François s'occupa de l'infirmier, dont l'arcade sourcilière avait éclaté sous un coup de coude malencontreux, alors que Nicolas entreprit de soigner le plus atteint des pugilistes.

— Laissez-le crever ! dit le meunier qui s'était recroquevillé dans un des angles de la pièce. Il ne mérite rien d'autre !

L'homme répondit par un râle dont personne ne comprit la signification. Il cracha du sang en même temps que deux dents, puis leva son moignon, qui ne supportait plus qu'un pouce bringuebalant, comme il l'eût fait d'un poing menaçant, dans un geste dérisoire de défi.

— En voilà un qui ne pourra plus faire de doigt insolent[1], plaisanta François avant de regretter sa repartie.

La religieuse apporta à Nicolas sa sacoche de travail sans qu'il ait eu à lui demander. Elle était une aide précieuse et savait anticiper les besoins des soignants. Au fil du temps, elle avait appris à reconnaître les différents instruments ainsi que leurs rôles et était devenue une aide opératoire efficace. Elle prépara du fil et une aiguille pendant qu'il appropriait la plaie. Il refit la couture du moignon avant de l'envelopper dans un linge badigeonné d'onguent. Le blessé contenait sa douleur, refusant de la montrer à son adversaire. De temps à autre, il se tournait vers le meunier, qui s'était calmé, pour lui lancer des regards chargés de haine. Ce dernier, après quelques minutes de prostration, semblait à nouveau prêt à se battre.

— Tout doux, dit François qui lui bandait le thorax où plusieurs côtes avaient été cassées. Je n'ai pas envie de finir comme notre brancardier ! Mais quelle mouche vous a piqués tous les deux ? Qu'avez-vous donc à vous reprocher ?

Les deux hommes étaient voisins et leur querelle était si ancienne que la cause initiale avait pris des contours flous. Il ne se passait plus une semaine sans qu'un des deux ne reproche à l'autre des actes de malveillance, le vol d'un sac de blé, le dépôt d'un tas

1. Doigt d'honneur.

de crottin devant la porte d'entrée, un départ de feu dans les broussailles du jardin, la présence de rats dans le grenier, tout était devenu la faute du voisin honni. Leur différend s'était transformé en une haine ordinaire que leurs nombreux enfants perpétuaient sans même savoir pourquoi et qui avait abouti à une bagarre dans le moulin dont le résultat allait les handicaper à vie.

— Égalité : un bras partout ! déclara François en hochant la tête d'un air accablé.

Lui qui avait la colère facile n'avait pas la rancune tenace et ne comprenait pas les caractères irréconciliables. D'autant que la raison de la discorde du jour avait été la vente d'un pain trop cuit. Le second homme était boulanger.

L'incident avait duré près d'une heure et Rosa était endormie quand Nicolas regagna la chambre. Son visage avait été raviné de larmes, et sa peau était encore plus pâle qu'à l'ordinaire. Il posa l'infusion, qu'il avait été obligé de réchauffer, s'assit à côté d'elle et se pencha pour l'embrasser dans un réflexe de tendresse. Il sentit son parfum, toujours le même, une fragrance unique fabriquée par un artisan parfumeur de Paris, qui exhalait la fraîcheur des feuilles de tomate, dont elle n'avait pas voulu lui révéler la composition. « Pour qu'il y ait au moins un petit secret entre nous, avait-elle ajouté. Et pour qu'aucune autre femme ne la porte jamais. » La phrase prenait maintenant un tour nouveau et d'autres pensées n'allaient pas tarder à semer le trouble sur tous leurs échanges. Comment pourrait-il lui faire confiance à nouveau ? La question tournait dans sa tête depuis qu'il avait lu la lettre de la mère Janson. Ses sentiments étaient toujours présents, il se sentait irrésistiblement attiré par elle, corps et âme, mais sans confiance, comment continuer à les vivre ? Il n'avait pas d'autre solution que de rompre définitivement.

— Pourquoi avez-vous fait cela ? lui murmura-t-il.

Il fut intrigué par l'expression inhabituelle de son visage. Ses lèvres étaient pincées, ses sourcils froncés, comme si une tension intérieure l'habitait. Il posa sa main sur son ventre : sa respiration était entrecoupée de pauses fréquentes.

— Rosa…

Nicolas l'appela doucement, plusieurs fois. Elle n'eut aucune réaction. Il insista et lui pinça la peau. Toujours rien. Elle semblait avoir du mal à soulever son diaphragme, chaque inspiration était un effort. Il tapota légèrement ses joues, lui parla à l'oreille. Rosa était une poupée de chiffon. Lorsqu'il pressa son pouce dans sa paume, il eut l'impression qu'elle tentait de le serrer, mais sa réaction fut plus légère qu'une caresse.

— Vous m'entendez ? Je suis sûr que vous m'entendez ! lui dit-il avec énergie. Vous avez dû faire un autre malaise et votre corps est encore alangui. Je suis désolé, c'est notre conversation qui a rendu vos humeurs mélancoliques. Je suis vraiment désolé, c'est ma faute…

Il lui prit à nouveau la main :

— Si c'est un malaise, serrez mon pouce très fort ! Allez-y !

Pas de réaction.

— Que se passe-t-il ? Votre cœur bat, vous respirez, difficilement, mais vous respirez, mon amour, n'ayez pas d'inquiétude, vous allez bientôt vous sentir mieux.

Elle bougea la tête imperceptiblement. De droite à gauche. Puis de gauche à droite. « Non… »

— Non ? Pourquoi ? Qu'avez-vous ?

Le visage de Rosa resta impassible. Il réalisa qu'elle ne pouvait communiquer plus.

— Rosa, je vais dire lentement les lettres de l'alphabet et vous serrerez mon doigt pour formuler des mots. D'accord ?

Il sentit sa main se crisper légèrement autour de son pouce et commença à épeler. Elle réagit au « j » et au « e ».

— Je ?

Les doigts de Rosa acquiescèrent. Il continua.

— V… e… u… veux ? Je veux ?

Elle valida d'un effleurement de peau.

— M… o… u… r…

Il lâcha sa main et cria :

— Non !

Nicolas venait de comprendre.

144

Il s'était précipité dans la salle des remèdes qui était restée ouverte.

— Qu'a-t-elle utilisé ? cria-t-il en passant dans les rangées de pots afin de localiser le produit qu'elle avait ingéré. François ! hurla-t-il. François ! Au secours !

Il continua sa recherche. Tous les vases étaient à leur place, refermés, aucun ne semblait avoir été touché.

— Vite, vite ! dit-il pour lui-même alors qu'il ne trouvait pas la solution. Qu'aurais-je pris à sa place, qu'aurais-je pris ? François ! appela-t-il à nouveau. Mais que fait-il ?

Rosa aimait l'écouter parler de son travail. Elle était aussi la lectrice de son manuscrit sur les remèdes et avait l'habitude de lui poser de nombreuses questions.

— Qu'y a-t-il, fils ? braila le Hérisson blanc en entrant. J'espère que tu ne me déranges pas pour rien, j'allais me faire à manger !

Lorsque Nicolas lui expliqua la situation, il lâcha une bordée d'injures.

— Je retourne auprès d'elle. François, il faut absolument que tu trouves ce qu'elle a pris pour savoir quel est l'antidote.

— S'il y en a un, répondit-il en ouvrant les pots situés les plus en hauteur. Dieu de Dieu ! Mais pourquoi a-t-elle fait ça ? Pourquoi ?

Nicolas ne répondit pas et regagna la chambre. Rosa avait les paupières ouvertes.

— Rosa ! Quel soulagement… Comment vous sentez-vous ?

Elle ne répondit pas. Il s'assit à côté d'elle et lui prit la main. Elle était froide. Les doigts, y compris les ongles, étaient blancs.

— Rosa, vous m'entendez ?

Ses yeux étaient fixes et immobiles. Il passa sa main devant son visage : elle ne le voyait pas.

— L'alambic, il est vide ! cria François depuis le couloir.

Lorsqu'il entra, il fut frappé de stupeur devant le visage de Rosa.

— Mon Dieu, est-elle… ?

— Non, elle respire et son cœur bat faiblement. Qu'y avait-il dans cet alambic ?

— J'avais laissé un bain vaporeux pour récupérer toute la résine.

— De la résine de quoi ? s'agaça Nicolas qui attendait la réponse.

— D'opium ! Elle a avalé tout l'opium que j'ai extrait hier !

Au même moment, Rosa fut prise de tremblements. Tous ses membres se contractèrent anarchiquement et son visage eut un rictus de douleur.

— Je vais chercher du tartre stibié, il faut qu'elle vomisse ! dit François. On doit la purger de ce poison !

— C'est trop tard ! A-t-on du cristal de Condy ?

— Non, Bagard n'en a jamais voulu dans Saint-Charles. Il n'aime pas la chimie. C'est un antidote ?

— On m'en a parlé, mais je ne l'ai jamais essayé. C'est notre seule chance !

— Je fouillerai toute la ville s'il le faut, mais je reviendrai avec !

Nicolas s'allongea contre Rosa et l'enlaça sans réussir à stopper les trémulations, qui ne cessèrent qu'au bout de longues minutes. Ses yeux étaient restés ouverts et inexpressifs. Le rythme de sa respiration ralentit encore et les pauses se firent de plus en plus fréquentes. Il tenta de la stimuler de la voix et massa régulièrement son abdomen qui se soulevait avec peine.

François tardait à revenir. Les paupières de Rosa se fermèrent lentement. Lorsqu'il prit à nouveau son pouls, il ne le trouva pas. Nicolas cria, hurla, la mit assise sur le lit et la secoua pour tenter de l'arracher à son état comateux. Elle inspira bruyamment et profondément, comme un nouveau-né dont l'air brûle les poumons, puis convulsa de nouveau, les yeux ouverts sur le vide, les pupilles dilatées. La crise fut moins longue que la première et fut suivie d'un nouvel état de torpeur. Il frotta ses mains qui étaient de plus en plus froides malgré la douceur ambiante.

— Je l'ai !

François entra en brandissant une bouteille.

— Dilué dans de l'eau sulfurée de Plombières, je l'ai volé à Saint-Julien ! J'ai même apporté une cuillère.

Nicolas se cala derrière Rosa et força l'ouverture de sa bouche. François déposa le liquide à l'arrière de la langue. Tous les deux espéraient qu'elle ait conservé son réflexe de déglutition. Elle l'avala, à leur grand soulagement. Ils continuèrent. À la troisième cuillerée, elle toussa et recracha le permanganate de potassium.

— On recommencera dans une heure, décida Nicolas en posant le remède sur la table où se trouvait encore le parchemin calciné.

Il croisa le regard de son ami et crut y déceler un reproche. Mais François ne pouvait savoir.

Le Hérisson blanc lui proposa de se relayer à son chevet, il refusa. Nicolas resta collé à Rosa, à l'écoute du moindre signe de détresse. Plusieurs fois, il fut obligé de la stimuler, jusqu'à ce que sa respiration retrouve un rythme régulier. La seconde administration du cristal de Condy se fit sans inconvénient. Durant l'heure qui suivit, Rosa n'eut aucune convulsion et ses yeux restèrent fermés. À la troisième administration, elle réussit à ouvrir seule la bouche pour avaler l'antidote. Ses pressions sur le doigt de Nicolas se faisaient de plus en plus fermes en réponse à ses questions. Lorsqu'elle ouvrit consciemment les paupières, son calvaire durait depuis plus de quatre heures. Mais elle n'en avait pas fini de ses malaises. Rosa fut prise de nausées incoercibles et vomit durant douze heures, jusqu'à l'extrême épuisement, perdant parfois connaissance après les crises, et s'endormant allongée la tête sur le seau de bois. Nicolas s'occupa d'elle sans faiblir et refusa l'aide de François et d'Azlan, qui avait accouru, prévenu par une des religieuses. Il passa la nuit à son chevet ainsi que la matinée. À midi, elle put avaler un bouillon sans le régurgiter. Il la quitta après son repas. Tous les deux étaient restés silencieux.

145

Après un dernier coup de rein vigoureux ponctué d'un ahanement rauque, Ribes de Jouan s'affala sur la couche à côté d'une jeune femme à la longue chevelure rousse.

— Il n'y a rien de plus agréable en ce bas monde que la jouissance dans un conet de qualité ! s'écria-t-il, joyeux, en tapotant les fesses de sa partenaire.

Elle se colla contre lui et entreprit de caresser son bas-ventre alors qu'il allumait sa pipe avec délectation.

— C'est vraiment divin, s'exclama-t-il en soufflant une fumée aux senteurs de miel.

— Je savais que cela te plairait, répondit-elle en redoublant les caresses sur sa virilité en émoi.

— Non, je parlais de ce tabac. À se pâmer ! Mais tes douceurs sont très bien aussi, ajouta-t-il devant l'air vexé de la femme.

Il caressa ses cheveux de feu d'un geste machinal, comme il eût flatté l'encolure de son cheval. Elle accéléra ses mouvements jusqu'à son érection. Germain jouit distraitement et la remercia sans même se rendre compte de sa complète muflerie.

— Au fait, quel est ton prénom ? demanda-t-il en la regardant s'habiller.

— Vous pouvez choisir celui que vous voulez, vu ce que vous payez, répondit-elle en prenant la bourse posée sur la table.

— Ah ?

La repartie l'avait surpris et déçu.

— Alors, nous ne sommes rien d'autre qu'une relation commerciale ?

Le rire de la jeune femme le renfrogna encore plus.

— Ne me dites pas que vous êtes tombé amoureux de moi !

Il se leva, nu, ouvrit la fenêtre et respira profondément avant de se retourner vers elle.

— Voilà un mois que nous nous fréquentons, non ?

— Me payer trois fois par semaine ne fait pas de moi votre fiancée, dit-elle en refermant les carreaux. Et ne vous donne pas le droit de vous exhiber devant mes voisins.

— Je ne crois pas qu'ils te prennent pour une jouvencelle !

— Pour vous, et tous ceux qui me paient, je ne suis qu'une gouge. Mais même une gouge a de la fierté, ajouta-t-elle en rassemblant ses cheveux pour mettre une coiffe. Un jour, je me donnerai par amour.

Il baissa les yeux sur son corps qui accusait plus de cinquante années d'âge.

— Ce jour-là, je ne pourrai pas lutter, répliqua-t-il en soupesant d'un air désabusé son ventre arrondi. Je n'ai que mon argent pour charme !

Il enfila une chemise, un collant et chercha son haut-de-chausses.

— Je suis tolérée ici, parce que le propriétaire est aussi un client. Mais les regards me disent que je suis une femme de peu de vertu. Je me dois d'être discrète, reprit-elle en lui tendant le pantalon qui s'était mélangé à ses vêtements.

— Tu devrais être fière de qui tu es et de ce que tu fais ! Combien de femmes, même les plus titrées, ont donné autant de plaisir aux hommes ? Aucune !

— Prenez votre temps, monsieur Ribes, vous pouvez rester. Mais j'ai à faire.

— Où vas-tu ? demanda-t-il en enfilant sa veste. J'ai la journée pour moi.

La jeune femme posa un châle sur ses épaules et prit un panier rempli de bougies.

— Tu as l'air d'une pieuse qui va à l'église, dit-il d'un ton moqueur.

— Et alors ? Ce que nous venons de faire m'inter-dit-il la ferveur ?

Germain s'excusa d'avoir été trop loin dans l'in-correction.

— Mais je suis ainsi, je n'ai aucune éducation, juste celle des armées et des tripots. Si je te paie, pouvons-nous passer la journée ensemble ?

— Vous, alors…

Il la prit par le bras.

— Où va-t-on, ma chère Erzsébet ?

— Erzsébet ?

— Un souvenir sentimental de Hongrie. Puisque je peux choisir ton prénom…

— D'accord pour Erzsébet. On va à trois lieues

739

d'ici, à Condé. Il y a une foire où je vends des bougies. Je dirai que vous êtes mon père.

— J'en suis flatté.

Il ouvrit la porte pour la laisser passer.

— Tu vois comme la paternité me donne le sens du protocole !

Son rire se mêla au parfum de sa pipe qui se dispersait dans l'escalier.

146

Le marché se tenait sur l'immense place de terre près de l'église du bourg. Une centaine de tentes étaient montées, entre lesquelles plusieurs milliers d'acheteurs et de badauds déambulaient dans une ambiance de cohue indescriptible. Ouvriers, artisans, employés de maison et bourgeois étaient mélangés autour des étals des lingers, bonnetiers, verriers, bourreliers, vanniers, boulangers, bouchers, d'un pâtissier venu de Nancy vendre des macarons, de plusieurs dentistes qui proposaient leurs services rapides, de charlatans aux élixirs miraculeux. Quelques cabarets s'étaient montés en périphérie de la foire où les joueurs s'étaient agglutinés autour de tables de fortune.

— Je sens que je vais aimer cet endroit, déclara Germain en bottant le flanc de son cheval pour le faire avancer.

Il tenait le panier devant lui. Erzsébet s'était assise derrière, en amazone, et avait enroulé ses bras autour de son ventre. Le trajet avait duré plus d'une heure et avait été éprouvant dans cette position inconfortable, d'autant que le cavalier n'avait pas voulu faire de pause.

Elle s'installa à côté d'un coutelier, sous une tente au tissu usé et sale, qui n'était tendu que d'un côté, formant un triangle qui réduisait considérablement l'espace vital. Germain s'intéressa à la production de leur voisin, à qui il acheta un couteau à la lame garantie de Tolède.

— Votre fille est une gentille personne, lui dit le bateleur pour le complimenter.

— C'est de famille, lui répondit Germain avant d'embrasser Erzsébet sur le front.

Elle vendit son stock en moins de deux heures. Erzsébet, de son vrai prénom Marie-Louise, utilisait les restes de bougies de prière qu'elle récupérait dans les églises et chapelles de Nancy, avant de les fondre à nouveau avec une mèche neuve. L'activité ne lui rapportait que peu d'argent, mais lui permettait de prendre des rendez-vous discrets pour sa clientèle masculine.

— Voilà donc ton bureau de recrutement, plaisanta Germain, alors qu'un notable de la commune repartait après être convenu d'une date avec elle.

Il l'invita à manger à l'auberge la plus proche, puis ils firent un tour du marché et elle le conduisit vers celui des cabaretiers qu'elle savait être le plus digne de confiance. Germain ne fit pas secret de sa profession des cartes et s'accorda avec l'homme sur la répartition des gains qu'il engrangerait auprès des joueurs amateurs.

— Erzsébet, veux-tu rester avec moi ? Je sens que tu vas me porter chance, dit-il en se frottant les mains comme pour en faire jaillir l'étincelle de la réussite.

Il l'invita à s'asseoir sur ses genoux, mais elle préféra la chaise que lui tendit le marchand. L'homme recruta facilement des joueurs dans la foule qui se massait près des tables de jeu. Germain fit trois parties de lansquenet, qu'il gagna facilement, et fut arrêté dans son élan par les gendarmes. À la demande du curé de la paroisse, ils firent cesser les jeux que l'Église considérait comme offensants pour Dieu. Ils se replièrent sous la tente de Marie-Louise, avec le cabaretier, pour se partager les gains.

— On avait dit moitié-moitié, râla Germain, après avoir recompté la bourse que l'homme lui avait donnée. J'ai bien noté les paris et le compte n'y est pas, bonhomme !

— Il me faut déduire les frais engagés pour les tentes et l'emplacement, répliqua-t-il. Et les gendarmes sont de plus en plus difficiles à contenter.

Le marchand ferma son sac et fit mine de s'en aller.

— Tout doux, un accord est un accord, mon ami. Moitié-moitié. Sinon, j'ai dans ma poche une lame qui ne demande qu'à être nettoyée dans les viscères d'un misérable sans parole.

La menace sembla juste amuser l'homme qui ricana.

— Mon père s'excuse, il n'a plus toute sa tête, veuillez lui pardonner, dit Marie-Louise en montrant à Germain les trois hommes aux allures de mendiants qui attendaient à quelques mètres.

Il les toisa du regard et continua :

— Mais pas du tout, je ne m'excuse pas, je demande mon dû. Par contre, oui, je n'ai plus ma tête et c'est pourquoi je suis dangereux.

Il sortit son couteau et regarda la lame en la faisant briller au soleil.

— Avez-vous vu comme elle a faim, et soif ? Lequel de vous veut en goûter en premier ? Je fus

742

chirurgien et j'ai depuis gardé l'amour de la taille bien faite.

Le cabaretier arrêta ses complices qui s'étaient rapprochés, d'un geste de la main.

— Je sais par expérience reconnaître ceux qui mentent sur leur jeu. Personne ne peut me duper, dit-il à Germain en tendant l'index en sa direction.

— Mais je ne mens pas, affirma-t-il calmement.

— Je sais, répondit l'homme, je sais. Vos mains ne tremblent pas, vos yeux ne cillent pas.

Il rouvrit son sac et en sortit un ouvrage de petite taille, à la couverture en cuir usée.

— Vous êtes un drôle de personnage, monsieur. Vous avez une grande expérience des armes ou une grande inconscience pour être aussi sûr de vous. Mais je n'ai pas envie d'en connaître la réponse. Tenez, je vous offre ceci en plus de vos gains.

Il lui tendit le livre. Marie-Louise se pencha au-dessus de Germain et lut le titre : *Traité de l'harmonie et constitution générale du vrai sel, secret des philosophes, et de l'esprit universel du monde, suivant le troisième principe du Cosmopolite, œuvre non moins curieuse que profitable, traitant de la connaissance de la vraie médecine chimique, recueilli par le sieur de Nuisement, receveur général du comté de Ligny-en-Barrois.*

— Quel charabia ! Que voulez-vous que j'en fasse ? répliqua Ribes de Jouan en lui lançant d'un air dédaigneux.

— Vous avez tort. Nous l'avons gagné à un joueur pour qui c'était le plus précieux des trésors. D'ailleurs, il ne nous l'a pas vraiment donné. Nous nous sommes servis. Il paraît qu'il fut la possession du duc Henri II et qu'il contient un secret.

743

Le marchand lui tendit à nouveau.

— D'accord, répondit Germain qui voulait en finir. Nous sommes quittes. *La vraie médecine chimique...* encore un charlatan comme vous ! Allez, dégagez, ajouta-t-il en joignant le geste à la parole.

— Vous avez de la chance de connaître cette jeune femme, monsieur. Sinon, nous nous serions fait un plaisir de vous donner une leçon de courtoisie.

Germain ne le regardait même plus. Il avait ouvert l'ouvrage. Les quatre compères quittèrent le champ de foire.

— Je pourrai toujours l'offrir à Nicolas, murmura-t-il en le feuilletant.

Il leva la tête. Marie-Louise avait disparu.

— Erzsébet ! appela-t-il. Mais où est-elle passée ?

— Je suis là.

La jeune femme était derrière lui et tenait son cheval par les rênes.

— Rentrons à Nancy. S'il vous plaît.

Il lui sourit.

— J'ai quelque chose d'important à t'apprendre, ma fille : je ne suis pas ton vrai père.

Il l'embrassa sur les lèvres.

— Ce qui me permet de te demander de rester ce soir avec moi pour une partie de plaisir !

Elle rit et enleva sa coiffe, laissant ses cheveux vêtir ses épaules et sa nuque.

— Vous êtes fou, mais je vous adore !

— Alors, pour ce soir, c'est gratuit ?

Ils prirent la route de Nancy. Germain avait ouvert le livre et l'avait posé dans le panier vide, devant lui. Arrivé près des bords de la Moselle, il arrêta la monture et se retourna vers sa compagne.

— Écoute ce passage :

Au lecteur
Il est une partie en l'homme
Dont le nom six lettres consonnes
Auxquelles un p ajoutant
Puis s en m permutant
Tu trouveras sans nuls ambages
Le vrai nom du sujet des sages

Il fit claquer l'ouvrage en le fermant.

— Finalement, je vais le garder. Ce livre m'a donné une idée !

147

Il n'était pas retourné rue Naxon. Il n'avait pas revu Rosa. Nicolas lui avait écrit plusieurs lettres qui étaient restées sans réponse. Il avait pris de ses nouvelles par Azlan, quotidiennement, puis il avait espacé ses demandes. Il oscillait entre un état de culpabilité envers la mélancolie dans laquelle elle était tombée et une colère envers celle qu'il considérait comme la responsable de la situation. Nicolas s'était jeté furieusement dans son travail, pour éviter d'avoir à penser. Mais il ne pouvait éviter d'affronter le regard critique d'Azlan. Le jeune homme souffrait de la situation et du déchirement des deux êtres qu'il aimait et respectait le plus. Un matin de juillet, il demanda à Nicolas de ne plus le questionner sur Rosa. Il ne supportait plus de se trouver à la croisée de leurs deux désespoirs et lui apprit qu'il avait demandé la même chose à Rosa.

— Comprends-moi. Si maintenant tu veux de ses nouvelles, tu iras toi-même les chercher. Je n'en puis plus de la voir pleurer alors que je lui décris tes journées et de te voir si triste quand je te parle de sa santé. Sache juste que sa vie n'est plus en danger, c'est une femme forte et elle finira par t'oublier.

Nicolas acquiesça sans un mot. Il espérait secrètement que son ami prenne cette décision à sa place. Il n'en avait pas fini avec le fantôme de celle qu'il avait aimée, mais il allait tout faire pour rendre sa présence supportable.

Les semaines passèrent dans l'inconscience de leur rythme. Il dédiait le jour à ses patients, la nuit à son manuscrit, qui touchait à sa fin, ou à l'observation du ciel, et repoussait le sommeil aux seules périodes d'épuisement. François et Azlan gardaient avec lui une neutralité et une bienveillance qui l'agaçaient. Il n'était ni malade ni désespéré. Ou peut-être si, mais il ne le réalisait pas. Germain, quant à lui, avait emménagé dans la ville-neuve chez une femme qu'il avait appelée sa fille, et semblait si occupé par ses affaires qu'il n'avait pas donné signe de vie depuis le mois de juillet.

Un matin de septembre, sans comprendre pourquoi, Nicolas sut qu'il devait accomplir la dernière étape qui allait clore cette partie de sa vie. Ayant fait renvoyer toutes ses affaires chez Rosa, il emprunta à François sa monture et prit la route de Pont-à-Mousson.

Marianne montait avec peine le sentier encadré de vignes qui menait à la Fontaine rouge. L'accouchement de sa patiente avait duré plus de six heures et avait été une bataille dans laquelle elle avait jeté toutes ses forces physiques. Le nouveau-né était arrivé deux semaines après le terme prévu, nanti d'un poids de neuf livres et d'une tête qu'elle avait eu du mal à extraire sans avoir recours au forceps. L'instrument était devenu sa détestation depuis le cauchemar vécu chez le doyen Pailland au point qu'elle avait plusieurs fois refusé de l'utiliser ou de le faire utiliser par le chirurgien présent. Elle avait lavé l'enfant à l'eau de la fontaine, l'avait emmailloté et était sortie afin de chercher à nouveau de l'eau pour la mère épuisée.

Elle aperçut l'inconnu allongé dans l'herbe, près d'un peuplier, à côté de la source. Celui-ci ne bougea pas quand elle s'y arrêta et posa sa dame-jeanne sous le mince filet d'eau brunâtre. Marianne n'avait pas peur, même si les environs n'étaient pas toujours sûrs en raison des vagabonds qui rôdaient à l'extérieur des fortifications. Elle s'était empressée de rapporter à Simon les rumeurs au sujet de leur présence afin qu'il n'ait pas l'idée de sortir hors de la cité. À presque sept ans, il passait une partie de son temps seul à la maison ou avec ses copains dans les rues de Pont-à-Mousson. Son père adoptif avait définitivement abandonné l'idée de s'occuper de lui depuis sa rencontre avec Nicolas. Martin passait le plus clair de son temps en forêt pour son métier ou dans les tavernes proches de l'université, sur l'autre rive, à boire et chercher querelle aux étudiants. *Et Simon n'aura pas la chance d'avoir des frères et sœurs*, songea-t-elle en constatant le vide de sa situation matrimoniale. Martin et elle ne partageaient plus la même couche. Il s'autorisait à engager des relations extraconjugales et avait déjà maintes fois quitté leur foyer plusieurs jours durant. *Mais comment lui en vouloir ?* Leur seul lien était l'enfant et la somme d'argent qui, chaque semaine, était apportée depuis Nancy. Elle avait songé à la refuser, par fierté, pour se sentir libérée de cet engagement qui l'écœurait, mais Martin serait parti. Il l'avait prévenue. Seule, elle ne pourrait élever dignement Simon.

Le récipient de verre et d'osier se remplissait lentement. Le débit de la source avait été affecté par une longue sécheresse mais, en contrepartie, l'eau s'en était trouvée plus riche en fer. L'homme, qui lui tournait le dos, possédait une longue veste dont il avait remonté le col jusqu'à la nuque. Il portait aussi un curieux chapeau en astrakan qui lui cachait le visage. *J'espère qu'il n'est pas mort*. La pensée la traversa juste avant qu'un insecte aventureux vienne se poser sur sa main. L'étranger le chassa dans un réflexe, ce qui la rassura. Un bruit de clapotis la ramena à sa dame-jeanne d'où l'eau débordait.

— Enfin, chuchota-t-elle.

Elle la prit par l'anse et souleva avec peine les vingt kilos du récipient plein. Marianne n'était pas fâchée de quitter les lieux.

Nicolas l'entendit descendre à la peine dans le sentier. Il souleva son chapeau de *betyar* et la vit juste avant que la courbe du chemin ne l'absorbe. Il s'assit et resta un long moment sans bouger. Il ne dormait pas quand elle était arrivée à la fontaine. Il l'avait reconnue bien avant. Mais, au dernier moment, il s'était senti stupide. Il avait appris qu'elle exerçait à Pont-à-Mousson et qu'elle allait souvent chercher l'eau de la Fontaine rouge. Il s'était installé la veille et avait attendu. Mais, à son arrivée, il avait réalisé que

748

sa démarche n'avait plus de sens. Leur conversation de Nancy avait clos leur relation, définitivement. Il n'avait pas osé l'aborder.

Il la suivit des yeux jusqu'à ce qu'elle se présente à la porte de la ville, se leva, épousseta ses vêtements et quitta son promontoire.

Marianne posa la dame-jeanne dans l'entrée de sa maison. Elle appela Simon qui ne répondit pas. Arrivée à la cuisine, elle marcha sur de fins débris de verre qui jonchaient le sol et en repéra rapidement l'origine : la vitre de la lucarne qui donnait sur la cour arrière était brisée.

— Simon ! cria-t-elle en colère.

Elle trouva rapidement les restes du carreau qui avaient été jetés dans l'herbe haute du jardin. Le garçon avait tenté de cacher sa bêtise. Il devait être parti à l'île d'Esch, en attendant que le mécontentement de Marianne se soit délité. Elle n'aimait pas le savoir près des berges de la Moselle mais n'avait aucun moyen de l'empêcher de sortir en son absence. *À part l'enchaîner à son lit*, songea-t-elle, à court d'idées. L'enfant était débordant d'énergie et nécessitait une attention particulière qu'elle ne se sentait pas toujours capable de donner. Elle pensa à Rosa, que la vie avait gâtée plus qu'elle ne le méritait.

— Voilà bien une réflexion sans intérêt, murmura-t-elle pour elle-même. Elle s'est mariée avec l'homme que j'aimais, j'élève le fils dont elle n'a pas voulu, pourquoi lui en voudrais-je ?

Elle sourit de l'ironie de sa situation et s'assit pour se reposer un instant sur la paillasse de Martin, qu'il avait installée en face de la cheminée de la cuisine, pour les soirs, de plus en plus nombreux, où, trop soûl, il serait incapable de monter les escaliers. Pour l'heure, elle se sentait ivre d'épuisement. Marianne s'allongea et ferma les yeux un temps qui lui sembla court. Un bruit dans la rue la réveilla. *Je dois finir mon travail auprès de ma patiente*, pensa-t-elle pour se motiver alors que son corps lui semblait si lourd. La porte d'entrée claqua.

— Simon ? Martin ?

Elle se leva devant l'absence de réponse et sortit de la cuisine. Marianne poussa un cri de surprise : le vagabond à la drôle de coiffe était là. Il enleva son chapeau.

148

L'appartement de Marie-Louise, composé d'une seule pièce, avait été transformé en salle d'étude par Germain : partout traînaient des livres ouverts et des feuilles remplies de notes au milieu desquelles le chirurgien, torse nu, les mains jointes sur le sommet de son crâne, se tenait immobile. Sa compagne s'était endormie sur le lit, lasse de l'attendre après qu'il se fut levé soudainement, pris d'une intuition subite.

— J'y suis presque, j'y suis presque, grogna-t-il sans se soucier de Marie-Louise qui ouvrit les yeux pour assister à la révélation.

Il prit une plume et tenta de tracer un mot sur un parchemin, mais l'encre avait séché. Germain la trempa à nouveau et inscrivit plusieurs lettres en majuscule, en permuta deux, ajouta une autre et regarda le résultat.

— Non, dit-il finalement, ce n'est pas cela. Cela ne fonctionne pas.

— Bonne nouvelle, dit-elle en tendant la main. Pouvez-vous revenir maintenant, que nous finissions notre partie de plaisir ?

Il regarda la jeune femme dont le drap de lin épousait le contour de ses formes.

— Je dois être fou pour m'occuper plus de cette énigme que de ton corps, Erzsébet, déclara-t-il en la rejoignant.

Il dégagea un ouvrage qui traînait sur leur couche et s'allongea sur elle pour l'embrasser.

— Et quand nous serons riches, je t'emmènerai loin de ta vie misérable et je t'épouserai !

— Parole de client !

— Non, parole de Jouan !

— Je suis une femme que l'on prend, pas que l'on épouse, et vous êtes comme les autres, maître Germain. Mais cela ne m'empêche pas de bien vous aimer, conclut-elle en l'embrassant sur le torse.

— La réciproque est vraie, répondit-il en déposant ses lèvres sur ses cheveux flamboyants.

Le livre donné par le cabaretier avait fait sur lui l'effet d'une révélation. Il s'était persuadé que celui-ci allait le mener au secret du « grand œuvre » : la transformation d'un métal inférieur en or. Jusqu'alors, la science alchimique ne l'avait ni passionné, ni même intéressé, trop encombrée d'oripeaux philosophiques et poétiques qu'il avait en aversion. Mais, une fois rentré à Nancy avec l'ouvrage, il avait tenté de le vendre au libraire Pujol en pensant y récolter quelques francs. L'homme, honnête, l'avait averti qu'il en valait beaucoup plus, en raison de sa rareté et de l'histoire qui lui était associée. L'auteur, Clovis Hesteau de Nuisement, avait dédié son ouvrage au duc Henri II, en 1621. Le souverain avait, plusieurs années auparavant, entretenu en secret les travaux de deux alchimistes au château de Condé. Les deux hommes y avaient travaillé comme des reclus, surveillés par des gardes suisses, de 1609 à 1610, avec un stock de lingots d'argent qu'ils devaient transformer en or. Les tentatives s'étaient soldées par un échec et l'entreprise fut interrompue une première fois, avant de reprendre deux ans plus tard. L'affaire s'était compliquée quand le procureur général, mis au courant, les avait accusés de sorcellerie. Le duc, effrayé de la tournure des événements, avait fait fermer leur laboratoire. Mais l'ouvrage de Hesteau de Nuisement l'avait convaincu de recommencer, persuadé que son auteur avait enfin trouvé le secret de la pierre philosophale. Deux nouveaux alchimistes furent engagés. Rien ne filtra de ces travaux, qui restèrent si secrets que personne ne sut s'ils avaient abouti, ni quand ils furent arrêtés. Henri II emporta son secret dans sa tombe en 1624.

Tout en caressant la poitrine de sa compagne, Germain révisa mentalement tous les éléments dont il disposait mais qui ne formaient pas un puzzle complet. Il s'était assuré l'aide du receveur de la Monnaie de Nancy qui, une fois le protocole de transmutation établi, avait promis de leur fournir quatre kilos d'argent qui devaient être transformés en or. Mais, pour l'heure, il n'avait toujours pas percé le secret du livre de Nuisement et comptait bien sur l'homme qu'il devait rencontrer.

Marie-Louise lui fit remarquer son peu d'application, ce qu'il refusa de reconnaître avant de redoubler d'ardeur dans ses caresses machinales. Elle abandonna l'idée de recevoir du plaisir et se borna à lui livrer une jouissance minimale, ce dont il ne s'aperçut même pas. Il l'embrassa distraitement et leva la tête, les sens aux aguets.

— N'est-ce pas un carrosse que l'on vient d'entendre s'arrêter ?

Elle soupira avant de répondre.

— Détendez-vous, je n'attends personne, vous pouvez rester toute la nuit.

— Moi si, enchérit-il en boutonnant son pantalon. Où est ma chemise ?

— Et qui attendez-vous donc ?

— Un voyageur qui vient d'Allemagne, répondit-il évasivement.

Les fers des chevaux claquèrent à nouveau sur les pavés.

— Ce n'était pas pour vous, dit-elle en tirant le drap à elle. Revenez contre moi, j'ai froid !

Il s'assit sur le bord du lit.

— Erzsébet, je suis sérieux. Accepteriez-vous de partir avec moi ?

— Quand vous aurez été jeté en prison ? Votre histoire sent le fagot, croyez-moi.

Quelqu'un frappa à la porte. Germain sourit à Marie-Louise pour la rassurer, prit son chapeau et sa pipe et rejoignit un homme dont elle ne vit pas le visage.

149

Il avait lancé un caillou pour effrayer un moineau qui était entré dans la maison. Simon n'avait réussi qu'à atteindre la vitre de la cuisine qui s'était éparpillée dans un bruit de cascade. Il avait couru chercher un balai, s'était coupé en jetant les morceaux rassemblés et avait paniqué en l'entendant rentrer. Quand Marianne l'avait appelé, il s'était jeté sous le lit près de la cheminée en priant pour qu'elle ne le trouve pas. Il serait toujours temps d'inventer une histoire de rôdeur pour expliquer l'accident. Sa mère croyait toujours en ses explications et il trouvait tellement commode de mentir pour se prémunir des punitions. Lorsqu'elle s'allongea sur le lit, le matelas bourré de paille se déforma et colla Simon contre le sol poussiéreux. Il pouvait à peine respirer mais n'osa pas crier de peur de la réaction de sa mère. Heureusement, son calvaire ne dura pas plus d'une minute. Il vit les pieds de Marianne se poser sur les carrés irréguliers de pierre taillée et s'éloigner. Il prit une ample respiration et se retint de tousser. Au moment où il sortait la tête de sous le lit, Marianne cria. Simon retourna dans sa cachette. Une voix d'homme se fit entendre. Ce n'était pas celle de son père. Le ton était doux et rassurant. Simon n'avait pas peur, mais pas question de se montrer.

L'homme parla, longuement. Simon comprenait les paroles mais n'en saisissait pas toujours le sens. Il était question de pardon. Qui devait pardonner à qui ? L'adulte n'avait pas cru sa mère, il disait s'être trompé.

Il aurait dû lui demander, Simon lui aurait dit qu'elle ne mentait jamais ! Les adultes ne questionnent pas assez les enfants. Celui-ci, il ne le connaissait pas, mais sa voix était comme familière. Il parla d'un refuge. Simon connaissait le mot, avec son copain Christophe, ils en avaient construit un dans un des arbres de l'île d'Esch. L'enfant comprit qu'il avait habité deux ans dans un refuge avec des sœurs... il ne se souvenait pas d'avoir vécu dans un arbre. Il ne se souvenait d'ailleurs de rien d'autre que de cette maison de Pont-à-Mousson, de ses parents et des parents de son père, de la colline où ils montaient toutes les semaines, de la fontaine préférée de maman, des bois de son père. Peut-être habitaient-ils dans la forêt avant ? Et il aurait des sœurs ? Tout ce que disait cet homme semblait bien compliqué. Et sa mère parla à son tour. Elle pleura aussi. Il le sentit au ton de sa voix, aux intonations, aux mots qui se brisent dans la gorge. *Maman est si triste*... Simon voulait sortir de sa cachette, la prendre dans ses bras, la protéger. L'inconnu était un ami, il le savait. Mais seul lui, son garçon, pouvait la comprendre et lui donner tout son amour. Malgré les bêtises, malgré le carreau cassé.

Et, soudainement, tout bascula.

Maman dit que je ne suis pas son enfant, qu'elle n'est pas ma mère, que papa n'est pas mon père, qu'elle regrette de m'avoir emmené avec elle, qu'elle aurait dû me laisser dans le refuge. Que mon père est mort, que ma mère est morte. Que moi aussi j'aurais dû être mort. Pourquoi dit-elle cela ? Pourquoi ? Elle dit encore qu'elle regrette. Qu'elle aurait voulu vivre avec lui. Mais quoi, maman ? C'est quoi, regretter ?

Simon pleura. Il pleurait et son corps tremblait. Il

avait chaud, il avait froid, il étouffait sous la paillasse qui était devenue son linceul. La poussière collait à ses joues humides. Il pleurait sans bruit, pour ne pas qu'ils l'entendent. De l'autre côté, il y eut un long silence, très long. Ils ne se parlaient plus. Pourtant, ils étaient là. L'un murmura : « Adieu. » L'autre dit : « Au revoir. » La porte claqua. À travers ses yeux embués, il vit la jupe de sa mère entrer à la cuisine. Se rapprocher. S'immobiliser. Son visage apparut. Simon cacha le sien. Il ne voulait plus jamais la voir.

150

Les cloches de toutes les églises de Nancy sonnèrent à la volée pendant de longues minutes. La nouvelle, confirmée dans *La Gazette de France*, avait fait l'effet d'une traînée de poudre. Seize jours auparavant, Charles II d'Espagne s'était éteint. Louis XIV n'avait pas attendu sa mort afin de prévoir le partage de son État, dont le Milanais. Les prédictions du père Creitzen se révélèrent exactes : outré par l'attitude du roi de France, le monarque avait laissé son héritage au duc d'Anjou, second fils du dauphin. Et, le 16 novembre, le Roi-Soleil avait officiellement accepté le testament. L'échange de la Lorraine et du Milanais était devenu caduc.

Ehrenfried Creitzen écouta avec un plaisir non dissimulé le chant joyeux des tocsins avant de fermer la fenêtre. Léopold, un parchemin à la main, lui faisait lecture de la lettre qu'il avait préparée pour Louis XIV.

— ... *j'ai appris, avec le même esprit d'attachement*

que je conserverai toute ma vie pour les intérêts de Votre Majesté, la résolution qu'elle a prise de préférer au partage de la monarchie d'Espagne les dispositions du testament du feu roi en faveur de Mgr le duc d'Anjou, à qui je souhaite toutes les prospérités imaginables. Je la ferai partir dès aujourd'hui. Voilà qui clôt cette affaire. Votre plan était parfait mon père : nous avons tenu ce monsieur de Caillères en haleine sans qu'il ne se doute de rien.

— Dieu a favorisé nos desseins, Votre Altesse.

— Mais nous ne l'oublierons pas dans les réjouissances à venir ! Nous allons faire dire des messes. J'espère que le roi de France laissera maintenant le duché en paix.

Le confesseur de Léopold le regarda avec tendresse en se demandant si la part de naïveté de son protégé était feinte ou réelle.

— Je crains, Votre Altesse, qu'il ne nous faille vivre avec cette idée que la Lorraine est un insecte sur la patte d'un lion. Le jour où nous le démangerons trop, il nous balaiera d'un coup de langue.

— Alors, soyons comme ces insectes dont la piqûre est sans douleur et vivons sans déranger notre hôte, conclut le duc.

Carlingford les rejoignit pour leur confirmer que tout était prêt pour le repas donné le soir même avec cent convives, dans la galerie des Cerfs, officiellement en l'honneur de la fête de Léopold. Mais les nouvelles de France allaient lui donner une saveur particulière.

— Avez-vous pensé aux fontaines de vin sur la place de la Carrière ? s'enquit le duc.

— C'est fait, Votre Altesse.

— Le peuple tout entier doit profiter des fêtes,

nous devons être généreux envers ceux qui nous ont tant donné.

Creitzen opina du menton. Le comte de Carlingford haussa les sourcils :

— Dans la limite de notre cassette, qui n'est pas celle de nos voisins… À ce propos, Votre Altesse, j'ai été informé de la proposition du sieur Ribes de Jouan.

Léopold cacha son agacement derrière une placidité de façade.

— Décidément, il me sera toujours difficile, voire impossible d'avoir le plus petit secret pour vous, Excellence.

— Je voudrais vous mettre en garde contre ce genre… d'aventure, ajouta Carlingford avec un regard appuyé vers le père Creitzen.

— Mon confesseur n'a rien à voir avec tout cela, se défendit Léopold. J'ai passé plusieurs après-midi avec notre ami Germain à perdre au lansquenet, je dois d'ailleurs lui régler quelques menues dettes. Et il m'a parlé d'un livre qui était en sa possession.

Germain s'était rapidement rendu compte qu'il ne pourrait réussir seul dans son entreprise, celle-ci nécessitant des fonds qu'il ne possédait pas. Il s'était tourné vers le duc. Mais l'alchimie ne le passionnait guère. Le salut était venu du père Creitzen, qui avait gardé de solides amitiés en Allemagne, en particulier avec la société des Rose-Croix, dont un des membres était arrivé à Nancy afin d'étudier l'ouvrage à sa demande.

— Il n'est pas bon que ce genre de personnage vienne rôder dans notre cité, martela le comte de Carlingford. Cet ordre hermétiste est peut-être populaire en Allemagne, mais ne pourrait que nous attirer les foudres du Vatican. Ce ne serait vraiment pas le moment, le pape serait trop heureux de nous voir en difficulté.

— N'ayez pas d'inquiétude, intervint Ehrenfried Creitzen, nous n'apparaissons pas dans cette opération. Tout reste officiellement entre les mains de Ribes de Jouan. Mais nous ne voudrions pas passer à côté d'un texte qui aurait découvert le secret de la transmutation. Il nous faut le vérifier.

— Et où en est-il ?

— Il tente de décrypter les messages compris dans le livre, intervint le duc. C'est pourquoi j'ai accepté qu'un intermédiaire vienne en secret d'Allemagne. Je comprends votre réticence, Excellence, mais nous n'agissons pas par exaltation. Imaginez-vous ce que cela pourrait apporter à notre État en cas de découverte ?

— Permettez-moi de rester sceptique.

Léopold comprit qu'il était vain d'essayer de convaincre son ministre.

— Oublions cela pour quelques jours, voulez-vous, mon cher comte, et soyons complètement à notre joie. J'ai d'ailleurs une surprise pour tout notre monde ce soir. Nous terminerons en apothéose !

151

Nicolas relut la feuille qu'il avait écrite et la déposa sur la pile. Il venait de finir son traité sur les remèdes à base de plantes et n'en éprouvait aucun plaisir. Il le ferait livrer à Pont-à-Mousson chez Maroiscy, l'éditeur, pour éviter d'avoir à retourner lui-même dans cette ville. Ou peut-être même le garderait-il. Deux mois s'étaient écoulés depuis son entrevue avec Marianne et presque cinq mois le séparaient du départ de Rosa de l'hôpital. Il avait décliné l'invitation du duc faite aux trois chirurgiens et avait laissé Azlan et François se rendre au repas du palais. Il préférait s'envelopper du silence de Saint-Charles et tous respectaient sa décision. Il travailla une grande partie de la soirée au projet d'agrandissement de leur service, ne s'autorisant une pause qu'après que la lune eut disparu de l'encadrement de la fenêtre entrouverte. Il était plus de vingt-trois heures et François n'était pas rentré des festivités. Il descendit à la cuisine, but le reste de la décoction qu'il s'était préparée pour la journée et fit un tour rapide de ses patients, qui dormaient tous.

Au moment où il regagnait sa chambre, il entendit le cri caractéristique du chameau déchirer le silence de la rue. La carriole était de retour de la soirée. Le Hérisson blanc ne fut pas long à faire son apparition. Son bonnet avait disparu et ses cheveux raréfiés s'étaient mélangés comme des herbes sauvages après une tempête. Le tissu de son haut-de-chausses était déchiré au niveau de la cuisse et son justaucorps, qu'il avait lavé pour l'occasion, était froissé et sali.

— Avant que tu me poses la question, je vais bien et Azlan aussi, brailla-t-il encore sous l'excitation du moment.

— Mais que s'est-il passé, François ? Un problème avec Hyacinthe ? demanda Nicolas en humant l'odeur animale qui s'exhalait de ses vêtements.

— Non, notre destrier n'y est pour rien. Le responsable est notre duc, répondit-il avant d'éclater de rire.

Voilà un prince qui a un sens particulier de la fête !
Viens, que je te narre l'événement devant une chopine.

Ils ravivèrent le feu qui s'étiolait dans la cheminée
de la cuisine et s'assirent devant l'âtre, à même le
sol, en compagnie de bouteilles d'un vin local que
François avait rapportées de la fête.

— Nous sommes arrivés avec Azlan pour le souper.
La porte principale du palais était ouverte et notre
carrosse nous a déposés devant le Rond. Il y avait des
lumières partout, des chandeliers tenus par les domestiques, des torches accrochées aux murs et même des
braseros dans la grande cour. On y voyait comme en
plein jour ! Je dois te dire, pour être franc, que nous
sommes venus avec Rosa.

— Vous avez eu raison, pourquoi vous en voudrais-je ? répliqua Nicolas que l'information, bien que
prévisible, mit mal à l'aise. Et... comment va-t-elle ?

— Elle a gardé quelques faiblesses de son « accident », mais elles diminuent de jour en jour. Lors du
repas, elle s'est montrée diserte et souriante, aimable
avec tout le monde. De nombreux gentilshommes se
sont bousculés pour être son chevalier servant pour
la soirée. Il faut dire qu'elle est le plus beau parti du
duché, jeune, belle, veuve, titrée et riche ! Mais ne
t'inquiète pas, Azlan veille sur elle comme un vrai
chien de garde. C'est lui qui fut son cavalier. Et elle
est repartie bien avant la fin de la fête.

— Rosa est libre de donner ses sentiments à qui
elle veut.

— Tu peux encore changer d'avis, conseilla son
ami.

Le regard de Nicolas lui fit comprendre qu'il s'était

aventuré trop loin. Le Hérisson blanc se leva et se posta devant lui pour expliquer la suite.

— Tu aurais vu ce menu, il y avait quatorze plats, je les ai comptés ! On nous a servi trois potages différents, avec des légumes exotiques, autant de poissons tout droit venus de Fécamp et de Honfleur, de l'anguille, du saumon et de la carpe, des pieds de porc farcis, des rôts de bœuf et des hures de sanglier, avec des sauces sublimes, des pâtés, une tourte et des desserts qui m'étaient complètement inconnus. Tu connaissais, toi, les croquembouches ? Et les entremets ? Ah, si ma Jeanne avait encore été de notre monde, elle aurait passé la meilleure soirée de sa vie, pour sûr !

Nicolas se laissa bercer par le débit joyeux de son ami et se détendit.

— Le duc a un de ces appétits d'ogre ! Il fallait le voir avaler les plats au fur et à mesure de leur arrivée. Et les verres de vin pétillant du père Pérignon ! Sans vouloir porter atteinte à sa fonction, notre souverain était aussi soûl que le dernier des gratte-curettes du duché !

Hyacinthe, que François avait fait entrer dans la cour de Saint-Charles, émit des blatèrements puissants et répétitifs.

— J'allais l'oublier, celui-ci ! J'ai mis des victuailles dans la carriole, les restes du festin pour notre hôpital, tu m'aides à les rentrer ?

Ils furent obligés de faire trois allers-retours tant le véhicule était rempli des mets qu'il avait évoqués.

— Je remercierai le duc de sa bonté, dit Nicolas en regardant la table recouverte de nourriture, nous allons pouvoir sustenter tout le monde pendant plusieurs jours.

— À ta place, je ne le ferai pas. Disons que j'ai un peu anticipé son accord, tu comprends ? Cela pourrait me mettre dans une fâcheuse posture !

— François…

— Quoi ? C'est pour une bonne œuvre, non ? J'ai aussi rapatrié du vin, mais j'avais demandé !

Ils débouchèrent une bouteille de champagne et reprirent leur position devant le feu. Le Hérisson blanc continua :

— Il y eut un bal, puis tout le monde fut convié à se rassembler aux balcons et fenêtres donnant sur la cour intérieure. Son Altesse avait fait venir un taureau des Vosges, une bête connue dans tout le bailliage pour sa carrure et sa vigueur, un vrai monstre ! Il lui avait fait scier les cornes. Le comte de Viange, notre grand veneur, a alors fait lâcher toute une meute de chiens.

— Des chiens ?

— Oui, ceux utilisés pour les chasses du duc. Tu aurais vu le tableau ! Ils se sont acharnés sur le taureau et l'ont rendu furieux à force d'aboiements et de coups de crocs. La bête en a alors transpercé plusieurs et en a tué deux sur le coup. Les autres aboyaient de plus en plus et lardaient de morsures les pattes et les flancs du taureau. Tout le monde au balcon encourageait au carnage en excitant les animaux à qui mieux mieux, l'ambiance était tumultueuse, d'autant plus que le vin avait coulé à flots. Il y avait de la tripe et du sang sur l'herbe, crois-moi. Tous les courtisans étaient hilares à la vue d'un chien qui volait en l'air d'un coup de cornes. Sauf Azlan. Il était choqué du spectacle barbare et de la réaction des convives. Il m'a regardé avec des yeux qui te culpabilisent et te disent « Il faut faire quelque chose ». Tu le connais, le petit, il est irrésistible dans ces cas-là. Alors, ni une ni deux, on s'est précipités vers le duc pour faire cesser le carnage, mais on n'a même pas eu le temps d'arriver jusqu'à lui.

François but de grandes gorgées, assoiffé, et se servit à nouveau avant de continuer.

— La bête venait de détruire une barrière, qui avait été posée à l'entrée de la tour de l'Horloge, et montait par le grand escalier ! Si tu avais vu cette panique ! On pouvait localiser l'animal aux cris poussés par les invités ! Il a gagné la galerie des Cerfs où il a détruit toutes les tables du repas, faisant voler les nappes, les plats qui y étaient encore, les chaises, bref, une vraie tempête ! Pendant ce temps, j'étais arrivé dans l'escalier de la tour où j'avais rejoint Azlan à la recherche de blessés. Heureusement, tout le monde avait réussi à se protéger de ce Belzébuth à pattes et s'était cloîtré dans les appartements, de l'autre côté du palais. On a soigné quelques convives qu'il avait culbutés ou qui s'étaient légèrement blessés dans la panique et on a rejoint notre duc et ses gardes dans la grande salle. Quel spectacle, si tu avais vu ! Mais ce n'était rien face à ce qui allait se passer...

152

Après son accès de fureur, le taureau s'était assis au bout de la galerie des Cerfs, épuisé. Il avait entortillé une des nappes du banquet dans ses cornes. Le drap le couvrait presque entièrement, tel un voile de mariée. Le capitaine des gardes l'avait fait mettre en joue mais le duc avait demandé d'attendre avant de tirer. L'équipe, constituée dans la précipitation, avait un côté hétéroclite : des membres de la compagnie des Buttiers avec leurs fusils, deux arquebusiers de la maréchaussée, des archers et plusieurs hallebardiers. Léopold, au milieu, était immobile, les yeux rivés sur l'animal dont le souffle soulevait régulièrement un coin de la nappe au-dessus de son museau. Après un moment de récupération, le taureau se leva, faisant réagir les soldats qui n'attendaient plus qu'un ordre pour ouvrir le feu. Le capitaine avait reporté toute son attention sur le souverain qui, le réalisant, lui indiqua de ne rien faire. La tension était grande. L'animal se trouvait à près de cinquante mètres d'eux. Il marcha sur des débris de verre, qui s'incrustèrent dans ses sabots. Le parquet crissa sous ses pas. Le tissu le gênait de plus en plus. Il s'énerva et encorna une chaise qui vola à plusieurs mètres. La salle de réception ressemblait à un champ de bataille. Le taureau allait et venait dans une zone restreinte. Il avait vu les humains et les avait longuement regardés avant de se désintéresser d'eux. Léopold était impressionné par la force de la bête et par la bravoure dont elle avait fait montre devant les chiens. Il aurait aimé l'épargner en signe de respect.

— Y a-t-il un moyen de le ramener à son bercail sans prendre le risque qu'il détruise d'autres salles ? dit-il au soldat.

L'homme, surpris de la demande, bredouilla. Il n'avait aucune idée de la manière de procéder. Le duc lui ordonna de trouver une cage au plus vite et de la faire monter. Son calme impressionna tous ceux qui étaient autour de lui.

Pendant ce temps, le taureau s'était approché d'une des cheminées d'où il les regardait comploter. La toile recouvrait son dos et formait une traîne sur le sol. Il tentait par moments de s'en dégager d'un coup de tête, mais les cornes avaient déchiré le tissu qui s'était entortillé à leur base.

— Où en est-on pour la cage ? s'inquiéta Léopold.

Aucune de taille suffisante n'avait été trouvée dans le palais et plusieurs gendarmes étaient partis chercher une des deux cellules de la prison de la Craffe. Le bovidé s'était mis à la recherche de nourriture parmi les aliments éparpillés sur le sol.

— Cela m'étonnerait qu'il trouve son bonheur, assura François à Azlan, je ne me souviens pas avoir mangé de l'herbe ce soir.

La remarque fit rire tout le groupe, y compris le duc qui se retourna vers lui d'un air complice. Au même moment, la bête, agacée, secoua la tête compulsivement, faisant voler sa coiffe dont l'extrémité balaya l'âtre. Des braises furent projetées à plusieurs mètres de distance. Le taureau martela le sol de sa patte droite. Lorsqu'il baissa la tête, le groupe réalisa que la nappe s'était transformée en torche dans son dos. L'animal réagit au moment où la fumée pénétra dans ses naseaux, juste avant que le feu ne le morde. Il fit plusieurs tours sur lui-même pour se débarrasser des flammes qui, sans cesse, venaient le gifler au rythme de ses mouvements. Les poils de son échine prirent feu dans une odeur de roussi. Fou de douleur, il chargea le groupe.

— Votre Altesse ?

Les soldats n'attendaient plus que son ordre.

— Le plus tard possible, répondit Léopold, et surtout évitez la tête, il nous la faut intacte !

Lorsque le taureau fut au milieu de la pièce, le duc cria :

— Droit au cœur !

Les plombs et les flèches atteignirent tous leur cible dans une synchronisation parfaite, fauchant l'animal qui émit un meuglement et s'écroula sur le parquet. La bête glissa sur quelques mètres et s'échoua aux pieds du duc, qui n'avait pas bougé alors que les soldats s'étaient écartés après la salve. Le taureau, encore vivant, tenta de se relever sans y parvenir. Les deux pattes avant avaient été brisées par des balles et une des flèches avait transpercé une artère, laissant un petit geyser sortir de son poitrail. Il mugit une nouvelle fois. Les tireurs, qui avaient rechargé leurs fusils et arbalètes, l'achevèrent. L'un d'eux déchira la nappe qui brûlait encore et la jeta dans l'âtre.

L'odeur de chair grillée imprégnait toute la galerie. Le souverain s'approcha de la dépouille et s'agenouilla en posant une main sur le front de la bête.

— Que fait-il ? demanda Azlan.

— On dirait qu'il prie…, répondit François.

Des serviteurs, qui étaient accourus avec des seaux remplis d'eau, attendirent que le duc se soit reculé pour les renverser sur la carcasse dont l'arrière-train et la queue se consumaient encore, provoquant une fumée nauséabonde.

Au moment de sortir, Léopold se tourna vers les deux chirurgiens.

— Messieurs, je voudrais que la tête de ce noble animal vienne orner notre galerie de trophées. Faites en sorte que dans cent ans, dans deux cents ans, elle s'y trouve encore intacte, afin que sa bravoure soit louée par nos descendants.

— … Pour finir la soirée, j'ai joué au boucher, voilà la raison de mon état, conclut François. Le corps sans tête du taureau est parti aux cuisines pour le dîner de demain.

Hyacinthe hurla une nouvelle fois.

— Qu'a-t-il donc ce chameau ? s'exclama Nicolas en se levant pour le rentrer à l'écurie.

— C'est à cause de la caisse au fond du chariot.

— Il reste une caisse ?

— Oui, je voulais t'en parler avant de la descendre. J'espère que tu n'as pas prévu d'aller te coucher tôt, fils.

— Tu veux que je panse Hyacinthe ? Il attendra demain.

— Non, c'est au sujet de ce qu'il y a dans cette caisse.

— Tu ne veux pas dire que…

— Si ! Je sais découper, mais pas embaumer. Pour cela, il n'y a que toi, Nicolas. Le duc a été clair.

— Bien… Allons donner la couleur de l'éternité à son dernier trophée.

CHAPITRE XVIII

Nancy, mars-décembre 1701

153

La chambre était petite et sentait le moisi et l'humidité. À peine entré, Germain, fidèle à ses habitudes, ouvrit la fenêtre. L'homme qui le suivait la referma rapidement.

— Trop froid, déclara-t-il en guise d'explication.

— Si vous préférez les miasmes et leurs effets délétères, c'est votre choix, répondit Ribes de Jouan.

Il avisa la table d'angle, la porta au milieu de la pièce et s'assit après avoir essuyé d'un revers de main la couche de poussière sur le plateau.

— Pourquoi avoir choisi un hôtel aussi médiocre ? demanda-t-il à son interlocuteur.

— Vous savez aussi bien que moi que notre affaire réclame la plus grande discrétion, expliqua l'homme qui n'avait pas pris soin d'enlever son manteau noir et son tricorne.

Ainsi habillé, les mains dans les poches, il ressemblait à un corbeau, pensa Germain. Il se retint de le lui dire, son correspondant n'avait pas manifesté un grand sens de l'humour depuis qu'il l'avait rencontré, cinq mois auparavant. Il écouta avec lassitude le discours compassé qu'il lui servit, truffé des reproches habituels sur la lenteur d'exécution de leur projet et le mécontentement de son commanditaire.

— Écoutez, finit pas dire Germain, sûr de lui, je ne vous empêche pas d'aller travailler avec tous les scientifiques et alchimistes de la terre, si vous pensez pouvoir y arriver plus rapidement qu'avec moi. Nous pouvons nous délier à n'importe quel moment.

— Je le sais, je le sais bien, avoua l'homme, ennuyé, mais j'ai des comptes à rendre et nos amis…

— Vos amis attendent depuis des dizaines d'années, leurs pères et les pères de leurs pères ont attendu toute leur vie. Ils pourront patienter plusieurs mois encore, non ?

— Certes, mais nos ressources sont limitées.

— C'est pourquoi je me suis assuré le soutien de notre duc.

Ribes de Jouan, en joueur rusé, savait très bien que son arme principale était l'ouvrage de Nuisement, qu'il leur avait montré. S'il ne trouvait pas lui-même le secret de la pierre philosophale, il leur vendrait le livre, persuadé qu'ils finiraient par accepter son prix. Germain rassura l'homme en évoquant des progrès significatifs, alors qu'il n'avait pas avancé : chaque phrase du *Traité de l'harmonie et constitution générale du vrai sel* était pour lui une énigme qui s'épaississait de page en page. Le charabia philosophico-scientifique des alchimistes l'agaçait de plus en plus d'autant que le père Creitzen d'un côté et l'homme aux allures de corbeau de l'autre se faisaient de plus en plus pressants. Mais il ne lâcherait pas son trésor à moins de dix mille francs. Leur conversation d'affaire close, il proposa à son interlocuteur un verre de vin. Germain voulait gagner sa confiance et était persuadé que sa réserve n'était que superficielle. Jusque-là, l'homme avait toujours refusé de partager quoi que ce soit avec lui. Mais, à sa grande surprise, celui-ci accepta. Germain dut aller chercher la bouteille à l'auberge située au rez-de-chaussée, afin qu'ils ne soient pas vus ensemble en public. L'émissaire des Rose-Croix avait une manie du secret que Germain avait de plus en plus de mal à supporter.

— Je lève mon verre à notre réussite !

Ils burent de concert, mais l'homme économisa ses gorgées.

— Que savez-vous du Cosmopolite ? demanda Germain, alors que l'Allemand enlevait son chapeau.

— Alexander Sethon ? interrogea-t-il en posant son verre aux trois quarts plein.

— Oui, celui qui est cité par Hesteau de Nuisement : *Le troisième principe du Cosmopolite*.

— Bien peu de chose.

Il ment, pensa Germain. *Et il ment très mal*.

— Si vous vous intéressez à mon livre, c'est que vous savez qu'il est la troisième partie d'un triptyque, continua le chirurgien.

— Tout ce qui touche au sujet nous intéresse, assura le corbeau, placide.

— Sethon en a écrit la première partie, *Le Traité du mercure*. La seconde fut l'œuvre d'un autre alchimiste, son contemporain, Michel Sendivogius : *Le Traité du soufre*.

— Puisque vous l'affirmez…

— Et je possède *Le Traité du sel*, donné par son auteur il y a cent ans au duc Henri II.

L'homme ne manifesta aucune émotion particulière. La conversation avait plutôt l'air de l'ennuyer. Ribes de Jouan s'était déplacé à Ligny-en-Barrois, afin de rencontrer les descendants de Clovis Hesteau de Nuisement, qui lui avaient appris l'existence des deux autres ouvrages. Germain en était revenu persuadé qu'il ne trouverait rien sans posséder les trois volumes. Il continua :

— Le Cosmopolite est le seul qui ait réussi la transmutation, lors de séances publiques. Personne n'a jamais pu prouver qu'il y avait eu manigance ou tromperie. Il en possédait la poudre, qu'il a donnée à Sendivogius. Personne ne sait ce qu'elle est devenue.

— L'alchimie est pleine de légendes comme celle-ci. Il faut vous en méfier, monsieur. Nombreux sont ceux qui se sont brûlé les doigts.

— Ou qui ont fini debout sur des fagots, accusés de sorcellerie, je sais. Mais aujourd'hui, on n'en meurt plus, on moisit juste dans un cachot pour escroquerie.

La formule de Germain ne dérida pas son interlocuteur, qui resta impassible. L'Allemand acquiesça, et prit une nouvelle et timide gorgée. Il faisait un effort pour boire, manifestement peu habitué à l'alcool dont il se méfiait des effets.

— Je vous le demande une nouvelle fois, monsieur Ribes de Jouan, voulez-vous nous vendre cet ouvrage dont la lecture est bien plus complexe que vous ne l'imaginez ?

— Nous pourrons en discuter à partir de dix mille francs.

— Je ferai part de votre proposition à nos amis.

Il traversa la ville pour aller rejoindre Marie-Louise dans sa chambre de la rue Paille-Maille. Elle était avec un client et avait fermé la porte à clé, ce qui le mit de fort mauvaise humeur, lui qui, pendant le trajet, s'était mis en tête de commencer l'après-midi par une partie de plaisir avec son Erzsébet. Il n'était pas amoureux d'elle, mais son envie était plus qu'un simple désir. La savoir avec un autre homme le dérangeait de plus en plus et il s'en était déjà ouvert à elle. À chaque fois, il s'était vu opposer une fin de non-recevoir contre laquelle il ne pouvait pas lutter : il habitait chez elle et n'avait aucune source de revenus. Il était décidé à ne plus attendre pour négocier, quitte à brader un secret qu'il était persuadé ne jamais trouver et dont il n'avait que faire.

154

Versailles, le 4 mai 1701,
Ma fille, ma chère enfant, il faut que je vous conte la leçon que j'ai donnée hier à ce préten-tieux personnage, cet indigne petit monsieur de Saint-Simon qui n'aime pas notre famille et à qui je le rends bien. Alors que nous passions à la table du roi, voilà que ce mâtin-là se place en face du prince de Deux-Ponts. Je dis alors tout haut : « D'où vient que monsieur le duc de Saint-Simon presse tant le prince de Deux-Ponts ? A-t-il envie de le prier de prendre un de ses fils pour page ? » Tout le monde se mit si fort à rire qu'il

fallut qu'il s'en allât. Quel plaisir de commencer un repas par un tel plat, ma fille !

Quant à Monsieur, votre père, il est toujours le même. Quelque bien que je puisse traiter ses favoris, il ne peut pourtant pas croire que, si j'étais en faveur, je ne leur rendrais pas de mauvais offices auprès du roi ; aussi, quoi qu'il me dise de bonnes paroles et vive bien avec moi en apparence, au fond, il ne peut pas me souffrir et me noircit auprès du roi tout autant que la vieille ordure de Madame de Maintenon.
Voilà tout ce que je puis vous dire cette fois par cette bonne occasion. Je vous envoie un étui à la mode ; il est très laid, mais ce n'est que pour vous montrer ce qu'est la mode actuelle. Comme il n'est plus permis d'avoir des étuis en or, vous pourrez mettre vos étuis à coudre dans celui-ci.

Élisabeth-Charlotte rit aux larmes de la lettre qu'elle venait de recevoir. La correspondance de sa mère était pour elle une source de plaisir, tant les descriptions que la Palatine faisait de la cour de Versailles lui apportaient de la joie et renforçaient son opinion sur la chance qu'elle avait de se trouver aux côtés de Léopold dans un petit État sans intrigues de Cour. Elle caressa son ventre et décida d'annoncer à sa mère la nouvelle qu'elle avait encore tenue secrète.

Nancy, le 12 mai 1701,
Ma bien chère mère, vos lettres me comblent toujours autant. Elles sont une présence rassurante depuis le temps de nos retrouvailles. Il est

aujourd'hui un événement que je ne puis tenir plus longtemps inconnu à vos oreilles et à celles de Monsieur. Dieu m'a fait la bonté d'être à nouveau grosse, la troisième fois, après la mort de notre petit prince et la naissance d'Élisabeth-Charlotte. La délivrance est prévue pour le mois de novembre. Cet état me comble, ainsi que mon époux, dont il m'a prédit qu'il serait un garçon. Le duc, en homme aimant et plein d'élégance, m'a accordé de ne pas aller à Bar pour l'accouchement, mais de rester dans notre bonne ville de Nancy. Il s'est aussi occupé du choix de l'accoucheuse. Élisabeth-Charlotte, quant à elle, va bien, elle aura six mois dans neuf jours et le duc veut en faire une abbesse de Remiremont. Le croiriez-vous, ma chère mère, qu'un mariage de raison puisse se transformer ainsi en mariage d'amour ? Que je suis heureuse du destin qui m'a réservé un homme aussi bon et doux. Mais je n'en veux rien dire davantage et vous tiendrai dans la confidence de ma grossesse.

Elle donna la lettre pliée à madame de Lillebonne qui l'informa de l'arrivée de la sage-femme. La duchesse la fit entrer sans plus attendre et l'accueillit à bras ouverts.

— Madame, on me dit tellement de bien de vous, je suis heureuse de votre présence à mes côtés pour mon accouchement. Sincèrement heureuse.

Carlingford prit un air renfrogné. Le carrosse roulait vers Lunéville quand Léopold lui avait annoncé l'engagement de Marianne auprès de la duchesse.

— Rien dans notre pari n'interdit l'intervention du destin, dit le duc avec malice.

— Dans ce cas, le destin a pris vos traits, Votre Altesse. Mais la partie n'est pas jouée.

— Mon cher François, la marquise est définitivement hors course et je sais que notre accoucheuse est encore dévorée de passion pour maître Déruet. Avant la délivrance de la duchesse, ils seront unis. Pourquoi voulez-vous qu'il en soit autrement ?

— Le destin, toujours le destin, insaisissable destin, Votre Altesse, répondit Carlingford qui n'avait, en fait, ni idée ni argument à lui opposer.

Le duc eut un petit rire sec : il se savait gagnant. Léopold regarda avec contentement le paysage de campagne défiler sous leurs yeux. L'expression de son visage changea soudain.

— Arrêtez le carrosse, s'écria-t-il à l'adresse de Carlingford. Arrêtez-le !

Le convoi s'immobilisa. Le responsable des gardes qui formaient sa protection rapprochée vint le trouver.

— Que se passe-t-il, Votre Altesse ?

Le duc était descendu et se tenait sur le chemin, près d'une intersection avec un sentier qui s'enfonçait sur leur gauche entre deux champs de céréales.

— Capitaine, pouvez-vous me dire où va cette route ?

— Non, Votre Altesse, je n'en sais rien... mais je peux me renseigner auprès de ce paysan, répondit-il en montrant du doigt un jeune homme qui rassemblait ses moutons dans une prairie voisine.

Le militaire détala vers le berger sans en attendre l'autorisation.

— Pourquoi cette demande ? interrogea Carlingford.

Il est probable que cette route n'aille nulle part ailleurs qu'à un village sans grand intérêt.

Léopold se planta au croisement.

— Ce qui m'intéresse, ce n'est pas la question, mais sa réponse. Notre homme était incapable de savoir où allait cette route. Pour une raison simple : il n'y avait aucun poteau indicateur.

— Ma foi, c'est vrai, répondit le comte. Je ne m'en étais pas aperçu.

— Je n'en ai pas vu un seul depuis notre départ. Et regardez ce buisson, là, et cette rapaille, ici : croyez-vous qu'ils soient à plus de trente toises du chemin ? À quoi cela sert-il d'édicter des ordonnances si elles ne sont pas appliquées ?

Léopold avait parlé sans colère mais la fermeté de son ton suffisait à son entourage pour comprendre qu'ils devaient y remédier au plus vite.

— Nous allons ordonner à tous les prévôts de faire respecter cet édit. Les paysans iront abattre ces haies et de nouveaux poteaux seront plantés, assura Carlingford.

— Rien ne doit entraver la circulation des voyageurs et du commerce, ni les voleurs, ni l'état de nos routes, insista Léopold.

Le capitaine revint accompagné du berger qu'il tenait par le bras.

— Cet homme va vous expliquer où va ce sentier, Votre Altesse.

— Bien, mais tout d'abord, lâchez-le, à moins que vous n'ayez peur qu'il ne s'envole, répliqua Léopold.

Le soldat s'exécuta et le jeune homme se massa le bras.

— Veuillez excuser sa rudesse, dit le duc. Quel est votre nom ?

— Je m'appelle Valentin, monsieur.

Le capitaine lui donna une bourrade dans le dos et souffla :

— Votre Altesse...

— Monsieur Votre Altesse, ajouta le garçon.

— Voilà un jeune travailleur plein d'esprit. Où sommes-nous, Valentin ? Où mène ce chemin sur notre gauche ?

La question sembla l'étonner :

— Ben... à Vitrimont. Et tout droit, vous arrivez à Lunéville.

— Pourquoi n'y a-t-il plus aucune indication à ce croisement ? demanda Carlingford que l'intermède commençait à impatienter.

— Je ne sais pas, monsieur... Votre Altesse, ajouta-t-il, faisant rire le duc.

— Pour mon ami, « Votre Excellence » suffira. Ces moutons sont à vous ?

— Non, aux ermites de Sainte-Anne. Je travaille pour eux. En échange, ils m'enseignent.

— Et que vous enseignent-ils ?

— J'ai appris à lire et à écrire. Maintenant, j'étudie les sciences, répondit-il fièrement.

— Ainsi donc, vous sauriez lire, mais vous ignorez les ordonnances qui enjoignent de poser des poteaux indicateurs et de couper les buissons. Que voilà un drôle de savant, plaisanta Carlingford.

— Je vis dans la forêt, monsieur Votre Excellence.

Léopold lui fit signe d'approcher et s'éloigna du groupe avec lui.

— Valentin, à quelle distance sommes-nous de Nancy ?

— Je dirais deux lieues.

— Un souverain qui ne sait pas se faire respecter à deux lieues de son palais, comment peut-il être obéi aux confins de son duché ?

— Je comprends. Vous voulez me punir ?

— Non. Je veux savoir pourquoi mon peuple n'obéit pas aux directives qui sont faites pour son bien.

— C'est que les paysans ont tant d'autres charges que celle-ci leur semble injuste. Pourquoi faire les routes que les autres utiliseront ? Pendant ce temps, ce ne sont pas les voyageurs qui travaillent leurs champs. Et les poteaux, c'est du bois en moins pour l'hiver. Tout cela n'est pas contre vous, Votre Altesse. Mais il faut vivre.

— Je vous remercie de votre franchise, Valentin.

— J'étudie vraiment, vous savez. Je veux voyager et découvrir le monde.

— Quel âge avez-vous ?

— Dix-huit ans.

— Que Dieu vous laisse cette fraîcheur le plus longtemps possible, déclara Léopold en réalisant qu'au même âge il sortait de trois ans de guerre.

Le convoi reprit la route. Le duc regarda la silhouette du berger disparaître peu à peu dans le lointain. Il demanda à Carlingford d'aménager l'ordonnance du 12 mars 1699 en répartissant le travail entre tous les habitants de chaque commune.

— Et si cela ne suffit pas, nous utiliserons aussi nos soldats, conclut-il.

Il le chargea d'envoyer Valentin étudier à l'université de Pont-à-Mousson dès les moissons finies.

— Je paierai sur ma cassette personnelle tant que nous ne lui aurons pas trouvé de protecteur. Quel est ce sourire, François ?

— Voyez comme le destin peut être insaisissable : vous venez de changer celui de ce jeune inconnu.

155

Après deux mois sans aucune pluie, juillet s'était installé sur une sécheresse avancée. Le fourrage commençait à manquer et les rivières se réduisaient à des filets d'eau dans des lits trop grands. Au palais ducal, la duchesse avait perdu sa gaieté habituelle. Son père était décédé brutalement le 9 juin, victime d'une apoplexie, et Élisabeth-Charlotte passait ses journées dans ses appartements, atterrée et mélancolique. Le duc organisa plusieurs séjours à Lunéville, dans l'ancien château de Charles IV. L'endroit était vétuste, mais il aimait l'environnement, plus ouvert sur la nature que le palais de Nancy. Son projet de code civil était presque achevé et il avait invité son auteur, le procureur général Bourcier, à venir au château afin d'y régler les derniers détails. Le code Léopold contenait des articles reconnaissant le droit de défense des accusés ainsi que les bons offices des avocats pour les pauvres. Il esquissait aussi la supériorité du droit laïque sur celui de l'Église.

— J'espère que nous pourrons trouver là plus de justice pour tout le monde, déclara le duc après avoir écouté Bourcier en relire chaque partie. Et que nous n'aurons pas trop de problèmes avec le Vatican. Mais vous avez fait un travail remarquable, monsieur le procureur général, vraiment remarquable et je vous en remercie.

Le duc regarda son secrétaire qui avait pris note des éléments de la réunion. L'homme comprit la demande implicite, rassembla ses affaires et sortit.

— Il y a autre chose dont je voulais vous entretenir, reprit Léopold à l'adresse de Bourcier. Il me serait utile d'avoir votre avis, vous qui êtes au contact de notre peuple dans votre action quotidienne. Je voudrais savoir ce que mes sujets pensent de moi. Parlez-moi franchement et ne me déguisez rien. Je vous le demande.

Bourcier ne put cacher sa surprise et commença sa réponse comme il l'eût fait d'une démonstration dans un prétoire.

— Votre Altesse, vos scrupules vous honorent, mais je puis vous assurer que tous vos sujets vous estiment et vous vénèrent comme celui qui a ramené la paix et la prospérité dans le duché. L'épisode du Milanais est oublié, je peux vous affirmer qu'on ne m'a jamais rapporté la moindre phrase, ni la moindre allusion négative concernant votre action dans cet État.

Léopold se leva pour admirer les jardins et la forêt qui les bordait.

— J'ai des craintes, fondées sur certains événements. Ma cour n'est là que pour me plaire et jamais n'oserait me le dire. Je n'ai que peu de relais directs auprès du peuple. Heureusement, vous en faites partie.

Il prit une feuille sur son bureau et lui tendit.

— Tenez, lisez. Lisez ce poème.

Bourcier accommoda sa vue qui défaillait de plus en plus à la lecture, toussota pour s'éclaircir la voix et déclama :

Quand sous les douces lois à peine je respire,
Et que mon peuple heureux te contemple et t'admire,
Duc, quel bruit se répand et vient mal à propos
Troubler le cours naissant d'un si charmant repos ?
Hélas ! Serait-il vrai qu'insensible à mes peines
Tu voulus échanger mes champs en d'autres plaines,
Et que des souverains un accord concerté
T'en eût fait proposer un solennel traité ?

— Vous souvenez-vous de ce texte ? demanda Léopold après lui avoir repris.

— Mon Dieu, oui, je serais en peine de l'avoir oublié. C'est moi qui l'ai écrit au moment du Milanais.

— J'en ai tiré deux conclusions : la première, que, toujours, je pourrai vous faire confiance pour me dire la réalité et exprimer vos sentiments. La seconde, que vous êtes définitivement plus à votre place à la cour de justice que comme poète.

La remarque fit éclater de rire le procureur.

— Je dois reconnaître que ces vers étaient médiocres, Votre Altesse. Et je m'en excuse auprès de la littérature.

— Fort médiocres, en effet, mais empreints du sceau du cœur. Inestimable, au moment de faire un choix.

Bourcier fut pris d'une quinte de toux qui lui fit perdre sa respiration. Il la retrouva avec difficulté et s'excusa auprès du duc.

— Une fluxion de poitrine qui m'est aussi fidèle que vos sujets vous sont attachés, Votre Altesse.

Léopold fit apporter une carafe et deux verres.

— De l'eau de Bussang, buvez, c'est souverain pour ce que vous avez. J'en prends moi-même parfois. Pour

782

en revenir à notre conversation, j'ai une mission à
vous confier.

Jean-Léonard Bourcier l'écouta avec intérêt et étonnement. Il accepta sans sourciller.

156

— Ce soir, mes amis, je veux que vous fassiez
une vraie fête, que tout le monde boive et s'amuse !

Debout sur une table du *Sauvage*, Germain, habillé
en *betyar*, haranguait les consommateurs.

— Que le vin coule à flots, qu'il coule dans nos
veines et enchante nos humeurs ! cria-t-il à tue-tête
avant de sauter sur le sol et rejoindre la table où l'attendaient ses amis.

Il prit un verre, le leva, hurla « Santé ! », le but
d'une traite avant de faire claquer sa bouche bruyamment puis de s'asseoir entre Nicolas et Azlan.

— Mais que fête-t-on ? demanda le jeune homme.
Tu nous as donné rendez-vous sans rien nous expliquer.

— Moult affaires qui se terminent ou se présentent
bien, fils.

Il se mit debout et cria afin d'être entendu de toute
la salle.

— Tout d'abord, je m'installe chez Erzsébet !

Des applaudissements et des cris de joie saluèrent la
nouvelle. La plupart des clients ne connaissaient pas
Germain, mais il était celui qui leur offrait à boire
pour toute la soirée.

— Eh oui, mes amis, je suis un concubin, qui plus

est d'une puterelle, ce qui fait de moi la personne la moins recommandable de cette assemblée !

Sa grossièreté, couplée aux effets de l'alcool, fit rire son auditoire. Germain, ravi, en rajouta.

— Je vais peut-être l'épouser, mais, pour l'instant, elle préfère l'argent des autres !

Quelques remarques salaces fusèrent de plusieurs tables. Il en profita pour boire plusieurs gorgées à même la bouteille.

— Ensuite, je vais bientôt conclure une très belle affaire commerciale qui me permettra de vous offrir encore plus de tournées !

Nouvelle ovation dans la salle. Certains applaudissaient, d'autres levaient leur verre en direction de l'aubergiste pour être servis. Le bruit de fond assourdissant ne faiblissait plus.

— De quoi parle-t-il ? demanda François à Nicolas, qui lui avoua son ignorance.

Ribes de Jouan prit une longue bouffée du tabac de sa pipe et continua :

— Il y a aussi le versement d'une dette de jeu de mon ami le duc Léopold, dont une partie est déjà dans la poche de notre hôte, déclara-t-il en désignant le gérant qui fit mine de chercher dans son haut-de-chausses. Et je vous avouerai une chose, mes chers compagnons : notre souverain est moins habile au jeu qu'à la guerre ! Je puis vous en parler, l'ayant connu aux deux !

Les rires et les réflexions fusèrent à nouveau de toutes parts. Près de la porte, assis à l'ancienne place d'Anselme Gangloff, un jeune homme à l'air timide écoutait les échanges sans en perdre la moindre phrase.

L'adolescent avait l'air perdu et effrayé dans l'ambiance délurée du *Sauvage*.

— Enfin, j'ai les trois meilleurs amis du monde et cela, je le souhaite à vous tous.

Il rejoignit François, Azlan et Nicolas sous un tonnerre d'applaudissements. Sa longue cape de brigand hongrois lui donnait l'air d'un prince des pauvres.

Un second tonneau de vin fut apporté puis ouvert d'un coup de maillet dans une ambiance indescriptible.

— J'aurais dû te rencontrer il y a trois ans, dit François, à toi seul tu aurais vidé tout mon stock de vin !

— Mais il n'est pas trop tard, mon ami, je me verrais bien propriétaire d'un vignoble, voilà une des rares activités que je n'ai pas encore essayée !

— Eh, pourquoi pas, répondit le Hérisson blanc dont les yeux se mirent à briller.

Nicolas se promit de lui parler le lendemain : François n'avait pas assez fréquenté Germain pour connaître sa relative fiabilité. Généreux de nature, l'homme avait une tendance à s'emballer à la première idée émise et à la faire sienne. Mais il les laissa rêver une partie de la soirée à leur avenir à la tête du plus grand domaine vinicole du duché et de France réunis, qu'ils baptisèrent le « Clos lorrain » et qui était appelé aux plus hautes destinées commerciales. Puis les deux hommes gagnèrent la salle de jeu où ils alternèrent les tournées d'alcool et les parties de lansquenet.

Nicolas, intrigué par le jeune homme isolé, qui n'avait pas bougé et semblait observer tout le monde, s'assit à sa table et entama la conversation. Le garçon lui apprit sans se faire prier qu'il était un des assistants du procureur Bourcier qui lui avait demandé de passer la soirée au *Sauvage* afin de lui rapporter tout ce qui se disait sur le duc Léopold. Il avait enrôlé tous ses collaborateurs pour qu'ils lui fournissent une carte précise de l'opinion du duché sur son souverain.

— Mais qu'as-tu retenu de cette soirée que tu pourrais écrire ? demanda Nicolas alors que des bordées d'injures parvenaient de la pièce adjacente après que Germain eut reçu une mauvaise volée de cartes.

— À vrai dire, rien, admit le jeune homme, sincèrement rien. Monsieur le procureur général va être mécontent de moi.

— Passe demain à l'hôpital Saint-Charles, tu pourras interroger les malades.

— Vraiment ?

— Oui, la plupart s'ennuient et se feront un plaisir de te raconter ce qui se dit.

— Merci, monsieur, merci. Je peux m'en aller maintenant ?

Resté seul, Nicolas eut une pensée pour Rosa. Ils ne s'étaient plus vus depuis un an. Une année entière… Plusieurs fois, il avait eu envie de lui dire qu'il lui pardonnait, qu'il n'avait plus ni colère ni rancœur, mais il n'avait jamais réussi à aller jusqu'au bout de sa démarche. Une seule fois il était allé la trouver rue Naxon. C'était un jour de février, trois mois auparavant. Claude était dans la cour à réparer la soupente de cuir du carrosse. Il avait regardé Nicolas s'approcher, n'avait pas répondu à son salut et était rentré sans un mot prévenir la marquise que maître Déruet désirait la voir. Il était réapparu cinq minutes plus tard avec une réponse négative : Rosa, trop occupée, ne pouvait pas le recevoir. En repartant, Nicolas s'était retourné et avait aperçu son ombre à une des fenêtres du couloir, au premier étage. Celle située près de leur chambre. *Près de sa chambre*, corrigea-t-il.

Il avisa un pichet de vin et le but consciencieusement, puis un second, avant de ne plus les compter. Les fêtards étaient de plus en plus bruyants. Ils avaient arrêté les cartes, à court d'argent et de jurons et étaient revenus près de lui, vociférant à ses oreilles, chantant, se lançant des défis de plus en plus avinés. Germain s'était proclamé roi de Marmarus et se fit transporter, assis sur une chaise que quatre costauds tenaient à bout de bras, paré de ses atours de *betyar*, distribuant des baisers comme un roi aurait jeté des pièces d'argent à son peuple. La soirée ne fut interrompue que par l'intervention de la milice bourgeoise que les riverains excédés avaient sollicitée. Les clients quittèrent le *Sauvage* comme une gerbe d'étincelles.

Le jour le réveilla. Nicolas grimaça et ouvrit les yeux sur une tente de toile beige qui sentait le moisi. Azlan était endormi à ses côtés. Ils étaient allongés dans la carriole de Saint-Charles.

— Mais qu'est-ce qu'on fait là ? marmonna-t-il d'une voix pâteuse, ce à quoi Azlan lui répondit d'un grognement, sans bouger.

Il sortit de l'ambulance volante : le paysage était celui du port du Crosne. La *Nina* se trouvait devant lui, la voilure à moitié levée sur le mât. La forme allongée près du gouvernail portait un chapeau blanc. Debout sur la berge, près de la grue et des baraques, Germain urinait dans l'eau. Il se retourna et salua Nicolas d'un grand geste de la main. Les souvenirs confluèrent rapidement. Les quatre amis avaient décidé de finir la soirée par une virée nocturne sur le bateau de François, mais l'expédition avait tourné court, aucun n'ayant réussi à hisser les voiles. Ils avaient vidé un tonneau emporté avec eux qui, maintenant, flottait sur la Meurthe, entre deux arches du pont de Malzéville, et s'étaient écroulés en ordre dispersé dans la nuit éthylique.

— Quelle fête, bon sang, quelle fête ! dit Germain en lui envoyant une tape amicale sur la nuque, ce qui lui fit l'effet d'un coup de marteau asséné sur le crâne.

Azlan les rejoignit en bâillant. François se releva avec difficulté sous le regard de ses amis qui s'étaient assis sur la berge, silencieux.

— Que se passe-t-il ? On a l'impression que vous veillez un mort ! Je sais bien que je suis entouré de planches de bois, mais c'est mon bateau, pas mon cercueil !

La repartie réveilla leur entrain. Nicolas se déshabilla et plongea dans l'eau, bientôt suivi des deux autres. François resta sur la *Nina* en évoquant un mal de dos.

Ils quittèrent le port au moment où les premiers ouvriers arrivaient au travail. Au loin, un chaland s'apprêtait à accoster pour débarquer sa marchandise. Le capitaine donna un coup de corne auquel Hyacinthe répondit d'un blatèrement interminable. La journée fut pleine d'insouciance.

157

Au moment de s'habiller, Marianne avait tenté de ne pas prêter attention à sa tenue. Mais elle avait changé trois fois de robe, de corset et de chaussures jusqu'à trouver l'assortiment qui lui convenait le mieux. *Je veux juste me sentir bien dans mes vêtements*, pensa-t-elle pour se convaincre. *Cela n'a rien à voir avec mon rendez-vous*. Elle s'enveloppa de son parfum préféré, que la comtesse de Sauvigny lui avait offert pour un accouchement réussi et trouva une raison futile pour le justifier. Elle se regarda dans le grand miroir des appartements de la duchesse, changea à nouveau de chaussures et de chapeau puis se décida à sortir. Elle avait une heure à passer avant son entrevue et se rendit chez le libraire Pujol. Marianne lui avait commandé l'ouvrage de François Mauriceau, le plus célèbre chirurgien accoucheur de la place de Paris.

— *Le Traité des maladies des femmes grosses et de celles qui sont accouchées*, lut-elle en caressant la couverture. Depuis le temps que je le cherchais…

— Je l'ai commandé directement chez l'auteur, rue des Petits-Champs, sinon, il eût été impossible de l'obtenir.

— Merci, monsieur Pujol.

Le souvenir du nouveau-né d'Anne de Pailland lui revint en mémoire. L'image la hantait parfois. De moins en moins souvent. Le fœtus avait été arraché au corps de sa mère grâce à un instrument inventé par François Mauriceau, le tire-tête, dont il faisait l'éloge dans son ouvrage. Elle n'avait jamais revu le chirurgien qui l'avait utilisé. L'homme avait quitté le duché le lendemain, de peur d'un procès où il risquait la prison. Mais le doyen Pailland ne les avait inquiétés, ni lui, ni Marianne. Il s'était murmuré que le duc était intervenu pour étouffer l'affaire. Elle avait payé son erreur de ses remords et avait décidé de les laisser à Pont-à-Mousson pour les quelques mois où elle logerait au palais ducal.

Marianne s'assit face au comptoir, entre deux piles de livres qui sentaient bon l'encre fraîche, et parcourut du doigt le dos des ouvrages en lisant les titres à haute voix :

— *L'Appareil commode en faveur des jeunes chirurgiens...*

Intriguée, elle le tira de sous l'empilement avec une dextérité qu'elle attribua à la chance. L'œuvre traitait des appareillages nécessaires à toutes sortes de pathologies et d'accidents. Elle fit une moue de dégoût, le remit sur le haut de la pile et prit le second, *Secrets et remèdes éprouvés dont les préparations ont été faites au Louvre, de l'ordre du Roy*. Elle le feuilleta rapidement et sans intérêt, mais se laissa porter par son odeur de parchemin et la douceur de son grain. Le troisième, *Le Parfumeur royal*, détaillait l'art de parfumer avec les fleurs. Elle s'attarda sur le *Traité des essences douces de fleurs pour les cheveux* et nota mentalement les recettes à base de jasmin et de fleurs d'oranger avant de le reposer. Elle s'approcha du comptoir où deux livres avaient été posés, deux romans d'Eustache Le Noble, un auteur qui lui était inconnu. Elle laissa *Les Aventures provinciales* et opta pour *Zulima ou l'Amour pur*.

Un client entra, qui fit tinter le grelot et mit le libraire de bonne humeur :

— Mon ami, voilà longtemps que tu ne m'as fait le plaisir de ta visite !

Les deux hommes se congratulèrent. Marianne les ignora. Elle s'était plongée dans la lecture de ce que l'auteur appelait une « nouvelle historique » : Zulima, fille du sultan d'Égypte, était tombée follement amoureuse du prince de Westphalie, esclave à la cour du même sultan. Amour impossible, le prince était marié et catholique. Marianne fronça les sourcils devant l'énoncé désespérant de Le Noble.

Pujol était parti chercher une édition rare dans son arrière-boutique et l'homme contemplait Marianne qui lui tournait le dos, la tête penchée sur le côté, à feuilleter les dernières pages du roman pour y trouver le dénouement. Zulima, n'y tenant plus, avait décidé d'organiser l'évasion du prince et de sa femme et de fuir avec eux. Arrivée en Allemagne, elle s'était convertie à la chrétienté. Marianne vérifia que le marchand était toujours occupé dans sa réserve et se rendit à la fin qu'elle lut en chuchotant du bout des lèvres : *Ils passèrent ensuite tous en Westphalie où Zulima vécut avec le prince et la princesse comme une véritable sœur...*

Elle hocha la tête en signe de désapprobation.

... et deux ans après, Léonor étant morte en couches, le prince de Westphalie épousa Zulima, vécut et régna longtemps avec elle dans un bonheur continuel...

— C'est mieux, murmura-t-elle.

... et enfin étant morts de la mort des justes, ils sont tous les trois enterrés dans le même sépulcre à Herford.

— Ça, jamais !

Elle avait crié sans pouvoir se contrôler et se retourna afin de vérifier que le client présent ne l'avait pas entendue. Lorsqu'elle le vit, planté deux mètres derrière elle, elle resta bouche bée.

— Bonjour, Marianne, dit Nicolas.

Elle poussa un cri et laissa tomber son livre.

— Mon Dieu ! Pas maintenant !

Il le ramassa, regarda le titre et lui rendit.

— Je suis désolé de vous avoir fait peur, ajouta-t-il de sa voix douce qu'elle n'avait pas oubliée.

— Ne soyez pas désolé, c'est juste la surprise, expliqua-t-elle en serrant l'ouvrage contre elle.

— Pourquoi avoir dit : « Pas maintenant » ?

— Voilà pour toi ! cria Pujol en sortant de l'arrière-boutique.

Il posa dans les mains de Nicolas un énorme traité écrit en hollandais.

— Tu connais Frederik Kuyrijsk, l'anatomiste d'Amsterdam, je crois ?

— Je te le prends, confirma Nicolas sans même s'y intéresser. Peux-tu me le livrer à Saint-Charles ?

— Ah ? Oui…, répondit le libraire, déçu de l'accueil de son ami. Et vous, madame Pajot ?

— Moi ?

Marianne le regarda sans comprendre. Pujol lui montra l'ouvrage de Le Noble.

— *Zulima*… vous le voulez ?

— Non, répondit-elle en le lui rendant. Il a une phrase de trop.

— Ah ? répéta l'homme en regardant la couverture sans comprendre.

De guerre lasse, il regagna son arrière-boutique.

— Je suis surpris de vous voir à Nancy, Marianne. Mais cela me fait plaisir, s'empressa d'ajouter Nicolas. Combien de temps restez-vous ? J'aimerais… j'aimerais vous revoir. Oubliez mon dernier mot de notre entrevue de Pont-à-Mousson.

— Adieu ? Il est de ces mots que l'on croit indélébiles et qui disparaissent à la première pluie. Ne vous inquiétez pas, nous serons amenés à nous revoir.

Des ridules de contrariété apparurent sur son front.

— Je dois partir maintenant. Non pas que je n'aie pas envie de rester, mais j'ai une visite qui vient me trouver à l'hôpital. Je crois même être en retard. Mais qu'importe.

— Moi aussi, je ne peux rester. Un rendez-vous de travail.

— On m'a annoncé une personne de la suite de la duchesse, sans doute une gouvernante qui a avalé une arête de travers. C'est fou le nombre de patients qui viennent du palais avec un aliment coincé dans la gorge ! À croire qu'ils mangent tout le temps ! plaisanta-t-il pour cacher son malaise.

— Quant à moi, c'est une personne que je n'aimerais pas faire attendre.

— Quelqu'un qui a bien de la chance, en tout cas. Alors, je vous laisse aller, conclut Nicolas comme à regret.

Il s'aperçut qu'il lui barrait le chemin et se déroba en s'excusant pour la laisser passer.

— Vous savez où vous pouvez me trouver ? demanda-t-il alors qu'elle ouvrait la porte. L'hôpital est rue du Moulin, l'ancienne batterie de chaudrons.

— Je n'oublierai pas. Au revoir.

— À bientôt.

À peine Marianne sortie, il s'empressa d'appeler Pujol et lui acheta le roman de Le Noble. Il courut pour se rendre à son rendez-vous, évita la rue Saint-Jean, ses boutiques et ses badauds, traversa la place du marché et accéléra ses foulées rue du Moulin. Il tourna rue des Artisans depuis le sud alors que Marianne y pénétrait par le nord. Ils atteignirent l'entrée de l'hôpital en même temps.

— Marianne ? s'étonna-t-il en tentant de récupérer son souffle. Aurais-je oublié quelque chose ?

— Oui, votre ponctualité. Mais je vous rassure, Nicolas : c'est moi votre rendez-vous.

Elle lui expliqua la demande du duc, l'hésitation qu'elle avait manifestée, la réaction surprenante de Martin, qui l'avait encouragée : le souverain avait insisté pour qu'elle, et elle seule, soit la sage-femme d'Élisabeth-Charlotte. Léopold lui avait promis un logement au palais et l'assistance du meilleur chirurgien ducal.

— Que je viens solliciter aujourd'hui, conclut-elle.

Il accepta avec enthousiasme tout en cherchant à refréner son emballement.

— Voulez-vous découvrir mon antre ? proposa-t-il en lui tendant le bras.

Nicolas lui fit visiter les salles des malades, les pièces dédiées aux soins et aux opérations, la salle d'autopsie, avant de monter à l'étage et de s'attarder sur les pots contenant tous les remèdes. Marianne était volubile et Nicolas, après quelques minutes de réticence, intarissable. Ils avaient retrouvé leur complicité et leur passion commune de la médecine.

— Qu'y a-t-il dans cette aile ? demanda-t-elle en désignant un couloir qu'ils venaient de dépasser.

— Là ? Rien de bien intéressant. Ce sont les chambres des soignants. Pour moi, c'est plus qu'un simple logement, c'est mon refuge. J'y conserve tous mes livres.

— Vous me montrez vos trésors ?

Elle n'attendit pas sa réponse et l'entraîna par la main.

158

Azlan sentit une langue râpeuse lui lécher le visage et repoussa doucement le chaton qui insistait.

— Genghis, arrête ! chuchota-t-il en le prenant par la peau du dos.

Il se leva sans faire de bruit et regarda Rosa, endormie dans son lit à côté de la chauffeuse dans laquelle il avait passé la nuit. Elle n'avait pu se guérir de ses accès de mélancolie depuis que Nicolas avait rompu leurs fiançailles, qu'elle conjuguait à des crises de vertiges et des nausées. Elle s'était endormie, épuisée, après en avoir souffert toute la soirée. Azlan était désespéré de la voir dans cet état, il avait tenté différents remèdes et s'était avoué impuissant à combattre son mal. Avant même qu'il ne lui ait proposé, Rosa lui avait fait promettre de ne jamais en parler à Nicolas et de ne pas solliciter son aide. Azlan avait tenu parole mais regrettait de s'être engagé.

Il repoussa le bras de Rosa, qui pendait hors du lit, contre son corps. Genghis en profita pour lui administrer un coup de langue qui ne la fit même pas sourciller. Elle dormait profondément. Le chaton était un cadeau d'Azlan qui avait un temps sorti Rosa de son apathie, avant qu'elle ne s'en désintéresse. Le jeune homme était de plus en plus inquiet pour elle.

Il déjeuna à la cuisine en compagnie du félin qui lapa une assiette de lait sous le regard attendri de la servante. Elle s'occupait de l'animal qui avait fait de l'office son royaume. Germain passa prendre des nouvelles de Rosa, comme il le faisait régulièrement, et partagea le repas d'Azlan. Le jeune homme lui apprit que, la veille, à son retour de Saint-Charles, il l'avait trouvée debout devant la cheminée.

— Elle avait en main l'*Ethica*, son livre fétiche. Elle déchirait les pages et les jetait au feu, les unes après les autres, rapporta Azlan. Je ne sais plus quoi faire, Germain.

— L'amour est un état dont j'ai toujours eu soin de me préserver ! Mais, heureusement, elle fait partie des maladies réversibles et celle-ci peut prendre fin en un battement de paupières ! s'écria Ribes de Jouan en illustrant son propos d'un claquement de main.

Un serviteur entra à l'office.

— Monsieur m'a appelé ?

— Non, mais je reprendrais bien un peu de forces, annonça Germain en lui tendant son bol. Vous avez un tokaji souverain dans votre cave.

— Très bien, monsieur.

— Et n'hésitez pas à me laisser la bouteille, au cas où il me faille prolonger le traitement.

Azlan se leva pour prendre congé.

— Tu as passé la nuit à jouer ? demanda-t-il devant la mine défaite de son ami.

— Non, à essayer de trouver la solution à un problème qui me rendra fou. Ou très riche !

— Dans les deux cas, tu y laisseras ton âme, plaisanta-t-il avant de fourrer le reste de son pain dans sa poche.

— On croirait entendre Nicolas, fils !

— Ce nom est interdit dans cette maison, déclara une voix dans leur dos.

Rosa se tenait à l'entrée de l'office, seulement habillée de ses vêtements de nuit sur lesquels elle avait enfilé une capeline. Sa peau était terne et son teint livide. Ses yeux n'étaient pas tout à fait accoutumés à la lumière, ils avaient pris la forme de deux amandes, et ses lèvres, habituellement tournées vers le sourire, semblaient sans vie. Germain, pourtant peu sensible à la détresse humaine, fut envahi d'une immense empathie envers elle.

— Je suis désolé, dit-il je ne vous savais pas présente.

— Ce n'est que mon enveloppe, confia-t-elle en s'avançant vers un plat de fruits. Je ne m'habite plus depuis longtemps.

La phrase affecta Azlan qui ne sut quoi répondre et envoya à Germain un regard de détresse. Rosa considéra les fraises et fit la moue, avant d'opter pour un abricot dont elle mangea une moitié et jeta l'autre.

— Voulez-vous que je reste ? proposa Germain alors qu'elle les quittait sans un mot. Je sais être de bonne compagnie !

Elle se retourna et le dévisagea d'un regard vide. Azlan s'approcha d'elle, de peur qu'elle ne s'évanouisse. Elle l'arrêta d'un geste de la main.

— Interdit dans cette maison, répéta-t-elle avant de les quitter.

Arrivé à l'hôpital, Azlan s'étonna de l'absence des deux autres chirurgiens. La religieuse présente, la plus jeune de toute la congrégation, lui apprit d'une voix aussi menue que sa constitution qu'il était le premier à se rendre à la salle des soins. Il haussa les épaules et prépara ses instruments pour ses consultations. Il était suffisamment désespéré par la détresse de Rosa pour ne pas avoir à gérer les retards de ses amis.

— Il y a là un malade qui est arrivé depuis une heure et qui se plaint de ne pas avoir été examiné, expliqua la sœur. Il a très envie d'uriner, ajouta-t-elle d'un air gêné.

— Qu'il sorte et se soulage dans le ruisseau, je le verrai après.

— Monsieur, c'est justement le problème... il voulait vous montrer.

— Me montrer ?

— Oui, il est venu pour cela. Le faire... devant vous.

— Mais quel genre de malade est-ce donc ?

— Un malade très spécial.

— Le médecin l'a examiné ?

— Le docteur Bagard ne sera à Saint-Charles que cet après-midi. Et ce monsieur ne pourra se retenir si longtemps. Voyez-vous, il m'a avoué que...

Elle lui chuchota à l'oreille l'information que sa pudeur lui interdisait de prononcer à haute voix.

— C'est une diablerie ou une plaisanterie ? J'y vais, déclara Azlan. Et dire que ce genre de phénomène arrive quand je suis seul !

159

Marianne s'étira comme un chat et remonta les draps sur son corps dénudé. Tout était arrivé si vite. Comme dans un rêve. Elle n'avait rien prémédité. Juste espéré. Une fois dans la chambre de Nicolas, à parcourir les ouvrages, elle s'était approchée de lui et l'avait embrassé. Puis toutes les sensations s'étaient mêlées en un tourbillon qui les avait emportés vers le paradis dont les portes s'étaient entrouvertes six ans auparavant. Elle n'avait pas envie de penser à l'avenir, seulement de profiter du présent, du cadeau que Dieu lui avait fait en lui permettant de retrouver pour un temps l'homme qu'elle aimait.

Et qui m'a déjà abandonnée, songea-t-elle en souriant.

Nicolas lui avait promis de revenir très vite sans lui dire où il allait. Elle caressa la place où il se trouvait quelques minutes auparavant et dont l'oreiller gardait encore l'empreinte et la chaleur. Elle enfouit sa tête dedans et sentit son odeur. La porte s'ouvrit.

Marianne s'assit, rayonnante.

— Mon Am…

Son élan se brisa sur l'image d'un jeune homme qu'elle ne connaissait pas, visiblement aussi surpris qu'elle. Elle se couvrit la poitrine de l'oreiller qu'elle tenait en main.

— Mais qui êtes-vous ? demanda Azlan en détournant la tête alors qu'elle cherchait ses sous-vêtements au bord de la couche, laissant apparaître la pointe de son sein.

— Une amie de maître Déruet, répliqua-t-elle en enfilant son casaquin à même la peau.

— Une amie de Nicolas… dans son lit, nue ?

— Je m'appelle Marianne Pajot.

— Alors, c'est vous ? lâcha Azlan dont les traits s'étaient durcis.

— C'est moi. Et vous, monsieur, qui êtes-vous ?

— Azlan de Cornelli. Rosa est ma tutrice.

— Alors, c'est vous… Pouvez-vous me donner la robe qui se trouve sur cette chaise ?

Il s'exécuta en prenant soin de regarder à l'opposé lorsqu'il lui tendit.

— Je vais sortir, je ne devrais pas me trouver ici, assura Azlan.

— C'est moi qui ne devrais pas, reconnut Marianne en enfilant son vêtement, mais je ne sais pas où est Nicolas, puisque c'est la question que vous avez failli me poser.

Il la quitta sans un mot. Elle l'entendit s'éloigner. Marianne comprenait qu'elle pouvait représenter pour le jeune homme la cause des malheurs de Rosa, mais se refusait à se sentir coupable alors que Simon aurait dû, lui, se trouver à la place d'Azlan chez la marquise.

Elle chassa la contrariété naissante et se laissa envahir du souvenir des caresses de son amant. Quelqu'un frappa à la porte qui s'entrouvrit.

— Vous êtes sage-femme, c'est bien cela ? demanda Azlan sans paraître devant elle.

— Pourquoi ? Vous avez une parturiente à Saint-Charles ?

— Non, c'est bien plus compliqué, avertit la voix d'Azlan.

— Entrez, ma tenue est décente, proposa-t-elle en ouvrant la porte.

L'embarras du jeune chirurgien était manifeste. Mais il était le seul soignant et avait besoin d'aide. Il décida d'oublier momentanément le contexte et lui exposa le cas qu'il venait d'examiner. L'homme de trente ans avait été sujet à une gêne respiratoire quelques jours auparavant, pour laquelle le médecin avait prescrit une saignée. Plus tard dans la journée, il avait vomi et convulsé.

— Il m'a expliqué qu'il avait ressenti quelque chose

qui se détachait de ses reins, violemment, puis qu'il fut pris d'une envie d'uriner. Et là, il s'est produit quelque chose d'incroyable. Tellement impensable que je ne l'ai pas cru, mais il l'a reproduit devant moi : son urine est sortie par le nombril ! Devant Dieu, je vous jure que je l'ai vu de mes yeux. Un jet comme sorti d'une verge !

— Je vous crois, affirma-t-elle, sans paraître étonnée.

— Ah bon ?

Azlan s'était attendu à plus de réticences.

— Avez-vous entendu parler de l'ouraque ? demanda-t-elle en avisant la malle de Nicolas.

— Lourak ? C'est une ville ?

— Peut-être une lointaine ville ottomane, plaisanta-t-elle en sortant un livre de petite taille, épais et au cuir neuf. Mais c'est surtout un canal.

Elle s'assit sur le lit et ouvrit les *Mémoires de l'Académie des Sciences* de l'année.

— Venez à côté de moi, n'ayez crainte.

Marianne lui posa le livre dans les mains et pointa son doigt sur une illustration.

— C'est un canal que les sages-femmes connaissent bien : il relie la vessie au nombril, mais se ferme à la naissance et devient une sorte de vestige.

— Vous pensez qu'il ait pu se rouvrir chez mon patient, suite à ses convulsions ?

— Cela est rare chez un adulte, mais une fistule peut se produire et faire sortir le liquide par l'ombilic. Une algalie devrait suffire à régler le problème.

— Je ne connais pas cette plante, avoua-t-il, intrigué.

— C'est normal, elle ne pousse pas encore dans nos contrées : c'est une sonde à vessie. Elle peut être utilisée pour dévoyer l'urine du nombril et aider à refermer l'ouraque.

Azlan se leva promptement.

— Il faut que j'y retourne. Ne croyez pas que je sois si ignorant que j'en ai l'air, ajouta-t-il, piqué au vif.

— Je vais vous révéler un secret : maître Déruet m'avait posé la même question il y a sept ans, confia-t-elle en prenant un air complice.

— Je… je voulais vous remercier. Mais sachez que cela ne change rien pour le reste. Je n'approuve pas ce que fait Nicolas avec vous.

Lorsqu'il revint dans la salle des soins, le Hérisson blanc était penché sur le patient et tentait de comprimer le petit gonflement formé au niveau de son nombril.

— Mais tu étais passé où ? interrogea Azlan.

— Tu n'imagines pas ce qui vient de m'arriver, affirma François en essuyant sa chemise trempée sur son haut-de-chausses.

— Je l'avais prévenu, rétorqua le patient d'un air désolé. Il ne m'a pas cru.

— Il m'a pissé dessus par le nombril ! L'animal ! François appuya un peu plus fort sur l'ombilic.

— Arrêtez, vous me faites mal ! cria l'homme en tapant sur son bonnet blanc.

— Non monsieur, je vous soigne ! fulmina François en repositionnant sa coiffe.

Il lui envoya une bourrade de sa main libre.

— Je vais cautériser tout ça au fer rouge et tout ira mieux. Petit, va me chercher le matériel !

— Pas question, prévint l'homme, je préfère encore rester ainsi toute ma vie !

— Vous voulez finir dans une cage comme attraction de cour ? Je n'ai jamais vu une telle diablerie ! Azlan, le fer ! cria François.

— Je sais ce dont souffre monsieur, il y a une autre solution, proposa le jeune chirurgien.

— Toi ?

— Oui, moi, fils de Babik, bohémien d'Esclavonie. Connais-tu l'ouraque ?

— C'est un vin de par chez toi ?

Azlan lui expliqua l'existence anatomique du petit canal.

— Nous allons poser une sonde le temps de la fermeture du conduit.

Le patient les regardait alternativement comme un accusé attendant le verdict le plus clément possible.

— Alors, vous n'allez pas me torturer par le feu ? demanda-t-il à Azlan.

Le jeune chirurgien lui sourit.

— Non, c'est votre jour de chance aujourd'hui, nous allons obturer une issue que votre naissance avait laissée ouverte.

Il s'approcha du Hérisson blanc dont la main bouchait toujours le nombril.

— Où est Nicolas ? Il y a une femme nue qui l'attend dans son lit, lui chuchota-t-il.

— Je sais, il m'a fait retourner tout mon appartement pour retrouver un vieux souvenir. Ne compte pas sur lui avant demain, fils, si tu vois ce que je veux dire.

Azlan haussa les sourcils en signe de désapprobation. François ajouta :

— Bon, maintenant, on se dépêche, je commence à avoir des crampes !

Marianne caressa la joue de Nicolas. Il tenait en main un bracelet doré. Son bracelet de cheville, qu'elle avait égaré lorsqu'elle habitait encore chez François et Jeanne. Il l'avait porté un temps avant de le rendre au Hérisson blanc lorsqu'il avait appris le mariage de Marianne. Il le lui mit au pied gauche et lui embrassa la peau. Elle ferma les yeux pour s'imprégner de sensations. Elle voulait se remplir de la même façon de tous les moments à venir et se mit à rêver que la grossesse de la duchesse ne prenne pas fin.

— Qu'elle dure dix, vingt mois, toute sa vie ! s'enthousiasma-t-elle en enlaçant son amant.

— Je ne suis pas sûr que notre souveraine trouve une telle situation de son goût, même pour nous être agréable.

— Alors, qu'elle ait une famille de quinze enfants ! Je voudrais passer mon existence au palais pour ne jamais vous quitter ! M'aimez-vous, Nicolas ?

— J'en ai la volonté. Je veux oublier le passé.

— Ne l'oubliez pas. Affrontez-le, domptez-le jusqu'à ce qu'il devienne votre allié. Sans le souvenir du passé, jamais je n'aurais réussi à parvenir jusqu'à vous aujourd'hui.

160

Léopold entra dans l'appartement du père Creitzen au moment où Nicolas en sortait. Le souverain jeta un œil vers son précepteur qui semblait dormir. Un bandage couvrait la moitié de son visage, au niveau de la bouche et du menton. Il entraîna le chirurgien dans le couloir.

— Comment va-t-il ? chuchota le duc comme si le malade pouvait les entendre à travers le mur.

— L'opération s'est bien passée, Votre Altesse. J'ai fait en sorte qu'il souffre le moins possible et ne s'affaiblisse pas trop. Les jours à venir vont être difficiles pour lui, il ne pourra ingérer que des aliments liquides.

Ehrenfried Creitzen souffrait depuis peu d'une excroissance à la mâchoire qui le gênait considérablement pour manger et qui, en s'infectant, lui avait occasionné une fort mauvaise haleine. Il avait pris la décision de ne pas attendre plus pour avoir recours à la chirurgie. Nicolas avait sectionné la tumeur et déposé un drain en charpie pour l'évacuation des matières purulentes.

— En accord avec le docteur Bagard, nous nous limiterons à une seule saignée. Je reviendrai le voir demain, conclut-il.

Le duc remercia son chirurgien très chaleureusement et lui promit une somme d'argent que Nicolas demanda de remettre à sœur Catherine pour l'achat d'instruments neufs. Léopold s'assit au chevet de son ami qui, toujours sous l'effet du laudanum, n'avait pas repris ses esprits. Il serra sa main dans la sienne et pria pour sa guérison avant de gagner le bureau du comte de Carlingford.

Celui-ci était occupé à la rédaction d'un arrêté renforçant l'interdiction de vendre les réserves de blé hors du duché. Il congédia le secrétaire qui roula son papier et sortit avec l'écritoire sous le bras. Pendant ce temps, Léopold jouait avec la tête de bois articulée que le comte s'était appropriée.

— Les Français ne nous auront pas laissé de répit bien longtemps, remarqua Léopold. Les voilà déjà qui projettent de faire la guerre à l'Empire allemand. Et nous sommes sur leur trajectoire.

— Qu'en pense Ehrenfried ?

— Je ne lui en ai pas parlé, je ne veux pas qu'il ait d'autres tracas que sa santé, avoua le duc. Mais je viens d'être obligé d'accepter la demande du maréchal de Villeroy d'utiliser nos prairies sur la Moselle et la Sarre pour les troupes royales.

— Nous devons ménager tout le monde pour conserver notre neutralité, vous agissez pour le mieux, Votre Altesse.

— J'écrirai à l'empereur pour le tranquilliser, mais demandez au marquis de Spada de continuer à l'instruire de nos intentions de ne favoriser personne. Continuons à œuvrer comme si la famine allait s'abattre sur le duché et gardons tout notre blé. C'est le moins que je puisse faire pour mes sujets.

— Nous avons acheté près de vingt-cinq mille sacs qui sont entreposés à Vézelise, Mirecourt et Saint-Nicolas-de-Port.

— Très bien, continuons, approuva Léopold. Que dit *La Gazette de France* ?

Carlingford regarda le journal déplié sur son bureau.

— Comme souvent, rien d'autre que les rumeurs de Cour. Le nouveau roi d'Espagne semble contenter ses sujets.

— En tout cas, il fait notre bonheur !

Un des gardes du corps du palais se présenta à eux et chuchota à l'oreille du duc avant de se retirer. Léopold eut un large sourire.

— Je crois que nous pouvons définitivement clore notre pari, mon cher comte, dit-il une fois seuls. Maître Déruet et notre sage-femme ont, depuis un mois, une relation suivie qu'ils consomment dans sa chambre de l'hôpital Saint-Charles ou ici au palais. Il vient de la rejoindre à l'instant dans ses appartements. Je suppose que vous avez les mêmes informations que moi, Excellence.

— Vous avez raison, je m'avoue vaincu ! déclara Carlingford en se postant à la fenêtre.

Il regarda l'aile opposée où se trouvaient les logements de la Cour.

— Je suis pourtant passé très près du gain de ce pari, regretta le comte.

— Je vous le concède, la bataille fut âpre et la victoire n'en est que plus belle, répondit le duc.

— Je vais donc vous remettre l'enjeu, signifia Carlingford en prenant une petite clé dorée qui était suspendue autour de son cou.

Il se dirigea vers un meuble, dont il ouvrit une des portes, et en sortit un minuscule coffret en bois précieux gravé sur toutes ses faces. Léopold se frotta les mains :

— Le voilà, le voilà !

Le comte le lui tendit, ouvert. Le duc en sortit une médaille à bélière.

— Mon porte-bonheur...

Il l'embrassa et la remit dans son écrin.

La pièce, frappée en 1612, représentait au recto un portrait de son ancêtre, Henri II, et au verso deux couronnes, l'une traversée par une épée et l'autre par une main de justice. De forme ovale, elle était patinée et abîmée en son centre. Elle avait, en son temps, sauvé son père, Charles V, qui la portait sur le torse, en arrêtant la balle qu'un arquebusier ennemi avait tirée pendant le siège de Buda.

— Enfin tu me reviens ! Tu m'as tant manqué !

Le médaillon, sans valeur monétaire, avait été frappé à quelques centaines d'exemplaires par Henri II qui les avait distribués à ses valets et courtisans les plus méritants. Léopold en avait hérité comme d'une relique fétiche au moment de partir à la guerre contre les Ottomans. Il l'avait perdu quatre fois au jeu contre Carlingford et l'avait toujours regagné. Il était devenu l'enjeu de tous leurs paris.

— Cette fois, je le garde, ajouta le souverain et je le porterai pour qu'il me protège de tout ce qui nous attend.

161

Nicolas feuilleta son manuscrit sur les remèdes vulnéraires avant de le ranger dans une des boîtes utilisées pour les comptes rendus, qu'il déposa tout en bas des étagères d'archives. *Comme un cercueil dans son tombeau*, songea-t-il. Maroiscy venait de lui écrire pour lui expliquer que des revers commerciaux et la pression des imprimeurs parisiens lui faisaient renoncer à toute édition depuis Pont-à-Mousson et que son traité n'obtiendrait jamais l'imprimatur de l'université de Paris. Il n'en concevait aucune rancune, presque un certain soulagement, alors que la nouvelle avait rendu Marianne furieuse. Elle était persuadée que Rosa était à l'origine d'une telle décision.

La sage-femme passait la plupart de ses journées à Saint-Charles, l'état de la duchesse ne nécessitant aucune surveillance particulière. Elle aidait Nicolas aux soins et offrait aux femmes enceintes, ou qui pensaient l'être, des conseils pour les douleurs, les vomissements, les varices et tous les dérèglements liés à la grossesse. À la fin du mois d'août, les patientes se présentaient quotidiennement pour des consultations avec Marianne. Azlan s'arrangeait pour ne jamais se trouver à travailler avec elle, même en cas d'urgence, ce à quoi Nicolas veillait aussi. François, pour sa part, était content du retour de la sage-femme qu'il appréciait mais ne manquait pas une occasion de prendre des nouvelles de Rosa auprès d'Azlan. L'équilibre qui s'était installé entre tous était précaire. Ils en avaient conscience et comptaient sur le temps pour pacifier la situation, mais les non-dits accumulés entre Azlan, Nicolas et Marianne n'avaient jamais été évacués.

Nicolas avait travaillé une partie de la soirée sur les plans du nouveau bâtiment dans lequel il avait proposé d'inclure une salle pour les accouchements des femmes abandonnées. Marianne avait plaidé pour améliorer le sort de celles qui, une fois enceintes, étaient rejetées par le père et par leur propre famille, et qui trouvaient asile dans des couvents ou des congrégations spécialisées, ou pour celui, moins enviable encore, des prostituées qui, par malchance, se trouvaient fécondées par leurs clients. Elle s'était endormie à côté de lui après avoir une nouvelle fois évoqué le sort des malheureuses mères célibataires. Il la regarda un long moment, admiratif de sa foi dans son combat, mais dont il se sentait exclu, ce qu'il mettait sur le fait d'être un homme. *Peut-être ne peut-on pas tout partager* ? se demanda-t-il en lui caressant les cheveux.

Il descendit à la cuisine pour leur préparer un souper. Même si Marianne détestait dîner au lit ou sur leur petite table de travail, elle savait que Nicolas avait pris cette habitude et faisait l'effort d'y participer.

Il croisa sœur Catherine, elle aussi encore présente, et l'entreprit sur les améliorations qu'il prévoyait lors des travaux d'agrandissement. La religieuse se montra contrariée et l'entraîna dans son bureau.

— Je voulais vous en parler, maître Déruet. Il va nous falloir les remettre à l'année prochaine. Nos finances ne nous le permettent plus.

— Nos finances ? Mais nous avions en début d'année vingt mille francs de rente.

— Je sais bien, je le sais.

— Avons-nous eu des dépenses inattendues ?

— Non, nous avons veillé à la bonne répartition de cet argent. Mais un de nos donateurs s'est désisté. Notre plus généreux donateur.

Sœur Catherine n'avait pas besoin de lui en dire plus, Nicolas savait ce que cela signifiait : Rosa avait arrêté ses versements à l'hôpital.

— Elle les a transférés sur Saint-Julien, précisa-t-elle.

Nicolas sentit la colère l'envahir. À aucun moment, il n'avait imaginé que leur relation puisse prendre une telle tournure.

— Je suis désolé, profondément désolé, c'est ma faute. Cet acte est dirigé contre moi, pas contre l'institution. J'irai la voir pour la faire changer d'avis, ajouta-t-il convaincu que son geste serait sans résultat.

— Ne vous inquiétez pas, nous trouverons une solution, rassura la mère supérieure. Nous pourrons vendre nos vases de Niderviller. Il y a aussi la cloche qui s'est fêlée lors de la cérémonie d'enterrement du duc Charles V. Nous la céderons pour qu'elle soit refondue. Mais pour les travaux dont vous me parlez, ce ne sera pas possible, malheureusement.

162

La chaleur continuait d'accabler les campagnes et ses effets délétères avaient atteint Nancy : la nourriture était devenue plus chère et de mauvaise qualité. À l'hôpital Saint-Charles, de nombreuses personnes avaient été admises dans le service du docteur Bagard pour des faiblesses, des évanouissements et des maux de tête, et les saignées préconisées ne semblaient pas avoir l'effet bénéfique recherché. Les trois chirurgiens avaient, quant à eux, remarqué une recrudescence des accidents qu'ils attribuaient aux coups de chaleur et aux éblouissements provoqués par les rayons solaires. Dans le seul mois de juillet, cinq cochers avaient renversé des piétons, en blessant quatre et tuant le dernier sur le coup, deux artisans étaient tombés de toits, un troisième avait chuté dans un puits en tirant de l'eau et un garde du palais avait fait un malaise qui l'avait laissé partiellement paralysé.

— Et je ne compte même pas les paysans tombés pendant les travaux des champs comme des artilleurs sous la mitraille, ajouta François en se rafraîchissant le visage dans un baquet rempli d'eau.

Les trois hommes avaient déserté la cuisine pour une des pièces les plus fraîches du bâtiment, située plein nord et isolée du soleil. Ils l'avaient aménagée de lits et avaient installé les patients les plus sensibles. Elle leur servait accessoirement de lieu de réunion et de cantine.

— L'astre change la consistance des humeurs, le sang devient moins fluide, les urines se foncent, la salive vient à manquer, résuma Azlan.

— J'ai aussi remarqué beaucoup de vomissements qu'on peut lui attribuer, ajouta Nicolas tout en surveillant du coin de l'œil un vieillard à la respiration irrégulière.

— Je ne crois pas que les saignées puissent aider, observa François.

Nicolas s'approcha du vieux malade qui lui murmura sa demande à l'oreille.

— Ce sont les mêmes symptômes que chez certains blessés du champ de bataille après une perte importante de sang, remarqua Nicolas en versant de l'eau dans un verre. Tous me réclamaient à boire, comme cet homme.

Il lui porta le gobelet aux lèvres. Le vieillard fit un effort pour déglutir et but deux gorgées avant d'abandonner.

— À quelle heure est la procession de saint Sigisbert ? demanda Azlan alors que François venait d'enfiler un pourpoint trop grand pour lui.

— À deux heures après le midi, répondit le Hérisson blanc en cherchant le papier qui se trouvait plié dans sa manche.

Les reliques dudit saint avaient, selon la légende, la faculté de rétablir le cours des saisons, de faire pleuvoir en période de sécheresse ou d'arrêter la pluie en cas d'inondations. L'hôtel de ville avait décidé, à la demande des paysans des villages environnants, d'effectuer une cérémonie de prières à Sigisbert dont tous pensaient qu'il pouvait les aider.

— *La chambre a résolu de faire une neuvaine en l'église primatiale en ce lundi 15 août de l'an de grâce*

1701 afin de fléchir la clémence et la miséricorde de Dieu, lut François. C'est bien ma chance d'avoir été choisi parmi nous tous pour représenter notre hôpital, maugréa le Hérisson blanc en tirant sur les manches de son vêtement. Comment me va-t-il ?

— Bien, assura Azlan en tentant un ton convaincant.

— Très bien, confirma Nicolas sans même le regarder.

— Merci de votre soutien mes amis, ironisa-t-il. Me voilà habillé tel un bouffon et je n'ai que des encouragements !

— Tu n'as qu'à t'acheter tes propres vêtements, objecta Azlan, qui lui avait prêté un de ses pourpoints.

— Pour jouer au dévot une fois tous les trois ans devant les restes faisandés d'un baiseur des pieds du pape, pas besoin ! Je n'ai pas l'occasion de vivre dans le beau monde tous les jours, moi !

La repartie, qui se voulait drôle, ne reçut pas l'écho escompté. Azlan lui envoya un regard noir et Nicolas le gratifia d'un « Tu vas être en retard » qui sonnait comme une réprobation.

Une fois François parti, Nicolas prit Azlan par l'épaule.

— Tu le connais, il ne faut pas lui en vouloir !

— Mais je ne lui en veux pas, je ne lui en veux pas..., répondit le jeune homme en regardant la main de son ami sur son épaule.

Nicolas la retira, conscient de la distance qu'imposait Azlan depuis que Marianne s'était installée à Saint-Charles.

— Tu as bientôt fini ?

— Un drain à changer et mes comptes rendus à remettre au docteur Bagard, énuméra le jeune chirurgien en manipulant de la charpie.

— Après, je t'invite au *Sauvage*, proposa Nicolas.

— Merci, non. J'ai à faire au jeu de paume.

— Ce n'était pas une question, Azlan. Le moment est venu de parler. Occupe-toi des rapports, je m'occupe du drain. Ensuite, nous nous expliquerons.

— Décidément, l'ambiance n'est plus la même ces derniers temps, maugréa François en traversant la rue en direction de la primatiale.

Il leva les yeux vers le ciel à la couverture nuageuse trop blanche pour être annonciatrice d'averse et entra dans l'édifice au moment où les cloches appelaient au rassemblement. À l'intérieur, la procession se mettait en place sous les consignes du grand ordonnateur. Des représentants des principaux corps ecclésiastiques et séculiers étaient présents, et des groupes s'étaient formés entre les travées d'où bourdonnaient les chuchotements de circonstance. François salua ses connaissances et discuta avec un membre de la congrégation Notre-Dame des Bourgeois de Nancy, dont c'était la première participation. L'homme était bonnetier de son état et avait vendu au chirurgien son couvre-chef.

— Mais vous ne venez pas souvent m'en commander de neufs, ajouta-t-il en insistant du regard sur les bords lustrés du bonnet du Hérisson blanc.

François ne trouva pas de réponse afin de lui clouer le bec, ce qui le frustra sur l'instant. Il prétexta d'aller se recueillir pour le quitter et rejoindre les musiciens qui s'étaient assis sur le parvis, à l'ombre de l'édifice.

— Les deux sergents du prévôt, vous prenez la tête du cortège, cria le grand ordonnateur dans son dos. Puis les deux sonneurs. Où êtes-vous ?

Les clochettes tintèrent de l'autel vers l'entrée de

l'église au rythme de la course des impétrants qui se placèrent derrière les soldats.

L'homme appela tour à tour les différents représentants des corps de métiers. Chacun avançait à la place qui lui était réservée, portant en main la bannière de sa corporation.

— Bon sang, j'ai oublié la mienne ! grogna François pour la forme.

Son étourderie ne le tracassait pas le moins du monde, il n'avait même aucune idée d'où pouvait se trouver le fanion des chirurgiens à Saint-Charles.

Les menuisiers allaient défiler avec les tonneliers, les charrons avec les charpentiers, les serruriers avec les cloutiers, Les chirurgiens étaient ordinairement associés aux apothicaires.

— Les pauvres de l'hôpital ? Où sont-ils ? s'époumona l'organisateur en cherchant dans les groupes restants. Il m'en manque !

— Là-bas, indiqua François en sortant du rang.

Il montra du doigt le représentant de Notre-Dame des Bourgeois qui attendait benoîtement son tour.

— Lui ? Il ne m'a pas l'air bien pauvre…

— Ne vous fiez pas à son air, c'est un pauvre déguisé en riche. Nous l'avons habillé avant de venir.

L'air sérieux de François acheva de convaincre l'homme qui plaça le bonnetier à côté du représentant des valets des pauvres. La méprise durerait toute la procession et le commerçant serait moqué des mois durant de s'être octroyé la place d'un miséreux. Le Hérisson blanc récita un *Notre-Père* en guise de contrition, mais il se sentait vengé de l'allusion faite sur son avarice vestimentaire.

Les ermites, ecclésiastiques et les corps constitués

allaient fermer le cortège. Le prêtre fit entonner un *Te Deum* et le défilé s'ébranla en musique à la suite des reliques de saint Sigisbert. Les spectateurs, qui formaient deux rangées compactes, venus parfois de villages distants de plusieurs lieues, unirent leur ferveur à celle du cortège afin d'obtenir les averses tant attendues. François bâilla et entra dans la lumière du soleil pesant.

163

— Je ne veux rien, je ne resterai pas longtemps, indiqua Azlan à l'adresse de l'aubergiste venu prendre leur commande.

Sa mauvaise humeur n'impressionna pas Nicolas qui prit son temps et discuta avec le gérant avant de le laisser aller préparer sa consommation.

— La salle des jeux a l'air calme, Germain est moins présent en ce moment, remarqua-t-il devant le mutisme du jeune homme.

L'évocation de leur ami détendit Azlan.

— Oui, il est occupé par ses nouvelles affaires.

— Il m'a parlé d'un objet qui lui appartient et qu'il veut vendre, relata Nicolas en buvant l'eau à même le broc.

— Je ne sais pas, mentit Azlan qui l'avait entendu en parler à Rosa.

Nicolas s'en aperçut. Il connaissait trop bien son ami et détectait à tous les coups ce qu'il appelait sa « voix du mensonge ». Mais il n'insista pas. Il attendit que les deux clients bruyants qui venaient d'entrer, deux spectateurs qui suivaient la procession dont le départ avait pris du retard, se soient assis et calmés avant de reprendre sa conversation.

— Comment va Rosa ?

— Bien, bien mieux. Elle a repris goût à la vie et est entourée d'une impressionnante nuée de prétendants, assura le jeune chirurgien.

— Germain, qui l'a vue récemment, semble d'un avis contraire, rétorqua Nicolas.

— Alors pourquoi me demandes-tu le mien ?

Nicolas accusa le coup et se tut. À la table la plus proche, les deux clients mastiquaient leur pain et buvaient leur vin en silence. Le plus âgé, au visage joufflu et rougeaud, prononça une phrase qui ressemblait à un grognement, ce à quoi l'autre acquiesça d'un borborygme, dont le premier sembla comprendre la signification. Sa face ronde se fendit d'un large sourire. Il émit un nouveau grognement avant d'ingurgiter un verre entier sans reprendre son souffle.

— Je dois y aller, j'ai à faire, prétexta Azlan.

— J'ai l'impression que la présence de Marianne dans notre hôpital n'a pas ton assentiment. Est-ce que je me trompe ?

— S'il te plaît, je n'ai pas envie d'en parler.

— Azlan, ce n'est pas sans conséquence sur notre travail. Ouvrons-nous-en maintenant tant qu'on peut améliorer la situation.

— J'ai grandi en t'entendant parler de cette femme comme de ton absolu, jusqu'à ton retour ici où tu as appris qu'elle s'était mariée et était partie. Elle est alors devenue non fréquentable, sauf depuis que tu as répudié Rosa. Et maintenant que tu l'as retrouvée à Nancy, tu l'as mise dans ta couche. Sais-tu vraiment ce que tu veux, Nicolas ?

— Ton raccourci est blessant. Mais je comprends ta colère.

— Non, tu ne peux pas me comprendre. Ce n'est pas toi qui vis au quotidien avec la détresse d'une femme formidable. Améliorer la situation ? Il n'y a qu'un moyen : c'est que Marianne Pajot s'en aille de Saint-Charles !

Azlan avait parlé en élevant la voix sans s'en rendre compte.

— Tout va bien ? demanda le gérant qui s'était approché.

— Oui, rassura Nicolas, sans le regarder.

L'homme hésita puis s'immisça dans leur conversation.

— Marianne Pajot ? Vous voulez parler de la matrone de Pont-à-Mousson ?

— Tu la connais ? s'écria Azlan, qui dissimulait de plus en plus mal sa colère.

— Plutôt. Je n'oublierai jamais ce qui est arrivé à la sœur de ma femme. J'en fais encore des cauchemars plus de deux ans après, avoua l'aubergiste en se tenant l'estomac.

Antoine Aubry leur relata l'accouchement d'Anne de Pailland, l'erreur de Marianne et la faute du chirurgien, sans rien omettre de ce qu'il avait vu ou entendu en ce jour de novembre 1698. Il parla sans interruption, longuement, sans chercher ses mots, comme si ce discours avait été répété maintes fois dans sa tête. Ses phrases étaient les flots d'un torrent de montagne coulant après deux ans d'attente dans un barrage de glace, nerveuses, vives, coupantes. Ce moment qu'il n'attendait pas, qu'il n'attendait plus, cette libération d'une parole emprisonnée, sous camisole, s'était faite spontanément, sans préméditation, et Marianne en avait été le vecteur. Lorsqu'il eut fini, il envoya un regard épuisé mais triomphant à Azlan puis à Nicolas, posa le torchon, qu'il tenait en main, sur son épaule et regagna son comptoir.

— Rosa a retiré l'argent qu'elle donnait à Saint-Charles, annonça Nicolas, encore sous l'émotion du récit d'Antoine. On ne pourra plus agrandir l'hôpital.

— Je sais.

— Elle t'en a parlé ? C'est à cause de moi ?

Le jeune homme avait les mains jointes qui étaient si crispées que les tendons saillaient sous la peau. Il baissa les yeux.

— Il y a une chose dont je voulais t'informer.

La procession avait effectué une grande boucle jusqu'en vieille ville et revenait vers la primatiale au rythme des deux sonneurs de clochette. Dieu devait se montrer conciliant en laissant la pluie inonder le duché. François, positionné à la treizième rangée, attendait la fin avec impatience. Son voisin de droite l'agaçait au plus haut point. Il s'agissait du représentant des apothicaires, qui venait d'ouvrir boutique à Lunéville après avoir passé une année à sillonner le duché à prêcher la bonne parole au nom du souverain. L'homme s'était jeté dans les bras de François et l'avait abreuvé de paroles et de tapes amicales : Malthus était reconnaissant aux deux chirurgiens de Saint-Charles de ne pas l'avoir livré aux gendarmes, il était reconnaissant au duc de lui avoir pardonné, reconnaissant aussi à Dieu de sa miséricorde. Son repentir, réel ou forcé, était démonstratif et outré. Il était devenu le plus zélé serviteur de Léopold et du Seigneur. Le Hérisson blanc prit sa présence comme une épreuve divine. *Si je ne l'étrangle pas avant la fin du défilé, le Très-Puissant fera pleuvoir dix jours durant, cela vaut bien ça !* songea-t-il alors que Malthus lui citait toutes les actions de bienfaisance qu'il avait entreprises à Lunéville pour le salut de son âme.

— Au fait, où en es-tu de ton élixir de longue vie ? questionna François alors que le souvenir des expériences de Malthus venait de le traverser.

L'apothicaire haussa les sourcils.

— Tout cela est bien loin, cette époque où j'avais l'impudence de vouloir, par mes recettes, faire concurrence à notre Seigneur ! Seul lui peut décider de notre vie et de notre mort, pas les remèdes des hommes. Quand j'y pense, quel insensé j'ai été. Dieu m'a puni et il a bien fait !

François regretta d'avoir abordé le sujet et tourna la tête du côté de la foule.

— Par contre, je travaille en ce moment sur un projet secret pour notre souverain, ajouta Malthus.

Voyant que son voisin restait sans réaction, il enchaîna :

— Mes travaux sur les élixirs ont sans doute joué en ma faveur. Les conseillers du duc m'ont engagé pour aider un chirurgien, comme toi. Mais je ne pourrais pas t'en dire plus !

François signifia son intérêt par un regard plein de curiosité. Il se donnait dix minutes avant de faire accoucher l'apothicaire au sujet de Ribes de Jouan.

— Ah, non, c'est un secret, répéta Malthus, content d'être enfin le centre d'intérêt.

La tête de la procession entra dans la rue du Moulin. Les deux prêtres qui portaient les reliques du saint et le christ en croix n'avaient cessé de réciter des prières et d'entonner des chants religieux. François avait retrouvé le sourire perdu au départ de la cérémonie. L'apothicaire lui avait appris la nature des travaux de Germain et il avait envie d'aller partager la nouvelle avec Nicolas. Au moment où il passa devant *Le Sauvage*, il vit l'ombre de son ami attablé et, sans prévenir, quitta le cortège.

François fendit la foule, dont les spectateurs se poussèrent à contrecœur et lui lancèrent des remarques réprobatrices, pour entrer dans l'auberge. Nicolas était seul, les yeux perdus vers le mur du fond. Les autres clients s'étaient postés aux fenêtres ouvertes pour profiter du spectacle.

Il ne sembla pas surpris de l'arrivée de son ami et fit signe à Aubry de lui apporter à boire.

— Je sais quel est le secret de Germain et tu ne devineras jamais qui me l'a révélé, assena François en se frottant les mains.

Il but deux verres en apnée avant de reprendre sa respiration et d'émettre un soupir de contentement.

— Quelle soif ! Pour en revenir à notre histoire…

— … c'est sans importance, coupa Nicolas en lui versant à nouveau la boisson. François, je pense que je vais quitter Saint-Charles.

— Dieu de Dieu ! cria le Hérisson blanc.

Les clients se retournèrent vers lui.

— Quelle honte, protesta l'un d'eux, blasphémer un jour de procession !

François ignora la remarque et prit le bras de son ami.

— Que se passe-t-il ? Rien de grave, j'espère ?

Nicolas lui apprit les déboires financiers de l'hôpital dus au retrait des dons de Rosa.

— C'est Azlan qui lui a demandé de le faire.

— Lui ? Non, c'est impossible ! Pas le petit, tu t'égares mon ami !

— Il vient de me l'avouer. Il refuse la présence de Marianne. Encore plus qu'elle travaille avec nous.

— Je vais lui parler, nous allons arranger tout ça ! proposa François, sûr de lui.

— Malheureusement, je crains qu'Aubry ne vienne involontairement de précipiter les événements.

Nicolas relata l'intervention de l'aubergiste.

— Quel que soit le degré de faute de Marianne dans cet accouchement, les sœurs ne voudront plus l'engager.

— Elle est l'accoucheuse de la duchesse, quand même !

— Je ne veux pas me battre contre Rosa, contre Azlan. Tout cela n'a plus de sens. La situation sera apaisée quand je serai reparti sur les routes.

164

Le paysan se releva avec difficulté. Il travaillait à son champ depuis l'aube, voûté sur sa faux trop petite. Le soleil s'était fait plus accablant encore depuis la cérémonie de la veille. Il lui faisait courber l'échine tout autant que son labeur.

Il but sa bouteille de vin au goulot tout en essuyant les lignes de sueur qui ridaient verticalement son visage. L'homme surveillait du coin de l'œil le couple qui s'était arrêté à la fontaine du village, à quelques dizaines de mètres de lui. Ils avaient rempli une dame-jeanne avant de la charger dans leur carriole qui était tirée par un drôle d'animal plus haut qu'un cheval et bossu. Le fermier finit par se demander si sa vue ne l'abusait pas en raison du soleil et de sa soif que plusieurs bouteilles d'alcool n'avaient pas encore étanchée. Il haussa les épaules et se remit à la peine. La source qui coulait au bout de son terrain n'avait jamais intéressé grand monde, à part les animaux qui venaient s'y abreuver. Nancy devait manquer de vin pour qu'on se préoccupe ainsi de l'eau de son village.

Nicolas s'accroupit devant le filet d'eau qui sourdait entre les cailloux et en remplit ses mains dont il se servit comme récipient pour apporter le liquide à Marianne. Elle en but deux gorgées et opina du menton.

— C'est le même goût.

Ils parcouraient les environs de Nancy depuis le matin afin de trouver une eau qui puisse remplacer dans ses bienfaits celle de la Fontaine rouge, en prévision de l'accouchement de la duchesse.

— On a trouvé, assura-t-elle. Il y a des traces rouges sur les pierres tout autour.

Le village d'Écuelle, à une lieue du palais ducal, permettrait à Marianne de disposer d'une eau suffisamment fraîche pour la mère et l'enfant après la délivrance. L'échantillon qu'ils venaient de prendre allait leur permettre de vérifier auprès de l'apothicaire du duc si l'eau était ferrugineuse, ce que tout semblait indiquer. Nicolas observa le cultivateur faucher le dernier carré de blé de sa maigre récolte. Le geste était limité en amplitude et les mouvements saccadés semblaient le faire souffrir. « Sans doute une ancienne blessure, une fracture ou une balle de fusil à la guerre », diagnostiqua le chirurgien. L'homme s'arrêta et s'accouda à son outil afin de constater le résultat de son travail. Ils se regardèrent avec curiosité. Lorsque Marianne rejoignit Nicolas, le paysan posa sa faux sur son épaule et s'éloigna.

— Je me demande ce qu'il doit penser de nous. Il doit croire que nous sommes des bourgeois aux mains sans cals, dit Nicolas avant de prendre son amante dans ses bras. J'ai soigné tellement de monde dans nos campagnes que je peux lire dans leurs pensées.

— Et moi, j'ai accouché leurs femmes. Il n'y a que la douleur et la mort qui soient équitables dans nos trois ordres, n'est-ce pas ?

Nicolas resta un moment silencieux avant d'aborder le sujet qui le tenaillait.

— Marianne, je vais quitter Saint-Charles.

Il lui révéla sa conversation avec Azlan et l'épreuve de force qu'il ne voulait pas mener contre son ami. Elle le laissa parler sans l'interrompre et attendit la fin de son monologue avant d'exploser.

— Pas question ! Il n'est pas question que vous quittiez l'hôpital à cause de cette… de cette femme ! Réalisez-vous à quel point elle est dangereuse ? Dangereuse ! Notre conversation n'en est-elle pas la preuve ?

— Rosa n'est pas seule en cause, répondit-il. Je ne veux pas que mes amis aient à choisir.

Elle s'écarta de lui et parla avec une hargne qu'il ne lui connaissait pas. Ses bras faisaient des moulinets dans l'air, ses paroles claquaient comme un fouet de cocher, tout son corps irradiait une colère qui inquiéta Nicolas.

— Nous devons nous battre, conclut-elle. Jamais elle ne vous chassera de votre hôpital. Je serai toujours là pour l'en empêcher. Notre relation est plus légitime que la sienne ! Vous n'êtes pas de son monde, Nicolas, vous êtes du mien. Nous sommes pareils tous les deux.

Il remarqua la silhouette du fermier à l'angle de la première maison du village. Il s'était arrêté, trop loin pour les entendre mais suffisamment près pour comprendre, et les observait sans discrétion. Les yeux de Nicolas reflétèrent son doute. *Quel est mon monde ?*

165

Jean-Léonard Bourcier gravit la montée du Rond en tenant sa serviette serrée contre lui. Le duc l'attendait au premier étage et l'accueillit les bras ouverts.

— Mon cher procureur, venez, allons dans mon bureau !

Le magistrat le suivit en tentant de récupérer son souffle. Léopold s'en aperçut.

— Vous comprenez comme cet escalier peut être utile en cas de négociation avec des émissaires français, plaisanta le souverain.

Bourcier acquiesça :

— C'est une vraie épreuve !

— Quant à eux, monsieur de Caillères en tête, je les reçois à l'étage supérieur. Chacun ses armes !

Léopold s'installa sur sa chauffeuse favorite en tissu bordeaux et joignit les mains sur sa bouche en signe d'attente. Le magistrat sortit le résultat de son enquête effectuée auprès des sujets du duché et tendit les feuillets au souverain.

— Lisez, ordonna-t-il sans changer d'attitude. Lisez-le-moi.

Bourcier entama une longue litanie de louanges, dont la plupart remerciaient Léopold d'avoir libéré le duché d'une domination étrangère et de maintenir la paix à ses frontières, de les protéger de la famine et des pillards et de favoriser les arts, le commerce et les artisans.

— Ils encensent votre générosité extrême, résuma le procureur.

Léopold était sceptique quant à l'objectivité de la méthode utilisée.

— Mais ces personnes interrogées, qui sont-elles ?

— Des bourgeois, des travailleurs, des collaborateurs que j'ai un peu partout dans le duché. Un de mes assistants s'est rendu à l'hôpital Saint-Charles pour questionner les malades. J'ai trouvé l'idée étrange, mais elle a permis de donner une parole à diverses corporations.

— Avez-vous pris l'opinion de religieux ?

— Je vous avouerai que non, veuillez m'en excuser.

— Vous avez bien fait, mes soucis avec le pape les auraient influencés. Donc, tout le monde, ou presque, serait heureux de mon règne ?

— C'est la conclusion que j'en retire, Votre Altesse.

— Alors, quid de ceux qui ont clamé leur mécontentement sur la place du marché il y a six mois encore ? objecta le souverain.

— Ce ne sont que quelques propriétaires et laboureurs qui refusaient de déclarer leurs blés.

Le souverain restait figé dans une attitude que Bourcier identifia comme de l'incrédulité. Il prit le dernier feuillet :

— Je sais, sans vouloir tout dévoiler, qu'un opéra se prépare pour être prochainement joué devant Votre Altesse. Écoutez ces vers :

Faisons tous ressentir notre bonheur extrême,
Un héros chaque jour nous comble de bienfaits,
Chantons Léopold à jamais,
Nous chanterons la vertu même.

N'y a-t-il rien de plus doux à l'oreille ?
— Ce ne sont que des paroles d'artistes !
— Qui reflètent le sentiment de nos gens.
Bourcier fouilla dans ses notes.

— Il y a aussi ce témoignage original : *Notre Altesse a cherché les talents jusque dans les forêts pour les mettre au jour et les encourager.*
— Qui a pu dire ceci ? demanda-t-il, intrigué.
— Je crois que c'est votre cocher, répondit Bourcier comme s'il s'excusait.

— Voilà qui me plaît, voilà les témoignages que je recherche : ce que pense le peuple.
Le visage du souverain se décrispa.

— Je suis sûr que vous en avez d'autres que vous n'osez pas me montrer, jugea-t-il en désignant la serviette.

— Ceux qui restent ne sont que des cas isolés et en aucun cas une opinion partagée par le peuple.
— Lisez, lisez…
Bourcier sortit un parchemin qui égrenait au fil des lignes la peur de l'abandon du duché, d'une nouvelle

invasion française, les dépenses du duc au jeu et dans de fastueuses fêtes.

— Il y a même un individu qui vous dit mauvais payeur de vos dettes au lansquenet !

La remarque fit rire le duc.

— Pas besoin de le nommer, mais notre ami Ribes de Jouan avait gagné par ruse ! Il a déjà un travail à fournir pour nous, nous verrons plus tard pour cette créance. Je suis plus inquiet des conséquences de l'affaire du Milanais sur la confiance de notre peuple.

— Je ne peux pas nier qu'il y ait encore quelques craintes parmi eux.

Léopold se leva et remercia son magistrat pour son travail et son honnêteté.

— Je vais vous confier une nouvelle mission : celle de rassurer notre duché sur mon attachement à cette terre.

Il prit sa canne et décrivit un cercle autour de lui.

— S'il ne me restait que cela, tant que je serais souverain, j'y demeurerais. S'il ne me restait que mon lit, je n'en bougerais. Dites-le à tous, dites-leur bien !

166

La pluie tomba sur la Lorraine dix jours après la cérémonie et l'événement fut mis au crédit de saint Sigisbert. Elle dura le temps d'imbiber les couches superficielles des campagnes, de nettoyer les villes des scories de la sécheresse et de faire grimper dans les hôpitaux les décès dus aux pneumonies. Un temps plus frais s'installa, censurant durablement le soleil au profit d'épais néphélions parés de toutes les nuances de gris.

Germain embrassa Marie-Louise, mit son manteau de *betyar* et râla en découvrant la bruine ambiante à sa sortie de la maison de la rue Paille-Maille.

— Quelle idée d'implorer les dieux pour faire pleuvoir ! Voilà le résultat ! Je déteste les jours sans ombre, marmonna-t-il en écartant de la botte un oisillon mort qu'un carrosse avait percuté.

Il poussa la bête aplatie de l'autre côté de la rue. *Je ne voudrais pas que mon Erzsébet voie cela, elle qui est si sensible*, songea-t-il en levant la tête vers la fenêtre de leur chambre. *Décidément, je deviens trop sentimental*, conclut-il, déçu de ne pas l'y trouver. *Notre amour est un commerce, je ne devrais jamais l'oublier.*

Il arriva rue Saint-Nicolas à une heure de la journée où l'activité commençait à fléchir. Le four ne sentait déjà plus l'odeur du pain, l'apothicaire avait quitté sa boutique et Pujol le libraire fermait son volet. Germain, qui l'avait plumé au jeu du pharaon, fit un détour pour ne pas le croiser et un second pour éviter l'hôtellerie du *Cygne* dont le propriétaire avait quelques griefs contre lui. Il fit un grand sourire et salua de son chapeau une des religieuses qui balayait la rue devant le couvent des Dames du Saint-Sacrement : elle, au moins, n'avait rien à lui reprocher. *Il est temps que je renouvelle mon environnement*, songea-t-il, *grand temps*. Germain fourra sa main dans la grande poche de sa veste et tâta l'ouvrage qu'il avait emporté avec lui. Il se remémora les derniers versets sur lesquels il avait passé des heures sans rien obtenir :

Il est un Esprit-corps, premier né de Nature,
Très commun, très caché, très vil, très précieux :
Conservant, détruisant, bon et malicieux :
Commencement et fin de toute créature.

Il grimpa sur la passerelle du bastion d'Haussonville, où un marchand de bois replet était en train de tancer et de talocher un jeune apprenti qui avait fait verser à terre tout le chargement de leur charrette. La pluie s'était arrêtée.

Triple en substance il est, de sel, d'huile et d'eau
                                      [pure,
Qui coagule, amasse et arrose, es bas lieux
Tout par ses onctueux et moite, des hauts Cieux
Habile à recevoir toute forme et figure.

Germain longea la place de la Carrière envahie d'une brume de chaleur qui montait vers le ciel. Au centre de celle-ci, deux soldats attachaient au pilori une femme à la tête baissée, sous les quolibets d'un groupe de jeunes gens.

Le seul Art, par Nature, à nos yeux le fait voir,
Il recèle en son centre un infini pouvoir,
Garni des facultés du Ciel et de la Terre.

Il emprunta la Grande-Rue. Une odeur d'herbe mouillée lui parvint des jardins du palais ducal.

Il est Hermaphrodite et donne accroissement
À tout où il se mêle indifféremment,
À raison que dans soi tous germes il enserre.

Germain était arrivé à destination : la fontaine Sorette. Il se pencha et fit jouer ses mains sous le filet argenté de l'eau avant de les essuyer sur son haut-de-chausses. À quelques mètres devant lui, les tours de la porte de la Craffe luisaient sous les premiers rayons. Il s'assit sur le bord de la fontaine. L'une après l'autre, les quatre strophes s'étaient éclairées et maintenant s'emboîtaient parfaitement. *Et si c'était... ?* Son esprit était devenu flamme, il était vent, il était une excitation pure, de celles qu'il avait toujours recherchées et qui le faisaient avancer, toujours plus fort, toujours plus loin, le goût du risque, du danger et de la réussite réunis, ce goût sans pareil, dont il ne pouvait plus se passer, qui lui donnait une impression d'invincibilité.

Un rapide coup d'œil lui indiqua que son rendez-vous n'était pas encore arrivé. Germain se leva d'un bond. Il avait trouvé l'énigme, il l'avait trouvée ! Cela allait changer toute la donne, plus question de vendre son ouvrage. C'est le secret lui-même qu'il allait mon-nayer. Et le prix serait le sien. Germain regarda son reflet dans l'eau de la fontaine et eut une pensée pour Marie-Louise : *Nous allons gagner notre liberté, ma belle...* Au même moment, une ombre passa au-dessus de lui. Il entendit un bruit de succion, un bruit qu'il connaissait bien, et ressentit une douleur dans la poi-trine : une pointe de métal dépassait de son thorax, d'où s'échappaient des gouttes de sang épais et foncé. Il se souvint du bruit : c'était celui que faisaient ses instruments quand il les plongeait dans le corps de ses patients. Il tenta de se retourner mais la lumière envahit tout l'espace et lui brûla la rétine. Lorsque Germain bascula dans le bassin, il était déjà mort.

167

— Il y a trop de tintamarre là-dedans, trop de brouillamini ! déclama monsieur Jourdain.

— Que voulez-vous donc que je vous apprenne ? demanda le maître de philosophie.

L'acteur se plaça sur le devant de la scène et prit un air satisfait.

— Apprenez-moi l'or-tho-gra-phe.

Une onde de plaisir parcourut les spectateurs. La scène était connue de tous et les répliques de Molière s'échangeaient depuis trente ans dans tous les milieux. Certains en souriaient d'avance. Le maître de philosophie déroula son texte :

— La voix A se forme en ouvrant fort la bouche : A.

— A, A… Oui ! s'exclama monsieur Jourdain, fier de lui.

Au fur et à mesure des répliques, les rires sortaient de leur retenue. Certains spectateurs applaudissaient à la fin des phrases. La troupe tenait son public.

Monsieur Jourdain allait et venait aux quatre coins de la scène posée dans la grande salle du palais ducal, tournant autour d'un maître de philosophie raide et ampoulé.

— Sont-ce des vers que vous lui voulez écrire ?

— Non, non, point de vers.

— Vous ne voulez que de la prose ?

Monsieur Jourdain s'adressa directement au public :

— Non, je ne veux ni prose ni vers.

Les rires couvrirent la réplique du maître de philosophie et la réponse de son hôte. Un soldat entra dans la salle et s'avança jusqu'au premier rang pour s'adresser à Léopold.

— Tout ce qui n'est point prose est vers ; et tout ce qui n'est point vers…

L'acteur s'interrompit une fraction de seconde. Le garde de la compagnie des Cent-Suisses parlait à l'oreille du souverain sans trop de discrétion. Il continua :

— … est prose.

— Et comme l'on parle qu'est-ce que c'est donc que cela ? répondit monsieur Jourdain en insistant sur le « l'on parle ».

Le militaire, indifférent à ce qui se déroulait sur la scène, sortit en courant, au grand soulagement des acteurs. Quelques secondes plus tard, un officier fit son apparition et se rendit auprès du duc.

— Par ma foi ! Il y a plus de quarante ans que je dis de la prose sans que j'en susse rien…, commença le bourgeois gentilhomme.

Il s'arrêta. Les spectateurs étaient dissipés par l'aparté entre Léopold et son aide de camp. Le charme était rompu. Le duc se leva, imité par ses conseillers. Un murmure parcourut l'assemblée.

— … et je vous suis le plus obligé du monde de m'avoir appris cela, conclut le comédien dans l'indifférence générale.

Le souverain lui fit signe de continuer. L'homme consulta ses camarades du regard. La troupe était arrivée à Nancy il y a plus d'un mois et avait répété la pièce d'arrache-pied en vue de la soirée.

— Avec votre permission, Votre Altesse, nous voudrions remettre cette représentation à votre retour.

Léopold se tourna vers la duchesse qui acquiesça.

— À votre guise, répondit-il au comédien.

Il remarqua l'inquiétude sur les visages autour de lui.

— Aujourd'hui est un jour triste, expliqua le souverain en direction des spectateurs. Un compagnon d'armes, un grand chirurgien vient de nous quitter. Je vais de ce pas aller saluer la dépouille de maître Ribes de Jouan.

La salle se vida rapidement après le départ de Léopold. Monsieur Jourdain, qui s'était assis au bord de la scène, marmonna :

— Vos yeux beaux d'amour me font, belle Marquise, mourir…

Nicolas n'avait pas voulu procéder à l'autopsie du corps de son ami et François s'en était chargé. Le Hérisson blanc était enfermé dans la salle depuis près d'une heure. Nicolas et Azlan attendaient silencieusement, assis aux deux extrémités du banc habituellement utilisé par les familles des malades. Léopold les accosta sans prendre le temps de les saluer :

— Que s'est-il passé ? Dites-moi !

— Venez, Votre Altesse, je vais vous montrer, répondit François qui venait de sortir.

Mathieu, le concierge de la porte de la Craffe, avait trouvé Germain devant le petit bassin de la fontaine Sorette, allongé et les jambes recroquevillées, dans une position qui lui avait, dans un premier temps, fait penser à un alcoolique en phase de récupération. Il n'était pas rare que Mathieu soit obligé d'alerter les hôpitaux afin d'évacuer des soûlards échoués qui avaient vomi chyme et bile sous la porterie. Il avait décidé de rentrer d'abord les bottes de paille destinées aux prisonniers de la tour, avant que la pluie ne revienne les tremper, puis s'était approché du corps qu'il avait poussé du pied afin de le réveiller. Germain avait roulé sur le dos et le concierge avait alors seulement compris sa méprise.

— Une lame, probablement une épée, l'a pénétré entre les omoplates et est ressortie au niveau de la sixième côte gauche, expliqua François qui, malgré sa longue expérience, avait lui aussi du mal à affronter le regard vide de Germain.

— Ce qui signifie, maître Delvaux ?

— Qu'elle lui a transpercé le cœur, de part en part, répondit-il en lui montrant le thorax. Je ne vous ferai pas l'injure de vous montrer son organe, j'imagine que vous me croirez sur parole, Votre Altesse.

— Y a-t-il eu d'autres coups portés ?

— Non. Un seul, précis, direct. Ultime.

Le duc se rapprocha de la table où la dépouille avait été déposée.

— Quel aurait pu en être le motif ?

— Avec Germain, ils auraient pu être nombreux, et ce n'est pas manquer de respect à sa mémoire que de le dire. Bagarre, vengeance ou vol : ses poches étaient vides. Alors qu'il avait toujours quelques menues pièces sur lui, pour le jeu.

Léopold posa un mouchoir devant son nez. L'odeur de la mort était entêtante. Plusieurs mouches allaient et venaient sur la peau cireuse, se frottant les ailes, virevoltant devant le visage impassible, entrant et sortant par les ouvertures pratiquées à l'autopsie. Le duc ordonna que Germain soit enterré sans plus attendre au cimetière de la paroisse Saint-Nicolas et remercia le chirurgien.

— Avec tout mon respect, Votre Altesse, je ne crois pas que sa mort soit liée à du brigandage, affirma le Hérisson.

— Nous verrons cela, je vais demander une enquête.

— Nous pensons qu'elle a un lien avec le travail pour lequel il avait engagé Malthus, insista François.

Le souverain ne feignit pas la surprise. L'idée le taraudait, lui aussi, depuis qu'il avait appris l'événement. Mais Creitzen l'avait rassuré. Il jeta un dernier regard sur la dépouille et assura le chirurgien de tout faire pour retrouver le coupable. Lorsqu'il sortit, sœur Catherine vint le trouver pour lui annoncer que plusieurs messes seraient dites par les différentes congrégations religieuses pour le salut de l'âme de son compagnon de guerre. Il chercha du regard Nicolas et Azlan. Ils avaient disparu.

168

— C'est ici, notifia Azlan.

Les deux hommes s'arrêtèrent et levèrent les yeux vers la façade. La rue Paille-Maille longeait les fortifications au sud et n'avait rien de remarquable. Les maisons ne dépassaient pas deux étages et celles du côté pair, adossées au mur d'enceinte, étaient en permanence privées de soleil.

— Je ne connais pas l'étage, prévint Azlan une fois à l'intérieur.

Ils toquèrent au rez-de-chaussée où une vieille femme leur indiqua qu'aucune Erzsébet n'habitait, ou n'avait habité, dans la maison. Une fois sorti, le jeune homme anticipa la question de Nicolas :

— Je n'en sais pas plus, juste qu'il logeait à cette adresse avec une certaine Erzsébet.

— Réfléchis, n'y aurait-il pas d'autres indices qu'il t'aurait laissés lors d'une conversation ?

— Non, pour sûr.

La nuit avait tiré les rideaux et l'obscurité gagné la rue qui n'avait aucun système d'éclairage.

— C'est un prénom hongrois, on pourrait peut-être demander à un des heiduques s'il la connaît ? proposa Azlan. Un d'entre eux, Bogdan, habite dans la villeneuve, près de la place du marché.

Ils se rendirent chez le soldat qui se trouvait dans un état d'ivresse avancé mais fit un effort prononcé pour s'asseoir au bord de sa couche et rassembler ses esprits. Il pressa sa moustache contre ses dents plusieurs fois de suite avant de leur répondre qu'il n'avait jamais entendu parler d'une telle personne vivant à Nancy. L'homme se proposa de les accompagner dans leurs recherches et tenta de se mettre debout, sans succès. Nicolas le remercia d'une tape amicale pour prendre congé. Arrivé à la porte, Azlan claqua dans ses doigts.

— J'y pense, Germain a dit un soir au *Sauvage* qu'elle était une… fille de joie.

— Une puterelle ? dit Bogdan en prenant son élan pour se lever. Il fallait le dire, je suis votre homme, je les connais toutes !

Quinze minutes plus tard, après avoir longuement toqué à la porte, ils pénétraient d'un coup d'épaule vigoureux dans l'appartement de Marie-Louise sous l'œil réprobateur de la vieille voisine.

— Nous avons l'autorisation du duc, mentit Nicolas avant de refermer derrière eux, privant la commère d'une source de ragots. Encore merci pour les lanternes ! cria-t-il à travers la porte.

La chambre était dans un relatif désordre auquel Germain était habitué. Ils fouillèrent un moment en silence. Les flammes des chandelles se déplaçaient par à-coups, emmenant avec elles leurs lueurs fauves.

— Qu'est-ce qu'on cherche ? finit par demander Azlan.

— Je ne sais pas. À comprendre. Pourquoi lui ? Pourquoi cette femme ?

— En tout cas, elle ne reviendra pas.

Il lui montra l'armoire vide et les quelques habits éparpillés sur le sol.

— Il n'y a ici que des vêtements d'homme. Elle est partie.

— De quoi avait-elle peur ? De qui ? interrogea Nicolas.

Il s'était assis pour lire les papiers qu'ils avaient trouvés éparpillés sur le sol.

— Des notes, principalement des mots destinés à son Erzsébet, commenta-t-il.

— Si tu veux mon avis, au vu de son passé, cette femme me semble plus complice que victime.

— Tu ne devrais pas rester avec moi, Azlan, je te rappelle que j'ai été accusé du meurtre d'un gouverneur. Et que Germain a un passé d'escroc au jeu.

— Alors quoi ? s'énerva le jeune homme.

— Intéressons-nous au présent. François nous a dit que Germain possédait un ouvrage contenant des secrets d'hermétisme et qu'il était en relation avec la Rose-Croix d'Allemagne.

Plusieurs livres étaient éparpillés près du lit. Azlan les consulta.

— Tous parlent d'alchimie, peut-être est-ce l'un d'eux ?

— Cela m'étonnerait, dit Nicolas. Il a rencontré plusieurs fois un homme dans un des hôtels de la ville. Il nous faut le trouver.

— Comment le sais-tu ?

— *Erzsébet, je vois notre ami le corbeau à l'hôtel ce soir. Ne m'attends pas pour souper, mais n'en profite pas pour prendre un client de plus, je te veux en forme à mon retour*, lut-il avant de rouler les parchemins ensemble. Viens, sortons chercher ce corbeau !

Azlan fit quelques pas en tenant d'une main les ouvrages et sa lanterne de l'autre, avant de se rendre compte que son chargement les retarderait considérablement. Il laissa tomber les livres sur la couche, soulevant un nuage de poussière.

— Par où commence-t-on ?

— La porte Neuve, répondit Nicolas, sûr de lui.

— Mais il n'y a pas d'hôtellerie à cet endroit ?

— Non. Il y a mieux.

La porte Neuve était située entre la ville-vieille et l'esplanade qui ceignait la ville-neuve. De petite taille, elle ne possédait pas de système de pont et avait une fonction plus décorative et symbolique qu'utilitaire. Le duc avait édicté une ordonnance obligeant tous les hôteliers de la ville à déposer quotidiennement le nom de leurs clients dans une boîte située sous une des arches de la porte.

— La voilà ! s'écria Nicolas en montrant une cassette en bois et ferronnerie attachée par une chaîne à une des colonnes.

Une fente avait été créée dans le couvercle afin de

permettre aux commerçants d'y déposer leurs listes. Nicolas sortit son scalpel et tenta de l'agrandir. Sans succès. Il s'attaqua ensuite au cadenas qui la fermait.

— Je reviens, dit Azlan en posant sa lanterne.

Le chirurgien introduisit le bistouri dans le boîtier pour le substituer à la clé. Il tenta différentes manipulations mais aucune ne permit d'ouvrir l'anneau métallique. Il augmenta la pression sur la lame et força la torsion du manche. L'outil se cassa dans la serrure.

— On devrait y arriver avec cela, proposa Azlan qu'il n'avait pas entendu revenir.

Le jeune homme était retourné chez l'heiduque et lui avait emprunté sa masse d'armes. Deux coups de gourdin plus tard, le coffret était éventré et les listes de noms en leur possession. Ils quittèrent rapidement le lieu et se réfugièrent sous le bastion d'Haussonville afin de les étudier. Ils cherchèrent en premier les noms à consonance allemande et en trouvèrent deux qui logeaient aux *Trois Maures*. Le gérant leur apprit qu'il s'agissait de deux marchands de bestiaux sarrois, qui venaient tous les ans, depuis 1680, commercer dans le duché. Ses plus anciens clients. Ils avaient fait erreur. Nicolas et Azlan s'assirent à une des tables pour tenter de déduire qui pouvait être le corbeau parmi la centaine de patronymes inscrits.

— Les alchimistes ont toujours utilisé des énigmes et des sentences hermétiques pour communiquer entre eux. Cela ne nous facilite pas la tâche, remarqua Nicolas.

— S'il est allemand, il a sans doute utilisé un mot dans sa langue. Un mot lié à l'alchimie.

Ils regardèrent à nouveau la liste des noms. Leurs

années de guerre au milieu des armées germaniques leur avaient laissé quelques notions d'allemand. Azlan pointa du doigt un des patronymes.

— Regarde celui-ci.

— Tilopomso K. ? Qu'a-t-il ?

— Il sonne étrangement. On dirait du hongrois, mais ce n'en est pas, j'en suis sûr. Ni de l'allemand.

— Tilopomso… Azlan, tu as trouvé !

— Tu crois ?

— Lis-le à l'envers.

— Osmopolit ?

— Ajoute la lettre du prénom.

— *Kosmopolit*… cosmopolite ? Qu'est-ce que cela veut dire ?

— Je ne sais pas, mais c'est signé. Voilà notre corbeau !

Azlan regardait fixement le papier.

— Tu n'as pas l'air convaincu ? interrogea Nicolas en lui reprenant des mains.

— Si… As-tu vu le nom en dessous ?

— R. Etatnetta… *Attentater*. Mon Dieu !

— « Assassin »… ainsi, ils sont deux ! Quel est l'endroit ?

— Un des bouges les moins recommandables de Nancy.

Le patron de l'hôtellerie du *Cygne* venait de fermer la porte d'entrée quand on tambourina à sa devanture.

— C'est fermé ! hurla-t-il sans penser à ses clients qui dormaient. Allez ailleurs ou revenez demain !

— Ouvrez, par ordre du duc !

L'homme ronchonna et s'exécuta. Lorsqu'il vit

deux civils, il tenta de refermer, mais Nicolas était déjà entré.

— Où se trouvent ces deux hommes ? demanda-t-il en lui pointant les noms sur la liste.

Le propriétaire du *Cygne* ne se laissa pas impressionner.

— Qui êtes-vous ? Sortez ou j'appelle les gendarmes. Tout de suite !

Nicolas referma la porte pendant qu'Azlan posait la masse d'armes, qu'il avait gardée, bien en évidence sur son bras.

— Messieurs Tilopomso et Etatnetta, continua Nicolas. Où sont-ils ?

— Après tout, je m'en moque, rétorqua le patron en haussant les épaules : ils sont partis.

— Partis ? Quand ?

Les deux voyageurs avaient plié bagage en fin d'après-midi. Ils avaient payé d'avance jusqu'à la fin de la semaine en demandant au patron de continuer à les inscrire sur sa liste d'hôtes.

— Nous ne les retrouverons jamais, regretta Azlan, c'est fini.

— C'est au duc d'agir. Grâce à ses liens avec le Saint Empire, il peut les pourchasser hors de nos frontières.

— Maintenant, foutez le camp, intervint le patron. Je ne veux plus d'ennuis.

— Une dernière question : y avait-il une femme avec eux ?

La réponse ne les surprit pas.

169

Personne ne sut jamais pourquoi Germain avait été tué ce jour de septembre 1701, ni par qui. Les membres de la Rose-Croix et Marie-Louise avaient disparu le soir même. Les agents de Léopold s'étaient déplacés en Allemagne avant de clore leur enquête sur un échec. Prématurément, au goût des trois chirurgiens qui avaient été reçus en audience par le duc. Le souverain les avait assurés de son soutien, mais, dès le début du mois d'octobre, plus rien n'avait été entrepris pour essayer de forcer la vérité. Nicolas, Azlan et François s'étaient un temps rapprochés. La présence de Marianne au quotidien à Saint-Charles avait rapidement émoussé ces retrouvailles. Chacun campait sur ses positions et tous attendaient l'accouchement de la duchesse qui signifierait le départ prochain de la sage-femme. La délivrance était prévue pour la mi-novembre.

La journée à l'hôpital avait été calme, sauf pour Marianne qui avait eu à déplorer deux fausses couches. La première s'était produite chez une très jeune adulte dont l'inexpérience l'avait conduite à confondre un faux germe avec une vraie grossesse. C'est, du moins, la conclusion que le docteur Bagard, appelé en renfort, avait fait enregistrer sur le compte rendu. La seconde femme était arrivée d'elle-même au moment où le médecin finissait de dicter à Azlan ses conclusions. Elle avait été observée par la sage-femme pour un saignement abondant apparu au troisième mois de la gestation. Marianne avait aussitôt détecté un avortement volontaire et l'avait isolée afin de la questionner. Elle avait nié son acte, prétextant une chute dans les escaliers, puis, devant les incohérences et contradictions de sa version, avait fini par lui avouer.

La patiente changea la boule de charpie qu'elle tenait serrée entre ses jambes et qui avait été rapidement imprégnée de sang. Elle se sentait rassurée et ne regrettait pas sa décision de s'être présentée à Marianne après son geste, effrayée par l'hémorragie qui s'était déclenchée. Indépendamment des conséquences sur sa santé, elle savait qu'elle risquait une condamnation à la peine de mort de la part de n'importe quel juge du duché. Mais son mari avait appris sa grossesse, dont il ne pouvait être l'auteur, et avait l'intention de la répudier. Elle n'avait plus rien à perdre et avait décidé d'effacer les traces de son infidélité.

La sage-femme revint accompagnée de Nicolas.

— Maître Déruet est le chirurgien dont je vous ai parlé. Je voudrais que vous lui racontiez votre histoire, madame, tout comme vous l'avez fait avec moi. Vous ne craignez rien. Je suis sûre qu'il pourra vous aider, expliqua Marianne qui ne put s'empêcher de serrer la main de son amant.

Elle changea à nouveau les linges, qui lui semblèrent moins imbibés que les précédents.

— Je m'appelle Joséphine.

La femme, qui avait trente-quatre ans et trois enfants, raconta comment, rapidement après son union, son époux s'était désintéressé d'elle pour ne l'honorer que dans le but de perpétuer sa descendance. Joséphine avait tenu cinq ans dans ce contexte avant de prendre pour amant l'assistant de son mari, un garçon terriblement pressé de déflorer son intimité mais qui dut batailler plusieurs mois avant de conquérir son cœur. L'homme, qui ne désirait que son corps, la délaissa rapidement pour d'autres forteresses sentimentales à battre en brèche. Joséphine eut une seconde aventure amoureuse, avec le consentement tacite de son mari, ce dont il se plaignit ensuite pour la faire condamner au pilori en place de la Carrière.

— C'est après que j'ai découvert mon état. Je n'avais plus de menstrues et je vomissais chaque jour. J'ai d'abord cru que c'était dû à cette torture subie, mais j'ai compris que j'avais été engrossée.

Joséphine baissa les yeux. La perte de sang et sa confession l'avaient épuisée. Marianne prit le relais.

— Il y a trois jours, notre patiente a intercepté une lettre que possédait son époux. C'était une lettre de cachet lancée à son encontre.

La sage-femme lui montra le parchemin que Joséphine avait apporté avec elle. Nicolas le lut à haute voix :

Le peu de satisfaction qui nous reste de la conduite irrégulière de Joséphine Sébastienne Barbe, femme du sieur Mabillon, perruquier à Lunéville, nous faisant craindre qu'elle continue dans ses dérèglements, nous vous mandons et ordonnons de recevoir ladite personne dans votre monastère et de l'y tenir jusqu'à nouvel ordre. Nous prions Dieu qu'il vous ait en sa sainte et digne garde. Donné en notre bonne ville de Nancy, le treizième jour du mois d'octobre 1701. Signé : Léopold, duc de Lorraine et de Bar.

— Jamais je ne m'y soumettrai, jamais ! articula Joséphine entre deux sanglots. Cet endroit serait pire qu'un cachot pour moi !

— Où veut-il vous enfermer ?

— Au couvent des clarisses de Pont-à-Mousson ! Comprenez, monsieur mon mari n'est pas un mauvais homme. Mais il y a bien longtemps qu'il m'a délaissée pour ne s'intéresser qu'à ses mignons.

Elle se moucha dans un des linges avant de continuer :

— Je regrette mes actes, combien je les regrette ! Mais je ne suis pas une libertine et ne mérite pas un tel châtiment, cela non ! La punition que je subis aujourd'hui est suffisamment cruelle, si cruelle...

— Vous avez besoin de repos et de soins, nous vous garderons ici le temps qu'il faudra, assura Nicolas. Vous y serez à l'abri de toute action contre vous.

— Je vous remercie infiniment, répondit Joséphine sans oser le regarder.

— Pendant ce temps, j'irai plaider votre cause auprès du duc.

— Merci, répéta-t-elle en sanglotant d'épuisement.

— Je suis prête à dire que tout ceci est dû à votre voyage depuis Lunéville et que vous avez perdu un faux germe, intervint Marianne.

— Nous demanderons la clémence de Son Altesse, ajouta le chirurgien. Mais d'ici là, refusez de vous faire examiner par quiconque, médecin, chirurgien ou sage-femme : les coups d'aiguille que vous avez portés sont trop visibles.

Les larmes de Joséphine redoublèrent.

— Je suis une misérable, n'est-ce pas ? J'ai tué mon enfant ! J'ai tué mon enfant...

Marianne la prit dans ses bras et la berça en lui murmurant des paroles rassurantes. À ce moment précis, elle en voulut à Azlan et Rosa d'avoir empêché la construction d'une salle réservée aux femmes enceintes abandonnées. Joséphine avait besoin d'intimité et de compassion. Marianne le savait et se sentit d'autant plus proche d'elle qu'elle-même avait eu à subir un avortement trois ans auparavant.

170

Ils avaient demandé audience au duc l'après-midi même. Pendant que Nicolas s'était entretenu avec Léopold, Marianne avait rendu visite à la duchesse. À un mois du terme de sa grossesse, la future mère était persuadée de mettre au monde un garçon, en raison de la tonicité du fœtus. Élisabeth-Charlotte avait questionné la sage-femme sur son travail à Saint-Charles et lui avait promis d'adoucir le sort de Joséphine Mabillon dont elle venait de lui parler, avant de se retirer dans ses appartements pour s'y reposer.

Marianne avait gagné les jardins du palais où Nicolas devait la rejoindre. La journée était froide et humide et l'endroit avait été déserté. Seuls quelques jardiniers ramassaient les feuilles que le vent avait fait échouer dans les allées. Elle s'arrêta au niveau du parterre du bas, près d'une fontaine qui avait déjà pris ses quartiers d'hiver, et attendit.

Lorsqu'elle était tombée enceinte de Martin, à la fin du mois de juillet 1698, son envie de maternité l'avait emporté sur toutes les raisons pour lesquelles elle ne désirait pas devenir mère. Marianne avait décidé d'attendre que sa gestation ne puisse plus se cacher avant de l'annoncer à son mari et à Simon. Elle aimait bien Martin sans être amoureuse de lui. Elle lui disait « Je t'aime » sans penser qu'elle lui mentait. Il fallait rendre le quotidien aussi agréable que possible et elle s'y employait.

Et puis il y eut ce jour d'octobre, au début du troisième mois de sa grossesse, lorsque son mari était rentré en lui apprenant que Nicolas n'était pas mort. Tout avait basculé dans sa tête. Jamais elle n'aurait voulu un enfant d'un autre homme si elle l'avait su vivant. Jamais. Elle avait alors pris sa décision, le jour même, et s'était procuré chez un apothicaire un mélange d'ingrédients dont elle connaissait les effets abortifs puissants. Marianne était restée deux jours sans sortir de sa chambre. Ce que Martin avait pris pour l'effet du choc de la nouvelle était lié aux spasmes qui avaient conduit à l'expulsion du fœtus. Les douleurs avaient duré une semaine mais sa chair était marquée à jamais.

Elle tenta de chasser ce souvenir qui se réveillait parfois encore dans son corps. Elle n'en avait pas parlé à Nicolas. Il ne le savait pas et ne le saurait jamais. C'était sa décision à elle, elle ne le regrettait pas, même si sa relation amoureuse avec lui n'avait plus la même passion que celle qui les avait unis sept ans auparavant. Elle le ressentait ainsi. Bien qu'ils n'en aient jamais parlé ensemble, elle était persuadée qu'il en était de même pour lui. Qu'importe.

Elle marcha vers la rampe monumentale qui menait au parterre supérieur. Celle-ci était constituée de deux escaliers en vis-à-vis, ornés d'une rangée de statues aux allures de divinités de la mythologie. Marianne choisit le côté gauche où elle crut reconnaître l'image de Vénus dans la nymphe allongée qui reposait dans une niche de la façade : cela ne pourrait que lui porter bonheur. Arrivée à la moitié des marches, elle leva la tête vers la personne qui descendait en face d'elle.

Nicolas sortit satisfait de son entretien avec le duc et descendit le Rond avec empressement. Mais, à peine arrivé en bas du colimaçon, il réalisa que Léopold, en négociateur aguerri, n'avait pas cédé sur l'essentiel. Le souverain l'avait écouté avec intérêt et s'était inquiété de l'état de santé de Joséphine, puis avait parlé de son comportement incompatible avec les bonnes mœurs et avait plaint son mari, craignant que sa conduite ne soit préjudiciable à la santé du pauvre homme. Le perruquier était le fournisseur officiel du duc lors de ses séjours à Lunéville.

— Comment ferais-je si, une fois là-bas, j'apprenais que monsieur Mabillon a perdu toute sa dextérité à cause d'un état de mélancolie dû au caractère volage de sa femme ? Comment trouver postiche à mon goût ?

Le ton en apparence badin de Léopold ne laissait en réalité que peu de possibilités à Nicolas. Il lui avait fait une proposition que le duc s'était empressé d'accepter alors qu'il l'avait lui-même amené à cette solution : Joséphine serait admise au couvent du Refuge de Nancy jusqu'à ce que sa dévotion envers Dieu et sa droiture morale ne fasse plus de doute.

Le chirurgien aperçut Marianne en haut de l'escalier qui séparait les deux jardins. Elle était en vive discussion avec une femme dont l'élégance contrastait avec sa simplicité vestimentaire. Il pressa le pas : Nicolas venait de reconnaître Rosa.

L'échange fut bref. La marquise de Cornelli descendit la rampe et se dirigea vers les écuries des carrosses. Elle ne semblait pas avoir vu Nicolas. Il rejoignit Marianne qui était restée immobile à l'entrée du parterre supérieur.

— Marianne ? Est-ce que tout va bien ?

Elle tenta de cacher sa tension sous une ironie de façade.

— Oui, tout va bien. Je viens de m'entretenir avec la généreuse protectrice de Simon.

Des larmes de rage piquèrent ses yeux. Elle battit des paupières pour éviter de les laisser sortir.

— Que s'est-il passé ? demanda Nicolas. Qu'a-t-elle dit ?

— Qu'elle me chasserait de Saint-Charles, qu'elle ferait de nous deux ambulants, que personne dans le duché ne voudra plus nous accueillir… et je ne fais que vous résumer sa hargne.

— Je ne comprends pas, elle n'était pas ainsi, assura-t-il.

— Ne vous inquiétez pas, il en faudrait plus pour m'ébranler, surtout aujourd'hui. Allons-nous-en, j'ai envie de rentrer chez nous, j'ai envie de vous sentir contre moi.

Assis dans le carrosse, Azlan faisait face à Rosa qui venait de l'informer de sa rencontre.

— Mais que s'est-il passé ? Et que vous a-t-elle dit ?

La jeune femme avait le regard perdu dans le vide. Il ne l'avait plus vue sourire une seule fois depuis sa rupture avec Nicolas. Sa voix avait régressé et était redevenue celle de son accident.

— Elle m'a prise par le bras pour m'obliger à l'écouter. Elle a affirmé que j'étais une criminelle qui voulait la fin de Saint-Charles et qui faisait du mal à Simon et à Nicolas. Pourquoi dit-elle tout cela ? Elle sait bien que j'aime Nicolas et que j'espère encore.

— Aucun homme, aucun être humain ne mérite qu'on détruise sa vie pour lui.

— Mon doux ami, de cela, c'est à moi de décider.

171

Élisabeth-Charlotte ferma les yeux et se laissa couler dans l'abandon. Elle se sentait au-delà de tout : de l'épuisement, de la douleur, au-delà de la délivrance même. Lorsque Marianne lui annonça que son nouveau-né était une fille, elle se surprit à en concevoir furtivement de la déception. Après la mort de leur premier garçon, son époux rêvait d'un héritier ; elle ne l'avait comblé que de deux filles.

— Monsieur le grand aumônier est là, Votre Altesse, prévint Nicolas. Il vient pour l'ondoiement de la princesse.

— Louise-Christine…, murmura la duchesse sans parvenir à ouvrir les paupières.

Le chirurgien lui fit répéter ses paroles.

— Ce sera son nom : Louise-Christine, confirma Élisabeth-Charlotte.

Marianne finit de frotter l'enfant d'un mélange de miel et de sel, l'emmaillota sans trop serrer les linges et la porta près de sa mère.

La duchesse sentit l'odeur sucrée et salée de sa fille, et sourit. Elle la prit dans ses bras pour l'admirer pendant que l'abbé de Riguet se préparait à la cérémonie. Le duc, parti chasser dans le bois de la Garenne, avait été prévenu de la naissance et était annoncé sous peu. Mais l'acte baptismal n'attendait pas. Une demi-heure après la naissance, le prêtre versa de l'eau bénite sur la tête de l'enfant qui, surprise, émit un pleur puissant au contact du liquide froid.

— Louise-Christine de Lorraine, je te baptise au nom du Père, du Fils et du Saint-Esprit, déclama l'homme d'Église en dessinant un signe de croix.

Le nouveau-né répondit en tétant le vide.

Les carillons de la collégiale Saint-Georges sonnèrent à la volée, suivis quelques minutes plus tard de ceux de Saint-Epvre, puis Saint-Thiébaut et Saint-Nicolas et, enfin, de tous les établissements religieux de Nancy : abbayes, couvents, prieurés et noviciats. En moins d'un quart d'heure, toutes les cloches étaient en action et battaient à tout rompre.

— Quelle est donc cette agitation un dimanche après-midi ? Quel jour est-on ? demanda le patient en s'installant sur la table des soins.

— Nous sommes le 13 novembre et je crois bien qu'un prince vient de naître dans la maison de Lorraine, répondit François.

L'homme émit un « Ah ! » poussif qui le vit peu concerné par l'événement. Il était jeune, habillé avec élégance et audace, et avait l'assurance de ceux que le destin avait choyés par filiation. Il regarda les deux chirurgiens et la sœur qui les assistait préparer leurs instruments, linges et remèdes, sans montrer la moindre crainte ou la plus petite appréhension. Il venait se faire soigner d'une tumeur de la taille d'une noix qui lui était apparue sous la langue et qui n'avait cessé de grossir. Sa cavité buccale s'était asséchée, le tissu s'était desquamé, ce qui l'obligeait à boire fréquemment pour l'humidifier, et il avait de plus en plus de difficulté à mastiquer ses aliments.

Claude Jacques avait fait la route depuis Metz où il enseignait, avec un certain succès, la sculpture et le dessin. La renommée des chirurgiens de Saint-Charles l'avait décidé à venir les consulter alors qu'il avait été obligé d'arrêter ses cours.

François l'examina pour la forme, la description que l'homme avait faite lui ayant suffi pour poser son diagnostic.

— Grenouillette, annonça-t-il en direction d'Azlan qui, bien que n'en ayant jamais entendu parler, acquiesça doctement.

— Grenouillette... mais encore ? questionna le malade.

— Votre humeur salivaire est trop âcre et trop épaisse, précisa le chirurgien, et son évacuation ne peut plus se faire. Elle a pris la consistance d'un blanc d'œuf et s'est accumulée dans le conduit sous votre langue. Voilà ce qu'on désigne par : grenouillette.

Claude Jacques déglutit en grimaçant de douleur. La tumeur, en prenant du volume, avait déplacé sa langue vers l'arrière et avait altéré l'articulation des sons, provoquant un timbre de voix que le nom de grenouillette caractérisait parfaitement.

— Et que proposez-vous, maître ?

François entendit le blatèrement énervé de Hyacinthe

couvrir la volée des cloches. Nicolas était rentré du palais ducal.

— Une simple incision pour éliminer cette matière, et tout rentrera dans l'ordre.

Le sculpteur répondit sans hésiter :

— Bien, allons-y, je dois être rentré à Metz avant la nuit !

Sa réaction surprit les deux chirurgiens plus habitués aux hésitations des malades et à leur peur face aux opérations.

— Vous ne voulez pas réfléchir plus ?

— Pourquoi ? Y a-t-il quelque chose d'autre que je devrais savoir ?

— Non. Nous pratiquerons une large incision à la lancette de façon à ce que les bords ne se referment pas. Et on badigeonnera la plaie d'un mélange de miel de rosat et d'esprit de vitriol pour l'assainir. Cela prendra cinq minutes. Vous rentrerez en avance chez vous, monsieur.

— L'important est que j'y retourne guéri !

— Ailleurs, il vous faudrait deux ou trois opérations avant un résultat définitif, affirma François. Mais je vais vous laisser entre les mains du meilleur chirurgien du duché. Si vous voulez m'excuser quelques minutes, conclut-il afin d'intercepter Nicolas avant qu'il n'ait débuté ses consultations.

Il se trouvait encore dehors, aux prises avec le chameau qui avait chipé la longe et la mâchonnait avec application. François lui proposa de procéder à l'incision de la grenouillette.

— Azlan y est déjà et t'assistera. Quant à moi, je capitule, mes yeux ne me permettent plus une telle précision, avoua-t-il sans regret.

— Ta vue a encore baissé ? s'inquiéta Nicolas qui venait de récupérer la corde dans la gueule de l'animal.

— Rien de grave, fils, je suis seulement devenu paresseux ! Comment s'est passé l'accouchement ? demanda-t-il pour ne pas s'appesantir sur son état.

Nicolas lui relata la nuit et la matinée d'attente avant une délivrance sans incident ni complication. L'arrière-faix s'était détaché rapidement et la duchesse se reposait avec la petite Louise-Christine qui avait vidé les glandes mammaires de sa nourrice.

— Marianne a été parfaite, comme toujours, conclut-il.

— Quand retourne-t-elle à Pont-à-Mousson ? demanda innocemment François.

Nicolas sortit sa mallette d'instruments avant de répondre :

— Il faudrait que l'on en parle. En attendant, montre-moi l'heureux possesseur d'une grenouillette à dégonfler.

Le patient apparut au même moment sur les marches du perron, en compagnie d'Azlan.

— Monsieur Jacques, que se passe-t-il ? Avez-vous changé d'avis ?

L'homme fit un signe de tête négatif. Il serrait dans sa bouche des compresses qui la maintenaient légèrement ouverte et se tenait la mâchoire inférieure de la main gauche. Il descendit l'escalier, la démarche légèrement ébrieuse, soutenu par le jeune chirurgien, et s'arrêta devant François et Nicolas.

— Tout s'est bien passé, expliqua Azlan en accompagnant son commentaire d'un large sourire. Je raccompagne notre patient à son carrosse.

François resta sans réaction, entre incompréhension et incrédulité.

— Il semble que vous n'ayez plus besoin de moi, s'amusa Nicolas.

Ils suivirent le départ du véhicule. Azlan les rejoignit et se jeta dans les bras de François.

— Je voulais te remercier de m'avoir laissé cette chance de l'opérer ! Merci, mon ami !

Le Hérisson blanc se dégagea de l'étreinte du jeune chirurgien et se gratta la tête.

— Peux-tu me rafraîchir la mémoire ? Je n'ai pas le souvenir de te l'avoir proposé !

Ce fut au tour d'Azlan de se figer d'incompréhension.

— Mais… tu as dit que tu le laissais entre les mains du meilleur chirurgien du duché et tu es parti… ?

— Oui, je le confirme.

— Je voulais te remercier de ce compliment. Même s'il est exagéré, cela m'a donné du courage pour l'opérer.

— Ainsi, tu as cru que je parlais de toi ? répondit François en réalisant la méprise. Mais cet éloge était destiné à notre ami Nicolas, ici présent ! Attends, petit, j'ai de l'estime pour toi, tu le sais, mais, sans vouloir te vexer, tu as encore une marge de progression certaine !

— Je suis désolé, je suis vraiment désolé, bredouilla Azlan. Je croyais que tu voulais me donner ma chance sur cette opération. Tu m'avais expliqué comment la conduire…

— Tout a l'air de s'être bien passé, intervint Nicolas.

— Oui, j'ai suivi les indications de François et j'ai gratté l'intérieur pour enlever toute l'humeur accumulée. Sa plaie est propre.

— Bien. Alors, l'incident est clos.

— Pas tout à fait, remarqua François. Je ne t'avais pas indiqué à quel endroit pratiquer l'incision.

— L'endroit ?

— Il est essentiel d'ouvrir la grenouillette dans la partie la plus éloignée du devant de la bouche, tout près de la base. Où l'as-tu faite ?

— Ne t'inquiète pas, répondit-il. Mais, juste par curiosité, que se passerait-il au cas où elle ait été incisée ailleurs ?

— Ton patient reviendrait rapidement nous voir, révéla Nicolas en les invitant à rentrer. Il ne supporterait plus de baver continuellement et de projeter sa salive sur ses interlocuteurs à chaque phrase prononcée.

— Alors, tu l'as ouverte où ? insista le Hérisson blanc.

Azlan répondit par un sourire forcé.

172

Deux semaines plus tard, Claude Jacques était de retour à Saint-Charles, où il fut reçu par Nicolas. La tumeur avait dégonflé, mais la salive s'en trouvait libérée de façon anarchique et des filets permanents de bave séchée s'étaient installés à la commissure de ses lèvres. Une rumeur circulait sur la rage dont le sculpteur serait porteur, rumeur qui l'avait obligé à consulter un médecin de Metz et à avouer s'être fait soigner dans le duché plutôt que sur place, ce qui lui avait valu l'opprobre général en même temps que la fermeture temporaire de ses cours. Nicolas réussit à le convaincre de le laisser l'opérer afin de cautériser la plaie et de tenter d'enlever la tumeur qui persistait. L'homme était prêt à tout pour tordre le cou à la rumeur et reprendre ses activités. Il accepta de rester plusieurs jours à l'hôpital jusqu'à sa complète guérison. Nicolas fit appeler Azlan pour l'assister, mais sœur Catherine lui révéla que le jeune homme avait quitté Saint-Charles en apprenant l'arrivée de son patient et qu'il ne comptait revenir que le lendemain. François, appelé en renfort pour l'opération, promit de ne pas le fustiger à son retour. La vexation d'Azlan était suffisamment forte et, par le passé, la relation entre les deux hommes avait déjà souvent dérapé vers la bouderie suite à des futilités.

Marianne avait prolongé au maximum son travail auprès de la duchesse. Mais, à la fin du mois de novembre, sa présence à ses côtés n'était plus justifiée. Élisabeth-Charlotte était entourée de suffisamment de soignants pour ne pas s'encombrer d'une sage-femme alors qu'elle n'était plus enceinte. Madame de Lillebonne lui avait remis ses honoraires et Marianne avait quitté le palais ducal sans un dernier regard. Elle avait parcouru à pied le trajet jusqu'à Saint-Charles, s'arrêtant chez Pujol pour acheter plusieurs livres, qu'elle paya comptant, puis chez l'apothicaire de la rue Saint-Nicolas afin de faire une réserve de différents remèdes pour son retour à Pont-à-Mousson. Nicolas avait insisté afin qu'elle reste avec lui, mais elle n'y avait pas trouvé une flamme suffisante pour qu'elle fasse ce sacrifice.

— Je suis toujours mariée, ne l'oubliez pas, avait-elle dit en lui caressant la joue, un soir après une longue fusion amoureuse.

— Comment pourrais-je oublier une chaîne aussi lourde ? avait-il répondu.

Elle rassembla ses affaires pendant que Nicolas était occupé à la résection de la grenouillette de monsieur Jacques. Marianne avait décidé de partir sans attendre. Chaque journée supplémentaire rendrait la séparation encore plus difficile. Simon lui manquait et il lui tardait de le retrouver après plusieurs mois d'absence. Martin avait été avare de nouvelles, ne lui écrivant que deux fois en cinq mois.

Lorsque Nicolas entra dans sa chambre, il comprit ce qu'elle allait lui annoncer en voyant la grande malle ouverte. Il la serra dans ses bras.

— Restez, je vous le demande, implora-t-il en rabattant doucement le couvercle de la valise.

— Nous le savions, dit-elle simplement. Dès le début, nous savions que ce moment arriverait. Je ne l'ai jamais caché.

Ils s'embrassèrent longuement. Aucun des deux ne voulait interrompre le contact de leurs lèvres sur la peau de l'autre. Il la prit dans ses bras et l'allongea sur le lit. Elle défit son bracelet de cheville et le déposa dans la main de Nicolas.

— Portez-le près de votre cœur, ainsi je serai là, contre vous, pour les jours à venir. Jusqu'à nos retrouvailles. Nous pourrons nous voir à Pont-à-Mousson, je m'arrangerai pour avoir un endroit rien qu'à nous, le voulez-vous ?

— Oui, je le veux, même si ce rôle d'amant ne me convient pas. Je suis prêt à l'accepter.

Elle faillit lui demander « Pour combien de temps ? » mais ne voulait pas gâcher l'émotion du moment. Marianne prit *Zulima ou l'Amour pur* que Nicolas lui avait offert et dans lequel il avait barré à l'encre la dernière phrase, celle qu'elle détestait. Elle balaya la pièce des yeux.

— Je suis persuadée que je retrouverai cette chambre dans à peine quelques mois. La duchesse veut à tout prix donner un héritier à notre duc. Elle sera bien vite à nouveau enceinte.

— Que Dieu et Léopold vous entendent ! clama Nicolas en pointant son regard vers le ciel.

— Promettez-moi de le lire, déclara-t-elle en lui tendant le roman. Et, quand vous l'aurez fini, je serai à nouveau près de vous.

Ils se livrèrent l'un à l'autre avec une passion et une jouissance qu'ils n'avaient jamais atteintes et qu'ils firent durer jusqu'au bout de leurs forces. Marianne remit son départ au lendemain matin et la lumière brilla toute la nuit dans leur alcôve où ils se nourrirent l'un de l'autre.

173

— Qui est ce juge ? Qui l'a mandé ?

La colère avait fait retrouver de la clarté à la voix de Rosa. Elle s'était assise dans un large canapé en ottomane, au bois doré, recouvert de tissu imprimé, dans lequel elle passait le plus clair de ses journées. Le mobilier faisait face à la cheminée, dans sa bibliothèque, qu'elle ne quittait que pour se rendre à la cuisine ou dans sa chambre. Azlan continuait à propager une parole optimiste, disant à qui voulait l'entendre que la marquise de Cornelli se portait comme un charme et recevait chez elle tout ce qui comptait dans le monde des arts et des sciences.

Le meuble, étrange et massif, lui avait été offert par Germain, qui l'avait fait venir spécialement de Hongrie.

— Vous êtes la seule dans tout le duché et le royaume de France à posséder un tel mobilier, lui avait-il dit alors qu'elle avait d'abord refusé un cadeau pour lequel il s'était sans doute endetté. Il sera pour vous le plus fidèle des confidents et le plus sûr des soutiens.

Ribes de Jouan avait eu raison. Elle l'avait adopté au point de s'y allonger des journées entières, à lire ou à se laisser envahir d'une mélancolie dont elle se sentait coupable. Pourtant, malgré ses efforts, rien n'arrivait à l'en faire sortir. Chaque soir, un des serviteurs de la maison mettait en ordre le sol de la bibliothèque, jonché de livres, de lettres commencées, déchirées, jamais finies, et de mouchoirs que les larmes avaient mouillés.

Germain aussi lui manquait, son caractère toujours enjoué, sa générosité, la folie qu'il mettait dans tout ce qu'il faisait, sans barrières, sans tabou, la liberté qu'il avait donnée à la conduite de sa vie. Elle remarqua qu'elle pensait toujours à lui au présent alors que l'irréversible avait été commis : il avait osé l'abandonner, elle, au moment où elle aurait eu le plus besoin de sa présence. Azlan était là. Son plus grand rempart, son rocher. Il tournait et retournait devant elle en lui expliquant la nouvelle qu'il venait d'apprendre : un juge du bailliage d'Épinal avait été saisi d'une plainte contre maître Déruet pour complicité de crime lié à la mort du bourrelier retrouvé à la cour d'Enfer, deux ans auparavant.

— Mais que lui reproche-t-on ? demanda-t-elle en s'allongeant sous l'effet d'un vertige naissant.

Azlan la recouvrit d'une couverture et activa le feu paresseux dans l'âtre. Les flammes changèrent de couleur et le bois craqua. Le cousin de la victime mettait en doute la parole du chirurgien qui avait conclu à une mort naturelle.

— Rosa, j'ai un secret à vous révéler. Un secret connu uniquement de François et Nicolas.

Il lui relata le calvaire du baladin, que les deux hommes avaient forcé à avaler son couteau, ainsi que la façon dont il s'était vengé sur le bourrelier. Maintenant, c'était au tour du cousin de ce dernier de réclamer sa part de justice.

— Nous nous sommes réunis tous les trois et avons décidé de ne pas révéler ce que nous savions au sujet de la cause de sa mort. Ce fut un moment difficile, nous n'étions pas d'accord, mais, à la fin, chacun de nous a juré de tenir parole. Je ne sais pas comment cette histoire a pu s'ébruiter.

Azlan en avait toutefois idée. Il était celui des trois qui avait voulu rendre publique la vengeance du baladin. Mais il avait respecté sa parole. Par acquit de conscience, il avait toutefois indiqué dans son compte rendu la présence du couteau dans l'estomac du bourrelier. Avant de se rendre chez Rosa, il s'était arrêté à Saint-Charles afin de récupérer le document qui pouvait les accuser de complicité. Celui-ci avait disparu.

— Cela peut être n'importe qui, ajouta-t-il, un des quatre médecins, une religieuse, le cousin lui-même :

cet endroit est ouvert à tous les vents. Nous nous en plaignons suffisamment à sœur Catherine.

— Je vous laisse vous occuper de trouver le meilleur des avocats, répliqua Rosa. Tout ce qui viendrait de moi serait rejeté par Nicolas. Nous n'avons pas à être inquiets. Dans le pire des cas, on fera appel. Jean-Léonard Bourcier nous aidera : il est le président de la Cour souveraine, se rassura-t-elle.

Son visage se crispa sous un vertige plus important que les autres.

— Que puis-je faire pour vous aider ? demanda Azlan en colère contre sa propre impuissance à soigner sa tutrice lors de ses crises.

— Votre présence est déjà une aide inestimable. J'espère que vous le savez. Le savez-vous, mon doux ami ?

Azlan baissa les yeux. Il avait vu l'espoir renaître en elle quand il lui avait appris le départ de Marianne de Nancy. Il n'avait pas eu le courage de lui dire que Nicolas se rendait le jour même à Pont-à-Mousson pour la retrouver.

La butte de Mousson était en vue. Il lui restait moins d'une lieue à parcourir. Nicolas avait revêtu un long manteau pour le voyage à cheval sous une pluie fine et glaciale. Il avait décidé de ne pas révéler à Marianne ses démêlés judiciaires qui ne l'inquiétaient pas outre mesure. Une nouvelle plus dramatique avait assombri la journée de ce 19 décembre.

Marianne l'attendait à la Fontaine rouge, abritée sous un des grands peupliers qui longeaient le sentier menant à la source. Ils n'osèrent se toucher de peur d'être vus et marchèrent un kilomètre à travers les sarments rabougris du vignoble de la butte, jusqu'à un pavillon de chasse situé sur le chemin dit de la Treiche. La bâtisse, minuscule et composée d'une seule pièce, semblait inutilisée depuis des lustres. Ils laissèrent les volets clos, allumèrent les bougies apportées par Nicolas et s'approprièrent l'endroit. Ils démarrèrent un feu à l'aide de branchages qui peinèrent à s'enflammer. Ils avaient travaillé en silence. Une fois l'endroit à leur goût, Nicolas la prit dans ses bras et l'embrassa :

— Bonjour, Marianne.

— Bonjour, amour. Vous m'avez manqué.

La gêne des premiers instants fondit lentement.

— Il n'est pas aisé de se retrouver ainsi, expliqua-t-il. Se cacher n'est pas dans ma nature.

— Que croyez-vous qu'il en soit pour moi ? En venant, j'avais l'impression que les regards que je croisais m'avaient percée à nu et me clouaient de reproches. Mais nous n'avons pas d'autre choix pour le moment.

— Alors, prenons-le comme une chance, assura-t-il pour se convaincre.

Ils tentèrent de retrouver leur intimité par touches successives, mais ils savaient qu'ils allaient à nouveau se séparer le soir même pour plusieurs semaines, et leur retenue ne disparut pas complètement. Leur attention se portait sur les bruits du dehors, le hennissement du cheval, des pas humains, des bribes de conversation, et ils finirent par comprendre qu'ils ne pourraient s'abandonner l'un à l'autre. Pas cette fois. Marianne lui parla de son quotidien retrouvé, du caractère difficile de Simon, de l'absence grandissante de Martin et du manque qu'elle ressentait. Il avait semblé à Nicolas que l'ambiance à Saint-Charles s'était améliorée entre les trois chirurgiens, mais leur amitié s'arrêtait à une camaraderie polie. Rien n'était plus pareil.

— Je dois m'en aller, déplora Nicolas au bout de trois heures passées ensemble. Mais il y a une nouvelle dont je voulais vous faire part et qui vous peinera.

La princesse Louise-Christine était morte le matin même, à l'âge de cinq semaines, emportée par une fièvre qui l'avait prise la veille au soir. Bien qu'elle fût habituée à recevoir ce genre d'information, Marianne pleura, émue et surprise. L'accouchement de la duchesse était encore très vivace dans son esprit.

— Je prierai pour sa petite âme et enverrai une lettre à notre souveraine, confia-t-elle.

Nicolas lui sécha les larmes à l'aide de ses bandages de main.

— Vous portez encore ces horribles linges ! remarqua Marianne, les yeux rougis et gonflés.

— Je les ai toujours préférés aux mitaines. Du moins, je crois.

— Un jour il vous faudra choisir.

Chapitre XIX

Nancy, 4 juillet-3 décembre 1702

174

— Monsieur le marquis de Locmaria !

Léopold se leva afin d'accueillir son hôte avec les honneurs que méritait son rang d'envoyé du roi Louis XIV. Alors que la guerre entre le royaume de France et le Saint Empire germanique était chaque jour de moins en moins mouchetée, le duché, situé entre les deux géants, faisait office de zone stratégique. Les troupes des uns et des autres étaient autorisées ponctuellement à traverser le petit État, sous couvert de précautions infinies, afin de préserver la neutralité du duché. Mais la position des Lorrains était de plus en plus intenable. De chaque côté des frontières, les états-majors œuvraient à convaincre leurs souverains de l'utilité d'envahir définitivement le duché. À ce jeu, les Français étaient les plus actifs et venaient de gagner involontairement un nouvel atout dans leur manche : le marquis de Varennes, commandant des troupes des évêchés, avait été enlevé le 26 mai par les impériaux entre Delme et Château-Salins.

— Sur votre territoire, ajouta monsieur de Locmaria. Il se trouvait sous votre protection. Inutile de vous dire que Son Altesse royale est très contrariée par ce fait. Et très déçue. Il a été difficile d'éviter toute mesure coercitive. Le royaume tout entier ne comprend pas l'attitude lorraine. Mais notre souverain est votre protecteur.

Carlingford et Creitzen échangèrent un regard entendu. Ils avaient prévenu Léopold du discours qu'allait tenir le marquis français et, ensemble, ils avaient décidé de l'attitude à adopter. Le duc présenta ses excuses et remercia le roi de sa bonté et de sa clémence.

— Nous avons confié une enquête à monsieur d'Hoffelize, notre conseiller d'État, qui fera diligence afin d'obtenir la libération de monsieur de Varennes, assura-t-il.

— Sachez qu'à Versailles certains pressent Son Altesse royale d'occuper la Lorraine et Nancy, insista Locmaria. Ils vous disent très mal intentionné à l'égard de la France.

Léopold ne se laissa pas impressionner et se garda de toute réplique face à la provocation verbale.

— Ces personnes sont surtout bien mal renseignées sur nous. Ce ne serait qu'une décision extrême et hasardeuse. J'ai fait paraître une ordonnance qui permettra à vos troupes de poursuivre sur mon territoire tous les partis qui les attaqueraient. J'espère que le roi y verra là une preuve de notre volonté inébranlable de paix et de neutralité.

L'entretien était clos. Le marquis prit congé sans

trop de protocole, frustré de s'être senti dominé par ce jeune souverain qu'il croyait sans grande expérience et qui s'était montré plus coriace que prévu. Il tenta de voir la duchesse, que l'on disait plus favorable aux vues françaises que son mari, mais celle-ci se décommanda pour raison de santé. Ce qu'il prit pour un refus diplomatique n'en était pas un. Élisabeth-Charlotte se trouvait en compagnie de Nicolas et du docteur Bagard.

Ses conseillers félicitèrent le duc de sa conduite face au représentant français.

— Nous n'avons pas de quoi nous réjouir, répondit Léopold. Ils n'auront de cesse de nous harceler jusqu'à trouver la moindre excuse pour occuper le duché. Combien de temps peut-on tenir dans cette situation ?

— J'ai été informé qu'ils avaient des agents jusque dans notre palais, avertit le père Creitzen pour appuyer le propos du souverain.

La remarque amusa Carlingford. Il en avait débusqué quatre dans l'entourage de Léopold.

— Vous voyez ce valet qui nous a ouvert la porte ? C'est un espion des Français. Ils le paient mille huit cents livres annuelles.

— Qu'attendons-nous pour l'arrêter ?

— C'est devenu inutile. Nous le payons le double afin qu'il donne aux Français les nouvelles que nous voulons qu'ils reçoivent. Nous avons aussi écrit des faux courriers à destination de la maison d'Autriche, destinés à être interceptés, qui prouvent que la maison de Lorraine n'a aucun engagement vis-à-vis de la coalition ni aucune envie de briser sa neutralité.

— Nous avons bien retenu et appliqué vos leçons,

mon père, ajouta Léopold. Mais je crains que tous nos stratagèmes n'atteignent rapidement leurs limites.

Le serviteur incriminé entra et annonça la visite du docteur Bagard, avant de se retirer sous les regards intrigués des conseillers du duc.

— Mon cher docteur, enfin, dit Léopold, impatient. Vous allez peut-être m'apporter la première bonne nouvelle de la journée. Alors ?

Le sourire du médecin répondit à sa place. Élisabeth-Charlotte était à nouveau enceinte.

175

Azlan bâilla, les yeux dans le vide, tout en mâchonnant un morceau du pain que sœur Catherine était allée chercher. Ils avaient travaillé sans relâche avec François depuis près de six heures. Le 19 août 1702 était pour eux synonyme de la pire journée vécue à Saint-Charles. La veille, vers vingt-deux heures, une détonation avait réveillé les habitants de la ville. Il se trouvait à l'hôpital avec le Hérisson blanc qui avait cru à un coup de tonnerre. Mais il n'y avait pas eu un seul nuage de la journée. Le jeune homme, intrigué, était monté au dernier étage, dans le grenier où étaient entassés des lits et des paillasses, et avait ouvert la petite fenêtre ronde donnant sur la rue. Une odeur de poudre avait envahi ses narines. Au nord-est, dans la ville-vieille, s'élevait une colonne de feu. Tout autour, les maisons étaient visibles comme en plein jour.

— L'Arsenal !

Moins d'une heure plus tard, les premiers blessés affluaient : des ouvriers qui travaillaient dans l'entrepôt où avait eu lieu l'explosion, brûlés, choqués, puis des riverains, asphyxiés par les fumées dégagées, et enfin des secouristes qui tentaient de circonscrire l'incendie.

— Juste la journée où Nicolas est absent, avait grogné François devant le nombre de patients en attente de soins.

Ils avaient accepté les quarante premiers dont ils avaient trié les urgences et mis en attente les cas les moins graves tout comme les mourants. Les suivants avaient été redirigés vers l'hospice Saint-Julien et l'hôpital Saint-Jean.

Lorsque l'aube avait pointé ses premiers rayons, l'incendie était toujours visible depuis la ville-neuve et une odeur de soufre flottait dans les rues et sur les maisons.

Azlan finit son pain et but une demi-bouteille de vin. Il était assoiffé. François, épuisé, avait perdu deux patients faute de soins adaptés et était parti se reposer.

— Que s'est-il passé ?

Nicolas venait d'entrer dans l'office, son grand sac de cuir à la main, de retour de Pont-à-Mousson.

— Enfin, te voilà ! s'écria Azlan.

Son soulagement et la fatigue lui firent monter les larmes aux yeux.

— Que s'est-il passé ? répéta Nicolas. Cette odeur ? Un incendie aux tanneries ?

Le jeune chirurgien lui apprit ce que les premiers blessés avaient raconté. Une équipe d'ouvriers avait été chargée de travailler le soir dans une des salles de l'Arsenal, dont une partie du toit s'était effondrée sur le stock de poudre. Le mélange de salpêtre, de soufre et de charbon devait être transféré dans un lieu sec et couvert sans attendre.

— Un des ouvriers a utilisé un seau dont le fond était percé. Il a répandu de la poudre jusqu'à l'entrepôt principal, où ils transféraient le mélange de la salle sans toit. Personne ne sait comment la traînée a pris feu, mais l'étincelle s'est propagée jusqu'au chaudron principal. Lui et ses camarades qui se trouvaient à moins de cinq mètres ont littéralement disparu. Quant aux autres... il n'y a que toi pour pouvoir en sauver quelques-uns, Nicolas. Je t'assisterai.

— Je monte déposer mes affaires et te rejoins à la salle des soins. Waren est-il là ?

— Nous n'avons pas de nouvelles de lui.

— Demande aux ouvriers s'ils connaissent la composition de leur poudre. Je vais préparer des onguents et des remèdes.

Moins d'un quart d'heure plus tard, Nicolas était au travail. Il réalisa, au vu des blessures, quelle avait été la difficulté de ses deux amis. Il proposa à Azlan de se reposer, mais le jeune chirurgien insista pour rester. Les premiers brûlés, qui étaient arrivés six heures auparavant, souffraient de fièvre et de soif intense. Aucun ne pouvait trouver le sommeil en raison de l'intensité de ses douleurs. Mais l'hôpital était à court d'opium et de laudanum. Il ne restait plus que les décoctions de saule, qui furent données en priorité aux ouvriers de l'Arsenal en raison de la surface importante de leurs blessures. Les sœurs avaient lavé leurs visages et appliqué du baume styrax aux endroits où la peau avait été brûlée en profondeur. L'explosion avait aussi provoqué indirectement des contusions plus ou moins importantes.

Nicolas fit une attelle à la jambe droite d'un tabellion de la ville-neuve, après avoir réduit plusieurs fractures : l'homme, qui avait entendu la détonation, s'était penché depuis son balcon afin de mieux apercevoir l'incendie et, mal réveillé, en était tombé. Plusieurs sauveteurs s'étaient présentés en état de faiblesse après un début d'asphyxie. Azlan avait réquisitionné les blessés les plus légers afin de surveiller l'état de veille de ceux que les gaz dégagés avaient intoxiqués. Il y eut quelques plaies à refermer, beaucoup de corps étrangers dans les yeux et une femme à qui l'accident avait fait perdre les eaux.

En début d'après-midi, François émergea de sa chambre pour relayer Nicolas et Azlan. En fin de soirée, les trois hommes se réunirent à la cuisine afin d'organiser les journées à venir.

— On manque de remèdes, indiqua François.

— On n'a plus de charpie non plus et plus de linge pour en faire, ajouta Azlan.

— Les sœurs sont à court de nourriture, compléta Nicolas. Et je suppose que les autres hôpitaux sont comme nous. Le comte Carlingford est passé, le duc va nous aider. Nous allons recevoir des sacs de blé et la manufacture de draps va nous donner toute sa réserve.

— Quelle journée…, renchérit Azlan.

Il distribua le pain qui restait de la veille. Ils mastiquèrent en silence. L'odeur de poudre brûlée leur parvenait encore par la fenêtre ouverte. La même que celle qu'ils respiraient lors des combats en Hongrie. Nicolas et Azlan y pensèrent, mais aucun ne voulut l'évoquer. Nicolas referma la fenêtre.

— J'avais une annonce à vous faire, dit-il après les avoir regardés avec gravité. Le moment peut sembler mal choisi, mais je voudrais la partager avec vous, maintenant.

François tenta une plaisanterie.

— Tu renonces aux feux d'artifice pour ton anniversaire ?

Azlan lui envoya une bourrade à l'épaule.

— Idiot ! Vas-y Nicolas, parle…

— La duchesse a demandé à Marianne d'être sa sage-femme pour son futur accouchement.

Azlan se figea :

— Ce qui signifie qu'elle va revenir ici ? S'installer à nouveau ?

— Non.

En retrouvant Marianne au pavillon de chasse, Nicolas avait décidé de lui ouvrir son cœur sur ses doutes, sur ses craintes, sans imaginer qu'elle avait les mêmes. Se voir chaque semaine en se cachant, sans aucun espoir de vie commune, n'était pas dans leur nature. Depuis le mois de décembre qu'ils vivaient ainsi, ils en avaient conçu plus de frustration que de plaisir. Et leur flamme n'était plus aussi forte. Chacun avait le sentiment que l'autre avait changé, qu'il n'avait plus les mêmes attentions ni les mêmes exigences. Et aucun ne voulait d'une relation mièvre, aucun ne voulait de compromis. La conclusion s'était imposée d'elle-même.

— Notre relation a pris fin. Marianne est une femme formidable et la meilleure praticienne du duché. Je tenais à ce que vous en soyez les premiers avertis. Je voulais aussi m'excuser du trouble que j'ai pu causer à notre amitié. Maintenant, je retourne à mes malades, ajouta Nicolas avant de sortir.

François et Azlan, interloqués par la nouvelle,

étaient restés sans voix. La clochette de la cuisine les tira de leur stupeur. Les sœurs les appelaient. La vie continuait.

176

L'automne, qui entra en scène après un été chahuté, se montra houleux. L'opinion du roi de France oscillait entre les lettres de son représentant permanent à Nancy, monsieur d'Audiffret, qui décrivait à coup de missives quotidiennes un duché partisan, favorisant les impériaux dans leur opposition aux Français, et les suppliques de Léopold, qui martelait sa neutralité et son dévouement envers l'oncle de sa femme.

« Un parti de hussards est venu ces jours passés au village d'Hellimer où il n'a pas touché aux biens des Lorrains, mais il a rançonné certains des sujets de Votre Majesté », écrivit Audiffret. « J'éprouverais un chagrin infini si on nous imputait à crime les courses des ennemis dans les évêchés, répondit Léopold, une chose à laquelle je n'ai aucune part et que même il n'est pas en mon pouvoir d'empêcher sans donner atteinte à la neutralité que Votre Majesté a eu la bonté de m'accorder. »

Malgré les efforts des Lorrains, monsieur de Varennes n'avait toujours pas été libéré. La position du duc était de plus en plus précaire. Tous le savaient mais chacun faisait semblant de croire que le petit État allait, une fois de plus, survivre à une crise avec son encombrant géant de voisin.

À Saint-Charles, les trois amis étaient plus soudés que jamais. Marianne n'était plus un sujet de discorde.

Elle avait rejoint la duchesse au mois de septembre et logeait au palais. Sa présence avait rassuré Élisabeth-Charlotte, dont la grossesse était plus difficile que les trois précédentes. Nicolas avait écrit à Rosa, qui n'avait pas répondu. Mais il savait par Azlan qu'elle avait lu sa lettre. Il lui pardonnait et lui demandait pardon. Elle en avait tiré un grand soulagement. Son état physique s'était alors petit à petit amélioré.

Nicolas n'avait plus eu de nouvelles du juge d'Épinal, à qui ils avaient envoyé un compte rendu de l'autopsie qu'Azlan avait réécrit en omettant de signaler la présence du couteau. Le procureur Bourcier était, de son côté, intervenu en se déplaçant en personne à la fin du mois de novembre dans le bailliage d'Épinal. L'affaire serait sans suite.

Le sonneur de cloches était monté au sommet de la tour du chevet de la cathédrale de Toul afin d'en réparer le maillet. Il aimait la vue qu'il avait et ne se lassait pas d'admirer la campagne vallonnée des alentours. La ville, située à vingt-cinq kilomètres de Nancy, était très proche de la frontière avec le duché lorrain. L'homme effectua son travail et, au moment de redescendre, aperçut la colonne de soldats qui serpentait dans les faubourgs de Toul. Il compta cinq bataillons et quatre escadrons des armées françaises avant de descendre prévenir son prélat. Le roi Louis avait décidé, sous la pression de son état-major, de concentrer ses troupes au plus près du petit État, ultime étape avant l'occupation du duché. La nouvelle fit le tour de la ville en moins de deux heures, puis s'infiltra dans le duché et parvint à Nancy le soir même, par la voix de marchands qui revenaient d'une foire agricole, où elle se répandit comme une épidémie de vérole. La pire des craintes lorraines était en train de devenir réalité. Certains habitants se rendirent spontanément devant le palais ducal où aucune agitation ni fébrilité ne semblait régner et rentrèrent chez eux à la tombée de la nuit, quelque peu rassurés.

Léopold avait été prévenu dans l'après-midi par ses agents dans l'évêché. Il avait convoqué monsieur d'Audiffret et passé une partie de la nuit à négocier avec lui les conditions d'une éventuelle reddition de la ville. Il tentait de gagner du temps. Une fois le Français parti, il dormit quelques heures et se leva avec l'aube, bien décidé à se battre diplomatiquement jusqu'au bout.

> *Votre Majesté est l'arbitre de mon sort, je le remets entre les mains de Dieu et les siennes. Elle peut faire de moi ce qu'il lui plaira. J'ai encore bien moins la volonté que le pouvoir de lui résister...*

Léopold relut la lettre qu'il venait de dicter. Il la data du 1er décembre et la signa. Son secrétaire la plia, fit couler le cachet de cire et apposa le sceau ducal avant de la transmettre au coursier chargé de gagner Versailles sans délai.

— Cette supplique est notre dernière chance, affirma le père Creitzen qui se tenait assis dans un angle de la pièce.

— Le croyez-vous vraiment ? l'interpella Léopold.

Personne n'eut le courage de répondre.

Dans la journée, monsieur d'Audiffret vint sonner

le glas de leurs espoirs, sans même attendre que le roi prenne connaissance de la dernière missive de Léopold. Il comprit que leur sort avait déjà été réglé. Il n'était pas question de subir l'humiliation d'une nouvelle occupation. Le duc fit venir Marianne et la questionna sur l'état de santé de sa femme dont la grossesse était entrée dans son dernier mois. La réponse de la sage-femme facilita sa décision.

177

Le Sauvage bruissait des dernières rumeurs sur l'avancée des troupes françaises. Les conversations étaient animées, parfois même entre les tablées. Les trois chirurgiens de Saint-Charles s'étaient installés à leur place habituelle, mais à une heure qui l'était moins, pour prendre leur déjeuner et profiter des dernières nouvelles.

— J'ai un oncle qui était à Toul hier et qui les a vus, affirma un des clients, suffisamment fort pour être entendu de toute l'assemblée. Plusieurs régiments !

— Tant qu'ils ne marchent pas sur Nancy, ils peuvent faire ce qu'ils veulent en France, objecta un autre. Ils vont sans doute rejoindre Château-Salins pour s'opposer aux impériaux. Moi, je dis qu'on s'affole pour rien !

— Pour rien ? As-tu la mémoire si courte que tu oublies qu'ils étaient là il y a seulement quatre ans ? renchérit un troisième, assis à sa gauche. Et je n'étais pas né quand ils nous ont envahis la dernière fois.

— Mais qu'ils viennent, qu'ils y viennent, on les repoussera ! cria le premier en se levant.

— Avec quoi ? rétorqua Aubry qui servait les consommations tout en suivant le débat. Nous n'avons même pas de murailles pour nous défendre.

— Nous avons l'armée lorraine ! répliqua l'homme avec pompe.

— Quelques buttiers et quelques gendarmes, la belle affaire ! intervint François.

— Non, je veux parler de nos régiments qui ont combattu avec l'armée impériale contre les Ottomans, expliqua le client en se plaçant au centre de la pièce pour mieux haranguer son auditoire. J'y étais, et d'autres aussi ! ajouta-t-il en montrant du doigt Nicolas et Azlan. Si on réorganise notre armée, on a une chance de nous défendre. Pas vrai, les gars ?

François intervint avant même que ses amis n'aient pu répondre.

— Nous ne sommes pas en campagne, ici, c'est notre ville et il y a nos femmes et nos enfants. Tu veux quoi ? Qu'on se fasse tous massacrer pour rien ?

Le client se rapprocha d'un air menaçant du Hérisson blanc, qui se leva. L'individu le dépassait de deux têtes.

— Dis donc, toi, tu n'as plus ni femme, ni enfant et tu n'as même pas fait la guerre ! Au nom de quoi est-ce que tu pourrais me donner des leçons ? Peut-être est-ce que cela t'arrange le retour des Français ?

François plongea sa main dans la poche de son haut-de-chausses à la recherche de son scalpel. Nicolas s'en aperçut.

— Arrêtez ! hurla-t-il en s'interposant vivement entre les deux hommes.

— Non ! renchérit Azlan en repoussant le client des deux mains.

— Arrêtez ! répéta Aubry en tirant François par le bras.

La tension retomba rapidement. Les deux hommes s'excusèrent.

— Cette fois, ça y est ! s'exclama une voix dans leur dos.

Tous se tournèrent vers le dernier venu, un marchand connu pour posséder la plus grande flotte de chariots de la ville. Il s'approcha du comptoir pour être entendu de tous.

— L'entourage du duc a commandé tous mes équipages pour ce matin.

— Tous ?

— Tous ! Vingt-cinq chariots ! On vient de finir de les livrer au palais. Il y a une agitation là-bas, si vous aviez vu ça ! Ils déménagent tout ! C'est la fin, messieurs ! C'est la fin !

178

Élisabeth-Charlotte se tenait debout, immobile, au centre de la cour intérieure balayée par un vent glacial. La petite princesse Élisabeth-Charlotte, âgée de deux ans, s'était endormie dans ses bras. Malgré la rondeur de son ventre et la nuit sans sommeil, la duchesse avait refusé qu'elle fût portée par une autre. L'enfant avait cauchemardé et pleuré toute la nuit. Autour d'elles, l'agitation avait atteint son paroxysme. Les serviteurs, qui avaient démonté les meubles et emballé argenterie et bijoux, les chargeaient dans les fourgons qui, une fois pleins, prenaient la route vers Lunéville. Tous ceux qui ne participaient pas au déménagement s'étaient massés dans la cour et aux fenêtres pour assister, hébétés ou en pleurs, au départ de la famille ducale.

Nicolas avait accouru depuis *Le Sauvage*. Il chercha Marianne dans la cour, puis dans le palais. Carlingford l'avait vue dans les appartements de la duchesse, occupée à remplir un sac de linges et d'onguents, mais les pièces étaient déjà désertées quand il les parcourut. Pris d'une soudaine intuition, il gagna la tour de l'Horloge et grimpa au dernier étage, au-dessus de la galerie des Cerfs, au fond duquel se trouvait la seule pièce où elle aurait voulu s'isoler en pareille circonstance : la bibliothèque du palais.

— Marianne !

Elle se retourna, une pile de livres en main.

— Nicolas ! Je pars avec la duchesse, annonça-t-elle en les posant dans un sac ouvert.

— Dans quel état se trouve-t-elle ?

— Le fœtus n'est pas encore retourné, il n'y a pas de risque d'accouchement prématuré.

— Faut-il que je vous accompagne ? Qu'a dit le duc ?

— Lunéville n'est qu'à six lieues. Tout va bien se passer. Le sieur Thirion nous attend sur place. Il sera l'accoucheur. Ce n'est pas moi qui l'ai demandé, ajouta-t-elle pour prévenir tout malentendu.

Elle ferma son sac et fut surprise de son poids en voulant le porter. Nicolas lui prit des mains.

— Si j'avais pu, j'aurais emmené toute la bibliothèque ! avoua-t-elle. Il y a des ouvrages qui feraient pâmer d'envie notre bon Pujol.

Marianne baissa la tête. Elle avait tenu bon dans la tempête qui secouait tout le palais et fit un effort pour ne pas pleurer…

— Suffisamment de larmes ont été versées aujourd'hui, je ne vais pas ajouter mon ruisseau à ce grand fleuve.

Nicolas la prit dans ses bras.

— Il n'y a aucune arrière-pensée dans mon geste, prévint-il.

— Je le sais, il était inutile de le préciser, Nicolas. Nous avons tous besoin de douceur en ce jour. Tous.

Ils restèrent plusieurs minutes sans bouger, sans parler. Du dehors parvenaient les cris de désespoir de la foule, de plus en plus nombreuse, qui s'était massée dans la Grande-Rue et place de la Carrière, entourant d'un cordon protecteur et dérisoire leur souverain face à l'invasion qui se préparait.

— Je dois y aller. La duchesse va partir. Je ne sais pas si nous nous reverrons. Je voulais vous dire…

Nicolas posa son doigt sur les lèvres de Marianne et l'interrompit.

— Chut… Moi aussi, je voulais vous le dire : vous avez été si importante pour moi. Sans le désir de vous retrouver, jamais je n'aurais tenu quatre ans sur les champs de bataille. Plus que les mots, laissons nos yeux se parler une dernière fois.

— Vous voulez vraiment me faire pleurer, Nicolas ? prévint-elle, la voix nouée d'émotion. En fait, je voulais vous dire que la représentation théâtrale de ce soir était annulée.

La plaisanterie était si inattendue qu'ils éclatèrent de rire, un fou rire nerveux, libérateur, bienfaiteur. L'horloge de la tour, située juste au-dessus de leurs têtes, s'empressa de leur rappeler l'urgence de la situation.

— Prenez grand soin de vous. Vous êtes la plus grande praticienne que j'aie jamais connue.

— Je vous souhaite beaucoup de bonheur, Nicolas... même avec la marquise de Cornelli.

Le capitaine chargé de sa protection vint prévenir la duchesse que son attelage était prêt. Léopold caressa les cheveux de sa fille et embrassa sa femme dans un geste spontané de tendresse bien peu protocolaire. Il avait dirigé les opérations depuis la veille et son visage était marqué par la tension et l'épuisement. Le souverain avait délaissé sa perruque et ses cheveux en bataille accentuaient le sentiment de débâcle de la famille de Lorraine.

— Que Dieu fasse que notre futur prince ne naisse pas au bord d'une route, espéra-t-il en touchant le ventre de son épouse. Notre humiliation est suffisamment grande ainsi.

— Je vous promets qu'il viendra à terme dans le château de votre ancêtre. Je vous le promets, Votre Altesse.

Le mot arracha un sourire à Léopold. Jamais Élisabeth-Charlotte ne l'avait appelé ainsi. Le courage de sa femme l'impressionnait. Elle croyait encore en lui et il ne la décevrait pas. Il ne décevrait pas ses ancêtres, ni son peuple, même souverain d'un État en peau de chagrin.

— Rejoignez-moi dès que possible, enjoignit-elle.

— Je serai près de vous ce soir, promit Léopold.

Elle jeta un dernier regard au palais avant de monter dans sa chaise de poste. Madame de Lillebonne et toutes les personnes de sa suite étaient déjà installées dans des carrosses qui attendaient place de la Carrière. Lorsque le véhicule transportant la duchesse et sa fille parut dans les rues, il y eut d'abord des applaudissements, des clameurs, mais alors que la chaise de poste passait devant eux, les habitants virent les larmes de leur souveraine. Tous comprirent que le convoi qui s'ébranlait abandonnait Nancy devant la menace des troupes françaises. Ce furent alors des cris, des pleurs, des hurlements. La frayeur s'était emparée de la ville.

179

La situation à Saint-Charles était la même que dans tous les quartiers. Certains malades avaient décidé de partir, d'autres de rester. Un religieux, traité en secret pour des papules de syphilis sur le corps, avait quitté précipitamment l'hôpital, le torse encore enduit de sels mercuriels. Un bourgeois de la rue de la Monnaie, opéré avec succès d'un calcul à la vessie, s'était enfui en tenant à la main le drain de charpie par lequel l'humeur continuait de s'écouler. Pour les autres, la question ne se posait même pas : leur état ne leur permettait pas d'être transportés.

Nicolas fit le tour des lits, accompagné de sœur Catherine, afin de rassurer les patients.

— Les Français ne sont pas les Ottomans et nous ne sommes pas en guerre contre eux. Vos vies ne sont pas en danger, annonça-t-il à chacun. J'ai obtenu de la part du comte de Carlingford le détachement de plusieurs gardes à pied pour la protection de notre hôpital. Nous ne risquons rien, martela-t-il.

— À une heure, une messe sera dite pour le salut du duché, ajouta la religieuse. Que ceux qui le peuvent y participent. Dieu, dans sa grande miséricorde, aura pitié de nous.

Les places des partants furent très vite occupées par les premiers blessés issus des déménagements forcés, et les trois chirurgiens travaillèrent le reste de la matinée à panser les plaies, réduire les luxations ou consolider les fractures. Vers deux heures après le midi, ils se ménagèrent une pause à la cuisine.

— La peur de la guerre fait autant de dégâts qu'une batterie de canons, remarqua François.

Il laissa tomber dans sa gamelle une panade de gruau collante et visqueuse.

— J'en ai parfois marre de manger les mêmes plats que les malades, ajouta-t-il en reniflant sa nourriture.

— Il reste un peu de bouillon de veau, lui indiqua Azlan. On peut se le réchauffer.

— Ce n'est pas de refus, fils. Il fait froid même à l'intérieur. À croire qu'on en est déjà aux restrictions !

Sœur Catherine revint de la messe porteuse d'une nouvelle qui l'avait fait courir tout le trajet. Essoufflée, elle attendit de retrouver sa respiration avant de pouvoir les informer :

— Il a été dit au prêche que les Français ne sont qu'à vingt kilomètres de la ville...

— La duchesse doit être à Lunéville à l'heure qu'il est, rassura Nicolas.

— Mais il paraît qu'ils ont l'intention de brûler tous les bateaux du Crosne ! ajouta-t-elle comme un coup de tonnerre.

Tous les regards se tournèrent vers François qui venait de se servir du bouillon chaud. Il lança son bol contre le mur.

— Jamais ! hurla-t-il.

Aucun uniforme n'était visible aux alentours du port. Nicolas s'était posté sur le pont de Malzéville pour s'en assurer, à la demande de François, avant de retourner l'aider à embarquer les affaires qu'il avait rassemblées à la hâte.

— Peut-être devrais-tu attendre, proposa Nicolas. Si ce n'était qu'une rumeur ?

— Et la famille de Lorraine qui fuit Nancy, c'est une rumeur aussi ? rumina le Hérisson blanc.

Il montra de la main l'agitation autour d'eux.

— Et ça, ce n'est qu'une rumeur, peut-être ?

Trois embarcations avaient déjà quitté le port et d'autres s'apprêtaient à le faire, chargeant, comme lui, des vivres et des vêtements en hâte dans leurs esquifs.

— Non, Nicolas, ce coup-ci, je pars !

Ils hissèrent deux grosses malles sur son chaland, qu'ils attachèrent contre le mât. François s'adossa à la poutre, le dos douloureux.

— Je t'avouerais que, ces derniers temps, j'avais plutôt remisé mon voyage sur la *Nina*. Je vieillis. Finalement, mon rêve, c'était de l'avoir construite, pas de naviguer avec.

— Nous nous en étions aperçus, confirma Nicolas. C'était devenu une sorte de jeu entre Germain, Azlan et moi. Le seul qui te croyait encore capable de partir était Azlan.

— Le brave petit ! Dommage qu'il ait dû rester à Saint-Charles. Bon, je crois que j'ai tout ! lança-t-il après avoir vérifié son chargement.

Ils tombèrent dans les bras l'un de l'autre.

— Jamais je n'aurais pensé que nous nous ferions

nos adieux dans ces conditions. Je ne suis pas doué pour ça, tu sais, avoua François.

— Tant mieux, parce que tu vas nous revenir vite ! Dès que tu arrives à la mer, fais demi-tour, on ne pourra pas se passer de toi bien longtemps, ajouta Nicolas dont l'émotion était aussi palpable.

— Je ne mettrai plus les pieds dans le duché tant qu'il y aura des Français ! Ils ne nous ont valu que des ennuis à tous les deux.

Ils se firent une nouvelle accolade. François regarda Nicolas droit dans les yeux et se massa nerveusement le menton.

— Il y a…, commença-t-il. Il y a quelque chose que je voulais te dire, fils. Que je voulais te dire depuis longtemps.

Il se gratta les cheveux à travers son bonnet blanc.

— Crois-tu que ce soit bien nécessaire, maintenant ? demanda Nicolas.

— Tais-toi, tu ne sais pas de quoi je veux te parler, répliqua le Hérisson blanc, mal à l'aise.

— Si. Des cinq mille francs de l'opération du gouverneur. Je sais que c'est toi qui les as gardés.

— Comment… comment… ? bafouilla François avant d'être incapable de parler plus.

— Le chevalier de Rouault t'avait confié la bourse afin de me la donner. Il n'avait pas confiance en Malthus.

Le vieux maître prit son bonnet entre les mains et le tordit.

— Tout ce temps, depuis tout ce temps je voulais te l'avouer, mais je n'ai jamais pu, je n'ai jamais su… c'était si… difficile ! Je suis un misérable, un misérable !

— Tu avais besoin de cet argent pour la *Nina*, excusa Nicolas.

— C'est vrai que j'avais emprunté pour acheter le mât. Beaucoup trop. Je devais rembourser… Oh, je suis un misérable ! répéta François.

— Non. Tu es un homme fidèle, un homme d'honneur. Tu es mon ami.

François posa sa tête sur l'épaule de Nicolas et pleura.

— C'est la première fois, dit-il en reniflant, la première et la dernière fois que tu me vois pleurer. Et ce n'est pas à cause du duc et des Français, non ! Mais parce que j'ai trahi mon meilleur ami et qu'il est si bon qu'il m'a pardonné.

Il se moucha dans le bas de sa chemise.

— Mais toi, il y a une chose que tu ne sais pas, lui confia Nicolas. Cet argent, j'avais l'intention de te le donner.

— Vraiment ? demanda le Hérisson blanc en séchant ses larmes.

— Oui. En le prenant, c'est un peu comme si tu avais anticipé le paiement.

— Mais cela t'a conduit en prison et à l'exil ! protesta François.

— J'y ai énormément appris. Jamais je n'aurais fait de Saint-Charles ce qu'il est aujourd'hui sans mes quatre années de campagne. Et j'ai rencontré Azlan.

— Tu n'es pas seulement le meilleur chirurgien de tous les royaumes confondus, tu es l'homme le plus droit que je connaisse ! Le plus libre aussi.

— Tellement libre que j'ai perdu les deux femmes que j'ai aimées…, regretta Nicolas. Va, maintenant, sinon nous serons encore à nous saluer que les Français auront relevé leurs régiments.

Après une dernière étreinte, Nicolas regagna la berge et défit la corde d'amarrage qu'il lança à François. Le Hérisson blanc dénoua les liens qui retenaient la voile. Elle se déplia en claquant au vent. La *Nina* était prête. Il se mit à la barre.

— Il y a une dernière chose que je voulais te dire, petit : Rosa t'aime et tu l'aimes encore. Cela crève les yeux, même les miens. N'attendez pas la fin de l'occupation pour vous retrouver.

— Bon vent, capitaine.

180

Assis à son bureau, Léopold avait pris connaissance des derniers rapports des agents qui suivaient l'évolution de l'avancement des troupes du comte de Tallard. Les régiments français avaient rejoint Pont-à-Mousson où une centaine de bateaux avaient apporté de l'artillerie et des munitions. D'autres étaient attendus en provenance de Marsal avec des réserves de sacs de blé.

Ils sont des milliers armés et équipés pour un siège et nous, quelques centaines dans une ville sans défenses, médita le duc. *Dès demain, ils seront à nos portes.*

— Tout est prêt pour votre départ, Votre Altesse, annonça Carlingford. Je ne saurais trop vous conseiller de ne pas tarder.

Le souverain se leva et alla saluer le père Creitzen, dont l'état de santé ne lui permettait pas de se déplacer.

Il prit les deux mains de son ancien précepteur et les baisa comme un fils l'eût fait à son père.

— Alors, nous y sommes, dit le prêtre allemand en articulant avec difficulté.

— Oui, nous y sommes…, répéta Léopold. Avons-nous fait tout ce qu'il fallait pour résister ?

— N'ayez pas de regret. Vous allez épargner à votre peuple de verser le sang inutilement. Les Français finiront par s'en aller. Peut-être ne le verrai-je pas de mon vivant, ironisa-t-il en effleurant la bosse qui enflait sa mâchoire. Mais ils partiront. Une fois à Lunéville, continuez à exercer votre pouvoir, Votre Altesse. Édictez des lois, faites briller la Lorraine. Ce ne sont pas quelques bataillons de passage qui devront vous écarter de votre tâche : régnez ! Ainsi, vous résisterez.

La longue tirade avait fatigué le père Creitzen. Il promit à Léopold de le rejoindre dès que son état le lui permettrait. Il lui était, avec Carlingford, indispensable.

Léopold ne fit pas le tour du palais pour lequel il n'avait aucune nostalgie. Il ne l'avait occupé que quatre ans et l'avait trouvé triste et de conception ancienne. Mais il n'acceptait pas de devoir quitter sa capitale sous la menace. Il s'était assuré avec monsieur de Caillères que les troupes françaises ne commettraient aucune violence ni exaction sur ses sujets, mais il connaissait trop bien les hommes de guerre pour savoir qu'une armée d'occupation s'installait toujours dans la force. Le duc avait fait chercher Nicolas afin qu'il examine à nouveau le père Creitzen, dont l'état de santé l'inquiétait. Le souverain voulait connaître son diagnostic avant de quitter Nancy. Mais les gendarmes ne trouvèrent le chirurgien qu'à son retour du port du Crosne. Il était près de trois heures de l'après-midi et tous les conseillers du duc le pressaient de partir sans plus attendre. Léopold céda en partie à leurs demandes et gagna les jardins du palais. Il avait été décidé de quitter la ville dans la plus grande discrétion afin de ne pas affoler encore plus le peuple. Seuls quatre gardes du corps l'accompagneraient. Carlingford était chargé de s'occuper de la transition avec le futur gouverneur militaire de la place.

Nicolas entra au palais quelques minutes plus tard. L'examen du vieil homme fut rassurant : la tumeur était certes réapparue, mais elle ne présentait pas un caractère de gravité et son opération pouvait attendre plusieurs jours. Le chirurgien fut conduit à Léopold, qui se tenait au fond du jardin, près du bastion de Vaudémont par le chemin d'enceinte. Des chevaux avaient été discrètement amenés de l'autre côté des douves. Plus loin, sur le chemin de Lunéville, une chaise de poste prendrait le relais.

Il rassura le souverain sur l'état de santé de son mentor.

— Prenez bien soin de lui, demanda le duc. Il est comme ma famille. Et je n'ai confiance qu'en vous. C'est aussi parce que je n'ai confiance qu'en vous que j'ai voulu vous voir avant de partir. J'ai une mission à vous confier qui doit rester secrète. Qui doit le rester jusqu'à ma mort.

Nicolas acquiesça d'un hochement de tête.

— Messieurs, pouvez-vous nous laisser quelques minutes ? ordonna Léopold.

— Mais que fait-il ? marmonna Carlingford qui surveillait son départ depuis une des fenêtres des appartements.

Les gardes du corps s'étaient éloignés pendant

l'aparté de Léopold et Nicolas. Le comte traversa la cour puis les jardins en courant et gesticula en apercevant les deux hommes sur la pointe du bastion.

— Votre Altesse, il vous faut partir ! Votre protection est minimale et le temps qui passe pourrait permettre à des personnes mal intentionnées de s'arranger pour vous intercepter. Nous n'aurons plus l'effet de surprise pour nous !

— Nous avons fini, indiqua Léopold, tout en jetant un regard appuyé à Nicolas. N'oubliez pas votre mission, maître Déruet, chuchota-t-il en le quittant.

Le petit groupe traversa la prairie qui ceignait la partie est de la ville. Carlingford et Nicolas les suivirent des yeux jusqu'à ce qu'ils disparaissent sur le sentier qui menait à Bonsecours.

181

Le lendemain matin, à dix heures, les troupes françaises entrèrent par la porte de Notre-Dame, qui fut ouverte après une résistance symbolique. Les premiers régiments prirent position sur la place de la Carrière d'où le comte de Tallard investit le palais ducal. Le reste des unités gagna la place du marché de la ville-neuve. Peu après leur arrivée, les soldats reçurent leurs billets de logement et prirent possession de leurs chambres chez des habitants médusés ou abattus. La cohabitation allait devoir recommencer.

Carlingford, qui avait refusé de voir le spectacle des troupes passées en revue et leur bannière hissée, était resté dans son bureau. Monsieur de Caillères était allé accueillir l'état-major à la porterie et se comportait comme le maître de maison. Il leur fit une visite rapide du palais. La désolation qui se lisait sur le visage de ceux qui étaient restés contrastait avec la gaieté des militaires débarqués. Le comte céda aux usages et vint saluer, au nom du duc, Tallard et ses aides de camp. Au moment de se retirer, il fut retenu par l'un d'eux.

— Comte de Carlingford, Votre Excellence, je voudrais vous entretenir d'une affaire d'importance. Je m'appelle De Maisonsel. Puis-je avoir votre attention ?

Ils s'écartèrent du groupe en compagnie d'un autre officier qui ne se présenta pas.

— Nous avons des raisons de croire que se trouve à Nancy un homme qui est recherché en France pour un délit des plus graves. Un crime sur un représentant de notre royaume.

— Que voulez-vous dire ? Savez-vous qui il est ? interrogea sèchement Carlingford.

— Il s'agit du chirurgien Nicolas Déruet qui a perpétré un meurtre sur la personne du gouverneur de Nancy, il y a de cela huit ans, répondit De Maisonsel qui semblait mal à l'aise de la situation.

— J'ai le regret de vous informer qu'il s'agit d'une erreur et que le sieur Déruet fut innocenté dès son retour au duché. Nous avons un jugement pour le faire valoir, répliqua Carlingford.

— Et nous avons un jugement qui le condamne ! s'écria le second officier en lui tendant un papier.

Carlingford le lut et le rendit sans cacher son agacement.

— Votre condamnation n'a aucune valeur, elle émane d'un juge français pour une affaire qui s'est produite dans notre État. Votre papier est caduc, monsieur... ?

— Je suis le colonel Courlot. Jean-Baptiste Courlot.

— Votre nom ne m'est pas inconnu, remarqua Carlingford qui venait de l'identifier.

— J'étais le médecin du gouverneur de Rouault quand les faits se sont produits.

— J'en suis fort marri, mais, pour nous, monsieur Déruet est innocent. Définitivement. Et votre présence n'y change rien. Nos lois restent en vigueur sur notre État. Maintenant, messieurs...

— Bien sûr, concéda De Maisonsel, nous sommes désolés de vous avoir importuné en ce moment particulier.

Le comte les avait à peine salués que Courlot l'interpellait :

— Attendez ! Nous voudrions le voir pour l'interroger à nouveau. Il s'est soustrait à nous il y a huit ans. S'il est innocent, comme vous le prétendez, il n'a rien à craindre.

Carlingford revint sur ses pas et toisa le Français.

— N'auriez-vous pas un compte personnel à régler, monsieur Courlot ?

— Je ne cherche qu'à réparer une mort ignominieuse, répondit l'officier en pointant le menton.

— Une opération risquée qui a mal tourné, corrigea le comte.

— Où est-il ?

— Je n'en sais rien, il a quitté le duché il y a bien longtemps, mentit Carlingford.

— Votre information est inexacte, Votre Excellence, jubila Courlot. Nous avons fait faire une enquête par monsieur de Caillères et, il y a encore une semaine, ce chirurgien exerçait dans un de vos hôpitaux.

— Alors, Dieu, pourquoi me poser des questions

dont vous avez la réponse ? s'emporta Carlingford. Monsieur De Maisonsel, s'il vous plaît ! ajouta-t-il à l'adresse de l'aide de camp dont la gêne était visible.

— Nous ne voulions pas créer d'incident, Votre Excellence, répondit De Maisonsel, et c'est pourquoi nous vous demandons officiellement le droit de nous rendre à l'hôpital Saint-Charles pour interroger monsieur Déruet. Rien de plus.

— Rien de plus ? À votre aise. Mais je vous interdis formellement tout esclandre dans notre hôpital, m'avez-vous compris ? Je vous en tiendrai pour personnellement responsable, monsieur De Maisonsel.

— Vous pouvez compter sur moi, Votre Excellence.

Une fois seul, le comte se rua vers le capitaine des gardes lorrains et lui résuma la situation.

— Prenez les heiduques avec vous, ils connaissent bien Nicolas. Fouillez tout Nancy s'il le faut, mais vous devez absolument trouver maître Déruet. S'il devait tomber entre les mains des Français, ils l'emmèneraient hors du duché et c'en serait fini pour lui. Allez !

Carlingford s'assit et soupira : la journée dépassait de loin toutes ses prévisions les plus pessimistes.

182

Nicolas avait regardé les troupes entrer dans la ville-vieille et était retourné à Saint-Charles où Azlan ne s'était pas présenté le matin. Le service semblait désert sans ses deux amis. Il avait attendu un moment puis, aucun patient ne s'étant présenté, il avait décidé d'aller chercher le jeune homme chez Rosa. Arrivé rue Naxon, il s'était retrouvé face à quatre gradés français qui venaient prendre possession de leur logement. Claude, qui l'avait vu hésiter à l'entrée du porche, s'était approché et lui avait appris que ni Azlan ni Rosa n'étaient présents.

Nicolas rentra à l'hôpital en pestant contre son ami et assistant. Midi avait sonné et il n'avait toujours pas avalé la moindre nourriture. Il fit une halte à la cuisine, elle aussi déserte, et avala une panade qui aurait fait hurler François. Le Hérisson blanc était parti depuis une journée et il lui manquait déjà terriblement. Peut-être s'était-il échoué à quelques kilomètres et attendait-il son heure pour rentrer ? La pensée le fit sourire.

La clochette située au-dessus de la porte tinta. Elle aussi avait été à l'origine de colères homériques de son ami qui avait failli de nombreuses fois couper son cordon d'un coup de scalpel. Il se leva, intrigué. Au lieu de l'appel habituel, trois ou quatre coups, elle sonnait à la volée, sans plus s'arrêter. Comme un tocsin en cas de danger.

Sœur Catherine était seule dans la salle des soins quand les soldats français étaient entrés, commandés par le sieur Courlot. De Maisonsel avait été appelé auprès du comte de Tallard et le médecin-colonel en avait profité pour investir l'hôpital. La religieuse avait tenté de s'opposer à eux, mais le Français avait ordonné de fouiller tout le bâtiment. Prétextant des pansages à finir, elle s'était enfermée dans la salle des soins et avait tenté de prévenir Nicolas en actionnant la cloche.

La cuisine était vide quand les militaires l'avaient investie. La fenêtre était ouverte et les restes de panade encore chauds. Courlot avait lancé ses hommes sur la piste du fugitif. Nicolas s'était réfugié dans la pièce la plus excentrée du bâtiment, qui servait de débarras à tous les linges ou vêtements usés et tachés qu'il fallait brûler, ainsi qu'aux humeurs qui étaient déversées directement dans le cours d'eau attenant. L'endroit avait la puanteur d'un cloaque. Le chirurgien avait agi dans un geste de réflexe, sans comprendre ce qui se passait.

À travers les nœuds de la porte de bois, Nicolas aperçut plusieurs soldats se disperser dans la cour. Leur officier avait l'air nerveux. Il passa une première fois devant le local. Nicolas ne le reconnut pas. Un des hommes le héla depuis une fenêtre du premier étage : les soldats avaient trouvé sa chambre et exhibaient ses ouvrages d'anatomie qu'ils lancèrent dans la cour. Le chirurgien étouffa un cri. L'odeur pestilentielle qui se dégageait de la pièce fit se retourner le Français qui tenta d'ouvrir la porte, sans succès. Il colla son œil contre une des fissures du bois, mais l'obscurité ne lui permit de rien distinguer.

Nicolas vit son visage, qui ne lui était pas inconnu, mais il ne comprenait toujours pas pourquoi il se trouvait en danger.

— Colonel Courlot ! cria sœur Catherine en pénétrant dans la cour. Si vous ne quittez pas ces lieux immédiatement, je me verrai dans l'obligation de me plaindre à votre hiérarchie ! Nous n'avons aucun chirurgien présent aujourd'hui.

Le nom du gradé lui fit l'effet d'un tison sur une plaie. Nicolas remonta le haut de ses bottes et ouvrit la lucarne.

Toujours aux prises avec la religieuse, le gradé français regardait le local avec insistance. Quelque chose l'intriguait. Il s'en approcha et enfonça sa dague dans la serrure. À l'intérieur, la clé tomba. Quelqu'un s'était enfermé.

— À moi, fit Courlot, venez enfoncer cette porte !

Nicolas avait sauté à pieds joints dans le ruisseau Saint-Thiébaut. Il avait de l'eau jusqu'à mi-cuisse et celle-ci s'était infiltrée dans ses chausses qui le ralentissaient. Il s'en débarrassa rapidement et continua son chemin. L'eau était si froide qu'il ne sentait plus la plante de ses pieds. Au moment de traverser la rue Saint-Dizier, il se cacha sous les billots de bois du pont : un régiment d'artilleurs français remontait la rue vers la ville-vieille. Il grelotta. Les militaires tardaient à s'éloigner. Autour de lui, l'eau changea de couleur et à l'odeur de vase se mêla celle du sang. La tuerie était toute proche et les écorcheurs avaient abattu des bêtes. Une moitié de carcasse de vache le dépassa, portée par le courant. Au-dessus de sa tête, les derniers soldats la virent et s'amusèrent à lui tirer dessus à coups de mousquet.

Nicolas reprit sa progression jusqu'au pont Moujat où il grimpa sur la berge pour gagner la rue. Il se trouvait à quelques mètres du seul endroit où il pourrait se sécher et se réchauffer sans risquer d'être découvert.

183

Bogdan l'heiduque décréta une pause dans ses recherches. Il avait laissé sa bouteille de vin parmi les chameaux et mules parqués dans la dépendance du bastion d'Haussonville. L'homme avait eu pour rôle de fouiller les quartiers sud de la ville-vieille afin de retrouver Nicolas, mais était revenu bredouille. Il avait pris cette mission d'autant plus à cœur qu'il appréciait le chirurgien depuis la blessure à la cuisse dont il l'avait opéré, sauvant son membre et sa dignité de guerrier. Grâce à maître Déruet, Bodgan pouvait toujours courir sur ses deux jambes, même si les prairies de Lorraine n'avaient pas la même saveur que ses steppes de Hongrie.

Lorsqu'il arriva sous les voûtes où se trouvaient les bêtes, une odeur inhabituelle l'intrigua. Odeur qu'il était le seul capable de détecter. Dans la puanteur ambiante des fèces qui jonchaient le sol, il y avait une puanteur nouvelle. Un autre remugle, mélange de vase et de charogne. Il découvrit des vêtements posés à même le sol, entre deux chameaux. Bogdan les renifla pour confirmer qu'ils en étaient l'origine, mais il en était sûr d'avance. Il sortit son couteau du fourreau.

— Range ton arme, tu ne risques rien ! déclara une voix dans son dos.

— Maître ! s'exclama l'heiduque en découvrant Nicolas habillé de ses seuls sous-vêtements. Je suis si content de vous avoir trouvé !

Bogdan expliqua au chirurgien la situation et la mission qu'on lui avait confiée.

— Il me semble qu'en l'occasion, c'est plutôt moi qui t'ai trouvé, plaisanta le chirurgien avant de frissonner. J'ai froid, ajouta-t-il. La paille m'a à peine séché et ton vin juste réchauffé.

— Ne bougez pas, je vais vous chercher des vêtements propres. Puis nous nous rendrons au couvent du Refuge.

— Au Refuge ? Pourquoi cet endroit ?

— Pourquoi ? s'étonna l'heiduque en se grattant la tête. En fait, je ne sais pas ! Ce sont les ordres : celui qui vous trouve vous emmène au Refuge. Et touche une belle prime du comte de Carlingford ! Mais, pour vous, je l'aurais fait même pour rien ! ajouta-t-il avant de détaler.

Le trajet était risqué : le couvent se trouvait à l'extrémité sud de la ville-neuve qu'ils allaient devoir traverser. Bogdan lui avait fourni les habits de parade qu'il portait le jour de l'entrée triomphale du duc dans sa ville : une veste verte galonnée d'argent, un chapeau à plumes de faisan et des bottes, sans genouillères, dont les talons en fer résonnaient sur le pavé à chaque pas.

— Trouve-moi autre chose, réclama Nicolas après les avoir enfilés, c'est bien trop voyant !

Le soldat, qui en avait profité pour renouveler son stock de vin, but une lampée avant de répondre.

— Non : c'est cela mon idée ! Ainsi habillé, vous ressemblez à un ambassadeur ou à un riche marchand accompagné de son garde du corps. Les Français recherchent un Lorrain qui se cache, pas un étranger qui se montre. Venez, prenons les mules !

L'équipage quitta le bastion et entreprit de contourner la ville par le quartier ouest. Ils s'approchèrent de la porte Saint-Jean et purent constater en la longeant qu'elle était surveillée par une dizaine d'hommes en armes qui en vérifiaient toutes les sorties sous les récriminations de la longue file d'attente des habitants qui désiraient l'emprunter. Nancy était bouclé.

— Nous allons vite être fixés, annonça Bogdan en

montrant du doigt une patrouille qui s'approchait d'eux à la sortie de la place Saint-Jean.

Nicolas ne partageait pas l'excitation de l'heiduque qui semblait prendre la traque pour un jeu. Au moment de les croiser, Bogdan salua les soldats et les accosta en hongrois. L'un d'eux leur fit signe qu'ils ne comprenaient pas leur langue et leur demanda de passer leur chemin.

— Je leur ai dit que nous étions deux fugitifs échappés, fanfaronna Bogdan. J'adore provoquer les Français !

— La prochaine fois, attends d'être seul pour le faire, si cela ne t'ennuie pas. J'en ai connu qui parlaient le hongrois ! prévint Nicolas.

— Ah, bon ? interrogea l'heiduque. Je n'y avais pas pensé.

Le couvent n'était plus qu'à trois cents mètres, et la rue qu'ils empruntaient, coincée par les fortifications, était peu fréquentée. La rue Saint-François déboucha sur le bastion de Saurupt où un groupe de soldats était à l'œuvre, montant plusieurs pièces d'artilleries sur le terre-plein ou déposant des réserves de boulets à leurs pieds. Les militaires firent une pause pour regarder les deux hommes avant de se désintéresser d'eux.

Le Refuge était en vue. Ils descendirent de leurs montures et firent les derniers mètres à pied. Bogdan toqua le heurtoir à la porte qui faisait l'angle entre la rue des Ponts et celle des Remparts, sur le fronton de laquelle l'inscription *Gloire soit à Dieu* avait pris la patine du temps. Le visage gracile d'une moniale encadré de sa cornette blanche apparut.

— Je suis…

— Je sais, coupa-t-elle. Entrez.

Ils traversèrent un jardin intérieur composé d'arbres fruitiers, d'arbustes et d'allées rectilignes.

— Nous vous avions repérés depuis longtemps, avoua-t-elle en montrant une grille qui donnait sur la rue. Nos pensionnaires les premières ! Je ne sais pas comment vous avez fait pour arriver ici sans encombre dans cet accoutrement.

Nicolas se retourna vers Bogdan, mais celui-ci avait déjà disparu.

— Je suis la mère supérieure, sœur Marie-Dorothée. J'ai pris la charge de la congrégation après la mort de sœur Janson, expliqua-t-elle. J'étais présente quand vous avez amené le petit Simon.

Alors que Nicolas faisait un effort de mémoire afin de se souvenir du visage de l'ancienne assistante de sœur Janson, elle expliqua :

— J'ai forci depuis. Comment va-t-il, le petit diable de Simon ? Il m'a valu de nombreuses nuits blanches !

Ils pénétrèrent dans le cloître par une cour aux arceaux bas et aux colonnes fines, et entrèrent dans le parloir. La salle était nue, à l'exception d'un christ en croix au-dessus de la porte et d'un tableau représentant la fondatrice du Refuge, Élisabeth de Ranfaing, en habits de religieuse, un livre ouvert dans une main et trois agneaux blancs à ses pieds.

— Voilà, c'est ici. Je vous laisse. Ne vous inquiétez pas pour les Français. Ils n'ont jamais réussi à entrer jusqu'ici.

Resté seul, Nicolas se débarrassa du chapeau et de la veste sous le regard de peinture de madame de Ranfaing qu'il jugea inquiétant et étrange. Il se sentit mieux sans le costume d'heiduque et tenta de réfléchir. En deux jours, tous ses proches avaient disparu. La porte par laquelle les pensionnaires entraient au parloir grinça légèrement.

— Bonjour Nicolas, dit une voix familière.

184

Rosa était devant lui. Pâle et légèrement amaigrie.

— Je vais bien, je vais mieux, sourit-elle en devinant ses pensées.

Guidé par un élan spontané de tendresse, il voulut la prendre dans ses bras, mais se retint, ce dont elle se rendit compte.

— Je suis heureux de vous voir, Rosa, répondit-il, conscient de son attitude hésitante. Même dans des circonstances aussi étranges, ajouta-t-il comme pour justifier sa gêne.

— Nous avons peu de temps. Je suis ici pour vous aider, annonça la jeune marquise.

Carlingford était venu la trouver, ainsi qu'Azlan, en fin de matinée pour lui expliquer les intentions du colonel Courlot.

— Le comte est persuadé que, si vous tombez entre leurs mains, ils vous expédieront en France, avant même que le duc ait pu vous protéger, où vous serez embastillé sans nouveau procès. Et je suis de son avis. Vous devez fuir, assura Rosa.

— De quelle façon ? Toutes les portes de la ville sont sous le contrôle des troupes françaises !

— Il y a un moyen, mais vous allez devoir nous faire confiance.

— Nous ?

Rosa ébaucha un sourire.

— Azlan et moi. Il vous attend à l'extérieur de la ville. Il a décidé de partir avec vous.

— Azlan...

— Croyez bien que ce ne fut pas facile pour lui, ajouta Rosa. Il s'en voulait de me quitter comme il s'en voulait de vous laisser seul.

Pour la première fois depuis leurs retrouvailles, il la regarda droit dans les yeux et comprit qu'elle l'avait aimé comme personne. Qu'elle avait été sa plus grande chance. Il réalisa que la colère qui l'avait séparé d'elle n'avait fait que cacher ses propres sentiments : il était toujours fou d'amour pour elle.

Il s'approcha de Rosa, si près qu'il sentit le parfum de son corps sous celui des fragrances subtiles des huiles essentielles, qu'il perçut son souffle, qu'il vit le mouvement imperceptible de la veine sous la peau de son cou, si près que leurs regards s'enchaînèrent.

— Rosa...

— Ne dites rien, je ne suis pas douée pour les adieux. Prenez-moi contre vous, juste une dernière fois.

Il l'enlaça doucement et murmura à son oreille :

— Rosa, je voulais vous dire que je vous aime, je vous aime comme une évidence. Je vous aime et vous aimerai toujours.

Elle répondit en se serrant plus fort dans ses bras, à s'en étouffer.

— Et vous, m'aimez-vous encore, après tout ce qui s'est passé ? demanda-t-il, le cœur battant.

— Mon ange... oui, chuchota-t-elle.

L'émotion de Rosa avait submergé ses paroles. Il la repoussa doucement et lui prit les mains.

— Voulez-vous partir avec moi, Rosa ?

La demande surprit la jeune femme qui arrondit les yeux comme deux billes de céladon.

— Maintenant ? demanda-t-elle, incrédule.

— Oui, maintenant ! Souvenez-vous de notre première rencontre. Vous m'avez dit...

— « Emmenez-moi avec vous. Je veux vivre libre... » Comment pourrais-je l'oublier ? Vous m'avez répondu...

— « Quand on pose les pieds sur le sol, c'est rarement sur de la soie... »

— Et vous aviez raison. Plusieurs fois je me suis brûlée en retombant sur ce sol. Mais avec vous je l'ai quitté si souvent !

— Voulez-vous m'accompagner ? répéta Nicolas, plein d'espoir.

— Est-ce une demande en mariage, maître Déruet ?

— Elle n'en a pas les formes habituelles, nous allons devoir fuir, loin du duché, peut-être longtemps, mais je vous en fais la promesse : oui, je vous épouserai, quel que soit le temps que cela prendra !

Le visage de Rosa était transfiguré. Son regard rayonnait. Il était sa réponse : rien ne pourrait plus jamais les séparer.

— Moi qui rêvais de vous faire visiter l'Italie, le moment est venu, plaisanta-t-elle. Allons-y, ne faisons pas attendre Azlan !

— Comment allons-nous le rejoindre ?

— En posant les pieds sous le sol, mon ange !

De toutes les pensionnaires, Joséphine Mabillon s'était portée volontaire pour les accompagner. Arrivée trois mois auparavant, elle connaissait le trajet par cœur pour l'avoir fait des dizaines de fois. Elle savait aussi ce qui lui en coûterait si elle était prise avec un fugitif.

— Mais j'ai une dette envers vous, avait-elle ajouté à l'adresse de Nicolas. Vous m'avez évité la prison des clarisses de Pont-à-Mousson !

Joséphine enflamma une torche, qu'elle tendit à Nicolas et pointa la sienne vers le couloir sombre situé au fond de la cave principale.

— Le souterrain du Refuge ! indiqua-t-elle fièrement, découvrant une allée voûtée suffisamment large et haute pour y faire entrer un chariot.

— Avec son chameau ! précisa Nicolas, impressionné par l'édifice. Vous connaissiez son existence, Rosa ?

— Il en aurait été difficile autrement : c'est moi qui ai financé sa construction, répondit-elle, amusée de la mimique d'étonnement de son amant.

La mère supérieure Janson, en femme avisée, avait posé une condition à la jeune marquise pour laisser partir Simon avec Marianne : leur fournir l'argent nécessaire à l'édification d'un tunnel entre le couvent du Refuge et les vergers que les moniales possédaient de l'autre côté des fortifications de la cité ducale.

— La mère supérieure ne voulait plus que ses pensionnaires empruntent la porte Saint-Nicolas pour aller et venir entre le couvent et les jardins, précisa Rosa. Elles devaient rester à l'abri des regards des autres habitants, en raison de leurs supposées mauvaises vies. Et pour éviter les tentations des deux côtés.

— Carlingford était-il au courant ?

— Bien sûr, il a signé l'acte d'acceptation de l'ouvrage au nom du duc. C'est lui qui a eu cette idée de vous cacher au Refuge. Le souterrain n'est pas très long, il passe en dessous des murailles et des douves et débouche dans leur terrain, à cent mètres d'ici. C'est là qu'Azlan nous attend avec Claude... Pourquoi souriez-vous, mon ange ? questionna Rosa, intriguée.

— Cet endroit m'en rappelle un autre, très loin d'ici, mais si semblable, remarqua-t-il en posant sa main sur le mur aux pierres apparentes.

— Mènent-ils tous vers la liberté ?

— Ils en ont la prétention. Et le parfum, ajouta Nicolas en humant l'air.

Le groupe progressa rapidement dans l'ouvrage rectiligne. Au bout de deux minutes à peine, Joséphine, qui marchait en tête, s'arrêta.

— C'est ici que je vous laisse, avertit-elle en tendant sa torche pour éclairer l'espace devant eux.

L'allée s'arrêta sur un escalier dont le tiers supérieur était inondé de la lumière du dehors. En haut, devant une grille ouverte, la silhouette d'Azlan leur fit un signe.

Ils remercièrent Joséphine, qui les salua et les regarda grimper les trente marches.

— Je ne savais pas que le bonheur se comptait en pas, murmura Rosa en serrant plus fort la main de Nicolas.

En haut de la montée, les trois silhouettes se fondirent en une seule.

Le 11 novembre 1714, le dernier régiment français quittait Nancy en remettant les clés de la ville aux Lorrains.

Le 12 juillet 1715, était inscrit sur les registres de la paroisse de Saint-Epvre l'acte de mariage de Nicolas Déruet et de la marquise Rosa de Cornelli, par le

906

ministère de monsieur l'abbé Fournier, en présence d'Azlan de Cornelli et de Son Altesse royale le très haut et très puissant Léopold, duc de Lorraine et de Bar.

Le 20 décembre 1718, fut enregistré en la paroisse de Saint-Thiébaut, sous le ministère de monsieur l'abbé de Lory, l'acte de naissance et d'ondoiement de Marie-Jeanne Déruet de Cornelli, fille de Nicolas et Rosa Déruet de Cornelli...

ÉPILOGUE

Mardi 22 mars 1729

Une brume printanière ondulait sur les tours sans toit du château en construction, lui donnant un aspect de bâtisse en ruine. Les travaux n'étaient pas avancés et un étranger de passage aurait pu y voir un paysage de désolation. Léopold s'amusa de l'idée. *Ce que la réalité montre à nos yeux n'est pas toujours ce qu'elle prétend être*, songea-t-il.

Le prince de Beauvau-Craon le tira de ses méditations.

— Votre Altesse, il nous faut rentrer, nous allons être en retard à l'office.

La future demeure, située sur le territoire de Ménil, était destinée à Marc de Craon et sa femme. Le duc était venu surveiller le chantier, qu'il payait de sa cassette personnelle, plus en raison des liens qui l'unissaient à Anne-Marguerite de Craon qu'en l'amitié qu'il portait à son mari.

« C'est le cul le mieux payé que l'on puisse trouver sur terre », avait écrit la Palatine, mère d'Élisabeth-Charlotte à son sujet.

La duchesse de Lorraine était inquiète des sommes

considérables que son mari engloutissait pour sa liaison, dont il était sous la dépendance amoureuse depuis plus de vingt ans.

Léopold se sentait léger et heureux d'offrir à sa maîtresse un logement digne d'elle. Il avait projeté de la retrouver le soir même pour lui décrire en détail sa visite et se réjouissait par avance du doux moment qu'il allait passer. Le duc jeta un dernier regard en direction du château, et les deux hommes se dirigèrent vers le carrosse qui les attendait cent mètres plus loin, sur le sentier rendu boueux par les pluies de la veille.

Un petit ruisseau les séparait du chemin. Le prince de Craon héla le cocher afin qu'il vienne apporter une planche pour traverser le fossé.

— Sommes-nous déjà des vieillards pour nous faire aider à passer des traits d'eau ? s'amusa Léopold.

Il donna sa canne à Marc de Craon et, sans prendre d'élan, voulut sauter pour enjamber le ru. Le talon de sa chaussure gauche s'enfonça dans la terre meuble et le fit basculer dans l'eau.

— Votre Altesse ! cria le prince alors que cocher et gardes du corps accouraient pour lui porter secours.

Léopold se releva seul et se fit tirer pour sortir du bas-côté. Il se massa les côtes après qu'il eut reçu un coup violent à la poitrine lors de l'impact sur le sol, puis la nuque : il était indemne.

— Tout va bien, confirma-t-il.

— Dieu soit loué ! déclara Marc de Beauvau-Craon. Vous êtes trempé, Votre Altesse, retournons à Lunéville pour vous changer.

— Non, je vais me sécher dans le carrosse. Allons à l'office des Capucins sans plus tarder. N'en parlez point à votre entourage, je ne voudrais pas qu'Anne-Marguerite en fût informée, répondit Léopold.

Le prince, qui n'ignorait rien de la nature des liens entre son souverain et sa femme, acquiesça. Il avait profité des largesses du duc, qu'il considérait comme des dommages à son infortune conjugale, et tenait à les conserver.

Léopold se sécha à l'aide d'une des couvertures dont il se servait pour se réchauffer lors des trajets. Il tendit le linge et sa perruque – qui avait glissé de son crâne dans le ruisselet – à son valet et frissonna avant de s'installer dans l'habitacle.

Dimanche 27 mars 1729

Le cheval soufflait bruyamment à chaque respiration. La mousse d'écume autour du mors s'envolait au fur et à mesure de sa formation. Il trottait ou galopait depuis près de trois heures, répondant de son mieux à la demande de son cavalier, dont il ressentait la nervosité. Joseph de Gellenoncourt, capitaine du détachement de la gendarmerie de Lunéville, était à la fois tendu et imprégné de sa mission, dont rien n'aurait pu le détourner, ni les bandes de voleurs qui foisonnaient dans les forêts autour de Nancy, ni les conditions climatiques. Tous se tenaient tranquilles, vagabonds et nuages compris. Il se sentait capable d'affronter tous les périls pour arriver à temps. Maître Déruet était leur dernière chance. Les premiers feux du bourg étaient en vue.

Nicolas déposa l'aiguille qu'il avait utilisée pour recoudre la plaie et enleva ses bésicles en corne. Ses lunettes lui pinçaient le nez mais elles lui étaient devenues indispensables lors des opérations, même les plus bénignes.

— Ce n'est pas encore cette fois que vous nous quitterez pour rejoindre votre Seigneur, assura-t-il au malade.

Le père Lecouteux était un de ses plus anciens patients et sans conteste le plus vieux. Âgé de quatre-vingt-huit ans, il continuait d'administrer sa cure de Nomeny, aidé d'un jeune prêtre que lui avait imposé sa hiérarchie. Le religieux remercia son chirurgien et évoqua avec lui un de leurs nombreux souvenirs des soirées passées ensemble à débattre de théologie et de médecine. Les opinions de Nicolas s'étaient, au fil du temps, de plus en plus écartées des convictions du prêtre qui tentait, sans plus aucun espoir, de lui faire retrouver le droit chemin de la foi.

Au moment de partir, Nicolas lui laissa les instructions pour les soins, le salua et enfila ses mitaines rouges lustrées.

— Maître ! Maître Déruet ! hurla une voix au-dehors.

Sans avoir eu le temps de réagir, ils entendirent des pas dans le couloir. Le prêtre ouvrit la porte et l'homme entra, hors d'haleine.

— Venez, vite, notre souverain est mourant ! cria Joseph de Gellenoncourt.

Les néphélions, d'un bleu de Prusse, semblaient avoir poussé le jour, dont il ne restait plus qu'un rai horizontal accroché à l'ouest lointain. Le braconnier sortit du bois et s'assit sous un sapin isolé, aux branches épaisses et vigoureuses, dont les aiguilles denses le protégeaient de la pluie en toute saison. Il pendit un lièvre mort à la branche la plus basse et, d'un geste précis, tira sur sa peau qui se défit tel un haut-de-chausses. Son chien, qui avait regardé la scène, s'approcha, huma la viande encore chaude et tenta de se l'approprier. Mais le lièvre avait été attaché suffisamment haut et le corniaud ne réussit qu'à lui assener un coup de patte. L'animal se balança au bout de sa corde, ce qui fit rire l'homme. Le chien se retourna et aboya au passage de deux cavaliers, dont un gendarme, qui ne firent même pas attention au braconnier. Il détacha rapidement son butin et les regarda disparaître en direction de Nancy en se demandant ce qui pouvait être si urgent qu'il ne le pourchasse pas. Sa famille aurait à manger ce soir : le reste n'avait pas d'importance.

— Que s'est-il passé après sa chute ? demanda Nicolas en relançant sa monture d'un coup de talon.

Léopold avait fini sa journée sans rien changer à son protocole. La nuit, il avait été brutalement pris d'une forte fièvre accompagnée de frissons. Les médecins, appelés à son chevet, avaient ordonné une saignée qui n'avait en rien atténué les symptômes.

— Le mercredi, Son Altesse fut sujet à une fluxion de poitrine, l'informa Gellenoncourt. Il eut des remèdes de toutes sortes, qui n'y firent rien. Hier, il a demandé à son premier médecin de vous faire quérir, mais nous avons eu l'ordre d'attendre. Ils espéraient une amélioration.

La nuit avait définitivement bouté le jour, et les ombres autour d'eux fusionnaient en des magmas aux contours flous.

— Ce matin, l'état de Son Altesse avait encore

913

empiré. Il vous a demandé à nouveau, mais ce n'est qu'en début d'après-midi que je fus chargé de venir vous trouver. Il est très faible et a craché des humeurs sanguinolentes. Vous allez le sauver, n'est-ce pas ?

Nicolas décida qu'ils devaient se séparer rapidement. Alors qu'il gagnait directement Lunéville, Joseph de Gellenoncourt prit la direction de Nancy. Il entra dans la ville qui s'apprêtait à une soirée paisible et gagna l'hôpital Saint-Charles. Une fois prévenu, Azlan rassembla le maximum de remèdes dans une grande malle et partit, accompagné du gendarme, en chaise de poste. Les deux hommes arrivèrent au château le soir, vers huit heures. À peine sorti du véhicule, Azlan vit les larmes sur tous les visages et comprit.

Nicolas s'était placé dans un coin de la chambre, en retrait du lit de parade où reposait le corps sans vie de Léopold. Le duc s'était éteint vers cinq heures et demie du soir, après avoir reçu l'extrême-onction. À l'annonce de la nouvelle, de nombreux habitants s'étaient précipités, incrédules, et défilaient depuis, toujours plus nombreux, devant la dépouille de leur souverain. L'atmosphère était irréelle : tous les états, nobles et roturiers, puissants et misérables, se trouvaient confondus dans la douleur, formant une vague incessante qui venait se briser devant le duc. Il était leur rocher, songea Nicolas pour justifier les réactions d'extrême tristesse qui frappaient autant les inconnus que les proches de Léopold.

Lorsque Azlan le rejoignit, ils tombèrent dans les bras l'un de l'autre.

— Je suis arrivé trop tard, murmura Nicolas.

— Tu n'y es pour rien, répondit Azlan.

— Pourtant, j'aurais dû être là, près de lui, insista-t-il. J'aurais dû...

Deux rangées de candélabres de bronze à plusieurs branches étaient disposées de part et d'autre du lit. Leur lumière entourait le duc d'un halo fauve. Les flammes, en ondulant, faisaient se déplacer les ombres sur le corps de Léopold. Un des valets présents crut que son maître avait bougé. Aussitôt tout le monde s'agenouilla, chuchotant que le duc était vivant, que Dieu, dans sa grande miséricorde, l'avait fait revenir d'entre les morts. Nicolas et Azlan furent obligés d'intervenir pour constater que le cœur de Léopold ne battait pas et que leur souverain ne respirait plus, avant de conclure pour l'assistance que le miracle de leurs prières n'avait pas eu lieu.

Lundi 28 mars 1729

La journée entière fut un défilé ininterrompu de sujets venus saluer leur souverain, la même foule qui, trente ans auparavant, s'était pressée de toutes les rues de Lunéville pour découvrir leur nouveau duc. Le soir, le château fut fermé et le corps transporté dans une salle qui avait été aménagée pour procéder à l'embaumement. Le duc avait expressément demandé, dans ses dernières volontés, qu'il soit l'œuvre de Nicolas. Son premier chirurgien, à qui cet honneur devait revenir, avait tenté de s'y opposer, faisant le siège de l'appartement de la duchesse toute la journée, en vain. Élisabeth-Charlotte confirma la demande de son défunt époux. Seules quatre personnes furent autorisées par elle à y participer.

— Nous voilà donc réunis devant ce précieux dépôt, déclara le docteur Bagard, en se signant après une courte prière.

Le médecin portait sa plus belle toge rouge rehaussée d'une large fourrure d'hermine blanche. Son rôle allait se restreindre à la supervision du travail des chirurgiens. Azlan avait préparé les instruments nécessaires aux différentes étapes de l'opération. À côté de lui, l'apothicaire Malthus avait aligné les ingrédients, baumes, essences, épices, demandés par maître Déruet. Nicolas avait gardé ses mitaines, si souvent moquées par le duc, dernier clin d'œil à une indéfectible amitié. Le médecin fit signe aux aides présents de sortir. Personne, à part eux, ne devait voir le corps mutilé du souverain.

Les quatre hommes se regardèrent en silence. Malthus, vieillard rabougri à la peau craquelée de rides profondes, aux cheveux blancs et jaunes si longs qu'ils remplaçaient toute perruque, psalmodiait des *Notre-Père* en ayant l'air de manger une panade brûlante en silence. Azlan tentait d'éviter la vue de la dépouille et s'était concentré sur la préparation de l'autopsie. Nicolas avait du mal à cacher son émotion. Il haïssait la mort dans sa façon de figer les hommes en des sculptures de glaise froide et putride. Le docteur Bagard revivait en boucle les ultimes instants de vie de Léopold. Ses dernières paroles l'obsédaient. Le souverain, dont la voix s'était considérablement altérée, s'était penché vers ceux qui le veillaient.

— Je meurs, avait-il prononcé lentement, sans autre douleur que de n'avoir pas servi Dieu avec autant de fidélité que je le devais, et de n'avoir pas travaillé au bonheur de mon peuple avec autant de soin que je le pouvais.

Sa bouche s'était entrouverte. Ses derniers mots avaient été inaudibles. Le médecin avait été celui qui lui avait fermé les yeux. L'image ne le quittait plus.

Avant de procéder à l'enlèvement des viscères, Nicolas allait devoir extraire le cœur du duc. Il n'avait pas eu la force d'autopsier Germain, après son meurtre, ni le père Creitzen, ni Carlingford, décédés deux ans après. Mais il avait donné sa parole à Léopold, lorsqu'il lui avait confié cette mission. Il devait maintenant l'accomplir. Ce n'était pas le premier soleil qu'il sortait de sa soie, il y en avait eu tant, mais celui-ci avait une telle importance que ses mains, si sûres naguère, tremblèrent. Il laissa Azlan s'occuper de l'ouverture du thorax avant de procéder à l'enlèvement du cœur. Nicolas le détacha rapidement et le prit dans le creux de ses mains. Le muscle du duc, d'un grenat foncé, avait une forme de goutte et possédait de nombreux et épais sillons de graisse en surface. Il était devenu un soleil froid.

Malthus lui tendit un mélange de sels contenant du natron, qui allait permettre de le conserver à l'abri du temps. Nicolas en recouvrit l'organe avant de le déposer dans une boîte en argent décorée des armes ducales. L'apothicaire et Azlan finirent l'embaumement sous les regards accablés des deux hommes.

— Les viscères devront être apportés aux pères des Carmes, précisa Bagard après un long moment où chacun avait suivi ses propres pensées. Le corps de Son Altesse sera à nouveau exposé demain avant d'être rapatrié à Nancy, au noviciat des Jésuites.

— Je vous demande, comme un honneur, de procéder moi-même au transport de la relique de notre duc jusqu'à sa destination, dit Nicolas qui tenait la boîte contre lui comme un précieux trésor.

— Si la duchesse n'y voit aucune opposition, soit ! répondit sèchement le médecin que la fatigue rendait irritable.

Il aurait tenu à le faire lui-même, comme le protocole l'y aurait autorisé, mais il avait compris qu'un arbitrage d'Élisabeth-Charlotte ne se ferait pas en sa faveur. *Si maintenant Déruet se met à aimer les honneurs, où va le duché ?* pensa Bagard en rouvrant la porte derrière laquelle attendaient les serviteurs chargés de ramener la dépouille dans la chambre.

Mardi 29 mars 1729

Le départ du convoi funéraire, à la tête duquel se tenait Joseph de Gellenoncourt, fut fixé à huit heures du soir, en raison de la difficulté de faire tenir le cercueil dans le carrosse de deuil. Nicolas et Azlan prirent place dans un des véhicules de la suite, avec le prince de Beauvau-Craon. Le chirurgien avait gardé avec lui la boîte argentée, refusant que quiconque la prenne. Le cortège s'arrêta à chaque église du trajet. Invariablement, prévenus par les cloches sonnant le glas, les fidèles accouraient, sortant de la nuit, comme des spectres jaillissant de nulle part, incrédules, puis abattus, entourant le cercueil de leurs larmes et de leurs prières, pendant que le prêtre local aspergeait le carrosse d'eau bénite. Il était plus de trois heures du matin lorsque le cortège fit son entrée à Nancy par la porte Saint-Nicolas de la ville-neuve.

Le noviciat des Jésuites, tout proche, était éclairé de toutes parts. Des flambeaux avaient été placés dans la cour principale où attendaient le comte de Tornielle, grand aumônier, ainsi que de nombreux membres du clergé de la ville. Tous se signèrent à l'arrivée du convoi mortuaire. Le corps de Léopold fut rapidement transporté dans la chapelle des Confesseurs. Le révérend père Tribolet, recteur du noviciat, vint accueillir Nicolas qui lui remit la boîte et l'accompagna dans le caveau de la même chapelle. Le prêtre la déposa sur le sol de sable, à côté des reliques de son père, Charles V, et de dix de ses enfants.

Après une nouvelle cérémonie et des prières, le prince de Beauvau-Craon se rendit à la sacristie et signa le procès-verbal, en compagnie des autres participants. Lorsqu'il sortit, l'aube avait entraîné avec elle des lambeaux de feu dans un ciel sans tache. Il avisa Nicolas et Azlan qui attendaient leur carrosse.

— Voilà, c'est fini, constata le prince, une once de soulagement dans la voix.

— Que va nous réserver l'avenir ? demanda Azlan alors que les premiers habitants, prévenus, se massaient à l'entrée de la cour.

Le silence fut leur seule réponse.

— Il y a tout de même une chose étrange, remarqua Marc de Beauvau.

— Quoi donc ?

— La boîte. Le document que j'ai signé indiquait un « coffret en plomb ».

— Et alors ? interrogea Azlan.

— Hier, j'aurais juré qu'il était en argent, affirma le prince de Craon. Avec des motifs plus travaillés.

— Nous sommes tous très fatigués, expliqua Nicolas après un coup d'œil furtif vers Azlan.

— Fatigués ? Épuisés, voulez-vous dire ! surenchérit le prince. Vous avez raison, allons dormir. Dans
quelques heures, la ville se réveillera pleine des douleurs du deuil.

Mercredi 30 mars 1729

Ils s'étaient rendus au port du Crosne où ils s'étaient
assis sur la berge, face à l'endroit où la *Nina* avait
pris forme.

— Tu crois qu'il a réussi ? demanda Azlan dont
les pensées étaient tournées vers le Hérisson blanc.

— Je l'espère tant, répondit Nicolas en se levant
pour observer un esquif manœuvrer sous les arches
du pont de Malzéville.

— Alors, pourquoi ne nous a-t-il jamais donné signe
de vie ?

— Tu le connais, il déteste les atermoiements.

Azlan trouva l'explication insuffisante et haussa les
épaules.

— Il me manque, malgré son sale caractère. Parfois,
il m'arrive de venir au port en espérant voir la *Nina*
à quai et François me faire un grand signe en jurant
très fort ! Pour tout t'avouer, j'y vais même souvent.

— Il y a plus de vingt-six ans qu'il est parti, constata
Nicolas dont la phrase sonnait comme une sentence.

— Non, moi je dis qu'il n'est pas mort ! Il est parvenu à la mer et a décidé d'y rester ! martela Azlan.
Il a atteint son rêve !

Nicolas comprit l'intention du jeune homme. Il leur

appartenait de faire naître la légende du Hérisson blanc et de la perpétuer. Ainsi leur ami serait, quoi qu'il arrive, vivant.

— Tu as raison, assura Nicolas en esquissant un sourire. François a réussi.

Azlan se leva à son tour et se retourna vers le carrosse qui les attendait à quelques mètres.

— Que va-t-on faire de la boîte ? demanda-t-il en désignant la mallette sur le siège.

— Suivre les volontés de notre duc. La mettre à l'abri, confia Nicolas.

— J'ai bien cru que le prince avait remarqué l'échange. Mais pourquoi la cacher ? Qu'avons-nous à redouter ?

Lorsqu'il s'était isolé avec Nicolas, dans le jardin du palais ducal, le 2 décembre 1702, avant sa fuite, Léopold lui avait avoué craindre des représailles de la part des Français. Il était persuadé qu'ils voudraient faire disparaître ses reliques après sa mort, il était convaincu que le royaume de France chercherait à effacer l'histoire de sa famille. Nicolas lui avait juré de garder son cœur pour le mettre en sécurité.

— Mais alors qu'y a-t-il dans la boîte en plomb ? s'enquit Azlan.

— Le soleil d'un homme qui est mort lundi à l'hôpital Saint-Jacques de Lunéville, répondit Nicolas. Un berger.

— Sais-tu où nous allons la mettre ?

— Là où personne ne pourra jamais la trouver, crois-moi.

Nicolas le prit par l'épaule, avec le même geste de tendresse que lorsque, gamin, Azlan accompagnait son maître à la recherche des plantes sauvages, du côté de Peterwardein.

— Viens, rentrons. Rosa nous attend.

Dans le ciel, les lambeaux avaient changé de couleur et avaient conflué en des nuages aux formes généreuses qui glissèrent, paresseux et indifférents, au-dessus du duché qui s'éveillait.

NOTE DE L'AUTEUR

Il ne me sera pas possible, en quelques lignes, de démêler l'écheveau des faits avérés de l'Histoire et de ceux imaginés pour ce roman. Vous trouverez dans les références ci-après mes principales sources d'information, qui pourront vous guider. La plupart sont téléchargeables sur le site de la Bibliothèque nationale de France (www.gallica.fr).

Certains d'entre vous auront noté plusieurs petits anachronismes : ils sont volontaires, car je voulais les intégrer à cette histoire. Ainsi, le dictionnaire de Chomel, que Nicolas consulte fréquemment, ne sera réellement publié qu'en 1709. D'autres ouvrages cités, bien que déjà publiés, n'auront une traduction française que postérieurement. De même, les lanternes des rues de la ville de Nancy ne furent installées qu'en août 1715, sur ordre de Léopold, et la rue du Pont-Moujat s'appelait encore rue Neuve-Saint-Nicolas. Je n'ai, par contre, pas indiqué les numéros des bâtisses dans les rues, car le système de numérotation n'existait pas à l'époque. Mais certaines maisons sont reconnaissables parmi celles qui se dressent encore dans la ville-vieille.

Les opérations, ainsi que les cas cliniques, présentés

dans cet ouvrage sont inspirés de documents réels, tels que j'ai pu les trouver dans des comptes rendus médicaux et chirurgicaux de l'époque. Je me suis principalement inspiré des *Mémoires de l'Académie royale de Chirurgie*.

Les sièges de Peterwardein et de Temesvar se sont passés aux dates indiquées et de la façon dont je les ai décrits. Il en est de même pour la partie du roman se situant à Versailles, à l'exception du match de jeu de paume, que j'ai imaginé pour la circonstance, et de la présence de Joseph Urfin, l'homme sauvage (bien que celui-ci ait vécu à cette période).

Quant au souterrain du couvent du Refuge, il est demeuré intact jusqu'à aujourd'hui.

J'espère avoir restitué avec le plus de précision et de sincérité possible la vie quotidienne en ces années 1694-1702. Mais que les historiens me pardonnent pour toute erreur qui se serait glissée sans y être invitée par la vraisemblance du récit. Si vous avez des questions ou des commentaires, vous pouvez me contacter à cette adresse e-mail : eric.marchal@caramail.fr, je serai ravi d'en discuter avec vous.

Nicolas, Rosa, Marianne, Azlan, François et Germain sont des personnages de fiction, mais ils sont devenus tellement chers à mon cœur que je me demande aujourd'hui s'ils n'ont pas réellement existé…

PRINCIPALES RÉFÉRENCES
BIBLIOGRAPHIQUES

Albinus Bernhard Siegfried et Ladmiral Joannes. *Dissertatio de arteriis et venis intestinorum hominis. Adjecta icon coloribus distincta.* T Haak éditeur, Amsterdam, 1736. (BIUM Paris).

Anonyme. *Les Tziganes/Roms en Hongrie.* Dossiers sur la Hongrie, Ministère affaires étrangères, Budapest, 2004.

Baulant Micheline. « Jalons pour une histoire du costume commun ». *Histoire & mesure.* Éditions de l'EHESS, XVI, 1/2, 2001.

Baumont Henri. *Études sur le règne de Léopold, duc de Lorraine et de Bar (1697-1729).* Thèse pour le doctorat présenté à la faculté des lettres de Nancy. Berger-Levrault et Cie éditeurs, Nancy, 1894. (BNF).

Bidloo Govert et Gérard de Lairesse. *Anatomia humani corporis.* Joannis a Someren éditeur, Amsterdam, 1685.

Bourgeois Louise. *Observations de Louise Bourgeois dite Boursier sage-femme de ma Reine. Livre deuxième.* M. Mondière éditeur, Paris, 1626. (BNF).

Bourgery Jean-Marc et Claude Bernard. *Traité complet de l'anatomie de l'homme comprenant l'anatomie chirurgicale et la médecine opératoire. Tome septième.* L. Guérin éditeur, 1867-1871. Cote 2083 (BIUM Paris).

Bernier J. *Essais de médecine où il est traité de l'histoire de la médecine et des médecins*. S. Langronne éditeur, Paris, 1689, cote 5741 (BIUM Paris).

Calmet Antoine (RP Dom Calmet). *Bibliothèque lorraine, ou Histoire des hommes illustres qui ont fleuri en Lorraine, dans les Trois-Évêchés, dans l'archevêché de Trèves, dans le duché de Luxembourg*. A. Leseure imprimeur, Nancy, 1751. (BNF).

Carolus Curien Jacqueline, *Médecins et chirurgiens de la Lorraine ducale*, éditions Serpenoise, Metz, 2010.

De Cesena Amédée. *Le Nouveau Paris. Guide de l'étranger, pratique, historique, descriptif et pittoresque*. Garnier Frères éditeurs, Paris, 1863. (BNF).

Charton C. *La Lorraine sous le duc Léopold Ier. 1698-1729*. Veuve Gley imprimeur, Épinal, 1866. (BM Nancy).

Chauviré Frédéric. « La charge de cavalerie, de Bayard à Seydlitz ». *Cahiers du CEHD*, cahier n° 23, chapitre VI, 93-131, 2004.

Chomel Noël. *Dictionnaire œconomique, contenant divers moyens d'augmenter et conserver son bien, et même sa santé*. Le Conte & Montalant éditeurs, Paris, 1709. (BNF).

Collectif. *Mémoires de l'Académie royale de chirurgie. Tome premier*. Delaguette, Paris, 1743, cote 90135 (BIUM Paris).

Collectif. *Mémoires de l'Académie royale de chirurgie. Tome second*. Delaguette, Paris, 1753, cote 90135 (BIUM Paris).

Collectif. *Mémoires de l'Académie royale de chirurgie. Tome troisième*. Delaguette, Paris, 1757, cote 90135 (BIUM Paris).

Collectif. *Recueil périodique d'observations de médecine, chirurgie et de pharmacie*. J. Barbou éditeur, Paris, 1754, cote 90145 (BIUM Paris).

Collectif. *Les rues de Paris : Paris ancien et moderne. Ori-*

gines, histoire, monuments, costumes, mœurs, chroniques et traditions. Kugelmann éditeur, Paris, 1844. (BNF).

Daremberg Charles. *Histoire des sciences médicales : comprenant l'anatomie, la physiologie, la médecine, la chirurgie et les doctrines de pathologie générale depuis les temps historiques jusqu'à Harvey. Tome second.* J.-B. Baillière et Fils libraires, Paris, 1870. (BNF).

Dionis Pierre. *Traité général des accouchements, qui instruit de tout ce qu'il faut faire pour être habile accoucheur.* C.M. D'Houry éditeur, Paris, 1718. (BNF).

Dulaure Jacques-Antoine. *Nouvelle description des curiosités de Paris. Seconde édition, première partie.* Lejay libraire, Paris, 1787. (BNF).

Franklin Alfred. *Dictionnaire historique des arts, métiers et professions exercées dans Paris depuis le treizième siècle.* H. Welter éditeur, Paris, 1906. (BNF).

Franklin Alfred. *La vie privée d'autrefois. Arts et métiers, modes, mœurs, usages des Parisiens du XIIe au XVIIIe siècle. Les magasins de nouveautés.* E. Pion, Nourrit et Cie éditeurs, Paris, 1895. (BNF).

Galante Émile (dir). *Revue des instruments de chirurgie ; bulletin mensuel illustré des instruments et appareils en usage dans les sciences médicales.* Paris, 1891. (BIUM Paris).

Gilbert Émile. *La Pharmacie à travers les siècles : Antiquité, Moyen Âge, Temps modernes.* Vialelle et Cie éditeurs, Toulouse, 1886. (BNF).

Godin Nicolas. *La chirurgie militaire très utile à tous chirurgiens à tous ceux qui veulent suyvre un camp en temps de guerre pareillement à tous autres en condition pestilente ou dysentrique.* Anvers, 1558. (BNF).

Von Hammer-Purgstall Joseph. *Histoire de l'Empire ottoman : depuis son origine jusqu'à nos jours. Tome douzième : depuis la paix de Zurawna jusqu'à la paix de Carlowicz, 1676-1699.* Bellizard, Barthès, Dufour et Lowell éditeurs, Paris. 1838. (BNF).

Harvey William. *La Circulation du sang : des mouvements du cœur chez l'homme et les animaux ; deux réponses à Riolan*. C. Riche trad, G. Masson éditeur, Paris. Édition de 1879. (BNF).

Haussonville Joseph d'. *Histoire de la réunion de la Lorraine à la France. Tome quatrième.* M. Lévy Frères éditeurs, 1859. (BNF).

Helvétius Jean Adrien. *Traité des maladies les plus fréquentes et des remèdes propres à les guérir. Tomes premier et second.* Le Mercier éditeur, Paris, 1724. (BIUM Paris).

Henry Napoléon. *Histoire de Pont-à-Mousson et des environs.* A.T. Breton imprimeur, 1839.

Lacombe Jacques. *Arts et métiers mécaniques. Tome sixième.* Panckoucke éditeur, Paris. 1789. (BNF).

Larrey Dominique-Jean. *Mémoires de chirurgie militaire et campagnes. Tome III.* J. Smith éditeur, Paris, 1812. (BNF).

Laugier Jean-François. *Traité des remèdes vulnéraires, dans lequel on explique leur nature et leurs effets, avec la théorie des accidents qui se rencontrent dans les plaies suivant les anciennes et les nouvelles opinions, et par la mécanique.* J. Certe libraire, Lyon, 1693. (BNF).

Le Noble Eustache. *Zulima ou l'Amour pur : nouvelle historique.* G. de Luyne, libraire juré, Paris, 1695. (BNF).

Lespinasse René de. *Les métiers et corporations de la ville de Paris. III : XIVe-XVIIIe siècle. Tissus, étoffes, vêtement, cuirs et peaux, métiers divers.* Imprimerie Nationale, Paris, 1897. (BNF).

Levacher de La Feutrie Thomas, Moysant François et La Macellerie M. *Dictionnaire de chirurgie. Tome premier.* Lacombe libraire, Paris, 1767. cote 30944 (BIUM Paris).

Ligne Charles-Joseph de. *Mélanges militaires, littéraires et sentimentaires. Tome cinquième : Mémoire sur les campagnes faites en Hongrie, au service de l'Empereur, par le comte de Bussy-Rabutin.* Éditeur inconnu, 1795. (BNF).

Man***eux M. de. *Traité sur la connaissance du royal jeu de paume, et des principes qui sont relatifs aux différentes parties qu'on y joue.* Neuchâtel, 1783. (BNF).

Mancini Giambattista. *Réflexions pratiques sur le chant figuré. Troisième édition italienne* (trad). Du Pont éditeur, Paris, an III de la république. (BNF).

Marushiakova Elena et Popov Veselin. *Roms/Histoire/ L'empire ottoman.* Projet éducation des enfants Roms en Europe, Conseil de l'Europe, 2009.

Ménard Louis. *Hermès Trismégiste, traduction complète, précédé d'une étude sur l'origine des livres hermétiques. Deuxième édition.* Didier et Cie éditeurs, Paris, 1867.

Mourin Ernest. Récits lorrains. *Histoire des ducs de Lorraine et de Bar.* Berger-Levrault et Cie éditeurs, Nancy, 1895. (BNF).

Nuisement Clovis. *Traité de l'harmonie et constitution générale du vrai sel, secret des philosophes, et de l'esprit universelle du monde, suivant le troisième principe du Cosmopolite, œuvre non moins curieuse que profitable, traitant de la connaissance de la vraie médecine chimique.* J. Perier et A. Buisard éditeurs, Paris, 1621. (BNF).

Paré Ambroise. *Œuvres complètes, revues et collationnées sur toutes les éditions. Tome deuxième.* J.F. Malgaigne éditeur, Paris, cote 30621 (BIUM Paris).

Perrinet d'Orval Jean-Charles. *Traité des feux d'artifice pour le spectacle.* Éditeur inconnu, Paris, 1747. (Bibliothèque électronique suisse).

Pfister Christian. *Histoire de Nancy. Tome I.* Berger-Levrault & Cie éditeurs, Nancy, 1902.

Pfister Christian. *Histoire de Nancy. Tome II.* Berger-Levrault & Cie éditeurs, Nancy, 1909. (BNF).

Pfister Christian. *Histoire de Nancy. Tome III.* Berger-Levrault & Cie éditeurs, Nancy, 1908. (BNF).

Polin Sébastien. *Le Chien de guerre. Utilisation à travers les conflits*. Thèse pour le doctorat vétérinaire, école nationale vétérinaire d'Alfort, 2003.

Pouteau Claude. *La taille au niveau. Mémoire sur la lithomie par l'appareil latéral, circonstances & dépendances, avec addition de quelques nouveaux instruments pour cette opération*. Avignon, 1765. (BNF).

Quesnay F. et Bellial des Vertus F. *Histoire de l'origine et des progrès de la chirurgie en France*. Ganeau éditeur, Paris, 1749. (BNF).

Quinault Philippe. *Proserpine : tragédie en musique ornée d'entrées et de ballet, de machines, & de changements de théâtre*. C. Ballard imprimeur, Paris, 1680. (BNF).

Ravold J.-B. *Histoire démocratique et anecdotique des pays de Lorraine, de Bar et des trois Évêchés (Metz, Toul, Verdun), depuis les temps les plus reculés jusqu'à la révolution française. Tome quatrième*. C. Bayle éditeur, Paris, 1890. (BNF).

Rémond de Montmort Pierre. *Essay d'analyse sur les jeux de hazard. Seconde édition*. J. Quillau éditeur, Paris, 1713. (BNF).

Renard O. *et al.* « Pathologies bénignes de l'ouraque chez l'adulte : origine embryologique, présentation clinique et traitements ». *Progrès en Urologie*, 18, 634-41, 2008.

Rolland A.A. (trad). *Lettres nouvelles et inédites de la Princesse Palatine*. Collection Hetzel. J. Hetzel, Paris, 1863. (BNF).

Saint-Simon, Louis de Rouvroy. *Mémoires*, tome VI. Librairie Hachette et Cie, 1888. (BNF).

Scarpa Antonio. *Traité de l'opération de la taille ou Mémoires anatomiques et chirurgicaux sur les différentes méthodes employées pour pratiquer cette opération*. Gabon et Cie libraire, Paris, 1826. (BNF).

Scarron Paul. *Le Roman comique. Tomes I et II*. P. Janner libraire, Paris, 1857. (BNF).

Ségalas d'Etchepare Pierre-Salomon. *Essai sur la gravelle et* la pierre, considérées sous le rapport de leurs causes, de leurs effets et de leurs divers modes de traitement. Deuxième partie. J.-B. Baillière éditeur, Paris, 1836. (BNF).

Spinoza Baruch. *Éthique*. Traduction du comte H. de Boulainvilliers. Armand Colin libraire, Paris, 1907. (Œuvre originale publiée en latin en 1677). (BNF).

Thiéry Luc-Vincent. *Guide des amateurs et étrangers voyageurs à Paris. Tome second.* Hardouin & Gattey libraires, 1787. (BNF).

Tissot Victor. *Chez les tsiganes, dans : La Hongrie.* Librairie Plon, Paris, 1899. (BNF).

Tomeoni Florido. *Théorie de la musique vocale, ou des dix règles qu'il faut connaître et observer pour bien chanter.* C. Pougens éditeur, Paris, An VII de la république. (BNF).

Touchard-Lafosse G. *Chroniques de l'Œil-de-Bœuf des petits appartements de la cour et des salons de Paris, sous Louis XIV, la Régence, Louis XV et Louis XVI. Cinquième à huitième séries.* G. Barba éditeur, Paris, 1860. Cote 9709 (BNF).

Verrier Eugène. *Manuel pratique de l'art des accouchements.* F. Savy éditeur, Paris, 1867. (BNF).

Watts Sydney. « Boucherie et hygiène à Paris au XVIIIe siècle ». *Revue d'Histoire Moderne et Contemporaine*, 51-3, juillet-septembre, 2004.

Un grand merci

À mes parents et mes filles, pour leur soutien actif et indéfectible. Avec tout mon amour.

À Christiane, historienne amateur, mais acharnée du détail et de la précision, chercheuse infatigable de documents – et de souterrains ! – introuvables, passionnée de l'histoire de Nancy et de la Lorraine. Toute ma gratitude.

À toute l'équipe des EAC, Stephen, Anne, Sophie, Julia, Yasmina, Anne-Sophie, et à Virginie Migeotte, pour votre implication et votre énergie. Rendez-vous à la prochaine aventure !

À mon A, à mon ange, sans qui ce livre ne serait pas le même.

Et un grand merci à ma cafetière qui a supporté son utilisation intensive sans jamais m'abandonner !

Composé par Nord Compo
à Villeneuve-d'Ascq (Nord)

Imprimé en France par

à La Flèche (Sarthe)
en avril 2013

POCKET – 12, avenue d'Italie – 75627 Paris Cedex 13

N° d'impression : 73073
Dépôt légal : mai 2013
S23087/01